I0817675

Tinta y ceniza

ANDREA TOMÉ

Tinta y ceniza

Grijalbo

Papel certificado por el Forest Stewardship Council®

Primera edición: : noviembre de 2024

Printed in Spain – Impreso en España

ISBN: 978-84-253-6880-6
Depósito legal: B-14.524-2024

Compuesto en M. I. Maquetación, S. L.

Impreso en Black Print CPI Ibérica
Sant Andreu de la Barca (Barcelona)

GR 6 8 8 0 6

A todos los que miraron
al miedo a la cara y dijeron:
«Cuéntame más»

Todavía no me he despedido de las ruinas.

MAHMOUD DARWISH

¿Por qué buscáis entre los muertos al que vive?

LUCAS 24,5

Prólogo

Cuando la guerra los rozó por primera vez, como una madre que despierta a sus hijos del sueño, no fue con el rugido de los cañonazos y el olor de la pólvora. Su llegada, una victoria silenciosa, vino acompañada de la tenue luz anaranjada de la lámpara de aceite sobre la mesilla y del eco fantasmagórico de la música swing desde el piso inferior. La esperaban sin conocerla. Clamaban su nombre en torno a una radio polvorienta. Solo san Miguel intercedía por ellos.

Siempre ocurre de la misma manera. Esta es una historia antiquísima.

Y todas las historias de guerra son historias de fantasmas. Todas. Al final, nadie sobrevive a ellas. Si te toca permanece sobre tu piel, como una herida que no cicatriza, hasta el final de tu pequeña vida.

Ese es el quid de la cuestión: esta historia empieza con tres pequeñas vidas. Muchas historias de héroes lo hacen, pero esta no es una de ellas. Solo trata de tres pequeñas vidas, tan insignificantes en la marea de los años que sus nombres no quedarán registrados.

La muerte, a fin de cuentas, casi siempre es anónima.

El jinete blanco

Enero de 1938 - enero de 1941

> Mira cómo una sola vela define
> y desafía la oscuridad.
>
> ANA FRANK

Ante bellum

I

Londres, enero de 1938

En muchos sentidos, la guerra empezó con la nieve. A finales de enero de 1938, las temperaturas en Londres alcanzaron unos mínimos históricos de veinte grados bajo cero. Aquel invierno helado, consecuencia de una tormenta geomagnética, coincidió con el vigésimo cumpleaños de Rory St. George, motivo por el cual una modesta multitud se había congregado en la sala de fiestas del campus de la Universidad de Londres.

Si se quisiese describir a Rory St. George con solo un par de palabras tendríamos que decir que era un muchacho rubio con gafas de carey que no necesitaba, una acentuada debilidad por el vino (tinto, no blanco, muchas gracias) y la particularidad de conseguir que los dedos se le manchasen de tinta a los cinco minutos de sentarse ante la máquina de escribir o de coger la estilográfica. Pero si realmente quisiésemos diferenciar a Rory St. George de todos los rubios intelectuales, torpes y católicos tendríamos que hablar de su admiración por Bram Drachman. Rory apreciaba y veneraba a Bram de una manera primitiva, animal y casi religiosa. Si Jesús tuvo que salir a las aguas para buscar a sus apóstoles, a Bram le bastó con frecuentar el cine en el que trabajaba la señora St. George para pescar a Rory del aburrimiento de la escuela privada.

De los asistentes a la fiesta, organizada debido a la insistencia del departamento de Literatura Rusa, solo Bram y la hermana del cumpleañero no cursaban estudios universitarios. Este era un detalle que no le impedía ser el primero en estar al tanto de los acontecimientos, por supuesto. En el momento en que la orquesta tocaba «It Don't Mean a Thing (If It Ain't Got that Swing)», ya se encontraba enzarzado en una discusión de carácter político y sexual con Persie St. George.

Rory permaneció atento un par de segundos más, aguardando la probable derrota de su amigo. Como esta no tuvo lugar, se volvió hacia la chica con la que estaba bromeando sobre «esos fanáticos» de la Unión Británica de Fascistas.

«It Don't Mean a Thing» era su canción favorita.

—¿Qué me dices? —le dijo, y le tendió la mano—. Hitler detesta el swing. Lo detesta. Dice que es música de negros, de judíos y de degenerados.

La muchacha bajó los párpados. Sonrió.

Tenía una sonrisa espléndida de hoyuelos en las mejillas; los dientes superiores, algo torcidos, otorgaban a los colmillos una apariencia levemente vampírica.

—¿Y tú qué eres? Porque casi pareces albino, y con ese apellido...

Rory se tapó la cara con las manos, en parte para concederse un par de segundos para pensar y en parte para ocultar un rubor más producto del vino que de la vergüenza.

La timidez es etérea a los veinte años.

—Soy un pacifista.

La voz se le escapó por los huecos entre los dedos.

Una risa líquida.

—¿Qué eres, un monaguillo?

—Imposible. Mi conducta es deshonrosa.

—A mí me ha faltado valor para ir a España —prosiguió ella, y se sacó la pitillera del bolsillo—, pero no voy a ponerme a hablar de mis humillaciones en tu fiesta de cumpleaños.

Rory dio un paso atrás, como si quisiese concederse esa distancia para admirar la figura esbelta de Vera Johnson al encenderse el cigarrillo. Por un instante, los rasgos, suaves y asimétricos, se iluminaron naranjas.

—¡Una miliciana!

—Escritora —lo corrigió—. Bueno, no, me falta imaginación. Periodista.

—Como Hemingway.

—Y Martha Gellhorn y Virginia Cowles. Sin desmerecer a Hemingway.

—Por supuesto que no. —Se sacó el bloc de notas del bolsillo—. Vas a tener que apuntarme los nombres, me gustaría leerlas.

Una tercera sonrisa, esta más letal que las anteriores. Vera aguardó un par de segundos adicionales para comprobar que Rory no bromeaba. Ante su silencio, tomó la estilográfica y escribió algo en el bloc. Al devolvérselo, le sostuvo la mirada.

—No sabes quién soy, ¿verdad?

—Creo que coincidimos en un par de clases. ¿Filosofía?

—Soy la hermana de D. B. Johnson. Vivo...

Rory chascó los dedos.

—Justo enfrente de los Drachman, pues claro.

—Siempre te veo al otro lado del jardín. Pasas mucho tiempo con ellos.

—Eso dice mi padre —confirmó, y se aclaró la garganta para hacer una imitación notable del señor St. George—. «¿Pero qué se te habrá perdido a ti en casa de esa familia?». Algo así. Ahora que lo dices, sí recuerdo muy claramente el ruido de las teclas de la máquina de escribir desde el jardín de los vecinos...

—Apuesto a que más de una vez os he despertado de una borrachera.

—Quien calla otorga.

«It Don't Mean a Thing» se convirtió en «Sing, Sing, Sing». Vera arqueó una ceja, divertida.

—Bailaría contigo, pero soy tan roja que tengo dos pies izquierdos.

Una risotada.

—*Esa* es la mejor excusa que me han dado nunca.

—Te lo juro. —Hizo una cruz con los dedos y la besó—. Además, no creo que tu hermana vaya a perdonártelo. Coincidimos en clase, ¿sabes? Según su versión de los hechos, le arrebaté el *summa cum laude* de las manos.

Rory volvió a chascar los dedos.

—¡Ah, así que eres esa Vera! Lo siento, Persie nunca ha mencionado tu nombre completo.

—Me había dado esa ligera impresión.

—Anda, ven, que te enseño. Es pecado desaprovechar una canción como esta.

—Te voy a pisar.

—No me importa —dijo, y luego concedió—: Puedes quitarte los zapatos, si quieres.

Él ya se había agachado para deshacerse de los mocasines. Hacía falta algo más que una borrachera y una tormenta de nieve para despojar a Rory St. George de su terca vertiente de caballerosidad.

—Así estamos en igualdad de condiciones. ¿Qué me dices?

Vera se mordió las mejillas. Hubo un instante de silencio.

—Bueno, vale —dijo, y tiró los tacones por detrás de su espalda.

La risa de Rory resultaba tan ligera como el humo de los cigarrillos.

Y la música era frenética, chispeante, del color y olor aproximado del champán, de la mancha de champán que Rory tenía en la solapa de la camisa. Y Vera estaba acostumbrada a mirarlo a través de la verja del jardín o desde la ventana del ático, pero nunca había estado tan cerca de él: todavía tenía cicatrices de acné en las mejillas y los dedos moteados de tinta.

—¿Qué es de D. B.? —le preguntó—. Hace una barbaridad que no sé nada de él.

—Entró en el seminario —dijo Vera, y desvió la mirada—. Por eso también me faltó valor para ir a España. A veces tengo la horrorosa sensación de que lo hizo para que yo pudiera ir a la universidad. Como nuestros padres solo podían pagarle la carrera a uno…

Rory tragó saliva. Tenía la cara perlada de sudor y algunos mechones rubios se le habían pegado a la frente enrojecida, pero todo el mundo estaba sudoroso y despeinado.

—Yo estoy aquí porque mi padre era el jardinero de mi escuela secundaria y la educación privada me salió gratis. Me esforcé, me dieron una beca de estudios superiores... y mi padre cree que la echo a perder con la literatura rusa.

Vera ladeó la cabeza.

—Pues igual acabas en un ministerio cuando tengas el título. Con la que está cayendo..., los soviéticos podrían ser nuestros aliados, ¿y cuánta gente cualificada habrá en Inglaterra que sepa hablar ruso?

—Aprecio la fe que depositas en mí. —Dibujó una media sonrisa—. No estoy muy puesto en política, aunque me uní al club de lectura izquierdista.

—A mí me llamaba la atención, pero mi paciencia para la ficción es relativa.

—También leemos ensayos, debatimos sobre la situación política..., vente este jueves, si quieres.

Vera ya lo había pisado en cuatro ocasiones. El calor humano de la sala era tan intenso, tan asfixiante, que se habían ido moviendo hacia las esquinas, donde reinaba algo más de tranquilidad.

Hablaban entre jadeos.

—Creo que todo el mundo es de Tolstói o de Dostoyevski —decía Rory—. Te pueden gustar los dos, pero solo puedes ser de uno.

—¡Anda ya! ¿Y yo, de quién crees que soy?

—De Dostoyevski, naturalmente. Como Bram.

Lo señaló con la cabeza. En aquel momento estaba bailando con Persie St. George, su cuerpo inmerso en un movimiento tan enloquecido que parecía que creara una órbita a su alrededor.

Vera levantó una ceja.

—¿Dostoyevski tiene muchos personajes que empinen el codo?

—De los que besuquean al personal cuando se emborrachan.

La risa de Vera quiso nacer, pero el sonido estridente de las sirenas la interrumpió. La alarma aniquiló la música e hizo detener las parejas en la pista. Al otro lado de la ventana, ante la cual se agolparon, el cielo se pintaba en tonos de rojo, naranja y granate.

—¿Un incendio? —preguntó ella, y arrugó la nariz.

Rory se acarició el mentón. Había abierto la ventana, tenía el torso fuera y el viento helado le hacía lagrimear.

—No puede ser...

Tras ellos se produjo una estampida colosal. De haber seguido tocando la orquesta, el ruido de los pasos y de las carreras la habría silenciado, amordazada para siempre.

—¡Vamos! —le gritó a Vera, y le tendió la mano (aún sudorosa, aún enrojecida).

Ninguno de los dos se acobardó. La ayudó a bajar y después él también saltó al vacío. Una inmersión muy pequeña pero rebosante de fe. El polvo de nieve le golpeó la cara.

Gritos. Parecía que Roma ardiera o que el Vesubio entrara en erupción.

Corrieron en dirección a la calle con los dedos entrelazados. No se detuvieron ante las expresiones de alivio de sus compañeros, ni ante los guardias que les explicaban que había sido una falsa alarma y que no había llegado el fin de los tiempos; solo pararon cuando la carrera y la risa les cortaron el aliento.

Con la inmovilidad repentina repararon en el frío húmedo que sentían en los pies y fueron conscientes de los temblores que les recorrían el cuerpo.

—¡Vera, tus zapatos! —exclamó Rory, entre carcajadas, y alzó los brazos en dirección al cielo sangrante.

Vera lo señaló.

—¡*Tus* zapatos!

Sin dejar de reír, Rory dio un último paso hacia ella. Rizos de vaho plateado flotaban entre los dos mientras se quitaba la chaqueta y la ponía sobre los hombros de Vera. Cuando terminó, no se separó, se quedó muy cerca de ella, aprovechando con gusto el calorcito agradable que emanaba de su cuerpo.

Sobre ellos, el cielo era una herida abierta, una hemorragia incurable en tonos bermellón. Los gritos se habían convertido en un silencio sostenido y decenas de ojos atendían al baile imposible de las luces del norte.

—Es precioso... —susurró Rory.

Vera se humedeció los labios.

—No sabía que podía verse la aurora desde aquí.

—Es muy raro. Casi milagroso. —Las comisuras se le arquearon, todo él brillaba ante tanta luz—. ¿No tenemos mucha suerte de estar vivos justo ahora, en este momento?

No cambió de postura. Con la proximidad, Vera oía cómo le castañeteaban los dientes y olía el aroma a lavanda del jabón Yardley en su cuello.

Los nudillos de ambos chocaron en un último escalofrío. Se preguntó si él sentía la misma hambre que ella, el mismo deseo lacerante e inútil del contacto humano, de sentir la piel y el calor del otro.

No le dio tiempo a hacer nada más. Bram Drachman, descamisado, con la corbata pendiéndole arrugada del cuello como un apéndice engorroso, se dirigió a ellos con aire triunfal. Tenía los tacones de Vera colgados de las orejas, a modo de pendientes, y los mocasines de Rory en la mano.

—¡Feliz cumpleaños, St. George! ¡Hasta el cielo se alegra de que sigas vivo!

Las carcajadas que rompieron el silencio fueron gloriosas. Imperios enteros podrían haber nacido y caído en ellas. Hasta las luces del firmamento palidecían ante semejante despliegue de juventud, de vida irreprochable.

Al día siguiente, los españoles en guerra verían en el firmamento rojo las marcas del Apocalipsis que llamaba por ellos y amenazaba con tragárselos. Las iglesias de Europa se llenarían de feligreses que se santiguarían y clamarían a Dios, porque la Virgen había predicho en Fátima que un milagro como ese estaba al acecho. Los trenes se retrasarían debido a los estragos en la red eléctrica causados por la tormenta solar. Pero aquella noche seguía siendo el cumpleaños de Rory, y estaban vivos, y reían rodeados de luz y de una nieve que refulgía granate.

Ni la enfermedad ni la guerra podían tocarlos aún.

II

Londres, septiembre de 1938

Atardecía en Surrey Docks. El fin del día sobre los muelles era glorioso y teñía de un rojo sangrante las aguas del Támesis. Bram, tumbado en la cama (periódicos atrasados a sus pies), no se esforzó en ocultar la sonrisa mientras observaba a Rory meditar la jugada de ajedrez. En ocasiones normales, Rory y Vera se veían obligados a hacer equipo contra Bram; esta disposición nada ortodoxa, que ningún purista del deporte habría aprobado, pocas veces los salvaba de la derrota.

—El señor Buchan me odia —dijo Rory solo por aportar algo, y acarició el caballo antes de moverlo.

Un folleto informativo de Sicilia descansaba en la otomana junto a él. Se trataba de un documento desfasado, amarillento por el paso del tiempo, que encontró en un puesto de Sicilian Avenue. Pertenecía a una época que no iba a volver, antes de los camisas negras y del terror que sembraban a su paso.

Italia era su última obsesión. Entre jugada y jugada, leía datos sobre el cultivo del limón y las erupciones del Etna. En el embrujo de la intimidad, fingía que era la fiebre de Bram, y no los medios económicos, lo que les impedía cruzar la frontera.

—Tesoro, a ti nadie te odia —rezongó el paciente—. Tenerte tirria, quizá, pero «odiar» es un verbo muy fuerte.

Bram Drachman era un muchacho al que le gustaba alargar

sus victorias. En consecuencia, llevaba la cuenta exacta del momento en que Rory había cometido el error fatal que había condenado la partida.

—Llevo días persiguiéndolo por toda la facultad para entregarle mi traducción de Pushkin, pero el viejo zorro está poco menos que desaparecido en combate y yo no puedo arriesgarme a un suspenso. La beca depende de un expediente perfecto y blablablá.

Bram lanzó una mirada furtiva a la radio antes de contestar. Ante la falta de noticias, se removió en la cama.

—No, si encima de puta, pones la cama. Ese crápula de Buchan no se atreverá a suspendert...

No se interrumpió, sino que su voz, débil debido a la enfermedad, fue bajando de volumen hasta desaparecer. La puerta de la habitación acababa de abrirse con un crujido que precedió al ruido de unos tacones y al frufrú de unos pantalones de seda.

Las entradas de Vera Johnson tenían por costumbre ser verbales además de físicas, sobre todo cuando irrumpía allí donde no había sido invitada. Rory apartó los ojos del tablero para volverse y sonreírle; su pericia relativa en el ajedrez no le impedía ser consciente de la derrota que pendía ante él y ya jugaba solo para guardar las apariencias.

Vera tenía los huesos entumecidos de cargar la máquina de escribir y los libros de la universidad, pero, sobre todo, por la expectación. El primer ministro Neville Chamberlain, enzarzado desde hacía días en negociaciones con Hitler, se dirigiría a la nación de un momento a otro.

—Los colores de la temporada son azul Union Jack y rojo Buckingham —dijo, y se dejó caer en la otomana, la revista *Vogue* le tapaba la cara—. Pero creo que voy a decantarme por el violeta para la fiesta de cumpleaños de D. B. No hay ninguna excusa para abusar del azul marino.

—¿Y cuál es el problema del rojo? —le preguntó Rory señalándola con la torre que estaba a punto de mover.

—Mi madre cree que es obsceno, entre otras cosas.

No les dio ocasión a ninguno de los dos a meter baza. Tenía los párpados enrojecidos y las pestañas inferiores, un poco húmedas, le brillaban. Sus amigos habían aprendido a no hacer preguntas cuando la madre estaba de visita.

La señora Johnson era una reliquia grotesca del pasado, un espejo roto en el que el país podía ver su reflejo más monstruoso y primitivo.

Para desviar la atención, Vera se levantó tras dejar la revista sobre la cama y corrigió las marcas del progreso de la Guerra Civil en el mapa de España que había en la pared.

Bram emitió un ruidito explosivo por la nariz.

—¿Lees las noticias de la guerra en la revista *Vogue*?

—Por lo visto, tú deberías hacerlo. Y pintarte los labios de rojo Buckingham.

—Por favor. Y pon los alfileres otra vez donde estaban, ¿quieres? No ardo en deseos de ver un panorama tan decepcionante en mi lecho de muerte.

—Dios no será tan amable con los demás para dejar que te mueras.

—A mí el asunto me gusta tan poco como a ti —rezongó Bram—. Así que, si no te importa, los alfileres...

Rory sonrió. Se preparó para añadir algo, pero Bram le chistó. Subió el volumen a la radio.

«Mis buenos amigos —la voz del primer ministro les llegaba metálica—, por segunda vez en nuestra historia un primer ministro británico ha vuelto de Alemania trayendo paz con honor. Creo que se trata de paz para nuestro tiempo. Os damos las gracias desde el fondo de nuestros corazones».

Vera chascó la lengua. Sin despegar los ojos del tablero de ajedrez, Bram le dio jaque al rey de Rory. Llevaba horas retrasando esa jugada, y ya tenía la paciencia quemada.

—Bueno, parece que no habrá guerra.

Vera se sentó de nuevo en la otomana, movimiento que acompañó de una patada propinada a la pata de la cama.

—Viejo cobarde e incompetente.

Rory se mordió el labio inferior.

—Pues yo me alegro de que no se haya declarado la guerra, muchas gracias.

—Eso díselo a los checos. —Bram utilizó la pitillera para señalarlo—. Los nazis se están dando un festín con su país... o lo que han dejado de él.

Rory lo miró, tenía los labios entreabiertos. Tardó un par de segundos en organizar sus pensamientos en una frase coherente; la posibilidad de que su amigo lo juzgase le resultaba inadmisible, un pecado sin posibilidad de redención.

—Lo siento por ellos, de verdad. Y creo que deberíamos ayudarlos. —Vera hizo amago de añadir algo, pero Rory fue más rápido—. La vía diplomática debería ser la primera opción.

La respuesta de Bram fue física y no verbal: alzó el dedo para señalar el mapa de España.

—Ya veo que caemos en los mismos errores de siempre.

Rory suspiró.

—Deberíamos mandar suministros y voluntarios, pero ¿entrar en guerra? ¿Qué sentido tiene intentar detener una masacre con otra aún mayor?

Bram le dio un sorbo al té que había dejado enfriar sobre la mesilla. Ladeó la cabeza, casi como si estuviese decidiendo que discutir con Rory supondría un acto reprochable de crueldad. ¿Quién podría arrancar de cuajo tanta inocencia?

Vera apoyó la barbilla en las palmas de las manos. Resopló.

—Hitler no va a detenerse en Checoslovaquia, Rory. Es un fanático.

—Es un genocida en potencia, Vera —precisó Bram—. Llamemos a las cosas por su nombre.

Rory guardó silencio, fijó su mirada en el anillo de agua que dejó la taza sobre la madera.

—Chamberlain es un incauto —dijo Vera, que se había girado hacia la luz dorada de la ventana—. No va a poder detener esta guerra. Le doy seis meses.

Bram chascó los dedos hacia ella.

—Lo veo. Y lo subo a doce. Habrá alguna negociación de por medio.

Y ladeó una sonrisa hacia Rory al encenderse un cigarrillo ignorando todo riesgo. Tras darle una calada, y solo por costumbre, se lo tendió. Trató de recuperarlo enseguida, pero su amigo ya se lo estaba acercando a los labios.

—Mira que te ganas un contagio.

—Ya he pasado por la fiebre reumática. No hay una enfermedad de la infancia que no me haya tocado. —Arqueó los labios—. Además, así no te morirás. Sabrás que, si lo haces, mi muerte inminente te condenará para siempre.

—¡Ja! No vas a morir nunca. *Lamedvavnik.** En todo momento hay treinta y seis personas santas que mantienen la integridad del mundo, y tú, tesoro, eres una de ellas. Matarte sería como profanar una tierra sagrada.

Rory puso los ojos en blanco.

—Tú sí que eres un santo, pero el patrón de las causas perdidas. ¡En fin! Al menos no habrá guerra.

* En yidis, las treinta y seis personas que, según la cábala judía, mantienen la integridad del mundo. Esta suerte de santos están escondidos; según distintas interpretaciones, ellos mismos podrían no ser conscientes de su condición.

III

Londres, junio de 1940

Las oficinas del *Telegraph* eran un caos laberíntico de montañas de números antiguos, artículos pasados a máquina que se apilaban sobre las mesas y otros desechados que iban a morir a las papeleras de rejilla metálica. Era junio de 1940 y los ojos de la redacción estaban volcados en las playas de Francia. Días atrás, el rey Jorge VI había declarado un día de oración nacional para rezar por los soldados británicos en Francia, y las iglesias de todo el país se llenaron de feligreses que dirigían plegarias al cielo.

Dunkerque, Dunkerque, Dunkerque. Tras escasos días de combate, la avanzada alemana había tomado Boulogne y rodeado Calais. Con la derrota mordiéndoles los talones, las tropas francesas y británicas se habían replegado.

Los papeles que se amontonaban en la papelera, con la tinta aún húmeda, goteaban horrores y barbarie, pero pocos detalles de la derrota habían sobrevivido a las cuartillas que Vera Johnson pasaba a limpio.

El efecto que los artículos tuvieron en ella (los labios apretados, la ceja arqueada) no le resultaron fáciles de ignorar a su jefe, el redactor Alistair Dale.

—¿Rezaron a san Judas Tadeo en la iglesia de la Santísima Trinidad? —le preguntó.

Era joven, tenía los dientes separados y hoyuelos en las mejillas. Sus rizos, de un castaño ceniciento, parecían inmunes al peine y la gomina.

Vera se mordió las mejillas. Tenía los ojos fijos en el folio en el que estaba escribiendo y no se detuvo al oír la voz de Dale.

—No sé.

—¿No es san Judas el santo patrón de las causas perdidas? Lo siento, no estoy muy versado en teología católica.

Vera lo miró de reojo.

—Lo que quiero decir es que no fui.

—¿No es la Santísima Trinidad la iglesia en la que da misa tu hermano?

—Sí, pero no fui. —Se permitió sonreír—. Tenía bastante trabajo corrigiendo tus macarrónicas faltas de ortografía. ¿Dónde te enseñaron a redactar? ¿En la jungla?

—Casi, en el *Daily Express*. Aquellos, claro, eran los benditos años en los que lord Beaverbrook llevaba la batuta y... —Se detuvo ante el ruidito explosivo que emitió Vera—. Perdona, ¿te estoy aburriendo?

—No más que de costumbre. —Chascó la lengua—. Es que no entiendo esta censura del demonio. ¿Es esta una guerra que debamos ganar con mentiras y oraciones?

—Moral —precisó Alistair, y la señaló con la estilográfica—. Necesitas que el pueblo mantenga la moral alta para que las madres sigan apoyando el esfuerzo bélico y mandando a sus muchachos al frente. Eso se consigue con mentiras y oraciones, no publicando en un diario de tirada nacional que Churchill, a los pocos días de tomar el cargo, mandó a centenares de los jóvenes más brillantes de su generación a morir sin honor en una playa putrefacta de Francia.

Vera separó los labios. No tuvo ocasión de pronunciar palabra. Un nuevo artículo acababa de caer sobre el que estaba pasando a máquina.

—Noticias candentes —dijo Alistair, tras darle dos golpecitos con el dedo—. Sin medias tintas. Los soldados rescatados en las embarcaciones pequeñas están empezando a llegar a casa. Centenares han atracado ya en Ramsgate. Pronto las estaciones de tren de todo el país estarán rebosantes de héroes.

La apreciación consiguió llamar la atención de Vera. Dejó a un lado el trabajo, los dedos quietos sobre las teclas y los ojos fijos en Alistair, que sonreía.

—¿Crees que, sin un poquito de moral, tantos civiles británicos habrían navegado hasta el frente para rescatar a nuestros muchachos?

Vera no le respondió de inmediato. Se humedeció los labios. Tras un instante más de silencio, tanteó:

—Moral.

—Alegra esa cara, Johnson. ¿Recuerdas cuando te dije que jóvenes de todo el país correrán mañana a alistarse?

—Difícil no hacerlo, teniendo en cuenta que ha sido hace dos minutos.

—Me he adelantado a todos ellos. Parece que no tendrás que soportar mis... ¿Cómo las has llamado? ¿Macarrónicas faltas de ortografía?

La estilográfica se escurrió entre los dedos de Vera. El ruido que emitió se unió a la sonora carcajada de Alistair.

—No me digas que vas a echarme de menos.

Vera no se volvió. Tenía la mirada perdida; sus dedos acariciaban las teclas de la máquina de escribir sin llegar a ejercer presión sobre ellas.

—De una manera terrible —dijo con voz lejanísima.

Parpadeó.

—Puedo... —susurró antes de que Alistair pudiese agregar una broma más—. ¿Puedo hacerte un último favor y llevar el correo a las oficinas del Royal Mail antes de que Keller lo vea?

Alistair no se esforzó en ocultar la risita.

—Y pensar que tienes un corazón pese a todo...

En Curtidos Schofield & Co. el descanso de la comida se tomaba entre las doce del mediodía y la una de la tarde o, para ser más precisos, en el momento en el que Rory St. George hacía acto de aparición con dos empanadas de carne debajo del brazo. El título de la Universidad de Londres, obtenido en enero, lo había dejado con una barricada de libros en la habitación, los ojos enrojecidos y llorosos de traducir hasta bien entrada la madrugada, y la cartera polvorienta y ruinosa. El momento culminante del día, y la ocasión más codiciada para escapar de la mirada reprobatoria de su padre, era esa hora mágica en la que visitaba a Bram en el trabajo para almorzar juntos.

—¿Algún desarrollo interesante de los acontecimientos? —le preguntó su amigo.

Se encontraban en la trastienda, Bram sentado sobre una pila de maletas viejas y Rory en pie con toda su (considerable) altura. Era una habitación pequeña y desordenada, inmersa en un olor penetrante, dulzón y espeso, muy poco práctica para comer, pero con una acústica estupenda.

Rory se acarició el mentón y fingió pensar en ello con detenimiento.

—Veamos..., mi padre todavía me odia.

Bram lo señaló con dos dedos.

—Eso no es un desarrollo ni es interesante.

—El viernes tengo una entrevista con Victor Gollancz.

Un breve silencio. Ante la falta de una descripción más detallada (o de una descripción, a secas), Bram arqueó una ceja.

—¿Debería sonarme el nombre?

—Es un editor.

—¿De libros rusos?

Rory negó con la cabeza.

—No. Ha publicado a Orwell, eso sí. Y a Kafka.

—¿Kafka es ruso?

—No me jodas, Drachman.

Bram se encogió de hombros. Todavía llevaba puesto el mandil del trabajo, sobre el que chorreaba un sudor negro.

—Vale, vale. Dios. ¿Y quiere contratarte como traductor, ese Gollancz?

—No. Secretario, mecanógrafo, chico de los recados..., sabe Dios. Tengo la sensación horrenda de que se apiada de mí y que solo quiere ayudarme. Lo conocí en el club de lectura izquierdista.

Bram soltó un ruidito explosivo por la nariz.

—¿Y qué se supone que hacéis ahí? ¿Cascárosla mientras leéis a Marx?

—A Gorki. Por eso no dejo de invitarte a que vengas. —Se humedeció los labios, acababa de decidir que no le apetecía escuchar la réplica de Bram—. He pensado en hacer algún cursillo de voluntariado, también. Como bombero o conductor de ambulancias..., no quiero que la gente piense que no me importa lo que está pasando ahí fuera.

Bram se disponía a llevarse la empanadilla a la boca, pero se detuvo. Observó a su amigo mientras una apacible sonrisa crecía en su cara moteada de grasa negra.

—¿Todavía eres pacifista?

Rory desvió la mirada. Tragó saliva.

—¿Todavía tienes ese soplo en el corazón?

Bram bufó.

—Ni me lo menciones. Sigo aquí, ¿no?

—Exacto.

Bram sacudió la cabeza.

—No tienes que esperarme.

—No, sí tengo que hacerlo. —Rory se agachó, de modo que quedaron frente a frente—. Si haces una gilipollez en la instrucción y... no sé, estrellas un avión o algo parecido, ¿a quién crees que señalará el dedo acusador de tu madre?

—Rory —insistió Bram, esta vez con más energía—. No tienes que esperarme.

—Pero quiero hacerlo.

—Nos separarían al terminar la instrucción, de todos modos. Después de lo que pasó en la Gran Guerra...

—No me importa.

—Rory...

—No vas a hacerme cambiar de opinión. Iré a donde tú vayas, y me quedaré donde tú te quedes.

Bram se reclinó para adoptar la posición que acostumbraba

a preceder a una larga perorata, pero Rory no alcanzó a escuchar la primera palabra. Desde la tienda les llegó, tenue pero perfectamente audible, la campanita que anunciaba la entrada de un nuevo cliente. Segundos después, se oyeron unos jadeos familiares y la voz aguda de Vera Johnson.

—Disculpe..., disculpe..., es una urgencia. Señor Schofield, ¿está Bram, por casualidad?

Vera Johnson detestaba su propia voz. Al igual que las mejillas, que se le redondeaban al sonreír, la hacía parecer más joven, casi una niña de escuela. La juventud es un arma peligrosa, si eres una mujer que aspira a hacerse hueco en una profesión de hombres. La juventud es deseada, y ese deseo se convierte en una soga al cuello, capaz de ahogarte o de salvarte.

Por los pasos agitados, los muchachos supusieron que el señor Schofield había señalado algún punto a su espalda. El crujido de la puerta que se abría confirmó sus sospechas, junto con el sonido como de acordeón de la respiración de su amiga.

—Allie Dale se alista.

Bram Drachman no era un hombre al que las irrupciones impetuosas de Vera Johnson causasen una gran impresión. Se arrellanó más en el asiento y repuso:

—Bien por Allie Dale. ¿Quieres que le hagamos una fiesta? ¿Le mando recado a Churchill?

Rory lo excusó con un movimiento de la cabeza.

—El soplo cardiaco sigue ahí.

Bram lo señaló con dos dedos.

—Si no sacáis un tema de conversación más estimulante os largo a los dos.

Vera se mordió el labio inferior. En parte porque sabía que le molestaría, pasó los brazos por detrás de la espalda de Bram, teniendo cuidado de no mancharse la gabardina de grasa.

—Ah, Drachman, lo siento.

—Sigues sin cambiar de tema, Johnson —canturreó el muchacho—. ¿Has venido aquí solo para darnos el parte de guerra?

Vera se separó de él, despacio.

—Allie Dale es mi jefe.

—No te preocupes, tesoro. A rey muerto, rey puesto.

—Exactamente —siseó Vera—. Si Allie se va, queda una vacante de redactor en el *Telegraph.*

Las comisuras de Rory se elevaron en una sonrisa ligerísima.

—¿Crees que tienes alguna posibilidad?

—Tengo que intentarlo, ¿no? Llevo meses prácticamente escribiéndole los artículos. ¿Quién le ha sacado las castañas del fuego cuando estaba con resaca? No puede reñir contra la verdad.

—He leído tus artículos —dijo Rory—. Dale tendría que estar ciego para no ofrecerte la suplencia.

Bram, que había permanecido en silencio, tragó el pedazo de empanada que tenía en la boca.

—Sin que me guste ser negativo...

—Adoras ser negativo.

Bram lo ignoró.

—¿Dale te ha dado alguna indicación de que pretenda ofrecerte algo?

Vera arqueó una ceja.

—Acabo de enterarme de que se alista.

Rory suspiró.

—Venga, Bram, tú también has leído sus artículos...

—Sí, por eso. Si en el *Telegraph* entendiesen de justicia no la habrían tenido tanto tiempo pasando artículos a máquina. Sin ofender.

—No ofendes —le aseguró Vera—. Sabes que somos de la misma opinión.

—Bien. ¿Tienes algún plan?

—Reunir todos mis artículos desde la universidad y planear bien mi discurso, supongo.

Bram asintió.

—Píntate los labios. Y ponte ese traje que te hizo mi hermana, el de las dos cremalleras a los lados que te queda tan ajustado.

Rory resopló.

—Eres un bruto, Bram.

—Como todos los hombres menos tú. —Estiró el brazo para pellizcar a Vera—. Hazme caso.

En ocasiones normales, esa contestación le habría costado caro, y cuánto. Aquella tarde de junio, Vera se limitó a propinarle una patada en la espinilla y sisear:

—Rory tiene razón, eres un bruto. Detesto tener que coincidir contigo.

Cuando hizo ademán de irse, Rory dio dos pasos hacia ella.

—Espera, te acompaño. ¿Ya has comido?

—Qué va, en el *Telegraph* solo salen los que están del lado del que corta el bacalao. Los demás comemos en el escritorio, entre la tinta y el humo de los cigarrillos, pero si eso es lo que tengo que hacer para firmar algún artículo...

Rory rio y le tendió la mitad de su empanadilla.

—¿Cuánto puedes apurar? ¿Los tres minutos hasta tu oficina?

—No me tientes —le pidió Vera, que ya salía a la calle—. Llevo meses viviendo de café y cigarrillos y los únicos puñeteros artículos que me han dado van firmados por Allie Dale.

Rory le sujetó la puerta.

—¡Ah, sí! Fútbol, el noble deporte.

—Noble mi santa paciencia. Dios, qué ganas tengo de estar ahí fuera, en lugar de quedarme aquí mano sobre mano mientras...

Tamaña introducción solo podía preceder a un discurso que a Vera le llevaría, forzosamente, más de los tres minutos entre Schofield & Co. y las oficinas del *Telegraph*. Mientras apuraba para llegar a su altura, Rory le dijo:

—Oye, ¿por qué no te vienes conmigo? Estaba pensando en inscribirme como voluntario ahora que..., bueno, ahora que Francia, Bélgica y Holanda han caído, la ofensiva alemana parece inminente. ¿Qué me dices? Es mejor que quedarse mano sobre mano.

Vera le sonrió.

—Suena bien. Anda, vete, que como te vean y se piensen que he bajado para estar de cháchara...

—Vale, ¿nos vemos luego en casa de los Drachman? Te ayudaremos a perfeccionar tu discurso.

IV

No era un hecho usual, ni mucho menos probable, que Persie St. George se quedase esperando a su hermano en las escaleras de su casa, y mucho menos cuando este regresaba de gandulear (palabras de su padre, no suyas) con Bram Drachman. El motivo detrás de ese arranque de amabilidad tan poco común en ella residía en la carta que también le esperaba a él, aunque no en las escaleras, sino en el mueble de la entrada.

Cuando Rory hizo acto de aparición con el maletín que Persie había mandado arreglar como regalo, la presencia de su hermana le hizo dar un paso atrás.

—¿Ha habido algún percance con los pantalones que le llevé a la señora Drachman para subir los bajos? —tanteó—. Quería ponérmelos para ir a la entrevista con el señor Gollancz.

Persie arrugó la frente.

—¿Qué?

—Pensaba que te gustaría darme las malas noticias en persona. ¿Algún motivo por el cual no puedo entrar en casa?

Persie se apartó casi por inercia y cuando Rory ya tenía el pomo en la mano se aventuró a agregar:

—Te ha llegado una carta.

Era uno de aquellos sobres que nada más verlos se adivinaba qué contenían. A Rory no le dio tiempo ni a quitarse la gabardina cuando notó la cara húmeda de su madre, que se acercaba a la suya.

A la voz áspera del padre le siguieron unos pasos cuya cadencia desigual revelaba la deformidad en la pierna del señor St. George, que llevaba un zapato con la suela más gruesa que el otro.

—Vamos, vamos, Florence, no recibas con lágrimas lo que es, después de todo, una buena noticia.

El rostro rojo y lloroso de la señora St. George se volvió hacia él.

—Será una buena noticia para el país, pero no para nosotros.

—Con los tiempos que corren, las buenas noticias para el país lo son también para los demás.

La madre separó los labios para agregar algo, pero Rory, que dio un paso hacia ella, se le adelantó.

—Tarde o temprano tenía que acabar ocurriendo, mamá. Bram y yo íbamos a ir juntos, pero bueno, parece que me he anticipado.

Persie, que permanecía en pie en el umbral, le dio una larga calada al cigarrillo que había encendido.

El padre carraspeó.

—¿Ves? Es preferible que ocurra cuanto antes, cuando las condiciones en el campo de entrenamiento sean mejores. Tiene una carrera universitaria, aunque haya sido un desperdicio de talento y de dinero. Mejor que ingrese ahora que la guerra acaba de empezar y que se forme como oficial. Además, así la gente no hablará.

Rory arqueó una ceja. En contra de su buen juicio, terció:

—Hablar. Hablar... ¿de qué, exactamente?

—Ya sabes de qué. Sin alistarte, y todo el día metido en casa del alemán...

—Bram es judío.

—¿Crees que no había judíos en las tropas de Bismarck?

Al oírlo, Persie arqueó una ceja.

—Padre, lo sorprendente es que lo sepa usted, teniendo en cuenta que no sirvió.

Las socarronerías en Persie no resultaban una novedad, pero sí su lealtad hacia Rory, quien tuvo el cuidado de contener el ataque de risa.

—La familia de Bram ya vivía en Inglaterra cuando la anterior guerra —dijo, en su lugar.

El padre lo despachó con un movimiento impaciente de la mano.

—Un boche es un boche.

—No para Hitler.

Antes de que a su padre le diese tiempo a replicar, se volvió a abrochar la gabardina y dijo:

—Me voy.

La madre se llevó una mano a la sien.

—¡Ahora! ¿Adónde?

—Tengo que avisar al señor Gollancz de que la entrevista de trabajo se cancela.

En cuestiones religiosas, la fe de Vera Johnson era relativa. Si vagamente y a regañadientes creía en un ente superior, era para tener a alguien no corpóreo y con el cual no la uniesen lazos familiares con quien enfadarse. También estaba, por supuesto, el asunto de la culpa. Por mucho que D. B. le asegurase lo contrario, no se sacaba de la cabeza la posibilidad de que su hermano hubiese renunciado a los estudios universitarios para que ella pudiese cumplir su sueño de especializarse en Periodismo.

En consecuencia, se dejaba caer en la iglesia de la Santísima Trinidad más veces de las que querría, llevando consigo el periódico del día y cualquier porquería que hubiese encontrado en la oficina que el manitas de D. B. pudiese transformar en algo útil.

Aquella tarde, al salir, no se dio de bruces con una de tantas beatas que le pedían a gritos que aminorase el paso, sino con Rory, que se disponía a entrar.

Sonrió al verlo.

—¿Tú por aquí? ¿Tienes alguna cuenta pendiente?

—Desde que me codeo con Bram y contigo, muchísimas. Me habéis arruinado. ¡Ya no me recibe ninguna familia decente de Londres!

—Bien. Las familias decentes son las más aburridas.

Rory le dirigió una sonrisa cansada.

—En realidad iba de camino al despacho del señor Gollancz, pero al pasar por delante de la iglesia he pensado en entrar y rezar un poco.

Una arruga creció entre las cejas de Vera. Aunque Rory pecaba más de santidad que ella, la Santísima Trinidad era un edificio que solo pisaba los domingos que se levantaba lo suficientemente temprano para ir a comulgar.

—¿A rezar? ¿Por qué?

—Por mí, creo.

Como única explicación, Rory introdujo la mano en el bolsillo interno de la gabardina y le enseñó la carta que acababa de recibir.

El sobre (o, más específicamente, el grabado que este portaba) esclareció cualquier duda.

La noticia causó en Vera un efecto perceptible. Se acercó con un movimiento tan violento que la falda se le quedó enganchada en el pomo. Las pupilas se sacudían en el centro del iris.

—¿Cuándo...?

—El cartero debió de pasar justo después de que yo saliese. Me encontré con el percal cuando llegué a casa. Solo lo saben Persie y los viejos.

El silencio que crecía entre ellos era líquido, suave, casi habrían podido bañarse en él.

Temblorosos, los nudillos de Vera chocaron contra los de Rory. Ninguno de los dos separó la mano.

—¿Cómo se lo han tomado?

—No muy bien. Mi madre tenía pinta de haberse pasado toda la tarde llorando. Y mi padre... —Resopló—. Leyendo entre líneas, según mi padre al menos en el frente seré útil.

Vera bajó la mirada. Con lentitud, casi temiendo romper algo muy frágil y muy valioso, movió el índice hasta que este rodeó el pulgar de Rory.

—¿Por qué no te registraste como objetor de conciencia? Podrías haber servido en el cuerpo médico o...

Rory sacudió la cabeza.

—No creo que pueda seguir siendo pacifista. —Estiró los labios—. Tenía la esperanza de que no me llamasen. No hasta que el médico le diese el visto bueno a Bram y pudiésemos alistarnos juntos. —Forzó una sonrisa—. Sé que es una tontería, que nos habrían separado después de la instrucción..., bueno, ni eso. Bram lo que quiere es servir en la RAF, y yo soy demasiado alto, pero... no sé. Creo que me parecía reconfortante saber que la vida nos tenía reservado el mismo destino al mismo tiempo. Siempre lo hemos hecho todo juntos. No sé. Me pone nervioso tener que hacer esto solo.

Sus manos eran suaves, un mapa en blanco que daba testimonio de los privilegios de una vida sosegada. Hasta el momento, todo cuanto sus yemas habían acariciado habían sido los lomos de los libros, las muñecas de las chicas a las que sacaba a bailar y los vinilos de swing del mercado de King's Cross.

Y Vera había tocado esas manos muchas veces sin apreciarlas como merecían. Sus acercamientos siempre habían sido frívolos, producto de las borracheras de la universidad o de las bromas de Bram sobre toda suerte de «vidas bohemias». Existía mucha más intimidad en ese roce fortuito que en los besos en las fiestas o en las noches de estudio en las que, desoyendo las recomendaciones de su madre, se había tumbado a descansar en la misma cama que Rory.

—Cómo me gustaría poder ir a mí también —susurró—. No me odies por ello.

—No podría hacerlo.

—Es que... estamos viviendo los tiempos más desesperados de nuestra generación. La escritura es el único talento que tengo, y me parece que estoy desperdiciándolo encerrada todo el día en las oficinas del *Telegraph*.

—Encontrarás la manera. —Le apretó la mano—. No te falta valor.

—Lo que me falta es una acreditación, y poco menos que tendría que bajar a los mismísimos infiernos para conseguirla. Intentar cubrir la guerra desde casa ya será una odisea, pero un contrato de corresponsal..., tendría que batirme en duelo con Dios para obtenerlo.

Rory rio. Un sonido frágil, fragmentado, que reverberó en el patio de la iglesia como las primeras notas inconexas de una sinfonía.

—Te veo capaz. De momento, puede que el primer paso sea conseguir el ascenso...

No dejaba de ser una de las arbitrariedades crueles de la historia: a él una carta, una simple carta, lo estaba arrancando de casa para escupirlo en el frente; ella, mientras tanto, remaba desesperadamente en dirección a las trincheras y acababa siempre de vuelta y con las manos vacías.

—Dios, no sé cómo voy a contárselo a Bram.

—Lo entenderá. Los soplos cardiacos casi siempre remiten. Solo es cuestión de tiempo. —Tragó saliva—. Tienes que volver con nosotros, ¿vale? Eres demasiado importante.

—Lo haré. Lo intentaré —suspiró—. ¡En fin! San Judas era el de las causas perdidas, ¿no?

Sin esperar respuesta, empujó la puerta que Vera sujetaba. Aún tenía un pie en las escaleras cuando oyó:

—Eres útil.

Se detuvo.

—¿Disculpa?

—Eres útil. Sabes dónde encontrar los mejores vinilos de Londres.

La carcajada lo cubrió todo; parecía poseer la fuerza precisa para romper los rosetones, para despertar del sueño de piedra a los santos que los observaban con sus ojos ciegos.

—Unos conocimientos de primera categoría.

—Y sabes hacerme sonreír cuando el trabajo me da ganas de tirarme al Támesis, y quizá seas el motivo por el cual Bram sigue vivo y de una pieza. Eres importante, Rory.

No dijo nada. Tan solo la miró con los labios entreabiertos, de los que se escapó un vaho muy leve. No le dio la impresión de estar marchándose porque el acto de irse no implicaría el abandono de ningún hogar tangible. Su hogar eran sus amigos, a fin de cuentas, y ellos estarían a una carta de distancia. De todos modos, las palabras siempre se le habían dado mejor que el contacto físico, y entre ellos crecía una infinidad de ellas que palidecían y morían antes de salir. Habrían precisado un idioma completamente nuevo para hablar del miedo. Un idioma antiquísimo, intraducible. Un idioma que les hablase con la voz de generaciones, de una pérdida que todavía no existía pero que se desplegaba ante ellos y amenazaba con taparles los ojos.

V

Todo el mundo en la redacción del *Telegraph* sabía dos cosas importantes sobre Alistair Dale:

1. Le gustaba el *espresso* bien cargado, sin azúcar y ni una gota de leche.
2. Pobre de aquel que intentase encontrar algo en su escritorio, pues el desdén de Alistair por el orden había alcanzado unas proporciones dantescas.

Cuando Vera entró en el despacho, con dos tazas humeantes de *espresso* en las manos y la sonrisa más radiante que consiguió dedicarle, Alistair se hallaba inmerso en la búsqueda de su estilográfica favorita bajo las maravillosamente gigantescas montañas de papeles sobre la mesa.

—¡Vera! —la saludó, mientras se incorporaba—. Muchas gracias por ayudarme con la columna. Ha quedado espléndida. —Tanteó la máquina de escribir—. Te he estado guardando un número..., si consigues encontrarlo en alguna parte.

Aquella sonrisa luminosa no hizo más que crecer en el rostro de Vera.

—No te preocupes, ya tengo uno. —Le tendió una de las tazas de café—. Negro como tu alma, como te gusta.

Alistair le guiñó el ojo. Aceptó el *espresso*.

—Buena chica. ¿No deberías estar en el archivo? Ya sabes lo

cenizo que es Keller con los contratos, y nos han llegado unos cuantos.

Vera, que se encogió de hombros, colgó la gabardina de Alistair en el perchero junto a la puerta acristalada para, acto seguido, dejarse caer en una silla. El cuero verde, tan viejo y maltratado que parecía de los tiempos de su abuelo, le hacía cosquillas en las piernas.

—Debería, pero he estado pensando y..., bueno, conociendo las noticias de tu alistamiento...

Alistair, con los ojos y la concentración todavía volcados en la búsqueda de su estilográfica predilecta, se limitó a chascar la lengua.

—Casi perdemos a nuestros mejores hombres en Dunkerque. Ya es hora de que yo también colabore. —Dibujó una sonrisa cansada, ojerosa—. Vera, Vera, mantén alta la moral. Todavía me quedan unas horas aquí para torturarte con mis faltas de ortografía y mi espléndido sentido del humor.

Vera cogió aire. Repasaba mentalmente el discurso que había estado ensayando en el bus desde Surrey Docks al centro.

Alistair le respondió señalándola con el lápiz que hasta entonces había sujetado con la oreja.

—Tampoco tienes que preocuparte por tu trabajo. Le contaré a quienquiera que me sustituya lo maravillosa que eres. La mejor secretaria que he tenido nunca. —Se acarició el mentón—. Por no mencionar que espero que me guarden el puesto para cuando vuelva del frente.

Vera bajó los párpados e inspiró ruidosamente.

—Exacto. Por eso creo que, ya que vas a volver..., bueno, quizá yo debería hacerme cargo de tu puesto mientras tanto.

Alistair se atragantó con el café; las gotitas marrones que le salpicaron la camisa a rayas rojas y blancas lo delataron: aquel había sido un gesto genuino.

—¿Tú?

—Sí, ¿por qué no? Llevo más de un año en el *Telegraph*, me gradué con honores por la Universidad de Londres, y tú mismo acabas de decir que soy la mejor secretaria que has tenido y sabes que te he salvado el pellejo más de una vez. Si puedo escribir tus artículos cuando la resaca te impide mover un dedo, ¿por qué no puedo cubrirte mientras estés fuera?

Alistair se rascó el ojo con los nudillos. Suspiró.

—Vera, no sé cuánto tiempo voy a estar fuera.

La sonrisa desapareció de los labios de la muchacha como un fantasma frío.

—Lo sé —dijo, y después añadió—: Mira, he editado el periódico de la Universidad de Londres durante tres años y soy la mejor escritora que tienes, lo sabes. ¿Por qué iba a suplir tu puesto un chico que tenga que dejarlo cuando le llegue la carta de alistamiento, si yo ya sé lo que hay que hacer y todo el mundo me conoce? —Alistair separó los labios para contestar, pero Vera fue más veloz—. Aprendo rápido y escribo rápido, y si no me crees puedo hacerme cargo de todos tus artículos para lo que queda de semana.

Alistair emitió un segundo suspiro, más largo y más grave que el anterior, y se dejó caer sobre la otra silla, frente a Vera.

—Johnson, ¿sabes cuántos años tengo? —No esperó a que contestase—. Treinta y dos. Y llevo trabajando desde los catorce.

Vera lo fulminó con la mirada.

—Fui a la universidad, a un elevado coste personal, porque todo el mundo decía que el gran problema del periodismo en Inglaterra es que la mayoría de los reporteros abandonaron los estudios antes de cumplir los quince años, ¿y ahora mi impedimento es que no tengo experiencia? Soy una mujer extraordinaria, Allie, pero todavía no he perfeccionado el arte de estar en dos sitios a la vez y hacer dos cosas al mismo tiempo.

Alistair le dirigió una sonrisa sardónica.

—Mira, es mucho trabajo, y desgasta mucho, y estás muy verde.

—Entonces deja que coja experiencia de verdad. Quiero contar historias, Allie, y soy buena. No sé por qué tendría que perder el tiempo…

Alistair la detuvo con un toquecito en la muñeca.

—Las contarás, y lo eres. —Chascó la lengua—. ¡Dios! ¿Eres tan insistente con los chicos de tu barrio o te guardas todos los trucos para mí? Mira, haremos un trato: hablaré con Keller y le pediré que divida el trabajo entre mi suplente y tú, ¿vale? Soy generoso, pero no tanto como para regalarte tras menos de dos años el puesto que tardé más de una década en conseguir.

Con una nueva sonrisa, los ojos rasgados de Vera brillaron más añiles que nunca.

—Ay, Allie, tesoro...

—No me seas zalamera —la interrumpió y apartó una pila de correo antiguo para alcanzar la máquina de escribir—. Cualquier cosa con tal de que me dejes tranquilo. ¡Qué paz voy a sentir en el frente sin tener a Vera Johnson revoloteando a mi alrededor!

—Anda, que me echarás de menos... ¿Cuándo partes? Es que, como has dicho que solo te quedan unas horas aquí...

Ante el comentario, Alistair irrumpió con la risotada más grandiosa que se podía permitir sin arriesgarse a llamar la atención del resto del personal. Puso los pies sobre el escritorio. Los últimos vestigios de seriedad y compostura que conservaba, muy a su pesar, lo abandonaron.

—No quería que sufrieras prematuramente por mí. —La señaló con el lápiz—. Pues no te dije una mentira, es verdad eso de que hoy es mi último día. Quiero pasar un tiempo con mi mujer y mi hija antes de..., bueno, cumplir con mis obligaciones para con la patria. —Sonrió—. Parto la semana que viene, lo digo por si pensabas encender una vela por mí en la Santísima Trinidad.

—Sí, a san Dionisio.

—¡Ajajá! Conque ese era el santo patrón de las causas perdidas, después de todo.

La sonrisa de Vera, pérfida, todo maldad y diversión, le dibujó un hoyuelo en la mejilla.

—No.

—¿Ah, no? ¿Y de qué, entonces?

—No te lo digo, que soy una chica decente. —Bajó la mirada a la máquina de escribir, la sonrisa le murió en los labios—. La semana que viene también se marcha mi amigo Rory.

Alistair se reincorporó. Tenía los codos apoyados en la mesa, sobre las facturas antiguas que usaba de posavasos, y al estirar el brazo para tomar la taza de café dejó que su mano rozase la de Vera.

—Supongo que a una chica de tu edad no le quedarán muchos amigos en Londres, dadas las circunstancias.

—Bueno, D. B. queda exento, debido a su trabajo. Y mi amigo Bram tiene un soplo cardiaco, así que hasta que pase la revisión médica...

Alistair estiró los labios.

—Mala pata. O buena, según se mire.

—Mala —suspiró—. Su familia es alemana. Llevan generaciones viviendo en Londres, pero ya sabes cómo es la gente.

—Un boche siempre es un boche.

—Exacto. En Alemania los perseguirían por su sangre y aquí les tiran botellas y los llaman traidores por su país de origen. —Apretó los dientes—. Fanáticos.

—Le deseo una pronta recuperación, entonces.

El tiempo en el que vivían era un juego de dados diabólico, ¿y a quién le importaba? Una vida podía equivaler a la redención o al honor o a ese terreno fangoso entre ambos.

—San Juan de Dios —siseó Vera, distraídamente—. El santo patrón de los enfermos de corazón.

—A veces sospecho que te inventas ese conocimiento milenario solo para tomarme el pelo. Anda, ¿por qué no te llevas el trabajo a casa y pasas algo más de tiempo con tu amigo? Con tal de que me devuelvas los artículos corregidos antes del final de la jornada...

Vera negó con un gesto.

—Ni hablar. Te dije que escribiría tus artículos y pienso cumplir mi palabra. Quiero mejorar, Allie. Quiero ser grande.

Alistair Dale había abandonado las oficinas del *Telegraph*, pero el desorden que había dejado continuaba acechando a Vera y al resto de los empleados días después de su partida.

Cada vez que Vera trataba de sentarse a la mesa debía apartar con la mano una cantidad obscenamente grande de facturas antiguas, artículos a medio escribir, sellos, papel de carta arrugado y paquetes vacíos de cigarrillos, entre otros artilugios de dudoso valor. Recoger aquel caos habría ocupado un valioso tiempo del que ella no disponía, de modo que le daba la sensación de que en cualquier momento el bueno de Allie Dale se dejaría caer por las oficinas en busca de su estilográfica favorita.

Cuando el director, el señor Keller, entró en el despacho, esa fue de hecho la primera idea que a Vera se le cruzó por la mente, aunque las similitudes entre Allie Dale y él fuesen relativas. El señor Keller era casi insultantemente alto al lado de cualquier hombre (y un auténtico titán comparado con el metro setenta de Vera); su calva resplandecía como el halo de un santo bajo el sol del atardecer, que entraba a raudales por la ventana.

En cuanto lo reconoció, Vera se puso en pie y le tendió una montaña de papeles perfectamente apilados.

—Los artículos corregidos de esta semana —dijo, con una sonrisita—. Sé que su columna no me corresponde, pero también me he encargado de pasar a limpio el trabajo de McGregor. Ese rufián puntúa como si lo hubiesen criado en la jungla.

—¿Eso cree? —dijo Keller, y estiró el brazo para coger una cinta nueva para la máquina de escribir. Al empezar a leer uno de los artículos corregidos por Vera, estalló en una risotada—. Eh, esto es bueno. Muy, muy bueno. Esta frase es suya, ¿no? McGregor jamás utilizaría una palabra así. Tiene chispa, Allie le ha enseñado bien.

—Me alegro de que lo piense, señor. He escrito sobre él, de hecho. Una columna sobre la contribución que este periódico está haciendo a la causa. Tal vez quiera publicarlo. —Keller asintió distraídamente y soltó otra carcajada mientras pasaba las páginas—. También he escrito un par de cosas más para la sección de noticias del frente.

—No tenía por qué molestarse —la interrumpió, y aprovechó que se giraba para señalarla con la pila de papeles para continuar—: Pero esto es bueno. Me lo leeré todo con más calma en mi despacho y ya le diré qué vamos a hacer. —Chasqueó los dedos—. Le auguro un buen futuro, Johnson.

La sonrisa creció en la cara de Vera.

—Gracias, señor. —Al ver que él hacía amago de marcharse, alzó la voz—. De eso quería hablarle. Me gustaría escribir más. Sé cuál es mi puesto y no necesito ni un ascenso ni un aumento, solo quiero escribir.

Keller se detuvo en el umbral de la puerta y se llevó dos dedos al mentón.

—Claro, estaré encantado de darle más encargos. Tiene que seguir corrigiendo todos nuestros textos, eso sí. No podemos ir a imprenta con...

Vera se puso en pie.

—Estaba pensando...

Keller se rascó la comisura de los labios. Auguraba por dónde iban los tiros y no tenía ánimo ni energías para empezar esa conversación.

—Necesitamos a alguien que escriba recetas, señorita Johnson. Las amas de casa están que se tiran de los pelos intentando cocinar algo comestible con estas malditas cartillas de racionamiento.

Vera enarcó una ceja. Su voz, cuando la alzó de nuevo, era glacial.

—No creo que yo pueda ayudarle en eso. No sé freír un huevo, mi abuela me ha consentido de una manera deshonrosa.

—Entonces dígale a su abuela que le escriba un par de recetas, me las pone bonitas y me las deja en mi escritorio mañana por la mañana, ¿entendido?

Vera puso los ojos en blanco y musitó algo que no se atrevería a decir en voz alta delante de su jefe.

—Con todo respeto, señor Keller, acaba de decir que soy muy buena, ¿por qué desperdiciar mi talento escribiendo sobre... huevos y harina?

Una galaxia de arrugas se formó en la amplia y sudorosa frente del señor Keller.

—Bueno, no va a escribir sobre huevos y harina toda la vida. Tendrá otros planes de futuro, ¿no?

La pregunta tuvo en Vera el efecto de una bofetada. Se calló, aunque su boca permanecía entreabierta. Volcó la mirada en la ventana con la esperanza de que la luz ocultase el rubor que se le extendía por las mejillas.

—Sí —admitió.

Keller dio una palmada.

—¿Ve? En algún momento se casará, tendrá hijos y…

—Quiero ser corresponsal de guerra —lo cortó y volvió la vista hacia él.

Keller estalló en la más sonora de las carcajadas. Incluso la calva, más brillante que de costumbre, enrojeció de la risa.

—¡Un humor espléndido, exactamente igual que Allie! —exclamó, y luego, ante la seriedad de Vera, agregó—: Veo que no se está riendo, ¿iba en serio?

Vera arqueó una ceja.

—Sí. Quiero ser corresponsal de guerra.

—Bueno, espero que no haya otra guerra después de esta.

—En realidad, esperaba serlo en esta, señor.

Keller se llevó un puño a la boca para ocultar, sin mucho éxito, un nuevo ataque de risa.

—Señorita Johnson, es usted una mujer, es muy joven y está muy verde. ¿Cree que los hombres como yo, que combatimos en la Gran Guerra, queremos que una niña de veintidós años recién salida de una Facultad de Periodismo nos dé lecciones sobre el frente? Hágame caso: si quiere escribir sobre la situación en la que estamos, hágase con algunas recetas y unos cuantos consejos para mantener un huerto en el jardín trasero…

Vera cogió aire.

—Señor, de nuevo, con todo respeto, esos asuntos no me interesan lo más mínimo. Tengo talento y una formación espléndida, y lo que me falta de experiencia lo compensaré con trabajo duro. Dormiré en la oficina si es necesario, pero quiero cubrir el conflicto.

Keller ladeó la cabeza. Retrocedió unos pasos, como preparándose físicamente para replicar, pero Vera no se lo permitió.

—Señor, esa guerra de la que usted habla se suponía que iba a ser la que acabase con todas las demás, y mire el estado del mundo. Estamos en los momentos más desesperados que ha vivido mi generación, ¿y quiere que malgaste tinta y papel en recetas?

Keller le sonrió.

—Es una mujer, es muy joven y está muy verde. ¿Quiere un consejo? —No esperó a que Vera le contestase—. Si lo que quiere es estar más cerca de un campo de batalla, alístese como enfermera de combate.

Vera bajó las cejas.

—¿Enfermera?

Keller ya estaba acariciando el pomo dorado de la puerta.

—Sí, enfermera. Ya sabe, cofia blanca, camisas de almidón... —Alzó la pila de papeles—. Podría tratar a los heridos durante el día y escribir durante la noche, ¿eh?

Una última risotada puso el punto y final a su aseveración. Vera, que había vuelto a posar los ojos en la ventana, suspiró lo más ruidosamente que pudo.

—Como usted diga, señor.

VI

Vera llegó a casa en el atardecer más escarlata del año. Tenía los párpados húmedos, enrojecidos; cada uno de sus movimientos parecía conllevar un esfuerzo hercúleo, cargado de una rabia tan líquida que casi habría podido beberla.

Con el último número de *Vogue* bajo el brazo corrió escaleras arriba y solo se detuvo ante la puerta cerrada de la habitación de su madre. No se permitió un segundo de duda, giró el pomo y, al adentrarse, le abofeteó en la cara el olor a perfume de jazmín, que desde hacía años se le antojaba dulzón, ponzoñoso, como el aroma de la fruta pudriéndose.

El padre dormía en la que había sido la habitación de su hijo desde que este ingresó en el seminario, y Vera compartía cuarto con su abuela desde que tenía memoria. La existencia de un dormitorio como aquel, vacío en una vivienda humilde, solo podía atribuirse a algún tipo de creencia sagrada que ciega a quien entra en contacto con ella.

En junio de 1940, sin embargo, la desesperación pesaba más que el odio. Vera abrió el armario, sin pensarlo, y separó las piezas de ropa que esperaban a su dueña hasta dar con lo que buscaba: un vestido violeta inspirado en un diseño de Elsa Schiaparelli que la abuela le había confeccionado a la madre.

Sonrió. Tenía una carta más en la baraja, y para jugarla debía ir vestida como la reina de Saba.

El cielo era ya un manto azul cobalto cuando se sentó a la mesa a trabajar. Desde la ventana, entreabierta para aprovechar los últimos minutos antes de poner los paneles de oscurecimiento, le llegaban el piar de los pájaros, el ladrido de un perro vagabundo y la sinfonía de gritos procedentes de la residencia de los Drachman. Alemán o yidis, nunca había aprendido a diferenciarlos, y la distancia entre una casa y la otra complicaba la identificación.

—Idiomas civilizados, madre, por favor —oyó que decía Bram con voz nasal y, pese a todo, alegre, antes de cerrar la puerta que conectaba el comedor con el jardín trasero.

Cuando Vera se asomó a la ventana, Bram estaba sentado en el primer escalón, pitillo en mano. El tabaco era un asunto casi político en Londres. Con el apagón y la normativa de no fumar fuera durante la noche, el tiempo apremiaba.

—Más te vale apurar.

Bram, cogido por sorpresa, dio un respingo. Al reconocerla, sonrió, y la saludó con la mano.

—¿Qué disgusto le has dado hoy a tu madre? —preguntó ella.

Bram se puso en pie.

—El peor.

—Pues dejaste el listón alto.

La contestación fue afilada y Bram se desprendió de ella enseguida, como si se tratase de un bulto pesado y engorroso que solo fuese a traerle problemas.

—Pienso irme con Rory, cueste lo que cueste.

Vera tragó saliva.

—¿También al ejército?

—A la RAF.

—¿Y el corazón?

—Corazón es lo que no tendría que tener si me quedase en casa viendo las horas pasar. —Chascó la lengua—. No estoy ciego ni manco, ¿no? Algún médico tendrá que darme el visto bueno. No voy a descansar hasta tener un documento firmado que me permita servir como cualquier otro.

Vera desvió la mirada. Bram, tras leer incorrectamente su expresión, agregó:

—¿Y tú qué? ¿Escribiendo?

—Cosiendo. Tengo que terminar un traje para mañana.

Bram no se entretuvo en disimular la risotada sardónica.

—¿Una cita? ¿Quién es el desafortunado?

—La revista *Vogue*.

El chico la observó con una mueca divertida en la cara y el cigarrillo, ya casi consumido, entre los dedos.

—No jodas, ¿tienes una entrevista con ellos?

Un breve silencio. Vera, que evitaba mirarlo, arqueó los labios.

—No..., pero no me importa esperar el tiempo que haga falta hasta que consiga hablar con alguien. —Resopló—. Keller me ha dejado claro que en el *Telegraph* no tengo futuro. El mundo está en guerra, y pretende que escriba sobre tartas sin harina y huertos domésticos.

La carcajada de Bram retumbó en la calle trasera, desierta. Con un movimiento rápido, tiró la colilla del cigarrillo al suelo y la pisó. Miró la hora, les quedaban dos minutos.

—El pobre diablo no habrá probado ninguno de tus platos. Estoy seguro de que mis problemas de salud están causados por el envenenamiento, y no por la fiebre reumática. —Se paró en el primer escalón con la mano en el pomo de la puerta—. ¿Crees que en *Vogue* tendrás más suerte?

Vera suspiró.

—Tengo que intentarlo, ¿no? La directora editorial es una mujer, y en la plantilla hay bastantes mujeres. Si me rechazan, será porque consideren que no tengo suficiente talento, no por mi sexo.

VII

A la mañana siguiente, tras hacer acopio de todo cuanto había escrito desde que estudiaba en la universidad, incluyendo los artículos firmados por Alistair Dale, se dirigió a las oficinas de la revista *Vogue* en la calle New Bond.

Sabía que el violeta era su color y que, cuando vestía en esos tonos, sus ojos azul oscuro parecían violetas también. Y, como había hecho todo el trayecto en bus de pie y no se había concedido ni un cigarrillo, tenía constancia de que el traje seguía impoluto y el maquillaje tan perfecto como cuando se lo aplicó antes de salir de su casa.

La recepcionista la midió mentalmente antes de saludarla. Su rostro, angular y envejecido antes de tiempo, se contrajo al tantearla.

—Disculpe, señorita, ¿es usted una de las modelos del señor Beaton?

Vera se quitó el guante para tenderle la mano.

—Me temo que no. Soy Vera Johnson, del *Telegraph*. Me gustaría hablar con la señora Withers o con algún miembro del equipo editorial, si son tan amables de recibirme.

La mujer parpadeó.

—¿Tiene usted una cita?

—Todavía no.

Al explicarle que era periodista del *Telegraph*, formada en la Universidad de Londres, se escudó en la más luminosa y letal de sus sonrisas. La recepcionista no pareció asombrarse, la observó por encima de la montura rosa de las gafas y estiró los labios.

—Me temo que la plantilla está al completo, pero si quiere dejarme sus datos para que me ponga en contacto con usted si surge una vacante...

—Estoy dispuesta a negociar cualquier puesto o salario, mecanógrafa, secretaria, no me importa.

La mujer le explicó, no sin cierta dificultad, que fuera cual fuese la respuesta que recibiera tendría que esperar, ya que todo el equipo estaba en una reunión de esas que suelen alargarse lo indecible, de modo que le quedaban horas y horas por delante.

El país estaba en guerra. Todo el mundo estaba ocupado, yendo de un sitio para otro, robando segundos de donde ya no había. El tiempo era el material más cotizado de la industria, ¿cómo había podido dedicarse a ella tantos años sin darse cuenta?

—Puedo esperar —dijo.

Le escribió una carta (una queja, para ser más precisos) a Alistair Dale, que ya estaba de camino al campo de instrucción. Hizo una lista de los asuntos que quería tratar con Rory antes de que este partiese. Leyó el periódico de la mañana y le rezó a san Judas, aunque, de los dos hermanos, D. B. era el que se aferraba a la fe y a los imposibles, y ella la que roía el hueso de la realidad, sin importarle lo duro que pudiese estar.

Cada vez que, por obra de algún acto milagroso, entraba o salía algún periodista de la sala, Vera se levantaba, le estrechaba la mano y se presentaba. Esas conversaciones, aunque enérgicas, tenían la particularidad de morir segundos después de haber nacido. En aquellos días, el tiempo era una cerilla que se consumía demasiado rápido.

A la una de la tarde, con un ansia insaciable por un último cigarrillo, y con el material de lectura del que disponía agotado, se acercó de nuevo a la recepción.

—Me pidió que le dejase mis datos de contacto, ¿no es así?

Sin aguardar a una réplica, se sacó el bloc de notas y escribió.

—Esta es mi dirección —explicó, al entregar el papel—. Le he dejado también el número de teléfono de la parroquia de Bermondsey, donde me pasarán recado.

—Muchas gracias por ser tan razonable, señorita.

Vera sonrió.

—Siempre es un placer.

Le quedaba aún en la baraja una carta más atractiva que la posibilidad de esperar.

El camino que tomó, siguiendo los pasos de los últimos periodistas que vio salir de la oficina, la llevó a una de tantas cafeterías de aspecto humilde de Londres. Al entrar, lo primero que la azotó fue el ruido de los vasos al chocar contra las mesas; después, cual enjambre de abejas, el sonido de las conversaciones entre los trabajadores de las oficinas que se habían dado cita en el lugar.

Tras una inspección corta, Vera identificó a las personas que buscaba: una pareja de reporteros que la habían despachado enseguida, sin apenas prestar atención a la historia que tenía que contarles.

Antes de ir a su encuentro se dirigió a la barra y le preguntó al camarero, panzudo y de bastante edad, por el pedido que habían realizado.

—Es mi primer día —se excusó Vera—, como para empezar con mal pie...

Pidió exactamente lo mismo que ellos más un café para ella y se esforzó en dibujar su sonrisa más gloriosa al acercarse con el botín a la mesa que los periodistas compartían en un rincón del local.

—¿Está libre esta silla? —preguntó, y la señaló con la cabeza.

El hombre, que rondaría los cuarenta años, tenía la frente muy ancha y colorada, y la cabeza en forma de pera invertida. La mujer, unos cinco años más joven, era de huesos descarnados; del pelo, tapado por un turbante granate, solo escapaban los mechones rizados del flequillo. Por lo demás, su rostro era delgado, elegante, incluso el carmín emborronado por el cigarrillo resultaba irreprochablemente atractivo.

Fue él quien respondió primero, moviendo la mano vagamente en dirección a la silla. Si alguno de los dos la había reconocido, fingió muy bien.

—Sí, claro.

En lugar de llevarse la silla, Vera dispuso las bebidas sobre la mesa y se sentó ante ellos. La sonrisa todavía no había muerto en sus labios.

—Disculpen esta grosería inusual en mí, pero los tiempos que corren me obligan a adoptar un comportamiento muy poco ortodoxo. —Cogió aire, ante las miradas inauditas de sus ahora compañeros de mesa—. Me llamo Vera Johnson y escribo para el *Telegraph*.

Al oír esas palabras, el hombre estalló en una risotada explosiva.

—Ah, la chica que espera.

Vera se acarició la nuca.

—Ya veo que mi fama me precede. —Señaló las bebidas—. Por favor, me he tomado la libertad de pedirles provisiones. Admiro muchísimo el trabajo que hacen en *Vogue* y su determinación por seguir en activo pese al racionamiento de papel.

La mujer forzó una mueca que carecía de la calidez necesaria para considerarla una sonrisa.

—La solidaridad entre colegas de la industria es de agradecer. Imagino que las concesiones otorgadas a los diarios les facilitan un poco las cosas —le dijo a Vera.

Por la postura tensa de la mujer, el cuerpo girado de nuevo hacia su compañero, Vera percibió que ni quería ni esperaba una respuesta, aun así, aprovechó el breve silencio antes de que ambos retomasen la conversación que habían dejado a medias.

—Si me dirijo a ustedes es con la esperanza de trabajar en la revista.

Dos pares de ojos, uno oscuro y el otro del frío gris de las balas, se clavaron en ella, pero no se detuvo. El dueño de los primeros le dio un sorbo a la copa de Chablis antes de responder.

—¿No está contenta en el *Telegraph*? Como bien ha comentado mi querida Barbara, a los periódicos os han servido una mejor tajada.

—Quizá, pero, confidencialmente, no creo que el *Telegraph* pueda ofrecerme el tipo de trabajo al que aspiro y para el que estoy más que cualificada. —Para ilustrar su afirmación, abrió el maletín que llevaba consigo y dispuso una copia de su currículum entre los platos de postre—. El artículo que han publicado en el último número de la revista, en el cual se recalca el papel de la mujer en el conflicto, me ha inspirado. Aprecio la experiencia adquirida en el *Telegraph*, pero los encargos que me dejan en la mesa se limitan a recetas de cocina y a artículos sobre huertos domésticos. —Se humedeció los labios—. Tareas nobles, no me malinterpreten, pero no son lo único para lo que estamos capacitadas las mujeres. La guerra es un asunto femenino tanto o más que masculino.

El hombre, que masticaba el sándwich de pollo, se volvió hacia su compañera, quien mantenía la misma expresión impasible de antes. Su risita animó a Vera a continuar.

—¿No son las madres las que mandan a sus hijos al frente y las que reciben una bandera a cambio? Y son las mujeres las que cuidan de los enfermos y se enfrentan a todo tipo de heridas y traumatismos. Debido al reclutamiento, son las mujeres las que llenan las fábricas de armamento. En el frente doméstico, las mujeres son bomberos, conductoras de ambulancia, taxistas..., lo que sea, como si las antiguas distinciones entre sexos jamás hubiesen existido. —Alzó una ceja—. Las mujeres llevan escribiendo sobre el conflicto armado desde la anterior guerra.

Al oír ese comentario, la reportera se tapó la boca con la servilleta. El gesto causó el efecto opuesto al deseado y destacó más la carcajada que trataba de ocultar.

—Disculpe, señorita... ¿Johnson, verdad? Está hablando de la revista *Vogue*. ¿Cree usted que tiene más posibilidades de que la mandemos al frente nosotros que el *Telegraph*?

Vera tragó saliva, tenía la ceja todavía alzada y las aletas de la nariz en constante temblor.

—Si nos invade el enemigo, ¿no tenemos las mujeres la misma responsabilidad que los hombres de defender la isla? —Desvió la mirada—. Creo que *Vogue* se ha caracterizado siempre por reflejar la realidad de las mujeres británicas. Por mucho que me pese, me temo que el ataque a nuestra nación es inminente, y resistirnos a él formará parte de nuestra realidad. —Alzó la barbilla de nuevo para mirarlos—. Tengo talento, señor, y ante todo no le tengo miedo al trabajo, pero llevo años viendo cómo hombres sin mis cualificaciones y mi experiencia reciben encargos de peso con la mitad del esfuerzo, mientras que mis responsabilidades quedan relegadas a tareas de secretaria. No puedo cambiar de sexo, pero sí de trabajo. —Introdujo la mano en el maletín para entregarles los artículos que había preparado—. Soy una crítica feroz y una editora que no toma prisioneros de guerra. Estoy dispuesta a sacrificar el alimento y las horas de sueño con tal de mejorar.

La expresión de Vera no mutó, pero un observador atento habría reparado en el temblor que le recorría las manos al levantarlas para tomar la taza de café. Observó que, mientras leía, la pareja intercambió una mirada y ambos se encogieron de hombros. Vera respiró aliviada al ver que soltaban una risita y señalaban aspectos del texto para comentarlos entre sí. Cada minuto parecía durar horas. Cuando se dirigieron a ella de nuevo, quizá por voracidad o tal vez por impaciencia, ya casi no le quedaba café.

—No mentía, tiene talento —dijo la mujer al devolverle los artículos—. Tosco, rudo, algo naíf para mi gusto, pero talento. Con su expediente académico y su experiencia laboral sería una candidata excelente, pero me temo que la plantilla está al completo. —Forzó una sonrisa—. Como bien ha comentado, son tiempos difíciles para la industria. No podríamos justificar el gasto que un salario extra supondría, aunque sirviese para remunerar su talento en bruto.

—No necesito un salario —se apresuró a agregar Vera—. Tengo mis cartillas de racionamiento y..., solo necesito escribir. Si en la facultad sobreviví cosiendo por las noches, no se me van a caer los anillos por repetir la experiencia.

El hombre sacudió la cabeza y Vera no fue capaz de leer la expresión de aquel rostro simple y colorado.

—Una propuesta muy noble por su parte, señorita, pero que probablemente roce la ilegalidad. Por no mencionar que ya contamos con una secretaria. ¡Hasta se llama igual que usted!

Vera no se acobardó.

—Pueden llamarme por mi segundo nombre, Ruth, entonces. O por mis iniciales. Siempre he pensado que V. R. Johnson sería un *nom de plume* excelente. Y, si ya hay una Johnson en plantilla, le guardo cierto cariño al apellido de soltera de mi abuela: McKenna.

—¿Escocesa?

—De Galloway.

—Eso explica algunas cosas. —Le devolvió los papeles que todavía sostenía en las manos—. Señorita Johnson, o McKenna..., es usted una periodista de relativo talento y admirable tenacidad, pero todavía tiene que madurar en la profesión.

Vera separó los labios para protestar, pero el reportero se le adelantó al señalar con el tenedor los artículos que ya había descartado.

—A las pruebas me remito: la mitad de los artículos que me ha entregado vienen firmados por otra persona.

—Verá, si me permite que le explique...

Fue la compañera quien con un gesto interrumpió la que prometía ser una larga perorata.

—Esta industria tiene garras y dientes, señorita Johnson. Si no puede pelear ni por la autoría de sus textos, ¿cómo va a sobrevivir a ella? Ahora, si nos disculpa, creo que ya le hemos concedido más tiempo del que la buena educación nos exige. Escríbanos cuando haya una vacante disponible, o cuando tenga en su poder un artículo de mayor calidad que podamos considerar para su publicación. *Au revoir.*

Llegó a las oficinas del *Telegraph* poco antes del cierre. No la recibieron los gritos del señor Keller, sin embargo, sino su risa sardónica.

—Ya veo que la hija pródiga vuelve con el rabo entre las piernas. ¿Me trae las recetas que le encargué?

Vera cogió aire y le entregó el papel que tenía doblado en la mano, que no había sobrevivido intacto al sudor de la carrera.

—No, señor, mi carta de dimisión.

La carcajada explosiva murió en los labios de Keller cuando la leyó.

—Johnson, ¿ha perdido la cabeza?

—No, señor, he seguido su consejo.

—¡Mi consejo! Discúlpeme, señorita Johnson, pero no recuerdo haber aconsejado a mi secretaria que abandonara su puesto de trabajo. Comprenda que, sin haber avisado con antelación, no puedo darle el finiquito.

Vera arqueó la ceja.

—Sinceramente, eso no me importa. —Tragó saliva—. Me he alistado en el QAIMNS.*

La mano venosa de Keller bajó, trémula, la carta firmada por la muchacha.

—En ese caso, olvide lo dicho. No puedo culparla de querer servir a su patria y a su rey.

Un doloroso y ridículo sentido de la justicia le impedía atribuirse un sacrificio que no le correspondía. Abrió la boca para explicarse, pero Keller, con un movimiento rápido de la mano que tenía libre, se lo impidió.

—Todos tenemos que poner de nuestra parte.

* Las siglas corresponden al Queen Alexandra's Imperial Military Nursing Service (literalmente, el Servicio de Enfermería del Ejército Imperial de la Reina Alejandra). En adelante, el Cuerpo de Enfermería de la Reina Alejandra.

VIII

Bram estaba recostado en la cama de Rory. El muchacho, que permanecía en pie frente a él, obedecía cada vez que aquel le pedía que sacase un objeto de la maleta que tenía a sus pies, y a cada prenda que cogía se tomaba la libertad de tirarle un calcetín a la cara.

—Eres un caso perdido —dijo—. Querías esperarme para asegurarte de que no perdiese la cabeza o algo peor, pero resultará que vas a ser tú quien me necesite a mí.

Rory se llevó una mano a la sien.

—No sé qué problema tienes con el macuto que he preparado.

—Llevas demasiadas cosas. El ejército te dará todo lo que necesites. ¿Qué quieres, que te llamen niño de papá? ¡Y en cuanto a las cartas! Ya puedes ir diciéndole a tu madre que no te escriba a diario.

Sacudió la cabeza.

—No son las cartas de mi madre lo que me preocupa. Esperaba que Vera y tú me escribieseis con regularidad. Persie ya me ha dejado claro que su amor fraterno no pasa por la tinta y el papel.

Al reparar en la presencia de su amiga, apostada en el umbral de la puerta, la saludó con la mano. Eso no lo salvó de otro de los golpes de Bram.

—¡Te equivocas otra vez! ¿Qué quieres, que se rían de ti cuando anuncien el correo y tengas cincuenta cartas más que el resto?

—Pues sí, muchas gracias. —Rory extendió la mano para coger la de Vera—. Tú sí me harás el favor de escribirme hasta que me convierta en el objeto de todas las bromas, ¿verdad?

Vera asintió quedamente. El mutismo, tan poco común en ella, impulsó a Bram a levantarse.

—¿Te ha ido mal la entrevista con *Vogue*?

—Horrible. Se ha juntado la vergüenza con la humillación.

Bram estiró los labios.

—Bueno, todavía te queda el *Telegraph*.

—No, ya no. He presentado mi dimisión.

Rory bajó las cejas.

—¿Por qué...?

Las palabras fueron una flecha.

—Me he alistado en el Cuerpo de Enfermería de la Reina Alejandra. Si la montaña no va a Mahoma...

La afirmación tuvo un efecto retardado en Rory. Se quedó quieto, con la mano todavía acariciando los nudillos de Vera; después, como movido por unos hilos invisibles, dio un paso más para abrazarla.

—Te irá bien. Eres una gran escritora y, mientras tanto..., bueno, estarás ayudando. Haciendo lo correcto.

—Es matar dos pájaros de un tiro, aunque a tu hermana no va a hacerle ninguna gracia, Ror. La pobre pensaba que se había librado de Vera tras el instituto —dijo Bram, que se acercó a su amiga para tirarle del pelo—. Parece que soy el único que se queda aquí, canallas.

Vera negó con la cabeza.

—No te vas a deshacer de mí tan fácilmente. Tengo por delante tres años de instrucción aquí en Londres... Dios, solo espero llegar a tiempo, pero es la única carta de que dispongo.

Bram le guiñó el ojo.

—Si desesperas, siempre puedes ir de polizona en un barco.

La risa de Rory fue gloriosa, una explosión que ahogó, durante una fracción de segundo, la música de Benny Goodman.

—No le des ideas, por favor.

—Solo comparto las que tengo reservadas para mí. —Se pasó

una mano por el pelo engominado—. Dios sabe que llamaré a todas las puertas, pero ya me estoy desesperando.

Vera estiró la mano que tenía libre para colocársela en el hombro.

—Los soplos cardiacos suelen remitir. Te darán el visto bueno en la siguiente revisión, ya verás.

—Dios mediante. —Forzó una sonrisa—. Estamos los dos corriendo en contra del reloj, ¿eh?

Rory le devolvió el gesto. Al otro lado de la ventana, el cielo, ya rojo y naranja, era otro reloj que se enfrentaba a ellos: el trayecto desde Bermondsey a Surrey Docks duraba veinte minutos.

—Dios, no me puedo creer que sea el último día que estemos aquí los tres juntos.

Rory hizo un gesto con los dedos, no precisó nada más, y Bram, tras un resoplido seco, fue hacia donde estaban los dos. No los abrazó, no era su estilo, pero se mantuvo cerca de ellos, para que pudieran sentir el calor que emanaba su cuerpo.

—Escribidme todos los días, me da igual lo que piensen los demás —insistió Rory—. Escribidme a cada hora, si podéis. Quiero saberlo todo, hasta en los más mínimos detalles. Y leed mis libros, ¿queréis hacerme el favor? Pero no seáis animales y me mezcléis a los Tolstóis con los Dostoyevskis, ¿eh?

Sería así, como él quisiera. No había nada que Rory pudiese pedirles entonces a lo que ellos fueran a negarse. Caminarían sobre el fuego por él, y se comerían hasta las cenizas, si Rory se lo rogase.

IX

Solo por hacer algo, para calmar los nervios antes de acostarse, Rory abrió la maleta sobre la cama y retiró todos los artículos que había metido Bram para guardarlos de nuevo. Los paneles de oscurecimiento estaban colocados y la lamparita del escritorio, titilante, arrojaba chorros de una cálida luz anaranjada.

Apenas había comenzado a acomodar los calcetines cuando la mano pálida y pecosa de su hermana golpeó la maleta y esta se cerró.

—¡Eh!

Persie apoyó la espalda contra el marco de la puerta. Tenía la pipa, apagada, entre los dientes, y llevaba uno de los jerséis de su hermano sobre el pijama.

Rory, tras abrir la maleta, lo señaló.

—Ya veo que no has perdido el tiempo. Podías haber tenido el detalle de esperar a que me fuese antes de empezar con el saqueo.

—Indemnizaciones —dijo, y dejó la pipa sobre la mesita de noche para ayudarle a recoger.

Rory la miró de reojo.

—Supongo que te has enterado de lo de Vera.

—Sí, y poca gracia me hace.

—¿Me podrías hacer un favor?

Persie hizo ademán de volver a bajar la tapa de la maleta, pero cambió de opinión y ese mismo movimiento le sirvió para alcanzar el neceser con los artículos de aseo que Rory le tendía.

El chico optó por tomarse el inusitado arranque de amabilidad de su hermana por una respuesta afirmativa.

—Sé que en el Hogar de las Enfermeras podéis escoger a vuestra compañera de habitación.

Persie rechinó los dientes.

—No.

—Va, boba, por favor.

La muchacha tardó un par de segundos (los que precisó para contener la rabia) en volverse hacia él y responder.

—¿Por qué? ¿Qué quieres, que nos batamos en duelo? Ya tuve bastante con aguantarla en el instituto.

—No puede haber sido tan malo.

—Es una presumida.

—Dijo la sartén al cazo.

—No soporto que se ponga a revolotear alrededor de los profesores hasta que consigue que le suban la nota.

—Va, Persie...

—Es una engreída y una pretenciosa que adora escucharse a sí misma. —Rory separó los labios para decir algo más, pero Persie se le adelantó—. A lo mejor a mí puedes reprocharme lo mismo, pero por lo menos yo me tomo la medicina en serio. ¿Para qué quieres que le haga de niñera? ¿Para que lo deje cuando se dé cuenta de que no está más cerca que antes de ir al frente? Es ridículo.

Rory tragó saliva.

—Tengo fe en ella.

Su hermana ya no lo miraba. Tenía los ojos fijos en el fondo de la maleta, en la que había comenzado a apilar, sin rastro alguno de vergüenza, las camisetas interiores del muchacho.

—Siempre depositas tu fe en los peores lugares.

Rory cogió aire. Las palabras estaban ahí, ardiéndole entre los dientes, pero no se atrevió a soltarlas. Las masticó, como quien machaca para tragar un plato que no es de su agrado, y se sentó sobre la cama con la espalda contra la pared. Cerró la maleta con el pie.

—Lo siento —le dijo a Persie.

La chica lo observó por encima de las cejas poco pobladas. Tenía los mismos ojos rasgados que él, pero de un azul más apagado, cercano al gris. Ahora, al reflejar toda la luz de la lamparita, refulgían dorados.

—¿Por?

—Sé que piensas como papá. Mi título universitario fue una pérdida de tiempo y de dinero.

Persie desvió la vista. Tomó la pipa que había dejado relegada y, ahora sí, con movimientos nerviosos y rápidos, alcanzó las cerillas para encenderla.

—Esas son palabras tuyas, no mías.

—Si los viejos no me hubiesen mandado a mí a la universidad, o si yo hubiese ingresado al seminario como el hermano de Vera, tú habrías tenido una oportunidad.

Persie lo fulminó con la mirada.

—No te des más importancia de la que tienes. ¿A cuántas mujeres que hayan estudiado Medicina conoces? ¿Y que hayan salido del East End? No seas ridículo.

—Persie…

La muchacha le tiró la caja de cerillas vacía a la cara.

—¿Quieres que le cubra las espaldas a tu amiga?

—Te lo pido por favor.

—¿Por qué?

—Tú lo has dicho: es mi amiga, y la quiero. —Ladeó la cabeza—. Para que conste, a ella le he pedido lo mismo. Alguien va a tener que sacarte a rastras de los bares ahora que yo voy a estar fuera.

Persie le dirigió una sonrisa sardónica.

—Tú y tus amigos. ¿Te habrías unido al cuerpo médico, si no te hubieses empeñado en esperar a Bram Drachman?

Rory tragó saliva. Se abrazó a sus rodillas.

—No. Perdóname, Persie, pero no se me habría dado bien. Me falta… todo lo que se necesita para ser médico.

Persie separó los labios, pero no reunió el coraje necesario para hacer la siguiente pregunta. Su mirada, entornada y fría, rellenó el silencio sin necesidad de romperlo o transformarlo.

Tras comprender esa duda queda, Rory señaló las viejas botas de rugby que había sacado del armario mientras Bram y él hacían el equipaje.

—Fuerza bruta, trabajo en equipo, estrategia. El resto tendrán que enseñármelo, supongo.

Persie elevó las comisuras de los labios.

—Supongo —inspiró—. Le pediré a la enfermera jefe que ponga a Vera en mi habitación pero que conste que lo hago por ti, no por ella. Y pienso escribirte mil y una cartas quejándome de ella.

—Me parece justo.

Rory le tendió la mano a su hermana para que se la estrechara. Persie, tras un instante de duda, se secó el sudor en el pantalón y la aceptó.

«Blitz»

I

Al muy estimado (y enormemente añorado) Rory St. George:

Parece que me encuentro en una época de mi vida en la que me toca romper promesas. Aunque te dije que te escribiría a diario (¡a cada hora!), estos son los únicos minutos que he podido robarle al sueño para sentarme frente a la mesa, papel en mano. A Bram tampoco lo veo desde mi ingreso. Aunque estoy en el centro de Londres (no muy lejos, de hecho, de las sagradas oficinas del *Telegraph* y del más sagrado aún Schofield & Co.), solo tenemos el permiso de salida una vez al mes. Las visitas del sexo masculino están también terminantemente prohibidas, aunque D. B., como hombre santo que es, se las ha ingeniado para venir hoy a la hora del café. Tras una semana en la que hemos ocupado todos los minutos en el estudio y en los cuidados a los pacientes, la mayoría de las chicas estaban tan faltas de contacto exterior que se ha formado una auténtica cola de confesión delante de D. B., pobre ángel.

El hospital St. Bart's está en el centro, y desde las ventanas, sin necesidad de estirar demasiado el cuello, se ve la cúpula blanca de la catedral de San Pablo. Charterhouse Square no se encuentra lejos, a apenas unos diez minutos a pie (y cinco al galope de aquellos a quienes se les pegan las sábanas). Se trata de una de esas plazas pacíficas, de hierba verde y flores amarillas y violetas, que casi parece milagrosa en medio del bullicio de la ciudad. Una auténtica rosa entre las espinas, por motivos que se harán evidentes enseguida.

Siento que estoy hablándole a Cristo de clavos al comentar todo esto, pero la vida en Charterhouse Square es dictatorial y asfixiante. Tenía la esperanza de trabajar durante el día y escribir por las noches, pero ha resultado ser infantil y ridícula. Apenas queda tiempo para dormir y mucho menos, por muy tentador que resulte, para otros menesteres.

Las jornadas son largas y el salario ruinoso, aunque tampoco tengo ocasión de gastar nada de dinero, ya que no debo preocuparme por la comida ni por el alojamiento, y el único día libre al mes no creo que vaya a causarle grandes estragos a mi monedero.

¿Qué más? Veamos, rezamos a diario. Independientemente de la fe (o de la falta de ella) que cada uno traiga de casa, a las ocho de la mañana las salas del hospital deben estar impolutas para que podamos proceder a las plegarias matutinas. Claro está, estos rezos no dan comienzo a nuestro día. Para que se produzcan, es necesario que todos los pacientes estén ya bañados y desayunados, y que tanto sus camas como sus taquillas tengan una apariencia razonable.

Al igual que el rosario, aquí las normas son como una deuda de nunca acabar: ni un solo mechón debe salirse de la cofia del uniforme, sentarse en las camas de los pacientes es pecado mortal (ídem de ídem aceptar regalos), el toque de queda llega indolente a las diez y media de la noche...

Puesto que el requisito de edad para ingresar es de veintiún años (aparentemente, el momento en el que resulta aceptable que una mujer se enfrente al cuerpo desnudo de un hombre, primera noticia que tengo de ello), tanto Persie como yo somos de las más jóvenes de la clase; las veteranas rondan los treinta. Casi todas somos iguales: chicas con estudios o chicas de campo que inicialmente habían venido a la ciudad a servir en casas burguesas, a las que la guerra les tenía deparados otros derroteros.

Si antes, en la universidad, no perdonábamos una sola fiesta de swing, ni una sola de las ideas descabelladas de Bram, si urdíamos todo tipo de planes para pasar noches en vela que nos permitiesen ocultar las consecuencias irremediables de nuestras noches de jarana, ahora un único pensamiento me consume casi hasta la desesperación: ser la mejor, graduarme cuanto antes, convertirme en la primera a la que envíen al frente. ¿Te lo puedes creer?

Siempre pido los casos más graves, sin importarme su estado, el aspecto o el olor de las heridas. Al llegar a la habitación estudio hasta que, entrada la madrugada, el picor de los ojos me impide continuar. Aunque las porciones de comida no son estelares, si tengo que elegir entre una ración extra o los libros, mi respuesta es rápida y fácil. A fin de cuentas, ¿no es cierto eso de que el hambre aguza el ingenio?

Te echo de menos lo indecible. Aunque solo ha pasado una semana, me escuece y me quema no poder verte a diario. Incluso antes de tu fiesta de cumpleaños, cuando apenas nos habíamos dirigido un par de palabras, ya formabas parte de mi rutina, de alguna manera. Todos los días te veía entrar y salir de la casa de los Drachman, y tanto tus carcajadas contagiosas como el tono pausado de tu voz, junto con tu afición a los cigarrillos Black Cat y esa birria a la que llamas té, se convirtieron en una constante en mi vida.

Vuelve pronto con nosotros, y de una pieza. Me he traído a Tolstói como material de lectura. Sé que piensas que soy más de Dostoyevski, pero de todos tus libros *Guerra y paz* es el que más me llamó la atención. Al ritmo al que voy, auguro que podré darte un parte de aquí a quince o veinte años.

Herida por la magnitud del golpe recibido, y añorándote lo imposible,

Tu V. R. J.

Querida Vera, estimada compañera:

No podría describirte la alegría que me ha causado recibir noticias vuestras (la llamada del correo me trajo también una carta de nuestro Bram, canalla venerable).

¿Cómo empezar? Cuando llegamos, los reclutas que están a punto de graduarse nos saludaron de la manera tradicional por aquí, con un seco «Os vais a arrepentir». Vivimos en tiendas de campaña y dormimos en literas. El toque de diana es a las seis, y la comida, unos manjares deshidratados a los que ya nos hemos acostumbrado. Los muchachos son todos estupendos, la mayoría más jóvenes que yo. (¿¡Quién habría dicho que iba a ser un «veterano» a los veintidós años!?). El papel siempre escasea.

En contra de mis más fervorosos deseos, Bram estaba en lo cierto: fue una buena idea dejarle revisar mi equipaje. Al deshacer el macuto, los muchachos convirtieron en el foco de todas las burlas a un recluta de Ipswich al que llamamos Billy Boy, porque es el más joven de la promoción (cumplió dieciocho años en el tren de camino). Hasta ahora, la escuela secundaria y los caballos había sido todo cuanto lo había ocupado; por lo que salía de su maleta saltaba a la vista que nunca se había separado de las faldas de su madre, y que en su casa nunca ha faltado el dinero. Pero Billy se lo toma todo con sentido del humor; es prácticamente imposible meterse con él, ya que se limita a reírse y encogerse de hombros y soltar algo aún más bestia sobre su propia persona.

Aquí todos tenemos apodos. A mí, sin ir más lejos, empezaron llamándome Londres, por el acento del East End del que no puedo despegarme, pero el primer día, después de que todos conversásemos sobre quiénes somos y de dónde venimos, me pusieron Ruso, y Ruso me ha quedado. Ruso para la mayoría, Camarada para los tarados, Tovarisch para el Profesor, el recluta más viejo de todos, que a los veinticuatro años ha dejado el doctorado en Oxford para venir aquí.

De los muchachos, en general, no tengo queja. ¿Sabes?, siempre he pensado que necesitaba a alguien impetuoso y alocado, como Bram y como tú, para que me arrancase de cuajo de los libros y del caos de mi propia cabeza, pero aquí el único chico con el que realmente he congeniado es mi compañero de litera. Es un muchacho de veinte años, también de Londres; jugaba al rugby, como yo, y estudiaba medicina, y probablemente acabe siendo cardiólogo, como su padre, cuando acabe todo esto. Lo llamamos Plumón porque es capaz de reconocer cualquier pájaro por su aspecto o por su piar, y suele cantar cuando el sargento de instrucción no puede oírlo. Aun así, es, junto conmigo, un asiduo al castigo preferido del instructor: las carreras descalzos por las duchas aún húmedas. Pero eso, como todas tus quejas sobre mi hermana, es asunto para una carta más larga.

Como te he dicho, el papel escasea. El Profesor y yo, que somos los escritores de la promoción, a menudo tenemos que cambiar nuestros cigarrillos por papel de carta con los chicos.

¡Dios, tengo tantas cosas que contarte! Os echo de menos una cosa horrorosa. Cada vez que hay una novedad, que algo me llama la atención o que uno de los compañeros menciona algo que sé que os gustaría, siento la necesidad de ir a contároslo enseguida, pero nunca estáis. Sé que mi padre espera que salga de aquí no solo más útil sino también menos sensible. Jamás lo diría delante de alguno de estos canallas, pero lamentaría mucho perder esa parte de mí. Sé que es algo que tiene que ocurrir, que es inevitable y necesario para la supervivencia, pero de momento quiero quedarme un ratito más en este mundo, el que conocíamos en la universidad, antes de que entráramos en la guerra.

Saludos y besos,

R. S. G.

P. D.: Mi hermana me pide encarecidamente y haciendo gala de su colorido lenguaje que, por favor, no insistas en teclear a las cinco de la mañana, que de verdad que no es necesario (énfasis suyo, no mío).

II

Bram Drachman se encendió un nuevo cigarrillo antes de que el anterior se hubiese consumido por completo. Incluso el tabaco estaba racionado, pero en aquellos momentos los nervios pesaban más que la razón. Cada día que pasaba en Londres se sentía más y más cansado, y un enfado tenue pero testarudo amenazaba con aflorar cada vez que le decían algo que le molestaba (lo que ocurría a menudo) o cuando algún amigo más partía al frente. Por colaborar de un modo u otro, se había inscrito como conductor de ambulancia voluntario; esa actividad, aunque le quitaba espacio vital a la culpa, no lo satisfacía.

Al aplastar Bram el cigarrillo a medio fumar y llevarse el siguiente a los labios, D. B. Johnson, que estaba sentado frente a él, arrugó la frente.

—Vas a tener que disculparme, pero no creo que fumar tanto sea bueno para el corazón.

Bram alzó la cabeza para dirigirle la más fría de las miradas, pero no dijo nada. Ni siquiera en sus momentos más bajos habría sido capaz de levantarle la voz al bueno de D. B. Johnson.

Estaban fumando y charlando en la salita que D. B. y el párroco de la Santísima Trinidad habían dispuesto como una suerte de cafetería comunitaria. Habían desplegado sobre la mesa el folleto que el Gobierno llevaba días distribuyendo, en el que se informaba de qué hacer en caso de invasión, y D. B. le dirigía miradas furtivas.

—¿Tú qué crees? —le preguntó a Bram, y resopló.

Sostuvo el cigarrillo entre los dientes mientras leía: «La invasión de Hitler de Polonia, Holanda y Bélgica tuvo éxito porque la población civil fue tomada por sorpresa. No deben permitir que esto ocurra en Gran Bretaña. Cuando Holanda y Bélgica fueron invadidas, la población civil huyó de sus casas, lo que ayudó al enemigo al evitar que el ejército nacional avanzase contra el invasor. No deben permitir que esto suceda aquí. Si los alemanes se introducen en nuestro territorio en paracaídas, avión o barco, deben permanecer donde se encuentren en ese momento».

Bram dirigió una breve mirada a D. B., que, pálido y tembloroso, lo observaba, y se humedeció los labios antes de seguir leyendo: «Hay otro método al que los alemanes recurren para llevar a cabo la invasión: crean pánico y confusión entre la población civil, para ello hacen correr falsos rumores y dan falsas instrucciones. Debemos evitar esta eventualidad, no crean los rumores y no los propaguen. Cuídense de reconocer a los oficiales de policía y a los encargados de precaución de su distrito y en caso de ataques aéreos acepten solo las órdenes dadas por ellos».

Bram suspiró y, con dos dedos, empujó el documento en dirección a D. B. para que este siguiese leyendo, en silencio.

Les exhortaban a mantenerse alerta, a denunciar a la policía cualquier acto sospechoso. Si un paracaidista alemán caía cerca de sus viviendas, debían sacar provecho de su confusión; tenían que ocultar mapas, alimento y bicicletas, y vaciar el depósito de cualquier automóvil para que el enemigo no pudiese hacerse con el combustible. Debían colaborar con el ejército en cualquier cosa que pudiese solicitar, y solo cortar carreteras en caso de haber recibido la orden correspondiente. Las tiendas y las fábricas habían de organizarse para saber resistir a los invasores.

—«Piensa antes de actuar» —leyó D. B., con su voz pausada y nasal—. «Pero piensa siempre en tu país antes que en ti mismo». —Tragó saliva—. Si quieren invadirnos, antes atacarán, ¿no?

Bram no dignó ese despliegue de inocencia con una gran respuesta.

—Naturalmente —se limitó a decir.

D. B. no se dejó amedrentar.

—Y será, con toda probabilidad, un ataque aéreo, ¿verdad?

Bram se apretó el tabique de la nariz y cerró los párpados.

—Ya lo sabes, D. B.

—¿A cuántas familias conoces que tengan un refugio aéreo?

—No tienes que preocuparte —dijo Bram, sacudiendo la cabeza—. Tu padre nos ha ofrecido compartir el suyo. Ahora que Vera no duerme en casa son solo dos. Estaremos un poco apretados, los seis ahí metidos, pero bueno...

—No te he preguntado eso.

La frase, amable para cualquier otra persona, pero dura para quien conocía el carácter de D. B., captó la atención de Bram.

—¿Cuántas familias? —repitió.

Bram dio un toquecito contra la mesa.

—No las suficientes.

—Exacto. ¿Qué va a pasar con ellas si, Dios no lo quiera, nos atacan?

—Tendrán que refugiarse en la boca del metro. Es lo que se hacía en España.

—¿Y si no tienen una cerca?

Bram, aun con expresión de dolor y determinación en el rostro, forzó una sonrisa.

—Ah, ¿qué quieres hacer, *pater*? ¿Escribirle a Churchill para que distribuya refugios aéreos a todas las familias de Londres?

—No lo sé —admitió D. B.—. Quizá..., quizá podría presentarme voluntario como encargado de precaución ante los ataques aéreos.

La magnitud de la carcajada de Bram fue tal que casi se cae de la silla. La expresión de D. B. no mutó.

—Piénsalo un poco: el cometido de los encargados es calmar a la población en un momento de pánico extremo, ¿no? Pues como sacerdote, ¿no es eso lo que hacemos?, ¿dar descanso a las almas?

Bram se concedió otra risita.

—No lo sé, aquí solo vengo a tomar café contigo. Yo voy a la sinagoga, no a la iglesia, y allí lo que se hace es discutir con el rabino a ver quién tiene razón, no buscar consuelo para el alma. —Bram zarandeó el encendedor antes de prender el cigarrillo—. Son religiones muy distintas.

D. B. insistió.

—¿Pero qué te parece?

Como respuesta, Bram se levantó y se colgó la chaqueta del traje al hombro. Ya había empezado a llegar el calor.

—¿Que qué me parece? Pues lo que me parece es que soy un desperdicio de juventud, de talento y de salud. Podría ser útil ahí fuera, pero tengo que quedarme mano sobre mano por un soplo cardiaco que no me ha causado ningún daño físico.

Bram le arrebató la pitillera, a la que solo le quedaban ya dos cigarrillos, a D. B. antes de dirigirse a la puerta.

—Voy a ver a Vera, que hoy tiene medio día libre. ¿Quieres que le pase algún recado de tu parte?

—El dinero de la colecta —dijo D. B. y, ante la mirada inquisitiva de Bram, agregó—: No podemos esperar a que nos ayuden. Si nos organizamos y recolectamos dinero para los menos afortunados del barrio...

Bram estalló en una risotada.

—Cuidado, camarada, que empiezas así y te acaban echando del sacerdocio por comunista. —Y depositó veinte peniques* de su propia cartera junto a la taza de D. B.

Cuando Bram entró en la cafetería situada al otro lado de la plaza Charterhouse, la favorita de las enfermeras a las que se les había concedido el medio día libre, Vera tenía dos montañas de apuntes, una sobre la mesa y otra sobre la silla desocupada. En primer lugar, porque quería aprovechar el tiempo para estudiar, pero, sobre todo, porque sabía que ese panorama molestaría a Persie St. George.

Al pasar por su lado, Bram silbó impresionado por la obra

* Equivalente a 10 libras en 2024.

maestra y, tras colocar como pudo un montón de papeles sobre el otro, se sentó.

—Así es como uno quiere que lo reciban después de tanto tiempo, sí señor.

Vera alzó la vista del bloc de notas en el que estaba escribiendo y elevó las comisuras.

—La práctica hace la perfección.

Bram no le devolvió la sonrisa. En su lugar, se arrellanó más en la silla y, con toda la calma que pudo reunir, le preguntó:

—Oye, tú no tendrás una barra de carmín por ahí, ¿verdad?

Vera no se entretuvo en contener la risita.

—¡Ja! No conocía esas inclinaciones tuyas...

—Tú pásamela, ¿quieres?

Vera obedeció.

Bram se deshizo del tapón enseguida y pintó una raya en cada mejilla de Vera, que luego difuminó con el pulgar. Al acabar, asintió, complacido ante su creación.

—Mejor. Tú no ves mucho el sol últimamente, ¿no?

Vera puso los ojos en blanco.

—Eres un salvaje y debería tirarte el café a la cara ahora mismo.

—No te atreverás.

—Por el café, no por ti.

—Desde luego. —Tamborileó los dedos sobre la mesa—. ¿Sabes qué te digo? Tu hermano es un tarado. Anda diciendo que va a inscribirse voluntario como encargado de precaución de ataque aéreo.

Esas palabras captaron la atención de Vera, quien miró a Bram con el cejo fruncido y un cigarrillo encendido entre los dientes.

—Lo veo capaz.

—Eso es lo que me preocupa. —Bram le prendió el cigarrillo con su propio encendedor, y luego sacó de la pitillera otro para él—. Oye, ¿cómo estáis aquí? ¿Tenéis...?

Vera asintió con un gesto.

—Sí, el sótano está habilitado como refugio. Ya hemos hecho un par de simulacros por si... —Sacudió la cabeza—. Para cuando pase. Tenemos que bajar a todos los pacientes, y algunos están inmovilizados.

—Podría ser peor. —Inspiró para formar un anillo con el humo—. Mi vecino está sordo como una tapia. Cuando haya alarma voy a tener que subir y bajarlo al refugio, y pesa lo que un cachalote. Seguro que pensará que le quiero robar y me atacará con el palo de cricket.

Vera rio.

—Será la muerte honorable que te mereces.

—Cállate, que yo ya no aguanto más. Como no me den pronto el visto bueno para alistarme me pego un tiro, te lo juro. —Se acercó más a ella y el vaho de la taza de café le calentó la cara. Bajando la voz añadió—: Oye, ¿tú no conocerás a un médico que pueda...? Bueno, como te dije, no estoy ciego ni manco. El soplo no va a causarme ningún problema. ¿No habrá algún médico que pueda hacerme un informe para que yo pase el reconocimiento?

Vera se mordió el labio inferior. Miró a un lado y a otro, comprobando que nadie pudiese oírlos y, cuando habló, lo hizo también en susurros.

—No lo sé. Puedo tantear el terreno...

Bram, que mordía la punta del cigarrillo, juntó las palmas de las manos como un niño en la primera comunión.

—Yo te lo agradecería mucho, Johnson.

—No te puedo prometer nada. La enfermera jefe tiene ojos de halcón y oído de tísica, nos tiene muy vigiladas.

—Estoy desesperado de verdad. Siento que estoy desaprovechado con tanta espera.

—Y yo. —Le dio un sorbo al café—. Tengo para tres años aquí, cuando mi único objetivo es salir al frente y escribir sobre la guerra. ¿Y si entonces ya ha acabado?

Bram soltó una risa seca.

—Johnson, vamos a ir al infierno. Somos las únicas dos personas que queremos que la guerra se alargue para que nos espere.

Vera evitó sostenerle la mirada.

—No seas bruto.

—Estoy siendo sincero. Nos ha tocado la maldición de vivir tiempos interesantes. ¿Quién va a reprocharnos cómo encajarlos?

Vera lo despachó con un leve movimiento de la mano. Sin mirarlo, le dio otro sorbo al café.

—Allie Dale me ha escrito desde el campo de entrenamiento —repuso.

Bram no permitió que su expresión reflejase la sorpresa de la noticia.

—¿Tu antiguo jefe? ¿Qué quería?

Como respuesta, Vera separó dos libros de texto y le tendió la carta que estaba escondida entre ambos. Un único folio que, a juzgar por el desgaste de las letras en los pliegues, había sido doblado y desdoblado varias veces.

—Le mandé una nota con mi nueva dirección, por si se le ocurría escribirme a casa o al *Telegraph*. Mi decisión lo decepcionó bastante.

Aunque veía el papel al revés desde su posición, Vera fue capaz de señalar el lugar exacto en el que se encontraba el fragmento al que se refería. De todos modos, no habría sido necesario, estaba marcado con un lápiz de color rojo.

> ... la decepción, natural y egoísta, causada por el hecho de ver el talento desperdiciado por la causa de la guerra. Egoísta, claro, porque cualquier sujeto razonable y sensible podría apreciar la magnitud del trabajo al que te enfrentas, el sacrificio de la persona que eras antes de la guerra en aras del bien común. Pese a ello, no puedo evitar lamentar que tu contribución en esta guerra no esté ligada al talento que estabas cultivando.
>
> Si encuentro una falta en la educación que te di (apuesto a que tú misma serás capaz de señalarme muchas más), fue el no haber hecho hincapié en la importancia de la paciencia en nuestra profesión. Sí, creo que te dejé el camino algo allanado, y que quizá habrías sido capaz de alcanzar la meta que te has puesto si hubieses esperado y aceptado escribir aquellos artículos que te parecían tan indignos. Lamento llegar a la conclusión de que tu propia arrogancia te perjudicó.

En tres años de estudios de enfermería... ¿Quién sabe? La guerra podría haber acabado. La que has jugado me parece una carta demasiado arriesgada, fruto, sin duda, de una conducta precipitada. Solo puedo aconsejarte una cosa: escribe, escribe, escribe. Mantente en contacto con los colegas del *Telegraph*, en especial aquellos que, por su edad, vayan a librarse de las garras del reclutamiento. Mándales artículos aunque nadie te los haya pedido, actúa como si fueses una reportera independiente. Rezo para que estos años de inactividad periodística no oxiden tu talento.

—Suena como un perfecto gilipollas —dijo Bram, que le devolvió la carta tras fingir arrojarla al fuego—. Si tanta fe tenía en tu talento, podía haberte puesto sobre la mesa mejores encargos.

Vera bajó los párpados.

—Es como el perro del hortelano, ni come ni deja comer.

—No te angusties. Los dos lo conseguiremos. Seremos grandes. —Tamborileó los dedos sobre la mesa—. Venga, ¿cuánto tiempo nos queda? ¿Suficiente para ir al cine? Invito yo. D. B. quiere que le des dinero para la colecta.

III

Las noches eran el territorio de los gritos, el ansia y la espera. En el turno más solitario debían atender a aquellos pacientes que más cuidados requerían, los quemados y los paralizados; excepto suministrarles líquidos y una morfina cada vez más escasa, no podían hacer demasiado por ellos, de modo que gran parte de las horas se las pasaban a la espera, tratando de no pensar en si la cama del hombre que tenían delante amanecería vacía.

La planta era una cacofonía de lamentos en inglés y en francés. Tras la evacuación de Dunkerque, los antiguos pacientes del St. Bart's debieron ser reubicados para dar espacio a la avalancha de soldados que provenían de las playas de Francia. Durante días, el personal del hospital encadenó horas y horas de trabajo, sin descanso. Los hombres que quedaban en las camillas presentaban un aspecto lastimoso: muchos, debido a los torniquetes que les habían cortado la circulación durante horas, habían sufrido amputaciones; otros, con metralla en la espina dorsal o en la cabeza, permanecían inmóviles o en un estado de semiinconsciencia.

Existía una única posibilidad de escapar de los alaridos y de la visión de las lesiones traumáticas de los pacientes: retirarse para llevar a cabo pequeñas tareas necesarias y rutinarias, como la esterilización de las jeringuillas o la organización de la cocina para el desayuno del día siguiente. Semejante escape no suponía una salvación ante el olor. Debido a la gangrena, era intenso, nauseabundo y casi paralizante; lo penetraba todo y a todos, de modo que no existía la posibilidad de un refugio libre de él.

Algunas enfermeras, desafiando todo riesgo, se escondían pañuelos perfumados en el cuello del uniforme. A Vera esta solución se le antojaba tan inadmisible como infantil, no solo por la posibilidad de que la enfermera jefe lo descubriera, sino ante todo por la vergüenza que sentirían los hombres heridos al ser conscientes de la finalidad del pañuelo.

El paciente que la enfermera jefe le había encomendado a Vera era un joven de diecinueve años; debido a la gravedad de sus heridas, formó parte de los primeros grupos de evacuados, pero este privilegio no logró salvarlo de las úlceras. La metralla le había seccionado la columna y lo había dejado paralizado. Debido a las horas de espera, y a la deficiente atención médica en el campo de batalla, había desarrollado úlceras del tamaño de una naranja en la espalda, por lo que debían cambiarlo de postura cada media hora.

Entre las vendas y las sábanas, no había mucho que ver del joven. En la palidez mortecina solo se distinguían la nariz y los párpados enrojecidos; al darle la vuelta, ayudada por la enfermera jefe, Vera comprobó que también la espalda era un páramo absolutamente blanco atravesado por úlceras rosas y violetas.

El olor la abofeteó. Alzó la barbilla para mirar a su superiora, pero esta no había cambiado la expresión.

—Hermana Johnson, ¿por qué no va a buscarle algo de beber al soldado Dalton?

Vera asintió. En aquellos casos, había aprendido, «algo de beber» se traducía por una gasa mojada con la que humedecer la boca del paciente.

Se agachó. Los labios del chico estaban resecos, grises, y se movieron cuando separó la gasa.

—Lo siento…, el olor…

La respiración del soldado Dalton, agitada y laboriosa, sonaba como una maquinaria vieja y defectuosa. Tras ellos, el paciente de Persie St. George rezaba el rosario en francés y maldecía cada vez que las cuentas se deslizaban de su mano sana.

—¿El de la hermana Mandeville? Geranio, creo que es. Nauseabundo, en mi opinión —dijo Vera en un susurro, y forzó una sonrisa—. Con un poco de suerte y racionamiento mediante, esta será su última botella.

El soldado Dalton no reaccionó ante el comentario. Los ojos, de un marrón muy oscuro, parecían naranjas al reflejar la luz de la lamparita, y estaban fijos en un punto indeterminado de la sala.

Vera estiró los labios.

—Le traeré un poco más de agua.

La enfermera jefe ya los había dejado solos para atender a otro paciente. La guerra propiamente dicha apenas acababa de comenzar, y las salas y los pasillos del hospital ya estaban rebosantes de hombres (no, de chicos, adolescentes) que gemían y sufrían. Cuando atacasen Londres, ¿qué harían con los heridos?

—Hermana Mandeville... —empezó Vera.

De espaldas, el cuerpo regio y atlético de la enfermera jefe habría llevado a pensar que se encontraba todavía en la mediana edad, pero, al volverse, la piel curtida, con arrugas, la traicionaba y revelaba su edad verdadera. Podría haber permanecido en su casa, disfrutando del descanso merecido tras años de servicio, pero estaba allí, preparada para todo.

—¿Sí?

—¿Qué hago?

La señora Mandeville alzó una ceja entrecana.

—Atienda al soldado Dalton. Asegúrese de que se mantenga hidratado.

—Solo quedan tres botellas de suero en la planta.

El comunicado no causó una gran impresión en la señora Mandeville. El doctor, al que asistía en el desbridamiento de las quemaduras de un joven recluta, alzó la cabeza para mirarla.

—¿Bajo a quirófano a pedir más? —insistió Vera.

El médico interrumpió el contacto visual.

—No tiene que molestarse, hermana Johnson. Ellos lo necesitan más que nosotros.

Vera separó los labios. Las palabras, que apenas se empezaban a formarse, murieron en esa misma exhalación, en esa corta bocanada de aire. Tres botellas de suero no aguantarían toda la noche; si ella, que apenas había empezado su formación, lo sabía, él también.

Tragó saliva.

—¿Pido que manden telegrama a la familia?

La enfermera jefe señaló el reloj de pared con un gesto.

—Los padres del soldado Dalton viven en Oxford. No cambiará nada si los avisamos ahora o mañana por la mañana.

Un instante de duda. La sinfonía de ruidos del hospital (gritos, rezos en inglés y en francés, el chirrido de las camillas) le impedía pensar, pero el silencio no habría cambiado el desenlace de la historia. Se encontraba al final del laberinto.

—Muy bien. Gracias, hermana Mandeville. Doctor Heath...

Cuando volvió con él, el soldado Dalton seguía despierto, con los ojos enrojecidos fijos en el mismo punto indefinido del suelo. Por un momento, mientras se agachaba para humedecerle los labios, Vera deseó poder abrir las ventanas; le resultaba grotesco que muriera en la penumbra entrecortada por la luz anaranjada de la lamparita, cuando, fuera, la noche era tan clara y tan limpia.

—¿Le gusta el fútbol? —le preguntó.

Aquella era la fórmula mágica para entablar conversación con los hombres a los que cuidaba. Hombres que pedían cada día a toda enfermera que se cruzase en su camino que si, por favor, podía pintarse los labios, que hacía meses que no veían a una mujer hacerlo. Aquellos, claro, eran los pacientes que las abandonaban enseguida, que volvían con sus familias o se reincorporaban al servicio, su breve descanso era apenas un sueño neblinoso.

—¿Rugby?

El soldado Dalton no se inmutó. Su respiración era entrecortada, pegajosa, como la de un pequeño animal herido.

—¿Cuándo se unió al servicio?

El paciente cerró los ojos, era como si tuviese que navegar a través de sus recuerdos para encontrar la respuesta apropiada.

—El día de mi cumpleaños. —Se pasó la lengua por los dientes—. Me uní a mi compañía el Viernes Santo. Desembarqué en Dunkerque el veintiséis de mayo. Me hirieron el veintisiete de mayo.

Vera contó hacia atrás las seis semanas de entrenamiento y se detuvo mentalmente en cada día para recordar las cosas que había hecho, los artículos que había escrito, las canciones que Rory y Bram escuchaban al otro lado del jardín. De esa manera, evitaba tener que pensar.

—¿Febrero? ¿Su cumpleaños?

El soldado Dalton asintió quedamente.

—Cuatro de febrero.

—El mío es el cinco de mayo. Este año no lo festejé mucho, por la guerra, pero el año pasado, no sé cómo, mi amigo Bram se las ingenió para colarnos a nosotros dos y a nuestro amigo Rory en el Café de París. Nos emborrachamos tanto y hacía tan buen tiempo que acabamos tirándonos a los muelles de Surrey. —Cogió aire—. Entonces Rory, en su embriaguez, recordó que Bram había estado muy enfermo el año anterior, de fiebre reumática. Total, que lo sacó a la fuerza del agua y le gritó tanto que despertó a toda la calle. Nunca me había imaginado que fuese a llegar el día en el que viese a Rory enfadado, siempre me figuré que era incapaz de experimentar esa emoción humana.

La respiración del soldado, aunque aún laboriosa, se había vuelto más rítmica, más pausada. Había bajado los párpados y Vera estaba convencida de que se había quedado dormido hasta que el ruido que hizo al levantarse lo alarmó.

—¿Dónde están ahora? —preguntó con voz ronca y muy, muy lejana—. ¿Sus amigos?

Vera se agachó frente a él.

—Bram trabaja el cuero y se ha presentado voluntario como conductor de ambulancias; le gustaría ser piloto de la RAF, pero tiene un soplo cardiaco y no le aprobarán el examen médico hasta que desaparezca. Rory está en el campo de instrucción.

—¿RAF también?

—Ejército. Es muy alto para la RAF.

—Le... le deseo lo mejor.

Vera forzó una sonrisa, y humedeció la gasa para pasársela por los labios, que se oscurecían. Toda la vida se había refugiado en las palabras, y en ese momento no le suponían ningún alivio, no eran sanadoras, no servían para nada.

Estudió la sala en busca de un punto en común, de una conexión que no se habría dado de manera natural. Papel de carta sobre la mesita, impoluto. Gasas limpias. Un poemario de Keats.

—¿Lee mucho? —preguntó, y extendió la mano hacia el librito sin llegar a tocarlo.

Temía que sus dedos contaminasen las páginas, que rompiesen algo muy frágil, imperceptible a la vista humana.

El soldado asintió.

—Estudiaba literatura... en Oxford. Mi padre enseña clásicas en el Trinity College. —Hundió las mejillas—. Qué desperdicio.

La voz, quebrada, le impidió continuar. Vera se preguntó si, en la penumbra, en el limbo, sentiría algo que le indicase que estaba dejando de pertenecer a aquella tierra que lo había escupido demasiado pronto y con demasiada violencia. Un desperdicio tras otro.

No le pareció justo mentirle respecto a su estado, pero sí sobre el tiempo.

—El suero aguantará hasta la mañana —susurró—. Sus padres están de camino.

El muchacho clavó los ojos, cada vez más oscuros, en ella. Puesto que no se produjo un cambio en su expresión ni en su postura que indicase si la creía o no, y no existían palabras en ningún idioma capaces de contener el duelo prematuro, Vera le tomó la mano. Por la textura (suave, sin marcas que diesen cuenta del paso de los años), le recordó a la de Rory.

Seis semanas de entrenamiento y un día de combate.

—Si estudia Literatura y lee a Yeats, supongo que sabe de memoria «Down by the Salley Gardens», ¿no es así?

El soldado Dalton movió la cabeza afirmativamente.

—Sí, señorita.

—En el colegio tuvimos que aprendernos la canción. Con la

partitura de John Ireland, ¿la conoce usted? —Un corto asentimiento, la respiración era ya superficial, sibilante—. Le adelanto que mi voz no es una gran cosa, pero... creo que todavía la recuerdo.

Se acercó más, sin soltar aquella mano cada vez más fría, y cantó en voz baja, de modo que nadie pudiese interrumpirla. La melodía era triste y lenta; si hubiese cerrado los ojos habría podido imaginarse que estaba en la escuela y que era la primavera en la que D. B. ingresó al seminario, pero mantuvo los ojos fijos en el soldado. Era cuanto podía ofrecerle, y no era suficiente.

«Mi amada y yo nos encontramos, allá en los jardines de Salley. Pasó, por los jardines de Salley, con pies pequeños, blancos como la nieve. Me dijo que me tomase el amor con naturalidad, como las hojas que crecen en los árboles. Pero yo, joven y necio, no estuve de acuerdo con ella».

No sintió nada cuando el joven murió. Había sido el primero y vendrían muchos más. A lo largo de la semana había visto a otros hombres muertos, pero el soldado Dalton fue el primero en morir delante de ella. Se permitió un par de segundos más para seguir mirándolo, consciente de que, excepto sus padres al día siguiente, era la última persona en contemplar aquellos rasgos que no se volverían a dar en otro ser humano. Después le soltó la mano, que colocó sobre la cama con cuidado, como si aún pudiese dañarlo, y le cerró los ojos.

Le pidió al celador que llamase al doctor Heath para que certificase el fallecimiento. Mientras esperaba, tomó el poemario y lo abrió por la primera página. El chico se llamaba Neal. Neal David Dalton, de Oxford, nacido el 4 de febrero de 1921. Estudiaba Literatura y leía a Keats. Ingresó en su compañía el Viernes Santo y cayó herido en combate el segundo día de batalla. Una vida desperdiciada.

Aunque no era su obligación, ayudó al celador a bajar la camilla al depósito. Le pareció necesario, el último paso de una tarea cumplida. Después le escribió a la familia para que supiesen que había muerto tranquilo y acompañado, agarrado de la mano de otro ser humano. De todas las palabras que había sangrado sobre el papel, ninguna le pareció tan urgente, tan importante y sagrada, como aquellas.

Se sentó al escritorio en cuanto llegó a la habitación. De haber quitado los protectores de las ventanas, le habría golpeado en la cara la luz pálida del amanecer.

Persie, que se acababa de tumbar en la cama, resopló.

—¿Tienes que ponerte con la máquina ahora?

—Sí.

Chascó la lengua.

—Llevamos toda la noche de pie. ¿Es mucho pedir…?

Vera alzó una mano para callarla.

—Es importante.

Allie:

Acuso recibo de tu última carta y te agradezco una preocupación que, respetuosamente, me parece exagerada.

De encontrarnos en igualdad de condiciones, aceptaría y seguiría tus consejos. Ambos sabemos, sin embargo, que nuestras circunstancias no son ni han sido nunca comparables. De haber tenido la oportunidad, como tú, de servir en el ejército como corresponsal, no habría esperado a la evacuación de Dunkerque para alistarme. Ya que el ejército me excluye de ese puesto debido a mi sexo, he decidido que mis talentos serán más útiles salvando vidas en el hospital que escribiendo recetas en el *Telegraph*. Lamento decepcionarte, y el orgullo sentido por ser causa de un sentimiento que, de nuevo, encuentro exagerado.

Sobre la escritura, no tienes que preocuparte. Aunque a regañadientes, soy incapaz de concebir la existencia sin pasarla antes por el filtro de las palabras. De la misma manera que no pude elegir mi sexo al nacer, tampoco tengo capacidad de elección en este asunto. Hay personas que disfrutan de la vida y saben sacarle todo el jugo, como Bram y como tú, y hay otras, como yo, que vinimos al mundo para documentar esa vida de la que vosotros bebéis sin llegar a saciaros.

Así que no te angusties por mí, escribiré en todo momento, bajo cualquier circunstancia. Y si la guerra no me espera, no me arrepentiré de mis decisiones. Encuentro más valor en dar testimonio de las pequeñas vidas que se cruzan en mi camino, de toda la lucha que veo en estos pasillos, que en dejarme la piel en busca de unos encargos que podrían no llegar jamás.

Esta es la baraja que me ha tocado, y pienso jugar las cartas hasta gastarlas, hasta que les queden las huellas de mis dedos grabadas, como cicatrices que nunca se curarán.

Hasta que nos volvamos a encontrar,

Tu Vera R. Johnson

IV

De madrugada, en el campo de tiro solo se oían los pasos atronadores del vigilante, las respiraciones acompasadas de los reclutas que dormían en las tiendas de campaña, el siseo de las cañerías y el rugido del viento. En el campo de entrenamiento, hasta los servicios tenían un aire de oficialidad y mesura. Hileras larguísimas de retretes blanquinegros que moteaban una pared de una pureza deslumbrante. La piel de los muchachos, bajo la ropa interior clara, sobresalía más morena y brillante que nunca, las marcas violáceas de las carreras descalzos en la ducha, el castigo predilecto del instructor, como muestras del tiempo que llevaban allí.

Rory, que pasaba la fregona por las baldosas verdes, se detuvo. Miraba a Plumón, que hacía subir y bajar el asa del cubo con las suelas de las chanclas. Parecían el positivo y el negativo de una misma fotografía. Plumón, con el pelo caoba y los ojos castaños, como en llamas, era el atardecer frente al amanecer pálido y claro de Rory. De haberles quitado el color, sin embargo, casi habrían parecido hermanos; ambos tenían la misma nariz larga, con una pequeña joroba en el tabique, los labios finos y los pómulos prominentes sobre unas mejillas que se hundían.

—Oye, Plumón —susurró Rory.

No convenía alzar la voz más de lo debido y alertar al instructor, ya se comían bastantes castigos sin cometer grandes faltas.

Plumón apartó la vista del cubo.

—¿Qué?

—Estabas estudiando medicina antes de venir aquí, ¿no es así?

Un asentimiento quedo. Plumón, que ya no lo estaba mirando, continuó con el trabajo.

—Sí, en el King's College. Tú fuiste a la Universidad de Londres, ¿no?

—Sí, pero cursé Literatura. Ni aunque visitases el campus habríamos coincidido. —Se puso serio—. ¿Cómo es que no te alistaste al cuerpo médico, si puedo preguntártelo? Estarías contribuyendo igualmente, pero haciendo lo que te gusta.

Plumón se detuvo. Observó sus manos, los nudillos enrojecidos y descarnados, que se aferraban al palo de la fregona. Tragó saliva.

—Estuve a punto de hacerlo, pero luego pensé... —Sacudió la cabeza—. En la escuela, cuando practicábamos deporte, siempre era el mejor. El más rápido. El más fuerte. Si la Facultad de Medicina me enseñó a mantener la cabeza fría, quizá uniendo las dos cosas... —suspiró—. Supongo que pensé que sería más útil aquí. ¿Y tú? ¿Es cierto que estabas esperando a un amigo para alistarte?

—Sí, a Bram. Hace dos años que tiene un soplo cardiaco. —Lo miró—. Nos dijeron que esas cosas suelen remitir, ¿tú qué crees?

Plumón se encogió de hombros como pudo. El reflejo que le devolvían las baldosas era de cansado, acartonado, con marcas recientes de magulladuras en la cara.

—La mayoría sí. Aunque a veces se arrastran de por vida.

Rory apretó los labios.

—Si es así, no lo va a superar. Ya está convencido de que es un inútil, esperando en casa mientras el resto...

No tuvo ánimos de terminar la frase. Se frotó los ojos, que le picaban debido al vapor de la lejía y al cansancio. Al abrirlos de nuevo, por unos segundos, todo cuanto lo rodeaba estaba borroso, como en un sueño. A solas con Plumón, siendo noche cerrada, daba la impresión de que no existía nadie más en el mundo y podía decir lo que quisiera sin consecuencias.

—¿Recuerdas al sargento que vino de visita el martes?, el de las Fuerzas Especiales.

Plumón, que había vuelto a concentrarse en el trabajo, asintió. Ya no miraba a Rory; su espalda, desde aquella posición encorvada, parecía más frágil de lo que los músculos imponentes y durísimos solían indicar; las vértebras se le transparentaban bajo la camiseta de algodón como pequeñas conchas alineadas con diligencia.

—Buscaba voluntarios para entrenar como paracaidistas —dijo—. Dos chelines más al día.* ¿Te lo estás pensando?

—¿Y tú? —Rory torció la boca—. Es que he llegado a la misma conclusión que tú. Si Dios me dio estas aptitudes..., será por algo, ¿no? Algo habrá que hacer, y el dinero me vendría bien.

Plumón apoyó un pie en el cubo de nuevo.

—¿Tienes a mucha gente esperándote ahí fuera?

—Mis amigos. En casa..., no me entiendo muy bien con mis padres. Mi hermana tampoco me tiene en muy alta estima, que digamos.

—¿Novia?

Rory sonrió. En la penumbra, los dientes parecían blanquísimos contra la piel quemada por el sol.

—No. Creía que aún era joven para pensar en eso..., y aquí, quitando al Profesor, soy el más viejo.

Plumón lo miró de reojo.

—Pues me coges por sorpresa. Le escribes lo suficiente a Vera como para que sea tu novia.

Rory ladeó la cabeza.

—En la universidad, casi. Estábamos medio saliendo, pero nunca lo llegamos a oficializar. —Tragó saliva—. Ahora me alegro.

—Discúlpame, viejo, pero he visto su fotografía y dudo que puedas aspirar a algo más.

Rory entornó los ojos.

* Equivalente a 8,50 libras en 2024.

—Por supuesto que no puedo aspirar a más. Cuando vi que se había colado en mi fiesta de cumpleaños pensé que se largaría al darse cuenta de para quién eran los festejos. —Cogió aire, las comisuras, color hueso, le temblaban—. Mi cumpleaños es en enero. Quizá no viva más de veintidós años. Sería egoísta...

Plumón hundió más la fregona en el agua, evitaba mirarlo.

—No puedes pensar así.

—Prefiero pensar así a no planear nada y que la muerte me coja por sorpresa. —Inspiró—. ¿Podemos cambiar de tema? ¿Tú que vas a hacer con lo del sargento ese?

Plumón le clavó los ojos, más rojizos y acuosos que nunca.

—¿Me estás pidiendo que vaya contigo?

—No. No podría.

Plumón no le contestó. Continuó fregando, la espalda se veía cada vez más pequeña al fondo del pasillo, entre las hileras de lavabos que brillaban como perlas. La ropa parecía flotar sobre los huesos.

—¿Tú sabes por qué tenemos que tragar siempre estos castigos?

La pregunta salió violenta, llena de rabia, de los labios cortados de Plumón.

Rory cogió aire.

—El grupo tiene que ser uno, no podemos obcecarnos en comportarnos como ahí fuera porque cuando salgamos seremos soldados, no solo seres humanos, y cualquier paso en falso podría poner en riesgo a los compañeros. —Forzó una sonrisa húmeda—. Tú eres demasiado arrogante; nunca le haces caso al instructor, y te peleas con todos porque no estás dispuesto a aceptar que a veces no tienes la razón. Y yo..., yo soy demasiado blando, demasiado sensible.

Plumón elevó una ceja.

—No es algo malo, ahí fuera.

—No, pero el mundo que nos espera a nosotros es distinto. Por eso, también, sería egoísta... las personas que fuimos ya están muertas.

Con el asa del cubo levantada y el pie derecho sobre ella,

Rory alzó la vista. Los músculos de la cara de Plumón se agitaban y los dientes le castañeteaban.

—No quiero dejar de ser quien soy —musitó este—, pero tengo que volver. Mi madre no soportaría perderme. Cuando mi primo no volvió de Dunkerque, me lo dijo, ella se volvía loca si le mataban a un hijo. —Suspiró—. Para volver tengo que sobrevivir, y para sobrevivir tengo que sacrificarme a mí mismo. —Dejó la fregona a un lado—. Te acompaño, Rory. Es lo correcto.

V

El 7 de septiembre de 1940, las primeras bombas del *Blitz* cayeron sobre la ciudad de Londres. El cielo se abrió, rojo, y sangró sobre unas calles que llevaban meses a la espera, conteniendo la respiración.

En el hospital St. Bart's, la alarma aérea (estridente, capaz de sacar a los muertos de las tumbas y de tirar las murallas de Jericó) sorprendió a las enfermeras que volvían a sus habitaciones despidiéndose de las que entraban en el turno de noche.

La agitación era una espada. La señora Mandeville caminaba entre las camillas moviendo a sus enfermeras de una esquina a otra de la habitación. Los pacientes, por inercia, dirigían la vista a las ventanas, ya tapadas. Los simulacros constantes impidieron que reinase el caos. Sin pensarlo, siendo conscientes del paso de los segundos y de que el siguiente podría condenarlos, las muchachas instruían a los hombres capaces de andar por sí mismos a seguir las vías de escape al refugio; a los paralizados o demasiado enfermos para salir por el propio pie, los sacaban entre dos enfermeras.

Vera se agachó para bajar la palanca que quitaba el seguro a las ruedas de la camilla; entre ella y Persie debían conducir al hombre que descansaba en ella, considerado casi un veterano a sus veintisiete años, y luego meterlo en el refugio en volandas, ya que el espacio escaseaba y tan solo podían introducir las camillas de los pacientes más graves. El muchacho de la camilla contigua crispó la espalda; trataba de ocultar el rostro para que no se le viesen las lágrimas, pero, con las manos vendadas, sus movimientos no resultaban certeros. Era el más joven, tenía dieciocho años y no había vivido un solo día de combate; un accidente durante el periodo de instrucción le había causado unas quemaduras terribles que todavía había que desbridar a diario.

El teniente Stevens le dio un golpecito en el brazo a Vera cuando esta se reincorporó.

—Oigan, hermanitas de la caridad, ¿por qué no bajan a Bobby primero? Yo estoy bien aquí, puedo esperar.

No tuvieron tiempo de obedecerle. La señora Mandeville empujó a Persie a la camilla de Bobby, para que entre ella y otra compañera lo auxiliasen. Después agarró la parte superior de la camilla del teniente y le indicó a Vera que tirase desde el otro lado.

El edificio vibraba y temblaba. Debían seguir a las camillas de delante, desoyendo la llamada primitiva del miedo, que los instaba a adelantarse, a llegar al refugio cuanto antes. A juzgar por el ruido de las bombas, el cielo se quebraba, y la alarma no dejaba de sonar.

—No nos están cayendo encima —dijo el teniente Stevens.

En la penumbra del pasillo, sus ojos, de un verde pálido y frío, parecían carentes de color, capaces de reflejar la luz escasa de las bombillas que pendían del techo.

Un nuevo rugido les hizo crispar la espalda. Bobby, que iba delante de ellos, gimió.

—¿Tú crees que se acercan o que se alejan? —preguntó.

El hombre no contestó.

La alarma aérea sorprendió a Bram en la habitación. Aquella noche no tenía turno en la ambulancia y se sentía inquieto por ello. Rory estaba en Manchester, completando la instrucción como paracaidista; Vera trabajaba en el hospital y apenas tenía un día libre al mes. Todos sus amigos habían sido reclutados o se habían presentado voluntarios. Constantemente le invadía la sensación deprimente de no estar haciendo otra cosa que esperar.

Para evitar cruzar la frontera patética de la autocompasión, ocupaba cada momento que tenía libre en hacer gimnasia; ejercitaba el cuerpo hasta que se le adormecían los músculos y los calambres lo despertaban por la noche, porque el dolor era preferible al acto de pensar.

Él, que ya no pertenecía a ninguna parte, regresó a la Tierra de golpe al oír la primera sirena.

Salió de la habitación al mismo tiempo que su hermana.

—Dejé a los viejos en la cocina hará cosa de diez minutos —dijo ella.

Bram asintió y extendió la mano hacia atrás para que Mara pudiese apretársela mientras bajaban las escaleras; no supo si con esa reacción instintiva pretendía que fuesen más rápidos o simplemente buscaba el consuelo analgésico del contacto humano.

Todavía no habían bajado el primer escalón al caer la bomba. Se agacharon cuando los cristales se rompieron, o quizá una fracción de segundos antes, y el movimiento de cubrirse la cabeza con los brazos fue tan brusco que a Bram se le rasgó la manga con un tornillo suelto del pasamanos, pero no sintió dolor.

El pitido de los oídos lo cubrió todo, como una madre que tapa los ojos de sus hijos ante el horror. La planta inferior desprendía una calidez insospechada que la cercanía del cuerpo de su hermana no podía justificar.

—¿Están bien? —les gritó a sus padres.

Tras un jadeo al otro lado de la encimera de la cocina y una colección de toses, emergió la voz del padre, ahogada pero serena.

—Sí, ¿y vosotros?

—También.

Bram le hizo un gesto a Mara para que se incorporase. Estaba postrada contra la pared con la boca entreabierta y los ojos, enormes, fijos en la ventana que daba al río; observaba el mundo exterior como quien se enfrenta a los condenados o a los contagiosos y tardó un par de segundos en obedecer la orden de su hermano pequeño.

Al volverse hacia aquel mismo punto, mientras tiraba de Mara en dirección al jardín, Bram no vio las aguas del Támesis.

Al otro lado de la ventana cuyo cristal resquebrajado se disponía cálido sobre el suelo, todo estaba cubierto de una especie de neblina naranja e impenetrable.

Los muelles estaban en llamas.

—¡No mires, Bram, no mires! —gritó la madre, que extendía los brazos para alcanzar los de su hija.

El pitido seguía ahogando el resto de los sonidos: las voces y las detonaciones llegaban lejanas, como si proviniesen del interior de la Tierra. Al tocar la hierba ardiente del jardín, no recordó haber llegado allí por su propio pie, le daba la impresión de que la inercia de la última explosión los había empujado hasta él. Los gritos de los vecinos se alzaban sobre cualquier otra cosa y el calor era intolerable.

Entre sudores fríos, empujó a los demás al jardín de los Johnson. Alertada por un nuevo ruido, o tal vez por sus pasos, la abuela les abrió la puerta del refugio.

—¡Entren, rápido, rápido!

La hermana y la madre fueron las primeras, seguidas del padre. Cuando le tocaba el turno a Bram, y como empujada por las miradas inquisitivas, por el espacio cada vez más vacío en la habitación diminuta en la que debían pasar la noche, la abuela dijo:

—El señor Johnson se niega a salir.

—¿Cómo que se niega a salir?

—Dice que es su casa y que no piensa cometer la cobardía de abandonarla.

Un temblor recorrió las cejas de Bram.

—Ha perdido el juicio por completo. Los boches están bombardeando los muelles, no va a quedar piedra sobre piedra.

Intercambió una mirada con su hermana, que se abrazaba a la madre. La señora Drachman clavó los ojos, de un verde hielo que ninguno de sus hijos había heredado, en él; con esa mirada quería comunicar lo que no se atrevía a decir en voz alta: que entrara, que se pusiera a salvo, que para ella era más importante su seguridad que el deshonor de permitir que el señor Johnson se condenase.

Bram no quiso sostener el contacto visual y cerró la puerta. En el jardín, con un sudor negro cubriéndole la cara, parecía la primera persona que habitaba la Tierra o la última que respiraba sobre ella. Al entrar en la casa, dos pensamientos lo consumían: el olor dulzón que lo penetraba todo le recordaba al taller de Curtidos Schofield & Co., y el egoísmo que lo había empujado a hacerlo. Durante unos instantes febriles, la seguridad del señor Johnson había quedado relegada a un segundo plano; si se movía era porque sabía que jamás podría mirar a nadie más a la cara, tras haber cometido el acto imperdonable de salvarse a sí mismo.

En el campamento de instrucción de Manchester, Rory St. George permanecía agazapado junto a la radio. En la tienda de campaña en la que dormían reinaba un silencio casi reverencial cortado por la voz metálica del noticiario. Algunos hombres se daban la vuelta en la litera y luchaban por conciliar un sueño que el toque de diana pronto rompería. Otros, los que como Rory y como Plumón tenían familia en la capital, volcaban los ojos en la radio como si estuviesen contemplando el rostro de Dios.

Atrás quedaban los días de la instrucción básica. Ya no eran hombres que pertenecían al mundo, sino soldados especializándose en el que sería su cometido durante la guerra. Las normas se habían relajado, eran dueños de sus propios destinos.

Si alguien se acercaba al grupito de los que escuchaban y preguntaba en susurros si se sabía en qué zona de Londres estaban cayendo las bombas, los demás lo acallaban enseguida, ávidos de noticias.

—Estamos escuchándolo igual que tú —le decían.

Con miradas se comunicaban mucho más. Si fueras alemán y tuvieras un buen mapa de Londres, ¿qué partes de la ciudad atacarías primero? ¿En qué zonas asestarías el golpe definitivo que le cortase la cabeza al enemigo?

Tragaban las noticias sin masticarlas, de la misma manera en que un doctor se enfrenta a su propio diagnóstico terminal. Sabían demasiado, y, si Rory rezaba, era para que los mapas alemanes resultasen inexactos.

Aunque el teniente Stevens era un hombre alto, la larga convalecencia y la depresión inicial causada por la gravedad de sus heridas le habían hecho perder bastante peso, por lo que a la señora Mandeville y a Vera no les costó demasiado levantarlo de la camilla y tumbarlo en el suelo del refugio, frente a Bobby.

El muchacho todavía gemía y temblaba, pero, ante todo, se mantenía firme en una sola petición: que no lo trasladasen a una camilla.

—Aquí estoy bien, por favor, así hay más sitio para todos.

Debido a su insistencia, o tal vez al caos y a la actividad descontrolada, la enfermera jefe no tuvo nada que decir al respecto, y Persie reunió todas las mantas y almohadas que pudo para que las heridas de Bobby, protegidas únicamente por las vendas, no tocasen el duro suelo. Vera se dispuso a acomodar al teniente Stevens, pero este soltó un alarido helador que la detuvo.

—¡Qué bruta es, hermanita de la caridad! ¡Mire cómo me ha dejado la pierna! —No pudo contener la carcajada al subir la manta para dejar al descubierto el muñón.

Vera puso los ojos en blanco.

—Es usted imposible.

—Genio y figura hasta la sepultura —alegó, y volcó toda la atención de nuevo en Bobby.

El edificio parecía respirar con cada detonación. Al oír el rugido de las bombas, grotesco y cavernoso, todos contraían la espalda y clamaban a Dios. Aquel ruido constante, aquella sensación de encontrarse en el limbo entre la vida y la muerte, era lo que volvía más desesperados los llantos del muchacho.

—Qué vergüenza —susurró.

Todavía intentaba cubrirse la cara con las manos vendadas. Debido a la escasa iluminación del refugio, sus ojos refulgían más azules y hambrientos que nunca.

Stevens le sonrió.

—¿Vergüenza por qué?, ¿por mi sentido del humor? Porque lo siento, ya soy demasiado viejo para cambiarlo.

Bobby no contestó. Al oír una nueva explosión y el quebrarse de unos cristales a lo lejos, se quedó muy pálido y muy quieto; la respiración, antes pausada, se le aceleró, como si el aire quisiera huir también de aquella tumba.

Vera intercambió una mirada con Stevens. Pensaba en lo rápido que le latía el corazón y en cómo el sudor frío le pegaba el uniforme a la espalda. Si tuviera dieciocho años y casi hubiese muerto quemada, el bramido de las bombas también habría convertido aquella adrenalina que sentía en la boca del estómago en una locura irracional. Pero no se atrevió a decirlo en voz alta, por si eso avergonzaba más a Bobby.

Al final fue Stevens quien se estiró para tomar el pie del muchacho. Despacio, con movimientos rítmicos, se lo fue apretando para que entrase en calor. Al alzar la voz, le salió también pausada y clara, llena de una calma inverosímil en medio de la destrucción y el pavor.

—Todos los hombres mueren llamando a sus madres —repuso—. Ingleses, alemanes, franceses..., todos ellos. Los que digan que no o son unos duros de boquilla o no han chupado suficiente trinchera.

Un escalofrío recorrió el cuerpo de Bobby, quien bajó los párpados.

Stevens siguió hablando. La cadencia de su voz, pensó Vera, era algo seguro a lo que aferrarse, algo capaz de aniquilar las sirenas y las detonaciones.

—Yo también lloré cuando me hirieron —dijo, todavía acariciando el pie del joven—. No quería morir tan lejos de casa y me angustiaba que mi madre no tuviese un cuerpo que enterrar. Después, aquí, cuando me dijeron que tenía gangrena y debían cortarme la pierna... me volví loco. Tiré una taza al suelo con tanta fuerza que la baldosa todavía está rota.

Vera elevó las comisuras. Se acordaba de aquel día, por supuesto, y de cómo dos celadores tuvieron que sujetar al teniente para que no se arrojase por la ventana. Durante días, las enfermeras temieron el momento en que les encargasen atender a Stevens.

Aquello había sucedido en su primera semana, hacía ya mil años.

—Lástima, porque era una de las favoritas de la señora Mandeville —repuso Vera, mientras se sacaba el bloc de notas y la estilográfica del bolsillo—. Todavía se la debes, creo. Veinticinco peniques.*

Stevens sonrió. Tenía unos rasgos duros, afilados y casi felinos, que parecían corresponderse más con el hombre taciturno y violento que había recibido la noticia de la amputación, que con el que tenía ahora frente a ella acariciando los pies de Bobby para que entrasen en calor, y capaz de tranquilizarlos a todos solo con la voz.

—Eso sí que no, hermanita de la caridad. ¡Adónde va a parar la sanidad de este país! Entré en este hospital entero y voy a salir lisiado y endeudado.

Bobby no respondió verbalmente a las bromas, pero todo su cuerpo se relajó. La respiración resquebrajada se fue calmando, como un animal que, tras innumerables tormentos, al fin es capaz de conciliar el sueño.

Quizá Stevens poseía un talento del que los demás carecían, que le permitía leer significados invisibles en aquel cambio. Se sacó dos cigarrillos de la pitillera y, tras comprobar que la señora Mandeville se lo permitía, se encendió uno y le dio una rápida calada antes de colocarlo en los labios de Bobby; el segundo lo prendió mordiendo un extremo. Con ese movimiento rápido Vera reparó en cómo le temblaban las manos.

Esa escena tan mundana contenía una ternura infinita, y Vera intentaba capturarla con las palabras, al igual que los artistas salen a la calle con los lienzos y los óleos para pintar el efímero ajetreo. Stevens había encendido el cigarrillo de Bobby porque sabía que el muchacho temía el fuego del encendedor; por ese

* Equivalente a 12 libras en 2024.

mismo motivo, le quitaba el pitillo cuando la ceniza estaba a punto de caer y se lo devolvía tras sacudirla sobre un platito. Quizá, cuando le acariciaba el pie no pensaba en calentárselo, sino que trataba de que sintiese el contacto de otra persona en la única zona del cuerpo que no estaba vendada.

Vera quedó herida por aquel cariño silencioso y habría seguido mirando si Stevens no hubiese dicho, en voz alta:

—¿Sabes qué es lo que hace meses que no veo? A una chica pintándose los labios. —Se giró hacia Persie, que trataba de aplacar los nervios practicando suturas con gasa y algodones.

Con todos a salvo en el refugio, y a no ser que se produjese una emergencia, no había gran cosa que hacer, excepto esperar que Dios les permitiera seguir vivos un día más.

Persie, que desdeñaba los cosméticos y resoplaba cuando Vera insistía en mantener la luz encendida media hora más para ponerse los rulos en el pelo, le dirigió una risita sardónica.

—No va a tener suerte, teniente.

—Mala pata, literalmente. ¿Hermanita Johnson?

Sin mirarlo, hurgó en el bolsillo hasta sacar el carmín y el espejito. Se pintó los labios ante los comentarios escépticos de Persie y las risas de los hombres. Cuando terminó, arqueó una ceja.

—¿Va a darme un beso, hermanita? —preguntó entonces el teniente Stevens.

—Usted es feo, prefiero a Bobby —respondió Vera.

—Póngase a la cola, hermana Johnson —replicó el muchacho, pese al miedo y a los escalofríos, tras un último hipido.

Una colección de carcajadas gloriosas siguió a sus palabras. Estaban vivos, y eso era todo lo que importaba.

Para no desaprovechar el carmín, Vera besó la carta que le había escrito a Rory. Sabía que le caería encima todo tipo de bromas por dejar esa marca roja sobre el papel. De alguna manera, al imaginar la escena se sentía más cerca de él, como si aún estuviesen en la universidad, en aquellos tiempos en los que Rory le decía, cuando se cruzaban con un grupo de beatas: «Ven, vamos a escandalizar a las viejas», y la besaba, como si ese simple gesto no significase nada y solo importara la gran broma en la que parecían flotar.

Con cada paso, la casa de los Johnson parecía respirar, quejumbrosa, como una criatura herida que se resiste a morir. Bram se abrió camino entre los vidrios rotos y los objetos que habían caído al suelo, con el jersey subido hasta la nariz para no respirar el denso y oscurísimo humo que entraba a través de las ventanas. Los muelles eran un espectáculo de rojo, gris y negro.

Sabía un par de cosas del padre de Vera; un conocimiento de segunda mano que provenía de los recuerdos que ella había compartido con él o de la simple observación, de leer en el hombre rasgos de personalidad que ya reconocía en la hija. Sabía que era testarudo, pero también sensato. El suyo no había sido un acto suicida, sino orgulloso; no iba a poner su vida en peligro innecesariamente, pero insistía en resistir tanto como lo hiciera la propia casa.

«No voy a dejarme morir por este idiota», pensó Bram. Después, al agacharse en la escalera para resguardarse de los cristales rotos y la gravilla que había traído consigo una nueva detonación, lo invadió un segundo pensamiento, más infantil y desesperado: «Si muero, pienso pelearme a puñetazos contra Dios».

Subió al primer piso entre las explosiones, agachado, cubriéndose la cabeza. Debido a la picazón en los ojos, solo podía concentrarse en el siguiente paso, y luego en el siguiente, hasta que entró en el dormitorio que había pertenecido a D. B. para sacar al señor Johnson de debajo de la cama.

Era la habitación central de la casa, la más alejada de las ventanas. Su juicio había sido certero.

—¡No voy a morir por usted, viejo loco! —jadeó—. O sale conmigo o lo saco a la fuerza, pero eso me llevará más tiempo y tendremos más cosas que explicar a sus hijos.

No esperó a que el hombre respondiera, tiró de sus brazos con toda la fuerza que pudo reunir y lo arrastró consigo hasta que notó que ya no oponía resistencia. No le pidió explicaciones mientras corrían. Sí se permitió, sin embargo, y en contra de cualquier arranque de sensatez que lo instase a conservar el oxígeno, protestar durante el trayecto.

En el jardín no había nada que pudiera reconocer, solo una explosión de colores imposibles, de polvo, ceniza y escombros. El chirrido de la puerta del refugio al abrirse coincidió con una detonación en el muelle. Bram no supo si estaba vivo o muerto hasta que sintió el colchón blando bajo la espalda y la mano de su hermana que le acariciaba el brazo. La madre decía algo, pero el pitido de los oídos le impidió oír qué. Jadeó y se llevó una mano a la frente para secarse el sudor negro con el puño del jersey.

—No voy a hacer esto todas las noches, viejo —le dijo al señor Johnson—. Mire que su hijo tiene una mano en el cielo y, como usted se deje morir, va a tener que rendirle cuentas al Señor.

El silencio llegó al hospital St. Bart's como una emboscada. Con el paso de las horas y las detonaciones cada vez más distanciadas unas de otras, el miedo había cedido el lugar al cansancio. Los gritos y los sollozos dieron paso a los ronquidos y las respiraciones pausadas. Exceptuando el médico y las dos enfermeras de guardia, solo Vera, que estaba escribiendo, y Stevens seguían despiertos.

El teniente se estiró para quitarle el cigarrillo de los labios a Bobby, que acababa de conseguir conciliar el sueño. Le dio una calada profunda para consumirlo por completo y luego lo apagó en el platito. En noches como aquella, el tabaco no tardaba en escasear. Hasta los no fumadores ansiaban sentir el cálido cilindro entre los dedos y la oportunidad de concentrarse en algo, lo que fuese, con tal de evadirse del momento presente.

Clavó sus pálidos ojos en Vera.

—¿A quién le escribe tanto?

—A mi amigo Rory —respondió ella, sin apenas levantar la mirada de la página.

Stevens sonrió.

—Con todo respeto, debe de ser algo más que un amigo, si le ocupa tantas horas.

—Es mi mejor amigo.

La sonrisa creció en el rostro felino de Stevens. Ladeó la cabeza, como preparándose para añadir algo más, pero Vera no se lo permitió.

—No solo escribo cartas —explicó—. Era periodista, antes de venir aquí. Lo soy. —Chascó la lengua—. No quiero perder la práctica.

—¿Y sobre qué escribe, si me permite preguntárselo?

—Sobre usted.

Stevens alzó las cejas y Vera aprovechó la sorpresa para agregar:

—¿Qué hacía, antes de servir?

—Nada. Estudiar, suspender. Estaba en el ejército ya antes de la guerra, me alisté en cuanto cumplí los dieciocho años.

—¿Tenía a muchos chicos a su cargo?

Apartó la mirada. El asentimiento fue un gesto casi imperceptible, pero tan real como los silbidos cada vez más lejanos de las bombas.

—Era instructor, antes de la guerra, después pedí que me mandasen al frente, el resto de la historia supongo que ya lo conoce.

—Se porta muy bien con Bobby. Le encendió el cigarro porque él solo no puede y el fuego le da miedo, se fijó también en cuándo se le iba a caer la ceniza y le acarició los pies cuando tenía miedo, porque, si le hubiese cogido de la mano, no habría notado la caricia bajo las vendas.

Stevens estiró los labios. Le dirigió un breve vistazo a Bobby, que dormía tranquilo delante de él.

—Siempre hay accidentes durante la instrucción, pero el suyo no tendría que haber ocurrido; alguien se cansa, alguien se duerme, alguien se distrae... y acabas con un chico con el cuerpo quemado antes de llegar a pisar una trinchera. —La observaba—. ¿Sabe por qué se acuñó el concepto «shock de las trincheras» durante la última guerra? Antes no ocurría, o no tanto como en las guerras modernas, no de la misma manera.

Vera tragó saliva, tenía la mirada fija en la página en blanco y en la mancha de tinta que crecía en ella al apoyar la estilográfica sin escribir nada.

—El ruido es constante. Antes los ejércitos batallaban durante el día y descansaban por la noche. Ahora el ruido de la munición no te deja dormir; el ataque puede venir de noche tanto como de día, desde el cielo o mediante una emboscada. El cuerpo humano no está diseñado para no descansar, para mantenerse alerta a todas horas, sin un instante de paz —suspiró—. Ustedes les hacen las curas a Bobby todos los días.

—Es necesario —siseó Vera—. Si no, se le infectarían las heridas, se le agarrotarían los músculos y...

Stevens la detuvo al alzar una mano.

—Lo sé, no se lo estaba recriminando. Es necesario, pero es un sufrimiento constante, sin descanso. —Se dio dos toquecitos en la sien—. Eso te quema los nervios. Si yo tuviese que revivir a diario el día de la amputación...

Vera forzó una sonrisa.

—Nos quedaríamos sin vajilla en el hospital.

Se oyó una carcajada suave.

—Y yo, además de lisiado, endeudado hasta las cejas. —Se pasó la lengua por los labios resecos—. Ya veo que es cierto eso de que los escritores no duermen.

—Periodista, no escritora —le corrigió Vera—. ¿Y usted?

Stevens se encogió de hombros.

—La pierna no me deja tranquilo —confesó.

Vera dejó el trabajo a un lado, se agachó junto al teniente y estaba por dejarle la pierna izquierda al descubierto cuando este precisó:

—La otra.

—¿El muñón?

Negó con un gesto.

—La pierna que no está. No sé por qué, a veces me duele pese a que ya no existe.

Vera levantó la manta igualmente. Con cuidado, retiró la venda que cubría el muñón. Tras asegurarse de que todo estaba como debía, y de que el dolor no podía atribuirse a la cicatriz, comenzó a tocar el espacio vacío, prolongación de la carne aún rosa, y lo masajeó como hubiese hecho de existir una pierna física, siguiendo todos los pasos que le habían enseñado.

Miró a Stevens, que había cerrado los ojos.

—¿Ayuda?

El teniente tragó saliva antes de contestar.

—No se lo va a creer, hermanita de la caridad, pero sí. Gracias.

—No tiene por qué darlas. —Elevó las comisuras—. Y mi nombre es Vera.

Stevens le sonrió.

—Francis, Francis Thomas Stevens, de Manchester.

—Vera Ruth Johnson, del East End de Londres. —Y estrechó la mano que el teniente le tendía.

Por el momento, Dios había permitido que siguiesen con vida.

VI

Los londinenses de Manchester no lograron conciliar el sueño aquella noche. Se daban la vuelta en el catre tratando de no pensar, o buscaban la radio con la mirada anhelando la confirmación que les permitiese pensar que sus familias seguían con vida.

Al rayar el alba, antes del toque de campana que los empujaba a enfrentarse a sus obligaciones diarias, Plumón se sentó en el suelo, extendió un mapa de la capital frente a él y comenzó a marcar con lápiz rojo las zonas que, según los informes del noticiero, habían sido víctimas de las bombas. Algunos chicos protestaron; otros, más o menos, lo instaron a dejarlo alegando que con eso no ayudaba a nadie, que no necesitaban tener un recordatorio visual de lo crudas que se estaban poniendo las cosas ahí fuera. Rory fue el único que permaneció a su lado todo el tiempo, hasta que el locutor de la BBC se detuvo y dieron la lista por terminada. Entonces tragó saliva, las pupilas sacudiéndose en los iris febriles.

—Voy primero al teléfono —dijo Rory, tras una corta inspiración.

Los compañeros lo miraron. La pregunta, que nadie formuló, quedó flotando en el aire, venenosa y mortífera.

—Bermondsey y Surrey Docks —aclaró.

En el mapa de Plumón, ambos barrios se habían convertido en una mancha escarlata.

Los muchachos asintieron.

—Tú vas primero —accedió el que actuaba como cabecilla, un antiguo jugador de fútbol de Suffolk—. ¿Alguien más necesita preferencia?

Plumón volvió a doblar el mapa.

—Whitechapel —dijo, y un temblor recorrió los hombros de Rory.

En Whitechapel estaba el hospital St. Bart's. Confiaba en que, de haber sido alcanzado, se habría hecho eco de la noticia el informe de la BBC, pero la incertidumbre escocía y quemaba.

Con la única perspectiva de volver a casa (de existir esta aún), Vera pidió cubrir el turno de noche. No habría resultado necesario. La señora Mandeville, tras una mirada fugaz a su ficha, le concedió el resto del día libre. Aquella fue la confirmación que Vera necesitaba, la prueba de la gravedad de la situación; la enfermera jefe jamás hacía concesiones.

—Volveré por la tarde —dijo, pese a todo.

A través de la ventana veía las filas interminables de camillas con heridos por el bombardeo, los estaban derivando de los hospitales civiles debido a la falta de espacio y personal para atenderlos. Vera no podía justificarse a sí misma que estuviera anteponiendo su dolor al de los demás.

Puesto que no se veía capaz de esperar al autobús, ni sabía cuánto retraso los destrozos del ataque aéreo podrían causar en las carreteras, corrió desde el hospital hasta el otro lado del río. A medida que se iba acercando al East End, los daños en los edificios, como heridas abiertas, se iban convirtiendo en páramos ruinosos. Lo que quedaba de las casas de los barrios de su infancia eran esqueletos, pruebas de una civilización muy antigua, de que antes allí había existido la vida.

Los vecinos corrían de un lado a otro, algunos harapientos, otros con la cara y las manos aún sucias, con restos de sangre seca bajo las uñas y entre los dedos. Con cada paso, el olor a quemado se volvía más penetrante, más abrumador. No se dio cuenta de que el aire que respiraba era humo hasta que notó que las lágrimas le hacían cosquillas en los párpados. O, quizá, mucho más tarde, en el momento en que un guardia de seguridad le cortó el paso.

—¿Puedo ayudarla, señorita?

—Estoy intentando llegar a los muelles.

Recibió una sacudida de cabeza. La verdad, aquellos días, no malgastaba las palabras.

—Todavía no se ha apagado el incendio.

Vera se humedeció los labios. Un reguero de sudor frío le bajaba por la espalda y le cubría las manos, pero no era capaz de sentir más que miedo, un miedo mudo, desnudo, que parecía morderla por dentro.

—Mi familia vive allí —explicó, y le dio la sensación de que su voz sonaba lejanísima—. En el muelle Greenland, número 32.

El guardia estiró los labios. Era joven, no mucho mayor que ella, las marcas violáceas bajo los ojos daban testimonio de la falta de sueño.

—No sabría decirle, señorita. Se ha evacuado a varias familias. Si se acerca al puesto de la Cruz Roja podrán ayudarla.

Como no podía hacer ni decir nada más, caminó en la dirección que le indicaba el guardia. Al doblar la calle recordó que, si seguía un par de metros y viraba a la derecha, la recibiría la panadería de los señores Drachman.

El cartel estaba ahí, donde ella lo había dejado, reconoció la letra redonda y rizada de Bram en la leyenda «Hoy estamos un poquito más abiertos de lo habitual». En efecto, los cristales del escaparate estaban reventados, y al entrar no pudo evitar reparar en otros signos de destrucción, que, sin embargo, no impedían el natural funcionamiento de la tienda.

Mara Drachman, que estaba barriendo mientras sus padres despachaban, sonrió al verla.

—¿Quieres una barra de pan para acompañar las buenas noticias? —le preguntó.

Tras ella, otro cartel, esta vez del puño y letra de Mara, rezaba «Trabajamos como siempre, *Herr* Hitler».

—¿Todos bien, entonces?

Mara le indicó que sí con un gesto.

—Hemos dormido un poco apretados esta noche, pero sí. Bram está en el trabajo, y los tuyos en casa de los St. George, que se ha librado del bombardeo.

—Un guardia me ha dicho que todavía no han apagado el incendio de los muelles.

—Eso dicen. Luftwaffe mediante, volveremos a la noche. Si no se puede, tu hermano nos ha dicho que han habilitado una zona en la iglesia para acoger a las familias cuyas casas se hayan dañado en el ataque. —Le dio un golpecito en el hombro—. Si tienes la mañana libre, ¿por qué no vas a visitarlo? Entre unas cosas y otras está desbordado, y tiene una herida en una mano que no me gusta nada, pero se niega a ir a la Cruz Roja hasta que hayan tratado a todos los heridos. Es terco como una mula. —Sonrió—. No sé a quién me recuerda.

Mara no se había equivocado: la herida de su hermano tenía mal aspecto, más debido al descuido del paciente que a la profundidad del corte. En la agitación de la noche, D. B. se había vendado los nudillos con el primer trozo de tela que había encontrado y, cuando Vera llegó, aún no se lo había quitado. La sangre seca y el pus se pegaban al tejido, que la muchacha tardó un par de minutos en retirar, ignorando los ruidos sordos que emitía su hermano.

—Mira que atravesar con la mano una ventana rota…

Tras un esfuerzo considerable, Vera había conseguido sacarlo de la sala que estaban habilitando para los desahuciados y llevarlo al pequeño despacho junto a la sacristía. Para ello había requerido sus mejores dotes de persuasión y, al final, la promesa de ser útil y atender el teléfono que no dejaba de sonar lo había hecho recapacitar.

D. B. le sonrió débilmente.

—Supongo que el hábito no hace al monje, ¿eh?, pero nuestra labor es tan necesaria..., calmar a la gente, ayudarlos en el momento más desesperado, convencerlos de ir al refugio, estar con ellos a pesar de los peligros... —Tragó saliva. Sus ojos brillaban rojizos debido a la abundante luz que entraba—. Siento que eso es lo que tengo que hacer con mi vida, que todos los riesgos cobran sentido.

Vera ladeó la cabeza.

—Pues esta noche utiliza el cerebro o mañana vuelvo y te corto la mano con el abrecartas.

—Tu humor es excelente, como de costumbre.

—Mejora desde que soy una hermanita de la caridad. —Se mordió el labio inferior—. Oye, ¿cómo ha sido la noche?, dime la verdad. Nosotros por lo menos tenemos el refugio cerca, y de momento parece que nos las arreglamos para sacar a todos los pacientes a tiempo.

D. B. desvió la mirada. Tras tan solo una noche de guardia, tenía unas ojeras profundas, oscuras, como las marcas que deja una taza de café en la mesa; la piel se le acartonaba, también, revelando unas arrugas que Vera no recordaba. Aunque las mejillas delataban su juventud, daba la sensación de que D. B. había envejecido una década en las últimas horas.

—Horrible. La mayoría de las familias del barrio no tienen un refugio donde ir, y la estación de metro se llenó tanto que la policía cerró la verja y no permitió que nadie más pasara. —Resopló—. El Gobierno ofrece refugios Anderson como el que tiene papá, pero cuestan cinco libras.* ¿Cómo pueden asumir ese gasto?

—A mí en el hospital me pagan dos** al mes. Es ruinoso.

—Imagínate los que tienen que mantener a una familia con esta miseria. Dicen que, a los más pobres, les van a dar unos refugios portátiles para que al menos puedan guarecerse en casa.

Mientras hablaba, con la mano que tenía libre, la izquierda, tomó un pequeño bloc de notas. En él, dibujó una estructura

* Equivalente a 230 libras en 2024.

** Equivalente a 93 libras en 2024.

rectangular, semejante a un arcón refrigerador o a un baúl militar, con rejas en una de las caras laterales.

—Durante el día puede usarse como una mesa, y durante la noche las familias pueden cobijarse dentro. ¿Ves el fallo en el diseño? —le preguntó a su hermana.

Vera estudió el croquis, con labios fruncidos y blanquecinos.

—Las rejas.

—Las rejas. Si cae una bomba, ni la detonación ni los escombros matarán a la familia, porque la estructura metálica los mantendrá a salvo. Pero si hay un incendio el humo se colará por estas rendijas —las definió más con el lápiz— y las personas ahí dentro morirán asfixiadas. —Le dio un golpe al papel—. No es un refugio, es una tumba.

—¿Y cuál crees que puede ser la solución? Aunque el Gobierno subvencionase refugios Anderson, es demasiado tarde. Tardarían demasiado en construirlos.

Las cejas de D. B. temblaron.

—El metro fue una solución. Si nos dejasen organizarnos..., si la policía nos permitiese a los encargados apaciguar a la población y asegurarnos de que evacuasen sus casas sin caer presas del pánico...

—¿Será suficiente?

D. B. hizo una mueca con la boca.

—Quizá en algunas zonas haya que construir refugios públicos —dijo bajando la voz—. He estado hablando sobre esto con Bram. El partido está presionando al ayuntamiento para conseguirlo. —Tragó saliva—. Tenemos que unir fuerzas e insistir hasta encontrar una solución. El ataque de esta noche no ha sido un hecho aislado, eso es imposible. Si no hacemos algo enseguida, habrá una masacre.

Vera asintió.

—En el hospital nos estamos preparando para lo peor. Esta mañana los he dejado haciendo una lista de los pacientes que pueden derivarse a otros centros en el campo, y a cuáles tendremos que dar el alta prematuramente para dejar su cama a las víctimas de los bombardeos —suspiró—. ¿El partido, has dicho?

D.B. ignoró a propósito lo que su hermana quería decirle.

—Sí.

—Con lo que Bram cojea del pie izquierdo... te juegas la excomunión.

D.B. sacudió la cabeza ante la sonrisa afilada de su hermana.

—Los caminos del Señor son inescrutables.

Vera se echó hacia atrás en la silla, preparada para un nuevo ataque verbal, cuando el teléfono comenzó a sonar. Puesto que D.B. todavía estaba ocupado con la libretita, ella contestó la llamada.

—Sede del part... —contuvo la risita ante la mirada de su hermano—. Parroquia de la Santísima Trinidad, ¿cómo puedo ayudarle?

Hubo un jadeo corto al otro lado de la línea, seguido de risas, cuchicheos y protestas a lo lejos.

—¿Vera?

El teléfono se le escurrió de entre las manos, pero no llegó a caer.

Oyó una exhalación al otro lado y la identificó de inmediato. Aunque hubiese estado sorda, algo en la vibración le habría indicado de quién se trataba.

—¿Hola?

No se arriesgó a que su estupor diese por finalizada la conversación.

—¡Rory! ¿Qué...? O sea, ¿cómo es que llamas aquí? ¿Estás...?

La risa de Rory sonó tal y como la recordaba, hasta en sus más pequeños detalles, de modo que pudo verlo con claridad, agazapado en el pasillo del teléfono, hablándole.

—Mejor que vosotros, eso sin duda. Escuché en la radio que los muelles fueron el foco del ataque aéreo. Dios, apenas pude dormir en toda la noche pensando en vosotros y en lo que estaríais pasando... Quería llamar para preguntar cómo estabais pero ya veo que, como siempre, me has sorprendido tú a mí.

—Yo tampoco he pegado ojo. ¿Te acuerdas de que Bram siempre decía que en la universidad debíamos de comunicarnos telepáticamente, porque siempre teníamos los mismos planes? Ha de ser verdad, porque mientras tú escuchabas en la radio todo lo concerniente a las bombas que nos caían encima, yo he aprovechado para escribirte una carta.

—¿A mí?

—No, al vecino de enfrente. ¿A quién, si no? Mara Drachman me ha dicho que tus padres están muy bien. A la casa no le ha pasado nada, así que han acogido a la abuela y a papá, porque el incendio de los muelles todavía no se ha apagado.

—¡Mara! ¿Qué me dices de Bram? ¿Todos bien?

Vera asintió rápidamente, como si Rory fuese capaz de verla.

—Sí, todos perfectos. Han pasado la noche en el refugio de papá. Todavía no he podido ver a Bram, pero me imagino que estará bastante contento, pese a todo, porque pasado el susto uno se queda con que tiene muchísimo material para quejarse.

—Espero con ansias su carta. Estará bien hacer caso de sus protestas sin tener que oír su voz de falsete quemándome la oreja... —La respiración de Rory se volvió algo más agitada—. Dios, cómo me alegro de que estéis todos bien. La preocupación me comía por dentro. ¿Y el refugio del hospital?

—Excelente.

—¿Mi santa hermana?

—Sin comentarios. Pero bien, evidentemente.

Notó que Rory cogía aliento antes de continuar. La frase no pudo dar comienzo porque las risas y cuchicheos en los que había reparado al principio de la conversación crecieron.

—¿Peleas por el teléfono?

—Todos estamos ansiosos por hablar con los nuestros —suspiró—. Manteneos a salvo, ¿eh? Os quiero de una pieza.

—Sí, tú también.

—¡Ja! Eso ya veremos. En un par de semanas haré mi primer salto. Puede que me tengas en el hospital como paciente.

Vera sonrió.

—No te lo recomiendo. Soy una enfermera terrible.

—Permíteme que lo ponga en duda. No sería la primera vez que te haces cargo de mí, ¿eh? Recuerdo perfectamente que en una borrachera me sujetaste la cabeza mientras me doblaba en dos.

Vera no pudo contener una carcajada casi sacrílega.

—Solo porque yo también necesitaba usar el servicio y no quería que me lo dejases lleno de vómito.

Rory rio también. La suya fue una risa rápida, entrecortada y algo accidentada. Terminó de golpe, como una radio que alguien apaga a la brava.

—Mira, te tengo que dejar, pero...

Cogió aire y lo soltó. Durante unos segundos, todo cuanto Vera pudo escuchar fue la cacofonía de su respiración, las protestas de los compañeros y las interferencias de la línea.

—Cuídate, ¿eh?

—Sí..., te echo de menos una cosa espantosa, Rory.

No se atrevía a decir nada más. Incluso esas palabras, que habían salido atropelladas, le habían arañado las paredes de la garganta. Eran demasiado grandes para mantenerlas a raya en el pecho.

—Yo también, muchísimo. Hablamos pronto, ¿eh?

Y cortó.

Vera mantuvo el teléfono en la oreja un par de minutos más, casi buscando el fantasma de la respiración de Rory, hasta que acabó resignándose al silencio, que se le antojaba grotesco. Podría haberse quedado a vivir en aquella conversación efímera, y no quería otra cosa que volver a oír la voz de Rory, a pesar de que la llamada apenas había terminado.

No se permitió ahondar más en ese pensamiento agridulce. Tenía demasiadas cosas que hacer.

VII

Tras los ataques del 7 de septiembre, la ciudad de Londres fue bombardeada durante cincuenta y siete noches seguidas, siendo los objetivos principales las industrias del East End. A la semana de ataques aéreos indiscriminados, ya todos los londinenses habían creado su particular coreografía ante la muerte.

En Manchester, la radio era un dios. Cada noche, un grupo de muchachos, con los músculos adormecidos por la dureza de la instrucción, se arrodillaban ante ella y escuchaban la voz metálica que les indicaba si sus familiares permanecían a salvo o si, por el momento, debían seguir rezando. Con diez pares de ojos febriles fijos en el mapa de Plumón, la cacofonía de las plegarias se alzaba siniestra y letal. El suyo ya no era un dios benévolo ni un dios castigador, sino uno mucho más primitivo, que solo quitaba y devolvía, quitaba y devolvía.

En los muelles de Surrey, los escasos refugios Anderson hacían las veces de capilla. Los Johnson y los Drachman, agazapados en el refugio de los primeros, trataban de vencer la batalla al miedo con chistes, acertijos y anécdotas tan machacadas como un padrenuestro. Descansaban por turnos; las detonaciones cercanas servían de despertador a los que dormían. Cuando el techo y las paredes de metal vibraban y temblaban, los ojos se buscaban entre sí; solo muy de vez en cuando alguien se animaba a romper la norma no escrita de no mentar la muerte, no fuese que esta entrase a hurtadillas y les mordiese los pies. «¿Estará D.B. ahí fuera?».

El resto pronto chistaba ante el atrevimiento, y cuando rayaba el alba y el cielo dejaba de sangrar daban las gracias al dios que guiaba a la Luftwaffe por permitirles vivir un día más.

En el hospital St. Bart's la vida era intensa. Cada noche, con el aviso de la alarma aérea, el personal médico se movilizaba para bajar a los pacientes al refugio subterráneo. Estaban todos mezclados, militares y civiles. En la agitación de la noche, los movimientos rápidos y cada vez más perfeccionados cortaban de cuajo los gritos.

Abajo, a la expectación pronto le seguía la resignación. A la luz entrecortada de los candiles y los cigarrillos (valiosos no solo por el sentido de comunión, sino también por el hecho de tener algo con lo que entretener las manos), las miradas eran brillantes, enormes.

La madrugada llegaba sin pedir permiso. Mientras algunos intentaban dormir, otros apuraban los últimos retazos de una conversación que se negaba a morir. Los recuerdos de las novias y de los padres se intercalaban con los planes de futuro y los argumentos de las películas que habían visto hasta memorizarlas. Al final, lo único que desafiaba al rugido de las bombas era la respiración pausada de los que dormían y el rasgar de la estilográfica de Vera sobre el papel.

El teniente Stevens, con ojos casi translúcidos en la oscuridad, chistó.

—¿Estás escribiendo una carta?

Vera lo miró por encima del bloc de notas.

—No. Solo escribiendo.

—¿Te puedo molestar?

—Depende de para qué.

—Necesito ir al servicio. Le pediría ayuda al doctor Heath, pero no quiero molestarlo. —Lo señaló con un golpe de cabeza—. Para una vez que nuestro Conde Drácula se queda dormido...

—Dijo la sartén al cazo —repuso Vera, que ya se reincorporaba para ayudar a Stevens a levantarse.

En el refugio disponían de un orinal que podían utilizar durante las emergencias, pero la mayoría, más devotos de la decencia que de la seguridad, preferían esperar un momento tranquilo para aventurarse a salir del subterráneo y utilizar el baño del primer piso.

Aunque arrastrar a Stevens hasta la puerta sin pisar ni molestar a nadie ya había supuesto una pequeña odisea, el teniente se permitió un último arranque de caballerosidad.

—Puedes esperarme aquí, si quieres, y luego me ayudas a acostarme otra vez.

—No, gracias. No ardo en deseos de que la señora Mandeville me culpe cuando te caigas por las escaleras. Vamos.

No se atrevió a verbalizarlo, pero ella también se alegraba de ese instante de sosiego, de la posibilidad de escapar del ambiente asfixiante del refugio aunque solo fuese durante un par de segundos.

En el hospital, desierto, iluminado únicamente por el candil que portaba Vera, reinaba el recogimiento sereno de un lugar de culto. Con pasos cortos, que casi parecían seguir el ritmo del zumbido de los aviones, condujo al teniente al servicio. El hombre no le permitió pasar más allá de la puerta.

—Todavía conservo un poco de dignidad, ¿eh? Puedo solo.

Vera asintió y se quedó en el umbral, de espaldas al retrete, hasta que dejó de oír el paso renqueante. Después, guiada por una mezcla de vergüenza y de insensatez, se acercó a la pared contigua y apoyó las manos en el panel de oscurecimiento.

El vaho que le salía de los labios dejó una marca con forma de pulmón en el cristal. A la espera por si Stevens la llamaba, aprovechó el momento para separar el panel un par de milímetros, los suficientes para acercarse a mirar el horror allá afuera.

La catedral de San Pablo se erigía como un gigante pálido. El espeso humo negro que la rodeaba brillaba intermitentemente con los fogonazos de los ataques aéreos. El cielo era un manto escarlata dividido por las estelas de los aviones.

Blanco.

VIII

Las pupilas de Vera se agitaron.

Se tiró al suelo y se llevó las manos sobre la cabeza.

Un silbido agudo, penetrante, lo consumió todo.

Recordó lo que siempre decían en el refugio, la promesa cruel a la que se aferraban: solo los destinados a salvarse oirían el silbido de la siguiente detonación.

El pensamiento no había terminado de formarse en su mente cuando notó que fragmentos del panel de oscurecimiento le caían en la espalda. Después, el bramido, como una avalancha que se le venía encima y lo silenció todo y lo engulló todo, reverberando en cada rincón de la primera planta hasta que la destrucción se adueñó de todo.

¿Cuál era la oración más corta que se sabía?

Salve, Regina, Mater misericordiae...

Combinaba las plegarias con pensamientos frenéticos. Mientras siguiese escuchando su propia voz en la cabeza, se mantendría con vida. De la ventana al servicio había diez pasos; cinco, si daba zancadas. De ahí a las escaleras que conducían al refugio...

Vita, dulcedo et spes nostra, salve...

Apretó los párpados. No los levantó de nuevo hasta que dejó de sentir la vibración que había recorrido el suelo. El hospital, como un animal herido, parecía tomar su último aliento cuando Vera Johnson abrió los ojos.

Había cristales rotos frente a ella, polvo, escombros. Las manos, que habían resbalado hacia delante con el sudor y los temblores, estaban cubiertas de una sustancia espesa y pegajosa como la miel.

Para aniquilar la oscuridad, prendió el encendedor que guardaba en el bolsillo. Su visión se volvió roja.

Ahogó un grito y se palpó con los dedos en busca del foco de la hemorragia.

Hilos bermellones se deslizaban entre las falanges. Lo primero que se tocó fue la cabeza, pero la cofia estaba seca; lo único que humedecía los mechones sueltos que se le rizaban en la frente era el sudor. El pecho, la espalda, los hombros, todos ellos carecían, al tacto, de la textura pringosa y cálida que la habría condenado. Solo cuando se llevó las yemas a la cara descubrió el origen de la sangre; después, como respondiendo a una llamada silenciosa, sintió el dolor que le recorría el tabique de la nariz y que le subía hasta el cráneo, hasta las sienes, y la hacía lagrimear.

Cogió aire. Con el mismo movimiento, apoyó las palmas en el suelo (cálido, rojo y negro, como si fuera un ser vivo) e hizo amago de ponerse en pie. Lo que la detuvo no fue el dolor, punzante, ni el ruido de las detonaciones, sino el par de ojos verde hielo clavados en ella.

—¿Estás bien?

El teniente Stevens estaba tumbado en el suelo frente a ella y se reincorporaba apoyándose en los codos. Contra la piel, espolvoreada de hollín, los iris parecían aún más pálidos, translúcidos, enmarcados por los rizos sudorosos.

Vera tragó saliva.

—Sí, creo que me he roto la nariz.

Sin añadir nada más, Stevens le arrimó el mechero encendido a la cara. Con un movimiento rápido, que no permitía ningún tipo de vacilación, le acercó el pulgar al pómulo que se hinchaba por momentos. Ejerció presión despacio (un fogonazo blanco atravesó el campo visual de Vera) y con el mismo cuidado acarició el tabique.

—Sí, creo que sí.

Vera desvió la mirada. ¿Se podían hacer bromas, en momentos como ese? ¿Tenían aún ese permiso?

—Bueno, nunca fue una gran nariz.

Stevens forzó una sonrisa.

—Ahora lo será —dijo y gesticuló en torno a su propia cara—. Personalidad, ya sabes.

—¿Tú estás bien?

Él ladeó la cabeza.

—Me he hecho daño en la pierna al tirarme al suelo. No sé si estará rota.

—¿Puedes darte la vuelta?

—Con ayuda.

Vera tomó la mano que Stevens, tras secarla con el pantalón del pijama, le tendía. Sin demasiado esfuerzo, logró recostarlo de espaldas, a fin de que pudiese subir la tela que le cubría la piel. A la luz del encendedor, los pelillos se rizaban, dorados.

Los segundos pasaban, calamitosos, cada explosión la aguja de un reloj que se acercaba a su última hora. No necesitó demasiados, de todos modos, por el aspecto de la pierna, y la manera en que parecía colgar de la rodilla, tuvo la respuesta que necesitaba.

—Sí, está rota. —Se apartó los mechones sueltos de un manotazo—. Espérame aquí. Bajo, le pido ayuda al doctor Heath con la camilla y...

Stevens la miró por encima de las cejas poco pobladas.

—No puedes.

—Estoy bien.

—El acceso al pasillo está bloqueado. La explosión ha tirado una pared y los escombros nos cierran el paso.

Las pupilas se agitaron en los ojos de Vera. Todo cuanto la rodeaba, vagamente iluminado por aquella luz tan escasa, eran ruinas, los huesos de un edificio. La voz de Stevens, cuando volvió a alzarse, sonó lejanísima, ahogada, como si le gritase desde debajo del agua.

—Estamos atrapados. —Estiró el brazo otra vez, le acarició los nudillos con las yemas y después señaló a la ventana—. No podemos quedarnos aquí. El baño es más seguro.

Las sílabas le llegaban fragmentadas a Vera, asfixiadas bajo la vibración de los motores de los aviones y el tremor de su propia respiración. La ropa, áspera, le picaba. Cuando Stevens hizo el ademán de volver a darse la vuelta para caer sobre el estómago, el ruido que emitió le pareció monstruoso.

—Espera —siseó.

Cada sonido requería una fuerza hercúlea, por lo que dejó de emitir. Vera se arrodilló frente a él, subió más la tela del pantalón y acercó la cara a su rodilla. Con cuidado, despacio, como le habían indicado en las clases la señora Mandeville y el doctor Heath, movió la pierna del hombre hasta que oyó que los dos fragmentos de hueso se volvían a unir.

Alzó la barbilla para mirar a Stevens. El teniente, cuyo labio inferior temblaba, asintió. Les quedaba muy poco tiempo, y ninguna garantía. ¿Habría gente ahí abajo, aún, e irían a buscarlos por la mañana siguiente? ¿Les permitirían Dios y la Luftwaffe seguir viviendo?

Colocó el hueso en su sitio con un movimiento seco y el ruido resultante quedó silenciado bajo el grito de Stevens. A falta de mejor venda, Vera se quitó la cofia y apretó bien, a fin de que los fragmentos no volviesen a separarse.

Suspiró. En la penumbra, su obra era otro pedazo de ruina más, otra tragedia en mitad de la tragedia.

—Aguantará hasta mañana —aseguró.

Stevens afirmó con la cabeza. Entre las sombras, su piel, perlada por el sudor, tenía el mismo cariz luminoso de la nieve al atardecer.

—Gracias. —Tragó aire—. Ayúdame..., en el baño no hay ventanas. Estaremos más seguros.

En la oscuridad del baño, el rostro anguloso del teniente Stevens se coloreó de naranja al prender el cigarrillo.

Vera se estremeció.

—¿Me invitas a uno? —le preguntó, extendiendo el brazo hacia él.

—Por supuesto.

Stevens le encendió el pitillo en los labios, quizá por el simple placer de observar con más detenimiento el rostro de otra persona en las tinieblas frías que los envolvían.

Vera desvió la mirada, consciente del temblor que le recorría las manos, del que no lograba desprenderse. Stevens inspiró. Tal vez debido al efecto de la luz, sus rasgos eran suaves.

—¿Sabes en lo que pensaba yo, cuando me hirieron en Dunkerque? —le preguntó.

Vera negó con un gesto.

—Que mi hermano vendría a buscarme. —Esbozó una sonrisa—. Imposible, claro, porque es médico de la RAF, pero cuando estás herido, medio moribundo, atrapado en una playa repleta de cadáveres..., todo parece posible. —Golpeó el suelo de baldosas con los nudillos—. Mi hermano va a venir a buscarnos.

Vera le devolvió la sonrisa. Estaban agazapados, resguardados bajo las puertas que Stevens le había mandado colocar a modo de barricada. El lavabo, frente a ellos, goteaba, y si se concentraban lo suficiente en ese sonido rítmico casi podían ahogar, durante un par de segundos, el ruido de las bombas.

—¿A ti quién va a venir a salvarte? —insistió el teniente.

«Yo misma», pensó Vera. Las palabras ya estaban ahí, entre los dientes, luchando por salir; en un último instante, sin embargo, la traicionaron, mutaron.

—Mi hermano también. Es encargado de protección durante los ataques aéreos. —Tomó aire—. Esta no es su zona, pero...

—Estás atrapada en un edificio en el que ha caído una bomba y sin posibilidad alguna de acceder a un refugio. Todo es posible.

—Exacto.

Le dio una larga calada al cigarrillo. Embriagada por la incertidumbre del momento, por los mañanas que no estaban asegurados, se aventuró a agregar:

—Y Rory.

Stevens alzó una ceja.

—¿El hermano de Persie?

—El mismo. Está en tu tierra, formándose como paracaidista.

—¿Tu novio?

Vera lo fulminó con la mirada. Como respuesta, Stevens le mostró las palmas de las manos.

El hospital se tambaleaba con las detonaciones que desafiaban a la oscuridad.

—Es solo por charlar —le aseguró tras cerrar los ojos—. Para que conste, tengo prometida, y la quiero mucho.

Vera lo miró de reojo. Estaba recostado frente a ella, y a la escasa iluminación sus rasgos parecían más fuertes, casi esculpidos en mármol.

—No la habías mencionado hasta ahora.

Stevens le dio otra calada al cigarrillo antes de contestar. Aunque no había cambiado de postura, los ojos verdes no parecían mirarla a ella, sino a través de ella.

—No hay mucho que contar. Tuvo la decencia de devolverme el anillo con la última carta, así que supongo que tenía una prometida. Una escritora como tú debe de apreciar la precisión de las palabras, ¿no?

Vera no se entretuvo en corregirlo. El silencio le confirió a Stevens el tiempo suficiente para leer su expresión.

—No me mires así —le dijo.

—¿Cómo?

El hilillo de voz fue más bien un siseo, una pregunta sibilante que ahogó los bombardeos.

Stevens se volvió hacia la pared.

—Como si tuvieses lástima de mí.

—No la tengo.

Stevens la miró por encima del hombro. Bajo el fuego del cigarrillo, sus pálidos ojos refulgían naranjas.

—No la juzgo, así que tú tampoco deberías hacerlo. —Tragó saliva—. Sé que para las mujeres el matrimonio es un asunto económico tanto o más que romántico. No me gusta, pero así son las cosas. —Resopló—. Mírame, Johnson. ¿Qué futuro puedo dar a otra persona?

Vera apretó los labios.

—Tu futuro. Si comió la carne, ahora tiene que roer el hueso.

Stevens chascó la lengua.

—¡Los católicos y el sufrimiento! La vida es mucho más que eso.

—La vida es para los valientes.

—A lo que tú llamas valentía yo lo llamo sinceridad.

Stevens se estiró. Por la manera en que lo había pronunciado, por los movimientos lentos y certeros y la expresión serena de la cara, resultaba evidente que aquel era un asunto sobre el cual había reflexionado con anterioridad.

—Mírame, Johnson. Tengo los nervios quemados. Me quedan por delante meses, si no años, de rehabilitación hasta que pueda llevar una vida más o menos normal. Carezco de estudios, mi familia no tiene dinero, le entregué mi cuerpo al ejército a los dieciocho años y esto es lo que queda de mí. —Estrechó los ojos—. ¿Quién iba a quererme?

Vera tragó saliva. Tenía los ojos clavados en sus tobillos, en las medias rotas y espolvoreadas de ceniza que los cubrían.

—Yo, si fuese una de esas mujeres que se casan.

Stevens irrumpió en una risotada reseca, casi añeja.

Vera alzó la barbilla hacia él.

—Valoro demasiado mi independencia —agregó—. Solo me casaría si tuviese la certeza de que mi marido no me reprocharía que quiera llevar la vida a la que aspiro, si entendiese que nunca será mi prioridad. —Bajó los párpados—. Solo conozco a dos hombres que cumplan estas características.

Stevens le dirigió una sonrisa sardónica.

—Parece que tienes dos candidatos.

En esa ocasión, fue Vera quien se permitió la carcajada.

—Y pensar que hace dos minutos eras un experto en el matrimonio. ¿No sabías, Stevens, que los hombres se lo pasan bien con las chicas como yo pero que nunca se casan con ellas? —Alzó las cejas—. Soy demasiado intensa. Me reservo el derecho a dejar que traduzcas el eufemismo.

Stevens guardó silencio, tenía los labios entreabiertos. A juzgar por la manera en que contraía los rasgos, la acusación no lo había tomado por sorpresa.

Una detonación cercana iluminó la habitación. Blanco sobre

naranja sobre negro. Vera inspiró. Una duda reptaba en su interior arañándole el cráneo desde dentro, y el miedo de formularla palidecía en contraste con el infierno allá fuera. Cualquier cosa era preferible al silencio.

—Entonces..., ¿tu hermano es médico en la RAF?

Stevens mordió el cigarrillo, apretó los dientes hasta sentir dolor en la mandíbula. Las distracciones, cuando te han cortado de raíz del mundo, son ansiosas.

—Sí, en Manchester. Es cuatro años mayor que yo. ¿Por qué?

—¿Puedo pedirte un favor?

Stevens bajó las cejas.

—¿Qué?

—Mi amigo Bram tiene un soplo cardiaco —dijo, cada palabra una daga—. Quiere unirse a la RAF, pero hasta que pase el examen médico no le aprueban la inscripción.

Stevens la miró. La estudió, casi, sin importarle que la ceniza del cigarrillo creciese.

—El soplo no le causa ningún problema, ni siquiera sabría que lo tiene de no haber sido por el examen médico.

—Sé lo que son los soplos cardiacos.

Vera lo ignoró.

—Juega al rugby y boxea. Es conductor de ambulancias voluntario. Está perfecto, excepto por lo del soplo. —Carraspeó—. Su familia es alemana. Él es el único hijo varón, y su padre ya es demasiado mayor para servir. La gente habla. Aunque hace generaciones que viven en Inglaterra, un boche es un boche, ¿no?

Stevens dio tres caladas cortas que no lo dejaron satisfecho. Quiso apartar la vista, pero no había nada que observar en aquella penumbra fría. Solo el rostro de Vera quedaba iluminado por las puntas encendidas de los cigarrillos.

—Cuando se declaró la guerra —continuó ella—, les rompieron todas las ventanas de la casa. A nadie se le ocurrió pensar que son judíos.

—Tiene más motivos que la mayoría para querer alistarse, entonces.

—Exactamente.

Stevens suspiró. Dejó el pitillo a un lado.

—¿Qué me quieres decir, Vera?

—¿Puede hacerle tu hermano la revisión médica?

Stevens apretó los párpados.

—Por favor —insistió Vera.

La miró de nuevo, esta vez con más atención. Parecía más joven sin la cofia, y la suavidad relativa de los rasgos contrastaba con la fiereza de la mirada.

—Si muere —repuso Stevens con tierna lentitud—, ¿podrás perdonártelo?

Vera tragó saliva. Las manos le temblaban, pero su expresión se mantuvo seria.

—Si muere —repitió, las palabras le pesaban sobre la lengua—, tendré que roer el hueso. Lo respeto demasiado para no dejarle hacer lo que quiere. —Inspiró—. Creo que, si hay algo que arde en tu interior, tienes la responsabilidad de luchar para que ese fuego no se apague. Si existe un dios, solo te da los talentos que tengas el coraje de aceptar.

Stevens entornó la mirada y arqueó los labios.

—Le escribiré una carta a Kenneth aludiendo vagamente al tema. Tu amigo le explicará mejor las cosas cuando llegue a Manchester.

Vera sonrió.

—Gracias.

—No tienes que dármelas. —Resopló—. Ya veo que ese asunto de ser corresponsal de guerra era cierto. Cuando algo se te mete entre ceja y ceja no paras hasta salirte con la tuya, ¿eh?

Vera puso los ojos en blanco.

—¡Persie St. George! Debería aprender a mantener la boca cerrada.

—Las partidas de póker son largas. De alguna manera hay que intentar distraer al personal.

—Y supongo que Persie os ha enumerado todos mis crímenes y pecados.

Stevens torció los labios.

—¿Qué empujaría a una chica de veintidós años a querer ir al frente con tanta desesperación?

Al posarse en el rostro del teniente, los ojos de Vera estaban en llamas.

—Lo mismo que a un chico de veintidós años, supongo.

—¿Por qué el Cuerpo de Enfermería, si ya eras periodista?

—En el *Telegraph* me dejaron claro que nunca iban a tomarme en serio. Sé que tengo por delante tres años de instrucción, pero... no hace falta leer mucho entre líneas para darse cuenta de que estamos perdiendo la guerra. La situación no es tan desesperada como para que los alemanes se hagan con una victoria rápida y Churchill no se rendirá jamás, así que... la contienda será larga.

Stevens se recostó.

—Parece que tienes un plan en mente, no, no creo que estés loca.

—¿Conociste a algún corresponsal en el frente?

Stevens asintió quedamente.

—¿Crees que hay alguna posibilidad? —fue la siguiente pregunta.

—El ejército no acepta a corresponsales femeninas y no los veo cambiando de opinión, por mucho que se alargue la guerra. —La señaló con el cigarrillo—. Pero si logras llegar al frente, y si todavía tienes contactos en el mundillo..., tú sabes mantener la mente fría. Eres analítica y lógica, y no te importa mirar al miedo a la cara. No te irá mal ahí fuera, solo te queda cuidar el cuerpo. —Rio y se estiró para golpearle la mano en la que sostenía el pitillo—. Eso significa fumar menos, asegurarte de que te alimentas bien. ¿Practicas algún deporte?

Vera se encogió de hombros.

—Soy buena nadadora. Pero ahora, entre las clases, el hospital y la escritura...

—Vas a tener que aprender a hacer dos cosas a la vez. —Se pasó la lengua por los dientes—. Los celadores siempre necesitan ayuda para mover a los pacientes paralizados, y algunos son bastante grandes..., tienes que encontrar maneras de mantenerte activa.

—¿Entonces crees que hay alguna posibilidad?

Stevens se mordió el labio inferior.

—¿Hay alguna posibilidad de que vuelva a llevar una vida normal?

Vera movió la cabeza con una voracidad casi canina.

—Primero la pierna tiene que soldarse. Pero, si te esfuerzas en la rehabilitación, sí. Te llevará meses…, quizá años…, pero sí.

Stevens sonrió y le dio un golpecito en el hombro.

—Si te entrenas, si sigues trabajando duro, si mantienes esos contactos…, supongo que te leeré en tres años.

El teniente tendió una mano trémula, sudorosa, moteada de pólvora, hacia ella. Vera, tras secarse en la falda del uniforme, la tomó.

—Es un trato —dijo Stevens.

—Trato hecho —accedió ella, y se permitió una pequeña sonrisa—. Luftwaffe mediante.

—Luftwaffe mediante —concedió Stevens, todavía sonriendo.

Desoyendo sus propios consejos, él le ofreció un cigarrillo más. La madrugada se extendía ante ellos, larga y mortífera. Estaban en el purgatorio, esperando que Dios les permitiese seguir existiendo un día más, y sus vidas aguardaban al otro lado.

IX

La luz traicionó a Rory. En una noche nublada, más oscura de lo habitual, las horas robadas al sueño le pusieron la zancadilla y se quedó dormido en el catre mientras escuchaban el parte informativo en la radio. Cuando se despertó, Plumón ya estaba arrodillado en el suelo, frente al mapa extendido, con un corrillo de compañeros a su alrededor cual auxiliares de un sumo sacerdote.

Un nubarrón rojo como una herida atravesaba Whitechapel sobre el papel. Un reguero de sudor frío recorrió la columna vertebral de Rory, que se reincorporó como levantado a la fuerza por unas manos invisibles, gélidas y húmedas. Notaba el eco de sus propios latidos en los oídos.

—Hoy irás el primero al teléfono —le dijo a Plumón, y su voz sonaba como si fuera de otra persona.

Estaba pensando en el hospital. ¿Cuántos segundos de vuelo...?

Plumón lo miró por encima del hombro. Estaba pálido, ojeroso, con la piel acartonada y los labios resecos de tanto mordérselos.

—Tú después —dijo simplemente.

La verdad era un cuchillo que tenían clavado en las entrañas.

La luz del sol se reflejaba renuente sobre las baldosas del suelo del baño. Vera no fue capaz de discernir si la había despertado ese desgarrón en la oscuridad o si había sido el movimiento de

Stevens al reincorporarse apoyándose en los codos, o quizá el dolor de la nariz, que había aumentado al tumbarse. O tal vez las voces que les llegaban desde el jardín, al principio imperceptibles, pero después constantes, como un enjambre de abejas.

Tocó el suelo frío con las yemas de los dedos y sonrió.

—Estamos vivos.

Stevens le devolvió la sonrisa.

—Estamos vivos —repitió, y se estiró para darle un golpecito a Vera en el hombro—. Los demás han debido de salir por las escaleras que conectan con la calle. ¿Por qué no te asomas a la ventana del pasillo, a ver si puedes alertar a alguien de que estamos aquí?

Vera se levantó con dificultad. Tenía los músculos agarrotados por el frío de la noche, y el dolor de la nariz rota le nubló la vista al dar los primeros pasos, tambaleantes.

—Me debes una —le recordó a Stevens.

El teniente rio.

—Dame papel y lápiz y empiezo a escribirle esa carta a Kenneth ahora mismo. Anda, ve, ¡ve!

A la luz de la mañana, la destrucción de las bombas se erigía ante Vera como los huesos calcinados de los habitantes de una civilización ya olvidada. El camino del baño al pasillo se le antojó más largo que en el pánico de la noche, más tortuoso. Al asomarse a la ventana rota, el aire fresco del amanecer le golpeó la cara y la hizo lagrimear.

Estaba viva. En el jardín, médicos, enfermeras y pacientes desfilaban como los integrantes de una lúgubre procesión.

Estaba viva, estaba viva, estaba viva.

—¡Eh! —les gritó—. ¡Aquí!

Por una fracción de segundo, le pareció que Rory había ido a buscarla realmente. Durante la noche, Persie se había echado encima una capa de lana roja; con el pelo tapado y la joroba de la nariz iluminada por un reguerillo de sol, su perfil recordaba maravillosamente al de su hermano. Se volvió hacia Vera, que tenía las cejas trémulas.

—El teniente Stevens y yo estamos atrapados —explicó—. Los dos estamos bien, pero Stevens se ha roto una pierna.

—¿Cuál?

Vera no se esforzó en aguantar la carcajada.

—Pues... la que le queda.

Persie puso los ojos en blanco y se llevó una mano a la cara.

Más gente se había detenido a mirarla, un auténtico fantasma blanco que vuelve a la vida. El doctor Heath hizo visera con las manos.

—Johnson, ¿cómo está el paciente?

—Estable, señor, pero con muchas ganas de volver a su cama.

—Esperen tranquilos, que enseguida mando a alguien a buscarlos. Y no se preocupe por la señora Mandeville, dadas las circunstancias, no creo que la regañe por llegar tarde.

Stevens la esperaba sentado, con la espalda apoyada en la pared. Había echado a un lado las puertas con las que se habían cobijado y la tenue luz que llegaba del pasillo le bañaba la cara.

—¿Y bien? —le preguntó a Vera, con una curiosidad insaciable.

—Alguien viene a sacarnos de aquí. —Se acuclilló frente a él—. Una pregunta, ¿tu prometida lee la revista *Vogue*?

Stevens frunció el cejo.

—¿Por qué?

Vera sonrió.

—Voy a escribir sobre nosotros y cómo sobrevivimos al bombardeo del hospital. Me dijeron que me pusiese en contacto con ellos si tenía una buena historia, y esta es excelente.

Stevens sacudió la cabeza y rio.

—Más vale que me dejes bien parado, ¿eh? En Manchester tengo una reputación que mantener.

—Por eso no tienes que preocuparte. Tu deuda ha ascendido, por cierto —dijo señalando con un gesto la cofia que le vendaba la pierna—. Voy a tener que comprarme un uniforme nuevo.

—Yo te pagaré el gorrito. Tendrás que pedirle una indemnización a la Luftwaffe por el resto.

X

Vera Johnson no era una mujer que acostumbrara a maltratar un ejemplar de la revista *Vogue*, menos aún si le había salido gratis, pero aquella mañana lo arrojó al otro extremo del vagón con la indignación de un estudiante al recibir malas notas.

Bram, sentado frente a ella, lo alcanzó al vuelo. Persie, a su lado, no se molestó en contener la risita.

—¿No sabes que el papel está racionado, tesoro? —rezongó Bram. Su humor era espléndido desde que se subieron al tren en dirección Manchester—. Ten cuidado.

—Deberían haberse ahorrado el dinero del sobre y el sello —dijo Vera, casi masticando las palabras—. Les mandé un artículo entero. ¡Mil palabras!, de las cuales han rescatado cien como pie de foto. —Resopló—. Tiene más mérito el fotógrafo que yo.

Persie sonrió con la pipa entre los dientes.

—Deberías mandarle una copia a tu antiguo jefe del *Telegraph*.

—¿Y humillarme por carta? No, gracias.

—Míralo por el lado positivo: al menos esto has podido firmarlo con tu nombre.

Vera le propinó una patada en la espinilla.

Bram sacudió la cabeza.

—No mancilles el que va a ser un buen día, Johnson —le dijo, con la autoridad y la reverencia de un párroco desde el púlpito—. Voy a pasar el examen médico, Rory saltará por primera vez y tú, amiga mía, tú eres una periodista que publica en *Vogue*.

Vera lo fulminó con la mirada.

—Vete al infierno, Drachman.

—Eso mismo voy a hacer, ya lo creo. En cuanto el doctor Stevens me dé el visto bueno para volar.

El doctor de la RAF Kenneth Stevens tenía el pelo, de un tono indeterminado entre el rubio y el rojo, revuelto; al caminar de la camilla en la que estaba sentado Bram a la mesa, el sol de la mañana iluminó aquella mata encrespada como si fuese el halo de un ángel.

A esas alturas, Bram había dirigido sus oraciones a peores lugares.

—El soplo cardiaco —dijo escupiendo las palabras—, ¿sigue ahí?

El doctor Stevens no le respondió inmediatamente. Primero revisó las notas que había tomado, luego releyó el formulario que Bram había tenido que rellenar en recepción y frunció el cejo.

—Drachman —repuso, despacio—. ¿Alemán?

Bram rio. Todavía no se había vestido, y la brisa fresca que entraba por la ventana le erizó el vello de los brazos y las piernas.

—¿Qué pasa? ¿No me vais a dejar volar porque tengo apellido de boche?

Kenneth Stevens mordió la punta de la estilográfica. Bram, que ya se estiraba para recuperar la camisa y el jersey, resopló.

—Escuche, doctor, si hay alguien...

Stevens no le permitió continuar. Había levantado la vista de los papeles que tenía sobre la mesa y sus ojos, tan oscuros que no se percibían las pupilas, estaban fijos en Bram o, para ser más exactos, en la estrella de David que le colgaba del cuello.

—Eres judío, ¿verdad?

Bram elevó una comisura y siguió una risotada seca.

—Sí, y eso solo significa una cosa, doctor, que tengo más ganas que todos ustedes de devolver cada golpe a los nazis.

Stevens asintió, repasó con el índice las casillas que Bram había rellenado y acarició distraído los bordes redondeados de cada letra.

Abraham Meyer Drachman.

—Probablemente te vayan a cambiar el nombre —repuso—. Es lo que se está haciendo con los refugiados de Alemania y de Austria que se alistan.

Bram separó los labios, pero Stevens fue más rápido.

—Sé..., he sido informado de que tu familia lleva años en Gran Bretaña, pero es una cuestión de precaución. Si te capturan, lo último que querrás es que los alemanes sepan que eres un compatriota. Sospecharán; pensarán que eres un espía.

Bram bajó de la camilla de un salto, dio un par de pasos cautelosos en dirección a Stevens con los labios arqueándose en una sonrisa.

—No me joda, doctor. ¿Me está diciendo...?

Como respuesta, Stevens se limitó a sellar el formulario. Cuando se lo entregó a Bram, su expresión era inescrutable, víctima de cuantiosas noches sin dormir y demasiados días de guerra.

—Puedes presentarte en la oficina de reclutamiento cuando te sea más conveniente. —El doctor se obligó a sonreír—. *Mazel tov.**

Bram sintió que la luz de todos los soles del mundo lo atravesaba.

—No quiero que se lleve una impresión equivocada de mí, doctor —dijo con una sonrisa enorme—, pero lo besaría ahora mismo, se lo juro.

Nubes como pesados barcos de metal cubrían el cielo de Manchester. Se disponían en capas, pero ese era un detalle que únicamente podía apreciarse desde el interior del avión, al atravesar aquellos pesados barcos de metal que se convertían en niebla. A través de las ventanillas, el mundo que rodeaba a los aspirantes a paracaidista era un fantasma muy blanco y denso.

Diez muchachos, casi tan blancos como el cielo pero bastante

* Locución hebrea, literalmente, «buena suerte», aunque comúnmente se utiliza con el significado de «felicidades».

menos densos, estaban sentados en el interior del avión, tan juntos como las cuentas de los rosarios a los que muchos de ellos se aferraban. Dispuestos en dos filas, todos, desde los del comienzo hasta los del final (estos últimos alzando la barbilla ligeramente), miraban al capitán, el único que se mantenía en pie, con la espalda apoyada en la puerta que conectaba con la cabina del piloto.

—¡¿Preparados para volar, caballeros?!

Su voz resultaba un grito sordo entre el ruido, también blanco, que invadía el avión a través de la puerta abierta, por la que se colaban unos pedacitos helados de nube.

Los muchachos respondieron con un gruñido uniforme e ininteligible que se transformó en oraciones susurradas, igualmente uniformes e ininteligibles, de los que decidían hacer las paces con su dios.

«*... Sancta Maria, Mater Dei, ora pro nobis peccatoribus, nunc et in hora mortis nostrae...*».

Exceptuando las plegarias, el avión quedó en silencio. Era un silencio extraño, angustioso y lleno de ruido: el viento que entraba congelado, los motores, las hélices, el traqueteo, la respiración demasiado pesada.

El capitán sonreía.

—Tranquilos, chavales, nunca ha saltado uno sin que se le abriese el paracaídas. —Cabeceó y observó los diez rostros dispuestos ante él, uno a uno—. Claro que, si hubiera pasado, no me habrían dejado decíroslo, minaría vuestra moral.

Siguió un coro homogéneo de nueve risitas nerviosas. El décimo paracaidista, que respiraba fuertemente por la nariz, dijo:

—Nos infunde un ánimo espléndido, capitán.

—Tranquilo, Redgrave, si es el primero en espachurrarse contra el suelo inauguraremos un pabellón en su honor. —Volvió a mirar los rostros, algo menos pálidos y algo más sonrientes—. ¿Preparados, chavales? ¡Enganchen!

Los muchachos engancharon.

—¡Revisión de equipo!

Una a una, diez voces, con distintos grados de nerviosismo, sonaron.

—¡Diez listo!

—¡Nueve listo!

—¡Ocho listo!

—¡Siete listo!

—¡Seis listo!

—¡Cinco listo!

—¡Cuatro listo!

—¡Tres listo!

—¡Dos listo!

—¡Uno listo!

El capitán asintió. Sobre su cabeza, la bombilla, hasta entonces roja, se volvió verde y le dibujó un halo enfermizo sobre el casco.

—Yo me quedaré aquí hasta que todos hayáis saltado, ¿vale? —dijo—. ¡Uno, ahora!

El muchacho apretó la cruz que colgaba de su cuello y saltó. Los otros nueve lo oyeron gritar, y luego el viento y el rugido del avión ahogaron su voz. Un paracaídas como una medusa acababa de abrirse en la densidad blanca.

El capitán asintió.

Una ráfaga de viento golpeó la cara de Rory, el casco y el uniforme quedaron llenos de cristalitos de hielo. Se santiguó antes de saltar.

No oyó su propia voz cuando gritó. Flotaba en una inmensidad pálida y luminosa que le obligó a cerrar los ojos. El vuelo elegante, la caída de los soldados y la facilidad con la que los paracaídas se extendían y abombaban. Toda la belleza que se veía desde el avión en realidad era dolor. El frío que se introducía en los huesos de los muchachos, el viento que los azotaba, el tirón del paracaídas al abrirse, que era como si quisiera devolverlos al remitente.

El dolor sabía a acero y olía a hielo. Un temblor perpetuo.

Oyó su propia voz, su grito, el sonido del paracaídas del compañero número Tres, que acababa de abrirse sobre él.

Al atravesar la nube (lo notó en la disminución progresiva del frío y el viento), Rory abrió los ojos. Todo lo que antes era blanco era en ese momento oro y plata: dorada la tierra del aeródromo de Manchester. Plateada la niebla translúcida que lo abrazaba.

El paracaídas de Uno era una luna llena que descendía.

Velocidad. Calor. Gritos. Luz.

Manchester giraba muy rápido, todos sus colores se fundían en uno solo.

Después, la caída. Los pies que se posaban en el suelo levantando arena, como si Rory no pesase nada. El dolor agudo que llegó sin avisar y le subió hasta las rodillas. El cuerpo que caía sobre el costado, cubierto por el paracaídas.

Rory sudaba, temblaba y reía. Uno, que arrastraba el paracaídas como la cola del vestido de una novia, dio los primeros pasos tambaleantes. Ante la inmovilidad repentina, Rory tuvo que taparse la boca para contener el vómito.

—Dios salve al rey —susurró, sardónico, Tres, que tosía.

Diez paracaidistas —diez caras de susto, diez pares de rodillas que chocaban entre sí, diez miradas ardientes— hablaban a voces sobre la arena. Solo el capitán permanecía aún en el cielo, sus pies cada vez más cerca de los chicos, en silencio. No había gritado ni antes ni durante el Gran Salto. Viéndolo, Rory pensó que así era como se debía descender: con el semblante serio, los músculos tensos, el arqueamiento justo de piernas, separando las capas de nubes a tu paso.

Incluso el aterrizaje fue elegante y preciso. No hizo ruido, no se cayó. Simplemente los pies rozaron el suelo y el cuerpo mantuvo una estabilidad milagrosa. Se desabrochó el paracaídas antes de que este lo envolviese. Parecía estar por encima del dolor y del frío e incluso de la luminosidad del sol.

—Todavía no os habéis dado cuenta —les dijo, al caminar entre las filas de muchachos que luchaban por reincorporarse—, pero estáis gritando como auténticos animales. No os preocupéis, se os pasará pronto.

Se agachó ante Rory, que seguía de rodillas, maravillado.

—Yo que tú me levantaría pronto —le dijo—. Si no lo haces ahora, será peor.

Y señaló con la cabeza a Cuatro, que vomitaba sujetándose el estómago.

Desde la valla, Bram, Persie y Vera gritaban y reían. Tenían las narices y las mejillas enrojecidas por el frío y los ojos fijos en Rory, que se dirigía tambaleante hacia ellos con los pasos dubitativos de un niño que apenas empieza a ponerse en pie.

Vera, con los dedos también encendidos, y aferrados a la alambrada, fue la primera en exclamar:

—¡St. George! Madre mía. Ha debido ser...

—Increíble —terminó Rory por ella, envuelto en una nube de risitas nerviosas.

Hacía un frío de mil demonios, y la palidez posterior al salto se iba cubriendo de un rubor cada vez más intenso.

Bram suspiró.

—El cabrón de Rory St. George. Vas a robarme a todas las chicas, canalla.

Rory bajó las cejas. Dio un paso más, este más firme que los anteriores, y entrelazó también los dedos en la alambrada.

—Lo siento, Bram, pero no veo cómo va a cambiar esto las cosas. —Miró a su alrededor, a un público inexistente—. Ya te quito a todas las chicas.

—Y yo que pensaba que eras inmune a los placeres carnales.

Vera puso los ojos en blanco.

—Por eso destrozas a tantas chicas, Bram. Las pobres tienen que conformarse contigo, qué remedio, y les rompes el corazón de una manera deshonrosa.

—No sigas —le pidió Rory riendo—. Acabará confesando que por eso somos amigos y me romperá el corazón a mí también.

Sus dedos estaban tan cerca de los de Vera que ella podía sentir el agradable calorcito que emitían. Eran buenas manos, las de Rory. Fuertes, sólidas, suaves, también. Un mapa aún por trazar. Pensó en todas las veces que había tomado esas mismas manos en la universidad, sin haber reparado con detenimiento en ellas. El tamaño de esa falta inexcusable la abrumó.

—Rory —lo llamó, y contuvo las ganas de responder a los ojos en blanco de Persie con un pisotón.

—¿Qué?

—Ven aquí.

Acompañó su petición de un gesto inequívoco que hizo que Rory se agachase. Una vez quedaron a la misma altura, a través de la reja Vera le dio un beso en la mejilla. Estaba fría, al contrario que las manos, como si no hubiese llegado a bajar a la Tierra y aún perteneciese al cielo.

Rory sonrió y se llevó dos dedos a la marca del carmín de Vera. Un rubor del que no podía culpar al frío se extendió por sus mejillas, subiendo a las orejas, y la cubrió.

—Ay, cómo me va a costar esto. —No fue capaz de contener la carcajada un instante más—. ¡No me puedo creer que en cinco minutos ya hayáis conseguido meterme en problemas!

Dio un paso atrás antes de impulsarse y coger carrerilla para reunirse con sus compañeros. Mientras se apuraba, con el sol aplastándose, naranja, en el horizonte tras de él, gritó:

—¡Me debéis una, bellacos! ¡Venid al pub Red Lion esta noche! ¡Lo celebraremos!

XI

Vera Johnson no era una chica a la que una fiesta le causase una gran impresión. Su experiencia con ellas era extensa, anterior a la época de la universidad y a su amistad con Bram y con Rory. En cierto modo, el propio seno familiar la había preparado para todo tipo de festejos. En los tiempos en los que su madre todavía vivía en la casa, cualquier ocasión resultaba propicia para organizar una fiesta a la que asistía todo tipo de personajes que ni D. B. ni la propia Vera se esforzaban en conocer a fondo. Tras la separación, las fiestas de antiguos oficiales habían sido constantes, y Vera había aprovechado su juventud para sentarse a la mesa de aquellos hombres que hablaban de guerras pasadas, guerras lejanas y guerras que no habían dado comienzo aún. Para ellos, Vera no era una mujer, sino una niña, una cosa a medio formar, incapaz de generar opinión o pensamiento propios.

En ese momento, en el abarrotado pub Red Lion, y tras identificar enseguida a los corresponsales de guerra, se sorprendió a sí misma tratando de rescatar de su memoria las palabras de un idioma que no se había visto en la necesidad de utilizar desde hacía mucho tiempo. No había asistido a fiestas desde su ingreso en el Cuerpo de Enfermería, estaba demasiado ocupada su único día libre. Si cuando era niña podía, simplemente, sentarse a la mesa de un grupo de hombres y esperar a que estos hablasen de asuntos serios en su presencia, ahora debía hacer acopio de sus mejores trucos para que la tomaran en consideración.

—Lo que estoy diciendo es que los alemanes llevan años preparándose para la guerra —dijo, y se permitió una pausa para darle una calada al cigarrillo; usaba una boquilla larguísima que, unida a la caída de párpados, la hacía parecer más sofisticada de lo que se sentía—. Mientras tanto, nuestras tropas combaten con antiguallas de las que ya disponían nuestros abuelos —suspiró—. La derrota nos muerde los talones y no vamos a ganar esta guerra solo con terquedad y orgullo.

—No acostumbro a hablar de la guerra cuando bebo —le reprochó uno de los hombres—. Y usted tampoco debería hacerlo.

Para ser justos, Vera no había probado una gota de la cerveza a la que la habían invitado. Reposaba a su derecha, y cuando los corresponsales dejaban de prestar atención, Bram, que seguía a la mesa por un arranque de caballerosidad poco común en él, le daba un trago.

Mientras esperaban a Rory y al resto de los paracaidistas, Persie no había tenido reparos en aceptar todas y cada una de las bebidas a las que la invitaban. En ese momento estaba ocupada balanceando en la cabeza una Guinness de la que dos reclutas de uniforme trataban de beber. Las posiciones, estratégicas aunque no premeditadas, ofrecían una visión espléndida del escote de Persie. Tras arquear una ceja, Vera fingió que se estiraba para tomar su propio vaso y volcó el de Persie.

—Ups —susurró Vera, y se volvió hacia los periodistas con la sonrisa más radiante que se pudo permitir—. Soy una patosa terrible, por eso no bailo. Díselo, Bram.

—Es una patosa terrible y por eso no baila.

El interlocutor, que interpretó incorrectamente las acciones de Vera, irrumpió en una sonora carcajada.

—Supongo que una mujer nunca deja de ser una mujer, aunque se dedique a nuestra noble industria. ¿Dónde ha dicho que trabaja?

Vera elevó las comisuras de los labios.

—No lo he dicho. En el *Telegraph*, hasta hace unos meses. Ahora soy reportera independiente.

—¡Vaya! ¿Y a qué se debe este cambio? No me diga que está prometida y va a casarse.

Vera arqueó una ceja. Bram, que sabía adelantarse a los ataques verbales, concentró toda su atención en las dos chicas que cuchicheaban en la barra.

—No se meta conmigo. Me he alistado en el Cuerpo de Enfermería de la Reina Alejandra. —No honró la expresión de sorpresa del hombre con falsa modestia—. Como he dicho, no creo que esta guerra vaya a ganarse solo con terquedad y orgullo. Todos tenemos que poner de nuestra parte. —Sonrió—. Además, según tengo entendido, un barco hospital es lo más cerca del frente que puede aspirar a estar una mujer.

El hombre irrumpió en una carcajada a mandíbula batiente, canina, casi obscena.

—Palabras suyas, no mías.

Vera no dejó de sonreír.

—Por supuesto.

Bram se esforzó por contener la risotada hasta el momento preciso en que el periodista se levantó a pedir otra ronda y Vera se guardó su tarjeta de contacto en la cartera.

—No me mires así.

—Te miro igual que siempre.

—¿No tienes a alguna pobre chica a la que atormentar?

—La tengo delante. —Le dio un golpecito en la muñeca con los nudillos y apuró lo que quedaba de la cerveza a sabiendas de que habría más—. ¿Lo echas de menos?

Por la postura y el tono de la voz, Vera supo que Bram no se refería a Rory. Habrían podido hablar de cómo ellos lo echaban de menos; de cómo esa nostalgia intolerable se parecía mucho al acto de beber sin llegar nunca a saciarse. Las cartas tenían en ellos el efecto del agua destilada: bebían y bebían y bebían y jamás calmaban la sed.

Optó por ignorar deliberadamente lo que Bram intentaba decirle.

—¿El qué? ¿Las fiestas deprimentes?

—No seré yo el que vuelva a cometer el error de corregir tu

vocabulario, pero no llamaría «fiesta» a un pub repleto de reclutas y oficiales —suspiró—. ¿Echas de menos el periódico?

Vera comprobó que Persie no podía oírlos antes de afirmar:

—Todos los días.

Bram tamborileó los dedos sobre la mesa.

—Pues vas a tener que seguir escribiendo. —Sonrió—. Ahora al menos te animará el despecho: tienes que seguir intentándolo hasta que *Vogue* te publique un artículo completo.

Aunque detestaba la cerveza, solo para molestarlo, Vera le quitó el vaso de las manos y se bebió el último trago.

—No puedo enviarles todo lo que escriba con la esperanza de que lo publiquen —dijo después—. Dejarían de abrir mis cartas.

Bram separó los labios para añadir algo más, pero se detuvo. En cierto modo, fue como si algo dentro de ellos los alertase de la presencia de Rory antes incluso de oír la cadencia exacta de sus pasos o el timbre característico de su risa. Rory estaba ahí, simplemente, y hasta el pub parecía cambiar para hacerle espacio.

—¡Mis bellacos! —dijo abrazándolos por detrás—. ¿Pero qué hacéis aquí?

Se mantuvo en esa posición un par de segundos más, como si quisiese sacarle todo el jugo al contacto humano después de aquellos meses sin verse. Los hombros de Rory eran más anchos, pensó Vera, y los brazos más fuertes; estaba más moreno, también, y al usar los artículos de aseo del ejército ya no desprendía ese olor característico a jabón Yardley y perfume de lavanda, pero el tacto de la mejilla era idéntico a como lo recordaba. Las manos, cuando las apoyó en su rodilla para sentarse a su lado, tampoco habían cambiado.

—Quiero todos los detalles —insistió—. Imagino que ahora mismo los viajes en tren no serán fáciles.

Bram asintió.

—El trayecto ha durado el doble de lo habitual. Algunos tramos de vía están reventados por los bombardeos. También, naturalmente, se da prioridad a los miembros de las Fuerzas Armadas a la hora de viajar, así que tienes que enfrentarte a la posibilidad muy real de tener que ceder tu sitio a otro. Por suerte, conseguí un buen pase.

Para ilustrar su afirmación, se llevó una mano al bolsillo interno de la chaqueta y no le tendió a Rory el salvoconducto, sino el examen médico que el doctor Stevens le había dado hacía un par de horas.

Rory sonrió.

—Pero... ¿cómo...?

—Vera le curó la pierna a un tipo cuyo hermano es médico de la RAF y este le hizo el favor.

Una sonrisa creció en el rostro, ahora brillante y enrojecido, de Rory.

—Ya veo que tenemos muchas cosas que celebrar, ¿eh? —Alzó los brazos—. ¡Mi amigo va a ser piloto de la RAF!

El grito alertó a sus compañeros. Por la descripción detallada de las cartas, a Vera le parecía que ya conocía a algunos de los implicados. Plumón era tal y como Rory le había contado: alto, fuerte, de nariz recta y mirada esquiva y penetrante, la juventud de los rasgos delatora ante tanta seriedad.

Billy Boy tampoco la sorprendió. Más alto aún que Plumón y que Rory, los rizos del color del carbón caían de manera informe sobre la frente ancha, enmarcando unos ojos gigantescos, casi febriles, que por su forma y su tamaño parecían imposibles en el rostro de un muchacho que acababa de entrar en la edad adulta.

Fue él quien, tras sentarse y dejar las cervezas sobre la mesa, exclamó:

—Ah, será el chófer que nos va a llevar al frente, ¿no?

Bram le arrebató una de las bebidas.

—El tipejo que os va a sacar las castañas del fuego antes de que chupéis trinchera, más bien.

Antes de que ninguno de los paracaidistas pudiese rebatirle ni reprocharle nada, Rory susurró:

—¿De cuánto tiempo disponemos, entonces?

—Tenemos que estar de vuelta para coger el último tren —dijo Vera—. Persie me acuchillará en sueños si nos incorporamos tarde al turno de mañana.

Rory suspiró.

—No puedo creerme que haga meses que no nos vemos y que solo podáis estar conmigo unas horas. Os he echado tanto de menos...

Bram no le permitió continuar. Tras darle un golpecito en el brazo, precisó:

—Tenemos más cosas que celebrar.

Vera puso los ojos en blanco y Bram la ignoró.

—La camarada Hemingway —dijo señalándola con la cabeza— va a volvernos famosos a los dos.

Vera resopló.

—Bram, tesoro, haz el favor de no exponer mis humillaciones en público.

—Es tan humilde. —Bram rio—. Nadie diría que es una periodista que ha publicado en la revista *Vogue*.

Rory dio una palmada a la mesa. Reía y reía, con los ojos, luminosos, volcados en Vera.

—¡Mi amiga es reportera en *Vogue*!

—Les mandé un artículo y publicaron un pie de página.

Pero Rory, que se había puesto en pie y daba zancadas en dirección a la barra, ya no la escuchaba.

—Quiero leerlo. ¡Bram, dile a Vera que me lo deje leer!

La chica puso los ojos en blanco.

—No te molestes en buscar las gafas de lectura.

Rory ya le daba la espalda. Cuando regresó, lo hizo con el pedido exacto de los días de universidad, como si nada hubiese cambiado y el tren no los hubiese llevado a Manchester, sino de vuelta a 1938: el vino tinto para Vera y para él (ignoró los comentarios escépticos de sus compañeros al respecto), y la Guinness para Bram.

—Estás forrado —le dijo este—. Cuando te dejé, tenías telarañas en la cartera y saldabas las deudas con las traducciones de Pushkin.

Uno de los compañeros, un gigantón de nariz aguileña, rizos caoba y la piel quemada por el sol, irrumpió con una risa seca.

—Cotiza bien el hecho de que nadie espere que salgamos de esta con vida.

Rory no reaccionó ni física ni verbalmente al comentario. Solo Billy sacudió la cabeza y le pidió con un gesto a un compañero que subiese el volumen de la música.

—Ese bruto es Frank —explicó Rory—. Se comunica, sobre todo, mediante monosílabos y gruñidos. —Se inclinó hacia él—. Una revista es como un librito que se publica periódicamente. Material de lectura. Palabras.

Frank gruñó y lo apartó.

Rory, exultante, se volvió hacia sus amigos y estiró las manos para que Bram depositase el último número de *Vogue* sobre ellas.

—No esperes gran cosa —le advirtió Vera—. Como he dicho, mandé un artículo y publicaron un pie de página.

Rory se llevó un dedo a los labios para chistar.

—No me molestes, por favor, que voy a leer un artículo de mi reportera favorita.

—Ya te he dicho que no es un artículo.

A Rory no le importó. Pasó las páginas hasta dar con la que buscaba; los labios se le arquearon en una sonrisa al reconocer el rostro de su amiga en la fotografía.

—Sabía que te había notado algo distinto en la nariz. —La miró de reojo—. Te sienta bien.

—No te metas conmigo.

—Va en serio. Es tu primera herida de guerra.

Vera le dio un sorbo al vino.

—Sigue hablando y tú también tendrás tu primera herida de guerra.

La carcajada de Rory era dorada, casi líquida.

—No te me mosquees, Johnson. Dios, de verdad que os he echado de menos lo indecible. Todas las noches escucho el parte de las noticias y pienso en vosotros. —Apoyó la barbilla en el hombro de Vera—. Vas a tener que hacerme un favor.

Turbada por el contacto físico inesperado, asintió.

—Lo que sea.

—La próxima vez, espera a que termine el ataque aéreo antes de salir del refugio.

Vera le revolvió el pelo y lo apartó de un manotazo.

—No tenía pensado repetir la experiencia, muchas gracias, aunque el material periodístico haya sido excelente.

Rory se recostó en el asiento. Sus mejillas, aún con marcas de acné, estaban encendidas y tenía los labios salpicados de vino.

—Lo que me recuerda... ¿Cómo me suscribo a *Vogue*?

Vera rio.

—No puedes. Han cancelado nuevas suscripciones por la escasez de papel. Si quieres leerla, tienes que pedirle a un suscriptor que la comparta contigo.

—Ya, no creo que ninguno de estos canallas sea un lector asiduo de la revista.

—¿Para qué quieres una suscripción, de todos modos?

—Para leer tus próximos artículos, por supuesto —dijo, y no escuchó a Vera cuando le explicó que no tenía garantía alguna de volver a publicar con ellos.

—Traje la cámara de D. B. y pedí permiso para sacar fotografías de tu primer salto —agregó Vera—. Supongo que hice bien en no devolver la tarjeta de periodista. Probablemente se las mande al *Telegraph*. Keller me debe una muy grande.

Rory la señaló con el encendedor.

—Ah, qué pena no haberlo sabido. Si me hubiesen dejado, te habría sacado algunas fotografías desde arriba. No te imaginas cómo es. Casi me cago encima, pero también... es como si desaparecieras. Como si ya no tuvieses un cuerpo. Como si tus moléculas se reorganizasen y te convirtieses en parte del cielo.

Mientras hablaba, y la voz se volvía dulce como la miel, Vera se sacó la cámara del bolso y se la depositó en el regazo.

—¿A D. B. no le importará?

—No si le doy el dinero que gane para la colecta.

—O para el partido comunista —precisó Bram.

Vera no se entretuvo en contener la risotada. Ante la mirada inquisitiva de Rory, aclaró:

—D. B. está presionando al ayuntamiento para que se construyan refugios públicos para las familias más desfavorecidas. Y, como los caminos del Señor son inescrutables, sus mayores aliados son los miembros del partido comunista.

—Deberías escribir sobre él —dijo Rory, y sacudió la cámara—. No te prometo nada..., pero intentaré conseguir una autorización para sacar algunas fotografías de la instrucción. Si no se puede, tendré que gastar el carrete en nuestras salidas nocturnas.

Coronó la sentencia con un movimiento de muñeca en dirección a Vera; le tendió las manos, y señaló con la cabeza la máquina de discos.

—«It Don't Mean a Thing» es mi canción favorita —dijo, y antes de que Vera pudiese protestar, añadió—. Si me dices que no, saco a bailar a Bram.

A Bram no le asombró la proposición.

—Tengo perspectivas mejores —dijo.

—Permíteme que lo ponga en duda. Soy más guapo que cualquier chica que puedas conseguir. —Alzó las cejas en dirección a Vera—. ¿Les enseñamos a estos lo que sabemos hacer en Londres?

Vera se tapó la cara con las manos.

—No, Ror, ya sabes que tengo dos pies izquierdos.

—Va, si ya no siento las piernas de todas las veces que me has pisado.

Vera lo miró por los huecos entre los dedos.

—Rory, Rory, el ejército te está destrozando.

—Ya me habíais destrozado vosotros dos —la corrigió y tiró de ella—. Ejercéis una influencia nefasta para mi buena reputación.

Vera alargó las protestas, cada vez menos enérgicas, un par de segundos más. Cuando al fin accedió y siguió a Rory, Bram ya estaba haciéndole señas a una de las mujeres que bebía en la barra. Después de tantos años, sabía que Rory St. George era la única persona en el mundo capaz de hacer cambiar de opinión a Vera Johnson cuando a esta se le había metido algo entre ceja y ceja.

XII

Todas las fiestas a las que Rory St. George asistía, incluso aquellas que no eran una fiesta en absoluto, terminaban igual: en una habitación retirada y silenciosa donde poder respirar. Para ser alguien que disfrutaba tanto de las fiestas, Rory veneraba aquellos instantes de tranquilidad de una manera poderosa y casi arcaica. En su vigésimo cumpleaños, había sido la tormenta solar la que lo había arrancado de cuajo del caos y el ruido; en la siguiente fiesta a la que Vera había asistido con él, una escapada innecesaria para fumar un cigarrillo había terminado con ambos bailando en la calle y espiando a los demás a través de la ventana.

En esa ocasión, quedaban aproximadamente dos horas para el último tren a Londres, Bram ya estaba tambaleándose e intentando sacar a Persie a la pista y Vera había sacado el tema de la política cuando Rory hizo acto de desaparición. No tardó mucho en encontrarlo. Se había refugiado en una salita retirada en la que, por lo general, se reunían los miembros del club de oficiales para jugar a las cartas. Cuando entró en ella, Vera descubrió a Rory sentado en el alféizar de la ventana, leyendo la revista que todavía no le había devuelto.

Lo observó durante unos instantes antes de cerrar la puerta a su espalda y decir:

—No te molestes en buscar, porque no hay más.

Rory se volvió y sonrió al comprobar que se trataba de Vera.

—Al parecer, *Vogue* ha escogido las dos mejores frases del artículo que les mandé.

—Bueno, son dos frases excelentes. —Sacudió la revista por encima de su cabeza—. El resto tampoco está nada mal. He leído un relato de Virginia Woolf y he descubierto que mi color no es el naranja.

—Llevo años intentando decírtelo.

—Y yo llevo años ignorándote. —Se encogió de hombros—. ¿Hay más?

Vera irrumpió en una risotada sardónica.

—Ya te he dicho que les entregué un artículo completo.

Como respuesta, Rory tendió la mano hacia ella, pero Vera sacudió la cabeza.

—No lo traje conmigo, por supuesto.

Rory se llevó aquella misma mano al pecho, como si acabase de ser alcanzado de muerte por una flecha.

—No, Johnson, tardará días en llegarme a la base. No puedes dejarme con la miel en los labios... ¿No has escrito nada más después?

—Sí, escribo constantemente. —Se abanicó con el bloc de notas—. Tengo un par de apuntes de vuestro salto, pero muy sucios.

Rory no le permitió añadir nada más. En un momento de distracción, dio una zancada en dirección a Vera y le arrancó la libretita de las manos.

—¡Eh! —protestó en vano.

Rory ya corría por la sala tratando de leer, y ella detrás de él.

—Son apuntes muy sucios, ya te lo he dicho —se defendió.

Con escaso éxito trataba de recuperar el bloc que Rory sostenía en alto, con los ojos fijos en los renglones inclinados de letras juntas como las cuentas de un rosario.

—Me gusta todo lo que escribes. «Nubes como pesados barcos de metal...». —Se subió al sofá para que Vera no pudiese alcanzar el papel—. Dios, Johnson, esto es bueno. El *Telegraph* va a lamentar todos los días de su vida haber dejado que te marcharas.

—Gracias —dijo Vera. Intentaba, también en vano, ocultar con el pelo las mejillas que se enrojecían—. ¿Puedes devolvérmelo?

No lo hizo, pero sí tuvo la decencia de pausar la lectura. Reanudó la carrera alrededor de la sala riendo, con la piel cada vez más roja y más brillante, perlada de sudor. Cuando Vera le dio caza y lo detuvo contra la estantería, exclamó:

—¡Me persigue el próximo premio Pulitzer!

Una última carcajada gloriosa y dejó que la mano cayese inerte, de modo que Vera pudiera recuperar el bloc de notas. Sonrió. Desde aquella distancia, el rubor de las mejillas se camuflaba con las marcas del acné. Estaban tan cerca que el aire que respiraban era el aliento del otro.

—Vas a ser grande, Johnson —jadeó—. Lo digo muy en serio.

Vera tragó saliva. Lo quería, lo deseaba. Lo conocía de sobra, como la palma de su mano; a ciegas podría contar los lunares que le recorrían la espalda e identificar su voz entre una multitud aclamadora. Y lo había echado tanto de menos, de una manera insoportable, con un escozor que no paliaban ni las noches en el refugio ni las alarmas aéreas durante el día. ¿Cómo iba a enfrentarse a su ausencia una vez hubiese partido al frente?

Por un instante comprendió muy bien a santo Tomás. Ella también habría introducido el dedo en la herida, hasta sentir la sangre cálida en la yema. Quería tocar a Rory, comprobar que era real, que estaba ahí, que no había cambiado tanto desde aquella última tarde en su habitación.

Al besarlo, volvía a ser 1938. Los labios eran blandos, cálidos; cuando Rory los abrió, Vera notó las heridas en las mejillas, porque Rory siempre se las mordía cuando estaba nervioso. El sabor a café, a vino; le gustaban los cigarrillos mentolados, cuando no había Black Cats que fumar.

La mano de Rory (fuerte, sólida, imposiblemente real) se deslizó de la cintura a la parte baja de la espalda, la cogió con un brazo y con el otro la acarició. Vera sintió los músculos de Rory, el vientre rígido debajo de la camisa del uniforme. Pensó que, si él hacía lo mismo, vería en su piel las marcas rojas que delatarían cuánto se había apretado el cinturón. Se preguntó si Rory, que lo comprendía todo, tendría una reacción física a aquel fantasma que la ropa le había dejado en la piel.

Luchó por desabrocharle el cinturón. Cuando él se dispuso a hacer lo mismo, se separó levemente, casi como si quisiese detenerse a coger aire. La dejó en el suelo.

—Espera —susurró.

Vera sacudió la cabeza.

—Confío en ti. No quiero esperar.

Rory alzó una mano. Con el mismo movimiento vago, se concedió un par de segundos para pensar.

—Vamos a esperar.

Las cejas de Vera temblaron.

—¿Esperar a qué? En unos meses estarás en el frente, después me embarcarán a mí.

Rory ladeó la cabeza.

—Esperemos a eso, entonces —suspiró—. Seamos inteligentes...

Vera chascó la lengua y aprovechó el gesto exasperado para separarse de Rory.

—¡Tú y tu pragmatismo!

Toda ella temblaba, las manos, los brazos, los labios. Ante la imposibilidad de abrocharse el cinturón a la primera, se lo dejó tal cual estaba.

Rory caminaba tras ella.

—Vera.

Se volvió para mirarlo. Tenía las cejas bajadas y el párpado inferior enrojecido.

—¿Qué? Dios, ¿tienes sangre en las venas o no? —Resopló—. Si no quieres esto, solo tienes que decírmelo. Somos amigos, por Dios santo.

Siempre había confiado en las palabras, pero ahora se le escapaban; se amontonaban unas sobre otras, caóticas, inconclusas, sin sentido alguno. Notaba cómo se le encendían las mejillas, cómo el sudor le pegaba los mechones del flequillo a la frente.

Rory arqueó una ceja.

—No te he dicho que no quiera. Lo que intento expl…

—¿Entonces? Dios, St. George, no seas cobarde.

Rory dio un paso atrás, como si necesitara espacio físico para encajar el golpe recibido. Vera apretó los párpados; la culpa caía sobre ella más fuerte que nunca, como una masa húmeda y pegajosa que se le adhería a los huesos.

Se llevó una mano al tabique de la nariz, aún dolorido.

—Lo siento, Rory. —Intentó tocarlo, pero él se lo impidió—. No pensaba…

Rory tragó saliva.

—Creo que pensabas exactamente lo que dijiste —susurró. Tenía los ojos húmedos, en llamas—. No querías decirlo, que es distinto.

—No, Ror…

Se humedeció los labios antes de continuar. En ese instante de duda, Rory se apartó aún más, los pasos suficientes para regresar al alféizar de la ventana.

—Yo no soy como Bram y como tú —musitó.

Vera inspiró.

—No tienes que serlo.

—Vosotros dos queréis algo y vais hacia ello. Yo nunca os he juzgado.

—No te juzgo, Rory.

Se odiaba a sí misma por todas las veces que el orgullo no le había permitido llorar. Aunque tampoco quería hacerlo delante de Rory, las lágrimas que era incapaz de soltar le aprisionaban el diafragma y le impedían respirar.

Era todo deseo, más animal que persona, más monstruo que conciencia.

Rory chascó la lengua.

—¿Me puedes dejar solo un ratito?, la cabeza me va a estallar.

A Vera la recorrió un escalofrío. Quería borrar, aniquilar los últimos minutos, pero no podía.

—Ror…

—Por favor.

XIII

Vera se sentó en el bordillo, húmedo por el rocío que había caído durante la tarde, y se sacó un cigarrillo del bolsillo. No se entretuvo en buscar la boquilla, que había utilizado mitad por estética y mitad por las recomendaciones de Stevens acerca de sus malos hábitos. Fumó, hambrienta, con los ojos cerrados, y no cambió de postura hasta que los pasos de otra persona le crisparon la espalda.

—No estoy de humor, Bram.

—Me ofendes.

La voz de Persie, grave, que arrastraba las palabras, recordaba tanto a la de su hermano que Vera tuvo que mirarla para comprobar que no se trataba de él. Persie, muy roja, con los primeros botones de la camisa desabrochados y el pelo alborotado como una corona blanquecina, se sentó junto a ella.

—¿Te importa que te acompañe? —le preguntó.

Ya estaba encendiendo la pipa.

—Este arranque de amabilidad es inusual en ti.

Persie la miró con los párpados entrecerrados. También sus ojos eran idénticos a los de Rory, aunque algo más claros: la combinación exacta de tonos de azul y un tenue anillo dorado abrazando la pupila. De no saber que se llevaban diez meses, se diría que eran mellizos. No eran pocos los vecinos que, de modo más o menos despectivo, se referían a ellos como «gemelos irlandeses». El señor St. George había estado tan empecinado en tener una niña que Dios, en su infinita sabiduría, le había otorgado a Persephone St. George.

—A ver, escogió el nombre él mismo —solía decir Rory en aquellas ocasiones—. ¿Qué podía esperar?

En ese momento, en la penumbra, con la música cada vez más sorda del pub, el parecido físico entre Rory y ella era lo que más ofendía a Vera de Persie.

—Todo el mundo sabía que esto iba a pasar, tarde o temprano —terció.

Vera la fulminó con la mirada y Persie la ignoró.

—Si tuvieses amigas mujeres —insistió—, tú también habrías podido verlo.

Vera tragó saliva. Sacudió la ceniza del cigarrillo sin preocuparse de si caía sobre los mocasines de Persie.

—No hace falta juntar la vergüenza a la humillación —repuso Vera, fría.

Estas palabras no surtieron un gran efecto en su compañera, quien, con la mirada fija en la inmensidad azul cobalto y no en ella, se limitó a crear un anillo de humo.

El cielo de Manchester era en aquel momento muy distinto al de Londres; Dios le tenía reservada una paz efímera de la que ellas estaban sedientas.

—Rory nunca ha tenido que enfrentarse a las cosas difíciles de la vida —continuó diciendo Persie—. Nuestros padres se aseguraron de ello. Ni comprende los sentimientos fuertes ni quiere comprenderlos; su cautela raya en el egoísmo.

Vera, que había apretado los dientes con cada palabra que escuchaba, terminó por chascar la lengua. Cuando se volvió hacia Persie, el corazón le latía tan rápido que evitó ponerse en pie para contener el mareo.

—Si crees que voy a unirme a una sesión de insultos dirigidos a tu hermano, puedes irte a otra parte —siseó—. Estoy lo bastante borracha para hacerte callar con los puños.

Persie irrumpió en una carcajada seca, casi asmática; eso, al menos, era todo suyo, sin contagio de Rory.

—No podrías pegarle a un gato.

—¿Nunca has oído aquello de que si llamas a una puerta con suficiente insistencia al final te acaba contestando el diablo?

Persie, raro en ella, no replicó de inmediato. En su lugar, se puso en pie apoyándose en el hombro de Vera para mantener el equilibrio. Detuvo la mano (alargada, huesuda, también muy distinta a la de Rory) ahí un par de segundos más y sentenció:

—Mañana necesitaremos las manos en el trabajo. Si quieres lamerte las heridas, por mí perfecto. Si no, ayúdame a espabilar a Bram antes de que perdamos el tren. El idiota bebe como un cosaco.

Vera expulsó aire por la nariz. Tenía la mirada fija en las puntas de sus zapatos, y las comisuras de los labios alzadas en una mueca socarrona.

—Espera un poco y empezará a bailar también como un cosaco.

En el trayecto del Red Lion a la estación no hubo oportunidad de hablar en privado. La mitad de los hombres estaban demasiado borrachos; la caminata y el aire fresco en la cara les ayudó a espabilar.

Al despedirse en el andén, el abrazo fue desapasionado, casi clínico.

—Te escribiré —dijo Vera.

Rory, que tenía las manos en los bolsillos y la nariz y los pómulos encendidos por el frío, asintió.

—Yo también. Te mandaré las fotos cuando las revele, y el primero de nosotros que tenga permiso y pase por Londres te devolverá la cámara.

Bram estaba demasiado perjudicado para notar algo extraño en esa conversación. En cuanto llegó, tambaleándose, al vagón apoyó la cabeza en la ventanilla y se quedó dormido. Persie también cerró los ojos.

—Yo que tú haría lo mismo —le dijo a Vera—. Si sospecha que has estado bebiendo hasta las tantas, la señora Mandeville te hará tragar mierda por un tubo mañana. Y adivina a quién le va a salpicar.

Vera era inmune a las impertinencias y al lenguaje de Persie. Rory le había pedido que cuidase de ella, pero en el fondo eran iguales, medio salvajes y rabiosas. La única diferencia residía en que Vera sabía disimularlo un poco mejor. «No te preocupes —le había dicho Rory, con una de sus medias sonrisas—. A mi hermana le he pedido lo mismo que a ti».

Vera se mordió una uña. La vergüenza y la culpa eran un animal informe que le clavaba las garras en las entrañas. Uña a uña.

Resopló. Sin decir nada a sus compañeros de viaje, salió al pasillo y se asomó a la ventana que daba al andén. Veía, a lo lejos, cuerpos uniformados, pero ninguno que pudiese reconocer como el de Rory. Aun así, abrió la ventana y lo llamó por su nombre.

Gritó hasta que le quedó la garganta seca y ardiente, hasta que le lagrimearon los ojos, y la nariz, que no había salido bien parada desde la lesión en el bombardeo, amenazó con una nueva hemorragia.

—¡¡¡RORY!!!

Solo uno de los hombres se volvió, tenía rizos caoba, y unos ojos oscuros y penetrantes, Vera no tardó en identificarlo.

—¡Frank, dile a Rory que lo siento! ¡Que dije lo que dije sin pensarlo y nada es más importante que nuestra amistad!

El silbato del tren ahogó sus palabras, de modo que no estaba segura de que su mensaje hubiera llegado a oídos de Frank. Pero era verdad. Habría bajado a los infiernos por Rory, de ser necesario; habría nadado en las aguas del Aqueronte sin miedo. Se habría enfrentado a todos los santos del cielo, los habría llamado por su nombre y les habría obligado a interceder por Rory.

XIV

Para Rory, el papel no era más paciente que los hombres, sus garras eran más afiladas, la amenaza del espacio blanco más despiadada. Tras releer lo que había escrito, rasgó la hoja y tiró la parte superior, usada y descartada, a la basura.

Plumón, tumbado en el catre junto al suyo, desvió la mirada del libro que intentaba leer y frunció el cejo.

—Dios santo, St. George, le debes cigarrillos a todo el mundo porque cambias los tuyos por papel, ¿y todo para qué?

Rory no se volvió a mirarlo, encendió uno de los pitillos de la discordia y, con él entre los dientes, masculló:

—Déjame en paz.

Plumón chascó la lengua.

—No seas gilipollas. Escríbele a Vera y deja de amargarnos la fiesta a los demás.

Rory le dio una calada al cigarrillo. Cuando la ceniza cayó sobre el papel, aún en blanco, la apartó de un manotazo.

Plumón intentó en vano retomar la lectura.

—Eres un tibio —opinó—. Si la chica te gusta, discúlpate por tu comportamiento y pídele que te espere; si no, déjale las cosas claras y termina con su sufrimiento.

—No lo sé. No sé qué decirle.

—Ya.

—No lo sé y no quiero saberlo —insistió Rory. Para paliar el temblor de la mano, empezó a juguetear con el mechero—. Hemos sido amigos durante años. No puedo... —Se llevó el puño a la boca—. Es injusto cambiar las cosas ahora que probablemente no vaya a vol...

Plumón lo cortó con el ruido sordo del libro al cerrarse.

—Deja ya esa cháchara inmunda.

Rory separó los labios para agregar algo más, pero Plumón se le adelantó.

—No puedes seguir así.

—Es verdad.

—A la mierda con la verdad. Nos estás minando la moral a todos, así que cierra el pico y escribe la condenada carta. —Plumón resopló. Sus ojeras, bajo la luz cálida del atardecer, parecían más marrones y acartonadas—. ¿Crees que los demás no pensamos en que no vamos a volver a casa?

Tras estas palabras, Plumón retomó la lectura y Rory regresó al papel en blanco y a todos sus temores.

En las últimas semanas, había sido capaz de terminar una sola cosa. Aunque no sabía si la revista *Vogue* tenía una sección de cartas al director, les escribió una igualmente. Utilizó el plural mayestático al expresar cuánto les inspiraba en la base leer sobre la resiliencia de los londinenses bajo los bombardeos, a pesar de que el resto de los muchachos habían perdido el interés por la revista tras ojear las fotos de las modelos y decidir que muy pocas podían ser utilizadas como *pin-ups*. De no haber tenido ocasión de conocer a Vera, ninguna explicación sobre por qué Rory guardaba un número de *Vogue* en el baúl lo habría salvado de las burlas.

> Hay tanta o más valentía en una enfermera que sale del refugio para salvaguardar la dignidad de un paciente que en un recluta paracaidista que efectúa un salto sabiendo que los siguientes darán con él en el frente. Ni las tropas paracaidistas ni la RAF podemos reclamar los cielos, porque estos pertenecen a los londinenses que se enfrentan a sus bombas cada noche para levantarse cada mañana al pie del cañón.

No estaba convencido de que su carta fuese a leerla alguien, y mucho menos publicarla. Quizá, en el fondo, esa incertidumbre era la que le había permitido escribir. El papel y la pluma no podían dañarlo si no tenía la constancia de que alguien fuese a recibir sus palabras.

Y aunque se publicara, jamás podría saberlo, a no ser que Vera se lo contase. Ni tenía una suscripción ni sabía cómo conseguirla, y aunque supiese cómo hacerlo, sería difícil justificar ese gasto para su bolsillo y esa nueva adquisición para su baúl.

Mejor así.

Todos los días salía Vera en busca del correo, y todos los días regresaba decepcionada. El silencio de Rory la entristecía y el racionamiento autoimpuesto de cigarrillos la ponía de mal humor. Recibía las cartas de Allie Dale y apenas las leía, y en el trabajo aceptaba todas las oportunidades de ir a quirófano, tanto para ganar puntos ante la señora Mandeville y el doctor Heath como para evitar pensar. Las misivas de Bram, delirantes y macarrónicas, eran lo más parecido a la literatura, junto a los partes de la guerra, que leía.

Querida compañera:

Dios tiene un sentido del humor mag-ní-fi-co. Debido al periodo de inactividad causado por el soplo cardiaco, soy todo un abuelete entre los pobres diablos que han dado con sus huesos en el mismo grupo de instrucción que yo. La edad media de los oficiales es de veintitrés años, así que ya te puedes imaginar los figurines de patio de colegio que tengo por compañeros.

¡Imagínate! Algunos se nota a la legua que no se han separado nunca de las faldas de sus mamás, así que voy a tener que enseñarles todo lo que en la RAF no aprendan. Algunos, literalmente, han sido robados de las faldas de sus mamás; de vez en cuando llega la carta de una madre que le hace saber al instructor que su chavalín de diecisiete años está volando aviones por los cielos del país. Las triquiñuelas que estos chiquilines utilizan son irrisorias: el método más empleado es el de fingir que el sargento que te ha recibido tiene ya en su posesión tu libro de familia; cuando llegas al siguiente sargento y se lo explicas, en lugar de dudar de tu palabra le echa las culpas a la vagancia de su compañero.

Si hubiese sabido lo lejos que podría llevarme el ser deshonesto, hace tiempo que estaría defendiendo los cielos de Londres. Rory, como ves, tiene una influencia nefasta en mí. ¡Casi me vuelve un tipo honrado! Pobre ángel.

No desesperes. Pronto uno de los aviones que oigas sobre tu cabeza podría ser el mío.

Con sordidez,

BRAM

Estimada compañera:

Los instructores tienen un espejo posicionado de manera estratégica para ver el rostro de los reclutas; según dicen, todo en nuestra expresión y en nuestra mirada puede delatarnos: ¿nos están ganando la batalla los nervios o no?

¿Puedes imaginarte un trabajo peor que mirarme el careto todo el santo día? Los instructores de la RAF se merecen un puñetero aumento de salario, en mi humilde (pero correcta) opinión.

No desesperes.

Con cariño,

BRAM

Estimada compañera:

Por primera vez en mi vida me gustaría devorar tanto los libros como Rory y como tú. Si fuese un buen escritor, podría describirte con todo lujo de detalles lo que siente uno al pilotar un avión, cuando estamos solo el cielo y yo. Como no lo soy, voy a ahorrarte la tortura de tener que descifrar mis jeroglíficos. Ejercitar la imaginación tampoco te vendrá mal.

¿Cómo lo llevas con *Guerra y paz*? Lamentablemente he de comunicar que el único (y muy noble uso) que le estoy dando al libro de Rory es el de conseguir a las chicas. Nada es tan poderoso como un recluta de la RAF que se sienta a leer en el pub en lugar de andar detrás de una de ellas como un moscardón. Dios salve al rey, al fin comprendo el elusivo encanto de nuestro querido St. George.

No desesperes.

Tuyo, aunque a regañadientes,

Bram

Estimada compañera:

Cuento los días en las semanas de instrucción y las horas de vuelo que me faltan para conseguir mis alas. ¿Sabes que a los pilotos de la RAF los llaman los caballeros del aire? ¡Ja!

Cuánto tiempo me ha hecho malgastar este corazón… ¿Cómo lo lleva mi madre? Le gusta discutir contigo y decirte eso de «Dios lo sabe todo, pero Vera Johnson sabe aún más», así que visítala cuando puedas, por favor. Te dejo revolver en mi habitación lo que te venga en gana, y usar mi máquina de escribir si logras ponerla en funcionamiento (ha vivido días mejores…, como todos últimamente, supongo).

Ante todo, mantén la moral alta. Como te he dicho (y para muestra, esta carta), no soy un buen escritor, pero un compañero recita a veces este poema que creo que te va a gustar:

Dios, danos la gracia de que
cuando nuestros soldados vuelen a la eternidad
puedan, como meteoros, antes de caer
dejar haces de luz ardientes que
todos los hijos de la verdad puedan abrazar,
y al abrazarlos

se alcen para arrancar de los cielos del Señor al hijo de los infiernos

Dios, no puedo esperar a recibir mis alas. ¿Qué voy a hacer con tantas ansias dentro?

Trémulo,

BRAM

Cuando D. B. fue a visitarla el domingo, le preguntó directamente si había recibido cartas de Rory. Vera le dio un sorbo a su bebida antes de contestar. Aunque el café no era un artículo racionado, su escasez había popularizado, a regañadientes, el llamado «café de campaña», un líquido oscuro y espeso fabricado a base de sirope y achicoria. Hacía semanas que la cafetería del hospital lo servía, con la esperanza de guardar el café para ocasiones más especiales.

—Algunas —terció Vera con cuidado—. Bastante cortas, en su mayoría. ¿Por qué?

—Puede que Persie haya comentado que estáis enfadados cuando vino a confesión.

—Ignoraba que Persie fuera lo suficientemente autocrítica para saber cuándo ha pecado, la verdad. —Arqueó una ceja—. ¿No se supone que esas cosas son secreto?

D. B. le mostró las palmas de las manos como excusándose.

—Me lo contó fuera de confesión.

Vera ladeó la cabeza.

—Está cogiendo la mala costumbre de cotillear. ¿Eso no es pecado también?

—¿Lo es?

—Rory y yo no estamos enfadados.

D. B. le dirigió una sonrisa cansada, ojerosa. Iluminadas por la luz fuerte de la mañana, las arruguitas en torno a los ojos parecían más pronunciadas.

—Me alegro. Me cae muy bien.

Vera le dio un sorbo al café de campaña, estaba frío.

—Solo dije algo de lo que me arrepiento y que creo que lo ha ofendido. Así que ahora me toca vivir con la culpa.

—¿Quieres hablar de ello?

Vera hizo un gesto negativo con la mano y luego se la llevó a los labios, como si quisiese aniquilar también de ellos la palabra. Finalmente suspiró y dijo:

—Lo acusé injustamente de cobardía. —Se apretó el tabique de la nariz con los dedos—. No sé qué me pasa. Me enorgullezco de ser una persona lógica, pero todo lo que hago es a base de impulsos. Incluso esto. —Señaló vagamente en torno a la cafetería, como si quisiese contener la totalidad del hospital y lo que este significaba con ese movimiento—. Tengo todas estas pasiones dentro y me están volviendo loca.

D. B. irrumpió con una carcajada. Tenía una sonrisa magnífica, de hoyuelos en las mejillas y dientes algo separados, que recordaba maravillosamente a la de su hermana.

—Creo que a eso se le llama «pertenecer a la especie humana».

—Bueno, pues no lo soporto. —Apartó la taza con la mano—. Y tenías razón: no quiero hablar de ello. Háblame de ti, ¿cómo van las cosas?

D. B. no dejó de sonreír. Por no malgastar el café de campaña, vertió el que su hermana había rechazado en su propia taza. Que estuviera frío no le molestó.

—Desde que Bram se fue, las reuniones con el partido son un poco como bajar al foso de los leones. —Sacudió la cabeza—. Pero estamos consiguiendo que el ayuntamiento ceda y se construyan más refugios públicos en el East End.

Vera le devolvió la sonrisa.

—Magnífico. Hasta puedes plantearte una carrera política si te echan a patadas del sacerdocio.

D. B. puso los ojos en blanco.

—Si sigues así conseguirás que me arrepienta de haberte traído esto.

Sin más explicaciones dejó el último número de la revista *Vogue* sobre la mesa, junto a la taza vacía de su hermana.

—Imagínate que un día mamá recuerda que tiene una suscripción —se burló.

Vera, que ya estaba abriendo la revista, se limitó a contestar:

—Ese será el día yo saldré en las noticias por haber empleado la fuerza bruta.

Empezó a leer mientras D. B. apuraba los últimos sorbos del café de campaña. Al llegar a la carta de la directora editorial, Audrey Withers, la mano le cayó lánguida sobre la mesa; aún conservaba el fantasma de una sonrisa en la cara.

D. B. frunció el cejo.

—¿Se va a racionar algún producto más?

Casi sin pensarlo, Vera acarició con los dedos el papel. Audrey Withers citaba una «misiva escrita por uno de nuestros muchachos en el servicio». No necesitó leer las iniciales que la directora editorial proporcionaba, habría reconocido la pluma de Rory en cualquier momento, en cualquier lugar. En la universidad le había ayudado a pasar a limpio cuantiosos trabajos, había leído tantas veces sus cartas que podría recitarlas todas de memoria y en su mente habría visualizado a la perfección el trazo de cada letra, cada coma y cada punto y cada mancha de tinta sobre el papel.

—¿Vera?

—No —dijo, suavemente—. Todo está bien.

XV

Había pedido direcciones al apearse del tren, pero a medida que avanzaba por las calles blancas de Whitechapel se dio cuenta de que no era necesario. A pesar de los destrozos de los bombardeos, que habían transformado los edificios en esqueletos ruinosos, habría podido guiarse únicamente por las descripciones de las cartas de Vera. Había pasado muchas veces frente al hospital St. Bart's sin detenerse a mirarlo, sin saber siquiera que estaba allí. En ese momento lo tenía delante y le parecía que le daba la bienvenida un viejo amigo.

Aunque era un día nublado y amenazaba lluvia, había dos hombres sentados en el soportal. Uno de ellos, con el cuerpo y la cara cubiertos de vendas, estaba sentado de modo que la luz del sol no pudiese dañarlo. Al verlo, frunció el cejo y volcó sus ojos, redondos y azules como canicas, sobre Rory.

—Tú debes de ser pariente de la hermana St. George, ¿no? —Le hizo un gesto al otro hombre, mayor y con mejor aspecto, antes de que Rory pudiese responder—. El pelo es más oscuro, pero tienen la misma cara. —Se giró—. Supongo que la estarás buscando.

Rory separó los labios. Antes de que pudiese decir nada, el otro paciente emitió un sonidito seco. Era excepcionalmente delgado, de pómulos cortantes y mejillas hundidas; aunque llevaba gafas de sol, Rory podía adivinar las marcas violáceas de las ojeras, que crepitaban por debajo de la montura.

—¿La hermana Johnson? —dijo simplemente.

Rory le sostuvo la mirada. Sabía que muchos de sus compañeros, y él mismo, bajaban los párpados ante los heridos de guerra. El futuro propio es algo difícil de encajar, pero Rory lo hizo, por respeto hacia aquellos hombres tanto como hacia sí mismo. Sus heridas, los cuerpos maltrechos y lastimados, eran el testimonio de unos días que lo esperaban y lo llamaban por su nombre.

—Tengo que entregarle unas fotografías —explicó—. Y también la cámara de su hermano, que se la quiero devolver.

El paciente más mayor asintió con un gesto.

—¿Cuándo tienes que regresar?

—Tengo permiso hasta la noche, pero tal y como están los trenes...

—¿Tienes media hora?

Rory sonrió.

—Puedo tenerla.

—Bien. Dentro de media hora tiene el descanso para comer. Espérala en la cafetería de enfrente y me aseguraré de que vaya.

Los labios de Rory temblaron, expectantes.

—Gracias, de verdad.

El paciente lo despachó con un movimiento impaciente de la mano.

—Ni te molestes. Ahora lárgate antes de que la enfermera jefe te vea y os cruja a los dos. ¡Te ha sobrado valor!

Vera Johnson no creía en los descansos. Había aprendido que, tras unos días, el hambre remitía y no la molestaba, que era preferible priorizar la escritura al alimento. En consecuencia, no fue muy receptiva al comentario del teniente Stevens cuando le dijo:

—Hoy hace años que me licencié.

Como respuesta, Vera hundió las manos en el bolsillo y sacó una cajetilla nueva de cigarrillos.

—Felicidades.

Después de todo, él le había recomendado dejar el vicio.

Stevens no se rindió.

—¿Sabes lo que me comería? Un buen bizcocho, como los de antaño. —Le tiró del uniforme, a pesar de que sabía que la señora Mandeville no lo aprobaría—. ¿Por qué no vas a la cafetería de enfrente y me traes un pedazo de tarta de miel?

Vera sacudió la cabeza.

—Aunque haya, que no lo sé, no sabrá como la recuerdas.

—Anda, ve, y así la comparto con Bobby. Después de tanto tiempo..., ni nos acordaremos de a qué sabe el azúcar. Venga, te pago la comida.

Vera inspiró y apoyó la frente en la ventana. Aún no había empezado a llover pero el cielo estaba encapotado, absolutamente gris; también eran grises las personas que caminaban por la calle, habitantes de una penumbra perpetua, rogando al cielo que no se abriese y sangrase bombas sobre ellos.

Chascó la lengua.

—Está bien, pero guárdate el dinero. Es tu aniversario, ¿no?

Stevens le puso el billete entre los dedos de todos modos.

—Sé lo que te pagan.

Ya diluviaba cuando cruzó la calle. La lluvia era la respuesta a las oraciones de los londinenses, una pausa para las bombas y la destrucción y las muertes que causaban. En ese ambiente mustio y terroso crecía también la vida.

Lo vio a través de la ventana mojada por la lluvia, desdibujado. La espalda ancha, que se encorvaba ante las páginas de un periódico, los dedos moteados de tinta, el pelo del color del trigo, que ya le había empezado a crecer y se le rizaba en la nuca. Pero muchos hombres se parecían a Rory. Especialmente tras la visita a Manchester creía verlo en todas partes, todos los rubios altos que manoseaban los libros de viejo de Sicilian Avenue portaban su nombre, todos los reclutas que caminaban con los ojos pegados al diario ignorando las ruinas cenicientas a su alrededor la alertaban primero y la decepcionaban después.

El lector, quizá un engaño más, se volvió, como si reconociera también la forma exacta de la sombra de Vera, aun con el uniforme y la cofia. Le sonrió con ese rictus casi tímido que solo podía pertenecerle a él, y la saludó con la mano. Ella también alzó la suya, despacio.

Al entrar y detenerse junto a su mesa, lo llamó por su nombre. Así, si se había equivocado, se rompería el hechizo enseguida.

Rory se mordió una uña, y dobló el periódico junto a la taza de café de campaña.

—Hola, Vera.

—¿Y... y tú aquí?

Extendió una mano hacia la silla opuesta en el momento preciso en el que Rory se levantaba para retirársela. El contacto con los dedos, cálidos al sujetar la taza, le erizó el vello de los brazos.

—Le cambié el permiso a Plumón para traerte la cámara y las fotos.

—Rory, Rory, siento muchísimo lo que... —dijo ella casi al mismo tiempo.

Él la detuvo con un movimiento vago de la mano.

—No lo sientas.

—Estaba intolerablemente borracha.

—Creo que los dos lo estábamos —concedió Rory y, tras esperarla, se sentó—. Intolerablemente.

Esbozó una sonrisa, y le indicó a la camarera que les sirviera dos tazas más.

—No creo que seas un cobarde, Rory.

El muchacho tragó saliva. Tenía los ojos brillantes, enrojecidos, sus dedos tamborileaban sobre la mesa y Vera reconoció la melodía al instante, era una de sus favoritas: la Sexta Sinfonía de Shostakóvich.

—Lo sé.

—No soporto que estemos enfadados.

Rory la miró.

—No podría seguir enfadado contigo. Bram y tú sois mis personas favoritas en el mundo.

—Eres mi mejor amigo, Rory —dijo Vera—. Ni siquiera mi orgullo puede interponerse en eso.

—Intenté escribirte —admitió—, pero no se me dan tan bien

las palabras como a ti. Así que... —Se encogió de hombros—. Aquí estoy.

—¿Cuánto tiempo tenemos?

Rory le dirigió una sonrisa húmeda y enrojecida.

—No mucho. Solo tengo permiso de un día.

—Así son las cosas ahora, por lo que veo.

Ante la imposibilidad de pedir empanadas de carne, que habían ido desapareciendo a medida que el racionamiento avanzaba, se decantaron por el plato de salchichas.

—Siempre hay a mansalva —comentó Vera, mientras cortaba una con el tenedor.

La textura era como de chicle, casi artificial. Rory las señaló con la cabeza.

—A estas alturas, llevan más pan que carne. Mejor que la comida del hospital, espero.

—Que a su vez será mejor que la comida de la base.

Rory quiso reír, pero un nuevo temblor le tensó los músculos de la cara. En un intento por ocultarlo, se refugió en el café de campaña. Las gotas amargas en la lengua no ayudaron.

—Siento no haber escrito más —repitió—. No sé cuándo será nuestra primera misión ni en qué consistirá... —Estiró los labios—. Somos los primeros. Hasta que llegamos nosotros, no había comandos paracaidistas.

Permaneció con los labios entreabiertos, como si dejase paso a las palabras que no se atrevía a pronunciar. Eran los pioneros por obra y gracia del primer ministro Churchill. La responsabilidad y el riesgo se le atragantaban, tenían uñas, dientes, garras.

Vera extendió la mano y le acarició los nudillos. Ahora estaban resecos, enrojecidos, ásperos, pero formaban parte de él, y por lo tanto eran hermosos.

—Volverás con nosotros —dijo.

Era una afirmación y no una plegaria.

Rory tragó saliva.

—Lo intentaré.

—Lo harás —insistió, y forzó una sonrisa—. La revista *Vogue* no puede perder a su último colaborador.

Rory se llevó la mano que tenía libre a la cara.

—No esperaba que publicasen nada. ¿Te gustó, al menos?

—Es brillante —dijo con los ojos volcados sobre él—. Siempre supe que serías el escritor del grupo. —Resopló—. Lo que no me puedo creer es que *Vogue* haya impreso más palabras tuyas que mías.

Rory irrumpió en una carcajada muy pequeña.

—Espero que no me lo tengas en cuenta.

—Ya te he dicho que no podría enfadarme contigo ni aunque quisiera.

—Con las fotos que he hecho, ya puede el *Telegraph* darte la primera página. —Sonrió—. Me alegro de haber venido.

—Yo también. De verdad que te he echado de menos lo indecible.

Sostenerle la mirada era doloroso; pesaba. Para no tener que hacerlo, Vera se llevó la mano al cuello y se quitó la cadenita de san Antonio de Padua que su abuela le había regalado el día que hizo la confirmación. La depositó sobre las palmas abiertas de Rory.

—Quizá te dé suerte.—Elevó las comisuras—. Dicen que las oraciones que Dios escucha primero son las de las abuelas.

Rory asintió, incapaz de encontrar una palabra que pudiese contener el tamaño de la despedida que se aproximaba. Ya pertenecía más al cielo que a los hombres, y esa ruptura con el mundo escocía y quemaba.

Al colgarse el san Antonio del cuello se quitó su cadenita de san Jorge.

—Intercambiémoslas —le dijo a Vera—. Así los dos tendremos un pedacito de casa rozándonos el pecho.

No se vio en la necesidad de definir el significado de esa «casa». Para ellos, tenía los olores y los sonidos de aquella primera fiesta de cumpleaños, de todas las mañanas que conservaban el aroma de la tinta fresca y de todas las terrazas de las cafeterías desde las que podían ver la primavera en las magnolias que sangraban pétalos sobre la calle.

Ese fue el último buen día.

XVI

Vera escribió el artículo sobre los primeros reclutas paracaidistas de Churchill en el refugio antiaéreo; de noche, ya que los bombardeos diurnos eran ahora menos frecuentes y, cuando ocurrían, era rara la ocasión en la que podía escaquearse del trabajo. Vivía en una constante cuerda floja, en el espacio cada vez más vacío entre la escritura, que mantenía vivo su talento, y la enfermería, su billete de ida al frente en una fecha cada vez más cercana.

Las fotografías de Rory eran magníficas. Toscas, burdas, de bordes rugosos, irreprochablemente sinceras. La leve sonrisa mientras descendía al vacío. Las piernas arqueadas, el suelo de Manchester más y más cerca. Los paracaídas de sus compañeros como pétalos que flotaban en un inmenso mar grisáceo. Las caras, entre nerviosas y fieras, de los muchachos hechos hombres a la fuerza que se preparaban para efectuar el último salto de la instrucción.

Cuando las bombas hacían temblar las paredes del hospital, rasgaba con más terquedad el papel con la pluma como una espada. Y cuando era imposible ignorar el ruido de la guerra, pensaba en Bram. Los seis meses antes de recibir las tan codiciadas alas se estaban consumiendo como la mecha de la vela con la que Vera iluminaba la máquina de escribir, cuando Persie intentaba dormir y ella pasaba a limpio sus notas.

Entregó el artículo la tercera semana de diciembre, ya cercana la Navidad, en cuanto tuvo un día libre. El olor característico a tinta, cartón y café de las oficinas del *Telegraph* la azotó ya en la calle, antes de entrar. Al dar los primeros pasos y verse reflejada en el cristal de la puerta del despacho de Keller, su propio aspecto la sorprendió. Estaba más delgada que la última vez que se había retocado el peinado en aquel reflejo; más pálida también, a pesar de los toques de lápiz de labios de Helena Rubinstein (muy superior al de su rival Elizabeth Arden, en su opinión) que se había puesto en las mejillas. Así que le brindó la mejor de sus sonrisas al director al entrar.

—Un día espléndido —dijo, y señaló con la cabeza el cielo encapotado al otro lado de la ventana.

Acto seguido, mientras Keller se acostumbraba a su aspecto y a su presencia, Vera depositó sobre la mesa la carpeta con el artículo y las fotos, y una taza humeante de café. Al contrario que Allie Dale, el señor Keller prefería un líquido color hueso, casi todo leche, que constituía una versión más acuosa del desayuno predilecto de Rory.

—Luftwaffe mediante, será también un día tranquilo —refunfuñó Keller, que ya quitaba las gomas de la carpeta—. Veo que el Cuerpo de la Reina Alejandra la ha desmejorado. Nunca es una buena noticia, cuando una chica le hace la competencia a Katharine Hepburn.

Aunque el comentario halagaba a Vera, sabía que Keller, que resoplaba ante la figura esbelta de Hepburn en las fotografías promocionales de *La fiera de mi niña*, no pretendía echarle flores. Criado en los valores victorianos, pertenecía aún a una época en la que las formas de las mujeres debían ser suaves, agradables al tacto, no todo huesos y bordes afilados.

Vera no dejó de sonreír.

—Señor Keller, no se angustie, que con lo que me pague por este artículo pienso comprarme una buena empanada de carne, como las de antes.

—Dos y tres le harían falta —dijo, y le tendió las páginas mecanografiadas—. Es audaz por su parte que asuma que voy a publicar su artículo. ¿No ha oído nunca aquello del rabino que manda a su casa tres veces al cristiano antes de acceder a convertirlo?

Vera arqueó una ceja.

—No hará falta tanto. Es un buen trabajo. Los primeros comandos paracaidistas del ejército desde dentro. La autoría de las fotos es de Rory St. George, lo he escrito en el reverso.

Keller, que ya observaba la primera de ellas, la miró por encima de la montura de carey de sus gafas.

—¿Un amigo suyo?

—Sí, señor.

—Le deseo suerte. Le pediré a mi señora que lo incluya en su larga lista de muchachos por los que rezar. —Suspiró y dejó de nuevo las fotografías sobre el artículo pasado a máquina—. No le prometo nada, pero leeré lo que me ha traído, que ya es mucho, teniendo en cuenta su deserción. ¿Tiene el día libre?

—Sí, señor.

—Espéreme en el restaurante del hotel Imperial. La invito a comer, por la molestia de haber entregado el trabajo en mano.

—Y por deshacer los estragos del Cuerpo de la Reina Alejandra.

—Eso ni se cuestiona. Ahora, si no le importa cerrar la puerta al salir...

La despachó como acostumbraba, con un movimiento vago e impaciente de la mano, e inmediatamente le dio el primer sorbo al café. Para Vera había sido una buena inversión buscar hasta dar con una cafetería que todavía vendiese, y a buen precio, y sacrificar una de sus tazas habituales.

Había estado en el restaurante del hotel Imperial, situado en la plaza Russell, en una única ocasión, también invitada por un hombre de la oficina, para ser más exactos, por Allie Dale. El menú de preguerra fue distinto, más copioso y elegante; los comensales eran en ese momento menos numerosos y bastante más harapientos. Todos los camareros eran nuevos, británicos y demasiado jóvenes o demasiado viejos para ser llamados a las armas; los italianos que Vera conocía habían sido detenidos bajo sospecha de conspirar contra la patria.

Cuando Keller llegó, Vera estaba intentando descifrar la carta. El hombre dejó caer la carpeta sobre la mesa, después colgó la gabardina del respaldo de la silla y resolló.

—No espere encontrar nada apetecible, señorita Johnson. Me temo que el antiguo cocinero se encuentra en un centro de detención para extranjeros. Le recomiendo el solomillo Wellington, si no cs ustcd muy quisquillosa con la procedencia de la carne.

Vera le sonrió.

—No puede ser peor que la comida del hospital.

Como respuesta, Keller refunfuñó.

—He leído su artículo, señorita Johnson —dijo, tras pedir dos solomillos Wellington y dos copas de vino tinto.

—¿Y bien?

Keller no contestó. En su lugar, e ignorando cualquier noción de la etiqueta, abrió la carpeta sobre la mesa y extendió las páginas mecanografiadas de modo que Vera pudiese ver las marcas en lápiz rojo.

La muchacha frunció el ceño al tomar entre las manos la última página, tachada.

—¿Puedo preguntar cuál es el problema?

Keller carraspeó.

—Nadie quiere oír hablar de los riesgos a los que se enfrentarán nuestros muchachos. Está escribiendo sobre los hijos de muchas madres, señorita Johnson, y su tono podría sugerir que Churchill pone sus vidas en peligro sin motivo.

Las cejas de Vera temblaron.

—Pero las operaciones serán arriesgadas, será la primera vez que despleguemos tropas paracaidistas en el frente. Creo que Churchill es un buen estratega, pero no sería sincero escribir que…

Keller la detuvo con un movimiento de la mano.

—Minaría la moral. Todo esto sobre la instrucción está muy bien. —Se abanicó con la primera página—. Salvo alguna mención casual al miedo de los reclutas antes del primer salto. —Vera separó los labios para agregar algo más, pero Keller se lo impidió—. Señorita Johnson, tiene talento, pero debe aprender a escribir para alguien más que para usted misma. Si trabaja sobre las correcciones que le he hecho y me entrega un artículo sobre la instrucción mañana, lo publicaré junto a las fotografías.

—Tengo turno de noche en el hospital.

Keller arqueó una ceja y Vera sacudió la cabeza como queriendo borrar esa última apreciación.

—Lo tendrá para mañana. Será patriótico y positivo.

—Excelente.

Keller ordenó de nuevo los papeles, los guardó en la carpeta y se la entregó a Vera. Tras darle un sorbo al vino, añadió:

—No puedo pagarle lo mismo que a los muchachos de la redacción, claro; todavía está usted muy verde y, además, ya no forma parte de la plantilla del *Telegraph*, pero creo que considerará mi oferta lo suficientemente generosa. Y, si en el futuro tiene otro artículo que quiere que considere para su publicación…

Las comisuras de Vera se elevaron. Tenía los ojos fijos en sus propias manos sobre la mesa y no en Keller.

—Quizá tengo uno.

—¿Ah, sí? —dijo Keller distraídamente, mientras cortaba el solomillo—. ¿Sobre qué?

—Los refugios antiaéreos públicos.

Un resoplido impaciente.

—¡Ah, el «espíritu del *Blitz*»! Publicamos una historia distinta cada semana. Familias que salvan a otras familias, perros rescatados de las ruinas, ancianas que tejen para nuestras tropas desde el refugio…, dudo que haya espacio para más, pero estaré dispuesto a incluir una nota sobre cualquier historia que levante el ánimo que usted esc…

Vera no le permitió seguir.

—Mi hermano es encargado de precaución durante los ataques aéreos —siseó—. En el East End no había suficientes refugios públicos y la mayoría de las familias no podía pagar un refugio Anderson, por lo que las estaciones de metro se abarrotaron y la policía cargó contra la multitud presa del pánico. D. B. y el partido comunista presionaron al ayuntamiento hasta que se construyeron más refugios accesibles a las familias menos favorecidas.

Keller arrugó la nariz.

—¿Su hermano es comunista?

—No, claro que no. —Se permitió una risita—. Puede que su jefe lo sea.

—¿Su jefe? ¿Pero su hermano no estaba en el seminario?

—Sí, y ya ha salido. Es diácono en la Santísima Trinidad de Bermondsey.

Keller emitió un gruñido bajo.

—Eso da igual. Con el tratado de no agresión entre Alemania y la Unión Soviética, nadie quiere echarle flores a los comunistas. Además, el espíritu del *Blitz* trasciende la política —suspiró—. Lo del cura que consigue que se construyan refugios públicos está muy bien. Mire, haga una cosa: deje en el tintero lo del partido, ahórrese todo lo concerniente a ese asunto sobre la policía y el metro, y escriba sobre su santo hermano dirigiéndole al ayuntamiento una carta hermosísima sobre cómo debemos velar por los pobres y blablablá. Quinientas palabras, mil si su hermano hace alguna declaración.

Vera bajó las cejas.

—Disculpe, señor, pero eso no es lo que pasó. En realidad...

—La realidad ya es bastante terrible sin necesidad de hacer hincapié en sus partes más oscuras. —Al caer sobre el plato el cuchillo hizo un ruido grotesco—. Tengo a mis tres hijos en el frente, señorita Johnson. Lo último que quiero leer, como todos los demás, es que unas familias pobres quedaron a merced de las bombas porque un policía del East End entró en pánico y no fue capaz de controlar a una multitud de vecinos asustados. —Le dio otro sorbo al vino—. Su hermano es uno de los héroes de a pie sobre los que deberíamos hablar. Escriba sobre él o sobre nada en absoluto, y entrégueme el artículo de los paracaidistas corregido mañana.

Vera desvió la mirada.

—Sí, señor.

—Bien. Ahora coma, antes de que se le enfríe el solomillo. Tiene un aspecto deplorable.

XVII

A D. B. no le gustó lo que su hermana tenía que decirle. La escuchó, pero no le prestó mucha atención. Estaban en la parroquia, doblando ropa donada para las familias cuyas viviendas habían sido destruidas por los bombardeos. Cada vez que Vera, al zurcir unos pantalones, se pinchaba el dedo con la aguja y soltaba un improperio, debía donar un penique a la lata de apoyo a la RAF.

—Acabaría antes tejiéndole un jersey a Bram —rezongó, el ruidito metálico que emitió la moneda al caer en la lata como punto y aparte.

D. B. sacudió la cabeza.

—Más bien no dan abasto. Todas las mujeres quieren hacerles jerséis y calcetines a los chicos que están en las Fuerzas Armadas. Bram me ha sugerido que diga que son para él y se los mande a las familias desplazadas, ya que con la atención que él recibe tiene más que suficiente. A lo mejor puedes escribir sobre eso.

Vera chascó la lengua.

—Todos los periódicos publican al menos una historia al día sobre el espíritu del *Blitz*. Necesito algo diferente, algo que no se quede en medias tintas. Y lo que hiciste con los refugios...

D. B. la calló tirándole una camisa sobre las rodillas.

—No lo hice solo, habría sido imposible. Los demás merecen el mismo reconocimiento que yo, si no más. Yo no habría sabido ni cómo empezar a lidiar con el ayuntamiento.

—¿Y si decimos que eran laboristas?

—Pero eso no es verdad.

—Para Keller no creo que haya mucha diferencia entre un laborista y un comunista.

—Pero para ellos sí la hay, y eso es lo que cuenta. —D. B. se sentó delante de ella—. Son buena gente. Sin ellos, no habríamos conseguido nada. ¿Qué problema hay en...?

—Es por el pacto de no agresión.

—Eso es una excusa. —Al sonreír, una constelación de pecas bailó sobre el puente de la nariz—. Ya conseguirás la manera de darle una vuelta. Eres una encantadora de personas.

Vera puso los ojos en blanco, pero D. B. no se dio por vencido. Continuó hablando con voz suave como la miel. El sol del temprano atardecer le iluminaba el pelo como una corona rojiza.

—Es cierto. Hay encantadores de serpientes, como en los cuentos que la abuela nos contaba de pequeños; encantadores de pájaros, que logran imitar su canto para llamarlos, y encantadores de personas que logran todo cuanto se proponen. Podrás con ello.

Vera suspiró.

—Eres imposible.

—Y por muchos años más. ¿Por qué no le llevas el resto de la ropa a la señora Drachman? No puede coserla tan rápido, ahora que Mara está trabajando en la fábrica de armamento, pero por lo menos conseguiremos avanzar un poco el trabajo.

En la base de la RAF de Elsham Wolds, las noches eran casi una ceremonia religiosa. En la tranquilidad de la madrugada, los que soñaban con convertirse en pilotos disfrutaban de la quietud de la oscuridad, sabiendo que en unos meses ya no habría jornadas como aquella. Serían dueños y señores de la noche, pero ese mismo cielo que se desplegaba ante ellos como una promesa podría escupirlos y arrojarlos de nuevo a la Tierra como ángeles que han perdido el favor de Dios.

La Navidad había pasado y los cristianos, la inmensa mayoría, releían las cartas que les habían escrito sus familias. Hubo una cena especial para conmemorar el día en el que un niño había nacido en Belén, pero de eso ya no quedaban más que recuerdos. Eran los días pálidos y vacíos entre la Natividad y el final del año, y la desesperación de Bram se había convertido en algo casi físico que le impedía dormir.

Se entretenía leyendo la revista de la RAF, ya que las últimas cartas de Vera, Rory, D. B. y su hermana se las sabía de memoria. La punta del lápiz aún no había tocado la primera casilla del crucigrama cuando oyó el suspiro sordo de los compañeros que escuchaban la radio al otro lado del hangar.

Bram despegó los ojos del papel y arqueó una ceja inquisitivamente.

Los compañeros se miraban unos a otros con los labios entreabiertos y unos ojos enormes y ardientes.

—Londres está en llamas —dijo uno de ellos, el más joven.

Bram dejó la revista sobre el catre y, más guiado por una reacción involuntaria del cuerpo que por un mensaje consciente del cerebro, se puso en pie.

—¿Cómo dices?

—Los boches están lanzando bombas incendiarias —explicó otro, que movió el dial de la radio para bajar el volumen—. La ciudad está ardiendo.

Bram alzó una mano y, vacilante, dio un par de pasos hacia ellos.

—Espera —susurró—. Déjame escuchar.

Las imágenes del hospital parecían pertenecer al infierno de Dante. Gritos, llantos, nombres que eran repetidos hasta el desfallecimiento sin que hubiera respuesta.

Los paneles de oscurecimiento ya no cumplían ninguna función, el espeso humo de la calle teñía el vidrio de negro. De haberse asomado entre las llamaradas, Vera habría visto el cadáver blanco de la catedral de San Pablo. Una bomba, que había hecho temblar el hospital, había atravesado la cúpula ante la mirada pavorosa de los bomberos a los que el propio Churchill había encomendado la tarea de velar por la dama de piedra que intercedía por Londres ante el Señor.

Horas más tarde, un corresponsal americano bautizaría aquella barbarie como «El segundo gran incendio de Londres». En ese momento era una realidad y no cesaba. El cielo, negro azabache. El círculo de llamaradas que abrazaba el jardín de la catedral.

El olor nauseabundo de la muerte y la putrefacción había empujado a algunas enfermeras a seguir el consejo del teniente Stevens y colocarse cigarrillos en los orificios nasales.

No había sitio. Los enfermos y los heridos se amontonaban, ocupaban las camillas y el suelo. Aunque se encontraban en lo más crudo del invierno, el calor de las llamas y de aquellos cuerpos hacía que médicos y enfermeras chorreasen un sudor negro que les velaba los ojos y les pegaba los uniformes a la piel.

—¿Se sabe algo de cuándo van a evacuarnos? —le preguntó Vera, a gritos, al doctor Heath.

Ya todos hablaban así, arañándose la carne interna de la garganta al luchar por ser escuchados entre los alaridos de dolor y de duelo.

El doctor Heath se secó la frente con la manga del uniforme. El paciente que tenían ante ellos era un hombre de edad inexacta; la piel, convertida en una pulpa roja por las quemaduras, no permitía revelar rasgos particulares de la cara; los ojos, costras negras, ya no veían nada. Dejó de respirar en el momento en que Vera lo tocó para darle la vuelta y observar las heridas de la espalda.

—¿Quién le ha prometido una evacuación, hermana Johnson? —El doctor le indicó con un gesto a un celador que bajase el cuerpo al depósito—. Permaneceremos al pie del cañón hasta que nos indiquen lo contrario.

Al fondo de la habitación, Bobby chillaba y lloraba. Persie había tratado de taparle los ojos, pero hacían falta manos, y los horrores resultaban imposibles de ignorar. Demandaban atención, lo cubrían todo, lo engullían todo.

Mientras el doctor Heath hablaba, fogonazos de luz iluminaban la sala. El estruendo que los acompañaba avivaba segundos después la cacofonía de gritos y llantos.

Esperaban su hora, y esta nunca llegaba.

Un nuevo paciente emergió ante ellos como un espectro. Presentaba heridas similares a las del hombre que acababa de morir, aunque de menor gravedad. Mientras lo atendían, más y más heridos abarrotaban los pasillos y las salas. Londres se desangraba, agonizaba entre llamas y escombros.

La sinfonía de oraciones se camuflaba con las órdenes de los médicos y los gritos de los heridos formando un único zumbido que solo las detonaciones cercanas podían aniquilar.

Pater noster qui es in caelis...

En aquella única voz, todos creían reconocer el timbre característico de un ser querido, todos estudiaban aquellos rostros, quemados y malheridos, en busca de un rasgo que les resultase familiar, y suspiraban de alivio al no encontrar ninguno, pues la mano del dios de la guerra había decidido no posarse sobre ellos.

sanctificetur nomen tuum...

Mareada por el calor y el cansancio, Vera pensó que habría podido reconocer las voces de Rory o de Bram en aquel caos ferviente. Sin embargo, necesitó un par de segundos para convencerse de que aquella plegaria, suave pero serena, pertenecía a su hermano.

—Déjeme ver. Déjeme ver, por favor...

Dio un paso atrás de manera involuntaria y chocó con la camilla de un paciente que dormía.

La compañera que atendía a D. B. y que le tomaba la mano se humedeció los labios antes de musitar:

—Tiene mal aspecto, padre. Será mejor que la mire después de la operación.

Hablaban de la pierna izquierda, que sobresalía de entre las mantas. La tela del pantalón había sido consumida por las llamas y solo unos jirones permanecían, doblados hacia delante por el personal médico. La carne superviviente (hinchada, roja, sin vello) estaba atravesada por marcas negruzcas, y entre la sangre seca y la que aún brotaba, terca, se adivinaba el hueso blanco.

Vera contuvo la respiración. Unas manos invisibles, pero con una fuerza ancestral, le pegaban los pies al suelo, de un color ya inidentificable. Con un último temblor, D. B. alzó la vista; sus ojos, en contraste con la palidez cerosa del rostro, parecían más grandes y rojizos que de costumbre. Miró a Vera un momento, mientras ella luchaba por dar el primer paso, y desapareció entre la multitud de pacientes que esperaban al triaje.

1941

I

Durante dos días, Londres ardió. La capital, herida de muerte, sangró y sangró. Al alba del primer día de 1941, la catedral de San Pablo emergió entre los escombros ennegrecidos como en una visión febril; contra todo pronóstico, la estructura del templo había sobrevivido a la bomba que había atravesado la cúpula. La madre que vigilaba Londres con sus ojos ciegos se había salvado y podía verse, sin necesidad de estirar ni un poco el cuello, desde la camilla de D. B. Johnson.

—¿Has avisado a mamá? —le preguntó a su hermana, tras separar la vista de los bomberos que todavía recorrían la ciudad en busca de algún pequeño incendio testarudo.

Vera le apartó la bandeja del desayuno.

—Mandé un telegrama a Brighton cuando saliste de quirófano.

—Bien. Le he escrito. ¿Podrías pasar la carta a limpio y mandársela? No creo que se me entienda muy bien la letra...

Debido a la irritación causada por el humo, una pantalla blanquecina cubría los ojos de D. B. y su visión era borrosa. Cada hora, incluso de noche, debían administrarle colirio y unas gotas que, esperaban, le devolviesen la totalidad de la vista. De todos modos, no era la infección de las córneas lo que preocupaba al doctor Severance, sino la del muñón.

A diferencia de la operación del teniente Stevens, a causa de la gangrena, la de D. B. no había sido limpia ni fácil. La acumulación de escombros y ceniza en la herida abierta, sumada a la rotura del hueso, había complicado la amputación. Todos los días, Persie y otra compañera (ni el doctor Severance ni la señora Mandeville permitían que Vera se uniese a ellas) lavaban y desinfectaban la cicatriz abultada del muñón, y todos los días la venda, blanca al ser aplicada, esperaba, amarillenta y pegajosa, a ser retirada.

D. B. no se quejaba. Hablaba con Stevens y con Bobby, sobre todo, o le pedía a Vera, en los momentos que ella se tomaba un descanso para visitarlo, que le leyese uno de los libros que le había prestado Rory.

—Tienes que leer *La madre* de Gorki —le dijo a Vera, cuando iba por la mitad de la lectura de *Recuerdos de la casa de los muertos* de Dostoyevski—. Es excelente.

El doctor Severance, de cuerpo excepcionalmente alto y enjuto, forzó una sonrisa seca. Todo en sus movimientos y sus gestos resultaba clínico, preciso; de porte regio y mirada severa, transmitía una elegancia y una serenidad imposibles en aquel hospital, en aquellos tiempos.

—Ya veo que es cierto lo que dicen: es usted un comunista de los de puño cerrado.

D. B. rio. Como su hermana, tendía a priorizar los deberes al alimento. El racionamiento, unido al trabajo y al voluntariado, le había hundido las mejillas. Cuando sonreía, como en ese momento, los pómulos se alzaban, aún redondeados, y los dientes torcidos brillaban, blanquísimos.

—Ha oído mal, doctor.

—Bien, confío en que haya votado usted al partido conservador.

—El voto es secreto.

Vera ladeó la cabeza. Estaba sentada en el alféizar de la ventana y daba la espalda a la catedral y a los esqueletos de los edificios de Whitechapel.

—Es un perdedor como yo. Votó a los laboristas del señor Attlee, pero al César lo que es del César: Churchill es un buen estratega.

Le dio la impresión de que el doctor Severance quería añadir algo más, pero la petición jadeante de D. B. rompió el silencio.

—¿Puedo verlo? —preguntó otra vez.

Severance, que se levantaba de la silla, hizo un movimiento cortante en dirección al paciente.

—No hay mucho que ver, hijo.

Las palabras, crudas hasta el punto de la crueldad en cualquier otro, goteaban en el doctor una sinceridad irreprochable. Severance, cuya edad lo habría relegado de sus funciones si él hubiese querido, había perdido a sus dos hijos en Ypres y en el Somme, le había visto las fauces al lobo: conocía la guerra de primera mano y su fealdad no lo asustaba.

—Déjeme ver, por favor. —Forzó una sonrisa—. No puede venirme mal, airear la herida antes de que Persie venga a hacerme las curas, ¿no?

Vera observó al doctor, pero no pudo leer nada en aquel rostro de facciones angulosas y piel tersa y pálida únicamente atravesada por dos arrugas como arcos que abrazaban los labios finos. Sus ojos, como el pelo, eran grises, y también carentes de expresión.

—Está bien, muchacho, como usted desee.

Separó las vendas con una reverencia casi religiosa, deteniéndose en cada vuelta, mientras con una mano nudosa sujetaba con firmeza el muslo de D. B. Este, temblando, buscó un bálsamo en su hermana.

En la camilla contigua, Stevens, inmerso en la lectura de *Baladas de cuartel*, de Rudyard Kipling, susurró:

—La mía tenía peor aspecto.

No había levantado la mirada del librito de tapas rojas, y D. B. no le recriminó la mentira. Tragó saliva y se inclinó de modo que la cara quedase más cerca del miembro enfermo. No describió la extensión de cuanto pudo ver con los ojos dañados; el suspiro y el leve asentimiento con la cabeza hablaron por él.

—Gracias —le dijo al doctor Severance—. De corazón.

—«Cuando temo, deposito mi fe en ti, Señor, cuya palabra alabo» —recitó Severance de memoria.

D. B. sonrió.

—«En Dios confío y no tengo miedo. ¿Qué puede hacerme a mí el hombre?».

—Descanse, padre —dijo el doctor, que, con un gesto, llamó a Vera—. Me temo que he de robarle a su hermana.

Stevens cerró el libro sobre los muslos y terció:

—No habrá problema, doctor. El *pater* estará ocupado intentando salvar mi alma. La de Bobby no, claro, porque él ya tiene guardado un sitio en el cielo.

El muchacho, con voz adormilada y muy, muy suave, respondió:

—Que te jodan, Stevens.

Y estalló una carcajada sonora, capaz de borrar los últimos días de diciembre.

—Hablé demasiado pronto, *pater*. ¡Cuántos demonios va a tener que sacarle de dentro a este muchacho!

D. B. puso los ojos en blanco.

—Puedes llamarme por mi nombre. Aquí somos todos iguales.

—No me atrevería a tanto, *pater*. Soy indigno e incorregible.

Vera pasó a limpio la carta mientras comía. Los trazos de D. B. eran vagos, algunas frases se intercalaban con otras y dificultaban la lectura, pero tras unos minutos logró descifrar lo escrito.

Querida madre:

Quería escribirle un par de párrafos para asegurarle que me encuentro bien, y que mantengo el ánimo alto. Supongo que, a estas alturas, Vera ya le habrá dado su «parte médico» sobre mi situación. Pues bien, ¡no desespere! No he perdido nada que vaya a hacerme falta, y solo lamento que, cuando me den el alta, no podré reanudar mis tareas como voluntario, ya que aunque me volviesen a aceptar resultaría más un engorro que una ayuda, y aquí ayuda necesitamos toda la posible.

Ante todo, no cometa la temeridad de venir a Londres. Las visitas se permiten un solo día a la semana, que tenemos que compartir con el Señor, quien ha dispuesto que tantas buenas personas se interesen por mí y por mi salud.

Pronto, estoy seguro, la fiebre y la infección remitirán, y podrán devolverme a casa. No venga tampoco entonces, por favor, pues en Brighton estará más segura. Aquí los ataques aéreos aún son frecuentes, y las bombas incendiarias que han causado mi convalecencia han cambiado bastante el aspecto de la ciudad. ¡Dudo que usted la reconociera!

Como ve, estoy estupendamente. Persie St. George es una enfermera de primera categoría (como Vera, aunque no se permite que el personal atienda a familiares, salvo excepciones de ultimísima necesidad), y el doctor, el señor Cassius Severance, me prodiga muchas atenciones. También tengo dos buenos compañeros, Robert Chappell (a quien llamamos Bobby) y Francis Stevens, por quienes rezo constantemente, y le pido a usted que lo haga también (en especial por Bobby, que es el más joven y el que está más malherido).

¿Recuerda usted al señor Keller, el director del *Telegraph*? Ha hecho un generoso donativo a la Santísima Trinidad (que, como yo, tampoco ha salido indemne del bombardeo) a mi nombre. He de admitir que, desde que Vera ya no trabaja allí, dejé de leerlo (a excepción, claro, del artículo sobre las fuerzas paracaidistas que le publicaron la semana pasada), pero ahora es el diario que siempre pido a las enfermeras.

Por lo demás, de ser posible, haga el favor de donar el dinero que hubiese gastado en venir a verme. Las causas que yo apoyo son la de los desplazados por los bombardeos y la de la RAF, en honor de mi buen amigo Bram Drachman, que recibirá sus alas pronto, pero usted puede donarlo a cualquier causa honrada que crea conveniente.

Mantenga el ánimo alto, madre, que estos tiempos oscuros también pasarán. Si nosotros podemos con ellos, ¿por qué deseárselos a otras generaciones?

Su hijo que la quiere,

DANIEL BERNARD JOHNSON

Cuando terminó, dejó la pluma a un lado. Estaba sentada en el jardín del hospital. Era un día claro y limpio de enero de aquellos que habían aprendido a aborrecer, pero tras los ataques del 29 de diciembre les había perdido el miedo a los bombardeos. Había mirado al horror a la cara y este ya no podía dañarla. ¿Qué más iba a quitarle?

Tras coger aire, y morder la punta de la estilográfica, añadió una posdata de su puño y letra.

> Madre, D. B. es digno hijo de papá; posee una nobleza de la que tanto usted como yo carecemos. Le ruego venga a Londres a la primera oportunidad. Los bomberos y los responsables en caso de ataque aéreo han hecho un buen trabajo y la capital no presenta amenaza alguna, salvo la de bombardeo, pero esta es la cruz que debemos soportar.
>
> Mandaré que le preparen un permiso para que pueda tomar el tren, y que alguien vaya a recogerla a la estación, si yo no puedo.
>
> Le ruego encarecidamente que se trague el orgullo y acepte que soy una mujer adulta con un criterio que en esta ocasión es relevante, y me haga caso.
>
> Recuerdos,
>
> VERA RUTH

II

Le dio tiempo a poner un sello en el sobre y tirar la carta en el buzón. La dejó caer con ligereza, rápida, como si quisiera desprenderse de algo doloroso enseguida, y regresó al hospital a la hora más temida del día, la de las curas de Bobby.

El olor y el aspecto de las heridas ya no la asustaban, se había acostumbrado a ellos. Desbridar las quemaduras del muchacho cuando este lloraba y gritaba resultaba penoso. Aunque Bobby ya no se quejaba, solo apretaba los dientes como aceptando su destino, la sensación de angustia que Vera tenía en el pecho rayaba en lo lacerante.

Cada vez que acercaba el bisturí a la piel de Bobby (roja, brillante, con todas las marcas de su pequeña vida borradas por el fuego) sentía que estaba a punto de cortarle las alas a un ángel.

Esa tarde, al darle la vuelta para examinarle la espalda, lo primero que hizo no fue acercarse para asegurarle que dolería, pero que ese sufrimiento tendría fin, sino buscar los ojos verduscos del doctor Heath.

Las escaras que abrazaban la columna y el olor dulzón, como el de la fruta que se deja en el alféizar de la ventana demasiado tiempo y se pudre, no presagiaban nada bueno.

Lo recordaba todo, aunque no quería. El nombre también: Neal David Dalton, de Oxford, nacido el 4 de febrero de 1921, estudiaba Literatura y leía a Yeats. Todos los trabajadores del hospital guardaban en el bolsillo el nombre del primer paciente que habían perdido; este era el suyo, y por primera vez en meses se había permitido pensar en él con detenimiento.

Ajeno a los recuerdos y a los fantasmas, el doctor Heath, que con tantos Neal Daltons en su carrera se había cruzado, solo le sostuvo la mirada. Después, tras un breve asentimiento, rasgó la piel herida de Bobby con el bisturí.

Tras semanas limitando su consumo, el sabor de su último cigarrillo Black Cat (una marca que solo conservaba por lealtad a Rory) le arañó los pulmones por dentro. Dio una calada más honda, cerrando los ojos. Estaba apoyada en el muro del hospital y sentía la lluvia, muy fina, una especie de calabobos, azotándole la frente. El aroma terroso del chaparrón que se avecinaba, esperaba, sería capaz de borrar el recuerdo del incendio.

—¿Me invitas a uno?

Levantó un párpado para ver los dedos largos y finos de Persie, que se extendían hacia ella. Cuando hablaba en aquel tono tan bajo, como si temiese alzar la voz, su timbre recordaba al de su hermano.

—Es el último —le dijo—, pero podemos compartirlo, si quieres.

Puesto que no fue capaz de leer una respuesta ni afirmativa ni negativa en aquel rostro pecoso, le dio una última calada al cigarrillo y se lo tendió. Mientras Persie fumaba, y antes de que el miedo le robase las palabras, susurró:

—Bobby se muere.

Persie la miró y dio un respingo, como si el sonido de su voz la hubiese sobresaltado. Inspiró con fuerza, pareció detenerse en esa calada, como si fuera capaz de observar el mundo entero en aquella colilla resistente al viento que se estaba levantando.

—¿Mi hermano? —tanteó Vera, trémula.

Persie no se entretuvo en seleccionar las palabras con cuidado. Le devolvió el cigarrillo dejando que los nudillos de ambas chocasen y dijo:

—Está muy mal.

Vera cogió aire. La nariz y los labios le picaban; las lágrimas, que se agolpaban en sus ojos, ardían como hornos, pero no era capaz de dejar que fluyeran. De niña la habían alabado tanto por no llorar nunca, ¿y de qué le servía eso ahora? Lo único que quería era volver a casa con su padre y su abuela, tirarse en la cama y soltarlo todo. Pero, aunque tuviese el tiempo de hacerlo, sería en vano. Tampoco allí habría sido capaz de llorar; lo más probable es que se hubiese quedado sentada sobre el colchón, muy quieta, muy callada, esperando a que la tempestad pasase.

—Le he pedido a mi madre que venga —dijo, y le pareció que su voz sonaba aguda, poco natural, como si ya no le perteneciese—, aunque D. B. no quería.

Persie tragó saliva.

—Creo que has hecho bien.

—No sé por qué conservo la esperanza. Una mujer que ya nos abandonó una vez... ¿Por qué iba a venir ahora?

—Para ver a su hijo —repuso Persie, débilmente.

Vera sacudió la cabeza.

—Odia admitir que se ha equivocado en algo. Y no soporta tener que enfrentarse a las partes dolorosas de la vida. Fue así con mi padre y ahora... —Inspiró—. No se merece a un hijo como D. B. Se merece a una hija como yo, y si D. B. muere... —Apretó los párpados—. Si muere, el castigo de Dios será desproporcionado, porque habrán pagado justos por pecadores.

Un temblor recorrió el cuerpo de Persie al oír la última frase. Alzó la mano como si fuese a pedirle el cigarrillo a Vera. No llegó a tocarla, pero permaneció un par de segundos más en la misma postura hasta que ella pudo notar el calorcito que emanaba.

—No sabía que creías en Dios —musitó.

—Ahora sí —dijo Vera—, porque estoy enfadada con Él.

Se apretó el puente de la nariz con la mano que tenía libre. Cada día que pasaba, aquel hueso que antes era recto y que ahora se abultaba dolía menos. Llegaría un momento en el que la rotura no sería más que un recuerdo del pasado.

—Lo siento —le dijo a Persie—, estoy diciendo tonterías. Seguramente pienses que soy injusta con mi madre.

Persie ladeó la cabeza.

—No. Creo que eres sincera y que nadie escoge la cuna en la que nace —suspiró—. Deberías descansar.

Vera emitió un ruidito explosivo por la nariz.

—No puedo.

—Pues tienes que hacerlo. Yo cuidaré de él. —Antes de que Vera pudiese replicar, Persie agregó—: Tú harías lo mismo por Rory.

—Eso es distinto. Rory es mi mejor amigo.

—¿Y? D. B. también puede ser mi amigo. —Sonrió—. Se hace querer.

Vera le devolvió la sonrisa.

—Sí, es todo lo contrario de mí. Siempre he querido ser buena como él, pero... soy yo.

Persie le dio otra calada al cigarrillo. Aunque aún podría haberlo aprovechado un poco más, lo tiró al suelo y pisó la colilla para apagarla.

—Yo también he querido ser siempre como Rory. Rory el sensible. Rory el amable. Rory el generoso. Pero en casa la que se llevaba las alabanzas era yo. Todo el mundo quiere a una niña fuerte, a una niña pragmática, a una niña racional..., pero a nadie le importa que su existencia sea solitaria ni que nadie piense en cuidarla. —Estiró los labios—. Menudas dos, ¿eh?

—Sí. Mi abuela siempre dice que soy la lección que Dios tenía que darle a mi madre.

—¡Ja! Yo, a los míos, más bien creo que los dejé sin ganas de tener más hijos.

—Es que la perfección no se consigue dos veces.

Rieron. Fue una carcajada espontánea, inadecuada en aquel momento, en aquel lugar, quizá eso las empujó a cobijarse en el hospital de una lluvia que se volvía más violenta.

—Gracias —siseó Vera—. Eres muy buena con D. B.

—Me lo pone fácil. —Le dio un golpecito en el hombro—. Tú también le haces bien a Rory. Sin Bram y sin ti, solo tendría a un puñado de rusos muertos con quienes conversar.

III

Al segundo día tras el descubrimiento de las escaras, la fiebre de Bobby subió. La respiración, antes suave, se volvió ajetreada, agresiva, como si estuviese aferrándose al mundo con las manos. Cuando lo abandonase, le dejaría las marcas de las uñas como recuerdo.

El teniente Stevens pidió que acercasen su camilla a la de Bobby. Le acarició la piel, en los pocos lugares que esta había quedado al descubierto. Le contó historias sobre sus años de servicio, porque aquello era cuanto tenía, todo lo que había ocupado su pequeña vida. Era mayor que Bobby, sí, pero no demasiado y, en la hora última, tan inexperto como la mayoría.

—No te asustes —le decía al muchacho con la voz extremadamente dulce—. Yo lo estaría, pero tú eres mejor hombre que yo, y más valiente.

Bobby inspiró con fuerza, su aliento se entrecortaba cada vez más. Persie intercambió una mirada con Vera y le pasó al moribundo una toalla mojada por la frente. La botella de suero que le habían administrado estaba a punto de agotarse.

Bobby se volvió hacia Stevens.

—¿Puedes... puedes decirle a mi madre...?

Vera no le permitió continuar. Estaba, como Persie, arrodillada ante él para humedecerle la frente y los labios cuando lo requiriese. Sabían que dos enfermeras para un solo paciente era excesivo, que tras el ataque del 29 de diciembre no daban abasto y que, salvo en caso de emergencia, poco podían hacer por Bobby. Aun así, no abandonaban la vera de su cama, y ni la señora Mandeville ni el doctor Heath pusieron ninguna objeción.

—Se lo dirás tú mismo —siseó—, porque ya está en camino.

Fue una mentira a medias; ni siquiera D. B., que observaba la escena desde su camilla, habría podido juzgarla por ello. Era cierto que se había mandado recado a los padres de Bobby, pero vivían en Durham y los servicios de trenes todavía sufrían el impacto de los bombardeos en las vías. De poseer un vehículo y haber querido ir con él a Londres, habrían necesitado conocer bien el camino, ya que los carteles de las carreteras se habían retirado con el fin de no ayudar a cualquier agente enemigo que acabase en la isla.

Stevens, que hasta entonces había estado pendiente de Bobby, alzó la vista. Le sostuvo la mirada a Vera un instante, y agregó:

—Sí, ya está casi aquí. Oí la conversación por teléfono mientras tú dormías, ya viene.

Bobby se sorbió los mocos.

—¿Le diréis que fui valiente?

Persie tragó saliva.

—Lo haremos, porque es la verdad.

Nunca la isla había parecido tan pequeña, tan aislada de todo y de todos. Estaban solos, y nadie iba a acudir en su ayuda. Estaban solos, y Vera se arrepentía por primera vez de su decisión. Tuvo un empleo decente en el *Telegraph*; quizá Allie estaba en lo cierto, después de todo. Tal vez el ego y la arrogancia la habían cegado, quizá habría sido capaz de lograr sus metas si hubiese sido paciente y hubiese aceptado aquellos encargos que tan indignos se le habían antojado. No tendría que estar allí, en aquella sala henchida del olor de la enfermedad, sin más herramientas que sus manos para tomar las de Bobby con la esperanza de que él sintiese la caricia, y que ese contacto humano no le resultase doloroso.

Era de una crueldad intolerable tener que dar testimonio del fin de una vida tan pequeña, que en pocas generaciones sería borrada de las páginas de la historia, relegada a la intransigencia del olvido. Bobby había sido de los primeros de su clase en alistarse y la muerte sin haber pisado jamás un campo de batalla era su premio. La muerte por nada y a cambio de nada. Un desperdicio absoluto de juventud, de vida y de talento.

Un repentino crujido metálico la arrancó de cuajo de sus pensamientos más sombríos. Era D. B., que, con la ayuda de las muletas y apoyándose en los barrotes de las camillas, se acercaba a Bobby. Vera y Persie dieron un par de pasos hacia él; extendieron los brazos para que los tomase, pero D. B. solo permitió que lo ayudasen a sentarse en la silla junto a Bobby.

—¿Eres un hombre de fe? —le preguntó, con la misma delicadeza y el mismo cariño que Stevens había desplegado.

Bobby asintió con un gesto.

—¿Me permites que rece contigo, entonces?

Con esfuerzo, Bobby asintió con el mismo gesto. D. B. sonrió y le tomó la mano con sumo cuidado.

—¿Hay alguna oración que te guste más que otras?

Las cejas de Bobby temblaron.

—¿Hay alguna especial para este momento? —dijo, y se dirigió a Vera y a Persie—. ¿Me estoy muriendo?

No se atrevieron a darle una respuesta, a romper aquellos segundos sagrados con las fauces horrendas de la muerte. Desviaron la mirada, y los ojos azules de Bobby pasaron de D. B. a Stevens. El teniente, que se había encendido un cigarrillo, dio una calada profunda.

—Sí, Bobby, creo que sí, pero no te preocupes, porque me quedaré aquí contigo hasta el final.

Vera lo miró. El muchacho tenía los ojos clavados en ella, y aguardaba su respuesta.

—Sí, Bobby, te estás muriendo.

El chico no dijo nada. Simplemente se volvió hacia D. B., como si la confirmación de su hermana constituyese una respuesta a la pregunta elaborada.

D. B. asintió. Sin alzar apenas la voz, como si la oración fuera tan solo un secreto compartido, recitó:

—La paz del Señor a esta casa y a todos los aquí presentes...

El doctor Severance, que cubría el turno de noche, le pidió a Vera que le suministrase una dosis de morfina. Esperó a que se hiciesen patentes los efectos del analgésico, examinó el gotero de suero, cada vez más vacío y, tras aclararse la garganta, dijo:

—Una segunda dosis, hermana Johnson, por favor.

Vera dudó. Observó a Severance pero no pudo leer nada en aquellos ojos estrechos, fríos como el acero. El doctor, que leyó erróneamente la expresión vacilante de Vera, tomó el frasco de vidrio de sus manos y realizó el trabajo él mismo.

Bobby murió pasadas las dos de la madrugada, en paz, tranquilo y sin dolor. Pensaba que su madre estaba con ellos, puesto que Persie así se lo había dicho, y él, en su delirio, la había visto.

El teniente Stevens, que había prometido quedarse con él hasta el final, ya no lo miraba, se había dado la vuelta. Cuando Vera pasó por su lado, mientras D. B. santiguaba la frente aún cálida de Bobby, se percató de que tenía los ojos, húmedos y ardientes, fijos en un punto indeterminado del suelo.

—Todavía conoces a gente en el *Telegraph*, ¿no es así? —le preguntó.

No la miraba. No había cambiado de postura.

Vera asintió en silencio.

—Deberías escribir sobre él —dijo, y cerró los ojos por un momento, mientras los celadores se llevaban la camilla de Bobby—. Tiene una lata de tabaco en la mesita con fotografías y recuerdos. —Tragó saliva—. La gente debería saber qué tipo de personas se alistan para dar la vida por su país.

—Sí, claro. ¿Algo más?

—Hay una caja de madera en el cajón de mi mesita. —La señaló con la cabeza—. Se la haces llegar a la familia de Bobby, por favor.

Vera se irguió para alcanzarla. Era una cajita pequeña, cuadrada, que cabía en la palma de una mano grande como la de Stevens. Cuando la abrió, vio su reflejo en la medalla que le habían concedido por las heridas incapacitantes recibidas en Dunkerque.

Alzó la barbilla para mirarlo.

—Para mí solo es un trozo de metal —explicó Stevens—, pero para sus padres podría significarlo todo. ¿Me harás ese favor?

—Por supuesto.

Aunque su dueño no iba a volver a por ella, cuando regresó a su habitación en el Hogar de las Enfermeras y abrió la lata de Bobby, sintió que estaba invadiendo la privacidad de otra persona. Por una vez, Persie no tuvo nada que decir sobre el ruido de las teclas de la máquina de escribir, permaneció en pie detrás de Vera y esta no le recriminó que leyese lo que estaba escribiendo por encima de su hombro ni que le tapase la luz.

Estudió cada una de las fotografías con detenimiento para que se le grabaran a fuego en la mente los rasgos de un rostro que, en realidad, veía por primera vez. Un rostro inequívocamente joven, de mejillas encendidas y redondeadas, que no habían abandonado aún la grasa típica de la niñez. Tenía labios suaves, nariz griega y unos rizos oscuros que acariciaban las cejas pobladas.

Si hubiese visto a ese muchacho entre una multitud o a solas en una habitación, se habría fijado en el color y la forma de los ojos para reconocer al recluta con el que había convivido durante meses. Desde su ingreso le había curado las heridas, le había cambiado las vendas, había observado de cerca cada centímetro de su carne herida, pero en ese momento, solo en ese instante, al mirar las viejas fotografías, contemplaba su rostro sano por primera vez.

Trató de recordar el timbre exacto de su voz, alegre pero con un deje grave que hacía que pareciera mayor de lo que era. El acento espeso del norte, una variante más densa e impenetrable del rintintín de Manchester de Stevens. Todo eso que en ese momento era tan claro en su cabeza, con el paso de los años, se iría diluyendo hasta desaparecer.

Una pérdida tras otra. Un desperdicio inconmensurable.

IV

El domingo fue un buen día. Amaneció grisáceo y desapacible, como los londinenses preferían en 1941, y D. B. tenía las fuerzas suficientes para recibir visitas. El señor Johnson y la abuela, los Drachman, el padre Matthews y algunos miembros del partido que Vera conoció en una de las fiestas de Bram fueron a verle.

Una pequeña multitud no del todo autorizada, sobre todo teniendo en cuenta el estado del paciente, pero nadie se atrevió a alzar la voz al respecto. ¿Quién era capaz de quitarle eso a D. B.?

Al caer la noche, cuando todos regresaron a su casa y el padre Matthews a la Santísima Trinidad, D. B. llamó a Vera a su lado. Todavía tenía la mirada borrosa y quería dictarle una carta para los padres de Bobby.

—Me gustaría ir al funeral —dijo.

Vera bajó los párpados.

—Durham está demasiado lejos. Aunque te hubieras recuperado, no habrías conseguido la autorización para ir y volver, habría tardado demasiado. —Sacudió la cabeza—. Quizá es mejor así. Si no va nadie del hospital, su familia no tendrá que pensar en todo lo que sufrió durante estos meses. Podrán enterrar al hijo del que se despidieron en la base, y nada más.

D. B. cogió aire. Las horas de cháchara lo habían cansado y los mechones caoba se le pegaban a la frente perlada de sudor.

—Por eso. Quiero que sepan que fue valiente y que conservó

la alegría hasta el final. Que a mí, personalmente, me ayudó mucho solo con su presencia y que lo echo de menos.

Dicho lo cual, se aclaró la garganta, y comenzó a recitar con voz pausada y serena:

Estimados señores Chappell:

Me llamo Daniel Johnson y soy diácono en la iglesia de la Santísima Trinidad de Bermondsey. La noche del pasado 29 de diciembre resulté una de las víctimas del ataque de la Fuerza Aérea alemana con bombas incendiarias. Fui evacuado al hospital St. Bart's de Whitechapel y al despertar de la operación de urgencia tuve la buena fortuna de acabar en la misma sala que su hijo, el recluta Robert Chappell.

En un mundo justo, habría más Bobbys entre nosotros. Aunque sus heridas eran las más graves de la planta, y las que requerían los cuidados más dolorosos, no dejó que su buen ánimo flaquease jamás. Siempre se mantuvo alegre al pie del cañón, y nos deleitaba a los demás con sus bromas y sus chistes.

A mí, que me dañé la vista con el humo del incendio, solo oír la voz de su hijo me daba las fuerzas necesarias para continuar adelante.

En un mundo justo, ningún Bobby Chappell conocería jamás el sufrimiento. Aunque su hijo sufrió a causa de sus heridas, no es en eso en lo que pienso cuando lo recuerdo, sino en cómo escuchaba, curioso, las anécdotas que los demás teníamos para él, y cómo a cambio nos regalaba historias de sus amigos y su familia del norte, cómo trataba siempre de ser valiente, incluso cuando nadie más lo habría sido.

¿Se han dado cuenta de que, en las Escrituras, los ángeles del Señor siempre se presentan diciendo «No tengas miedo»? Creo que Bobby siempre tuvo esa voz muy cerca del oído, y con su ejemplo nos dio fuerzas a todos los demás. Gracias a él comprendí que valiente no es quien no tiene miedo, como pensaba antes, sino aquel que con coraje se enfrenta a todos sus miedos, y eso es algo que su hijo hacía a diario, como el caballero de antaño, que se ponía la armadura para servir a su rey sin importar adónde pudieran llevarlo sus campañas.

Todos somos más pobres desde que Bobby no se encuentra físicamente en nuestras vidas. Aunque sé que nada puede compararse con su dolor, y que nada puede paliarlo, quiero que sepan que aquí también ha quedado un agujero con la forma de su hijo que solo podremos llenar de recuerdos.

Quiero que sepan también que estuve a su lado cuando murió, que se fue tranquilo y sereno, sin dolor, y tras haber recibido los últimos sacramentos, según su voluntad.

Espero que esta carta sea un bálsamo, aunque efímero, para la espada que les atraviesa el corazón.

Su humilde servidor,

DANIEL BERNARD JOHNSON

El miércoles, a D. B. le subió la fiebre. Mientras permanecía despierto estaba tranquilo, pero el sueño lo traicionaba. Cuando dormía lo acechaban las pesadillas, se revolvía en la camilla y murmuraba frases que Vera era incapaz de descifrar, excepto cuando llamaba a su madre. Le había mandado otro telegrama en cuanto el estado de D. B. empeoró, y de vez en cuando se asomaba a la ventana a intervalos regulares en busca de las luces de un coche que nunca llegaba.

—*Noli me tangere.*

La voz era suave, algo ahogada y melosa. Vera pensó que se trataba de otro de los murmullos inconexos del sueño. Sin embargo, al volverse para humedecer la frente de D. B. con una compresa fría se encontró con sus ojos castaños volcados sobre ella.

—¿Cómo?

D. B. le sonrió. Los labios, de color hueso, se confundían con la palidez cetrina de la piel, que sudaba profusamente.

—Deja de tocarme.

Vera le soltó la mano.

—¿No tienes frío?

D. B. negó con un gesto débil.

—Todo lo contrario. ¿Crees que podrías destaparme?

Vera se mordió el labio inferior, indecisa. Miró por encima del hombro a la señora Mandeville, que estaba ayudando al teniente Stevens a ponerse en pie. Con su asentimiento quedo, bajó las sábanas blancas que tapaban el cuerpo de D. B. La venda que cubría el muñón estaba empapada, y el líquido amarillento se pegaba a la piel.

—Voy a pedirle a Persie que venga a hacerte las curas.

D. B. extendió la mano hacia ella.

—Espera. —Cogió aire, con dificultad, y aprovechó para forzar otra sonrisa—. Has dejado la lectura a la mitad. Me gustaría saber cómo termina el libro.

Vera dirigió una mirada de soslayo al ejemplar de *Crimen y castigo* que descansaba sobre la mesita de noche. Chascó la lengua.

—Ese libro estúpido. No sé por qué a Rory y a ti os apasiona tanto.

—Es un buen libro. ¿Podrías hacerme ese favor?

Vera suspiró; aun así, abrió la novela por la página en la que había abandonado la lectura la última vez. No había nada que pudiera negarle a D. B., en ese momento. ¿Cómo habría tenido el valor de rechazar una petición tan sencilla?

Al gotero todavía le quedaba suero. La última dosis de medicamento se la habían suministrado esa misma mañana. Tiempo era lo único que les faltaba y lo que anhelaba con la misma fiereza con la que dirigía la mirada a la calle cada vez más vacía.

Cuando el doctor Severance observó a su paciente a primera hora, mientras D. B. aún dormía, mencionó la existencia de un nuevo fármaco, elaborado a base de una bacteria, que estaba obteniendo resultados esperanzadores en la fase de experimentación, pero que todavía no se había administrado a ningún ser humano.

—Una bacteria milagrosa —dijo—. Si surte el mismo efecto en los hombres que en los animales, todos estos muchachos que mueren bajo mi tutela podrían salvarse con un simple medicamento. Nuestros pacientes han sido condenados a vivir en este momento preciso, y no unos años más adelante, cuando el uso en humanos haya sido aprobado.

Más que nunca, Vera aborreció los tiempos que les había tocado vivir. Ella, que nunca había flaqueado, ni siquiera cuando el hospital fue bombardeado ni cuando los muelles de Surrey ardieron. Ella, que siempre se había sentido orgullosa de poder dar testimonio de la guerra. Ella, que siempre encontraba las fuerzas necesarias para soportarlo todo, odiaba el año exacto en el que vivían, y la isla, que cada vez se les quedaba más pequeña.

—Le he mandado un telegrama a mamá —dijo, y percibió con alivio que su voz no la había traicionado, todavía sonaba clara y tranquila.

D. B. frunció el cejo.

—¿Por qué?

—La llamaste.

—Debía de estar dormido. No hace falta que venga. No va a ser capaz de soportarlo. No es fuerte como tú.

Vera apretó los labios.

—Debería —dijo, y no se atrevió a verbalizar la continuación. «Debería, porque es mi madre. Debería, porque se supone que ella tiene que cuidar de mí».

D. B. la miró.

—Sí, debería. —En ese momento fue él quien la tocó a ella, la orden anterior había quedado olvidada, relegada—. No todo el mundo tiene tu corazón.

Vera se removió. Desvió la mirada, puesto que sostenérsela a D. B. resultaba demasiado doloroso, y no se sentía la mitad de fuerte de lo que él la consideraba.

La verdad era una espina.

—¡Mi corazón! Desde que era pequeña he querido ser buena como tú. —Contrajo el gesto—. Dios, hay tantas cosas que quiero decirte…

—Entonces dilas. Las palabras y tú siempre os habéis llevado bien.

—No, ya no —suspiró—. Siento que por mi culpa no hayas podido ir a la universidad.

D. B. la estudió. En la luz anaranjada de la lámpara de aceite, sus ojos parecían arder y flotar como ascuas.

—¿Todavía crees que quería ir a la universidad? —Bajó los párpados—. No. Habría sido una pérdida de tiempo y de dinero. No tengo tu cerebro ni tu tenacidad.

—Dios, ¿y de qué me sirven? —Se secó los pómulos con el dorso de la mano—. Siento que os he decepcionado a todos. Debería estar en el *Telegraph*, pero mi impaciencia y mi arrogancia...

D. B. estiró el brazo para tocarle la cara. Las yemas de los dedos, húmedas del sudor, le ardían al tacto. En cierto modo, ya no parecía pertenecer del todo al mundo, pero, a fin de cuentas, ¿lo había hecho alguna vez? Quizá solo había estado entre ellos de prestado, porque las almas como la de D. B. no podían pertenecer a los hombres, eran demasiado livianas. Dios les había puesto muy poco aceite a sus lámparas y estaban abocadas a apagarse enseguida, meros cometas entre siglos y siglos de historia.

—Estás donde se te necesita. Eres una buena escritora, pero también una gran enfermera. Tiene que haber un motivo por el que estás aquí —dijo, y elevó las comisuras—, más allá de la impaciencia y la arrogancia.

Vera se esforzó en devolverle la sonrisa.

—Lo dices porque no dejan que te trate.

—Lo sé porque lo he visto. —Inspiró, la respiración cansada y débil—. Eras buena con Bobby y eres buena con el teniente Stevens.

Vera se tapó los ojos con los puños, ardían, también, henchidos de unas lágrimas fervorosas que no se dignaban abandonarla.

—Me gustaría ser mejor.

—Lo serás. Estoy seguro.

Vera desvió la mirada hacia la ventana. Estaba atardeciendo y la luz cálida del día que moría la abofeteó. El sol brillaba y, a excepción de los transeúntes, las calles estaban desiertas.

Cerró los ojos. La mano de D. B., lánguida, bajó para acariciarle los nudillos.

—Dios, todavía tengo tantas cosas... —susurró ella—. Y tanto miedo.

—No tengas miedo, yo no lo tengo. —Le apretó la mano—. Lo superarás.

Vera lo soltó, casi atravesada, dañada, por el inesperado contacto humano. Toda ella temblaba.

—No puedo, no puedo.

—Sí puedes. —Se humedeció los labios—. ¿Por qué no me lees un poco más? Todavía hay suficiente luz.

V

Llamaron al padre Matthews cerca de la medianoche. El doctor Severance, que se quedó haciendo guardia a pesar de que tenía la noche libre, llamó a un taxi. Cuando el cura llegó, el analgésico ya había surtido efecto y D. B. se encontraba lúcido y sereno.

Mientras recibía los últimos sacramentos, Vera bajó al despacho del doctor Heath. Como en trance, levantó el teléfono y marcó el número.

Al tercer timbre contestó una voz masculina.

—¿Sí?

Un suspiro entrecortado. Las manos de Vera temblaron sobre el receptor.

—¿Sí? ¿Quién es?

—Vera Ruth, la hija de su amante. Dígale a mi madre que es imperativo que venga a Londres de inmediato. No me importa si lo hace en coche o tiene que pedirle a algún piloto de la RAF que la acerque. Ha de venir, y pronto.

Solo la respiración acelerada del hombre cortó el silencio. Unos pasos sordos, como de alpargata, siguieron y luego se oyó el eco de una voz familiar.

Vera colgó el teléfono.

Cuando salió del despacho del doctor, se cruzó con el padre Matthews, que bajaba las escaleras. Al verla, se le acercó.

—Tu hermano se irá en paz —le dijo.

Vera bajó la cabeza.

—Sí. Gracias, padre.

—No quiere ver a nadie más que a ti. Ahora no es el momento de decirle nada que pueda turbarlo.

—Comprendo —contestó Vera tras un asentimiento quedo.

Con un movimiento seco, el padre Matthews dejó caer la mano, como un murciélago viejo y cansado, sobre el hombro crispado de Vera.

—Él siempre ha ido un paso por delante. Ahora no va a ser distinto, tiene que allanarnos el camino a los demás.

Vera se sacudió.

—Discúlpeme, padre, pero preferiría caminar sobre las piedras o la lava a perder a mi hermano.

El párroco estiró los labios, y con el mismo gesto le tomó la mano a Vera y la besó.

—Ve tranquila, muchacha. Que no te vea llorar.

D. B. todavía estaba despierto cuando su hermana entró en la sala. Al sentarse junto a él, el calorcito que emanaba su cuerpo la azotó como una oleada. Pese a tener tantas palabras en su interior, era incapaz de pronunciar la primera, así que se limitó a decir:

—El padre Matthews me ha dicho que preguntabas por mí. ¿Quieres que te lea un poco?

D. B. sonrió.

—Ya me lo había leído, boba. Yo solo pretendía que no dejaseis criar polvo a los libros de Rory.

Vera se llevó una mano a la frente.

—Por supuesto. Por tu culpa he acabado enganchada a ese libro tan estúpido. —Forzó una risa—. Si hubiese querido escuchar a un ruso quejica habría vuelto a la facultad… —Apretó los párpados—. ¿Algo más? ¿Quieres que haga algo más? Haré lo que me pidas, cualquier cosa.

D. B. se pasó la lengua por los labios resecos.

—Sé buena con Bram y con papá. Necesitan más cariño de lo que aparentan.

—Sí, claro. ¿Algo más?

—Termina el artículo que empezaste a escribir sobre nosotros. El señor Keller va a tener que publicarlo sin quitarle ni una coma, aunque sea a regañadientes, porque será mi obituario...

Vera se mordió las mejillas para contener el llanto. Días atrás, esa sola idea la había consumido hasta casi la extenuación. En ese momento habría sido capaz de arrojar todo cuanto había escrito a la lumbre, con tal de disponer a cambio de un par de minutos más con su hermano.

—Lo intentaré. Al final van a canonizar a un montón de comunistas por tu culpa.

La sonrisa de D. B. era translúcida, casi una caricia.

—Para el Señor, todo es posible. —Con un esfuerzo hercúleo tomó aire—. Sé que no crees, y no te pido que lo hagas, pero dona de vez en cuando para las familias del East End. Sé lo que cobras...

Vera no le dejó terminar.

—No importa. Lo haré, te lo prometo.

Terminó la frase con un suspiro ahogado, como si él demandase unas palabras que ella no era capaz de otorgarle. Se sentía demasiado asustada, el dolor la empequeñecía.

—No tengas miedo —le dijo D. B., y le rozó los nudillos. Sus manos ya estaban frías—. Ten calma. Sé fuerte y ten calma.

Vera apoyó la frente en la ventana. Aunque ya era de noche y habían colocado los paneles de oscurecimiento, si se acercaba lo suficiente a ella y tenía paciencia, podía adivinar el contorno de la calle allí abajo. Los edificios de piedra blanca. Los esqueletos de los árboles calcinados por las bombas.

Una tenue luz la alertó. Colocó las manos sobre el cristal, como si quisiese leerlo en braille Y oyó el rugido de unos neumáticos sobre el asfalto.

Aguzó la vista tratando de reconocer el modelo del vehículo, y sus músculos se tensaron. Quizá por el silencio repentino, vacío sin los jadeos de D. B., o tal vez una voz sorda que le susurraba al oído, el caso es que ya lo sabía, incluso antes de darse la vuelta lo supo: la hora tan temida había llegado y la había encontrado casi sin fuerzas para sostenerse a sí misma.

Se llevó una mano a la boca. Trató de acercarse a la camilla donde yacía D. B., pero Persie la abrazó por detrás y no se lo permitió.

—Déjalo irse, Vera. Deja que se vaya.

Persie la tocaba y la acariciaba, pero Vera no sentía el tacto de sus manos ni el peso de su cuerpo. Tenía la sensación de que también una parte de ella misma había dejado de pertenecer al mundo.

—Hay un coche abajo —consiguió decir—. ¿Puedes decirme de qué modelo es? ¿Un Vauxhall?

Sin soltarla, Persie apretó la frente contra el cristal, tal como ella había hecho. Estrechó los ojos.

—Un Ford, creo.

Vera hundió la cara contra el cuello de Persie. El dolor le ardía en el pecho.

VI

El doctor Severance le pidió que se fuese a descansar, pero Vera se quedó en la habitación. Quería ayudarlo, apartarle a D. B. el pelo de la cara y colocarle el rosario entre las manos antes de que llegase la rigidez de la muerte.

Le estaba quitando las cadenitas del cuello cuando un estruendo tronó en la escalera. Unos pasos acelerados se ahogaron con el chirrido de la puerta que se abría. La señora Mandeville tomó aliento, pero otra voz, que Vera reconoció al instante, se le adelantó:

—¿Llego demasiado tarde?

La respuesta no fue necesaria. Rory cayó de rodillas, como atravesado por un rayo, junto a la camilla de D. B. Alzó la mano, no se atrevió a tocar la de D. B. pero acarició la sábana, después se llevó los dedos a la frente y se santiguó.

Al rato se puso en pie, con los ojos fijos en los de Vera. Le sostuvo la mirada un instante más, como pidiéndole permiso para tocarla, y luego la abrazó. Un abrazo cálido, envolvente, de los que no pueden describirse porque trascienden lo físico. Un abrazo como el de aquella Nochevieja en la que pensaban nadar en champán, y como el jarrón de su madre que habían roto al tocar las doce, como el doblar de las campanas de la Santísima Trinidad de Bermondsey y el sabor de un cigarrillo compartido. Un abrazo que anestesiaba y recomponía.

Rory no dijo nada. No llenó el silencio con palabras vacías. No le pidió que fuese fuerte ni le prometió que el dolor pasaría. Se quedó allí, simplemente, y la abrazó.

—¿Tú aquí? —le preguntó su hermana.

Rory no se movió.

—Pedí permiso y vine en cuanto supe que D. B. había empeorado. Bram también lo hizo, pero no se lo concedieron.

Las cejas de Persie temblaron.

—Te está sangrando un poco la frente.

—Sí, casi atropello a una oveja en el camino. Voy a necesitar un mecánico, mañana por la mañana. Le pedí prestado el coche a mi sargento.

—¿Cuánto tiempo te quedas?

—El que haga falta.

—¿Cuánto tiempo te han dado?

Un intenso escalofrío recorrió el cuerpo de Rory. Las lágrimas cálidas le resbalaban por los pómulos y mojaban la frente de Vera.

—Me da igual —dijo—. Que me lleven ante un tribunal militar. Me da igual.

Vera cerró los ojos.

—Cuando oí el coche, pensé que eras mi madre.

Rory no la excusó. No le dijo que ella también habría estado allí, de haber podido, ni tampoco que quizá su dolor había sido demasiado grande y eso le había impedido emprender el viaje.

La abrazó más fuerte. Nada más. La abrazó fuerte y le pasó la mano por la espalda hasta que se tranquilizó.

El funeral, que se ofició en la Santísima Trinidad de Bermondsey, fue tan multitudinario que tuvieron que dejar la puerta de la iglesia abierta para que los que no cupieran en el interior pudiesen escuchar la ceremonia desde el jardín que D. B. cuidaba con tanto esmero, incluso cuando los destrozos de las bombas volvían pírrica cada victoria.

Bram había conseguido un permiso de un solo día para asistir al funeral, y su hermana Mara cambió el turno en la fábrica. El teniente Stevens había pedido que le dejasen salir del hospital para la ocasión, y ni el doctor Heath ni la señora Mandeville tuvieron corazón para negárselo. También estaban allí los miembros del partido con los que D. B. había tratado en el últimos meses, las familias a las que había ayudado y muchas otras personas que a Vera no le sonaban ni de vista.

En primera fila de los bancos del templo, ataviada de riguroso negro y con el rostro tapado por un velo de rejilla negra, estaba la madre, pero Vera no se dignó más que a arrojarle una única mirada fulminante. Tomó la mano de su padre, como no había hecho desde niña, y dejó que la abuela se apoyase en su hombro descarnado.

Fue una ceremonia corta y sencilla, como D. B. había querido. El padre Matthews, que parecía más viejo y más seco que la última vez que Vera lo había visto, leyó del Libro de Daniel.

—En palabras del profeta Daniel: «Bendito sea el nombre de Dios de siglo hasta siglo, porque suya es la sabiduría y la fortaleza. Él es quien muda los tiempos y las oportunidades: quita reyes y los pone; da la sabiduría a los sabios y ciencia a los entendidos; Él revela lo profundo y lo escondido, conoce lo que está en tinieblas y la luz mora con Él. A Ti te doy gracias y te alabo, Dios de mis antepasados, pues me diste sabiduría y fortaleza, y me enseñaste lo que te pedí».

Siguiendo los deseos de D. B., no sonaron himnos de alabanza, sino el «I Vow to Thee My Country» con la partitura de *Los planetas*, de Holst, que habían tenido que aprender en la escuela y que todos, tanto los Drachman como quienes carecían de fe y pisaban una iglesia por primera vez en años, conocían.

And there's another country, I've heard of long ago,
Most dear to them that love her,
Most great to them that know;
We may not count her armies, we may not see her King;

Her fortress is a faithful heart, her pride is suffering;
And soul by soul and silently her shining bounds increase,
And her ways are ways of gentleness, and all her paths are
*peace.**

Cuando el féretro pasó por su lado al dirigirse a la salida, cubierto por una corona de lirios, Vera bajó la cabeza. En la Biblia, en la que no creía, los hombres no podían mirar a la divinidad a los ojos, pues esta los cegaría; de la misma manera, Vera sentía que no era digna de mirar de frente el féretro de su hermano una última vez, pues también esa santidad la quemaría. Tampoco pudieron Rory y Bram, que estaban junto a ella.

En el jardín, mientras cubrían a D. B. con tierra blanda que todavía conservaba el aroma de la lluvia y de las flores silvestres, la madre se acercó a Vera y trató de abrazarla, pero la muchacha se apartó, se quitó el guante y le ofreció la mano. La mujer, tras un instante de duda, se cruzó de brazos y suspiró.

Tenía el mismo aspecto que cuando vivía en Londres, más ancha de caderas, quizá, debido a la edad, pero el pelo rubio oscuro, que ninguno de sus hijos había heredado, se rizaba como solía y el perfume que llevaba seguía oliendo a jazmín. Los ojos castaños eran idénticos a los de D. B., aunque carecían de aquella calidez característica que los acercaba al rojo, brillaban a través de la rejilla del velo fúnebre.

—No seas injusta —le pidió a su hija—. Acabo de enterrar a un hijo.

Vera entornó los ojos y volvió a ponerse el guante. La falta de sueño se le pegaba a los huesos como una enfermedad contagiosa y las manos de Bram sobre ella la lastimaban más que reconfortaban.

* Hay otra patria, de la que oí hablar hace tiempo, / que es amada y grande para aquellos que la conocen; / no podemos contar sus ejércitos, ni ver a su rey; / su fortaleza es un corazón fiel, su orgullo es el sufrimiento; / y alma a alma, en silencio aumentan sus límites luminosos, / y sus caminos son caminos de mansedumbre, y todos sus senderos son paz.

Comprendió por qué D. B. no había querido que lo tocara, al final.

—Para enterrar a tu hijo encontraste la valentía que no tuviste para estar a su lado cuando se moría.

La mujer dio un paso atrás. Tomó aire.

—Ninguna madre quiere ver morir a su hijo.

—Yo tampoco quería verlo morir y me quedé. Te llamó, en sueños, porque cuando estaba despierto tenía la sensatez suficiente para saber que no vendrías.

La madre apartó la vista. Su labio inferior, pintado en un tono nacarado, temblaba.

—Y no dejarás que lo olvide nunca.

—Bien, porque yo tampoco lo voy a olvidar. Me da igual el daño que me hayas hecho a mí, pero no te puedo perdonar que él haya sufrido por tu culpa. —Inspiró—. No te tortures: se fue en paz, sin que tú estuvieras a su lado, y no tengo otra manera de reconfortarte.

Toda ella se agitaba. A Vera no le importaba ser injusta ni echarle más sal a una herida que supuraba. Quería darle a su madre donde más le doliera, y, como eso no le devolvía la paz que le habían quitado, sentía que le faltaba el aliento.

No se dio cuenta de que Bram, que no se había separado de ella, la empujaba de vuelta a la iglesia, hasta que oyó el sonido de las suelas de sus zapatos contra la piedra.

La madre miró a Rory en busca de ayuda.

—Tú que la sabes llevar, hazla entrar en razón. Estamos en guerra. Tenía miedo. Mi hijo se moría.

El muchacho, que ya seguía a sus amigos, bajó las cejas y se la quedó mirando fijamente.

—Si tuviese alguna influencia sobre ella, ni la habría saludado. —Contrajo el gesto—. Espero que sepa apreciar a la hija que tiene, porque no supo apreciar al hijo que tenía hasta que fue demasiado tarde. —Inclinó la cabeza—. Y que Dios me perdone.

El vino dulce la hizo temblar. Bram la había conducido a la salita que D. B. solía utilizar como despacho. Vera y él habían mantenido una infinidad de conversaciones allí, bebiendo té primero y el café después, hasta que este dejó de encontrarse con facilidad, y el hermano ya no volvería a utilizarlo nunca más.

El peso de la ausencia era físico y le aprisionaba el pecho.

—Nunca voy a volver a verlo —dijo.

Su voz se alzó al final de la frase, como si ella fuese la primera sorprendida por la conclusión.

Rory, que se sentó a su lado tras cerrar la puerta, le pasó la mano por detrás de la espalda.

—Lo sé.

Vera ahogó un grito. Estaba de luto no solo por su hermano, sino también por todas las cosas que morían con él. Nunca volvería a pisar la Santísima Trinidad, ya no tendría motivos para hacerlo. No tenía a nadie a quien darle a leer sus artículos, ahora que Rory y Bram estaban en la base y D. B. no existía. Nadie iría a visitarla los domingos, burlando todas las normas del Hogar de las Enfermeras gracias a la sotana.

Incluso la ausencia de la preocupación quemaba. Se había pasado los últimos días consumida por un único pensamiento, la salud de D. B., y ahora que ya no hacía falta no sabía qué hacer con su vida. Nada de lo que antes amaba podría llenar el espacio cada vez más vacío.

No se percató de que al fin lloraba hasta que sintió que Rory la apretaba más contra su cuerpo. Las lágrimas, ardientes, le mojaban la cara y él le decía, en un tono bajo y sereno, como una canción que conocía de memoria:

—Estamos aquí, estamos aquí. No estás sola. Lo siento. Estamos aquí.

La besó en las mejillas y en los pómulos, en todos los rincones de su rostro húmedos y ardientes por el llanto, excepto en los labios.

Cuando ella se hubo calmado un poco, y al respiración regresaba lentamente a la normalidad, Bram le preguntó, con un cuidado extremo:

—¿Puedo pedirte una cosa? Puedes decir que no.

Vera asintió.

—Lo que sea —dijo.

—¿Puedo tomar prestada la medallita de D. B.? Me gustaría llevarla en el avión, para que me dé suerte ahí arriba. —Sonrió—. Luego te la devolveré, claro.

Vera se acarició la medalla de santo Tomás. Tras quitársela a D. B., no tenía otro lugar donde guardarla y se la había colgado del cuello. Con el mismo movimiento rápido con el que se la había puesto, como quien retira enseguida la venda de una herida que supura, se la quitó y la depositó en la palma abierta de Bram.

—Me parece bien. A D. B. le habría gustado. Te quería mucho. Me pidió que cuidase de ti.

Bram ladeó la cabeza.

—Vera, si los profetas todavía caminan sobre la tierra, tu hermano era uno de ellos. De no haber sido por él, me habría vuelto loco esperando a que me dieran el alta médica.

—Supongo que tenía experiencia lidiando con genios difíciles, teniéndome a mí como hermana.

Todavía con la otra mano rodeándose el cuello, se quitó la cruz de D. B. y se la entregó a Rory, que la recibió temblando y con unos ojos enormes.

—Vera, no puedo…, no puedo aceptarla.

—Quiero que lo hagas.

No fue necesaria una sola palabra más. Tras un corto movimiento de cabeza, Rory tomó la cadena que Vera le ofrecía y se la colgó del cuello, junto a la medalla de san Antonio de Padua.

—Ahora los dos tenéis una excusa para volver enteros a casa —les dijo.

El jinete negro

Enero de 1942 - febrero de 1944

Has visto demasiado dolor
para ser aquel que lo causa.

M. A. Thompson

Aire

I

Enero de 1942

No hay trincheras en los bombarderos pesados, de modo que el equipo de seis hombres a bordo del Vickers Wellington era absolutamente vulnerable. A principios de 1942, ellos y los pilotos de la Luftwaffe a los que se enfrentaban desempeñaban los trabajos más peligrosos del conflicto armado. A la llegada del verano, se estimaba que el cuarenta por ciento de los pilotos como Bram habrían muerto en combate; su esperanza de vida era de cuatro semanas.

La noche anterior, el equipo de seis había estado bebiendo en un pub de Elsham. Al temprano despertar de los aviadores siempre acompañaba el café de campaña, del que ni los dueños del aire como ellos podían escapar, y un desayuno copioso para los tiempos que les habían tocado vivir: Corn Flakes, un huevo frito y una loncha de beicon, dos los días que tenían misión, puesto que en esas ocasiones ese desayuno tenía más posibilidades que nunca de ser el último.

Mientras sobrevolaban Wilhelmshaven, llevando la destrucción con ellos, Bram no pensaba en su casa. Alemania (la buena Alemania antes del Reich, que no podían borrar del mapa, puesto que ya no existía) no significaba nada para él más que el idioma en el que hablaban sus padres cuando estaban solos, mezclado con el inglés. Si todavía tenía familia en el país, y no había sido aniquilada por los nazis, se encontraba en la lejana Frankfurt, no en aquel pueblo costero, cercano a la frontera con Holanda. Ni siquiera su nombre conservaba ya ningún resquicio de su procedencia; tal y como le había anticipado el doctor Stevens, la RAF le había otorgado una nueva identidad puramente británica, y en lo profesional ahora solo existía como Robert Stewart. Sus compañeros le llamaban Bob en la intimidad, porque era más fácil resguardarse en aquel nuevo apodo de una sílaba que arriesgarse a flaquear y dar su identidad verdadera si un día, Dios no lo quisiera, acababan siendo tomados prisioneros por las fuerzas enemigas.

Los seis del Vickers Wellington habían despegado a las cinco y cuarto de la tarde como parte de un grupo de catorce aviones del Escuadrón 103 de la RAF, con la misión de bombardear Wilhelmshaven. En la inmensidad del cielo, un segundo de duda podía significar la diferencia entre la vida y la muerte, pero Bram siempre había confiado en su instinto. Tras los seis meses de instrucción y las misiones sobre Alemania que cargaba a la espalda, sus corazonadas, más que golpes de suerte, formaban parte de la memoria muscular que guiaba todos sus pasos.

Así, cuando creyó que algunas de las bombas se habían detenido en su primera carrera sobre el objetivo, volvió a girar. El segundo piloto no dijo nada. El sargento Eden, que a sus veintiséis años todavía tenía el aspecto de un adolescente, era un hombre de pocas palabras que vivía siguiendo la norma de no aportar nada que no resultase valioso. Si hubiese creído que Bram había cometido un error, se lo habría hecho saber forzosamente.

—¿Crees que Roxburgh conseguirá una cita con esa chica que se parece a la de *Lady Hamilton*?

Eden emitió un sonidito seco por la nariz.

—¿Roxburgh ha conseguido a una que se parece a Vivien Leigh? —repuso, escéptico.

—No la ha conseguido aún. Y no se parece a Vivien Leigh, sino a la otra.

—No sé de quién me hablas. No he visto esa película.

—Deberías salir con nosotros más a menudo. —Resopló—. Para que conste, tengo una amiga que sí se parece a Vivien Leigh, pero todavía no he decidido si me caes lo suficientemente mal para...

No terminó la frase. Una sacudida hizo vibrar el avión.

Eran las ocho de la tarde, y una contraofensiva antiaérea acababa de desprender una de las bengalas que el Vickers Wellington albergaba en el compartimiento de bombas, en la parte trasera. Al hacerlo, la telilla que cubría el suelo de madera prendió fuego.

Una fracción de segundo era el margen de error, y de decisión. Bram viró rumbo oeste mientras una pared de un humo negruzco y asfixiante trepaba por la aeronave. Trató de mirar al sargento Eden, pero la nube que los envolvía era tan espesa que él fue incapaz de observar los rasgos específicos de la cara.

Se habían convertido en una cerilla encendida en mitad de un inmenso mar negro. Resultaban perfectamente visibles para el enemigo, y su situación era desesperada.

Sin aguardar un instante más, que podría haber resultado mortal, dio la orden de abandonar la aeronave. No sabía si seguían sobrevolando Alemania o si ya se encontraban en la Holanda ocupada; solo una cosa era certera: prefería el infierno sobre la Tierra a aquellas llamaradas que elevaban tanto la temperatura del Vickers Wellington que el sudor, también negruzco, le pegaba el uniforme a la piel y le velaba la mirada.

En la confusión, el rugido de los motores y el crepitar del fuego se entremezclaban con el movimiento de la tripulación. Las sombras que podía discernir en su reducido campo visual no ayudaban.

—¿Eden? —tosió—. ¿Eden, me has oído? Coge el paracaídas, tenemos que evacuar el avión antes de que nos alcancen de nuevo. —Chascó la lengua—. ¡Eden! ¡Me cago en la puta!

Estableció los controles, acarició la medalla de santo Tomás de D. B. y se dirigió a la parte trasera del avión para comprobar si la tripulación había podido saltar según lo indicado.

Cada paso era terrible e incierto. A través de la capa de humo grisáceo, a la que sus ojos se estaban acostumbrando, vio una figura parecida a un cuerpo humano con un extintor; el ruido sibilante que emitió, seguido de la espesa sustancia blanca engulló las llamas. Debido al contraste del cuerpo con aquella claridad repentina reconoció que el hombre que luchaba contra el fuego frente a él era el sargento Eden.

—¿Y los demás? —le preguntó, a gritos—. ¿Se han salvado?

Eden asintió, quedo.

Bram dio un paso cauteloso hacia él.

—¿No has oído la orden? Os he pedido que evacuaseis el avión.

Eden lo miró por encima del hombro. Las ascuas hacían que sus ojos, de color miel, se asemejasen más al ámbar. Tenía una expresión seria y decidida que Bram no supo leer con certeza; cuando negó con un gesto seco decidió creerlo. Estaban ellos dos solos contra el mundo, encerrados en un tubo metálico alumbrado por las llamas, volando en un mar de reflectores enemigos.

Con un paso más, tomó el extintor de las manos de Eden.

—Hazte cargo de los controles —le ordenó—. Te tomo el relevo.

Bram Drachman siempre había demostrado una rapidez en confiar en los hombres que no podía tener en los dioses.

Continuó el trabajo que Eden había iniciado mientras la bengala prendía en el suelo del avión. Pensó en Rory, a quien los días de espera antes de la misión consumían en la base de Manchester; conocía esa sensación, puesto que era su pan de cada día. Esperar y calzarse el disfraz de una vida normal sin saber cuándo iban a ser arrojados a las fauces de la muerte quemaba los nervios a cualquiera.

Pensó en Vera, también, y en que, si lograba salir de aquella, tendría una buena historia que contarle, y que ningún otro civil tendría derecho a escuchar hasta que ella la pusiese por escrito.

«Espero que me hagas famoso por un buen motivo», pensó.

El extintor exhalo un silbido y se agotó. Bram lo tiró a un lado y se acuclilló ante las llamas que aún resistían, tercas, para apagarlas con las manos enguantadas. El humo lo rodeaba como un manto, como una sábana que le cubría los ojos y le impedía ver con claridad.

II

A Vera todavía le dolían los ojos por la intensa claridad del sol cuando entró en el hospital de la RAF de Elsham Wolds. El *Blitz*, y la destrucción y el dolor que había traído consigo, era ya un recuerdo oscuro del pasado, pero aún no podía despojarse del pavor primitivo que le inspiraban los días tan claros y limpios como ese.

«Un día de una visibilidad exquisita», pensó, y desplegó la mejor de sus sonrisas ante la recepcionista. Aunque todavía tenía por delante un año más de luto por D. B., sabía que su aspecto era espléndido. Se permitía llevar maquillaje, Churchill lo consideraba un bien de primera necesidad y la revista *Vogue* escribía que «la belleza» era «el deber» de las mujeres durante la guerra. El traje que Mara Drachman le había hecho, y que había mandado teñir, le quedaba tan bien como antaño, con la diferencia de que el negro hacía resaltar la palidez de la piel.

—Vengo a visitar a mi hermano —dijo, siguiendo las instrucciones detalladas en la carta que recibió—, el sargento de vuelo Robert Stewart.

La recepcionista arqueó una ceja pelirroja.

—Ya veo que el sargento tiene muchas hermanas.

Vera no dejó de sonreír.

—Es que somos una familia muy numerosa.

Cuando entró en la sala (rectangular y blanca, muy parecida a la del St. Bart's), se encontró a Bram sentado en la camilla. Unas gafas de sol le tapaban los ojos y las manos, vendadas, sujetaban lo que parecía ser el periódico del día. Como el ruido de los tacones de Vera no lo había alertado, ella caminó hacia él.

—¡Buenos días, hermanito! —exclamó.

Bram levantó la vista del diario, le sonrió y extendió los brazos para invitarla a darle un abrazo.

—¡Mi hermana del alma! Vaya, vaya, estás igualita que la última vez que te vi.

—Mamá está muy bien de salud —dijo ella, tras darle un beso en la mejilla. Solo para molestarlo, permitió que el carmín le dejase marca—. ¿Cómo están nuestras hermanas?

—Muy bien de salud también, a Dios gracias.

Vera bajó los párpados.

—Es que... como tenemos tantas...

Bram no picó el anzuelo.

—Ya sabes lo que dice siempre mamá: no se tienen los hijos que se quiere tener, sino los que te envía el Señor.

—No vas a soltar prenda, ¿verdad?

Bram irrumpió en una carcajada sonora y le dio un tirón a uno de los rizos de su amiga.

—¿No has oído lo que dice el Gobierno? Mucho cuidado en dónde cotilleas y con quién, porque agentes del enemigo podrían estar escuchándote.

Vera puso los ojos en blanco.

—Ya, porque tus líos de faldas serán decisivos en el avance de la guerra.

Junto a Bram, que reía sacudiendo la cabeza, estaba tumbado un muchacho rubio y elegante, de pómulos prominentes y penetrantes ojos color miel, que por la descripción de las cartas que había recibido de su amigo, Vera reconoció como el sargento Eden. Dirigiéndose hacia él, dijo:

—Enhorabuena por la Medalla de Vuelo Distinguido.

Bram, todavía en mitad de la carcajada, alcanzó a chascar la lengua.

—Sí, intentaron que nos dieran la Cruz Victoria, pero al parecer nuestros méritos, aunque de un valor encomiable, no eran suficientes. Supongo que, además de salvar un avión de las garras de los nazis y evacuar con éxito a todos los miembros de la tripulación, debería haber perdido estas dos. —Alzó las manos vendadas.

Vera las señaló con la cabeza y repuso:

—¿Cómo van las quemaduras?

—Bien, muy bien, estamos bien equipados. Gracias a los guantes, solo son superficiales. Los ojos se me irritaron bastante por el humo, y eso me está jodiendo más la moral, pero me han dado unos meses de baja médica hasta que recupere la función pulmonar. Lo mismo que al sargento Eden.

Movió el hombro vagamente en su dirección. Eden, que se encontraba inmerso en la lectura de una novela, apenas levantó la vista para mirar a Vera y sentenciar:

—Vivien Leigh.

La muchacha frunció el cejo.

—¿Cómo?

—Sí, es que vino antes —dijo Bram—. Iba a pedirle un autógrafo, pero no tenía la estilográfica a mano.

Antes de que Vera, que ya resoplaba, pudiese replicar, agregó:

—Tengo algo para ti, por cierto. —Señaló la mesita metálica junto a la camilla—. El primer cajón, si no te importa...

Vera Johnson era demasiado sensata para confiar sin más en los arranques espontáneos de generosidad de Bram Drachman. Sin embargo, la tentación y la curiosidad fueron más poderosas que su buen juicio. Abrió el cajón que le indicaba y sacó de él una caja rectangular de cartón.

Arqueó una ceja, inquisitiva.

—Bueno, ábrelo —dijo Bram—. Ha llegado a nuestros decentes oídos que la escasez de seda está causando toda clase de problemas en casa. Por suerte, adivina de qué están hechos nuestros mapas de escape...

Mientras él hablaba, Vera levantó la tapa. Vio, efectivamente, lo que parecía un mapa de Alemania pintado sobre una seda de la que hacía meses no veía en Londres. Al tomarla con las manos para admirarla, reparó en que lo que tenía entre ellas era un conjunto de lencería.

Sintiendo que las mejillas le ardían, lo guardó todo dentro de nuevo y cerró la tapa.

—Eres un sátiro y debería haberme ahorrado el billete de tren —le dijo a Bram, mientras se levantaba.

Él, que no dejaba de reír, tiró de la manga de su traje hasta volverla a sentar a su lado.

—No castigues mi generosidad. Puedes dárselo a Persie, si no lo quieres.

—No ardo en deseos de morir tan joven —repuso, entornando los ojos.

Para que Bram no continuase hablando, especialmente en ese momento en que había decidido aceptar el regalo, le quitó el periódico de las manos.

—¿Qué estás leyendo?

Bram trató de evitarle el disgusto emitiendo un «No» muy rápido y muy débil, en vano. En cuanto Vera abrió el diario la abofeteó un nombre conocido: Alistair Dale, corresponsal de guerra con el ejército británico.

Vera dejó el periódico a un lado de la camilla.

—No debería disgustarme —dijo—. Si Dios me hubiese dejado ser un hombre, habría hecho lo mismo que él.

Bram volvió a tirarle del pelo.

—Bueno, para gusto de todos, te hizo mujer. ¿Entonces? ¿Vas a quedarte con el regalo o se lo doy a otra de nuestras hermanas?

—¿Quieres que me vaya o no? —Elevó las comisuras—. Es de buenos cristianos aceptar los regalos.

Aunque lo había retirado, como si el solo papel y la tinta pudiesen dañarla, todavía tenía los ojos fijos en el periódico. Al reparar en ello, Bram le dijo:

—Irás adonde él ha ido, y más lejos. Ya casi vas por la mitad de la instrucción de enfermería, ¿no?

Vera parpadeó como queriendo borrar sus pensamientos.

—Sí. —Apoyó la mano en la frente—. Pero cada vez tengo menos tiempo para escribir. No sé, no publico nada desde que el *Telegraph* aceptó el artículo sobre D. B., y tampoco he escrito nada bueno desde entonces. Intentar mandar lo que tengo en el tintero al *Telegraph* o a *Vogue* sería un suicidio profesional y una humillación personal.

Bram estiró los labios.

—Va, alegra esa cara. Mira, además de la lencería te he traído otra cosa: la primicia mundial de cómo conseguimos esas Medallas de Vuelo Distinguido. Espero que hayas traído el bloc de notas contigo.

Vera le sonrió.

—Eso ni lo dudes. Es que me parecía poco elegante traer hasta aquí la máquina de escribir, por no mencionar que pesa un quintal. Pero sí tengo la cámara de fotos de D. B.

Bram suspiró.

—En momentos así me gustaría que Roxburgh, y no este canalla, se hubiese quedado en el avión conmigo. Es inconmensurablemente feo. Eden, por desgracia, es nuestro Cary Grant rubio, me va a hacer quedar muy mal en las fotos.

—Intentaré dejarte bien parado en la entrevista, entonces. —Se aclaró la garganta—. Estabais en una misión sobre Wilhelmshaven, ¿no es así?

—Sí, una tripulación de seis hombres: el sargento Eden, el oficial de vuelo Portsmouth, los sargentos Roxburgh, Adley y Carr, y yo mismo, el sargento de vuelo Robert Stewart. Despegamos de la base de Elsham Wolds a las cinco y dieciséis minutos de la tarde. A las ocho en punto...

Le contó toda la historia, el rasgar de la pluma de Vera sobre el papel ahogaba su voz. Le habló de cómo habían sido alcanzados por el fuego antiaéreo. Las llamaradas que consumieron el suelo del Vickers Wellington. La evacuación exitosa de Portsmouth, Roxburgh, Adley y Carr, que habían sido interceptados por miembros de la Resistencia holandesa y ya estaban de vuelta en Gran Bretaña. Las acciones heroicas de Eden al quedarse para apagar el incendio y pilotar el avión mientras Bram le tomaba el relevo. Cómo Bram, tras apagar el fuego con las manos, regresó a la cabina, donde tomó los controles de nuevo mientras Eden hacía las veces de navegador.

—A las once y siete minutos de la noche —concluyó— aterrizamos salvos (aunque no del todo sanos) en la base de Grimsby, tras haber logrado salvar nuestro avión y a nuestros camaradas.

III

En esa ocasión, cuando Vera dedicó su medio día libre a entregar en mano el artículo sobre el accidente aéreo de Wilhelmshaven, el señor Keller fue más comedido de lo habitual con el lápiz rojo. A excepción de algunas frases que consideró superfluas, se limitó a escribir una única cifra, 200, en el borde superior derecho del papel.

Vera arrugó la nariz al verlo.

—¿Qué significa este número?

Keller resopló. Para no tener que mirarla a los ojos, se dispuso a organizar el material de oficina que se desplegaba sobre el escritorio.

—El número de palabras que espero que reduzca tras la corrección.

Vera levantó los ojos del papel que sostenía en la mano para mirarlo a él.

—Con todo respeto, ¿por qué? No puede haber un problema con el tono del artículo esta vez, porque solo falta que uno de los pilotos diga *verbatim* «que Dios salve al rey», y si eso es lo que hace...

—El artículo está muy bien —la interrumpió Keller—. Peca un poco de naíf para mi gusto, pero es bueno.

—¿Entonces?

—Es demasiado largo.

—Tiene el número de palabras estándar.

—Sí, cuando trabajaba aquí. —Keller hizo un movimiento impaciente con las manos—. El papel está racionado; tenemos que rebajar el número de palabras de cada artículo en un dieciocho por ciento o no podemos ir a imprenta —suspiró—. Hablando de eso, probablemente no podamos justificar la impresión de la fotografía que me adjunta.

Vera irrumpió en una risotada sardónica.

—Señor, acaba de romperle el corazón a mi amigo Bram.

—Podemos publicar una versión reducida del artículo, si insiste en que incluyamos la fotografía..., los padres de los muchachos lo agradecerán, estoy seguro.

Vera negó con la cabeza.

—Creo que ya agradecen el simple hecho de tener a sus hijos con vida, y Bram debería trabajar su vanidad. De todos modos —tragó aire—, le mandaré el artículo revisado a primera hora de la mañana con el dieciocho por ciento de palabras menos. Pienso calcularlas matemáticamente.

—No esperaba menos de usted.

Vera hacía amago de levantarse cuando Keller extendió el brazo hacia ella. Cuando la muchacha se detuvo, él se aclaró la garganta y comentó, no sin un toque de incomodidad:

—Quería decirle de nuevo cuánto lamento la muerte de su hermano. Pese a lo poco que lo conocí, puedo dar testimonio de que era un muchacho magnífico que debería haber vivido muchos años más.

Vera bajó la mirada. Las manos le temblaban y, para que Keller no reparase en ello, las escondió debajo de la mesa.

—Yo también lamento la muerte de su hijo.

Keller desvió la vista. Bañado por la luz abundante que entraba por la ventana, parecía más viejo de lo que Vera recordaba; las arrugas, numerosas y finas, abrazaban la montura delgada de las gafas, y los ojos parecían más claros, como si los hubiese dañado una enfermedad de la vejez.

—Nos están robando a los mejores talentos de su generación —le dijo, y no se afanó en esconder las lágrimas, sino que se sacó el pañuelo del bolsillo del chaleco para limpiar los anteojos.

Vera no supo qué contestar. Tras un instante de duda, depositó una moneda de un penique en la hucha que recaudaba fondos para ayudar a las familias de la Unión Soviética durante la invasión alemana.

Al levantarse de nuevo, y antes de abandonar el despacho, no pudo contenerse y dijo:

—Veo muchas caras nuevas en la oficina.

Keller estiró los labios. Suspiró.

—Supongo que es lo que ocurre ahora, exigencias de la guerra. Ya solo hay tres tipos de periodistas: los muy jóvenes, los muy viejos como yo y las mujeres. —Ladeó la cabeza—. Supongo que cuatro tipos, si contamos a aquellos que, por problemas de salud, han recibido la exención médica.

Vera alzó las cejas.

—Veo que hay más periodistas del tercer tipo de los que había cuando yo estaba aquí.

—Bueno, su antiguo puesto está libre, si quiere volver a él.

Vera sacudió la cabeza.

—Como estudiante de enfermería formo parte de las Fuerzas Armadas, lo crea o no. Aparentemente, la única salida sin necesidad de comparecer ante un tribunal militar por deserción sería el matrimonio, porque tenemos que estar solteras, y por el momento no entra en mis planes. —Forzó una sonrisa—. Y, con todo respeto, señor, no volvería por el mismo puesto que dejé. Si pudiese volver, ya sabe qué tipo de artículos me gustaría escribir, y qué meta pretendo alcanzar.

Keller movió la cabeza de un lado a otro. Se había incorporado para despedirla pero en ese momento, llevado por la fuerza de ese movimiento, se volvió a sentar. La luz del sol se reflejó en la calva roja como un espejo improbable.

—Confiaba en que, con los años, habría adquirido más sensatez.

—Lamento que haya depositado su fe en mal lugar, entonces.

Keller expulsó aire por la boca y se quitó las gafas, que sostuvo entre los dedos, mientras seguía moviendo la cabeza como un director de escuela decepcionado.

—Ese comentario que le hice... sobre que la única manera para que una mujer pueda pisar el frente es embarcándose como enfermera... era una broma, señorita Johnson, no esperaba que la tomase de manera literal. —Contrajo el gesto como si se viese obligado a pronunciar las palabras en voz alta y estas le clavasen las garras al salir—. No es agradable ver a una mujer en el campo de batalla. Es ya bastante doloroso que tengamos que enterrar a nuestros hijos para también entregar a nuestras hijas a la patria y recibir una bandera a cambio. —Le clavó los ojos que, debido a la ausencia de las gafas, parecían más pequeños y más claros, casi de ciego—. ¿Por qué querría causarles ese dolor a sus padres?

Vera tragó saliva. Instintivamente dio un paso atrás, como si la fuerza de las acusaciones del señor Keller la hubiese azotado. Cogió aire y, sin permitir que la voz le flaquease, respondió:

—Si ese es el destino al que se hubiesen tenido que enfrentar de haber nacido yo varón, ¿en qué cambia las cosas que sea mujer? —Bajó los párpados—. Sin ánimo de echar sal en la herida, si hay algo que la muerte de mi hermano me ha enseñado es que el destino no discrimina. Si el mío es morir antes de tiempo, eso puede ocurrir tanto en Londres como en el frente.

Keller emitió un resoplido voraz y se frotó los ojos con los nudillos.

—No hay ningún tipo de gloria en arriesgar la vida a cambio de nada.

Vera arqueó una ceja.

—No quiero la gloria. Solo dedicar al máximo el talento que tengo a cosas que merezcan la pena. En dar testimonio. Creo que eso es lo que nos están pidiendo a todos en esta guerra: sacarle todo el jugo al talento de que disponemos en favor del bien común.

Exhaló. Estaba muy harta de tener que explicarse, de dibujar círculos una y otra vez alrededor del mismo tema mientras muchachos que habían trabajado unos pocos meses en el *Telegraph* recibían la recompensa por la que ella llevaba luchando con uñas y dientes desde hacía años.

—Mañana tendré el artículo revisado —dijo—. Y le entregaré cualquier otra cosa de calidad que pueda escribir de aquí al final de la guerra. —Esbozó una sonrisa—. No va a librarse de mí tan fácilmente, señor Keller.

Tras visitar a su padre y a su abuela, siguiendo un camino alternativo que le evitaba tener que pasar por delante de la Santísima Trinidad, regresó al hospital. Caía la tarde; era aquella hora intermedia y casi pacífica entre la cena temprana de los pacientes y el momento en que se apagaban las luces para el descanso. En aquel lapso se suministraban las medicinas y era la hora dorada en la que las enfermeras y los doctores, en los raros días de inactividad, podían aminorar el ritmo y charlar.

Aunque, debido a la ausencia de bombardeos, ya no atendían a civiles salvo casos de urgencia máxima, el avance de la guerra se había traducido en un mayor número de pacientes. Las heridas de guerra, mutilaciones y desfiguraciones eran variadas, y en su mayoría graves. Con frecuencia tenían que tratar lesiones de médula, Vera lo consideraba frustrante: no había mucho que pudiesen hacer por aquellos hombres que, más allá de la recuperación física, debían enfrentarse al fin de su carrera militar y al principio de una vida muy distinta a la que conocían. En la mayoría de los casos, una vez estabilizados, los mandaban al hospital de Stoke Mandeville para lesiones medulares.

Una tarde Vera cometió el error de preguntarle al doctor Severance qué tratamiento recibían los pacientes paralizados a los que derivaban al hospital.

—Sedación, por lo general.

Ante la mirada inquisitiva de Vera, aclaró:

—Las lesiones medulares son incurables. Nada que ver con los casos de amputación, en los que la rehabilitación puede garantizar cierta movilidad y cierta calidad de vida.

—¿Entonces? ¿Después de todo lo que han sufrido en el frente van a pasarse lo que les quede de vida en un hospital?

Tras un breve instante de silencio, el doctor Severance sentenció:

—La tasa de mortalidad de la paraplejía por traumatismo es del ochenta por ciento. La mayoría de estos pacientes tienen una esperanza de vida de tres meses —un suspiro—. Estos hombres han sido heridos de muerte, hermana Johnson.

Entonces, mientras se lavaba las manos, no podía evitar fijarse en el reflejo de los pacientes, y no en el suyo, en el espejo sobre el lavabo. Yacían sobre las camillas con expresión ausente. Algunos leían o escribían cartas a sus familias, pero por lo general permanecían callados, en posición de espera de algo que nunca llegaba.

El terror de los bombardeos y la experiencia común de sobrevivir noche tras noche en el refugio había creado un peculiar sentimiento de comunidad entre los pacientes del hospital. En ese momento en que el *Blitz* había terminado, y que los más antiguos, como el teniente Stevens, habían recibido el alta, ese sentimiento se diluía hasta casi desaparecer.

—Estos hombres no tienen nada que hacer —susurró al reparar en el reflejo de Persie tras ella.

Persie resopló.

—Recuperarse.

Vera bajó la voz, de modo que nadie más que su compañera pudiese escucharla.

—Ya oíste lo que dijo el doctor Severance: la mayoría de estos hombres no volverán a ser los de antes.

Algunos, los que tenían afecciones de mayor gravedad, morirían bajo su tutela; los demás, una vez dejasen de suponer una urgencia médica, serían derivados a Stoke Mandeville, donde pasarían el resto de sus días medicados, con otros hombres con el mismo destino como única compañía. ¿Qué desenlace era más trágico y qué final más amable?

—Si no podemos hacer nada para que se recuperen —prosiguió Vera, todavía en susurros—, por lo menos deberíamos ofrecerles alguna distracción. Algo que hacer más allá de pensar en la pobre recompensa que han tenido por su valor.

Persie chascó la lengua.

—Mira, a mí que me toque esta ala del hospital me gusta tan poco como a ti, ¿pero qué quieres? —Forzó una sonrisa—. ¿Vas a pedirle permiso al doctor Heath para traer aquí a una compañía de vodevil que los entretenga? —Sacudió la cabeza—. ¿Qué tal en el *Telegraph*, por cierto?

—Bueno, publicarán el artículo sobre Bram y el sargento Eden una vez lo haya corregido. Aparte de eso, el señor Keller es absolutamente impos...

Se detuvo. La voz, normalmente enérgica, fue disminuyendo de volumen hasta desvanecerse. Las comisuras de los labios se elevaban en una sonrisa.

Persie dio un paso atrás.

—¿Qué?

Vera chascó los dedos en su dirección.

—Acabo de tener una idea.

—Fantástico, las cinco palabras más peligrosas que podías decirme ahora mismo.

IV

Cuando le comentó su idea a Bram, el muchacho emitió una sonora carcajada. Estaban sentados en el jardín trasero de los Drachman, desde el cual se evidenciaba la desolación de los muelles de Surrey. Si existía un dios de la guerra, había querido que tanto la casa de los Drachman como la de los Johnson se mantuviesen en pie, un destino que no había estado en las cartas del cine de Bermondsey, en el que trabajaba la señora St. George, aunque ninguna de las dos había salido indemne de los bombardeos. A Vera le parecía que su padre trabajaba constantemente en la reparación del tejado y de las ventanas del piso superior. Estaba tan acostumbrada al repiqueteo del martillo que este se convirtió en la batuta que dictaba el ritmo de la conversación que mantenía con Bram y Persie.

—Si te parece una mala idea, solo tienes que decirlo —siseó, mientras fulminaba a Bram con la mirada.

El joven piloto alzó la mano izquierda; Persie seguía haciéndole las curas en la derecha.

—Nada más lejos de la verdad. De hecho, creo que es una idea excelente. ¿Puedo sugerir el nombre de *St. Bart's Vespertino* para el periódico del hospital? —Antes de que Vera pudiese responder, Bram le dio una patada a Persie por debajo de la mesa y dijo—: Juzgando por tu cara, a ti todo este asunto también te está encantando.

—Sí, excepto por el hecho de que apenas tenemos tiempo,

entre el trabajo y los estudios, y el papel está racionado. ¿Cómo vamos a…?

Vera le tiró una bolita de algodón a la cara.

—Ya te lo he dicho: no tiene que ser muy largo, podemos utilizar el reverso de los prospectos como papel y con hacer una copia para cada ala del hospital basta. Los pacientes pueden turnarse para leerlo o podemos designar un área de la sala como biblioteca. —Chascó los dedos en dirección a Bram—. Buena idea. Todavía tengo pendientes casi todos los libros que me prestó Rory, y sé que él apreciará que alguien los lea.

Bram asintió.

—Yo también puedo contribuir. Leí *El jugador* y es buenísimo. Los demás no constituyen exactamente una lectura (o una carga) ligera, así que os los puedo donar. ¿Persie?

—Yo también tengo un par de libros que donar.

Vera entornó los ojos.

—¿Vas a ayudarme a escribir algunos artículos? No tiene que ser nada largo ni sesudo. En realidad, cuanto más corto y menos sesudo, mejor. Solo necesitamos anécdotas divertidas, chistes…, cosas que levanten la moral de los pacientes. Tengo a un par de compañeras apuntadas, y Lily Richards, que es muy buena con el dibujo, va a preparar algunas historietas.

Persie tomó la otra mano de Bram y le quitó la venda con cuidado. Sin mirar a Vera, terció:

—No sé, déjame pensar en ello.

—¡Venga ya, St. George! ¿Quieres ayudar a los pacientes o no? —Resopló—. Ya se lo he comentado a la señora Mandeville y al doctor Heath, y a los dos les parece buena idea. Si me dices que sí, le pediré al doctor Severance un chiste o una anécdota para incluir en el *St. Bart's Vespertino.*

—El doctor Severance no tiene sentido del humor.

—Eso es lo que quiero comprobar. ¿Te apuntas o no?

Una sonrisa, muy lenta y excepcionalmente afilada, se deslizó por los finos labios de Persie.

—Bueno…, aunque solo sea por verte hacer el ridículo delante del doctor Severance.

Era uno de los eneros más fríos de los últimos diez años y ni los gruesos jerséis de lana ni el café de campaña que Bram había preparado lograban que entrasen en calor, pero no dejaba de ser agradable estar allí reunidos como antes de la guerra.

El doctor de la RAF le había recomendado aprovechar los meses de baja médica para respirar aire puro y fortalecer los pulmones dañados por el humo tóxico del incendio. Por eso se había mostrado escéptico cuando Bram pidió permiso para ir a Londres mientras se recuperaba, y el muchacho había tenido que echar mano de toda su picaresca para que le diera el visto bueno.

Guiado por esa incorregible picaresca, y tras observar en silencio la discusión entre Vera y Persie, dijo:

—Todo eso está muy bien, de verdad, pero si lo que queréis es subirles la moral a los pacientes..., las revistas de las Fuerzas Armadas suelen tener una sección de *pin-ups*.

Vera puso los ojos en blanco. Persie, incrédula, irrumpió con una risotada.

—¿Y te estás ofreciendo voluntario como modelo?

Bram ladeó la cabeza.

—No tengo el tipo de piernas que levantan pasiones, por desgracia —suspiró—. No intento descarrilar a dos buenas ovejas católicas como vosotras. Puede ser algo de muy buen gusto, solo tiene que ser más sugerente que ese uniforme de hermanita de caridad que os ponen, lo cual, os lo aseguro, no será difícil.

Vera lo miró fijamente.

—Eres un cerdo y un pervertido. He visto el dibujo que hicisteis en vuestro avión y no me extraña que tuvieseis tanto empeño en salvarlo.

Bram rio.

—¡Es Betty Boop! A ti también te gusta, te he visto reírte con sus cortos.

—Eres un maniaco sexual.

—Me lo has dejado claro.

La muchacha resopló y se reclinó sobre la silla de forja en la que estaba sentada.

—Solo lo haré si tú también lo haces.

Bram emitió un ruidito explosivo por la nariz.

—No estoy seguro de que los pacientes vayan a apreciarlo.

—No es para los pacientes, es para hacerte chantaje en el futuro.

Bram arqueó una ceja.

—Si querías una foto sugerente mía, solo tenías que pedírmelo.

Teniendo cuidado de no salpicarle las vendas de las manos, Vera le arrojó a la cara los restos ya fríos de café de campaña.

En cuanto regresaron a su habitación en el Hogar de las Enfermeras, Vera sacó la cámara de fotos de D. B. de la cajita de cartón a la que la había relegado en el armario.

Cualquiera habría considerado la idea de Bram de las *pin-ups* indigna, pero Vera conocía a D. B. y sabía que, de haber seguido con vida y haber podido escuchar la conversación, habría sido el primero en soltar una carcajada.

—No te rías —le advirtió a Persie al entregarle la cámara, antes de entrar al baño que compartían.

Salió de él cubierta con la capa gris y roja del uniforme. Al mover los brazos, dejó a la vista el conjunto confeccionado en seda de mapa que le había regalado Bram.

Persie no se esforzó en contener la risotada.

—¿Tengo que encontrar el tesoro? —le preguntó.

Vera la fulminó con la mirada.

—Tienes que sacar la foto y listo. —Se pasó el pelo por detrás del hombro—. Que no se vea mucho. Tampoco es cuestión de que me echen del programa por escándalo público.

Persie sacudió la cabeza.

—Menos mal que no soy tan remilgada como tú. Si no te quitas la capa, no se verá nada.

Tras un suspiro impaciente, Vera arqueó una ceja y dejó que la capa del uniforme le cayera a los pies. La parte inferior de la lencería era de estilo francés, y no mostraba más del cuerpo que el traje de baño que llevaba en la playa de Brighton antes de que empezase a relacionar la ciudad con su madre.

Sonrió para la foto.

Cuando llegó su turno, Persie se puso una de las camisas que le había robado a Rory. Se la desabrochó, de modo que el canalillo quedase a la vista, y se arrellanó en la silla del escritorio con la pipa entre los dientes y las piernas ligeramente separadas, como hacían los muchachos como Bram cuando observaban a las chicas en las fiestas.

—Espera a escuchar el clic y tu reputación se habrá acabado para siempre —dijo Vera.

Persie no respondió hasta que su compañera tomó la foto. Entonces se sacó la pipa de la boca y terció:

—Todo sea por la causa.

Vera se mordió el labio inferior.

—Podríamos hacer un número especial del *St. Bart's Vespertino* con estas fotos y pedirles a los pacientes que pujen por él. Donaríamos el dinero recaudado a la causa, claro. La señora Churchill está pidiendo donativos para mandar ropa y suministros médicos a la Unión Soviética.

—Mientras no pidas que pujen por la foto de Bram... ¿De verdad vas a obligarlo a hacerlo?

—Pues claro, es lo justo.

Persie la señaló con la pipa.

—¿Y quién va a ser la guapa que se humille tanto como para sacarle la foto?

Vera arqueó los labios.

—¡Ja! ¿Quién es la remilgada ahora? Tendré que hacerlo yo, qué remedio.

Querida Vera, querido Bram:

No imagináis la alegría que me llevé al enterarme de lo de la Medalla de Vuelo Distinguido. Canalla, ¿quién iba a pensar que tú, precisamente tú, ibas a ser «distinguido» por algo en tu vida? Me quito el sombrero y, naturalmente, me alegro mucho de que estés bien y de una pieza. Desde la base siempre seguimos de cerca los movimientos de los bombarderos de la RAF, aunque solo sea porque un día (dentro de poco, espero) seréis nuestros chóferes. Al menos durante lo que dure tu baja médica no tendré que contener la respiración mientras esperamos las listas de los aviones y los pilotos caídos en combate o tomados prisioneros.

Vera, si el señor Keller te pregunta por qué exactamente se han vendido tantas copias del *Telegraph* en Inveraray, dile que es porque me he encargado personalmente de comprarles un número a todos los compañeros. Bram, lamento que no se haya publicado tu foto, aunque, bien pensado, quizá sea en tu propio beneficio. He conocido al sargento Eden y dejaría mal parado a cualquiera.

¿Cómo está el tiempo en Londres? Aquí hace un frío insoportable. El viento es tan intenso que, cada vez que nos preparamos para un salto, tememos que nuestro paracaídas sea una «vela romana» (es decir, que no se abra y nos espachurremos contra el suelo). Los más positivos opinan que la nieve amortiguaría la caída, los demás los ignoramos.

En caso de que estéis pasando tantas penurias climáticas como nosotros, me he tomado la libertad de compraros regalos atrasados de Navidad o regalos muy, muy adelantados de cumpleaños. Bram, con estos guantes podrás taparte las vendas de las manos, aunque, conociéndote, apuesto a que estás disfrutando de lo lindo de la atención que tus bien merecidas heridas de guerra te estarán otorgando. Vera, creo que todo el mundo coincidirá en que el violeta es tu color; he pensado que esta bufanda podría servirte de alivio del luto. Tanto los guantes como la bufanda son de lana de las islas Shetland, y por experiencia puedo confirmar que abriga mucho y no pica nada, lo que se necesita de la ropa de invierno. (¡Gracias al cielo que no le hice caso a mi padre y no me metí a comerciante!).

¿Cómo siguen las cosas en casa? Bram, imagino que ahora que tienes un poco de tiempo libre saldrás a rebautizar todos los locales que nos vieron borrachos en tiempos de paz (los que siguen en pie, al menos). ¡Cómo me gustaría volver a salir con vosotros, aunque solo fuese una vez y tuviese que asegurarme de que no os llevan presos, como mínimo!

Aquí los días son bastante cansados. Todos estamos un tanto inquietos porque hace meses que se formó la compañía y todavía no hemos oído palabra en lo concerniente a nuestra primera misión. Podríamos disfrutar más de todo este tiempo muerto si supiésemos cuándo nos mandarán al frente, pero estas cosas, naturalmente, no las anuncian hasta última hora.

En realidad, tampoco tenemos motivos para aburrirnos. Churchill quiere demostrar las habilidades de sus primeras tropas paracaidistas, de modo que debemos repetir todo lo aprendido en la instrucción ante los mandamases. Y Escocia es espléndida. El verde de los campos es increíble, más aún sobre el blanco impoluto de la nieve, y el aire, fresquísimo, sobre todo a primera hora de la mañana. Cuando tengo tiempo, lo que más me gusta es disfrutar de los bosques y del viento helado mientras me tomo el primer café de campaña del día. Vera, ojalá se me diesen las palabras tan bien como a ti, para poder describiros todo esto en detalle y que ambos pudieseis verlo a través de mí. Espero que, cuando todo esto acabe, los tres podamos ir de viaje a las Highlands o a la isla de Skye. O, ¿por qué no?, hasta las propias Shetland, donde todo es verde y tranquilo, y solo estaremos nosotros y la inmensidad.

Saludos y besos,

R. S. G.

Querida Vera, querido Bram:

¡Menudo susto se han dado todos esta mañana! Cuando he abierto vuestra carta y descubierto vuestra nueva faceta de modelos me ha entrado un ataque de risa tan criminal que, al intentar aplacarlo, he acabado por emitir el tipo de sonido que le saldría a alguien que se está muriendo ahogado.

Bram, retiro todo lo dicho acerca del sargento Eden y la foto que no salió en el *Telegraph*. Si la gente supiese el aspecto que tienes, el Ministerio de Información estaría muy ocupado creando películas de propaganda sobre tu persona. Imagino que

Clark Gable sería el candidato ideal para interpretar tu papel; aunque yanqui, es bombardero como tú. ¿Te estás dejando ya el bigote?

Vera, no voy a dejar que nadie vea tu foto. La tengo guardada como los hebreos hicieron con las tablas de la ley en el arca de la alianza. Por caballerosidad, esto es todo lo que diré al respecto, pero te reservaré con gusto todos los mapas de escape que pueda, ya que el uso que les das es excelente.

Para no ponerme más colorado de lo que ya estoy, acabo diciendo que, cuando llegue el momento, me guardaré vuestras fotos bajo la rejilla del casco, donde estarán a salvo y podrán darme toda la suerte que necesitaré, que auguro será mucha.

Vuestro nuevo talento aparte, la idea del *St. Bart's Vespertino* me parece brillante. Si en algún momento surge la oportunidad de imprimir un número «viajero», lo recibiré muy agradecido.

Pensando en vosotros constantemente.

Con cariño,

R. S. G.

V

Cuando abandonaron Escocia para regresar a Salisbury Plain, en Wiltshire, supieron que el momento de ser inscritos en las páginas de la historia había llegado. Los meses de instrucción adicional en el norte no habían formado parte de una demostración de su poderío ante el alto mando del ejército, habían constituido, sin que ellos lo supiesen, el entrenamiento necesario antes de su primera misión.

En cuanto el tiempo lo permitiese, serían arrojados en las costas de la Francia ocupada, en un pueblecito llamado Bruneval, en el que los aviones de reconocimiento británicos habían avistado radares alemanes. Cuando les informaron de la naturaleza de su ataque, los muchachos que llevaban meses esperando gritaron de júbilo. Todos tenían motivos para desear con ansias ardientes aquella operación en especial: los radares habían resultado de un valor inestimable para la Luftwaffe durante el *Blitz* y la batalla de Inglaterra, eran los que estaban detrás de la muerte y la destrucción que, de un modo u otro, les había tocado sin excepción.

Rory no pudo evitar pensar en Bram. Las bajas de los bombarderos de la RAF eran altísimas; volando de noche sobre territorio enemigo, la tecnología de los radares los convertía en objetivos vulnerables fáciles de alcanzar. La pericia y la suerte habían estado del lado de Bram en Wilhelmshaven, pero podrían abandonarlo en su próximo vuelo. Suerte, más aún que talento, estrategia, instrucción o rapidez, era lo que más necesitaban los bombarderos de la RAF, y también lo que más escaseaba. Si lograban destruir los radares de Bruneval, cegarían, al menos en parte, los ojos del dragón.

Siguiendo la aritmética del diablo del alto mando, necesitaban la combinación maestra de luna llena, que les proporcionaba visibilidad, y marea creciente, para maniobrar en las aguas poco profundas. Eso delimitaba los días para efectuar la operación entre el 24 y el 27 de febrero. El 23, los cuerpos rebosantes de miedo y expectación tuvieron el último entrenamiento, que resultó desastroso.

Los días siguientes, y ante la imposibilidad de escribir a casa acerca de su próximo paradero, los muchachos del Segundo Batallón de paracaidistas miraban al cielo en busca de respuestas. El viento, salvaje e intransigente, parecía querer anclarlos a la tierra que, a causa de la desesperación, casi les quemaba los pies.

Como una broma gastada por un dios caprichoso, el 27 de febrero, la última oportunidad para poder salir, amaneció clarísimo. Tenían la luna de su lado, y todos los elementos meteorológicos se habían puesto de acuerdo para garantizarles una operación exitosa.

«Si Dios está con nosotros, ¿quién estará contra nosotros?».

La historia los aguardaba y ellos estaban listos. El cielo llovería muerte en su nombre.

Había varias maneras de enfrentarse a la misión que se cernía sobre ellos. Algunos, los tocados por los dedos dorados de la suerte, lograron conciliar el sueño. Otros cantaban para amansar los nervios que burbujeaban. Todos estaban asustados, y ninguno dispuesto a admitirlo en voz alta.

Incapaz de dormir, y demasiado ansioso para unirse a las fiestas de los otros, Rory se refugió en la iglesia de Santa Margarita. Había ido casi todas las semanas, ante el escepticismo de sus camaradas, que lo miraban con la misma curiosidad con que Vera lo hacía cuando, aún bajo los efectos de la resaca, asistía a la misa universitaria. Dentro del grupo de paracaidistas, que antes de efectuar su primera operación ya se habían ganado la fama de rudos y ruidosos —de ellos se rumoreaba que los habían seleccionado entre los locos de los manicomios y los criminales de las prisiones—, el carácter apacible de Rory era una rareza. Sin embargo, lo que llevaba sus pies siempre a la iglesia no era la fe, puesto que no tenía propensión a sentirla.

Leía la Biblia con la misma voracidad animal que cualquier otro libro, y las historias del Antiguo Testamento no lo conmovían más que la rivalidad de Héctor y Aquiles en la *Ilíada* o la fidelidad de Gilgamesh hacia Enkidu en la epopeya sumeria. Sobre la amistad, sin embargo, Rory lo sabía todo, y le bastaba con escuchar las historias de cómo los discípulos lo dejaban todo al ser llamados o el «No hay amor más grande que dar la vida por los amigos» del Evangelio según San Juan para que floreciese la fe en su agnosticismo.

Rory veneraba a sus amigos, y no a Dios; cada vez que entraba en Santa Margarita pensaba que sus pies pisaban en realidad el suelo de piedra de la Santísima Trinidad en la que había trabajado D. B. Ese día, al encender una vela, le habló directamente, del mismo modo que los niños le rezan a la Virgen, y al salir y santiguarse sumergió también la cruz de D. B. en el agua bendita.

Para no ser vistos con facilidad en la penumbra de la noche, les tiznaron la cara y los dientes de negro. Rory hizo una mueca para alcanzar las muelas traseras con el índice pintado; Plumón, ya completamente oscuro, lo vio y se rio.

—Menudo aspecto tenemos los dos, ¿eh? Como para escribir a casa y contarlo.

Había colocado algunas fotografías de su novia en la rejilla externa del casco, al igual que Rory había dispuesto las instantáneas de Vera y de Bram. En la rejilla interna, ambos guardaban los mapas, confeccionados en seda, donde se indicaban las vías de escape.

Hicieron sus necesidades afuera, en el campo, puesto que la base de Thruxton, desde la que despegaron, carecía de servicios.

Mientras orinaba, Frank, aquel venerable gigantón al que Rory conocía desde la época de la instrucción, exclamó:

—Mi próxima meada será sobre suelo nazi.

Su familia, como la de Bram, provenía de la lejana Alemania; a él también le habían cambiado el nombre en el ejército, y Rory tuvo que buscar en sus recuerdos hasta encontrarlo: Franz Vernheim.

En el avión estaban apretados como las cuentas de un rosario. Según la instrucción, debían quedarse en el lugar que les había sido asignado, con la espalda apoyada en las paredes metálicas. Puesto que aunque el tiempo era bueno, seguía siendo bravo, y si se movían podían desestabilizar la aeronave fatalmente.

Eran los últimos momentos, los más efímeros, los más desesperados. Ya pertenecían a los cielos, cuando volviesen a pisar el suelo firme, solo la suerte velaría por ellos. Algunos rezaron, en inglés, en latín, en idiomas que parecían preceder a los propios hombres, otros trataron de enumerar todos los pasos que debían seguir en cuanto saliesen del avión. La cacofonía de voces, como un enjambre de abejas, abrazaba el rugido de los motores y el ulular del viento, sin llegar a aniquilarlos.

Como no podían moverse, solo los hombres que, como Rory, estaban sentados en la parte delantera eran capaces de ver a través de la ventanilla de la puerta. El cielo, de una claridad inaudita en el canal de la Mancha, limpio y sin una sola nube, parecía acogerlos y contenerlos.

La pacífica travesía acabó en acrobacia temeraria en cuanto se acercaron a las costas francesas y fueron presa del intenso sistema antiaéreo. Las oraciones aumentaron en volumen y ansiedad, y no lograron acallar el ruido de los ataques. Rory trató de apretar los párpados, pero estos no le obedecieron; permaneció con los ojos fijos en la ventana, en aquel cielo azul cobalto que se había convertido en humo gris, como si le quisiera decir a la muerte que, si venía por él, la miraría a la cara.

VI

El dios de la guerra no había querido que el fuego enemigo los alcanzase. Los aviones de la RAF que transportaban a los paracaidistas sortearon los ataques como un funambulista que, una y otra vez, burla a la muerte. Cuando le llegó a Rory el turno de saltar, no pensó en nada; tenía la mente en blanco, como si acabara de nacer, y fueron los largos meses de instrucción, primero en Manchester y luego en Inveraray, los que le activaron los músculos.

Rezó para que su paracaídas no resultase una vela romana y sus oraciones fueron escuchadas. Al mirar abajo, a la costa que se abría ante sus pies, los oídos sordos por las detonaciones y el palpitar de su propio corazón, comprobó que lo que pensaba que era humo en realidad se trataba de nieve.

Una intensa nevada había cubierto de blanco los campos y las playas de Bruneval y ellos, pintados de negro, estaban a punto de aterrizar sobre ese manto purísimo.

Las manos de Vera temblaban sobre el periódico y le impedían la lectura. Bram le sujetó la esquina superior izquierda, pero sus dedos también se sacudían y no fue de gran ayuda. Él no quería leer, le asustaba demasiado lo que podía encontrarse en aquellos párrafos negros y apretados. Fue Vera quien, tras fijar la vista, y luchando para que su voz no la traicionase, recitó:

Audaz incursión de los comandos
en el norte de Francia

La unidad de paracaidistas al mando del mayor Frost descendió con luna clara y ligera neblina dentro de una distancia de fácil objetivo a pesar de la concentración del fuego antiaéreo sobre los aviones de la RAF, que volaban a baja altura.

Las operaciones terrestres se cumplieron de acuerdo con el plan, a pesar de la fiera oposición del enemigo. Pese a todos los esfuerzos de las tropas defensoras alemanas, los aparatos de radiolocalización fueron destruidos, y nuestros paracaidistas infligieron elevadas bajas a los enemigos.

Una vez cumplida su misión y llevando consigo a los prisioneros alemanes de la guarnición supervivientes, nuestras tropas cruzaron la playa de Bruneval protegidas por el fuego de nuestras fuerzas navales ligeras, que se habían aproximado a las costas.

La defensa alemana de la playa, tomada por los paracaidistas por la retaguardia y cubierta desde el lado del mar por la fuerza de desembarco de las unidades de escolta, fue dominada.

De esta operación combinada, realizada en pequeña escala pero con gran éxito, regresaron todos nuestros aviones. Aunque no fueron numerosas, sufrimos algunas bajas.

El temblor, que había remitido, aumentó de nuevo al bajar la mirada a la lista de los paracaidistas caídos en combate. Suspiró, y le tendió el periódico a Bram.

—No está.

Bram tragó saliva. Agarró el diario sin atreverse a mirarlo.

—¿Estás segura? ¿Has mirado en la S y en la G? A veces...

Vera ladeó la cabeza.

—Hay solo ocho nombres: dos muertos y seis prisioneros. —Tras un cosquilleo, elevó las comisuras para formar una sonrisa—. No está, Bram, se ha salvado.

El muchacho rio, tenía los ojos húmedos y brillantes.

—¡Se ha salvado! —exclamó, y cogió a Vera en brazos—. Tenemos que celebrarlo. Vamos al Café de París.

—Imposible. Lo destruyeron los alemanes el año pasado.

—A La Popote, entonces. Siempre he querido ir.

La carcajada de Vera era casi líquida.

—No puedo, tengo que volver al hospital.

—¿Cuándo libras, entonces?

—Dentro de dos domingos.

—Todavía estaré aquí. Te pasaré a recoger. —La apretó más contra sí—. ¡Se ha salvado!

La Popote era el bar del Ritz. Cuando Bram cumplió su palabra y la llevó allí, Vera reaccionó con escepticismo, pero él se encogió de hombros y respondió que el riesgo de perder la vida se cotizaba caro en la RAF. Se había puesto el uniforme, azul marino, entallado, y todas las miradas se volcaron en él, y no en Vera. Mientras caminaban entre grupos de personas para alcanzar su mesa, bajo las lámparas fabricadas con botellas de alcohol, Vera se inclinó hacia él y le susurró:

—Vaya, tú sí que haces que una chica se sienta especial.

Bram rio.

—¿Una fiesta en la que Vera Johnson no es la protagonista? Esto debe de ser una novedad para ti.

—Lloraré toda la noche sobre la almohada hasta calmarme. —Arqueó una ceja—. Debería prepararme, probablemente seas el primer hombre sano mayor de dieciocho y menor de sesenta que estas chicas ven en mucho tiempo. Voy a tener que batirme en duelo con toda la competencia que me saldrá.

Se sentaron. Desde la mesa redonda situada al fondo del local que les habían asignado se podía ver sin necesidad de cambiar de postura el escenario con la orquesta. Como telón de fondo habían pintado una caricatura de Hitler y otra de Goering.

Bram, que estaba más interesado en la carta que tenía delante, apenas levantó la mirada para rezongar:

—¿Vera Johnson competidoras? Eso no ha ocurrido jamás. Recuerdo perfectamente nuestras salidas nocturnas y, en todas sin excepción, donde Vera Johnson ponía el ojo Vera Johnson ponía la bala.

Se puso seria.

—No te metas conmigo.

—No digo más que la verdad. —Sacudió la carta—. Se supone que los postres son exquisitos aquí.

Vera frunció el cejo.

—El azúcar está racionado.

—No, aquí no lo creo. ¿Puedo tentarte?

El orgullo le impidió aceptar. La inusitada atención de que eran objeto la ponía nerviosa. Estaban en uno de los lugares más privilegiados de Londres —se rumoreaba incluso que la familia real albanesa en el exilio había reservado toda una planta para su disfrute— y los rodeaban algunas de las personas más interesantes con las que Vera se codearía jamás, pero aquellas miradas dirigidas a Bram a través de ella la molestaban.

—Me saltaré el racionamiento cuando ya no exista.

—Muy bien, entonces me pediré dos postres. Estoy que me muero de hambre, pero dispuesto a compartirlos contigo si cambias de opinión —suspiró—. Por desgracia, no creo que ni siquiera aquí haya champán.

Vera rio.

—He oído que las únicas reservas que quedan en la isla las tiene el señor Churchill en su búnker.

—¿Un cóctel? Lo importante es lo que se celebra, no lo que se bebe. ¿Ginebra rosa?

Vera señaló una de las bebidas en la carta.

—*Hijoputa sufriente.* ¿Qué es esto?

—Coñac, ginebra, zumo de lima, amargo de Angostura y *ginger ale*. Es lo que beben las tropas de África, al parecer.

La chica tamborileó los dedos sobre la mesa.

—Si es lo suficientemente bueno para ellas, lo será también para mí.

—¡Ja! Que sean dos, entonces.

Bram le hizo señas al camarero para que se acercase y tomase nota. En cuanto volvió con las bebidas, el hombre, bajito y de constitución ancha, le indicó con una parca sonrisa que no debía preocuparse por la cuenta, uno de los caballeros de la barra se había hecho cargo de ella.

Bram se volvió para agradecer con un gesto al señor de pelo blanco y espalda erguida, ya casi anciano, que el camarero le mostraba.

—Debe de ser un viejo lobo que sirvió en la anterior guerra —le explicó a Vera.

Ella sonrió.

—Ahora ya sé por qué puedes permitirte que vengamos a beber al Ritz.

—Esto no es nada. Durante la batalla de Inglaterra no pagué ni una copa. ¡Y eso que entonces ni había terminado la instrucción! —Alzó su *hijoputa sufriente*—. ¡Bueno, por Rory St. George, genio y figura, que viva muchos años más!

Vera chocó su copa con la de Bram.

—¡Por Rory!

El alcohol era fuerte, de buen cuerpo, y le abrasó la garganta a su paso. Antaño sí había consumido alcohol, principalmente para disgustar a su madre y participar en las fiestas a las que asistían las personas más interesantes que conocía, pero apenas bebía desde su ingreso en el hospital. No quería marearse y que a la mañana siguiente resultaran evidentes los estragos de la noche, de modo que dejó la copa en la mesa y trató de concentrarse en la sala. La música de la orquesta era tan alta que los que no bailaban hablaban a gritos con el comensal al otro extremo de la mesa. En las paredes, junto a las caricaturas políticas, había escenas del Frente Oeste de la Gran Guerra, que, junto con las bolsas de arena que se apilaban contra las paredes interiores y las exteriores, daban al bar un aire de trinchera.

Vera intentaba no pensar en el *Blitz*, era demasiado doloroso para ella. Cuando lo hacía, solo veía un espacio de tiempo vacío entre D. B. y ella, que se extendía y crecía. D. B. jamás conocería la fecha exacta en que la última bomba del *Blitz* había estallado ni la letra de la canción que tocaba la orquesta, pues aún no existía cuando él pertenecía a los vivos y a su tierra. Sin embargo, admiraba el desafío con el que los londinenses parecían burlarse de las bombas. La Popote estaba tan lleno como el año anterior, cuando en cuestión de segundos la pista de baile se convertía en un refugio antiaéreo; de la misma manera, los clientes del Café de París recibieron la muerte bailando y bebiendo.

Estaba inmersa en estos pensamientos cuando reparó en el rostro delgado y elegante de un caballero alto e impecablemente vestido que se dirigía a la salida.

—Ese es Cecil Beaton —le susurró a Bram, mientras le tiraba de la manga de la camisa.

Él arrugó la frente.

—¿Sale en las películas?

—No, es un fotógrafo de renombre. Lleva años trabajando mano a mano con Audrey Withers en *Vogue*.

—¿Por qué no vas a saludarlo y te presentas?

—¿Pero qué dices, si ya se va? —Bajó los párpados—. A base de palos he aprendido que es mejor no dar ninguna impresión que darla mala.

Bram frunció el cejo aún más. Tenía una de aquellas caras afables en las cuales únicamente parecen reinar dos expresiones: la jovial y la pícara. Como su genio era tan infame como el de Vera, siempre se sabía cuándo estaba enfadado, pues en esos momentos todo su cuerpo reaccionaba con gran agitación. Solo cuando se decepcionaba, o cuando no comprendía algo, los labios se le fruncían como entonces.

—Esta guerra no es ninguna broma cuando una chica como tú se rinde —dijo.

Antes de que Vera pudiese reaccionar física o verbalmente, se reclinó en la silla y le hizo gestos al camarero para que se acercara.

Las pupilas de Vera temblaron en el iris, casi violeta bajo el influjo del sombrero que se había puesto como alivio de luto.

—¿Qué estás haciendo?

No le contestó. Esperó a que el camarero llegase a su mesa y preguntase:

—¿Desea el señor pedir algo más?

—No, muchas gracias. Ese caballero que acaba de marcharse… ¿El señor Beaton?

El hombre no permitió que la expresión del rostro delatase reacción alguna.

—¿Sí, señor?

—¿Viene aquí a menudo?

—Es uno de nuestros clientes habituales.

—Bien —repuso Bram, y se sacó un billete de la cartera—. La próxima vez que venga, ¿puede decirle que su primera consumición ya está pagada, cortesía de la señorita Vera Johnson? Dígale que debería aprenderse el nombre, ya que va a ser una de las grandes del periodismo de guerra.

El camarero asintió, con una sonrisa que no negaba nada ni prometía nada, y se fue.

El agradecimiento se clavó en la garganta de Vera, se resistía a salir. Desvió la mirada.

—No me estoy rindiendo —siseó.

—Yo creo que sí, y en más de un sentido. —Le cogió la barbilla para obligarla a mirarlo—. La Vera que conozco habría corrido detrás de ese hombre con un maletín repleto de artículos de periódico.

Vera arqueó una ceja.

—Bueno, me dejé el maletín en la habitación. —Resopló y apoyó la sien en la palma abierta de la mano—. Estoy cansada.

—Se te nota.

Vera le dirigió una mirada glacial. Él no se inmutó.

—Estás pálida, y pareces tan frágil como un gorrión.

Para ilustrar su afirmación, la señaló con el tenedor en el que había clavado el primer bocado de su postre.

El olor dulce, que Vera había creído olvidar después de tantos años, le erizó el vello de los brazos.

—Tengo mucho trabajo —se excusó—. El hospital no da abasto.

Le pareció que Bram iba a volver a arremeter, sus ojos le brillaban como cada vez que se preparaba para una perorata. Como ella no quería escuchar ni la primera palabra, le quitó el segundo plato que tenía ante él y se llevó un trozo de tarta a la boca.

Un escalofrío le recorrió el cuerpo. Tenía *tanta* hambre. No se había dado cuenta hasta que tragó el bocado y algo en su interior se despertó, como un animal herido, y exigió que llenase ese espacio cada vez más vacío.

—Eres insoportable —le dijo a Bram—, pero gracias por el cumplido de antes.

—No voy a permitir que me des las gracias por decir la verdad, porque es la verdad. Creo que serás una gran periodista una vez logres poner un pie en el frente, que lo lograrás. —La volvió a señalar, esta vez con un gesto—. Lo sé porque somos iguales, tú y yo. Si nos proponemos algo, no paramos hasta que lo tenemos entre las manos. Yo conseguí mis alas, y tú lograrás tu acreditación aunque tengas que engañar y estafar por el camino.

Vera sonrió. La suya fue una sonrisa sincera, espontánea, no una de las sonrisas de párpados caídos y hoyuelos en las mejillas que reservaba para Allie Dale y el señor Keller cuando quería salirse con la suya.

—Con ir al frente y escribir me basta. Acreditación no pueden darme, ahora que formo parte del Cuerpo. Lo único que me salvaría del tribunal militar por deserción sería casarme.

—Bueno, estoy dispuesto a casarme contigo por una acreditación —dijo Bram, y le tendió la mano.

Vera se la estrechó.

—Y yo estoy dispuesta a casarme contigo por una acreditación. —Le dio el último bocado a la tarta—. Y por tu dinero. Podría acostumbrarme a venir al Ritz y te llevaría a la bancarrota.

Rio, pero Bram no le devolvió la carcajada. La miraba con intensidad. Posó la mano que ella le había estrechado en el mentón y de nuevo apareció aquella expresión seria tan poco habitual en él.

—No es tan mala idea, si lo piensas bien.

Vera se burló.

—¿El qué? ¿Fundirte el dinero ganado con el sudor de tu frente en postres y en alcohol?

El semblante de Bram no cambió. Apoyó un codo en la mesa, de modo que quedó más cerca de ella, y terció:

—No, nosotros dos. No somos sentimentales, somos gente práctica y estamos hechos de la misma pasta.

Vera suspiró. Tenía los ojos fijos en el mural de la pared, y no en Bram.

—¿Ya se te ha subido la copa a la cabeza? Creía que los aviadores sabíais beber.

—Ambos tenemos el mismo sentido del humor y los mismos valores, y ya conocemos los crímenes y pecados del otro.

Vera negó con la cabeza. Movió la mano hacia él, todavía sin mirarlo, como si así quisiese borrar también sus palabras.

—No me gustan estas bromas.

Bram le tomó la mano que tenía sobre la mesa.

—No estoy bromeando, Johnson. Somos iguales, nos lo pasamos bien juntos y nos comprendemos a la perfección. ¿Y quién más estaría dispuesto a aguantarnos? Deberíamos casarnos cuando termine la guerra. Te ofrecería hacerlo antes, por si pasa lo peor, para que tuvieses una buena pensión, pero de momento el Cuerpo de Enfermería es tu única esperanza de ir al frente.

Las cejas de Vera temblaron. Apartó la mano.

—No seas cruel. Ya sabes que quiero a otro hombre.

Bram se echó hacia atrás, como si su propia falta de tacto al no haber tenido en cuenta aquel detalle importante lo hubiese azotado.

—Lo siento. Y lo último que pretendo es ser cruel, pero conozco a Rory bien. Puedes quedarte esperando toda la vida a que te dé una respuesta clara.

Vera se frotó los párpados con los puños sudorosos. Sentía que le ardían los ojos, toda ella estaba en llamas. La música era demasiado alta y los recuerdos del *Blitz* demasiado afilados.

Bram no le permitió meter baza.

—Rory es mejor persona que nosotros, es todo sueños y galantería. Y esa misma galantería es la que le impide rechazarte. Nunca te dirá que no, independientemente de sus sentimientos. Te pasarás la vida esperando, y eso sí que no podría permitirlo. Sería un desperdicio que una chica como tú se quedase solterona porque está esperando a que un hombre la rechace.

Vera temblaba, tenía las manos abiertas cerca de la cara, como si no supiese muy bien qué hacer con ellas. Arqueó una ceja, retadora.

—Dime, Bram, ¿qué encuentras tan ofensivo en que una mujer se quede solterona?

—Nada. Admiro a las mujeres que no se casan porque no quieren hacerlo; me quito el sombrero ante ellas, de verdad, y si no fuese un hombre probablemente me contaría entre sus filas. Pero no estoy hablando de ellas; estoy hablando de una mujer que se arriesga a quedarse solterona no porque no le interese el matrimonio sino porque está esperando a que le digan que sí o que no de forma clara.

La ceja de Vera se alzó aún más, trazando tres arrugas en la frente que palidecía. Los labios estaban apretados; eran del color del hueso, blanquecinos ante la fiereza de la mirada.

Bram fue demasiado sensato como para no dar tiempo a una réplica.

—Desconozco los sentimientos de Rory porque dudo que él mismo los tenga claros; es demasiado noble como para hacer nada que pueda poner en peligro vuestra amistad y mucho tendrían que cambiar las cosas para que te dé un sí o un no.

Vera se levantó y no le dejó continuar. Tenía los ojos húmedos, ardientes. De haber estado lo suficientemente cerca de la mesa para alcanzar algo, habría sido capaz de arrojárselo a Bram a la cara.

—¿Has acabado?

Bram tragó saliva.

—No. Te admiro y creo que eres valiente para encajar la verdad, pero demasiado orgullosa para querer oírla. Esa es tu tragedia.

Vera entornó la mirada.

—No necesito tu lástima.

—Te respeto demasiado como para sentir lástima de ti. Te estoy haciendo una proposición sincera y honrada. No soy un hombre de los que se casan, pero haría una excepción contigo. Me gustas y nos entendemos bien.

—Basta. No dejas de repetir que somos iguales, pero no lo tengo tan claro —masculló, fría—. Prefiero respetarme a mí misma si ser amada no es una opción.

El ímpetu de sus propias palabras la empujaron y tiraron de ella hacia las escaleras. Oyó que Bram separaba la silla, caminaba en su dirección y la llamaba, pero no se dio la vuelta.

—¡Vera! ¡Dios! Deja que te acompañe, al menos.

No miró atrás.

VII

Bram Drachman era un chico decente. Aunque Vera le había pedido que no fuese tras ella, la siguió hasta el Hogar de las Enfermeras y no se marchó hasta que la joven abrió la puerta.

Vera subió las escaleras entre escalofríos. Al llegar a la habitación, las manos le temblaban tanto que no acertó a meter la llave en la cerradura y Persie, alertada por el ruido, tuvo que abrírsela. Alzó las cejas al verla.

—Estás pálida —le dijo, mientras cerraba la puerta—. ¿Estás indispuesta? ¿Por eso has venido pronto?

—Bram Drachman me ha pedido que lo espere y me case con él —respondió al dejarse caer sobre la cama, y su propia voz le sonó extraña, como si perteneciese a otra persona.

Persie se sentó de nuevo a la mesa en la que estaba estudiando, con los ojos fijos en Vera.

—¿Y?

—Le he dicho que no.

—¿Y querías decirle que sí?

Vera se mordió el labio inferior. Esa era la duda que la había estado atormentando en el trayecto entre La Popote y el Hogar de las Enfermeras. Bram tenía razón: eran iguales. Si bien Rory nunca la había juzgado por su arrogancia, su vanidad o su ambición, con Bram era distinto; esos eran también sus pecados, y él sabía de dónde nacían. Ambos eran astutos y calculadores, y no les importaba mirar de frente las partes más oscuras del mundo.

—No lo sé —admitió al fin—. Nunca había pensado en Bram de esa manera, pero ahora lo estoy haciendo.

—¿Lo quieres?

Vera la miró como si acabase de preguntarle si conocía en persona a Chiang Kai-shek, como si hubiese cambiado de tema y quisiese turbarla con algo irrelevante, ajeno a ella y a sus problemas.

—Es mi mejor amigo.

—Eso no es lo que te he preguntado.

Vera apartó la mirada. Tenía las manos, aún atravesadas por sacudidas, sobre las rodillas. En su interior burbujeaba algo más poderoso que el arrepentimiento o la culpa; sentía vergüenza de sí misma. No podía creerse que ella, que se tomaba tan en serio, que ponía el trabajo por encima de todo, tuviera esa conversación, y menos aún que estuviese al borde de las lágrimas.

—He estado tan obsesionada con tu hermano...

Persie emitió un ruidito que podría haber sido una carcajada o todo lo contrario.

—Y todos menos él nos dimos cuenta.

Vera la ignoró.

—Bram tiene razón: aunque no me corresponda, es demasiado noble como para decírmelo a la cara. Y siempre me he sentido orgullosa de no necesitar a nadie, pero... —Se le quebró la voz—. La gente no es amable con las mujeres que se quedan solteras, sobre todo con las que lo hacen por elección propia.

Persie bajó los párpados. Estaba seria, con los labios entreabiertos, y ya no se dirigía a Vera, sino que parecía mirar dentro de sí misma.

Vera tragó saliva.

—Lo que la gente pudiese pensar de mí me importaba un bledo cuando trabajaba en el periódico, pero ahora... —Se mordió las mejillas para contener el llanto—. Desde que D. B. murió me cuesta escribir, y me siento *tan* sola.

La propia palabra la azotó. Siempre se había sentido afortunada de no ser como el resto, que buscaban refugio en otras personas. Ella quería a Rory de la misma manera que quería ser corresponsal de guerra: como un sueño que ansiaba se cumpliera. En ese momento, en cambio, solo deseaba sentir las cosas como los demás, sentirse satisfecha con la vida como los demás.

Le dolían los brazos de tanto remar a contracorriente y ya no sabía por qué seguía haciéndolo, excepto por no haber aprendido nunca a hacerlo como los demás.

—Creo que voy a decirle a Bram que sí —susurró.

Se acercó a la ventana para comprobar si se había quedado abajo, fumando o aprovechando el viento fresco de la noche. Cuando no vio ninguna sombra que le recordase a él, regresó a la cama y dijo:

—Mañana lo iré a buscar para decírselo.

VIII

A la mañana siguiente, algo raro en ella, fue Persie St. George quien se acercó a la ventana para descorrer las cortinas. Al hacerlo y asomarse para respirar el aire fresco matutino, frunció el cejo, se volvió hacia Vera y tras tirar de la manga del uniforme para llamarle la atención, dijo:

—Creo que Bram Drachman está ahí abajo.

Vera se colocó junto a ella y lo vio. Estaba justo ahí, al otro lado de la calle, lo suficientemente lejos de la plaza para que nadie sospechase que aguardaba a una de las enfermeras. Todavía llevaba puesto el uniforme y fumaba.

Vera se mordió el labio inferior.

—Voy a buscar el correo —anunció.

Bram aún no había terminado el cigarrillo cuando Vera se situó delante de él. Le sonrió ampliamente esperando que esa sonrisa camuflase las ojeras y la palidez.

—¡Bram!

Él se estremeció, sorprendido, y se quitó la gorra para dirigirse a ella.

—Espero que no te esté metiendo en problemas.

—He bajado a por el correo. Solo tengo un par de minutos.

—¿Hay carta de Rory?

—Todavía no.

Desvió la mirada. A la luz pálida del amanecer, sus ojos, que normalmente parecían negros, brillaban con un destello ocre. Bram apretó los labios.

—Quería disculparme por cómo me comporté ayer. —Forzó una sonrisa—. No voy a intentar excusarme en el alcohol, porque solo tomé una copa. Supongo que estaba acalorado o...

Vera dio un paso hacia él.

—Bram...

Él alzó la mano para impedirle continuar. Por lo general, lo difícil era hacer callar a Bram Drachman cuando se disponía a perorar, pero esa mañana las palabras se le escapaban, debía tomarlas sobre las palmas ahuecadas para no perderlas.

—No te mentí; me gustas, pero me han gustado otras mujeres antes y no me cabe duda de que me gustarán muchas más después. Es mi naturaleza. Me sentía solo —confesó—. Es difícil ser el que se queda, ya se me había olvidado. Ahora sé por qué todos los soldados a los que les dan la baja solo quieren una cosa: volver. Cuando todos tus amigos están fuera y ya no tienes que preocuparte por ti mismo..., no sé. No sé cómo lo haces tú.

Vera separó los labios. Trató de decir algo, ignoraba el qué, pero Bram volvió a adelantársele.

—Lo siento, Vera. Tenías razón, fui cruel, te dije cosas inexcusables y... ¿Me perdonarás? No tienes por qué hacerlo, pero si puedo ser egoísta...

Un temblor recorrió el rostro de Vera. Tenía las cejas bajadas y los ojos entornados. Bram debió de leer incorrectamente su expresión, porque se acercó más a ella e hizo el amago de añadir algo. Por una vez, ella fue más rápida.

—Te perdono.

Bram le dirigió una sonrisa cansada.

—Gracias. Podemos retomar la conversación dentro de veinte años, si quieres, si has cambiado de idea y si a mí mi reputación me impide casarme.

Vera bajó los párpados.

—No creo que tenga que esperar tanto tiempo. Apuesto a que de los tres serás el primero en sentar la cabeza.

—No se lo digas a mi madre. Guarda esperanzas de que le lleve a una buena chica judía a casa. Y judía vale, pero buena...

—Le levantó el mentón con dos dedos—. Seguimos siendo amigos, ¿no?

Vera lo miró. Bajo la piel bronceada se vislumbraban, también, unas ojeras oscuras como posos de café. Alrededor de los ojos crecían unas arrugas muy finas que no tenía antes de la guerra; le conferían cierto aspecto jovial, de alguna manera, incluso en ese momento.

Lo recordó en el cumpleaños de Rory, con los zapatos en las manos, la nariz enrojecida por el frío y el traje espolvoreado de nieve. Los años lo habían cambiado físicamente, pero aquella sonrisa, con dientes algo prominentes y hoyuelos en las mejillas hundidas, permanecía.

—Sí —siseó.

—Siento haber sido un bruto.

—Fuiste sincero.

—La sinceridad no debería ser hiriente.

—No te preocupes. A veces hay que llamar a las cosas por su nombre.

Bram exhaló. Con el mismo movimiento dio un paso atrás que lo puso contra la pared del edificio cuya sombra los cobijaba.

—Bien —suspiró de nuevo—. Bien, me había quitado el sueño. ¿Cuándo tienes el próximo día libre? ¿Por qué no intentamos subir a ver a Rory?

IX

Por experiencia propia, Bram sabía dónde se refugiaban los soldados las semanas o meses vacíos entre una misión y el entrenamiento de la siguiente, y en el tercer pub que visitaron fue donde encontraron a Rory. No lo reconocieron por la forma de su cuerpo ni por los rasgos característicos de su rostro, sino por la voz, que, calmada, hablaba con el camarero situado al otro lado de la barra.

—Sí, comprendo que usted no puede servirnos más alcohol, y lamento el comportamiento de mis compañeros, de veras —le decía.

Tanto Bram como Vera tuvieron que contener la carcajada para no traicionarlo, pues a la espalda escondía dos botellas de vino.

—¡En fin! Otra vez será.

Cuando se dio la vuelta, Vera vio que había dejado sobre la barra, de manera que no resultase inmediatamente obvio, un billete para pagar el alcohol que acababa de «confiscar». Cuando el chico se hubo alejado lo suficiente del camarero, Vera se acercó a él y le dijo:

—Eres incorregible. Hasta cuando cometes una fechoría eres honrado.

Rory se volvió con ojos enormes y soltó un grito de júbilo que habría delatado su infracción, si Bram no se hubiese escondido las botellas entre los pliegues de su abrigo cuando su amigo se abalanzó sobre ellos para abrazarlos.

Como Rory no era capaz de encontrar las palabras para saludarlos, Bram se le adelantó.

—Menos mal que estamos aquí para ejercer una vez más nuestra pésima influencia sobre ti. —Miró a su alrededor, al mar de caras, algunas conocidas y otras no, que bebían, reían y hablaban a voces—. Así que estas son las tropas reclutadas en los manicomios y en las cárceles, ¿eh?

Las boinas, de un bermellón que rozaba el granate, eran una novedad en el uniforme que tanto Bram como Vera habían visto con anterioridad.

Rory los condujo a una mesa libre, entre tambaleos y sacudidas de cabeza.

—Ya veo que nuestra fama nos precede.

—Bram está que se atraganta de la envidia —precisó Vera—. Llamáis más la atención aún que los de la RAF, y no veas lo que es pasear con Bram. Podría salir desnuda a la calle y nadie me miraría, si está Bram de uniforme a mi lado.

Rory rio. Tenía la cara muy roja, brillante; los ojos, bajo los cuales crecían unas ojeras violáceas, también refulgían, casi en llamas. Una verdad era innegable: en los minutos que los amigos llevaban en el pub, varias personas se habían acercado a los compañeros de Rory. El éxito de la incursión en Bruneval había acaparado las portadas de todos los periódicos e incluso entonces, semanas después, la población quería saberlo todo de aquellos muchachos, muchos de ellos aún adolescentes, que habían mirado el miedo a la cara y estaban dispuestos a repetir.

Fueron los primeros, y su misión bautismal los había inscrito en las páginas doradas de la historia. ¿Quién iba a poder contra ellos?

Cuando Vera le planteó a Rory si le molestaba la constante retahíla de preguntas idénticas, siempre las mismas: ¿cómo es saltar desde un avión?, ¿qué sentisteis al caer sobre territorio ocupado?, él se limitó a ladear la cabeza.

—Supongo que la gente estaba famélica de buenas noticias. —Levantó la botella de vino que acababan de abrir para señalar a Bram—. Sin ánimo de ofensa —dijo.

—No me ofendes. —Le propinó un codazo en la cintura—. A los chóferes no nos echan tantas flores como a los señoritos.

—Nos habéis allanado el camino.

—Y sin esas boinas tan bonitas.

Rory se llevó una mano a la cara. Al hacerlo, Vera reparó en lo rojos que tenía los dedos, estaban resecos, casi en carne viva. Desde la última vez que lo había visto, el muchacho había adoptado la costumbre de morderse las uñas, otra novedad.

—Son nuevas. La mitad de la compañía las odia. Plumón dice que no se la pondrá en la vida, que prefiere que lo lleven ante un tribunal militar antes de que lo humillen de esta manera. Y algunos veteranos insisten en llevar las boinas de sus antiguos regimientos.

Bram alzó una ceja.

—¿Tú las odias?

Rory se quitó la boina. La tomó entre las manos, como si esa fuese la primera vez que tenía que enfrentarse a ella, y se encogió de hombros.

—Es elegante.

—Tú eres elegante.

Como si quisiese probar algo, Rory le quitó a Vera la boina escocesa que llevaba, heredada del señor Johnson, adornada con un pañuelo violeta, y se la cambió por la boina del regimiento de paracaidistas. Se echó hacia atrás en la silla, como para admirar su gran obra, y asintió.

—Está bastante bien la boina.

Después observó su reflejo en el vidrio de la botella, se puso la gorra de Vera en la cabeza y se pasó el pañuelo por encima del hombro.

—Bueno, ¿cómo me veo?

—Como una hadita —terció Bram.

—Como una pitonisa —añadió Vera.

Rory tamborileó los dedos sobre la mesa.

—Justo las dos cosas a las que quería parecerme esta noche.

Dio un sorbo al vino, directamente de la botella, y se volvió de nuevo hacia Vera.

—Te he guardado el mapa de escape.

Ella bajó los párpados. Tuvo que hacer acopio de todo su autocontrol para no irrumpir en una risotada.

—Ror, vas a subirme los colores.

Él se llevó una mano al rostro de nuevo. Estaba temblando, recordaba a uno de esos cachorros demasiado pequeños y exaltados. Vera quería pasar sus brazos alrededor de su torso, como había hecho él con ella cuando D. B. murió, pero temió avergonzarlo.

—No seas mala. —La miró por los huecos entre los dedos—. También tengo un par de historias, si las quieres. Les he prohibido a los compañeros que hablen de lo que hicimos con ningún reportero que no seas tú.

Vera sacudió la cabeza.

—Rory, no tienes por qué hablar de ello si no quieres.

—No me importa. —Colocó las manos sobre la mesa; estaba serio y tenía los labios ligeramente tintados del vino, del mismo color de la boina—. Quiero que Allie y el señor Keller se arrepientan de no haber sabido reconocer tu talento cuando aún tenían la ocasión. —Señaló vagamente en dirección al pub, abarrotado, y a la pista de baile, que permanecía vacía, pues el resto de los presentes se arremolinaba junto a las mesas de sus hermanos de armas—. Está claro que la gente quiere saber lo que pasó, y de primera mano.

Vera se volvió hacia Bram antes de responder. También él había dejado de sonreír, y miraba a su amigo como si fuese capaz de ver todo tipo de detalles invisibles al ojo humano, que solo él, y los hombres como él, podían reconocer.

Asintió lentamente, con un gesto casi imperceptible, y Vera se sacó el bloc de notas y la estilográfica del bolso.

—Muy bien —dijo—, pero no tienes que contestar a nada que no quieras.

—Te contaré todo lo que necesites.

Vera se humedeció los labios, lo miró por encima de la página y comenzó:

—Lamento tener que empezar por la misma pregunta que ya te habrán hecho todos: ¿cómo fue?

—Un éxito. —Le dio un sorbo más al vino—. Horrible. —Desvió la mirada. Se había quitado la boina y solo el pañuelo permanecía, colgado del hombro, como una lágrima—. Nevaba cuando llegamos...

Se lo contó todo, sin escatimar detalle alguno. Nunca en su carrera Vera había agradecido tanto las clases de taquigrafía que le había impartido Allie Dale. Las frases de Rory eran inconexas, a menudo confusas, y las palabras se atropellaban unas a otras en su afán por salir y ser libres. Durante los largos minutos en los que Rory habló, a Vera le dio la impresión de que se había estado guardando todo aquello, que no se había atrevido ni a ponerlo por escrito, y en ese momento parecía sangrar sobre el papel que la tinta de la estilográfica consumía.

Una hemorragia incontenible.

Les habló de la escasa resistencia inicial, de cómo, exceptuando un grupo, que no era el suyo, todos habían caído donde debían. Siguiendo las órdenes del mayor Frost, habían efectuado una incursión en una villa alemana. El palacete les había golpeado con su silencio; las habitaciones estaban vacías, envueltas en un ambiente fantasmagórico e irreal. La única persona que había en aquel edificio, de posición privilegiada, era el soldado alemán que encontraron en la segunda planta y al que Plumón «disparó antes de que él pudiese alcanzarnos a nosotros», según explicó Rory mientras miraba por encima del hombro en dirección a su amigo.

Plumón estaba sentado en una de las mesas del fondo, hablando con una chica cuyo uniforme Vera reconoció como de las fuerzas auxiliares. Parecía que los ojos de Plumón, casi opacos por su oscuridad, no solo miraban dentro de ella, sino también a través de ella, como si ambos perteneciesen a planos distintos del universo.

—¿Sabes? En el frente esperas no tener que ver el rostro de los hombres a los que matas.

No quiso detenerse en esa observación. De inmediato, y sin querer identificar ningún sentimiento en las expresiones de Bram y de Vera, continuó hablando de lo sucedido. A los siguientes hombres con los que se encontraron los tomaron como prisioneros para interrogarlos. Así fue como supieron que la villa estaba vacía a causa de los ataques que la RAF había efectuado hacía unas semanas. Como la casa había sido alcanzada, los alemanes decidieron que aquel no era un lugar seguro y se habían replegado varios metros más allá de la playa.

Al preguntarle por el número de las fuerzas enemigas, el prisionero les dio la cifra terrible y exagerada de mil hombres. Bajo amenazas se corrigió a sí mismo y dio la aproximación más realista: doscientos cincuenta.

—Tendría más o menos nuestra edad —dijo Rory—. Frank, que hacía de intérprete, dijo que tenía un acento elegante, pero las formas lo traicionaban. Se dirigía a él utilizando el *du* y no el *Sie* más respetuoso. —Jugueteó con uno de sus cigarrillos Black Cat sin llegar a encenderlo—. Un universitario rico, probablemente, que escuchaba a Bach y a Beethoven, que leía a Goethe... y que creía a pies juntillas en los delirios de un fanático genocida.

Bram cogió aire como si quisiese decir algo, pero era imposible penetrar en aquella pared de palabras. Rory no dejaba de sangrar y sangrar sobre ellos, de soltarlo todo, sin dejar ni un punto ni una coma en el tintero.

—Si no creyese en su Führer no nos habría mentido —precisó—. Ya lo habíamos tomado prisionero, y no había nadie cerca que fuese a acudir en su auxilio, engañándonos solo se ponía en peligro.

Le dio un sorbo más al vino. Cuando terminó seguía con los ojos volcados en Plumón y Vera reparó, por la forma que había tomado su mandíbula, que estaba apretando los dientes. Al volverse de nuevo hacia ella, sin embargo, relajó la expresión; todo su cuerpo pareció distenderse sobre la silla, como liberado de un peso intolerable.

—Tengo un detalle que al señor Keller le gustará —dijo, e incluso se permitió una pequeña sonrisa—. Cuando habíamos cumplido nuestra misión, y antes de que nos evacuaran, nos encargamos de una última cosa: hacer nuestras necesidades sobre territorio ocupado.

Vera escribía mientras él continuaba hablando. No lo interrumpió, ni siquiera en aquellos momentos en los que, en otras circunstancias, le habría pedido explicaciones o más detalles. Permitió que continuase hasta que las palabras también se quemaron dentro de él, hasta que ya no tenía nada más que ofrecerles.

Era una noche clara que caía sobre ellos como una trampa. Por hacer algo, y por librarse del ambiente denso del pub, que asfixiaba y ahogaba, caminaron en dirección a la estación de tren. Manchester, que también había sufrido durante meses el terror que la Luftwaffe les arrojaba desde los cielos, no tenía el aspecto que Vera recordaba de la última vez que habían visitado a Rory, durante la instrucción.

Al igual que en Londres, en los cadáveres de los edificios florecían plantas silvestres imposibles en tiempos de paz. Entre aquellos esqueletos de piedra también anidaban todo tipo de aves que Vera no supo reconocer.

—Colirrojos tizones y collalbas grises —precisó Rory, que silbó para imitar su canto como Plumón le había enseñado—. No son comunes en esta parte del país, pero ahora anidan en las ruinas.

—En Londres también los hay —respondió Vera—. Y flores silvestres. Algunas personas hasta se han atrevido a cultivar huertos entre los edificios destruidos.

Aún tenían tiempo antes de que saliese el último tren de la noche. Como aquellos pájaros de color escarlata y ceniza, los mismos que el uniforme de enfermera de Vera, buscaron cobijo entre las ruinas de la iglesia. La maleza que crecía entre flores casi exóticas amortiguaba el ruido de sus pasos. A través del hueco redondo que antaño había albergado el rosetón podía verse la luna, plateada y luminosa.

—Una luna perfecta para una incursión —dijo Rory.

Hablaron de todo y de nada, como si el tiempo no hubiese transcurrido desde 1938. Mejor aún, como si el tiempo se hubiese detenido y ellos tres fuesen los únicos que colgasen de él. En el abrazo de la madrugada, todo era posible. Ni siquiera el frío de la noche, que caía sobre ellos como un manto, podía dañarlos.

Ante los ojos ciegos de los santos se confesaron sus miedos más profundos, conscientes de que allí no podrían alcanzarlos.

—¿Cuándo tienes que reincorporarte de nuevo? —le preguntó Rory a Bram.

Bram le dio una calada al último cigarrillo, que los tres compartían, antes de responder:

—La semana que viene. No sé cuándo me asignarán una nueva misión, eso sí. ¿Tú...?

—Tampoco tengo ni idea.

Se sacó la medalla de san Antonio de Padua de debajo de la camisa; iluminada por aquella luna tan clara, parecía refulgir con luz propia.

—Sí que me dio suerte —le dijo a Vera.

—Y por muchos años más —siseó ella, como una oración o una plegaria que dirigiera a aquellos santos mudos.

Dañadas por los bombardeos, las estatuas, apenas reconocibles, la hacían pensar en las de Roma o la Antigua Grecia: reliquias de un pasado que nunca volvería, al que solo se podía acceder a través de los libros o los sueños.

Al despedirse en la estación, el abrazo que Rory les dio fue fuerte, sólido, como si quisiese grabarse en las yemas de los dedos el recuerdo de cada uno de los huesos de sus amigos.

X

Sin angustiarse por el hambre o el sueño, Vera se dispuso a transcribir la entrevista a Rory en cuanto tuvo un momento libre para sentarse al escritorio. Quería plasmar sobre el papel todo cuanto su amigo le había contado mientras su voz permaneciera fresca en su memoria. El sonido metálico de las teclas de la máquina de escribir se mezclaba con la reminiscencia del tono claro y elegante de Rory, con aquel acento inconfundible del East End que ni el colegio privado ni la universidad habían logrado arrancarle, de modo que era como si el muchacho estuviera sentado en la cama detrás de ella.

Al terminar y releer lo escrito, comprobó con amargura que aquel era su mejor trabajo, superior incluso a los realizados antes de la muerte de D. B., y absolutamente impublicable. Las cinco páginas no solo eran demasiadas, sino que el contenido jamás sería aprobado por los censores, tanto por los datos específicos de la misión, que Rory compartió con ellos bajo los efectos de la amistad y del alcohol, como por el tono, unas veces desapasionado, otras afilado como un puñal, del relato.

Aun así, no se arrepentía de haber gastado papel en pasarlo a limpio. Merecía estar ahí, íntegro, en su maletín, junto a todos los demás que había ido archivando desde el instituto.

Las mil palabras que preparó para el señor Keller distaban mucho del borrador que Vera prefería, pero se mantenían fieles a la historia. El tono era decididamente patriótico, y celebraba como los demás la victoria tan ansiada después de una larga retahíla de decepciones, miedo y muerte. Tras descartar la información confidencial que habría podido poner a Rory en un aprieto, el contenido resultante ahondaba más que la mayoría de los artículos sobre Bruneval que Vera había leído, y versaba sobre aquello que los lectores en el frente doméstico más ansiaban conocer: ¿qué habían sentido aquellos chicos jóvenes y valientes antes de saltar?

Hablaba del miedo asfixiante de estar encerrado en un tubo metálico, sin posibilidad de movimiento, volando en la inmensidad de una noche moteada por los ataques del enemigo. De la alarma de aquellos muchachos tintados de negro al descubrir que las costas en las que debían aterrizar se habían convertido en un páramo blanco. De las amistades surgidas en los largos meses de una instrucción que habían culminado en una operación que en lugar de laureles podría haberlos coronado de espinas.

Era un buen artículo aunque estuviese editado hasta tornarse irreconocible. Puesto que Vera no quería esperar a su próximo día libre para entregarlo en mano y arriesgarse a que el interés por los paracaidistas hubiese disminuido, ni mandarlo por correo para que Keller lo ignorase, se apuntó al primer turno de enfermería disponible en el centro de donación de sangre.

Este centro, situado en una de las plantas superiores, que había vuelto a ser habilitada tras el *Blitz*, constituía la única parte del hospital en la que todavía se atendía a la población civil. Hacía falta sangre, y en enormes cantidades, tanto para los hospitales de campaña como para los hospitales militares de la isla. La donación era, en muchas ocasiones, una de las pocas maneras que les quedaban de contribuir a la causa a los hombres demasiado viejos para servir. Para aquellos que, como Keller, habían perdido un hijo en el frente y que tenían otros aún combatiendo «por su patria y su rey», donar sangre suponía el único sacrificio que los unía al destino de sus muchachos.

El señor Keller era uno de los hombres que frecuentaban el centro de donación con tanta asiduidad como el personal médico le permitía, así que esa tarde Vera lo encontró sentado en la silla junto a la ventana, leyendo el periódico mientras esperaba su turno.

—Señor Keller, qué sorpresa —lo saludó, tras correr hacia él antes de que cualquier compañera pudiese adelantársele.

El hombre levantó los ojos del diario y parpadeó.

—Sorpresa la mía, señorita Johnson. En los meses que llevo donando sangre no la había visto nunca aquí.

—Intento aprovechar todas las horas de cirugía que puedo —explicó, mientras le arremangaba la camisa para hacerle el torniquete—, pero hoy he pensado que me apetecía conocer a las personas valientes que permiten que podamos realizar tantas operaciones. —Le sonrió al desinfectarle la cara interna del codo—. Ha tenido usted suerte: no solo soy una buena enfermera, sino que además le he traído un excelente material de lectura.

Antes de que el señor Keller tuviese la oportunidad de opinar o protestar, Vera desapareció en pos de todo el material necesario para la extracción. Al regresar, y antes de colocarle la vía, dejó caer el artículo corregido sobre sus muslos.

—La incursión de Bruneval desde los ojos de uno de sus protagonistas —explicó—. Mil palabras, pero me he tomado la libertad de marcar en rojo aquellos pasajes que creo que podríamos omitir, en caso de que la escasez de papel haya hecho más estragos en nuestra noble industria.

Le habría gustado quedarse junto a él e intentar adelantarse a su opinión observando la expresión de su rostro, que era extraordinariamente fácil de leer, pero sabía que la enfermera a cargo jamás lo habría aprobado. Así que, aunque se vio obligada a atender al resto de los pacientes, sus ojos vagaban siempre en dirección al reloj, que marcaba el momento en el que debía retirarle la vía al señor Keller, entregar la bolsa de sangre al celador y regresar con un vaso de agua con azúcar para que el hombre pudiera reponer fuerzas.

Cuando llegó la hora ansiada y temida, Keller tenía el artículo doblado encima de las piernas, sobre el diario que ya había leído. La expresión de su rostro, algo pálido debido a la pérdida de sangre, por una vez era hermética.

—Tu amigo de la universidad, ¿no es así? —le preguntó, antes de que Vera pudiese interesarse por su parecer.

—Sí, el hermano de la enfermera St. George.

—Un chico valiente.

—Siempre lo ha sido. ¿Y bien...?

La respuesta no fue directa, sino que llegó acompañada del comentario seco y desairado:

—Debe suponer para usted un golpe a su orgullo, tener que escribir sobre aquello que ven los ojos de sus amigos.

Vera tragó saliva. Sin importarle que la enfermera a cargo pudiese verla, permitió que la tela del torniquete golpease al señor Keller en el brazo al ser retirada. También habría usado más alcohol del debido para desinfectar la herida si no tuviesen que ser tan cuidadosas y no malgastarlo.

—Es la gran tragedia de mi carrera —repuso, gélida—, pero pronto terminaré la instrucción y podré escribir también sobre lo que vean mis ojos.

El señor Keller se llevó el vaso de agua con azúcar a los labios.

—Recemos por que la guerra haya terminado entonces.

Vera esperó a que el celador, un refugiado polaco que estaba exento de ser llamado a filas, desapareciese con la sangre del señor Keller. En cuanto su figura alargada se confundió entre los uniformes grises, bajó la voz y masculló:

—¿Una única victoria y usted ya pierde la sensatez? Los soviéticos tienen bastante con solucionar su propia papeleta y los estadounidenses prácticamente están combatiendo en una guerra paralela. Mal que me pese, el avance alemán continúa sin que nadie pueda detenerlo, y nada indica que esta cadena de victorias vaya a romperse pronto. De momento, lo único que tenemos a nuestro favor es valentía, terquedad, bombarderos y un buen estratega al mando.

Terminó la perorata con una exhalación y se ruborizó. Bajó la barbilla, en parte para que Keller no viese sus encendidas mejillas y en parte por la vergüenza que, no podía negarlo, sentía.

—Lo siento —dijo—. Sé que sus hijos están en el frente.

—Igual que sus amigos —precisó el señor Keller, el vaso lleno aún en la mano—. No tiene que disculparse, señorita Johnson. A usted no le da miedo mirar la verdad a la cara y llamar a las cosas por su nombre, una cualidad admirable y rara en su sexo.

Vera arqueó una ceja.

—O usted no ha conocido a muchas mujeres en su vida o deberían canonizar a su esposa.

Keller, que no tenía el ánimo ni las fuerzas para entrar en combate, se limitó a sonreír.

—Es un buen artículo, señorita Johnson, quizá el mejor que me ha dado a leer. Será un honor publicarlo en el *Telegraph*, y todavía conservo algunas de las fotografías de la instrucción que usted me proporcionó. Los señores St. George recibirán una bonita recompensa a cambio de haber entregado a su hijo por el bien común.

La trampa

I

Noviembre de 1942

La radio, al principio una constante en los largos turnos del St. Bart's, se había transformado en un mero ruido de fondo que se mezclaba con la cacofonía de sonidos del hospital. Incluso las enfermeras ávidas de noticias, como Vera, estaban demasiado ocupadas para detenerse a escuchar las palabras del locutor, salvo cuando pronunciaba el nombre del regimiento en el que combatía algún ser querido.

Con el transcurrir de los meses y el avance de la guerra, los heridos llenaban las alas y hasta los pasillos del hospital como en los peores días del *Blitz*. El olor dulzón e ineludible de la gangrena ya no molestaba a Vera como durante las primeras semanas de instrucción; se había acostumbrado y no era consciente de él hasta que de regreso al Hogar de las Enfermeras olía la hierba húmeda que cubría los jardines de la plaza.

No se asustaba ante las heridas más graves, y su rostro no la delataba cuando un enfermo presentaba deformaciones severas o dolencias terminales. Por eso tanto a ella como a Persie les encomendaban los casos más delicados, cuando no el honor de asistir a las operaciones.

Persie, que en la enfermería poseía todas las cualidades de Vera, era capaz de comprender a los pacientes con más profundidad que ella. Les hablaba de tú a tú, como si no hubiese diferencias discernibles entre ellos, y era raro que cometiese un error. Por eso Vera sintió que se le helaba la sangre cuando Persie, de pie junto a la camilla más próxima a la radio, dejó caer las tijeras que sostenía entre las manos.

Se abrió paso hasta ella inmediatamente y sin pensar en el hombre al que estaba atendiendo ni en la mirada reprobatoria de la señora Mandeville.

—¿Qué ocurre? —preguntó, la voz más aguda de lo habitual.

Persie no dijo nada. Pálida, se dejó caer sobre la silla desocupada del visitante.

—Persie, ¿qué ha ocurrido? Sube el volumen de la radio, Melly.

La compañera de la camilla contigua, una estudiante de primer año con una melena de un rubio rojizo y mejillas cuajadas de pecas, obedeció. Al acercarse a Vera dijo en voz baja:

—Unos aviones de la RAF se han estrellado en Noruega con cuarenta y un paracaidistas a bordo.

Vera sintió que le fallaban las piernas. Ante la ausencia de otra silla en la que sentarse y la prohibición de hacerlo en las camillas de los enfermos, apoyó la espalda en la pared y agarró con fuerza la repisa en la que estaba la radio.

La voz metálica del locutor le retumbaba en la cabeza, pero era como si hablara en otro idioma, una lengua ya extinta y olvidada, pues fue incapaz de interpretar ni una de las palabras que pronunció.

—¿Qué división? —preguntó.

Melly parpadeó. Tenía los ojos muy azules y muy redondos, como una muñeca de porcelana, pero a Vera en ese momento le recordaron a los más bien simplones de un animal de granja. Habría sido capaz de arrojarle la radio a la cara, de haber tenido las fuerzas para levantar la mano y tomarla.

—¿Eres sorda o solo tonta? ¿Qué división?

—La primera —respondió Persie con voz de ultratumba y los ojos fijos en un punto indeterminado de la sala.

Lo que Vera escuchó, sin embargo, fue «La de Rory». Cerró los ojos. Chorros y chorros de un sudor frío le bajaban por la frente y por la espalda, y se agarró a la repisa con más fuerza para evitar desplomarse en el suelo.

—¿Han dado los nombres de los paracaidistas? —Alzó la mano en dirección a Melly—. Y no me digas que no lo sabes porque...

—No han dicho nada —la interrumpió Persie, todavía sin mirarla.

Vera se santiguó, pero fue incapaz de asignarle un sentimiento más profundo a aquel acto reflejo. Apretó con fuerza la medalla de san Jorge entre los dedos. Trataba de concentrarse en el parte del noticiero, pero las palabras no tenían ningún sentido, era incapaz de enlazarlas en un mensaje coherente.

Dos aviones Horsa... un bombardero Halifax... cuarenta y un paracaidistas que se creían muertos en Telemark, Noruega, mientras trataban de destruir una planta química nazi.

Cuando logró regular la respiración y consideró que tenía las fuerzas suficientes, Vera se separó de la radio y atravesó la sala sin decirle nada a nadie, sin importarle que la señora Mandeville no estuviese lejos.

—¿Adónde vas? —le preguntó Persie.

Vera la miró por encima del hombro.

—¡A las oficinas del *Telegraph*!, quizá ellos tengan más noticias. —Se detuvo—. ¿Vienes?

Persie, que también se había levantado, tras agarrarse a los pies metálicos de la camilla, negó quedamente.

—Aquí todavía hacemos falta.

Nunca se había parecido Persie tanto a su hermano como en ese momento. No se trataba únicamente de la ilusión creada por la cofia ni del fuego en la mirada; el secreto residía en su nobleza, que brillaba aún más ante el egoísmo de Vera. Esta habría sido la respuesta exacta de Rory, de haber estado allí con ellas. Mientras tanto, Vera, que llevaba semanas desviviéndose por aquellos hombres, se había olvidado por completo de ellos; para ella valía mucho más saber qué le había sucedido a Rory que los cuidados que pudiese ofrecerles.

—Volveré en cuanto sepa algo —le aseguró, y se acercó a ella para besarle la frente antes de marcharse.

El miedo y la agitación le permitieron ignorar el riesgo, pero al bajar las escaleras el doctor Severance le cortó el paso. Vera separó los labios, antes aun de pensar en qué decirle, pero él la silenció alzando una mano. Sin darle oportunidad siquiera de fijar la vista en él, le tendió un trozo de papel.

—Lo he oído todo —dijo—. Entréguele ese permiso a la señora Mandeville cuando vuelva.

Vera se humedeció los labios.

—Gracias, doctor Severance.

—No me agradezca un acto egoísta —le dijo, desde el umbral de la puerta—. Lamentaría perder a una de mis mejores enfermeras por un acto de desobediencia perfectamente comprensible.

Vera asintió y no se entretuvo en darle una respuesta verbal antes de bajar las escaleras. Conociendo al doctor Severance como creía conocerlo, dudaba que se lo tuviera en cuenta.

Llegó a las oficinas de la calle Fleet sin aliento y con el pelo pegado a la frente por el sudor. Se había quitado la cofia en la carrera desde el hospital y ahora la usaba como abanico. En cuanto entró en la sala donde estaba la redacción (la conocía tan bien que podría haberse guiado a ciegas incluso en ese momento), la plantilla se giró para mirarla. La observaban con ojos enormes, inquisitivos, como si se tratase de una aparición espectral.

Una periodista a la que no conocía se levantó para ofrecerle su silla; Vera no fue consciente de cuánto le temblaban las rodillas hasta que se sentó y apoyó la cabeza entre las manos.

Todas las personas que la miraban le eran extrañas, excepto una, el señor McGregor, que puntuaba como si lo hubiesen criado en la jungla y cuyas heridas, recibidas en la anterior guerra, le impedían servir. El hombre se arrodilló ante ella.

—¿Qué estás haciendo aquí, niña? —le dijo, con el espeso acento de Glasgow goteando de la lengua como miel.

Vera tragó saliva antes de contestar.

—Hemos oído que en Noruega han abatido a unos aviones

de la RAF que transportaban a paracaidistas. He venido para saber si tienen más información de la que están dando las noticias.

McGregor desvió la mirada hacia su izquierda, indeciso. No tuvo ocasión ni de mentir ni de confesar la verdad, pues el señor Keller, alertado por el ruido, había salido de su despacho y le indicaba a Vera con un gesto que fuese con él.

—No me podría perdonar tener que darle malas noticias —le dijo, tras ayudarla a sentarse.

Había cerrado la puerta y, en lugar de tomar asiento también, se paseaba a lo largo de la habitación.

Vera se secó el sudor con la cofia y, por un instante fugaz, recordó que era la que le había comprado el teniente Stevens. Lamentó que estuviese de vuelta en Manchester, aunque eso significase que estaba avanzando en la recuperación, pues necesitaba su pragmatismo más que nunca.

—¿Saben algo más? —preguntó con voz ya serena.

El señor Keller no le respondió. Tomó una cuartilla de su mesa y la depositó en las manos vacías de Vera con el cuidado de quien entrega una criatura a su madre.

—No está confirmada y no tenemos permiso para publicarla, pero esta es la lista de los paracaidistas que estaban a bordo de los aviones perdidos.

Vera tenía la visión borrosa, no sabía si debido a las lágrimas o a otro motivo. Necesitó un par de segundos para lograr fijar los ojos en el papel y cuando lo hizo estaba tan turbada que fue incapaz de recordar el orden alfabético. Leyó los cuarenta y un nombres uno a uno con los dedos aferrados a la medalla de san Jorge que le pendía del cuello.

Cerró los ojos. Su mano, lánguida, soltó el papel como si le quemase.

—¿Uno de sus amigos? —le preguntó el señor Keller, con cautela.

Vera negó en silencio.

—Rory no está… —Se llevó una mano a la cara y suspiró—. No formaba parte de esa misión.

No le concedió tiempo al señor Keller para celebrarlo. Se levantó y, tras devolverle la lista, sentenció:

—Tengo que regresar al hospital.

Keller la detuvo tomándola de las muñecas.

—Deje que llame a un taxi. —Forzó una sonrisa—. No estaría nada bien que se desmayase en la calle ahora que sabe que su amigo vive.

II

Rory se quedó toda la noche despierto junto a la radio, esperando una absolución que no llegaría. El 19 de noviembre, cuarenta y un ingenieros paracaidistas (los mejores, los que habían pasado un riguroso entrenamiento) habían despegado rumbo a la lejana Noruega. ¿El objetivo? Una planta química esencial para el programa de armas atómicas nazi.

Era peligroso y tenían miedo, pero no les importó. Debido a la complejidad de la operación, y a su importancia estratégica, los hombres habían sido elegidos tras una ardua selección durante la cual muchos habían sido rechazados.

Rory estaba vivo porque las características físicas y mentales que le habían permitido formar parte del regimiento de paracaidistas no lo habían salvado de las trampas de su propio cerebro.

Los nervios le habían traicionado tras la incursión en Bruneval. Le costaba dormir y también pensar con claridad. Sus superiores decían que estaba cansado, la variante más amable de una historia ampliamente conocida por los veteranos de la anterior guerra. Fatiga de combate, shock de las trincheras. Era una historia antiquísima, y todos sabían cuál era el final. En el campo de batalla la trataban como hacían con la malaria o con cualquier otra enfermedad debilitante: sedantes, cuarenta y ocho horas de descanso y un uniforme limpio antes de regresar a la primera línea de combate. En casa, la solución había sido más parca. Mientras sus compañeros eran enviados al norte de África, donde los alemanes los bautizaron como «demonios rojos» debido a la arena que se les pegaba a los uniformes, Rory se había quedado en la base, entrenando a los nuevos voluntarios.

No había mencionado nada al respecto en sus cartas por un motivo egoísta: no quería que su padre se alegrase por algo que a él le causaba una vergüenza insoportable.

Aquella noche oscura, al conocer el destino de sus compañeros, los más talentosos de su generación, su propia insuficiencia pesó sobre él como una losa de mármol. La última vez que había hablado con Plumón, un par de semanas antes, este le había dicho que mantuviese la calma, que quizá era una buena decisión que se quedase en casa un poco más.

—Será más y más difícil a medida que le robemos terreno a los nazis —opinó—. Te vamos a necesitar al cien por cien, así que descansa.

Ahora estaba muerto, caído en combate en Argelia. Se había enfrentado al miedo de cara, tras superar pruebas imposibles, y lo único que había recibido a cambio había sido la muerte. Él, Rory, no merecía descansar y entrenar a otros chicos que sacrificasen su vida «por la patria y el rey» cuando hombres mucho mejores que él habían dejado de existir, enterrados sin gloria en territorio ocupado o en el campo de batalla. Sus familias no recibirían más que una bandera y una carta de condolencias a cambio de una pérdida indescriptible.

Tres aviones de la RAF perdidos. Cuarenta y un paracaidistas que se suponían muertos. Sus compañeros de instrucción arriesgando la vida en el norte de África y él ahí, varado.

Salió afuera, a un lugar donde ninguno de los voluntarios a su cargo pudiese verlo, y vomitó sobre la tierra blanda. La llovizna que había caído por la tarde impregnaba la hierba de un olor musgoso y envolvente. Tras dar un par de pasos tambaleantes, Rory se dejó caer de rodillas y apoyó la frente en aquella vegetación húmeda que camuflaba sus propias lágrimas ardientes.

Estaba muy cansado pero ese sentimiento no le pertenecía; no tenía derecho a apropiarse de él.

Una mano fuerte, casi severa, cayó sobre su hombro.

—Está bien, muchacho, está bien.

Se volvió para mirar al comandante a cargo. Tras reincorporarse, y tomar aire en un intento desesperado por controlar la respiración, dijo:

—No puedo quedarme aquí. Tengo que volver con los míos, por favor.

En la base de la RAF de Elsham Wolds, Bram Drachman buscaba los periódicos como un animal famélico de alimento. Pasaba una página tras otra sin apenas leerlas, solo se detenía al encontrar noticias referentes a la operación de sabotaje en Noruega. Ninguno de los artículos que llegaron a sus manos, sin embargo, le permitían pensar que Rory estaba bien y tranquilizarse.

No saber nada le parecía peor aún que haber recibido una noticia negativa que tuviese que digerir y afrontar. Los días de espera hasta recibir una carta de Vera, de Persie, de los señores St. George o del propio Rory le resultaban insoportables. Acabó convirtiéndose, junto al sargento Roxburgh, en una de las caras más reconocibles del pub local. Se apuntaba a todas las partidas de póker o de cualquier otro juego de apuestas que podía, y su estrategia era clínica y desapasionada. Le traía sin cuidado la cantidad de dinero que ganaba o perdía, siempre y cuando siguiese habiendo vino y cervezas en su mesa, y la música sonase tan alta que las conversaciones se tornasen imposibles.

Hitler has only got one ball,
Göring has two but very small,
Himmler is rather sim'lar,
But poor old Goebbels has no balls at all. *

* Letra de la popular canción paródica al ritmo de «The River Kwai March»: «Hitler solo tiene un cojón, / Göring dos pero muy pequeños, / lo mismo le sucede a Himmler, / mientras que el pobre Goebbels no tiene cojones».

El sargento Eden, sentado a la mesa contigua, apretó los labios. Por un instante, Bram se figuró que esa expresión se debía a la elección de canción, puesto que el muchacho poseía incontables cualidades positivas, pero el sentido del humor no se encontraba entre ellas. Al levantarse y detenerse ante la mesa en la que Bram y Roxburgh jugaban al dominó, dijo:

—Agradecería al hombre encargado de pilotar nuestro avión que dejase esa cerveza en la mesa.

Bram entornó la mirada.

—Nunca os he dado ningún problema. Además, ¿qué me tienes que reprochar? La última vez que lo comprobé, era tu superior, Victor.

Bram se refería a Eden por su nombre de pila cuando quería provocarlo. Eden no mordió el anzuelo. Estrechó los brillantes ojos ambarinos y dijo:

—Sabes que solo eres mi superior mientras estemos en el aire. Aquí abajo somos iguales, con la diferencia de que poseo más veteranía que tú.

Bram arqueó una ceja.

—Relájate, Victor. ¿Qué vas a hacer, denunciarme ante el alto mando por beber un par de cervezas y apostar el dinero que me he ganado arriesgando mi propia vida? Porque, si empiezas a denunciarnos a todos por lo mismo, vas a acabar tú solo haciéndote pajas en el bombardero.

Eden ignoró deliberadamente el ataque verbal de Bram, retiró los botellines de cerveza a medio consumir de la mesa y, con los dientes apretados, repuso:

—Ya te he avisado.

La siguiente vez que el sargento Eden se acercó a la mesa en la que Bram y Roxburgh apostaban, un par de noches más tarde, el humor de Bram era mucho peor. En cuanto vislumbró la figura, elegante y delgada, de su compañero, se preparó para la primera de una larga retahíla de protestas. Eden, en cambio, no dijo nada. Se limitó a depositar un sobre junto a los botellines de cerveza vacíos. Con voz gélida, sentenció:

—Tienes correo.

Bram rasgó el sobre sin entretenerse en mirar quién era el remitente. En cuanto tuvo la carta en las manos, respiró hondo por primera vez en días al reconocer la letra apretada, inclinada y difícil de leer de Rory.

Querido Bram:

Supongo que a estas alturas estarás bastante ansioso por recibir noticias mías, así que seré breve. Estoy perfectamente bien y en la base, en la que llevo un par de meses trabajando como instructor. Para ahondar en los motivos por los cuales no me encuentro con mis compañeros en África necesitaría más que una carta, y no quiero retrasar el momento en el que esta llegue a tus manos.

Siento muchísimo no haberte hecho saber que me encontraba a salvo y lejos de la batalla, en especial ahora que se han hecho públicas las noticias sobre mis compañeros en Noruega. Ha sido una falta imperdonable y me quema que hayas podido preocuparte por mí, porque no me lo merezco.

Durante todo este tiempo he querido ponerte al tanto de mi trabajo, pero no me he atrevido. Me parecía que no tenía derecho a molestarte con mis turbaciones, que era inadmisible que se me hubiesen quemado los nervios tras una única operación, a todas luces exitosa y con escasísimas bajas, cuando tú te enfrentas al enemigo de manera constante sin que ello te impida seguir al pie del cañón.

Bueno, siempre creí que eras el mejor de los dos, y ahora tengo la confirmación.

Espero que puedas perdonarme.

Con cariño y arrepentimiento,

R. S. G.

III

Había muy pocas cosas que Bram Drachman no pudiese conseguir si se las proponía. No le hizo falta mucho más que su pericia y una buena mano de póker para que le diesen no solo un pequeño permiso, sino también la autorización para visitar la base en la que estaba Rory.

Llegó de punta en blanco, con su mejor uniforme recién planchado. A excepción de los pocos voluntarios que, envalentonados, hicieron referencia a la llegada de «su futuro chófer», no llamó la atención. Se quedó atrás, donde no pudiese ser visto con facilidad, y observó a Rory mientras este instruía a los muchachos a su cargo.

Era paciente en toda ocasión y serio únicamente cuando las circunstancias lo requerían. Bram recordó aquellos años, que ya casi había olvidado, en los que Rory iba a visitarlo a su casa con la máquina de escribir a cuestas y le corregía todos los trabajos antes de entregarlos. A cambio, Bram solo habría podido ayudarlo con las asignaturas de ciencias, en las que Rory flaqueaba, pero a menudo era demasiado vago y prestaba demasiada poca atención en clase para ser capaz de desenvolverse con las tareas del instituto privado al que asistía Rory. A su amigo, por supuesto, no le importaba. No perdía la compostura si Bram perdía la concentración o si le proponía que dejara los estudios a un lado y salieran por ahí a divertirse. En esos momentos, Rory se limitaba a cambiar de disco y a explicarle la lección de nuevo hasta que los suspensos de Bram se convertían en mediocres aprobados.

Observándolo en ese momento, algo más delgado que la última vez que lo había visto, con el impoluto uniforme y la boina granate, pensó que se alegraba. A Rory enseñar se le daba bien y, por su parte, no le importaba que permaneciese donde estaba, y a salvo, durante lo que quedaba de guerra.

No esperó a que la instrucción terminara y Rory pudiese verlo y acercarse a él, ni le dio tiempo a saludarlo tampoco. Lo abordó más tarde y en el pub, donde su mal genio pudiera atribuirse al alcohol y a la rivalidad entre pilotos y paracaidistas.

Se sentó a la mesa en la que Rory leía. En cuanto este levantó la vista del libro, y antes de que pudiese recuperarse de la sorpresa, le dio un bofetón con todas sus fuerzas en la mejilla derecha.

—Nunca le había pegado a un hombre que no me hubiese provocado antes —le dijo—, y no esperaba que la excepción fuese a ser mi mejor amigo.

En vano trató de regular la voz. Estaba gritando, tenía los ojos húmedos y la garganta entumecida, como en carne viva.

Rory se limitó a mirarlo con los párpados bajos, como aceptando modestamente el castigo recibido.

—¿Cómo te has atrevido? —insistió Bram—. ¿Sabes por lo que hemos pasado todos pensando en lo que había podido pasarte? Tu hermana casi se desmaya del susto al oír la noticia y Vera salió del hospital en dirección a las oficinas del *Telegraph* para ver si podía saber más sobre tu paradero. ¿No nos podías haber dicho antes que estabas aquí, y de una pieza?

Rory bajó la mirada. Tenía las mejillas encendidas, el rubor le subía hasta las cejas.

—Lo siento mucho, Bram.

—No me vengas con esas, nunca he tenido que gritarle a un hombre como te lo estoy haciendo a ti. Que tu padre sea un desgraciado que no sabe ni lo que tiene en casa no significa que a los demás nos importe un bledo lo que te pase. Casi nos matas, St. George. ¿De verdad crees que si te mueres el mundo va a seguir girando como si no hubiese pasado nada? Porque a Vera y a mí nos destrozaría, y apuesto a que a Persie también.

Estudió el reflejo de Rory en el vaso de gaseosa que tenía ante él. Estaba serio, cabizbajo, aceptando honrada y noblemente los ataques recibidos.

Bram suspiró. El labio inferior le temblaba, el enfado que llevaba días cultivando se estaba transformando en una emoción mucho más difícil de encajar.

—Dios, piensas de verdad que no le pasaría nada al mundo si tú no estuvieses en él, ¿no? Pues te equivocas. A Vera y a mí nos importaría, y mucho. Eres demasiado importante para nosotros para perderte, y si necesitas un recordatorio la próxima vez te parto también la nariz y los dientes. —Resopló y apoyó la frente, sudorosa, en la palma de la mano—. Dios, Rory.

Rory separó los labios. En vano trató de encontrar las palabras para responder a Bram. Encadenaba un «Lo siento» tras otro, y la voz se le cortó cuando Bram lo abrazó. Apretó la tela del uniforme casi con ansia, como si quisiese comprobar con el tacto que era real, y que estaba ahí con él.

—Dios, Rory, no sabes cómo me alegro de que estés bien.

Rory se separó de su amigo con cuidado. Un temblor constante le recorría las cejas. No le importó que Bram reparase en la humedad roja del párpado inferior.

—Lo siento mucho —insistió—. De verdad. Solo..., Dios, estaba avergonzado. *Estoy* avergonzado. Es...

—No tienes nada de qué avergonzarte.

La mirada de Rory ardía. Solo para ocupar las manos en algo tomó el vaso de gaseosa y siseó:

—Si se me queman los nervios tras una operación corta y con éxito, ¿qué...?

—No tiene nada que ver con la operación —lo interrumpió Bram—. Es el tiempo.

—El tiempo.

—El tiempo lo cambia todo. Yo casi me vuelvo loco cuando estuve todas aquellas semanas de baja. Vosotros os pasasteis meses de aquí para allá antes de que os asignasen una misión, y después... es como una goma de la que estiras mucho y se rompe por la tensión.

—Solo me ha pasado a mí, Bram.

—Solo te ha pasado a ti de esta manera. Mira, St. George...

No continuó la frase. No quería verbalizar lo que pensaba: Rory era más valiente que él, más que la mayoría de las personas que conocía, pero su coraje era a menudo silencioso y difícil de comprender. Hacía años que creía que los hombres como Rory no estaban hechos para el mundo, y mucho menos para aquella guerra. Tenían una cualidad distinta de las de los demás, una especie de aura dorada que los convertía en valiosos, en dignos de ser preservados. Si una mano divina había querido que se rompiese justo entonces para mantenerse a salvo, Bram solo podía ponerse de rodillas y alabar a ese dios.

Pero no podía confesarle eso a Rory. Podía ser parco y directo con los demás hasta rozar casi la crueldad, pero no con Rory.

—Si te sirve de consuelo, todos los hombres que conozco tienen los nervios quemados. Roxburgh y yo casi nos dejamos una fortuna en el pub de la base y no hay nada que podamos hacer al respecto. —Ladeó la cabeza—. Nunca me he emborrachado antes de una misión y nunca he dado problemas, pero... no sé. A veces pienso que llegará un día en el que no pueda acostarme sobrio, y eso me da miedo. —Puso la mano detrás del cuello de Rory—. En la RAF, ninguno os envidia. El avión es como nuestra casa, y si lo derriban será una muerte rápida. Únicamente podríamos comprenderos si evacuamos el aeroplano en territorio ocupado y nos toman prisioneros. Todos nos rompemos, Rory, y cada uno a su manera.

Rory asintió, tenía los ojos fijos en un punto indeterminado de la mesa.

—He pedido que me reincorporen con mis compañeros. ¿Te he decepcionado?

Bram no contestó, se limitó a observarlo con los dientes apretados y cuando al fin se repuso del susto aseveró:

—¿Te lo han concedido?

—Tengo permiso para las fiestas de Navidad, después me

sometérán a un examen médico y decidirán. —Levantó la barbilla para dirigirse a él—. ¿Tú podrás volver a casa?

Bram negó con un gesto.

—Le cambié el permiso a Eden. Tampoco es que vaya a celebrar la Navidad, y volver a casa me pone nervioso. Me servirán el asado tradicional en la base y ya está. —Se humedeció los labios—. Perdona, se me olvidó preguntártelo. ¿Has perdido a muchos amigos en...?

—Los voluntarios que formaron parte de la operación en Noruega eran ingenieros. No entrenamos juntos, pero a algunos los conocía de vista, pertenecían a la mejor clase de seres humanos con los que podemos encontrarnos. —Tragó saliva—. Menos Billy Boy, que se está recuperando de la tuberculosis, todos los compañeros están en el norte de África. Plumón cayó en uno de los primeros días de combate, y el resto..., me preocupa recibir también noticias de ellos. Las batallas están siendo sangrientas.

Bram estiró los labios. Aunque no solía brindar si no tenía alcohol a mano, se sirvió un vaso de gaseosa y se lo dedicó a Plumón.

—Era un hombre bueno y valiente —dijo—. Si el mundo fuese justo, se habría inscrito en las páginas de la historia de una manera muy distinta.

IV

La Navidad de 1942 llegó envuelta en neblina. Mientras esperaba en la estación de tren, Vera se calentaba las manos con una taza de café de campaña; la taza la había tomado prestada del hospital, y el sucedáneo se lo habían servido en la cafetería de la estación, donde habían respondido con asombro y diversión a su pedido.

No le importó, como no le había importado cambiarle el turno a Melly ni estar temblando de frío en el andén. Persie consideraba que había demasiado trabajo en el hospital para pedir el día libre, la señora St. George se encontraba encamada debido a uno de sus episodios depresivos y con su marido no podía contar ni para llamarle un taxi a Rory, pues lo habría considerado un gasto injustificable. Que Rory llegase de permiso y no hubiera nadie esperándolo le resultaba inadmisible, de modo que allí estaba Vera, y cada vez que una sombra alta caminaba en su dirección sentía que respiraba más deprisa.

Cuando al fin lo vio, como naciendo de aquella niebla plateada, le pareció que flotaba dentro del uniforme. En el rostro pálido, ceroso, destacaban el azul limpísimo de los ojos y el rubor del frío, casi tan oscuro como el rojo de la boina. Al verla y sonreír, sin embargo, se parecía más al Rory que había visto por última vez en Manchester a principios de año.

—¡Vera!

Corrió hacia ella y le dio un beso en la mejilla. Tenía los labios y la punta de la nariz helados, y la muchacha no pudo evitar pensar en aquella noche en el pub durante su instrucción.

—¿Qué estás haciendo aquí?

Vera le devolvió la risa. Rory estaba ahí, con ella, y por un instante podía olvidarse de las fatigas del hospital, de la gravedad de los pacientes, por los que muchas veces no podía hacer nada, y de su propia desesperación.

—Es que a Allie Dale también le han dado un permiso y vine a esperarlo. ¿Tú qué crees?

Le tendió la taza, aún humeante. Al tomarla, los dedos de Rory le acariciaron los nudillos. Las suyas eran unas manos callosas, endurecidas por el trabajo; ya quedaban muy atrás los días en que solo habían sostenido los libros y los discos de swing.

—Todas las chicas traen ramos a la estación, aunque mira que es difícil conseguirlos —explicó, mientras Rory aspiraba el aroma que emergía de la taza—. ¡Qué tontería! ¿Qué vas a hacer con las flores, exactamente? Pensé que el café te alegraría más.

—Pensaste bien. Estoy helado.

—Es de campaña.

La sonrisa de Rory creció.

—Creo que ya no me acuerdo de cómo sabía el café de verdad. —Se acercó más a ella—. ¿No tienes frío tú? No deberías haber venido.

Vera no honró ese último comentario con una respuesta. Aunque hubiese querido, no le habría dado tiempo, Rory ya se estaba arrodillando para abrir el macuto.

—Te he traído algo de Escocia y sé que eres lo suficientemente práctica para que no te importe no encontrártelo debajo del árbol —dijo.

Al darse la vuelta emergió con una gruesa pieza de tela de tartán, que le colocó a Vera por detrás de los hombros a modo de manto o de capa. Era de cuadros violetas y del mismo añil de los ojos de Vera, y había suficiente para confeccionar una chaqueta. Se la acercó a la cara; como había estado guardada entre la ropa y las cosas de Rory, olía a él.

—Es perfecta, Rory —dijo, mientras empezaban a caminar hacia la calle—. ¡Qué envidia me van a tener todas en el hospital! Hace años que no estreno nada, desde que me hice aquel traje para la desastrosa entrevista en *Vogue*, ¿te acuerdas? —Se mordió el labio inferior—. Y todavía tengo patrones antiguos. Los nuevos son una calamidad. Pretenden que hagamos las solapas y los bolsillos más pequeños para ahorrar tela, pero tú me has traído suficiente y, además, no creo que una chaqueta nos haga perder la guerra. Hasta Churchill dice que es importante para la moral no ir por ahí vestidos con harapos. ¡Ah, qué contenta estoy de que estés aquí! No hago más que trabajar, escribir y estudiar, y la vida es muy aburrida sin Bram y sin ti.

Rory estalló en una carcajada maravillosa. Debido a ella, al frío o a una combinación de ambos, los ojos se le humedecieron.

—¿Entonces te gusta? Me preocupaba que el color fuese un poco fuerte.

Vera ladeó la cabeza.

—D. B. sería el primero en echarme un rapapolvo si te despreciase un regalo tan bonito. —Estiró los labios—. Además, pronto habrán transcurrido los dos años de luto. No me disgusta ir de negro, pero apuesto a que D. B. tendría algo que decir al respecto.

Rory le pasó el brazo por detrás de la espalda. Desde esa distancia más corta, Vera pudo ver que volvía a tener un brote de acné, como en la universidad; la juventud de las mejillas rojas contrastaba con las nuevas arruguitas que se dibujaban junto a las ojeras y en las comisuras de los labios.

—Me gustaría ir a visitarlo, si me lo permites.

Vera lo miró. Tenía tantas cosas que contarle y, como los taxis escaseaban, habían tomado la decisión silenciosa de caminar hasta Bermondsey.

—Llevaba tiempo buscando las fuerzas para ir —le dijo a Rory—. Contigo será más fácil.

No había pisado la Santísima Trinidad desde el entierro, y mucho menos regresado al jardín que D. B. con tanto esmero cuidaba y que ahora marcaba el lugar de su descanso eterno.

Sabía que él no se lo habría tenido en cuenta, de estar vivo; habría agradecido más los donativos que Vera daba a las familias del East End o a los ciudadanos soviéticos que seguían resistiendo a las fuerzas invasoras que las flores.

Para ella tampoco suponía una diferencia pensar en él ante su lápida o cuando miraba a la cara a uno de los pacientes que agonizaba en la camilla. Muchas de sus compañeras habían visto crecer su fe desde que trabajaban en el hospital; incluso Persie, que únicamente pisaba la iglesia por obligación, rezaba cada vez que un hombre moría y, por su expresión serena y el fuego de sus ojos, Vera sabía que de verdad creía en las oraciones que recitaba. Ella, sin embargo, era incapaz de vislumbrar la eternidad en los rostros inertes de los pacientes que perdían; en aquellas expresiones que ya no podían revelar nada no encontraba más que el fin de su sufrimiento, y eso, de momento, le parecía suficiente.

Aun así, la atravesaba el dolor de pensar que D. B., con todo el infinito que guardaba en su interior, había dejado de existir. Jamás volvería a haber una persona como él, con los ojos del mismo tono rojizo y los dientes torcidos de la misma manera, con la combinación exacta de los mismos rasgos de la personalidad. Le habría gustado creer que una parte de D. B. seguía existiendo en algún lugar, que él era capaz de experimentar las cosas sencillas y bellas de la vida, que había un mundo invisible en el que las personas como D. B. o como Bobby podían disfrutar del tiempo robado, pero no era capaz y no tenía sentido angustiarse por ello.

Rory la estrechó más hacia él.

—Lo siento, Vera. Yo también lo echo mucho de menos.

Vera apoyó la cabeza en su pecho. En esa postura podía escuchar el latido del corazón de Rory, parecía guiar el ritmo de sus pasos.

—Sentí mucho la muerte de Plumón —le dijo—. Era un buen hombre.

—Gracias, Vera —repuso, y la voz que se quebraba traicionó la expresión, que se mantenía serena—. He pensado en ir a visitar a sus padres en Whitechapel. Tienen que saber la clase de hombre que era su hijo en el frente. ¿Querrías venir?

—Solo tengo libres el día de Navidad y *Boxing Day*, pero si puedes darles las condolencias de mi parte...

—Por supuesto. —La miró de reojo—. ¿Puedo pedirte una cosa?

—Lo que sea.

—¿Vendríais a pasar la Navidad en mi casa? He pensado que..., bueno, en tu casa sois solo tu abuela, tu padre y tú, y en la mía los viejos, Persie y yo. Será más animado si nos juntamos todos y, sinceramente, necesitaré que alguien me levante el ánimo, si tengo que sentarme a la mesa con mi padre.

Vera le sonrió.

—Sí, claro. Además, en cuanto toma una copa mi padre se acalora y es capaz de decirle cualquier cosa a cualquiera, y si a mí también se me va la lengua dará igual, porque como estoy siempre en el hospital no veré a tu padre en mucho tiempo.

Rory rio. Era esa hora crepuscular tan especial en la que el mundo parecía detenerse para aminorar el paso. Estaban cruzando el puente; si fijaban la vista en la catedral de San Pablo e ignoraban la destrucción a su alrededor, si se concentraban en las tranquilas aguas del Támesis, podían imaginar una paz solo para ellos dos.

V

La mayoría de las reuniones de anteguerra del grupito de amigos habían tenido lugar en la casa de los Drachman, normalmente vacía debido al trabajo de los padres en la panadería y a la vida social paralela de Mara. Cuando por necesidad se quedaban en la casa de los St. George, como el día anterior a la partida de Rory, no salían del dormitorio de su anfitrión, de modo que esa era la primera ocasión en la que Vera podía decir que se sentaba a la mesa de los St. George, en el comedor de la planta inferior.

Exceptuando la fotografía de paracaidista de Rory dispuesta sobre la chimenea, nada en la sala indicaba que el país estuviese viviendo una guerra. Las paredes, forradas con papel de motivos florales, estaban coronadas por la fotografía de Rory en el instituto; no había mención alguna de su paso por la universidad, tampoco ningún rastro de los éxitos académicos de Persie, que se había graduado en el mismo instituto público femenino que Vera.

A diferencia de muchas otras familias, entre ellas los Johnson, no habían enmarcado el discurso «Lucharemos en las playas» de Churchill. Excepto por el retrato de Rory y un póster de la película *Top Hat* que la madre había logrado salvar del cine, la única decoración eran los cuadros de paisajes que, al leer la firma, Vera descubrió que había pintado el padre. No había cajas con los juegos de mesa que se habían creado para educar sobre el racionamiento, ni mapas del avance de la guerra, ni cupones sobre el mueble del fondo. La sala parecía sostenida en un tiempo que ya no existía ni volvería, preservada como un insecto en ámbar. Solo los traicionaba el conejo asado sobre la mesa (nada que ver con el pavo servido en tiempos de paz). El relleno tradicional se había convertido en una mezcla de perejil y apio, y el acompañamiento se limitaba a un puñado de patatas hervidas. Vera se dio cuenta de que la receta se encontraba en el mismo panfleto repartido por el Ministerio de Alimentación que la abuela había seguido para preparar el sucedáneo de mazapán y el pudin adaptado a los ingredientes disponibles en el racionamiento que habían llevado como postre.

La señora St. George se disculpó profusamente por la cantidad y el aspecto de la cena.

—Es tan difícil acertar con estas recetas —dijo—. Espero que pronto vuelva todo a la normalidad y podamos tener una cena de Navidad como Dios manda.

Era una mujer delgada, de aspecto frágil y huesos finos que a Vera le recordaban a los de los pájaros cantores que se detenían en los jardines en primavera. Excepto los ojos, del mismo azul con destellos dorados de Rory y de Persie, nada en ella indicaba el parentesco con sus hijos. Era más baja que la abuela Johnson, de pelo caoba muy espeso, mandíbula prominente y una nariz corta y pequeñísima a la que parecía que le faltara el hueso.

—A mí el racionamiento me parece saludable —repuso el señor Johnson—, pero me hago cargo de que no todo el mundo es soldado viejo, y también espero que las señoras puedan volver a sus recetas de siempre. Por mi parte, solo echo en falta el champán y el buen vino francés.

Para ilustrar su afirmación, alzó la copa antes de acercársela a los labios.

La señora St. George le dirigió una sonrisa.

—Lamento que su esposa no haya podido acompañarnos esta noche. Espero que se encuentre mejor de salud, no puedo imaginarme lo difícil que ha debido de ser para ella…

Rory le echó una mirada terrible de la que ella no fue consciente. Solo se detuvo cuando Persie dejó caer el cucharón con el que se sirvió en el platillo la salsa de pan, emitiendo un ruido estridente que aniquiló cualquier observación.

La madre, que introducía temas de conversación de manera nerviosa (todo en sus movimientos recordaba también a un pájaro friolero) para tapar los silencios de su marido, bajó la cabeza.

—Discúlpeme, señor Johnson. No pretendía recordarle...

—Mi esposa goza de una salud excelente, gracias a Dios. Es como yo, un espíritu testarudo que no tolera la humillación de haber apoyado a los perdedores. Yo tampoco me dejaría ver en público en Londres si hubiese asistido a los mismos mítines políticos que ella hace diez años —irrumpió con una de sus carcajadas sonoras y gravísimas—. No permitan que malogre la cena con debates políticos, porque mi hija no tardará en picar el anzuelo y entonces no podrán despedirnos hasta que amanezca. Sé que usted es conservador como yo, señor St. George, y mucho me temo que ninguno de nuestros hijos ha tenido la decencia de seguir nuestros pasos.

—Los pasos de la sensatez —precisó el anfitrión—, que al fin parece haberle entrado en la cabeza a mi hijo.

Rory no reaccionó inmediatamente. Apenas había tocado el plato que tenía delante, tampoco había abierto la boca para hablar; durante toda la cena no había parado de mirar por la ventana o de estirar la servilleta que cubría el cuchillo, aún limpio. Daba la sensación de que el paseo desde la estación a la casa el día de su llegada hubiese consumido sus energías y su vitalidad; se movía despacio, como con cautela, entre sueños.

Al mirar a su padre, a Vera le pareció que estrechaba los ojos con la misma expresión con que había estudiado las plumas y el cuerpo de los pájaros de la iglesia ruinosa de Manchester antes de identificarlos. Rory cogió aire, era como si estuviese debatiendo internamente si debía contestar o no, y cuando al fin habló lo hizo con voz pausada, casi impersonal.

—Lamento tener que decepcionarlo, padre, pero no puedo permitir que se sienta orgulloso de algo sobre lo que no tuve poder de decisión. —Inspiró—. Si de mí dependiese, estaría en Túnez con mis compañeros.

La señora St. George apretó el tenedor que sostenía con la mano izquierda, cuyos nudillos eran blancos y resecos, y con la derecha acarició a su hijo, que se estremeció.

—Es mejor así —le dijo—. Dios ha querido que te quedes con nosotros.

—Madre, Dios no ha tenido nada que ver en todo esto, a no ser que lleve uniforme. —Exhaló—. ¿Podemos dejar de hablar de eso en la mesa, por favor? ¿Ha visto alguien algo interesante en el cine?

—*Me casé con una bruja* —respondió Vera, sin permitir que ninguna voz se alzase sobre la suya—. Veronica Lake está excelente. Mara me contó que en la fábrica tuvieron que prohibir el peinado que lleva, que le tapa un ojo, porque las chicas estaban empezando a tener accidentes con la maquinaria. Pero la que tengo muchas ganas de ver es *La mujer pantera*, dicen que da mucho miedo.

Rory le dirigió una sonrisa cansada y ojerosa.

—¡Miedo! ¿Ya has visto *El fantasma de Frankenstein*?, sale Bela Lugosi.

—Ni un ápice de sentido común —dijo el señor St. George, que movía la cabeza con mucha pena—. Tienes un trabajo honrado que te mantiene en casa y a salvo. ¿Por qué querrías romperle el corazón a tu madre?

Por la falta de decoro al tratar temas tan sensibles ante los invitados, y por la manera en que se posicionó ligeramente en dirección al señor Johnson, como buscando su aprobación, Vera supo que aquella no era la primera vez que mantenían esa conversación.

Rory se mordió las mejillas.

—Padre, no es el trabajo para el que me he entrenado. Es injusto que me quede, tanto para los chicos con los que compartí instrucción como para los que ahora instruyo yo. No estoy aquí porque quiero, sino porque...

Cogió aire. Daba la impresión de que las palabras que buscaba y se le escapaban eran demasiado grandes, demasiado pesadas, y le robaban el aliento. Se humedeció los labios, resecos. Tenía los ojos fijos en el mantel, y no en su padre.

—Digamos que mi salud no ha sido la mejor.

La madre le tomó la mano. Ante el inesperado contacto humano, el cuerpo del muchacho tembló.

—Has perdido tanto peso… y apenas has comido desde que llegaste.

Rory la miró fijamente, como si quisiese que aprendiera una lección repetida *ad nauseam*.

—Cuando vuelva del permiso me someteré a un examen médico —repuso, despacio—. Y si lo paso me reincorporaré a filas con mis compañeros.

La señora St. George ahogó un grito. Se tapó la cara con la servilleta, un vano esfuerzo por ocultar el llanto. Se apoyó en el hombro descarnado de la abuela, como una niña en busca del consuelo de su propia madre, y no le importó mojarle el vestido con sus lágrimas.

Rory, que nunca había soportado ver llorar a otra persona, la observó con incomodidad, casi con molestia. Cuando Vera le cogió la otra mano, que colgaba junto a la silla, se quedó muy quieto, como si no supiese muy bien qué hacer con aquellos dedos que se entrelazaban con los suyos.

El señor St. George se volvió hacia su invitado. Demasiado desesperado o asustado para disculparse por la malograda velada, dijo:

—Usted es un hombre razonable, capitán Johnson. Si puede conseguir que mi chico recapacite…

—Lo haría con mucho gusto —respondió el hombre, tras dejar la copa de vino sobre la mesa—, pero si hay algo que no soporto es el desperdicio sin motivo. El trabajo de instructor es honrado, como usted bien ha dicho, y necesario, pero en lo más profundo de mi corazón creo que el lugar donde debe estar un soldado es el campo de batalla. —Se llevó una mano al pecho—. Si el examen médico determina que su hijo será más útil en la base que en la trinchera, esta conversación no habrá sido necesaria. Todavía no estamos en un punto de la guerra en que mandemos al frente a muchachos que no estén capacitados para el combate.

Al oír esas palabras, que parecían sellar un destino que todavía no había ocurrido, la señora St. George hundió el rostro en el pecho de la abuela. Los llantos que, aunque ahogados, eran perfectamente perceptibles, cortaron la espesa atmósfera de la sala como si fueran un cuchillo muy afilado.

El señor Johnson le tomó la mano.

—Lamento disgustar a una madre con mi falta de tacto, pero espero que su marido me comprenda. Como todos los hombres de mi generación, sabrá que no hay nada más difícil para un soldado que regresar a casa y dejar en la trinchera a los hermanos de regimiento. Incluso durante el permiso en el que pude conocer a mi hijo, solo tenía un pensamiento en la cabeza: volver a Francia con los míos.

Si la voz se le quebró al mencionar a D. B., la expresión del rostro no lo delató. Mantenía el mismo gesto severo, los ojos azul oscuro volcados en el anfitrión, que guardaba silencio.

—Discúlpeme, señor St. George —prosiguió—. Hubo un tiempo en el que era capaz de recordar los regimientos en los que combatieron todos los viejos camaradas, pero usted se me escapa.

El señor St. George tragó saliva. La palidez mortecina se rompió con el rubor que se extendía por sus mejillas. Persie, a su lado, se llevó un puño a la boca como queriendo contener una emoción imperdonable.

—No combatí en la anterior guerra —confesó—. Un defecto en la pierna me lo impidió.

El señor Johnson le mostró las palmas de las manos.

—Disculpe mi atrevimiento y, de nuevo, mi falta de tacto.

Cambió de postura, no para continuar la conversación sino para sacarse la pitillera del bolsillo interno del chaleco.

—¿Hay algún lugar en el que pueda fumar sin molestarles? No quisiera seguir incomodándolos y que mi presencia se considerase *non grata* en esta casa. —Señaló con un gesto el plato de Rory, todavía intacto—. Si no crees probable que tu apetito regrese, quizá quieras acompañarme. En los tiempos que corren, cada vez es más difícil encontrar a un compañero de puros que comparta mi punto de vista.

Rory asintió.

—Podemos ir a la cocina —dijo.

VI

Nunca, en sus casi veinticinco años de vida, Rory había sentido la avidez de fumar tanto como en esos momentos. Consumió un puro tras otro a base de largas inspiraciones que le impedían degustar su sabor. Aunque le había dado la impresión de que el señor Johnson quería hablar con él, el hombre no rompió el silencio hasta que lo hizo Rory. Se limitó a estudiarlo mientras fumaba con expresión hermética en el rostro cansado. Bajo la luz de la bombilla, el ojo de cristal, de un azul ligeramente más claro que el ojo sano, parecía ver a través de él.

—Lo siento —dijo Rory, y sacudió el tercer puro que sostenía entre los dedos—. Voy a tener que pagárselos.

—No lo sientas tanto. Llevaban años cogiendo polvo en una caja. —Sonrió—. Tu amigo Drachman me debe más que tú.

Rory se llevó una mano a la frente. Le picaban los ojos, y no podía echarle la culpa al humo del tabaco. Empezaba a comprender por qué el señor Johnson había insistido en que fumasen.

—No sé qué me pasa —masculló.

El señor Johnson se encendió un puro y, tras darle una calada, dijo:

—Lo que a todos los soldados, hijo.

Rory sacudió la cabeza.

—No tengo derecho. No tras una única misión, y tan corta y… —Apretó los párpados—. Es una vergüenza. Bram encadena horas de vuelo, mis compañeros llevan meses en el norte de África y yo... —Estiró los labios. Quería conservar el orgullo de no llorar ante el padre de Vera—. Es inaceptable.

El señor Johnson se levantó. Miró por la ventana el jardín trasero, que se abría ante las calles devastadas. Si existía un dios, había querido que la residencia de los St. George sobreviviese a los bombardeos con heridas menores, por decirlo de alguna manera, mientras que a sus vecinos no se les había concedido semejante privilegio.

—Lo peor que me ocurrió en la anterior guerra no fue Verdún —dijo, tras dar una calada—, no fue Ypres y no fue el Somme. No fue ninguna de las grandes batallas ni los largos meses en una trinchera putrefacta, ni ver morir a los camaradas, ni el gas ni todas las historias de grandes pérdidas que hayas podido escuchar. Lo peor que me ocurrió fue llegar a capitán y tener que escribir aquellas malditas cartas de condolencia.

Se volvió y apoyó las manos en el alféizar de la ventana. En esa postura se ponía en evidencia la cojera de la pierna derecha. La luz artificial tampoco era amable con él; creaba sombras que le recortaban el rostro y abrazaban la cicatriz que le subía desde la mejilla hasta la ceja.

—«Le escribo, con mi más profundo pesar y mi más sentido pésame, para informarle del fallecimiento de su hijo —recitó de memoria—. Su hijo era un muchacho valiente y un buen soldado, y me enorgullezco de haber servido junto a él, pues su conducta fue siempre motivo de inspiración para mí y para sus hermanos de armas. Su pérdida será recordada por usted y por los camaradas que sirvieron con él y sobrevivieron. Soy consciente de que las meras palabras no pueden apaciguar el dolor de su corazón y de su alma; las palabras son fútiles en estas circunstancias, mas espero que esta carta haya podido servirle de alivio. Su humilde servidor, Capitán Thomas M. Johnson».

Se sentó de nuevo frente a Rory y todo el peso de su cuerpo pareció redistribuirse en aquel movimiento seco, casi violento. Alzó las cejas espesas.

—Muchas veces apenas conocía al muchacho al que conmemoraba —repuso—. Conocía su nombre y su rango, y podría haber reconocido tanto su cuerpo como su rostro, pero no sabía nada de él. Sus gustos, sus deseos, sus miedos, sus planes de futuro..., algunos de aquellos muchachos eran reemplazos que murieron con los uniformes nuevos después de haber pasado uno o dos días en el frente. ¿Qué podía decir, en esas circunstancias? Odié escribir cada una de aquellas cartas.

Tamborileó los dedos sobre la mesa. Aunque todavía habría podido consumir el puro un poco más, decidió apartarlo y lo apagó junto a los demás.

Rory observó aquellas cenizas ennegrecidas como si no pudiese identificarlas como algo físico y tangible. La realidad le traspasaba. En las seis semanas de entrenamiento básico habían creado un ser humano desde cero, un soldado donde antes había habitado el hombre. Le habían extirpado los sentimientos y, puesto que ya no podía identificarlos y ponerles nombre, estos se sentaban sobre su pecho y lo asfixiaban.

—He conocido a muchos jóvenes como tú —prosiguió el señor Johnson—. Sensibles, educados. Buenos colegios, mejores notas. Tus padres, como todos los de mi generación, te criaron de modo que no tuvieses que enfrentarte a las partes duras de la vida. Podríamos haber escuchado a las voces que decían que el Tratado de Versalles no era un tratado de paz sino un armisticio que duraría veinte años, pero no lo hicimos. Tras enfrentarnos a lo más bajo del ser humano, queríamos imaginar que el mundo que recibiría a nuestros hijos sería más amable que aquel del que nosotros habíamos salido a rastras. Y aquí estamos ahora.

Entornó la mirada. Para que Rory se dirigiese a él, le alzó la barbilla con dos dedos.

—Algunos se rompen durante la instrucción y otros tras semanas o meses de combate, pero a todos les aguarda el mismo destino. Tú te has roto ahora y eso no dice nada ni sobre tu carácter ni sobre lo que has visto. —Le puso la mano en el hombro—. ¿Por qué no damos un paseo y charlamos? Creo que eso es lo que necesitas. Hablar con alguien que te comprenda y descansar para retomar fuerzas y poder reincorporarte con tus camaradas.

Rory cogió aire.

—No quisiera ser grosero. Les invité a usted y a su familia y...

El señor Johnson rio.

—Ya veo que aún te preocupan las buenas formas y la galantería. ¿No te das cuenta de que ese es un mundo al que ya no perteneces? —Le ayudó a levantarse—. Por fortuna, no eduqué a mi hija para preocuparse por la etiqueta, y mi madre conoce bien mi forma de pensar. Vamos, muchacho, te vendrá bien respirar aire fresco y hablar.

VII

Vera siempre sabía dónde encontrar a Rory, pues solían refugiarse en los mismos lugares, era como si sus almas llevasen acechándolos desde antes de que comenzase la historia. Estaba sentado en uno de los bancos rojos de los muelles de Surrey fumando, el cigarrillo encendido formaba un halo que le iluminaba el rostro. Frente a él, las aguas estaban tan negras en la noche que asemejaban un agujero en la Tierra o la entrada del inframundo.

Años atrás, esos mismos muelles estaban impregnados de las voces enérgicas de los trabajadores, de las risas de quienes atravesaban el río con sus barcas. Muchos de aquellos obreros se habían refugiado en otros lugares; de sus casas frente al muelle ya solo quedaban esqueletos y vigas retorcidas que se rizaban hacia un firmamento que, en las noches claras, todavía parecía que iba a sangrar muerte. Pertenecían a un mundo que ya no existía, que se había esfumado como la niebla, y ya nunca regresaría. Ni siquiera Vera, que era demasiado racional para angustiarse por algo que no tenía solución, pudo evitar que le doliese esa pérdida cuando se sentó junto a Rory.

—¿Cómo ha ido el resto de la fiesta? —le preguntó él, con una sonrisa ojerosa y gris en la cara.

—Espléndida. Hemos jugado al bingo y le he ganado cinco libras a tu padre.

Rory rio.

—De verdad.

Vera se encogió de hombros.

—Ha sido una fiesta de Navidad. Mi abuela dice que no puede haber ninguna sin discusiones y llantos. Supongo que tendremos suerte el año que viene, creo que va a ser decisivo, y espero que la balanza se incline a nuestro favor.

—Sí, yo también.

Mientras lo decía, Rory sacó un cigarrillo de la pitillera y se lo entregó. Las manos le temblaban al encendérselo, pero ella no dejó que la expresión ni la postura la delataran. Esperó y, cuando prendió, le dio una larga calada.

Rory subió los pies al banco.

—¿Sabes? Creo que esta ha sido la primera vez que hablé con tu padre cara a cara. —Elevó las comisuras de los labios—. Ahora comprendo muchas cosas de ti. Te pareces más a él de lo que crees.

Vera arqueó una ceja.

—¿En qué? ¿En los modales o en el alcohol?

—En tu fuerza. —La miró—. Tu valentía. Las he admirado desde hace años y ahora sé de dónde te vienen. —Le dio un golpecito—. Siempre he querido ser un poquito más como tú.

Vera intentó explicarle, contener en palabras, que aquello sería un desperdicio. No era fuerte, era dura, y esa dureza nacía de no escuchar sus propios sentimientos, y lo que él consideraba valentía era, sobre todo, una mezcla casi perfecta de orgullo y terquedad. Quería decirle que las cualidades que él tenía eran mucho más admirables. Poseía una nobleza y un sentido del honor que casi podría decirse que pertenecían a un tiempo ya perdido, y a veces ella sentía que se quemaba de lo mucho que ansiaba ser tan paciente, leal y amable como él.

Ante su silencio, Rory agregó:

—Me ha ayudado mucho tu padre. Es un buen hombre. Me ha dado su opinión sobre mi... —Señaló vagamente en dirección a su cabeza, incapaz de encontrar un término apropiado—. Cree que descansar y hablar me hará sentir mejor.

—Creo que tiene razón. —Lo tomó del brazo—. Puedes hablar conmigo, si quieres. He visto..., bueno, en el hospital no solo tratamos las secuelas físicas. Muchos hombres...

Rory sacudió la cabeza.

—Me parece que no tengo derecho a pasar por lo mismo que ellos cuando he visto tan poco combate. —Dio una calada—. No sé qué me pasa. Por qué...

Estremecido, se le quebró la voz. La frase quedó suspendida en el aire, como si se la hubiesen tragado las olas. Se tapó la cara con la mano.

—Lo siento —dijo, y se secó las lágrimas con el dorso—. Dios, lo siento mucho. No sé qué me pasa. Lo siento mucho.

Vera le pasó la mano por detrás de la espalda, en constante temblor, y lo abrazó. Durante un buen rato, mientras él se disculpaba, le estuvo acariciando aquella piel que tan bien conocía, y que, a diferencia de antaño, apenas cubría unas vértebras que podía contar, una a una.

El doctor Severance decía que era buena enfermera, pero solo porque él era un hombre orgulloso y arrogante que consideraba la enfermería una especie de medicina inferior e imperfecta. Vera Johnson habría sido buena médica, de haber sentido interés por ello y haber tenido la oportunidad de formarse como tal, pero no era una buena enfermera. Carecía de la calidez de sus compañeras y a menudo no sabía cómo calmar o reconfortar a los hombres que sufrían ante ella. Hasta Persie era capaz de encontrar palabras que servían de analgésico a los pacientes.

La enormidad de sus carencias le resultó repugnante. Quería a Rory más que a nadie en el mundo y deseaba, más de lo que jamás había deseado cualquier cosa, ser capaz de calmarlo. Solo podía abrazarlo y acariciarlo y repetirle en voz muy baja que estaba ahí, con él, y que no iba a dejarlo.

Cuando hubo regulado la respiración, Rory le dijo:

—Dios, estoy con el agua al cuello, ¿no? —Intentó sonreír, era una sonrisa roja, húmeda y desesperada—. Cuando volví de Bruneval me dieron amital sódico; los muchachos lo llaman el suero de la verdad. Primero te pasas tres semanas en las que no haces más que dormir, y después cuentas todo lo que tienes en la cabeza. —Bajó las cejas—. Pero no creo que lo que me moleste sea lo que hicimos, o lo que tuve que ver yo con ello. Es solo... —Chascó la lengua—. Estoy tan enfadado. Todo el tiempo.

Vera lo miró. Seguía acariciándolo y abrazándolo.

—Creo que tienes motivos para estarlo —dijo con todo cuidado.

Rory ncgó. Tcnía la mirada fija en el agua, en la que se veía el reflejo de la luna. El cigarrillo se le estaba consumiendo en los dedos, pero no hizo ademán de tirarlo y apagarlo.

—¿Recuerdas lo que te conté de Bruneval? ¿La villa alemana que encontramos?

—Sí.

—Cuando Plumón disparó a aquel alemán, no me alegré de que estuviese muerto antes de que hubiera podido alcanzarnos a uno de nosotros. Me alegré de que estuviese muerto por todo lo que significaba. —Contrajo el gesto y tiró la colilla aún encendida al río—. Esos rumores de campos de trabajo en el este, lo que les hacen a personas como Bram..., toda su ideología es una ideología de muerte y... y era joven, como nosotros; probablemente tuvo una instrucción similar a la nuestra, y tenía una familia esperándolo en casa. Nosotros aniquilamos toda esa humanidad y yo nunca me había alegrado tanto de algo en mi vida. Nunca creí que pudiese sentir tanto odio por otro ser humano, hasta el punto de desear que no hubiese cielo ni infierno para que no existiese un lugar en el que algo de él sobreviviese a la muerte. —Tragó saliva—. Y cuando ese prisionero de guerra nos mintió, también yo habría sido capaz de matarlo, sin importarme que me esperase un juicio militar al otro lado.

Vera lo abrazó con más fuerza, piel con piel, hasta que sintió sus lágrimas saladas en las mejillas.

—Eres buena persona, Rory —dijo, y le besó la mejilla, helada.

Él crispó la espalda, luego se relajó y apoyó la cabeza en el hombro de Vera.

—Dios, si estoy tan quemado ahora, ¿cómo voy a...? —No continuó. Las palabras se atropellaban unas a otras, como aquella noche en Manchester—. Pero tengo que hacerlo. No es justo que me quede aquí cuando mis compañeros están arriesgando la vida. ¿Tú lo entiendes?

Vera asintió.

—Quiero que estés a salvo, pero... —Bajó la cabeza—. Sí, lo entiendo. Ya sabes que lo entiendo.

Rory le sonrió. Los músculos se le habían destensado como si todo él se hubiese adormecido, y solo la mano derecha temblaba, sobre la rodilla de Vera.

—Estoy intentando ponerme mejor. Me dan una dosis muy baja de amital sódico para la ansiedad e insulina para ganar peso.

Como por instinto, Vera le apretó la mano temblorosa.

—No, insulina no —le dijo.

Rory se volvió hacia ella y parpadeó.

—Tienes que intentar comer, aunque sea difícil —insistió—. La insulina es peligrosa; puede bajarte el azúcar y hacerte daño.

Una dosis demasiado alta podía hacer que el paciente cayese en coma y provocar un daño cerebral irreversible. Si eso ocurría, todo lo que amaba de Rory (su inteligencia, su creatividad, su sentido del humor) desaparecería con él.

Él la observó un instante más, como si no acabase de comprender lo que decía, y resopló.

—Dios, soy una calamidad. —Se permitió una pequeña carcajada—. ¿Qué haría yo sin ti, Johnson?

Al decirlo, casi recuperó la ligereza de antes, la manera cantarina en la que el tono de voz se elevaba al pronunciar su apellido. Se reincorporó para besarla en la mejilla, cerca de las comisuras. Ella buscó sus labios y lo besó como si llevase años sedienta y su copa estuviese vacía. Era Rory, su Rory, y podía leerlo casi en braille, pasando los dedos por los bordes ahora afilados, por el pelo que todavía olía a lavanda y a jabón.

Al besarla, la respiración de Rory se relajó, se volvió más profunda, más pausada, como si lo hubiesen anestesiado. Con cuidado, alzó la mano con la que la acariciaba y se la colocó en la cara, con el pulgar sobre el mentón.

—Vera —dijo en voz baja—, no sé cómo voy a volver, si vuelvo.

Ella sacudió la cabeza.

—No me importa —dijo, y le pasó las manos por detrás del cuello—. Te adoro y eso no va a cambiar.

Rory le deslizó los dedos por los labios, las yemas le quedaron impregnadas de carmín.

—Puede que yo sí cambie. Que no sea la misma persona que.... No quiero que esperes a alguien que quizá no reconozcas.

—Te reconoceré —dijo ella con la rapidez de un padrenuestro—. Te buscaré hasta encontrarte y te reconoceré.

Tierra

I

Junio de 1943

El Cuerpo de Enfermería de la Reina Alejandra buscaba chicas valientes a las que llevar al frente. Tras haberse graduado, Vera y Persie recibieron las insignias con sus nuevos rangos militares. Oficialmente, ya formaban parte de las Fuerzas Armadas; al igual que los reclutas que se graduaban, dejaban atrás la vida civil que habían amado y conocido. Atrás quedaban los días de trabajo y estudio en el St. Bart's, los sueldos ruinosos de dos libras al mes y las hojas de calendario arrancadas con violencia casi animal.

Para Vera en particular, la nueva insignia que llevaba en el pecho significaba una única cosa: la cercanía del frente. Ya no era estudiante, podían llamarla a filas en cualquier momento, en cualquier lugar. Mientras que la mayoría de sus compañeras recibieron el cambio con una mezcla de nerviosismo y expectación, en Vera solo despertó una impaciencia que parecía que se la comía por dentro. Llevaba años esperando ese momento, y al fin había llegado; sentía la promesa del frente tan cercana que casi podía acariciarla con los dedos.

Querido Rory:

No aprecié al St. Bart's como debía cuando todavía trabajaba en él, y ahora me sorprendo a mí misma echándolo de menos de una manera terrible. Como habrás notado por el remitente, estamos estacionadas en el Queen Alexandra. Es un edificio fuerte, regio, de ladrillos rojos que no han sobrevivido indemnes al *Blitz* y un tejado en pico que recuerda a las antiguas cofias almidonadas de las enfermeras o las monjas. Al asomarme a la ventana ya no veo la cúpula blanca y elegante de la catedral de San Pablo, sino las aguas grises del Támesis.

El interior es también sobrio, serio; es un auténtico hospital militar que seguirá tratando únicamente a pacientes en las Fuerzas Armadas en tiempos de paz, al contrario que el fiel St. Bart's.

Echo de menos la catedral y también los frescos de las plantas inferiores del hospital, y espero con impaciencia que nos asignen una misión enseguida e ir al frente con vosotros.

La enfermera jefe, la señora Elise Hopkins, es toda una *grande dame* de las que hacen historia. Su severidad y su fiereza rivalizan hasta con las de la señora Mandeville. Es aún relativamente joven, pues rondará los cuarenta y cinco años, pero su expresión serena, de labios bien apretados y cejas ligeramente arqueadas, le da un aspecto atemporal, como si las simples décadas humanas no pudiesen tocarla y cambiarla. En el físico me recuerda a Katharine Hepburn, con su rostro anguloso y atractivo, de rasgos demasiado fuertes para considerarse clásicamente bellos, sus rizos entrecanos y el tono granate, a juego con los ribetes del uniforme, con el que siempre se pinta los labios. En cuanto a su personalidad, podría ser la hermana menor del doctor Severance, pues posee su rigidez, su racionalidad y su misma arrogancia.

Nuestro primer día nos dejó claro que ya no somos estudiantes, que ella es dura pero justa y que quien no rinda no podrá continuar en las filas del Queen Alexandra, y mucho menos optar a ir al frente. Los hospitales militares precisan más manos que nunca, y solo las mejores recibirán una misión y la instrucción militar necesaria para trabajar en ellos.

No me sobrará tiempo, pues ya no vivo en el Hogar de las Enfermeras y hay un trayecto de una hora en bus desde los muelles de Surrey al Queen Alexandra, en Millwall. Por supuesto, priorizaré tus cartas sobre todo lo demás, aunque no creo que tenga cosas muy interesantes que contar (hasta que reciba la tan ansiada noticia de que me ponen en circulación).

La vida en el hospital es intensa, como podrás imaginar. Todos los días recibimos nuevos pacientes, y Persie y yo siempre preguntamos a los que vienen del norte de África por ti y por los tuyos. Por lo general, a los paracaidistas es muy fácil reconocerlos, ya que insisten en llevar las boinas granates incluso aquí. Supongo que, cuando vuelves del infierno, tienes derecho a mostrar las marcas que te ha dejado el viaje.

Pensando en ti constantemente,

VERA RUTH

Querida Vera:

¡Ya veo que las buenas formas no se pierden ni siquiera en casa! Aquí hemos vivido una escena bastante similar a la que me cuentas. El mayor Frost vino a vernos al hospital de campaña el otro día. En cuanto puso un pie dentro, las enfermeras lo saludaron al grito de: «¡No va a tener problemas en encontrar a sus muchachos! Llevan todos la boina puesta».

¡Y pensar que la mitad de esos canallas la odiaba cuando la incorporaron al uniforme! Inevitablemente, pienso en Plumón y en todo lo que tendría que decirnos si nos viera así.

No os preocupéis por mí. Estoy perfectamente; he sobrevivido a la campaña sin un rasguño. Ni las balas ni los morteros alemanes me han alcanzado. Los mosquitos, en cambio, se han cebado con mi carne, pero ni siquiera de eso puedo quejarme. La malaria no me molesta mucho, y el médico dice que me recuperaré por completo, y muy pronto, en cuanto pueda descansar. Fiebre ya no tengo y, por suerte, tampoco he perdido mucho peso. Lo que sí tengo es bastante más tiempo para escribir que de costumbre, así que te enviaré suficiente material de lectura para el trayecto en bus.

Como tú, también estoy bastante ansioso por conocer los detalles de mi próxima misión. Por supuesto, tenías toda la razón: este está siendo el año definitivo. Rezo y rezo por que la balanza se incline, al fin, a nuestro favor.

Con cariño,

R. S. G.

Por supuesto, Vera llevaba meses pendiente de los avances del Segundo Batallón de paracaidistas. Las cartas de Rory nunca llegaban lo suficientemente pronto, e incluso los artículos de los periódicos y los partes informativos de la radio eran demasiado escasos para calmar su ansiedad. Liberada de las normas férreas de la escuela de enfermería, pasaba casi todo el tiempo libre del que disponía en las oficinas del *Telegraph*, por primera vez no para avanzar en su propia carrera, sino para ser la primera en estar al tanto del destino de Rory y sus compañeros.

Los empleados del periódico iban y venían. Cada semana había caras nuevas. Los adolescentes cumplían la edad mínima para ser llamados a filas o, con más frecuencia aún, falsificaban sus partidas de nacimiento y se alistaban sin avisar a sus padres. Los hombres que rozaban la tercera edad y habían perdido a algún hijo en el frente colgaban los hábitos y se jubilaban pronto, incapaces de seguir escribiendo sobre el conflicto, o sobre cualquier otro tema, cuando la pérdida les roía los huesos. Algunas de las mujeres se casaban, pues últimamente los matrimonios se contraían con rapidez, tras noviazgos cada vez más cortos; la mayoría de ellas, sin embargo, permanecía al pie del cañón.

Vera a veces se preguntaba qué habría sido de su vida si hubiese decidido quedarse en el *Telegraph*. Si, tal vez, la escasez de personal y la veteranía que ya tendría a esas alturas la habrían enviado al frente, a pesar de las reticencias del señor Keller. Pero esos eran temas que cada vez la atormentaban menos.

Había tomado el camino difícil, como de costumbre, y tenía que roer ese hueso durísimo.

El mapa en la pared de su habitación y los informes confidenciales que llegaban al *Telegraph* contaban historias terribles. En el norte de África, las bajas eran altísimas. Si leía entre líneas las cartas de Rory, y si analizaba el pulso débil de la letra, podía vislumbrar aquel infierno rojo y árido, aquel imperio de muerte que crecía y crecía y crecía. Se alegraba de haber ingresado en el Cuerpo de Enfermería; en el trabajo mecánico y analítico del quirófano, donde debía entregar su mente al máximo, no tenía oportunidad de pensar en otra cosa que no fuese el hombre herido, y no pensar era una bendición.

Cuando recibió la primera carta de Rory desde el hospital, tras una costosa victoria para los aliados, sintió que respiraba hondo por primera vez en meses.

II

Querido Rory:

Vera me ha contado todo lo referente a tu enfermedad. Por supuesto, solo alguien de tu altura moral podía permitir que los mosquitos de África cataran la carne que los alemanes no pudieron ni rozar. ¡Ja! Espero que estés bien, y que te recuperes pronto. Aquí todo el mundo habla de los «diablos rojos»; bellacos, nos habéis quitado todo el protagonismo que con tanto ahínco habíamos ganado. ¿Seguís diciendo por ahí que los de la RAF somos vuestros chóferes?

Naturalmente, te echo de menos lo indecible y ansío con ganas volver a verte, viejo. Como te habrás dado cuenta, tengo los nervios por las nubes. Estoy a punto de cumplir mi *tour* de treinta misiones. Cuando lo finalice, me concederán un pequeño permiso antes de embarcarme en el siguiente. Viendo cómo están las cosas, probablemente resultaría costoso y poco práctico que os dejasen volver a casa antes de vuestra próxima misión, pero supongo que un hombre puede soñar.

Tengo, por supuesto, muchas ganas de descansar un rato, pero tú conoces mejor que nadie los riesgos de un permiso. Así es nuestra existencia, ¿eh? Tantos meses de trabajo buscando un lugar en el que apoyar la cabeza y cuando al fin nos permiten volver a casa solo podemos pensar en regresar. ¿Qué será de nosotros cuando llegue la paz?

Gracias al sargento Eden, el verdadero y único lector del avión, el otro día llegó a mis manos un panfleto titulado «Deja ir a mi pueblo: algunas propuestas prácticas para lidiar con la masacre de Hitler a los judíos y un llamamiento al pueblo británico».* Me llamó la atención de inmediato, por lo que a mí me concierne, claro, pero también porque reconocí enseguida el nombre del autor, el señor Victor Gollancz.

«Ese tipo casi le da trabajo a mi amigo Rory», así mismo se lo dije a Eden. Es más, luego añadí: «El ejército le robó al señor Gollancz un empleado de cine».

El contenido del panfleto es sombrío y deprimente, incluso yo tengo la decencia más básica de no compartir detalles perturbadores con un hombre que se está recuperando de una enfermedad grave. Cualquier cosa que te imagines, pues, palidecerá ante la verdad, que coincide en líneas generales con los rumores que ya había oído en la comunidad y también en el partido.

Vivimos tiempos desesperados y mezquinos. Nunca me habían preocupado ni el idioma que hablan mis padres ni el dios al que le rezan porque yo soy mi propio hombre, que no tiene nada que ver con ellos ni con nadie más. Aun así, no puedo evitar sentir de una manera más profunda la urgencia del trabajo que hacemos.

Deseando tu pronta recuperación.

Tu amigo que te quiere,

BRAM

Al terminar de escribir la carta, Bram tomó el panfleto ya manoseado por todos los compañeros y lo leyó de nuevo. Necesitaba mantener la mente y las manos ocupadas en algo, y no desdeñaba nada que pudiese distraerlo de la siguiente misión.

* *Let My People Go: Some practical proposals for dealing with Hitler's massacre of the Jews and an appeal to the British public* (Victor Gollancz, 1943).

> De los seis millones de judíos que vivían al comienzo de la guerra en la ahora Europa ocupada, entre uno y dos millones han sido asesinados por los nazis y sus colaboradores...
>
> No se ha hecho distinción alguna a favor de embarazadas, bebés, niños, enfermos o ancianos...
>
> Los asesinatos se han llevado a cabo mediante fusilamientos, electrocuciones, gaseamientos y deportaciones en condiciones que inevitablemente conducen a la muerte...

Dejó el panfleto a un lado, se sacó un paquete de cigarrillos del bolsillo y se colocó uno entre los dientes, pero no lo encendió.

Si se lo hubiesen pedido, no habría sido capaz de recordar de memoria los rostros de sus primos segundos de Alemania que había visto en las fotografías de la familia. No se conmovía, ni siquiera en aquellos últimos años, cuando en la mesa de la Pascua se preguntaba qué distinguía aquella noche de todas las demás. Por mucho que se esforzase, no conseguía pensar en sí mismo como el descendiente de los esclavos de Egipto ni de los Macabeos que consiguieron la independencia de Antíoco IV Epífanes. Tenía más en común, según su parecer, con los muchachos con los que se había entrenado y volado; los escoceses como Roxburgh, los canadienses como Adley, los galeses y los neozelandeses, todos.

Aun así, sentía que algo le atravesaba el pecho, el mismo fervor iracundo que lo había impulsado a alistarse a pesar de su corazón y que nunca había pensado que pudiese crecer, pero que ahí estaba, enorme y asfixiante.

No, no le gustaban los tiempos que le había tocado vivir.

Tras releer la última carta de Rory, Vera se acercó al mapa que había colgado de la pared de su habitación, sobre el escritorio. El último alfiler estaba situado sobre Túnez, desde donde se abría un mar de posibilidades. Sicilia estaba cerca, pero Cerdeña, más próxima a Roma, constituía un objetivo estratégico más atractivo. Mónaco, por otro lado, abriría las puertas de Francia. También estaban Grecia, los Balcanes.

Se acercó a la pared y extendió los dedos sobre el mapa. Con las yemas acarició los bordes rugosos de Cerdeña y la línea casi paralela que podía trazar entre la isla y la capital de la Italia del Duce. Mientras lo hacía, percibió una sombra oscura que, detenida en el umbral de la puerta abierta, la acechaba.

—Eso es lo que habría pensado yo también —dijo el señor Johnson, y dio dos zancadas para quedar a su altura—. Probablemente es lo que piensan los alemanes y los italianos. De todos los posibles objetivos, a excepción de Francia, es posible que Cerdeña sea el más fortificado y el mejor defendido. —Estrechó el ojo sano—. Así que, quizá...

Agarró la muñeca de su hija. Con un movimiento seco, movió su mano a través del mapa hasta colocarla sobre el nuevo objetivo.

III

El capellán de la compañía fue a despedirlos la noche anterior al aterrizaje en Sicilia. Los nervios asfixiaban, quemaban a los muchachos, y no fueron sus palabras sino la cadencia de su voz lo que consiguió apaciguarlos. Aunque se había cruzado con el capellán en más de una ocasión, lo único que Rory consiguió retener en la memoria fue el tacto de su pulgar, grueso, blando, algo húmedo, al hacerle la señal de la cruz en la frente.

Cuando tras la oración conjunta el cura los dejó, el silencio picaba. Para combatirlo, los católicos se sentaron en el suelo y comenzaron a rezar el rosario; algunos, como Rory, se unieron a ellos, no empujados por la fe sino buscando el analgésico de sentirse parte de un grupo, de poder abandonarse en la cacofonía de unas palabras conocidas.

«Dios te salve, María, llena eres de gracia...».

Los novatos, los que habían sido escupidos prematuramente de la instrucción, se arrimaban a los más veteranos en busca de un consuelo imposible. No podían darles consejo porque aquello a lo que se enfrentarían en unas horas era nuevo para todos. Estaban a punto de invadir la fortaleza de Europa, las tierras sagradas del Duce de Italia, ¿con qué podía paragonarse eso?

Comparada con la invasión que se acercaba, pensó Rory, la operación en Francia había sido un paseo, casi un último examen antes de ser empujado a la realidad crudísima y sangrienta de la guerra. ¿Y la tierra roja de África que abandonaría? Roja la arena y roja la sangre de los compañeros. Tras la fiebre y la convalecencia, Rory apenas se acordaba de ello, y consideraba que era mejor así. Los recuerdos que bloqueaba su cerebro no podrían molestarlo.

«María, madre de gracia, madre de misericordia...».

Cuando se cansaron de rezar, escribieron a sus padres, a sus hermanos y a sus novias. Algunos escribían mientras rezaban, las manos soltaban las cuentas del rosario pero los labios seguían la oración.

Querida Vera:

Te escribo a escasas horas de salir. Aquí el tiempo es divino; incluso ahora, por la noche, si nos acercamos a las ventanas nos llega un olor dulcísimo y una brisa muy suave y cálida, como una caricia. Si cierro los ojos, casi tengo la sensación de que mañana saldremos para disfrutar de un día en la playa (¿te acuerdas de aquel viaje improvisado a Margate?) y no para dirigirnos al horror.

O horror, horror, horror!, como en *Macbeth*. En tercero arrastramos al bueno de Bram a una representación, ¿te acuerdas? Para ahorrar dinero, porque éramos universitarios y, por tanto, pobres como ratas, compramos entradas sin derecho a asiento, Bram nos lo estuvo recordando durante semanas. Claro que fue él quien, el fin de semana siguiente, logró mover los hilos para colarnos en el Café de París.

Os añoro de una manera infinita. Estos días estoy pensando mucho en casa, lo que es natural, dadas las circunstancias, y me he dado cuenta de que «casa» no son los viejos, sino vosotros. Sé que no debería pensar en la muerte, ya que es algo que no beneficia a nadie, pero no puedo evitar pensar que, si Dios quiere que se acabe aquí mi narración particular, que por favor me permita un último capítulo, o un epílogo apresurado, con vosotros.

Aunque este pensamiento parezca indicar lo contrario, estoy tranquilo, con el ánimo alto. Es verdad que yo, como todos, sucumbí al pánico (ese temor silencioso que no exteriorizamos, pero que va haciendo mella y te consume desde dentro) al darme cuenta de que estas semanas de calma e instrucción en África se terminaban. Quizá era necesario sentir todo ese miedo tan intensamente hasta quemarlo. Hace cosa de una hora que se fue el capellán y, aunque es un gran hombre y muy entregado, no creo que fuesen sus oraciones las que nos arrancaron de ese pavor primitivo, simplemente, teníamos que sentirlo, y ahora que ya apenas nos separan horas de la invasión podemos respirar tranquilos.

Es una calma muy extraña, distinta a todo lo que había experimentado hasta ahora. Parece querer decirme que he cumplido, que he dado todos los pasos como debía, de la manera más honesta posible, y ahora no soy yo quien está al mando, sino Dios.

No creas que me estoy convirtiendo en un monaguillo ni en nada semejante. Creo que todos nos sentimos imposiblemente cerca de Dios un minuto, para al siguiente odiarlo y rechazarlo, porque «Dios» no es algo que pueda habitar allá por donde nosotros pasamos. Aun así, rezamos, más que nada porque nos brinda la oportunidad de hacer algo todos juntos, de machacar los nervios hasta que no quede nada de ellos, solo la ceniza muerta.

Tengo una foto nuestra en la pitillera; como es metálica, todo lo que guardo dentro estará a salvo del agua, de la tierra y de la sangre. Es aquella instantánea que nos hicimos en el fotomatón el vigésimo cumpleaños de Bram. ¿Te acuerdas? Para tomarle el pelo, te pusiste uno de los trajes de D. B. y te peinaste hacia atrás con gomina; como entonces te acababas de cortar el pelo, de esa guisa parecías uno más de nosotros. ¡Pobre Bram! El día de su cumpleaños y le levantaste todas las chicas. Pensé en besarte toda la noche, pero me preocupaba que fuesen a sacarnos a patadas del local por escándalo público, o que tus admiradoras hiciesen piña y cargasen contra mí por robarles su «conquista».

Tengo tu beso en la pitillera, también, el que le diste a tu carta el primer día de los bombardeos sabiendo que los muchachos no me dejarían tranquilo cuando lo descubriesen. Pienso en ti constantemente, incluso más que en Bram, aunque me angustia saber que él, como yo, está ahí fuera arriesgándose.

En la universidad todo era una fiesta. Ahora que se ha acabado, y que nos ha tocado vivir estos tiempos interesantes, me arrepiento de no haber apreciado y aprovechado aquellos besos, aquellas sesiones de estudio en las que acabábamos echando la siesta uno junto al otro, las noches en el Café de París y en todos aquellos tugurios bohemios a los que me arrastrabas y en los que nos robaron más de una vez.

Pienso en el tiempo ya vivido, sí, pero sobre todo en el tiempo que todavía no he podido vivir, en los pasos que no sé si me permitirán dar.

Cuando vuelva no quiero hacer otra cosa que pasar todo el tiempo posible contigo, vivir contigo, si estás dispuesta a aguantarme, o vivir cerca de ti, si has llegado a la inevitable conclusión de que soy un caso perdido. A ti te dejaría hasta manosear mis libros y ordenar los Dostoyevskis a tu gusto (cosa que, por otro lado, habrías acabado haciendo igualmente).

A menudo pienso en mi fiesta de cumpleaños de 1938, en volver a 1938 y a la universidad y a las fiestas y al sonido de nuestros zapatos contra el pavimento, ya entrada la madrugada. Miro al cielo en busca de una estrella fugaz, o un cometa o algún otro milagro de la naturaleza, como el que nos trajo aquella nevada.

Escribiré en cuanto pueda desde el otro lado. Como no quiero gastar mucho papel, por favor, comunícale a Bram en tu siguiente carta que estoy bien, tranquilo, pensando en sus cigarrillos y en lo mucho que os echo de menos, bellacos.

Con cariño y trepidación,

R. S. G.

P. D.: Como sé que vas a seguir las noticias de la invasión, te pido que no te angusties por mí, en la medida de lo posible. Piensa que, si todo sale bien, de seguro me darán un pequeño permiso que aprovecharé para haceros una visita. Mientras tanto, no dejes de enviar cartas, por favor. Si no encuentro tiempo para contestarlas, quiero que sepas que las leeré todas, hasta memorizarlas.

En el interior del avión, sometidos a fuertes sacudidas, diez paracaidistas murmuraban para sus adentros oraciones que solo ellos conocían. Inglés, escocés o latín, ya nada importaba; habrían rezado en italiano, solo por el placer de hacerlo, por la necesidad de hacerlo, de haber conocido el idioma.

Billy Boy miró a Rory. Sus ojos oscuros y brillantes, como de charol, parecían más enormes y febriles que nunca.

—¿Es normal que el avión se menee tanto? —jadeó.

Rory asintió. Debido a la aritmética diabólica del campo de batalla, a algunos de ellos podrían quedarles escasas horas, quizá minutos, de vida. ¿Por qué angustiar a Billy? Los meses de inactividad debido a la tuberculosis parecían haberlo idiotizado. Si a Rory le había costado volver a encajar en el grupo tras haberse perdido las primeras batallas de la campaña africana, Billy, que solo se había reincorporado a tiempo para el entrenamiento de la invasión, era prácticamente un extraño. Ya nadie se acordaba de que había combatido en Bruneval como ellos; tenía más o menos el mismo estatus que los reemplazos que les habían llevado a África o los benjamines que llegaban a la compañía con sus uniformes demasiado nuevos y demasiado limpios.

El movimiento violento del avión, que no tomaba prisioneros y que obligaba a algunos a vomitar hacia un lado, no se parecía a lo vivido en Francia. Aunque evitaba por todos los medios hacerlo, Rory pensó en Plumón.

¿Había sido así su último vuelo? ¿Había visto aquella arena tan roja que solo más tarde se convirtió en sinónimo de muerte? ¿Había sido capaz de leer el peligro, la vida que se les escapaba, en los coletazos que daba el avión? Entonces, como ahora, el dios del viento no estuvo de su parte. Convivían con muchos dioses, aquellos días, y todos respondían a nombres de la naturaleza.

Charlie, otro de los más jóvenes, juntó las manos en un gesto desesperado.

—¡Rezad! —les pidió, en un grito ahogado—. ¡Rezad todos!

El Dandy, veterano de Bruneval y del norte de África, al que llamaban así por su porte flaco y elegante, como de galgo, sonrió levemente a Billy Boy.

—No te preocupes, Billy —le dijo con voz serena y clarísima a pesar del rugido de la ventolera—. Es solo un bailecito que está haciendo el avión para darte la bienvenida a Italia.

Billy asintió. Charlie, lo hubiese escuchado o no, repitió:

—¡Rezad, rezad! *Pater noster qui es in caelis...*

Rory estiró el cuello con el último pozo de aire. A través de la ventanita de la puerta podía ver ya, a lo lejos, las costas de Sicilia (el tiempo que se les agotaba), y pensó con cierta ironía que el paisaje era realmente divino. El mar Jónico se abría ante ellos, de un azul imposible, sumido en una calma casi caprichosa dada la devastación que los ataques aéreos habían causado en la ciudad. Debido al humo, el monte Etna, un gigante dormido en el horizonte, parecía en plena erupción.

Se acordó de que había tenido la intención de visitar Italia con Bram, a pesar de que los bolsillos de ambos eran lamentables. Ahora que se acercaba a esa cultura milenaria y riquísima que tanto había estudiado en el instituto, lo hacía trayendo la muerte.

Et dimitte nobis debita nostra, sicut et nos dimittimus debitoribus nostris...

—¿Sabes a qué santa rezo yo, Billy? —insistió Frank, el veterano Frank bajo cuyo nombre británico se ocultaba su verdadera identidad de judío alemán.

Sin esperar una confirmación, física o verbal, dijo:

—A santa Ágata, ¿sabes quién es? Las buenas gentes de Catania la veneran. Según cuenta la leyenda, cuando la martirizaron le cortaron los pechos. Cada febrero, para recordarla, los pueblerinos comen unos pasteles así —juntó ambas manos para formar un círculo—, con una cerecita en medio, como una tetita. —Soltó una risa seca—. ¿No querrás comerte unas tetitas sicilianas conmigo, si sobrevivimos?

Billy, aunque débil, le devolvió la carcajada. La piel, antes bronceada, se había vuelto cetrina, de un color parecido al de los huesos o la leche agria.

—Tú sí, ¿no, Rory? —continuó Frank—. También eres soltero.

Rory puso los ojos en blanco. Antes de que pudiese responder, Billy repuso:

—No, que le escribió una carta a la novia cuando yo le escribí a Louise.

—¡Louise, qué dama fina! ¿Y qué novia es esa, St. George?

—No te voy a decir nada.

—Recortó un beso que le dio a una carta —dijo Gus, otro compañero—, con mucho cuidado, para no borrar ninguna frase. Lo tiene en la pitillera.

Frank silbó.

—Rory, si sobrevivimos me lo enseñas.

Rory sonrió.

—No tengo tanta fe en ti.

—¿Y en ti? —Se volvió hacia Billy de nuevo—. ¿Tú qué me dices? ¿Te vienes a comer unas tetitas sicilianas, cuando acabe todo este caos? Si sobrevives, tu Louise te lo perdonará todo.

Billy no le respondió ni afirmativa ni negativamente, pero sonrió de nuevo.

Rory, Rory, Rory:

Manosearé todos tus libros y mezclaré tus Tolstóis con tus Dostoyevskis y te pondré de los nervios preguntándote si ese tal Gógol es un viejo compañero de la universidad. Aguantaré y soportaré todas tus manías y caprichos si tú aguantas y soportas los míos. Ni siquiera me reservo el derecho de reírme de esa birria dulce a la que llamas té, esa aguachirri nauseabunda, pero tienes que volver. Tienes que volver conmigo.

El mapa que tengo en la habitación está gastado y descolorido. Me consume la desesperación de no saber de ti a cada minuto, pero, claro, también cuento los días hasta que me asignen una misión. Las enfermeras que ingresaron en el hospital el año antes que Persie y yo ya están en el frente, por lo que nuestra marcha también parece inminente.

Mara Drachman tuvo al bebé hace dos semanas, un niño. Nunca había visto llorar tanto a un hombre como lo hizo el señor Drachman, excepto quizá al propio señor Drachman cuando Mara se casó. Estaba muy enfadado por las prisas de la boda, necesarias dadas las circunstancias, pero cuando la vio vestida de blanco se echó a llorar como un niño y ni siquiera se fijó en la barriga que ya se adivinaba debajo de la tela.

Pues bien, al nacer el niño lloró incluso más. De no haber sido por las explicaciones de su esposa, todos habríamos pensado que había ocurrido una desgracia, pero nada más alejado de la verdad. El pequeño Wade está perfecto, y Bram ya le ha mandado a la abuela la insignia de su escuadrón para que se la borde a su sobrino en todas las chaquetas y todos los pijamas.

Por lo demás, no tengo muchas cosas interesantes que contarte. En el hospital no damos abasto. Dado el número de nuestras tropas, nunca pensé que vería el día en que tuviese que tratar a algún conocido, pero llegan tantos pacientes al Queen Alexandra que ya me he topado con más de un antiguo compañero de universidad o del *Telegraph*. Me consuelo pensando que, al menos, están más seguros ahora que han regresado a casa.

Pienso en ti constantemente.

Con cariño,

V. R. J.

IV

Querida Vera:

Te escribo un par de párrafos para que sepas que estoy bien, y te pido perdón por adelantado si tengo que terminar esta carta de manera un poco abrupta. El tiempo de descanso del que disponemos es escasísimo, y me interesa mandar la carta cuanto antes, por lo que pudiera pasar.

Antes de nada, quiero que sepas que estoy perfecto, sin un rasguño. Algunos de los que se encuentran en mi misma condición se notan un poco inquietos, se creen esa superstición de que es de mal agüero que no te hayan dado jamás, en contra de todo pronóstico. Sobre todo Billy Boy (ese jovencito de los rizos negros, ¿lo recuerdas de Manchester?) se angustia mucho con eso. Aunque es un experto en levantarnos la moral a todos, se preocupa por él. Debido a su juventud, a menudo olvida que esta no es su primera misión, que fue a Francia igual que yo, y me hace preguntas como si yo fuese un auténtico veterano y él un reemplazo que no sabe nada de nada.

Supongo que a estas alturas estarás bastante angustiada, porque sin duda lo habrás leído todo sobre nuestro aparatoso aterrizaje. No sé cuánto se ha colado en las noticias, y escribo esto con el corazón en un puño por si no pasa la censura, pero fue horrible, peor que el infierno de Dante. Debido al viento huracanado y a la escasa visibilidad, el avión avanzó a golpetazos, vibraba como un ente con vida o, más bien, como un ente moribundo que se aferra desesperado a los últimos segundos antes de dormirse para siempre. A pesar de que los chicos gritaban sus oraciones, nada pudo salvarnos del ruido ensordecedor de los motores, ni del de las embestidas del aire contra el avión.

Cuando finalmente descendimos, por la pura arbitrariedad harto egoísta de la vida, los primeros compañeros se hundieron en las aguas purísimas del Jónico. Parecía una broma cruel de Dios, asfixiar con tremenda rapidez tanta juventud y tanto talento, perdidos para siempre en uno de los lugares más hermosos que he visto. ¿Cómo podía la belleza contener tanta destrucción y tanta muerte?

Los que logramos descender en tierra, lo hicimos a kilómetros de la posición que debiéramos haber ocupado; para más inri, nos estrellamos de lleno en un fortín italiano.

Gus, con el que habíamos estado bromeando minutos antes en el avión, murió enseguida, no sé si debido al impacto o al ataque enemigo. Me miró y supe al instante que no había esperanza para él, había sufrido unas heridas espantosas. Lo que sostenía entre las manos, que a primera vista me parecieron las tiras del paracaídas, resultaron ser sus propios intestinos. A Charlie lo dejé también muy malherido, a día de hoy no sé qué ha sido de él.

Los que sobrevivimos y pudimos incorporarnos a otra compañía fue por puro milagro. Billy y yo estamos tan bien, es como si un padre bondadoso nos hubiese cubierto con su mano. De mis amigos, el Dandy y Frank también lo han logrado y están aquí con nosotros; apenas han sufrido algunas heridas en las piernas y en la cara que no los mantendrán alejados del campo de batalla.

Vera, reza por nosotros. Tenemos el ánimo alto, pero las posibilidades de que salga todo bien son tan escasas...

Tengo muchas ganas de veros otra vez. Todos los días miro vuestras fotos, me da fuerza saber que estáis aquí conmigo, en el bolsillo junto a mi pecho, a salvo dentro de la pitillera.

Lo dejo aquí.

Un abrazo infinito,

R. S. G.

Martes 13 de julio de 1943

INTENSOS COMBATES EN SICILIA
300.000 DEFENSORES DEL EJE

La invasión de Sicilia constituye ya la mayor ofensiva aliada de lo que llevamos de guerra. Tropas paracaidistas y aerotransportadas han burlado las defensas sicilianas. Se estima que las tropas del Eje en la isla llegan a los 300.000 hombres.

Radio Marruecos informa que los desembarcos en Sicilia se están consolidando en la costa oeste de la isla.

Sicilia se encuentra a 480 kilómetros de Roma. Su franja este está a apenas tres kilómetros del «pie» de Italia.

En un mensaje a las naciones ocupadas de Europa, Radio Argelia ha confirmado la tan ansiada noticia: «La batalla por África ha finalizado, ¡la batalla por Europa no ha hecho más que comenzar!».

La hora más urgente se acerca. La toma de Sicilia resultará ardua, con enormes pérdidas humanas, pero la Europa libre resistirá.

Dios salve al rey.

Vera sostuvo el periódico en las manos un instante más antes de entregárselo a Persie. Junto a la noticia de la invasión de Sicilia había una fotografía del actor Leslie Howard, que se creía muerto después de que su avión se estrellase en las costas del noroeste de España el pasado junio.

Hacía cuatro años que se había estrenado *Lo que el viento se llevó*. Bram y Rory la habían acompañado al cine, aunque el primero se rindió y se marchó en el intermedio, tras la quema de Atlanta. Rory, en cambio se quedó, y cuando Vera volvió a verla (las casi cuatro horas de metraje), se encogió de hombros y fue con ella.

El cine Rialto de Bermondsey ya no existía, había perecido en el bombardeo como tantos otros edificios de su infancia. A Bram le quedaba una misión para completar su *tour* de treinta. Y Rory estaba en Sicilia, donde la situación solo podía calificarse de desesperada.

Querida Vera:

El calor es insoportable. Hacemos cada movimiento como si fuese el último, envueltos en una bruma cálida y asfixiante. Los uniformes, harapientos, moteados de sangre seca y de la ceniza negra del volcán, que lo cubre todo, se nos pegan a la piel.

Hay una epidemia de malaria y todos tenemos la sensación de que nos hemos contagiado. Me toco la frente constantemente, y debido a las altas temperaturas siempre me parece que me ha subido la fiebre. A veces, en nuestro fuero interno, deseamos que sea así. Cuando tienes fiebre, actúas como en un sueño, como si nada ni nadie pudiese tocarte; al mismo tiempo, la enfermedad te vuelve menos certero, y en todo momento te arriesgas a cometer un error capaz de condenarte para siempre.

No, «condenarse» no es la expresión correcta. Aquí los muertos son aquellos a los que les ha sonreído la suerte, porque ya no sufren.

Vivimos en un purgatorio permanente cuya única vía de escape, cada vez más atractiva, es también la más definitiva: con los pies por delante. Nuestra posición parece indefendible. Estamos aquí para ganar tiempo para nosotros, o para robárselo al enemigo.

Los campos verdes se han tornado negros. El cielo, tan azul cuando llegamos, está permanentemente cubierto del humillo de la munición, y en ocasiones me sorprendo pensando que en cualquier momento enfadaremos a un dios caprichoso que, con un chasquido de los dedos, hará que el Etna entre en erupción.

Aun así, entre el hedor de los muertos (con el calor, por mucho que se apuren en retirarlos, enseguida empieza el proceso de putrefacción), de la munición y del pus de las heridas, a veces se percibe también el aroma cítrico de los limoneros, en el que todos reparamos el primer día. Dentro de muchos siglos, esta tierra que ahora sangra se habrá olvidado de nosotros, y de esta guerra ya no quedará más que el nombre.

Si vuelves a verme, no sé si me reconocerás. Estamos todos mugrientos y delgados, con profundas ojeras y barba de varios días. Somos hombres a los que la propia vida ha rechazado.

Siempre tuyo,

R. S. G.

V

Querida Vera:

Situación crítica. Escribo sin pensar en la censura, ya que no sé cómo saldrá de aquí esta carta. Al coger el lápiz, robándole minutos a un sueño caprichoso, pienso que me dispongo a componer nuestra elegía.

Estamos a punto de agotar nuestras reservas de munición. A los muertos, a los que antes envidiábamos por su condición pacífica, ahora les reprochamos también el no tener que tomar la decisión dolorosísima de cometer el suicidio noble de permanecer al pie del cañón cuando todo parece perdido o de retirarse.

Los demás ya no escriben. No hay buenas noticias que dar, el tiempo es precioso, las cartas se acumulan porque es imposible mandarlas. ¿Para qué garabatear sobre un papel que va a acabar formando parte de tu mortaja?

Yo escribo para conservar la cordura, y también porque así me siento cerca de vosotros.

¿Sabes? Siempre pensé que Bram y tú erais los parecidos, y que algo dentro de mí me diferenciaba de vosotros. Ahora me doy cuenta de que es al revés.

A pesar de las diferencias físicas y de carácter, tú y yo estamos hechos de la misma pasta, como si Dios hubiese utilizado la misma materia prima para crearnos. Nuestras heridas son las mismas, y nos mueven también las mismas pasiones. Entiendo ahora qué fue lo que me atrajo instintivamente hacia ti en mi fiesta de cumpleaños, no fue nada físico, ya que lo primero en lo que reparé fue la risa y el timbre particular de tu voz. Sin darme cuenta, acababa de reconocer algo que había formado parte de mí antes aun de que comenzase la historia.

Espero volver a veros otra vez a todos, aunque sea solo un segundo.

R. S. G.

Jueves 15 de julio de 1943

200 PARACAIDISTAS BRITÁNICOS RESISTEN A 2.000 DEFENSORES DEL EJE SITUACIÓN DESESPERADA: DEFENSORES E INVASORES PRECISAN REFUERZOS

Tropas británicas y del Eje han combatido hoy bajo un sol tórrido, envueltos en una nube de polvo y artillería, por el dominio de un puente al sur de Catania. Los paracaidistas británicos han mantenido su posición durante más de 24 horas, hasta que el total de su munición descendió a las cuatro últimas balas, contra una fuerza de 2.000 italianos y alemanes.

Los paracaidistas aterrizaron la noche del martes a 16 kilómetros de Catania con el objetivo de tomar y defender el puente. Al agotar la munición, han debido replegarse. El enemigo ha atacado con fiereza y se estima que las bajas de nuestras tropas son altísimas.

A la publicación de esta nota, el combate continúa a la sombra del monte Etna. El puente se ha convertido en una suerte de «tierra de nadie».

Con el pulso débil, Vera dejó el periódico sobre la mesita del paciente, donde lo había encontrado. Continuaba detallando la furiosa resistencia de las tropas británicas, la batalla desesperada por aquel puente cuyo nombre todavía no había sido publicado en la prensa, y ella, por primera vez, no se vio con ánimos de seguir leyendo.

Una pantalla de sudor frío le recorría la espalda, y le pegaba los mechones que se le salían del moño en la nuca. Cuando la enfermera jefe, la señora Hopkins, pidió refuerzos en el quirófano, en el que el doctor llevaba horas operando, Vera alzó la mano. Ansiaba más que nunca mantener la mente en blanco y los ojos fijos en la carne lastimada de un cuerpo que, mientras durase la operación, aprendería a no ver como perteneciente a una persona humana.

No podía pensar, se volvería loca si lo hiciera.

A las seis y media de la mañana, las tropas defensoras abrieron fuego contra los paracaidistas que habían tomado el puente. El cielo, que amanecía rosado como un pomelo, se llenó de los latigazos naranjas de la munición trazadora. Las explosiones ahogadas de los morteros precedían al silbido de las bombas que detonaban sobre las posiciones aliadas y hacían temblar el suelo.

La trinchera que Rory compartía con Billy parecía respirar como un animal herido. En lo posible, el ejército fomentaba la formación de equipos de dos que debían funcionar como un solo hombre; mientras uno dormía, se afeitaba o escribía cartas a la familia, el otro hacía guardia por los dos. Rory había escogido a Billy porque era un extraño como él, porque estaba en los límites como él. Sus respectivas enfermedades los habían mantenido en casa mientras los demás partían rumbo a África; incluso Rory, que se había reincorporado después y había sufrido las inclemencias de la resistencia del Eje y del clima árido y sofocante, notaba esa diferencia como algo que le ardía en el pecho.

Ahora la tierra se abría ante ellos como si el Etna hubiese entrado en erupción. Incluso aquellos que, como Rory, habían sobrevivido a las condiciones inciertas de Argelia, supieron reconocer lo que se les venía encima: la Muerte que clamaba por ellos.

No luchaban únicamente contra el enemigo, sino también contra el terreno. La metralla de los morteros, unida a las astillas afiladas del suelo rocoso de Sicilia, causaron bajas de inmediato. A las explosiones y los silbidos del ataque se unieron, como en una sinfonía diabólica, los gritos desesperados de «¡Sanitario! ¡Sanitario!».

No tenían cobertura. La colina en la que se encontraban constituía una estratégica posición de mando, pero carecía de rocas o vegetación espesa que pudiese camuflarlos. En las trincheras, los heridos y los muertos que esperaban a ser retirados se amontonaban como naipes en un juego de cartas infernal.

Sin armas pesadas con las que responder al ataque del enemigo y acabar con él, la situación era desesperada. El humo y el polvillo negruzco del Etna lo cubrieron todo como una pantalla que desdibujaba los bordes de la realidad. Las armas de mayor alcance que poseían eran las ametralladoras Bren, ineficientes para aniquilar el infierno rojo y negro que caía sobre ellos.

La metralla y los fragmentos rocosos llovían sobre la colina como flechas en llamas. El calor seco y asfixiante de Sicilia se transformó en una gehena que les pegaba los uniformes harapientos a la piel; la tela interna que llevaban bajo el casco para su comodidad se convirtió en un engorro más que hacía que chorreasen un sudor espeso que les nublaba la vista.

Estaban atrapados.

Los suboficiales corrían entre el humo y las balas, se arrastraban de trinchera en trinchera e instaban a sus hombres a gritar las posiciones del enemigo en cuanto pudiesen verlas al otro lado de las nubes grises que los rodeaban. De ese modo, podrían coordinar un ataque con la esperanza de neutralizar la carga alemana.

A las siete, la cortina de humo era ya tan intensa, tan impenetrable, que los paracaidistas no veían nada. Todo era blanco, el cielo, la tierra escarpada que pisaban, las trincheras, como una enorme sábana que los cubría y los cegaba. El olor a quemado lo aniquilaba todo, hasta los indicios de la muerte.

Ante el diluvio de artillería, los paracaidistas no podían levantar la cabeza de sus trincheras sin arriesgarse a ser alcanzados. Incluso los que preferían la comodidad de las boinas rojas se habían puesto los cascos, guiados por un sentimiento de falsa seguridad. Nadie podía salvarse de la furia de los *Fallschirmjäger* alemanes.

El mundo a su alrededor ardía como una antorcha.

Desde su trinchera, entre la humareda clara, Rory percibió el equipo de ametralladoras enemigo cuando se movió para acercarse más a ellos. Les gritó la posición a sus compañeros con la voz ahogada por aquella cortina blanca que les humedecía los ojos y les impedía respirar con normalidad.

Tras coger aire, movió la Bren y apuntó a los paracaidistas alemanes. Una exhalación quieta y apretó el gatillo.

Le respondió el silencio.

VI

Entre la estela de humo y arenisca, al fin podían devolverles los golpes a los *Fallschirmjäger* alemanes, los «demonios verdes» frente a sus «demonios rojos». Avanzaban despacio, atacando a las nuevas posiciones que tomaba el enemigo.

Con la siguiente explosión del mortero, la tierra ardiente de Sicilia (que agonizaba, que pedía un auxilio que no llegaba) pareció quebrarse sin remedio. El manchón negro, como de tinta primero, y la detonación ensordecedora después, siempre ocurría así, la vista reaccionaba al peligro un segundo antes que el oído.

Cuando los tímpanos le retumbaron, con el pitido característico que seguía a las explosiones, Rory ya estaba ciego. Notaba los filamentos puntiagudos de las rocas en los ojos, que era incapaz de abrir. Al llevarse los dedos a los párpados, en un intento desesperado por frotárselos, sintió la textura espesa y cálida que, después de tantos meses, ya había aprendido a reconocer. Se estaba limpiando los ojos con su propia sangre, se había convertido en un moratón con la forma de un hombre.

—¡Sanitario! —La voz de Billy poseía la inequívoca fragilidad, la exhalación condenada de quien se ahoga.

En ese instante de asfixia supo que su compañero no pedía ayuda para él sino para sí mismo. Pidió auxilio. Clamó el nombre de Rory a gritos.

—¡Sanitario! —gritó Rory a su vez, y casi suspiró con alivio.

Su voz sonaba igual que siempre, no estaba teñida de la sombra de la muerte que cubría la de Billy.

Guiado tan solo por el tacto del suelo bajo él, se arrastró con cuidado hacia su compañero. A su alrededor, como una orquesta maquiavélica, oía los ruidos de la batalla: los silbidos de una munición trazadora que no podía ver. Las explosiones que le arrojaban arenilla a la cara. Los movimientos de los camaradas, no sabía si para ayudarlos o para cargar contra el enemigo.

Llamó al sanitario de nuevo, plenamente consciente de que ningún tipo de evacuación sería posible hasta que hubiera un momento de calma que parecía improbable.

—¡Rory!

—No veo. ¡No veo!

Extendió los brazos y rezó y palpó hasta que encontró la pierna de su amigo. Tras posar las manos sobre ella la siguió hasta notar el hueso duro de la rodilla y la carne blanda del muslo. Abrió el bolsillo de la pernera izquierda, donde guardaban el kit de primeros auxilios, y rebuscó con los dedos lo que había memorizado que había en él, hasta dar con lo que reconoció como el pequeño frasco rectangular de la sulfamida. Se lo dio a Billy.

—Espárcelo por la herida —le ordenó.

El muchacho se quejó, pero no dijo nada. El recipiente seguía en la mano de Rory, cuyo pulso era cada vez más débil.

—Billy, no veo —insistió—. No sé dónde te han dado. ¡Sanitario!

Rory hizo un esfuerzo por abrir los ojos. El latigazo de dolor, que le recorrió desde la nuca hasta la pierna, no lo salvó. Una telilla blanca le cubría la vista impidiéndole fijarla. El mundo que lo rodeaba era una mezcla difusa, como a brochazos, de rojo, negro y gris.

Estiró el brazo que tenía libre y palpó el bulto en que se había convertido el cuerpo de Billy en busca del origen de la hemorragia.

El joven inspiró.

—Me han matado —masculló, con un deje escéptico, como si él fuese el primero en asombrarse por la magnitud de aquella traición de la vida.

Un temblor recorrió la columna de Rory. El sudor frío que le caía a chorretones de la frente le humedeció los ojos. La telilla se adelgazó, definiendo todo cuanto antes estaba sumido en las sombras.

El cuerpo que tenía ante él apenas parecía humano. Era una pulpa roja, como el interior de una ciruela machacada. La metralla del mortero había seccionado el torso de Billy desde la ingle hasta el cuello, y de la herida, enorme y monstruosa, brotaba una hemorragia incontenible.

Algo tiró de él hacia atrás. Por un momento temió haberse desmayado, después, con un campo visual todavía borroso e incierto, vislumbró los ojos grises y rasgados del Dandy. Sin decirle nada, le quitó el frasco de sulfamida que todavía apretaba en la mano, lo abrió con los dientes y le esparció el polvillo blanco sobre la pierna.

Solo entonces reparó en la herida que parecía burlarse de él. Subía de la mitad del muslo hasta casi alcanzar la cadera, tiñendo los jirones del uniforme de granate.

El Dandy le apretó el hombro.

—Aguanta un poco más, Rory. Te llevo al hospital de campaña en cuanto pueda. Haz presión en la herida mientras tanto. Con la mano. —Se la guio con la suya—. Así.

Sintió que perdía el conocimiento por segundos y volvió en sí alertado por el movimiento que notaba en la espalda. Mientras los párpados se levantaban con dificultad, tocó la madera sobre la que estaba tumbado. Oyó el galope de un caballo contra la tierra rocosa de Sicilia, los ruidos del combate eran ya un murmullo ahogado.

Cuando los ojos se acostumbraron a la repentina claridad, vio que lo habían tirado sobre un carro y lo conducían hacia el hospital de campaña que el cuerpo médico había improvisado en una granja cercana al campo de batalla.

Se pasó la lengua por los labios, sintió que el sueño lo llamaba de nuevo y miró la herida. Una venda hacía de torniquete; bajo ella, el rojo de la sangre se mezclaba con el polvillo amarillento de la sulfamida que le había administrado el Dandy.

Trató de regular la respiración. Le daba la impresión de flotar en un sueño, tenía el cuerpo cada vez más frío y húmedo. Con los sentidos adormecidos pensó, sin quererlo, en la escena de *Guerra y paz* en que el conde Rostov es hecho prisionero por las tropas de Napoleón.

No había pensado en *Guerra y paz*, ni en ninguna otra novela, en meses. Él, cuya vida de antaño se desplegaba entre las páginas y la tinta de los libros, no podía recordar la última vez que había leído algo que no fuesen las cartas de casa o los manuales de instrucción. Mientras se alejaba de la línea de combate, todos aquellos conocimientos olvidados e inútiles regresaban a él, como si el Rory de otros tiempos quisiese volver a habitar su cuerpo antes de abandonarlo para siempre.

Tras su primera batalla, al conde Rostov, frente a frente contra el enemigo, lo atormenta una única pregunta: ¿cómo podían querer matarlo a él, a quien todo el mundo amaba tanto?

Pensó en casa y en la iglesia ruinosa en la que Vera, Bram y él habían pasado su última noche juntos. En las aguas negrísimas, como un espejo quemado, de los muelles de Surrey el día de Navidad; en las cartas que había escrito y que, con toda seguridad, todavía no habían abandonado la isla; en el momento en que entró en la habitación de D. B. y en que, sin haberlo visto, la quietud que lo rodeaba le advirtió que había llegado demasiado tarde.

Sobre él se abría el cielo, de un azul imposible y clarísimo, que desafiaba el humo de la munición.

VII

En el hospital, las noches eran largas e indolentes. Vera seguía apuntándose a todos los turnos que podía, en parte para ganar puntos ante la señora Hopkins, que parecía seguir todos los movimientos de las enfermeras en busca de las mejores para llevarlas al frente, y en parte para mantener la mente lo más ocupada posible.

Las noches en las que las urgencias escaseaban transcurrían con una lentitud demencial. Entre el papeleo y las tareas auxiliares, como cambiar a los pacientes de postura o administrarles la próxima dosis de medicación, Vera leía una de las novelas que le había prestado Rory. El paso de los años la había vuelto más impaciente con respecto a la ficción, pero no leía para que la narrativa de Tolstói la conmoviese, sino para sentirse más cerca de Rory. Ese era uno de los libros que él había manoseado hasta casi destrozarlo. El lomo, que Vera acariciaba, estaba arrugado, y algunas de las primeras páginas se desprendían, de modo que cada pocos segundos debía empujarlas de nuevo para que no se cayesen. Algunos pasajes estaban subrayados en tinta roja; en los márgenes, siempre demasiado estrechos, Rory había tomado notas con su letra inclinada y apretada. Como estaban en ruso, Vera no podía leerlas; no sabía si eran sus pensamientos o meras traducciones, pero con pasar el dedo por aquellas marcas que la estilográfica había dejado sobre el papel tenía suficiente.

El océano que los separaba era demasiado grande.

En los muelles de Surrey, el oscurecimiento del cielo no anunciaba la noche, pues esta no parecía llegar nunca. El pequeño Wade sufría de cólicos constantes y lloraba durante la madrugada; únicamente el contacto físico y las voces pausadas parecían calmarlo y dejarlo dormir, por lo que los Drachman se turnaban cada pocas horas con la esperanza de poder conciliar el sueño también.

—Ve a la cama —le dijo Bram a su hermana—. Ya me ocupo yo.

Era su turno, pero Mara no se movió del alféizar de la ventana, donde se había sentado. Junto a ella, la radio repetía el parte informativo de la BBC. Su marido, con el que tan pocos días había compartido la cama, se hallaba en Sicilia con el cuerpo de infantería.

—Estarán bien —insistió Bram, quien apenas se giró hacia ella, temiendo despertar al niño que dormía en su antebrazo.

Mientras la voz metálica del locutor narraba los últimos avances de la batalla (el repliegue de los paracaidistas, las operaciones llevadas a cabo por la infantería), Mara se llevó la estrella de David que pendía de su cuello a los labios.

—Apenas lo he empezado a conocer —siseó—. Si muere, ¿qué le voy a contar a mi niño de su padre?

Su matrimonio, como muchos otros en aquellos años que les había tocado vivir, había sido rápido, tras un noviazgo muy corto, nacido más del deseo y del honor que del amor.

Bram apretó los párpados.

—No va a morir, así que no te angusties con eso. Vuelve a la cama e intenta dormir, si dicen algo de su compañía, te despertaré y te lo contaré.

Mara permaneció en la misma posición un instante más. Después, con expresión cansada y resignada, asintió y se marchó.

En cuanto oyó que la puerta se cerraba, Bram se levantó y bajó el volumen de la radio. No quería seguir escuchando porque no quería pensar en Rory; todavía le picaba la mano con la que lo había abofeteado y no podía sacudirse la duda de que, si le hubiese dado más fuerte, si le hubiese atacado donde más le dolía, quizá habría conseguido que su amigo se quedase en la base, a salvo.

Al regresar a la butaca percibió los ojos de su sobrino, el azul de los primeros meses de vida convertido ya en un castaño casi negro. Antes de que llorase de nuevo, tomó el libro que tenía sobre la mesa y comenzó a recitar, consciente del efecto analgésico de su voz.

—«Manual de mantenimiento del Avro Lancaster...». —Miró al niño—. Me costó despedirme del Vickers, pero es un buen avión, ¿eh? De lo mejor que nos ha traído la guerra.

Continuó leyendo, con su voz baja y monótona que invitaba al descanso. Cuando el cuerpo del pequeño se relajó, le acarició el puente suave de la nariz y susurró:

—Tu padre es un hombre fuerte y valiente. Eso es lo único que sé. Es fuerte y valiente para que tú no tengas que serlo. Cuando crezcas, los hombres solo tendrán que ser buenos y amables.

Se refirieron a él con el color rojo al admitirlo en el hospital de campaña, por una vez no debido a la boina de paracaidista. A todos los hombres que entraban (demasiados para poderlos contar, menos aún en su estado, tumbados casi hombro contra hombro sobre las camillas sangrientas) se les asignaba un color. Era parte de la clasificación: rojo, azul o negro. De haber mantenido todas sus facultades intactas, habría sido capaz de adivinar la gravedad que correspondía a cada código, pero Rory entraba y salía de la inconsciencia. Cerraba los ojos y se entregaba a esa nada infinita; un par de segundos más tarde se despertaba boqueando en busca de oxígeno, como si lo hubiesen arrancado de golpe de una pesadilla, como si quisiese dejar las marcas de sus uñas en el mundo antes de abandonarlo.

El hospital era una cacofonía de gritos en inglés, italiano y alemán, el sonido de la artillería cada vez más lejano. Unas manos se movían, lo tocaban, aunque apenas notaba ese contacto humano a través del uniforme.

Las caras borrosas de los médicos y las enfermeras se intercalaban con imágenes inconexas de casa. El día que ingresó en la universidad y le prometió a su padre que estudiaría Medicina pero regresó por la noche para confesarle a Persie que se había apuntado a Literatura Rusa, que no le interesaban las ciencias y que, ante todo, no podía robar un sueño que no le pertenecía. La primera noche que Bram, Vera y él pasaron en el pub John Bull Arch de Bermondsey, y el trabalenguas en alemán que Bram, borracho como una cuba, les había obligado a memorizar.

Graben Grabengräber Gruben?

*Graben Grubengräber Gräben?**

Él les había enseñado, a cambio, a pronunciar en ruso un poema de Pushkin, pero ya no lo recordaba.

La voz del médico, que estaba vacía, que no decía nada, se superponía a los recuerdos del domingo tras su vigésimo cumpleaños, la resaca todavía haciendo mella en sus huesos. Había reconocido a Vera en la iglesia y había tirado su libro de oraciones al suelo para llamar su atención. Aquella fue la semana en la que a Bram le subió la fiebre y estuvo encamado un mes entero. A finales del verano, tras un desmayo, le diagnosticaron el soplo al corazón; aquella había sido la primera vez que la tragedia había acariciado el hombro de Rory, como queriendo prevenirlo de lo que la historia le deparaba.

Había sido tan feliz y lo habían querido tanto, y no había sabido aprovecharlo como se merecía.

Sintiéndose cada vez más cansado y ligero, trató de coger aire. Al goteo constante del lavabo se le unió un sonido nuevo: unas botas negras, espolvoreadas de tierra blanquecina, regias; una voz autoritaria que parecía traer consigo todos los truenos del mundo. Las palabras, en italiano, que comprendió al instante y recordó del manual que les habían entregado en África, cuando les comunicaron su siguiente objetivo.

Durante el repliegue, la zona en la que habían erigido el hos-

* ¿Cavan zanjas los sepultureros? ¿Cavan tumbas los excavadores de zanjas?

pital se había convertido en tierra de nadie. Eran prisioneros de guerra, todos ellos, los médicos, las enfermeras, los pacientes.

Rory se pasó la lengua por los dientes y enfocó los ojos al techo antes de cerrarlos. Le habría gustado estar aún en el carro, con el cielo tan azul abriéndose ante él y ganándole terreno al humo pálido de la batalla, con el sol tórrido de Sicilia quemándole la cara. Había tantas cosas hermosas en el mundo, y le quedaba tan poco tiempo.

VIII

Las noches lentas criaban mañanas intranquilas. Tras echarse una siesta en la sala de descanso, Vera fue directamente a las oficinas del *Telegraph*, no a casa. Su antiguo puesto de trabajo era una parada habitual para ella, y no solo para ser la primera en recibir las noticias de Sicilia ni para que los compañeros se acordasen de ella. Disfrutaba de las conversaciones con el señor Keller porque apreciaba su sinceridad. Si hay algo que la guerra y la pérdida consiguen es volver a la gente sincera.

Hablaban del conflicto y de sus duelos, como si se enseñasen las heridas el uno al otro, y por primera vez Vera tuvo la impresión de que ya no la veía como a una niña ni según su concepción particular del sexo femenino, sino como a un ser humano con pensamientos y opiniones dignos.

El calor de aquel verano era suave, casi primaveral. Las magnolias de Londres y las especies silvestres que crecían entre las ruinas estaban en flor, así que Vera volvió andando a casa. Al bajar por las calles desoladas de Bermondsey en dirección a los muelles vio, como un espectro o una trampa, el uniforme azul marino de uno de los chicos que entregaban telegramas. Corrió hacia él y lo detuvo antes de que pudiese sentarse en la moto.

—Disculpe, ¿de qué casa viene? —le preguntó.

Era joven, demasiado para ser llamado a filas, de rostro chato y casi simple, y tenía unos ojos clarísimos que repararon en su uniforme de enfermera antes de contestarle. Parecía dudar de dar malas noticias a alguien que probablemente lidiaba con ellas a diario.

—Del número cincuenta y cuatro, señorita.

Se agarró a la muñeca del muchacho para no caerse, y le pareció que aquella piel, cálida por la carrera, ardía al tacto. Un reguero de sudor frío le descendió por la espalda.

—¿Sabe lo que decía el telegrama?

El chico tragó saliva.

—Lo siento, señorita, pero no nos permiten leer los telegramas que entregamos. ¡Señorita...!

Ya lo había soltado y corría en dirección contraria, hacia la casa de Rory. Se detuvo en la calle desierta. La puerta todavía estaba abierta. La señora St. George permanecía en el umbral, doblada sobre sí misma; gritaba, pero el sonido que salía a trompicones de su garganta no era humano, no podía serlo. Parecía animal, monstruoso, como si trajera consigo el dolor de generaciones de mujeres.

Vera, temblando, quiso llevarse una mano a la boca; antes de conseguirlo cayó al suelo, inconsciente.

Cuando se despertó, Vera estaba tumbada en el sofá de los St. George, en aquella sala que no había vuelto a pisar desde las últimas navidades. Persie, de pie frente a ella, tenía el semblante pálido. La única nota de color, además de las ojeras que ya tenían todas las enfermeras, residía en la rojez que le cubría la nariz y los párpados inferiores. Los ojos, con aquella mezcla maravillosa de azul y dorado, todavía estaban húmedos.

Le tendió un vaso de agua a Vera.

El señor St. George se hallaba sentado en el sillón frente a ella; tenía la fotografía de Rory vestido de paracaidista en la mano y miraba al frente sin fijar la vista, como asombrado por la magnitud del golpe recibido. Su esposa, de pie en el rellano, no había dejado de llorar.

Vera extendió la mano hacia Persie, no para aceptar el agua sino para pedirle algo.

—Déjame ver —le dijo, y tuvo que inspirar para que la voz recuperase su fuerza habitual.

Persie sacudió la cabeza.

—No, Vera, eso...

—Déjame que lo lea —insistió.

Hasta que no lo hiciera no sería real. Si no tenía ante ella la confirmación escrita, ¿cómo creer que había ocurrido? Podría estar en el hospital, aún, inmersa en una pesadilla de la que no podía escapar.

Persie dudó, un escalofrío le recorrió el cuerpo. Todavía temblaba cuando le entregó a Vera el telegrama.

- PRIORIDAD -

DEL MINISTERIO DE DEFENSA 17.07.1943 LAMENTAMOS COMUNICARLES QUE DE ACUERDO CON LA INFORMACIÓN RECIBIDA POR LA CRUZ ROJA SE CREE QUE SU HIJO EL SARGENTO RORY JAMES ST. GEORGE HA PERDIDO LA VIDA COMO RESULTADO DE LAS OPERACIONES LLEVADAS A CABO EN LA INVASIÓN DE SICILIA LA MAÑANA DEL 15.07.1943 EL MINISTERIO DE DEFENSA LAMENTA SU PÉRDIDA STOP UNA CARTA SEGUIRÁ EN LOS PRÓXIMOS DÍAS STOP

Así que era cierto. Por mucho que no quisiera, la confirmación estaba en sus manos, y no podía estirar la verdad hasta que esta significase algo muy distinto. Todavía sentía el fantasma de su tacto en la piel, y le asustaba pensar cuándo dejaría de estar ahí, como una caricia invisible. No quería recordar el timbre exacto de su voz por miedo de que acabase distorsionándose en sus recuerdos hasta que ya no se pareciese a la realidad.

Sintió que le faltaba el aire, que volvería a desmayarse, pero el cuerpo se mantuvo fuerte y sereno. Se puso en pie y dio un par de pasos tambaleantes para devolver el telegrama a su lugar sobre la mesa.

El señor St. George no reaccionó. Había dejado la fotografía del revés sobre sus muslos, de manera que no pudiese verla. Sin fijar los ojos en Vera, dijo:

—Un muchacho brillante. Todo sueños y ni una pizca de sentido común.

Vera no se dio cuenta de que había levantado la mano hasta que oyó el ruido de la bofetada y sintió la carne blanda y cálida del padre de Rory contra la palma abierta. Dio un paso atrás conteniendo la respiración. Nunca se había atrevido a hacer nada semejante, aunque muchas veces había deseado que alguien tomase la iniciativa por ella.

El señor St. George no respondió al golpe. Se había quedado muy quieto, como resignado, aceptando el merecido castigo.

Vera se llevó un puño a la cara. Quería ir a casa, quería ir a casa con su padre y con su abuela, pero tenía que cuidar de Persie. Ella había estado en su mismo lugar hacía tres años y conocía su sufrimiento a la perfección, como un anillo hecho a su medida.

IX

En su niñez le habían enseñado que el sufrimiento dignificaba. Las iglesias eran museos del dolor: las lágrimas de cristal de las Vírgenes; las heridas sangrantes del Cristo, que no podían ser curadas; María Magdalena arrodillada ante la cruz. Incluso después de haberse despojado de la fe de su juventud, Vera seguía sintiéndose orgullosa de su estoicismo, de su capacidad para afrontar las grandes pérdidas con entereza.

El dolor, en ese momento, no la santificaba, la mancillaba, y no quería otra cosa que introducir la mano en el interior del cuerpo y arrancar como un hierbajo, aniquilar, ese duelo que anidaba dentro de ella.

Estaba tumbada en la cama e intentaba exorcizar con el llanto todo el dolor que tenía dentro. Porque el mundo seguía girando sin Rory, sin lógica alguna, y a la mañana siguiente debía regresar al hospital. Sus manos estaban tan vacías. La abuela, sentada junto a ella, le acariciaba la trémula espalda y Vera no sabía cómo comunicarle, cómo verbalizar, que ese contacto humano también resultaba insoportable, que estaba segura de que tendría moretones en la piel cuando se quitase la ropa. Si los santos mostraban las escaras del Señor en las manos, ¿no acabaría exteriorizándose también su pérdida de algún modo?

Su padre la observaba desde el umbral de la puerta sin atreverse a decir nada porque las palabras eran fútiles en ocasiones como esa. Las palabras lo habían significado todo para ella, y ahora no servían de nada. Seguiría escribiendo, por supuesto, porque era incapaz de experimentar la vida si no era a través del filtro de la tinta y el papel, pero ya nunca volvería a significar lo mismo. Iría al frente. Robándole horas al sueño y a la salud, plasmaría lo que veía y nada cambiaría dentro de ella. Rory era su primer lector, la persona en la que pensaba cuando se sentaba a trabajar, el primero al que quería asombrar y conmover con sus frases y sus expresiones, y había dejado de existir.

—Has sido fuerte durante mucho tiempo —le decía la abuela, mientras le apartaba el pelo enredado de la cara—, ahora ya no tienes que continuar siéndolo.

Una nueva sombra se cernió sobre ellas. Por su tamaño y su forma la reconoció enseguida, antes de que su dueño alzase la voz.

—¿Es cierto, entonces?

La confirmación que recibió debió de ser física y no verbal, pues se sentó también en la cama. Cuando Vera se incorporó para mirarlo, Bram tenía los codos clavados en las rodillas y los puños y los ojos apretados, como si estuviese enzarzado en una pelea silenciosa contra su propio llanto.

La abuela, junto a él, le acarició los hombros trémulos antes de levantarse.

—Te voy a preparar una taza de té —dijo en voz muy baja—. No te devolverá a tu amigo, pero al menos te hará entrar en calor.

Los dejó solos. Excepto el de la respiración, que trataba de regular, Bram no emitió ningún sonido. Solo cuando se hubo calmado murmuró:

—Nos hemos quedado huérfanos.

Tras pronunciar estas palabras, como impulsado por el puñal que se le clavaba en el pecho, se puso en pie y arrancó el mapa de Sicilia de la pared.

Los alfileres que marcaban el avance de las tropas paracaidistas emitieron un ruido metálico y grotesco al caer al suelo.

Bram tragó saliva.

—Pude haberlo convencido de quedarse.

Vera estiró la espalda para mirarlo y se sorbió los mocos.

—No.

—Sí, siempre me hacía caso. Debí haberle convencido de que se quedara.

—No, se habría sentido un inútil. ¿No te acuerdas de cuando eras tú el que estabas aquí y no dejaban que te alistaras?

Bram ladeó la cabeza.

—Me da igual. Lo habría convencido de lo contrario. Habría..., joder.

Y apartó la cara para que no lo viese llorar.

Nunca volverían a tener un amigo como Rory.

X

Bram sentía que era alérgico a la felicidad. No soportaba estar en casa, donde la ausencia de noticias resultaba una bendición, y los días vacíos hasta recibir la orden de regresar a la base le daban picazón en la piel.

Pasaba cada vez más tiempo con los St. George, con ellos podía regodearse en la pérdida, vivirla hasta que el dolor se tornaba tan intenso que lo anestesiaba, hasta que la tristeza se volvía adictiva. Constantemente le echaba más sal a su propia herida como si quisiese descubrir lo hondo que era en realidad el pozo en el que buscaba hundirse.

La madre de Rory no deseaba tener las cosas de su hijo cerca; se disgustaba demasiado cuando las veía. De la misma manera que su hogar había quedado vacío de guerra, como un museo dedicado a los años de paz, quería librarse de las pruebas físicas de que Rory había vivido y respirado en aquella casa durante veinticinco años.

Vera se había llevado un par de jerséis y casi todos los libros, mientras que Bram había permitido que Persie escogiese lo que quería conservar antes de meter en su bolsa el resto.

—Los señores St. George no tienen un atisbo de valentía —le dijo más tarde a Vera, cuando se quedaron solos—. No sé cómo Rory y Persie pudieron venir de ellos.

Después, cuando entró en el dormitorio para salvar los objetos personales de su amigo, empezó a comprender a la señora St. George. La habitación olía a él de una manera perfectamente perceptible e imposible de ignorar. De no temer aniquilar ese último recuerdo para siempre, habría abierto las ventanas de par en par, porque la presencia de Rory lo impregnaba todo.

Estaba mirando a través de la ventana cerrada cuando vio que el chico que entregaba los telegramas se acercaba. Bajó para abrirle antes de que llamara al timbre y perturbara a los padres de Rory con un recuerdo dolorosísimo.

—Ya has pasado por aquí —susurró, como saludo.

El muchacho estiró los labios.

—Lo lamento.

Bram no tenía intención de prolongar una conversación que solo lo heriría más. Abrió el telegrama, rasgándolo con los dedos, y suspiró.

—Vamos a ver qué dice aquí.

La mano le temblaba antes de terminar de pronunciar la frase. Dio un paso atrás de manera instintiva.

El chico de los telegramas bajó la mirada.

—Lo lamento, señor —repitió, antes de regresar a la motocicleta, pero Bram ya no lo escuchaba.

Bram fue directamente al hospital. Como estaba demasiado lejos para llegar andando, y carecía de paciencia para esperar el autobús, tomó la bicicleta de la señora St. George y pedaleó hacia el norte de la ciudad.

Vio a Persie en el jardín, entre las magnolias en flor, estaba empujando la silla de uno de sus pacientes. Cuando Bram llegó hasta ella, lo primero que hizo fue arrancarle el brazal negro que llevaba.

La joven se volvió.

—¿Estás loco?

—Ya no lo necesitas. Tu hermano no está muerto.

Persie suspiró. Con un gesto vago, le indicó al paciente que la aguardase, y soltó la silla para poner las manos sobre Bram.

—Escucha, sé que es difícil. Yo tampoco puedo creerlo, pero la verdad es que...

Bram fue incapaz de encontrar palabras para rebatírselo, se sacó el telegrama del bolsillo y se lo mostró. Mientras ella lo leía, un escalofrío le recorría el cuerpo.

Las comisuras de Bram se elevaron. Temía sonreír y que un dios caprichoso se enfadase al ver tanta felicidad.

—Vuelve a casa con nosotros —le dijo—. ¿Dónde está Vera?

Ante la dificultad de alzar la voz, Persie señaló la otra parte del jardín con mano trémula. Bram asintió y le dio un beso en la mejilla antes de dejarla con las buenas noticias.

El sol le hacía daño en los ojos. Al ayudar a sentarse en el banco del jardín a su paciente, un joven sargento que había recibido un disparo en la cadera, pensó que todos aquellos cuerpos parecían dejarle marcas en su piel. Le recordaban a Rory.

Era un día cálido y clarísimo de verano, tenía veinticinco años y no podía encajar que siguiese existiendo la belleza en el mundo ahora que su amigo no estaba en él para apreciarla. La belleza nunca le había interesado a Vera, si no era para utilizarla a su favor. Vivía en una realidad conformada únicamente por hechos desnudos. En ese momento, sin embargo, cada detalle hermoso la hería con su descaro.

Al ver a Bram por el rabillo del ojo, trató de entrar en el hospital. Hablar era difícil, y hacerlo con él aún más, mientras la herida estuviese tierna. No fue lo suficientemente rápida, su amigo la tomó de la muñeca, como ella había hecho con el chico del telegrama hacía tres días, y la detuvo.

—Tengo que contarte una cosa —le dijo.

Vera sacudió la cabeza. No lo miraba.

—Tengo mucho trabajo, Bram.

Intentó alejarse de nuevo, pero él le tiró del brazo con más fuerza.

—Es sobre Rory.

—No.

—Vera...

—No —dijo, tras lograr zafarse—. No, Bram, lo siento. No puedo hablar de Rory. No puedo, lo siento, es demasiado difícil.

—Vera, está vivo.

La muchacha apretó los párpados y se llevó una mano al tabique de la nariz. Se lo había roto hacía un par de años, pero ya apenas lo recordaba. Cuando veía su aspecto en las fotografías de antes, le sorprendía lo distinta que era la mujer del espejo.

—Bram —repuso despacio—, sabes que no es verdad. Leí el telegrama con mis propios ojos.

Como respuesta, Bram le tomó las manos de nuevo y depositó en ellas el sobre.

—Acaban de entregarlo.

Aunque no quería, lo abrió y tuvo la impresión de que el recuerdo del salón de los St. George consumía todo el oxígeno del jardín.

> – PRIORIDAD –
>
> DEL MINISTERIO DE DEFENSA 20.07.1943 LAMENTAMOS COMUNICARLES QUE SU HIJO EL SARGENTO RORY JAMES ST. GEORGE HA RESULTADO GRAVEMENTE HERIDO EN SICILIA 15.07.1943 HASTA QUE SE LES INFORME DE SU NUEVA DIRECCIÓN POR FAVOR MANDEN CORREO AL CÓDIGO HOSPITALARIO XXX SEGUIDO DE SU NOMBRE Y RANGO STOP SU NUEVA DIRECCIÓN LES SERÁ COMUNICADA DIRECTAMENTE POR EL HOSPITAL STOP

Tras doblar el telegrama se lo devolvió a Bram. Vera tenía los ojos fijos en la hierba que pisaban, y no en él.

—Bram..., Bram, lo que esto significa es que murió de sus heridas.

Quiso darse la vuelta, pero el muchacho no se lo permitió, tiró de ella y aseveró:

—Es un telegrama, no una carta. Es urgente. —Le colocó el papel frente a la cara—. Mira la fecha. No puede haber muerto el 17 y estar gravemente herido el 20.

Las palabras de Bram le retumbaban a Vera en los oídos, pero no tenían ningún sentido. Releyó el comunicado pasando el dedo por cada una de las letras, por cada mancha de tinta, hasta llegar a aquellos números que parecían estar dispuestos como una trampa.

—No sé si lo confundieron con otro, si lo hicieron prisionero o si se precipitaron al comunicar su estado, pero vuelve a casa —insistió Bram, y le tomó la cara con las manos para obligarla a mirarlo—. ¿Lo entiendes? ¡A casa!

El aire, de pronto, regresó a los pulmones de Vera. Sus labios dibujaron una sonrisa temblona.

—Va a volver con nosotros —susurró como si tuviese que verbalizarlo para creerlo.

XI

Le habían vendado los ojos mientras se curaban para protegerlos de la luz del sol y de la sequedad. A medida que arrastraban su camilla por los pasillos del Queen Alexandra, un hospital en el que no había estado jamás, se guio por el chirrido que emitían las ruedas contra el suelo. Las voces de los médicos y las enfermeras. Los ruidos propios de un centro en el que el ajetreo era constante, y los nuevos pacientes como él, un acontecimiento diario.

En mitad de aquella cacofonía de sonidos que reverberaban percibió la velocidad exacta de un paso conocido, un tono de voz familiar a lo lejos. Se sentó en la camilla.

—¡Vera! —exclamó en dirección a la fuente de aquel ruido que había reconocido al instante—. ¡Johnson!

Oyó que la llamaban por su nombre y se detuvo. No fue el mero acto, frecuente en el ambiente hospitalario, sino el timbre preciso de la voz el que la instó a dejar lo que estaba haciendo. Corrió hacia él sin importarle el trabajo, abriéndose paso entre los doctores y celadores que iban y venían, tratando de no chocarse con los enfermos.

Rory estaba sentado en la camilla, tenía los ojos y la pierna derecha vendados. Estaba más moreno que la última vez que lo vio, y la luz cálida del atardecer era amable con él: hacía que el pelo ardiese como un halo y le acariciaba suavemente el puente recto de la nariz, bajando hasta los labios.

Vera extendió los brazos y cogió las manos que él le tendía. Quería leerlas en braille y contar cada hueso, comprobar que estaban todos, que había regresado entero de la muerte. Le tocó la mandíbula y las mejillas, la barba de varios días tan clara que parecía de oro, y después subió a la nariz, cuya piel estaba pelada, quemada por el sol. Le pasaba los dedos por la cara como si lo esculpiese, como si en sus yemas residiese el acto de la creación.

—Eres real —susurró, todavía sin soltarlo—. Nos dijeron que habías muerto.

Rory irrumpió en una carcajada limpísima. Brillaba, como todo él bajo aquella luz.

—Entonces, ¿por qué buscas entre los muertos al que vive?

Soltó la mano que aún apretaba para rozarle el rostro con las yemas, y Vera se estremeció. Los dedos estaban fríos, casi querían despertarla a su paso, conquistando nuevo territorio, milímetro a milímetro. Las cejas, los párpados, la línea recta de la mandíbula que se afilaba al llegar a la barbilla. Hacía todas las cosas nuevas.

La besó en las comisuras de los labios, y eso también fue real. A Vera le pareció que le dejaba una marca en la piel, como una quemadura.

El doctor Andrews, que estaba detrás de ella, le colocó una mano en el hombro y la separó de Rory.

—Cuidaremos bien de él, hermana Johnson —dijo.

La mención de esa palabra removió algo dentro de Rory. Se irguió, y dijo:

—Alguien tiene que avisar a mi hermana.

—Estoy aquí, Rory.

Persie se había acercado al oír la voz, pero se había quedado un par de pasos atrás, como si temiese que al aproximarse al paciente descubriría que no era su hermano.

Rory estiró el brazo y ella le cogió la mano; la palpó entera, desde la punta de los dedos hasta los huesos de la muñeca, para cerciorarse de que él era sólido y humano, tan físico como ella.

—¿Tienes mucho dolor? —le preguntó.

Rory sacudió la cabeza.

—Estoy bien, Persie.

La hermana asintió con un gesto, a pesar de que él no podía verla. Cuando Vera se volvió para hacérselo saber, comprobó con asombro que no había sido el descuido, sino las lágrimas, las que le habían impedido alzar la voz. Aunque Persie aguantaba digna y honradamente el llanto, la respiración agitada y un hipido involuntario la delataron.

Las cejas de Rory temblaron.

—¿Quién llora? —preguntó.

Persie tragó saliva.

—Yo.

El paciente se inclinó hacia atrás en la camilla, como si una bofetada invisible lo hubiese cogido por sorpresa. Los labios entreabiertos, tardó un par de segundos en encontrar las palabras precisas para decir, con una parca sonrisa:

—¿Es una cosa tan espantosa, tenerme de vuelta?

Persie dio un paso que lo acercó más a él e hizo el amago de responder a la broma con un golpe al darle un toquecito en la mejilla con la palma abierta.

—Todavía tenía muchas cosas que contarte —dijo, y se le quebró la voz—. Y fui mala contigo.

—Nunca me di cuenta —le aseguró Rory.

A Vera le dio la impresión de que quería acercarse a su hermana y abrazarla a ella también, pero no tuvo la ocasión de hacerlo. El doctor Andrews, aprovechando el instante de silencio, las apartó a las dos y se llevó al paciente a la sala de observación.

Los brazos de ambas estaban vacíos de nuevo.

Bram corrió al hospital. Lo habría hecho aunque no estuviese de permiso en Londres, se habría enfrentado a un tribunal militar por desertor o algo peor. No le habría importado. Rory estaba vivo, y eso era lo único que contaba. Habría podido caminar descalzo sobre el fuego para llegar a él y no habría sentido las ascuas en los pies.

Se había cruzado con los St. George, que salían del hospital cuando él entraba. Al llegar, Rory seguía despierto. Lo abrazó. No se entretuvo en saludarlo o en hacer notar su presencia de manera verbal. Lo abrazó y apretó la tela del pijama con el puño, como si temiese que fuese a escapársele de entre los dedos otra vez.

Rory le pasó la mano por detrás de la espalda.

—No te preocupes, Bram —le dijo—. Me encuentro muy bien.

Bram se separó de él con cuidado, casi dudando de si algo podría romperse. Al hacerlo, levantó el brazo y le dio un toquecito a Rory en la mejilla con la palma.

—Hazme el favor de no morirte otra vez, canalla.

Rory sonrió.

—Vera me contó lo del telegrama. Siento que hayáis sufrido tanto por mi culpa.

Bram ladeó la mano, aun a sabiendas de que su amigo no podía verla. Se estaba concediendo un par de segundos para organizar sus pensamientos en una frase coherente.

—No te angusties por algo que ya no importa.

—El hospital en el que me trataron cayó en manos enemigas —explicó Rory—, supongo que de ahí la confusión. Con el repliegue, acabó en tierra de nadie y luego los italianos lo capturaron. El doctor tuvo que operarme a punta de pistola. Al anochecer nuestras tropas lo recuperaron, pero claro, eso último solo lo sé de oídas. —Tragó saliva—. Yo también pensaba que era hombre muerto.

Bram apretó los labios. Le habría gustado tocarlo de nuevo, pero le daba miedo lastimarlo. Tenía cicatrices en las manos y en la cara, y mirarlas le resultaba insoportable porque no podía aguantar la idea de que su amigo sufriera.

—Bueno, pues no lo eres.

Se sentó junto a él al borde de la cama. Quiso añadir algo más, pero Rory se le adelantó. Le había cogido la mano, cosa que él no se esperaba.

—Creí que no volvería a veros. De verdad que pensaba... —Contrajo el gesto; verbalizar el miedo dolía—. Me arrepentí de muchas cosas.

Bram estalló en una carcajada que le hizo soltar la mano de Rory.

—¿Y qué pecados vas a tener tú?

Se aclaró la garganta; las palabras no querían salir.

—Vera —musitó al fin—. Fue egoísta darle tantas largas.

Bram, que se acariciaba el mentón, se concedió un par de segundos antes de suspirar y decir:

—Sí, lo fue, pero ya está en el pasado.

Le habría gustado cambiar de tema, pues podía ver que este turbaba a Rory, pero su amigo se obcecaba en esa misma idea. Le dirigió una sonrisa roja y húmeda.

—Dios, no vamos a volver a ser quienes éramos en 1938. Es un tiempo que ya no existe, que no va a regresar.

Bram desvió la mirada.

—Mejor. No creo que mi hígado pueda seguir aguantando tanta jarana.

Rory no le rio la gracia.

—Tenía tantas ideas grandiosas en la cabeza, tantas cosas que quería hacer... y ahora no valen para nada. Tanta juventud desperdiciada... ¿Y para qué? —exhaló—. Vosotros dos sois el único sueño que aún conservo.

Bram le sonrió.

—Tú, que incluso ahora nos ves con buenos ojos. —Ladeó la cabeza—. ¿Qué dicen los médicos, por cierto? ¿Vas...?

Rory asintió.

—Voy a estar bien. Mañana vendrá a verme el oculista para decidir si tienen que operarme la vista o no, pero creen que quizá no sea necesario. Y la herida de la pierna se está curando. Con rehabilitación..., quizá en un año o en unos meses me volverán a poner en circulación.

Bram chascó la lengua.

—No te des mucha prisa. Además, ¿quién sabe si seguirá habiendo guerra dentro de un año? Habéis invadido Europa, han sacado a Mussolini del poder. Son las buenas noticias que llevábamos años esperando.

Rory meneó la cabeza.

—Yo que tú no iría desempolvando las botellas de champán.

—¿Qué champán, si no hay? —rio Bram, y le colocó una mano en la nuca—. ¿Desde cuándo te has vuelto un escéptico?

No dejó que contestase. Silbó, observando las penumbras que crecían y llevaban la cuenta del tiempo que escaseaba. Disponían de media hora antes de que restringiesen las visitas, y ya habían consumido buena parte de ella.

—Me alegro de que vayas a recuperar la vista. No ardía en deseos de leer todos esos nombres rusos, Rory, ni siquiera por ti.

Rory le sonrió (aquella sonrisa espléndida, que seguía exactamente igual, a pesar de los estragos de la batalla), y le tomó la mano de nuevo.

—Y yo me alegro de que estés aquí. Hace mucho que no nos vemos, y tenemos tantas cosas que decirnos. ¿Cuándo tienes que volver?

—¿A la base? No me lo han dicho aún, pero no tardará. A casa, en unos minutos. —Le dio un golpecito en el hombro—. ¿Quieres que te afeite, antes de irme?

Rory irrumpió en una risotada sonora.

—¿Por qué? ¿Tan mal aspecto tengo?

—Pareces un náufrago. Un par de días más y la gente empezará a confundirte con Rasputín.

—No puede ser tan malo.

Bram sacudió la cabeza.

—Es terrible, hijo, terrible.

XII

Rory estaba durmiendo cuando Vera y Persie acabaron el turno. Se quejaba en sueños y tenía la frente perlada de sudor. Mientras hablaban con el doctor Andrews, Vera se arrodilló junto a la camilla y le cogió la mano. Le pareció que estaba cálida y húmeda, como si su dueño estuviese enzarzado en un ejercicio físico imposible.

Todos los indicios apuntaban a que se recuperaría por completo. Era joven y fuerte, y el auxilio que le habían brindado los compañeros había prevenido la infección de la herida de la pierna. El cirujano de Italia había resultado ser, aun a punta de pistola, tan diestro como se podía desear, y también había hecho un buen trabajo.

—¿Tiene mucho dolor? —preguntó Persie.

El enfermo seguía agitándose en la cama, hablando en murmullos cada vez más bajos. Una arruga le crecía entre las cejas y desaparecía bajo las vendas que le cubrían los ojos.

El doctor Andrews torció la boca. Era un hombre gordo, de cuello grueso y ojos redondos y clarísimos; las mejillas, también redondas, estaban permanentemente encendidas.

—No creo que a su hermano le atormente el dolor físico, hermana St. George. Está con morfina, y la última dosis ya debería haberle hecho efecto.

Vera bajó la cabeza. Lo recordaba en el banco de los muelles de Surrey, temblando como un niño, y se sabía sus cartas de memoria; todo lo que había visto, la necesidad imperiosa de expulsar los pensamientos sobre el papel antes de que se convirtiesen en una soga al cuello.

Había leído los textos sagrados, las mitologías. Sabía que, si existían dioses, no arrancarían a alguien de la muerte indemne; siempre se quedaban con algo, como recuerdo, de la persona a la que habían salvado. Si existían dioses, envidiaban a los hombres porque no compartían su soledad.

—Me contó que le dieron amital sódico cuando volvió de Bruneval —siseó, con el pulgar acariciaba la palma de Rory.

El doctor Andrews sacudió la cabeza como si estuviesen en el quirófano y ella hubiese sugerido algo erróneo.

—¿Y tener a este hombre medio muerto con la medicación y convencido de que sigue en Sicilia? No, no lo creo. —Bajó la voz—. Este es el estado en el que nos los traen de los hospitales de campaña. Después de tantos años, ¿todavía creíais que los hombres que gritan por la noche lo hacen porque su dolor es más intenso que por la mañana?

Vera tragó saliva. Hasta ese momento, había pensado en los hombres a los que trataba en términos puramente físicos. El dolor y el analgésico que lo adormecía. Las heridas y las operaciones laboriosas que llevaban a cabo para curarlas. Las discapacidades y amputaciones que se convertían en una nueva realidad tras meses de paciencia y rehabilitación.

De manera infantil, había pensado que Rory era distinto, que se había roto tras Bruneval al encontrarse frente a frente con su propia capacidad para obrar el mal. No había concebido, ni por un momento, que su sufrimiento pudiese pertenecer a una cadena mucho más larga que unía a todos los pacientes que habían pasado por sus manos.

—¿Y qué podemos hacer? —preguntó Persie.

El doctor Andrews se concedió un par de segundos antes de responder.

—Quédese con él. Hágale compañía.

La respiración de Rory era más pausada, menos agitada. Vera trató de levantarse, pero al hacerlo él le apretó más la mano.

Persie asintió.

—Quédate tú —dijo.

Vera la miró.

—Te quiere a ti —añadió Persie.

Siguió hablando durante la noche. Frases inconexas en su mayoría, en las que el inglés, espolvoreado con su incorregible acento londinense, se mezclaba con palabras en ruso e italiano que Vera no comprendía. En los peores momentos, le recordaba al delirio de la fiebre de D. B. y constantemente le tocaba la frente con miedo para descubrir que estaba fría. No llamó a su madre, ni tampoco a su padre. Preguntaba por Bram y por ella y en ocasiones también por Billy, que estaba muerto, Vera había visto el *in memoriam* que el Dandy le había escrito en el periódico. Tenía veintiún años, cuatro menos que ellos.

Como la señora Hopkins la conocía y sabía que era incapaz de quedarse mano sobre mano, le había entregado la carpeta con las admisiones para que Vera se mantuviese ocupada con el papeleo mientras cuidaba de Rory. La aliviaba tener algo que hacer, y también que Rory estuviese dormido. Calmar a los pacientes no se le daba bien y creía que sería más útil así, cuando él podía escucharla pero no entender ni procesar las palabras que le decía.

—Estoy aquí, Rory —susurraba, mientras le acariciaba el brazo y el hombro—. No te preocupes. Estás en casa, a salvo. Nadie va a hacerte daño.

No le dijo que todo había acabado porque lo respetaba demasiado para mentirle. Bram era optimista, pero ella no lograba convencerse ni compartir su opinión. Las tropas aliadas habían atravesado la fortaleza de Europa y destronado a Mussolini, pero tendrían que sangrar y morir por cada centímetro de territorio, por cada roca y cada grano de arena que les robasen a los nazis. No le parecía, en el verano de 1943, que la victoria estuviese cerca.

Temía más aún que lo que había anidado en la mente de Rory se acomodase y formase un hogar de su cerebro, privándole de descanso para siempre. Cuando le había dicho al teniente Stevens que era justo tener que roer el hueso después de haber catado la carne, pensaba que no le importaba sufrir por Rory; habría muerto por sus pecados, si se lo hubiesen pedido. Lo que no estaba dispuesta a concebir era un mundo en el que fuese él quien estuviese lleno de un dolor que ella no podía paliar.

En cuanto terminó con el papeleo, comenzó a redactar una carta que enviaría a Manchester. El teniente Stevens lo había visto todo y habría pedido dos platos, si se lo hubiesen permitido; era racional y lógico, y no tenía miedo de llamar a las cosas por su nombre. Si había alguien que podía aconsejarla, y bien, era él.

Al rasgar de la pluma contra el papel pronto se le unió un segundo ruido, ajeno a los cotidianos de las noches en el hospital: el frufrú de unas mantas cercanas.

—¿Qué estás escribiendo?

Se giró para mirar a Rory, cuya mano todavía apretaba, y se sentó en el suelo para quedar más cerca de él.

—Lo siento, ¿te he despertado?

Rory le dirigió una sonrisa cansada y negó con la cabeza.

—La pierna me está molestando un poco, pero me gusta ese sonido. ¿Podré leer un artículo de mi periodista favorita en un futuro próximo?

—No, pero podrás leer mis borradores cuando te quiten la venda. Le estaba escribiendo al teniente Stevens.

—¿Está bien?

—Sí, otra vez dando pelea. Aunque me da la impresión de que las tareas administrativas lo ponen nervioso.

—Ya, no sé a quién me recuerda —rio Rory. Estaba acariciándole el hueso de la muñeca.

Vera adoraba esas manos. Eran tan grandes y fuertes, nadie diría que pertenecieran al mismo dueño que aquel rostro delgado, de rasgos finos, elegante. Como el acento, eran unas manos que delataban. Ni el porte aristocrático ni la galantería a la que se aferraba con terquedad podían arrancar a Rory St. George de su hogar.

—La siguiente dosis es en dos horas —le dijo Vera, tras consultar las notas que su compañera había dejado junto a la cama—. ¿Crees que podrás aguantar?

Rory asintió.

—Sí, no te preocupes.

Vera bajó la manta que cubría la pierna derecha. La piel del muslo era pálida, de su color natural, no se veía en ella la inflamación rosa que precedía a la infección. Las vendas estaban limpias y secas, como si acabasen de ponérselas.

Masajeó con cuidado aquella carne que nunca antes había tocado. Había apoyado la cabeza en sus muslos muchas veces, tras una sesión de estudio o cuando se arrellanaban en los bancos del pub John Bull Arch, pero esa era la primera vez que tenía posaba sus manos directamente sobre la cálida piel, cubierta de pelillos dorados.

Rory se estremeció. La respiración era en ese momento pausada, tranquila.

—¿Mejor? —le preguntó Vera.

Rory movió la cabeza. Exhaló.

—Sí, gracias.

Tras unos instantes más, bajó la mano para buscar la de Vera, la tomó y entrelazó sus dedos con los de ella.

—¿Recibiste mis cartas?

Vera se acercó más a él, y pudo sentir su aliento en la cara y el agradable calorcito que emitía su cuerpo.

—Podría recitártelas de memoria —le aseguró—. ¿Y tú las mías?

—Sí, en el hospital. Le pedí a Frank, al que también hirieron, que me las leyera.

Vera sonrió y le apartó el pelo de la cara. Estaba algo más largo que la última vez que lo vio; quemado por el sol, parecía brillar casi plateado.

—Bien, porque ya he empezado a mezclar tus Tolstóis con tus Dostoyevskis. Es indecoroso, un desastre absoluto. *Guerra y paz* cayó en combate, vertí café de campaña sobre él mientras leía.

Rory le sonrió.

—Me alegro. A los libros se les tiene que notar que los han leído.

Se acercó la mano de Vera a la cara y la besó. Sus labios eran suaves, tanto como aquella noche en el pub de Manchester.

—En el hospital de campaña de Sicilia... —comenzó—. Cuando nos tomaron prisioneros creí que era hombre muerto y me arrepentí del tiempo perdido.

Las cejas de Vera temblaron.

—No pienses en eso, ahora estás en casa.

Y miró por encima del hombro por si la señora Hopkins o el doctor de guardia estaban ahí. Puesto que no los vio, se figuró que lo más probable es que estuvieran durmiendo. El personal sanitario que había en la sala también estaba ocupado con los pacientes más graves y no les prestaban atención. Tras cerciorarse de ello, besó a Rory despacio, como si llevase años ayunando y quisiera disfrutar, exprimir al máximo, aquel placer robado.

Rory le tomó la cara con las manos. Le acarició la mandíbula, las mejillas, los pómulos, como si también él quisiese leerla con las yemas. Sin separarse de ella, susurró:

—No tienes por qué querer esto. No te lo tendría en cuenta. —Se humedeció los labios, que todavía conservaban el sabor del carmín de Vera—. Has sido tan paciente conmigo y sé que he vuelto..., no soy el mismo, va a ser difícil.

Vera sacudió la cabeza.

—No me importa.

Él, como ella, había leído a los griegos. Cuando Pílades le dice a Orestes que cuidará de él, este trata de impedírselo, pero a Pílades no le asusta el trabajo que le pudiera dar. Vera pensaba lo mismo. No le importaba tener que tirar del hilo, día a día, hasta encontrar a Rory en el laberinto de su cerebro, ni tampoco conocer al hombre que había regresado con ella una y otra vez. Lo quería entero: su cuerpo, su mente, su espíritu, todo.

Lo besó de nuevo, esta vez sin comprobar que no los veían, sin temer el castigo que pudiese recibir por ello.

XIII

El doctor Rosen alumbró los ojos de Rory con la linterna de oculista. La luz blanca, al principio difusa, se fue definiendo en el campo visual del muchacho y, detrás de ella, los rasgos alargados y casi consumidos del médico.

—La córnea es sorprendentemente resiliente —dijo, con los pulgares bajó la piel fina del párpado inferior—. Capaz de curar abrasiones por sí sola. —Bajó la mano con la que le había apretado el hombro—. No vas a necesitar cirugía, hijo.

El doctor era un hombre excepcional, casi mortalmente delgado. Había llegado de Alemania hacía ocho años, y en la voz todavía conservaba ese deje amargo, casi tosco, que a Rory le recordaba al acento de los abuelos de Bram.

—Sé paciente con esos ojos —prosiguió—. Tienen que adaptarse progresivamente a la luz. —Como ilustrando su afirmación, le colocó la venda de nuevo—. Poco a poco iremos disminuyendo la cantidad de tiempo que pases con los ojos tapados. Y deberás usar gafas de sol cuando estés fuera, hasta nuevo aviso.

El primer paso era el más doloroso. En el hospital de campaña, a excepción del corto trayecto al servicio, que llevaba a cabo guiado más por un sentido terco del honor que por designio de los médicos, no había tenido la ocasión de comenzar la rehabilitación. Después, ya en el hospital londinense, le aconsejaron que caminara media hora todos los días por la sala, y cuando se hubo fortalecido lo suficiente y sus ojos estuvieron preparados para recibir la luz del sol a través del cristal tintado de las gafas, los paseos eran en el jardín y más largos.

El final del verano arrojaba pétalos blancos sobre el césped. Si alguien se asomaba a la ventana e ignoraba el calor y el sol que brillaba con intensidad, podría tener la impresión de que había nevado.

Rory se agarró con fuerza a las manos que Vera le ofrecía. Al notar el cambio del terreno, del suelo sólido a la tierra blanda, la herida le dolía. Lo ignoró. Aunque le había prometido a Bram que no tendría prisa por volver, la carne era en verdad más débil que el espíritu. En el campo de batalla, donde el riesgo de perder la vida era constante y los ruidos jamás descansaban, no había espacio ni capacidad mental para las pesadillas. El cerebro se dormía y el cuerpo recurría a la memoria muscular, a las lecciones fieles del entrenamiento y la instrucción. Solo al volver a casa, cuando el peligro ya no existía, se atormentaba de nuevo, como si las cicatrices de su interior no hubiesen sanado jamás.

—Lo estás haciendo muy bien —le dijo Vera.

Rory se abrazó a su espalda al perder el equilibrio, pero ella era más fuerte de lo que parecía y no permitió que cayese. Cogió aire.

—¿Necesitas descansar? —le preguntó.

Rory sacudió la cabeza.

—Vamos a seguir un poquito más.

Caminaron hacia el otro extremo del jardín, primero cogidos de las manos y después, cuando Rory se sintió seguro, él solo, con ella delante por si se desplomaba. Rory contenía la respiración para hacerle frente al dolor.

Vera lo ayudó a sentarse a la sombra de un árbol y después se acomodó junto a él. Era su hora favorita, el tibio atardecer tras los tratamientos y las visitas del médico. A lo lejos, Bram se acercaba a ellos.

—Te veo bien —le dijo, mientras se tumbaba junto a ellos—. Te he traído un regalo, cierra los ojos.

Con cuidado, retiró las gafas de Rory y le colocó las que él le había traído, de estilo aviador. Al verlo soltó una risotada sardónica.

—Eso está mucho mejor —apreció—. Ya puedes abrirlos. Ahora sí que pareces uno de esos tipos que salen en las revistas.

Le dio un codazo a Vera antes de que Rory pudiese contestar.

—Hay algo también para ti, reina de Saba. —Le tendió el periódico que llevaba debajo del brazo—. Material de lectura. Todo es poco para mis bellacos.

—Estás de buen humor —terció Rory, que ya reía.

Bram se encogió de hombros. Todo el sol del mundo parecía iluminar el pelo engominado, que se tornaba rojizo bajo aquella luz.

—¿Y por qué no debería estarlo? Tú estás muy bien y tú —gesticuló vagamente en dirección a Vera, que ya tenía el periódico abierto sobre los muslos— eres incorregible.

Miró de reojo a la chica, que se había llevado un puño a los labios, y tiró del mechón de pelo que se le salía de la cofia.

—Alegra esa cara, Johnson. El próximo nombre en salir en ese periódico será el tuyo.

Como Vera no le contestó, agregó:

—Tengo buenas noticias para vosotros: Rory, me debes cuarenta chelines.

Rory arqueó una ceja.

—Ya me dirás cómo se supone que esas son buenas noticias y cómo esperas que te deba dinero, si no he salido del hospital y tengo el sentido común de no apostar contra ti.

Bram tomó un cigarrillo de la pitillera sin entretenerse en pedirle permiso a su dueño.

—Aquella casa en alquiler al final de la calle. Fui a verla y es espléndida: una habitación, sin escaleras, con jardín (trasero, no delantero, porque eso ya sería una exageración). —Dio una calada—. ¡En fin! El casero parece salido de una de esas novelas deprimentes de Dickens y está haciendo una fortuna con el *Blitz*, el muy canalla. Quería el primer mes por adelantado, enseguida, así que le expedí un cheque. Cuarenta chelines.

Una sonrisa luminosa crecía en el rostro de Rory.

—¿En serio?

Para demostrar que no mentía, Bram se sacó un manojo de llaves del bolsillo y se lo entregó.

—Cuando te den el alta podrás venir tú solo a rehabilitación y no tendrás a tus padres revoloteando a tu alrededor. —Carraspeó—. Rory St. George, a los veinticinco años de edad eres un hombre independiente. ¿Cómo te sientes en esta ocasión histórica?

Rory irrumpió en una risotada.

—Voy a mearme encima de la emoción —repuso, sardónico, pero la sonrisa que aún conservaba lo delataba.

—Eso quería escuchar. —Bram chascó los dedos en dirección a Vera—. Voy a necesitar tu ayuda para llevar sus cosas.

Rory la miró y apoyó la cabeza en su hombro.

—Ahora sí que vas a poder destrozar mis libros como te apetezca.

Bram estrechó los ojos.

—La verdad, espero que hagáis algo más ahí dentro que organizar libros.

Vera enarcó una ceja.

—Sigues siendo un cerdo.

—Sí, y tú vas a escribirme para agradecérmelo la mismísima noche que a Rory le den el alta.

—No te voy a escribir ni una frase.

Como respuesta, Bram se volvió hacia Rory, que daba una calada larga al pitillo.

—No me decepciones, St. George —le advirtió.

—No te voy a decir nada —dijo, riendo, y le apartó la cara de un manotazo—. Vera tiene razón: eres un pervertido.

—Esas no son formas de dirigirte a tu futuro padrino de bodas.

—¿Por qué supones que vas a recibir una invitación?

La carcajada de Bram fue gigante, casi líquida.

—Espero una carta de agradecimiento, St. George.

—¿Para qué te iba a escribir? Lo más probable es que me molestes para que suelte prenda.

Bram se volvió hacia Vera.

—¿Cuándo le dan el alta?

—Todavía no lo sabemos, como mínimo en dos semanas. ¿Por qué? ¿Te lo vas a apuntar en el calendario?

—No, ya te he dicho que me escribirás para agradecerme el favor que os acabo de hacer. —Inspiró—. St. George, eres el favorito de Dios: no voy a estar ahí para molestarte en persona, aunque será un placer escribirte para preguntarte por tu nueva casa. Tengo que presentarme en la base el jueves que viene.

Rory se detuvo en mitad de una calada. Tenía los ojos fijos en Bram, las cejas bajas y temblorosas ocultas tras la montura de las gafas.

—Ten cuidado ahí fuera —le dijo.

Bram no animó su humor sombrío.

—Lo preocupante sería que no lo hubiese tenido todo este tiempo —suspiró—. Ya sabes cómo es. Este permiso ha sido demasiado largo y me alegro de volver con los míos. Os escribiré, ¿vale? Pero no mucho. Quiero que me echéis de menos.

La rehabilitación era lenta; los días de permiso entre una misión y la siguiente, cortos. Vivían permanentemente suspendidos en aquellos espacios en blanco, en aquellas hojas de calendario que, para cualquier otro ojo humano, resultarían idénticas a las anteriores.

El año 1938 no volvería jamás; se les atragantaba en la garganta el olor del incienso de su funeral.

XIV

1943 se despidió con la victoria en Burma de las tropas chinas sobre el ejército imperial japonés. 1944 amaneció con la entrada del primer frente ucraniano del Ejército Rojo en Polonia. Contaban el tiempo en campañas y en batallas; las enumeraban antes de irse a dormir como el creyente que reza el rosario al ponerse el sol. Victorias y derrotas; el suyo era un frente infinito que no parecía contemplar, ni tolerar, la paz.

Quizá los aliados ganasen la guerra, ¿pero estarían ellos allí para verlo? Cada día se les antojaba igual que el anterior, gris y alargado, una contienda que no tenía fin.

Lo único que evocaba el pasado era el desorden que reinaba en la casa en la que Rory vivía desde octubre. Aquella tarde de finales de enero, Persie tuvo que apartar las montañas de diarios atrasados para acercarse a su hermano. Rory, que leía en el sofá, apenas separó los ojos de la página al indicarle:

—Poco aprecio le tienes a esa mano. Si Vera se entera de que has tocado sus periódicos será la última vez que la tengas. —Cerró el libro sobre las rodillas. Le sonrió—. ¿A qué debo el honor de tu visita?

Persie desvió la mirada. Su palidez, en la salita poco iluminada, resultaba cetrina.

—Me han dado la tarde libre en el hospital y pensé que podíamos ir al cine. Todavía echan *Por quién doblan las campanas.*

Rory le dirigió una risita escéptica.

—Ya, pues no cuentes conmigo. La guerra no es como en las películas. Además, he oído que el Gobierno de Franco ha metido presión en Hollywood para no quedar muy mal parado. No creo que la película se parezca al libro mucho más de lo que se parece al frente de España.

Persie se encogió de hombros.

—Pues entonces vemos otra, qué más da.

Su hermano no cambió de expresión.

—¿Y esto a qué viene? Nunca quieres tener nada que ver conmigo.

—Ahora sí. —Se humedeció los labios—. Podemos charlar de camino al cine.

—Podemos charlar aquí mismo. ¿De qué?

—Del frente —masculló Persie.

Ante eso, Rory devolvió toda su atención al libro que había dejado a medias.

—No, gracias.

Persie no se rindió. Tragó saliva y dio un paso más hacia él. Con una mano trémula le tocó el hombro, que luego zarandeó.

—Acaban de darme un destino —dijo—. Me mandan a Escocia para completar la instrucción y, después, sabe Dios. —Rory, que se había vuelto hacia la ventana, dejó que la novela se le escurriese de entre los dedos. Persie no se dio cuenta—. A lo mejor tienes algún consejo para mí.

El joven no se movió. Desde aquella postura, solo el tabique de la nariz, iluminado por el sol blanquecino del invierno, quedaba a la vista. Únicamente el temblor que le recorría la espalda permitía adivinar sus pensamientos.

Persie volvió a zarandearle el hombro.

—¿Ror?

Se giró hacia ella despacio. Tenía los ojos húmedos, enrojecidos. Tragó saliva antes de hablar.

—¿Puedo pedirte que no vayas?

Persie bajó los párpados.

—Yo no te pedí lo mismo. Recibiste una citación del ejército, pero al comando paracaidista te presentaste voluntario y a sabiendas del riesgo que suponía. —Alzó una ceja—. Te pagan bien por él.

Con un temblor, los labios de Rory se estiraron en una mueca.

—No sabíamos cómo era. Ahora sí.

—No es lo mismo. Soy enfermera. ¿Qué es lo peor que puede pasarme?

Rory se limitó a sostenerle la mirada. Nada más.

Persie lo despachó con un movimiento seco de la cabeza.

—Tengo que ir donde haga más falta.

Rory asintió con un gesto. Había apoyado la frente en el vidrio y ya no tenía los ojos, acuosos, sobre ella.

—Sí —siseó—. Pero me gustaría que no fuese así.

—Son los tiempos que nos han tocado vivir. ¿Para qué vamos a lamernos las heridas?

Su hermano no le respondió. Ya evitaba mirarla. El vaho que le salía de la boca dejaba marcas ovaladas en el cristal.

Persie cogió aire. En el instante de duda, antes de alzar la voz de nuevo, un escalofrío la atravesó.

—Creo que serías muy injusto —tanteó—, si le pidieses a Vera lo mismo que me acabas de pedir a mí.

Rory cerró los ojos. Apretaba los labios, pero estos no palidecían; permanecían rojos ante la piel tan blanca.

Persie suspiró.

—Bueno, todavía tengo la tarde libre. ¿Vamos al cine o no? Te dejo escoger.

Rory se volvió y abrió los ojos. Aunque estaban volcados sobre su hermana, no parecía mirarla a ella, sino a través de ella.

—Deberías llevar a mamá, pero a una comedia. Se va a disgustar lo indecible cuando le des las noticias.

—¿Por qué no vamos los tres?

Rory sacudió la cabeza.

—Quiero terminar la carta que le estoy escribiendo a Bram. Además, ya he invitado a Vera a cenar.

El doctor Andrews sacó el tema mientras Vera y él trataban las heridas de uno de los nuevos pacientes. Andrews era un hombre extraño, más difícil de leer que el doctor Heath o el doctor Severance. Podía hablar con las enfermeras con jovialidad infantil un día y al siguiente no separar los labios. En esa ocasión, apenas miró a Vera al preguntarle:

—Su familia viene de Escocia, ¿no es así, hermana Johnson?

Vera asintió.

—Por parte de mi padre. Mi abuela es de Galloway. Sus padres tenían una granja, pero ella se vino a Londres a servir cuando era joven.

—¿Y qué piensa usted de Escocia? ¿Le gusta?

Vera frunció el cejo. No disfrutaba de las conversaciones banales de las que no podía sacar nada a cambio, y aquella no parecía ir a ningún lugar.

—No lo sé, nunca he salido de Inglaterra. Rory pasó unos meses de instrucción allí y dice que es muy bonito. Quizá vayamos de viaje, cuando la guerra termine.

Vera Johnson no era una mujer que acostumbrase a usar esa expresión que ya no parecía significar nada, «cuando la guerra termine». Los avances esperanzadores de los aliados no habían cambiado su parecer: la guerra no daba señales de terminarse pronto, más bien prometía agonizar de manera lenta, hasta aniquilar el último hombre y la última bala.

Durante unas semanas no había tenido que preocuparse ni por Rory ni por Bram. Ahora tanto Rory como ella contenían la respiración al seguir las noticias de los bombardeos sobre Alemania y no se permitían respirar tranquilos hasta recibir la siguiente carta de su amigo. Pero Vera no quería perder más tiempo pensando en ello; carecía de paciencia para las cosas que no podía cambiar.

—Le digo que quizá pueda ir antes e intercambiar opiniones con su novio —dijo el doctor Andrews, con voz enérgica.

Resultaba evidente que la angustia le había impedido escucharlo la primera vez.

—Disculpe, pero no sé de qué me habla.

—Entrenamiento militar —precisó, y por un momento a Vera

le pareció que quería preguntarle por el servicio de Rory—. Nuestros hombres caen a millares en el frente. No es difícil imaginar cuáles serán los próximos objetivos militares; nos piden que mandemos más enfermeras, que reciban el entrenamiento preciso para soportar las condiciones del frente. En los meses que la he visto trabajar aquí, me parece una candidata idónea.

El oxígeno de la sala se enrareció y se pudrió. Vera sintió que las piernas le flaqueaban, no con el pánico claustrofóbico que la había invadido al ver a la señora St. George llorar en el umbral de la puerta, sino de una manera más fiera, victoriosa, casi cercana al placer.

Tras interpretar su expresión y su silencio de forma errónea, el doctor Andrews repuso, en voz muy baja:

—No tiene que decir que sí. Ya ha servido con creces a su país; acaba de recuperar a su novio, lo comprendo. Mire, si se casa con él...

—No —replicó Vera, rápida como una flecha—. No, quiero esto. —Una sonrisa nerviosa se deslizó de sus labios—. Ese es el único motivo por el que ingresé. ¿Cuándo me voy?

El doctor Andrews le devolvió la sonrisa. La suya era una mueca impenetrable, carente de alegría, de orgullo, de admiración o de cualquier otra cualidad que Vera pudiese identificar.

—Según tengo entendido, las enfermeras seleccionadas deberán presentarse en Escocia a principios de febrero. Se les detallará todo lo necesario por carta, pero quería ponerla sobre aviso si..., bueno, ya le he comentado sus circunstancias personales. —Movió la cabeza con mucha pena—. Va a tener que darle las noticias a su novio, y no sé si a él le parecerán tan buenas como a usted.

Vera bajó los párpados.

—Rory sabe que es lo que quiero. Fue el primero al que se lo dije, cuando me apunté en el Cuerpo de Enfermería.

—¿Eso fue antes o después de su servicio militar, hermana Johnson?

Vera arqueó una ceja.

—Antes. Estaba haciendo la maleta para irse al campo de instrucción cuando se lo conté, de hecho.

El doctor Andrews no encontró una buena respuesta que darle.

XV

Rory pasó los dedos por los lunares de la espalda de Vera como si estuviese uniendo los puntos de un mapa que ansiaba explorar. Era un buen amante, paciente la primera noche y lleno de ternura y deseo las siguientes. Había sido Rory quien había sugerido, no se equivocó, que a ella le gustaría colocarse sobre él durante el coito.

A Vera le gustaban sus manos, tan grandes que podían rodearle la cintura y lograr que las yemas de los dedos casi se rozasen. Podía moverla como quisiera, donde quisiera, y siempre parecía saber la postura exacta para darle más placer.

Cuando estaba sobre él, Vera podía ver sus reflejos en el espejo de la pared, y en ese momento pensaba que nunca volverían a ser tan jóvenes y hermosos: sus pechos pequeños, que parecían estar hechos para el tamaño de las palmas de Rory. Los músculos suaves de él, acariciados por los rayos furtivos de la luna a través de las cortinas.

Por primera vez en años se lo volvía a pasar bien, casi como una niña, como en la universidad. Un día se habían perseguido desnudos por toda la casa solo porque era estúpido y porque sabían perfectamente lo que le harían al otro cuando se encontrasen. Otras veces les entraba la risa tonta, como si fuesen adolescentes; hacía tanto tiempo que Vera no reía así, hasta las lágrimas, que no le dijo nada.

Quería disfrutar de una noche más con él, sintiendo su aliento cálido en el cuello o el latido de su corazón cuando se acurrucaba, como en ese momento, con la cabeza apoyada en su pecho. Esa era la postura reservada para las conversaciones tras el sexo, puesto que Rory temía hacerle daño si se quedaban dormidos el uno sobre el otro y él tenía una pesadilla. Si de él hubiera dependido, para estar seguro habría dormido en el sofá todas las noches que Vera se quedaba.

—Me gustaría traer mi máquina de escribir —dijo ella, mientras le acariciaba el vientre bajando hasta los huesos de las caderas—. Así podría escribir mientras tú lees —suspiró—. Pero entonces sí que no podría engañar más a mi padre.

Rory rio.

—Puedes usar la mía. Y estoy empezando a pensar que tu padre ya sospecha algo. ¿No le parece raro que estés fuera todo el día después de un supuesto turno de noche en el hospital?

—Bueno, le digo que me echo la siesta en la sala de descanso y que después voy al *Telegraph*. De momento parece que se lo cree. ¿Y qué quieres? ¿Contarle que llevo meses durmiendo en tu cama?

—Quizá no con esas palabras, pero sí, honestamente.

Vera ahogó la risa en su pecho.

—Nada de lo que me haces es honesto, St. George. Si se lo contamos, lo más probable es que me arrastre al convento y a ti…, bueno, se esperará a que acabe la guerra para colgarte, porque no le pondría el dedo encima a un hombre de uniforme. Ni siquiera por convertir a su hija en una mujer indecente.

Los dedos de Rory descendieron a la parte baja de su espalda.

—Solo porque pretendo convertirte en una mujer muy, muy decente después. —Le besó el hombro—. ¿Eres feliz?

Vera, que irrumpió en una carcajada, le golpeó el tobillo con el pie.

—¿Acaso parezco infeliz?

—No, claro que no, es solo… —Se mordió el labio inferior—. ¿Es muy horrible cuando tengo una pesadilla?

Vera entornó los ojos. Se había puesto seria.

—No. —Le pasó la mano por el pelo—. No te preocupes por eso. Dormiría contigo todas las noches, si pudiera. ¿Te acuerdas de algo, después?

Rory sacudió la cabeza.

—Solo sé que he tenido una cuando me despierto cubierto de sudor. —Tragó saliva—. No quiero hacerte daño.

—No me haces daño, solo te agitas un poco, así que no te inquietes por mí. Te pondrás bien, ten paciencia.

—¿Y si esto es así para siempre?

—No me molestará.

Le besó las clavículas subiendo hasta el cuello, como si quisiese arrancar, aniquilar, esos pensamientos con toda su ternura.

Las noches tranquilas eran peores, pero jamás se lo diría. Si no tenía pesadillas, a la mañana siguiente estaba callado, contemplativo, como si todo el peso del mundo residiese en la distancia exacta entre su mano y la taza de té. Era impenetrable, en esos momentos, y muchas veces se quedaba tan sumido en sus propios pensamientos que no era capaz de escuchar a Vera cuando le hablaba, pero el sonido de la puerta de los vecinos al cerrarse lo estremecía.

—¿Estás cansado? —le preguntó para no pensar en ello.

Rory sonrió contra su hombro.

—No, todavía no —dijo, y colocó sus cálidas y fuertes manos sobre ella.

Vera se despertó con el ruido de la mantequilla chisporroteando en la sartén y el olor de los huevos recién hechos. Inmediatamente miró la hora en el reloj de muñeca, puesto que, por lo general, Rory seguía durmiendo cuando ella se levantaba para ir al trabajo, pero esa mañana aún era temprano y Rory, que ella recordase, no había tenido pesadillas.

Se puso la bata de Rory, que descansaba en la silla al otro extremo de la habitación, y fue a la cocina. Se lo encontró inclinado hacia los fogones, sirviendo los huevos fritos y las tostadas en los dos platos. Alertado por los pasos de Vera, se dio la vuelta y le sonrió.

—Ah, iba a llevártelo a la cama. Hay que celebrar el milagro de que me despierte antes que tú.

Vera sonrió y se sentó a la mesa en la que Rory disponía la

comida. No había tenido pesadillas, pero parecía encontrarse bien; estaba alegre, comunicativo, y ni siquiera reaccionó al ruido metálico de la cucharilla de café al caer sobre el pocillo.

—Yo debería hacerte el desayuno —repuso Vera, y Rory arqueó una ceja—. Bueno, llevo meses quedándome a dormir aquí. Es lo mínimo.

Rory se mordió el labio inferior. Por la manera que temblaba, estaba tratando, en vano, de contener la risotada.

—No quiero ser grosero tan temprano por la mañana, ¿sabes cocinar?

Vera tuvo que admitir que no.

—Es deshonroso —respondió—. Me han consentido de una manera horrorosa. ¿Y tú? No creo que tu hermana sepa freír un huevo, y no veo a tu madre enseñándote a ti antes que a ella.

Rory rio (era un buen día) y le entregó la taza de café de campaña.

—El ejército te enseña una barbaridad de cosas interesantes y útiles en la vida. Además, ya oíste a Bram, ahora soy un hombre independiente.

—Creo que te estaba tomando el pelo. No veo a Bram entre fogones, sinceramente.

—Te sorprendería. —La señaló con el tenedor—. Creo que eres la única de los tres que no sabe cocinar, pero no me importa. Me gusta hacer cosas por ti.

La sonrisa creció en los labios de Vera. Rory estaba ojeroso, algo pálido, pero era una mañana magnífica y no quería preocuparlo preguntándole si no había conseguido dormir.

—Ojalá pudiera quedarme todos los días aquí contigo.

Rory sacudió la cabeza.

—Los huevos no pueden estar tan ricos.

Vera le propinó una patada por debajo de la mesa.

—Pues lo están. Te han enseñado bien. —Suspiró, y extendió el brazo para tomar el periódico del día anterior—. Es que no entiendo que mi padre sea tan anticuado para estas cosas, cuando solo hay que contar los meses entre su boda y el cumpleaños de D. B. para saber que es un hipocritilla.

—Ahora que lo pienso, quizá por eso es tan anticuado. —Se encogió de hombros—. Entonces, ¿por qué no nos casamos?

Vera estalló en una risotada gloriosa.

—Sí, ¿por qué no? Quiero el anillo más vulgar que encuentres, con un zafiro y oro blanco. Yo, mientras, le voy escribiendo a Bram para que reserve el salón de fiestas del Ritz y ataque el arsenal personal de champán de Churchill.

Rory le tomó la mano. No se reía, como ella esperaba, pero tampoco estaba serio. Tenía una expresión de inquietud en el rostro, como si el humo del café, que flotaba entre ellos, pudiese contener todos los segundos del mundo.

—Va en serio. Tú conoces mis manías y yo tus vicios. Sé que es mejor no molestarte cuando estás escribiendo y que prefieres los folios en blanco porque el papel cuadriculado te distrae, y que silbas cuando estás contenta, pero si es «El himno de la alegría» significa que estás enfadada. Y tú sabes que prefiero a Tolstói antes que a Dostoyevski y que tomo el té con dos terrones de azúcar, si los hay, y del tono beis exacto que Bram no logra conseguir pero tú sí. No tenemos que esperar.

—No —se apresuró a decir Vera.

Empezó a temblar con la primera frase y no se había detenido cuando Rory finalizó. Notaba sus ojos ardientes y cómo esa misma insoportable calidez le bajaba hasta las mejillas. En otras circunstancias habría rezado y ayunado por escuchar esas palabras de la voz de Rory. Habría mentido y dicho que veía a Dios con tal de oírle decir todo aquello que en ese momento le robaba el aliento.

—No puedo, no puedo. Rory, estás siendo cruel.

—Vera...

Le soltó la mano.

—Ya sabes por qué no puedo.

Rory se llevó las manos juntas, en posición orante, a la cara.

—No era mi intención ser cruel. Lo siento, solo...

—Me voy en tres semanas —siseó, y no le dio tiempo a explayarse.

Rory asintió.

—Lo sé, Persie me lo contó.

—No me puedo quedar —insistió con voz frágil—. Llevo más de tres años esperando este momento.

—Lo sé. —Le cogió las manos de nuevo. Él también temblaba—. Quiero que seas feliz y que hagas lo que quieres y te mereces... —Tragó saliva—. Pero también quiero que estés a salvo. Ahora tienes una buena relación con el señor Keller y has demostrado con creces de lo que eres capaz. Quizá... si hablas con él puedas conseguir una acreditación. Estarías más segura que con el Cuerpo de Enfermería.

Vera negó con la cabeza.

—Keller nunca me dará una acreditación. Me lo ha dejado claro muchas veces. Esta es la única manera.

Rory exhaló. Ya no la miraba, tenía los ojos, húmedos y enrojecidos, fijos en la ventana.

—¿No puedes intentarlo? No quiero ser egoísta, pero te necesito viva, Vera. No creo que sea pedir demasiado, y lo siento por sacar el tema, pero...

—Di mi palabra, Rory.

El muchacho se volvió hacia ella con los ojos aún enrojecidos.

—Con todo respeto, no sabes cómo es. Había decenas de enfermeras en el hospital cuando nos tomaron prisioneros. Si no hubiesen tratado a soldados italianos y alemanes también, nos habrían disparado a todos allí mismo. Y ahora será peor, y peor y peor. Te apoyaré hagas lo que hagas, pero te pido...

Vera lo detuvo al colocar las manos sobre él.

—No.

—Te lo pido como un favor personal.

Ella negó con la cabeza.

—No. Rory, no, no puedo. No me lo pidas porque no puedo. No puedo.

Salió al jardín. No se había dado cuenta de que se había levantado hasta que se vio con el pomo de la puerta en la mano. Fuera el viento fresco de la mañana, que traía consigo el olor de las primeras nevadas del invierno, le abofeteó la cara.

XVI

Rory se despertó con el chasquido de dedos del doctor Andrews, que se inclinaba ante él.

—Lo siento —dijo, mientras cogía los pantalones que le tendían—. Esta noche no he dormido muy bien.

El doctor Andrews no le preguntó más detalles al respecto. Se sentó frente a él y, tras asentir, dijo:

—La pierna se está curando muy bien. ¿Sigues teniendo dolor?

—No, ya no.

El hombre releyó las notas garabateadas en la historia médica y agregó:

—La rehabilitación progresa como es debido y tampoco tienes problemas de visión, ¿correcto?

Rory movió la cabeza afirmativamente.

—Supongo que en unas semanas estarás preparado para que te dé el alta de manera definitiva.

—Supongo que sí.

Tras un seco y casi imperceptible movimiento de la mano, el doctor Andrews acercó más la silla a la camilla en la que Rory estaba todavía sentado.

—¿Cómo te hace sentir volver con tu regimiento?

Rory tragó saliva.

—Bien, señor.

—Veo que estás manteniendo el peso. ¿Qué tal el sueño, en líneas generales?

—No muy bueno, señor. Mejora cuando estoy ahí fuera —se apresuró a agregar, y no se atrevió a ser más preciso con la definición de «ahí fuera», pues sonaba improbable incluso como eufemismo—. Casi no me molesta, de hecho. Es cuando vuelvo a casa que...

El doctor Andrews lo detuvo con un gesto impaciente de la mano.

—Suponía que me dirías eso. Bueno, tendré que solicitar una revisión psicológica cuando te dé el alta y si todo está en regla podrás volver con los tuyos.

—Gracias, señor. Me alegra.

Hizo amago de levantarse y marcharse, pero el doctor Andrews le colocó la mano en el hombro y se lo impidió. Parecía querer comunicar con la mirada algo que no era capaz de expresar con palabras, una especie de tristeza infinita que, aunque silenciosa, era perfectamente perceptible.

—Imagino que tu hermana y tu novia habrán hablado ya contigo.

Rory bajó la mirada.

—Sí, señor.

Dio la sensación de que el doctor Andrews no encontraba las palabras de nuevo. Mientras las buscaba, se sacó la pitillera del bolsillo y le ofreció un cigarrillo a Rory, quien lo aceptó.

—Nunca en mis más de treinta años de profesión había tenido que enviar a mis enfermeras a recibir instrucción militar —repuso—. Nunca. —Inspiró—. Lo lamento por vuestra generación, hijo. Las torturas que vivió la mía no deberíais sufrirlas vosotros.

Rory pensó que no tenía que escuchar aquello, que las costuras de la ropa estaban demasiado cerca de la piel y le picaban, y que quería volver a casa, aunque no sabía muy bien qué significaba ya esa palabra si Vera y Bram no se encontraban allí.

Vera se hallaba en la cafetería del hospital escribiéndole una carta a Allie Dale. Era un texto autoindulgente y egoísta que no tenía la más mínima intención de releer y mucho menos de enviar.

Cualquier otro día no se habría perdonado desperdiciar el tan codiciado papel en aquellas diatribas simples e inútiles en las que Allie tenía la culpa de todo: Allie no debería haberla dejado sola en la oficina, Allie no debería haber firmado los textos que escribía ella, Allie debería haber dado la cara por ella ante Keller, Allie debería habérsela llevado al frente, haberle conseguido una acreditación.

¡Aquel hombre sardónico e irrespetuoso! Hacía casi cuatro años que no lo veía y se sentía igual de joven que entonces. En unos meses cumpliría veintiséis, pero ni las tragedias ni las grandes pérdidas la habían hecho crecer, ahora lo veía claro. Su rabia era muy infantil y ni siquiera sabía con quién estaba tan enfadada. No con Rory, por supuesto, porque era incapaz de guardarle rencor ni siquiera cuando se lo proponía. Tal vez con ella misma, pero no tenía la paciencia necesaria para reflexionar sobre ello.

Llevaba meses, si no años, disfrazándose de adulta cuando en realidad no había cambiado ni pizca desde el primer año de universidad. Todavía era la misma Vera Johnson que donde ponía el ojo ponía la bala y que se obcecaba si las cosas no le salían como quería.

Nunca, en aquellos tres años, había sentido con tanta claridad, con tanto descaro, la ausencia de D. B. Él, que siempre la escuchaba y que nunca la tomaba en serio cuando ella se angustiaba tanto por el futuro. Él, que siempre encontraba una salida, le hacía falta en ese momento en que a Vera se le habían agotado las vías de escape.

Pero pensar en D. B. era demasiado doloroso y nunca la había llevado a ninguna parte, de modo que hizo una bola con el papel y la tiró al suelo. Aterrizó sobre unas botas que reconoció al instante.

Alzó la barbilla para ver a Rory, que tomaba la silla frente a ella.

—¿Puedo sentarme? —le preguntó.

Vera asintió.

—Sí, claro.

Sintió que se le enrojecían las mejillas. Ante todo, no podía estar enfadada con Rory porque él era mejor persona que ella;

no tenía miedo de decirle a la cara que le aterrorizaba la idea de que la mandaran al frente.

—Siento el rumbo que ha tomado la conversación esta mañana —le dijo. Sus dedos tamborileaban sobre la mesa—. Espero no haberte ofendido —bajó la voz—. Quiero estar contigo, Vera. No pretendía insinuar... —Chascó la lengua—. Me gustaría que te quedases, pero no te pedí que te casaras conmigo para que lo hicieras. Me da igual casarme contigo mañana o dentro de noventa años. La verdad, me da igual casarme contigo o no, si estamos juntos. Hablaría con tu padre esta misma tarde, si hiciese falta.

Vera desvió la mirada. Nunca sabía qué decir cuando era necesario. Las palabras que salvaban y sanaban eran las mismas que le rodeaban el cuello como una soga.

—No estoy enfadada contigo, Rory —susurró al fin—. No podría estarlo aunque quisiera. Es... —Apretó los párpados—. No quiero que te angusties por mí.

Rory sonrió. Lo supo por la manera en que exhalaba, por los cambios perceptibles en su respiración. ¿Qué iba a hacer con toda esa información?

—No tienes poder de decisión sobre eso.

Vera tragó saliva. Había abierto los ojos de nuevo y los tenía clavados en sus manos, extendidas sobre la mesa, muy cerca de las de Rory, lo suficiente para sentir el calor humano sin llegar a tocarlo.

—¿Qué te ha dicho el doctor Andrews?

—Estoy mejorando. Si sigo así, en unas semanas me dará el alta definitiva.

La cafetería en la que estaban se había vuelto silenciosa, como si el aire hubiese absorbido todos los ruidos solo para otorgarles quietud a ellos dos.

—¿Vas a volver?

Rory tomó aire. Asintió.

—Tendré que hacerlo. —Forzó una sonrisa—. Supongo que ahora estamos en igualdad de condiciones, ¿eh?

Vera alzó la barbilla y, al fin, lo miró a los ojos. La primera vez que se había fijado en él tenía dieciocho años y fumaba junto a la ventana de Bram Drachman. Había cambiado mucho físicamente desde entonces, pero la mirada era la misma. Contemplaba el mundo como si fuese capaz de enfrentarse a él tal cual era y no temiese que pudiese herirlo con su belleza.

—¿Crees que estás recuperado del todo? —le preguntó, y Rory ni siquiera se disgustó ante la pregunta.

Estiró los labios.

—No creo que llegue a estarlo nunca. Por eso... —Bajó las cejas—. Lo que ves aquí... y lo que viste en el St. Bart's y durante el *Blitz*... es parecido a lo que verás en el frente. Ahora conoces la batalla de segunda mano. Cuando estás ahí..., el ruido es constante y no hay salida y tampoco descanso y... no sabes si vas a volver a casa y si vuelves sabes que no vas a poder quedarte y... no sé, no puedo describirlo. No quiero que vayas y vuelvas..., bueno, como yo, supongo.

Las lágrimas cálidas empapaban las mejillas de Vera. Nunca le habría permitido hablar de Rory a otra persona como él lo estaba haciendo en aquellos momentos. Habría sido capaz de rezar de rodillas con tal de aniquilar aquellos pensamientos de su cabeza.

—Creo que tendría suerte si algún día me pareciese a ti.

Con un temblor, los dedos de Rory le acariciaron los nudillos.

—Ya sabes a qué me refiero. —Se humedeció los labios—. Pero quiero tu felicidad. Eres una gran escritora, Vera. Ojalá las cosas fuesen de otra manera, pero no puedo cambiarlas. —Le rodeó la muñeca con sus dedos—. ¿Sabes? Siempre he admirado eso de ti. No te asusta llamar a las cosas por su nombre ni admitirlo cuando algo no tiene vuelta de hoja.

Vera sacudió la cabeza.

—No digas eso. Siempre has sido mejor persona que yo.

Rory no encontró energías para discutir. Se acercó más a ella y le dijo, en voz muy baja:

—Vuelve conmigo y yo volveré contigo otra vez.

Intentó quitarse la cruz de D. B. del cuello y entregársela para que le diese suerte, pero Vera no se lo permitió.

—Ahora la necesitas tú más que yo —trató de explicarle Rory, pero ella le cerró la mano en la que sostenía la cadenita.

—No, por favor. No tientes a la suerte quitándotela.

Rory rio.

—Ah, ¿desde cuándo crees tú también en la suerte?

—¡Mira quién habla! Nos mandan un telegrama diciendo que has muerto y a los tres días regresas a la vida. Podrías convertir a un ateo en creyente.

Rory, todavía con aquella sonrisa luminosa y triste en los labios, acercó la mano de Vera a su cara.

—Deja que te preste mi pañuelo, entonces. Siempre te preocupas tanto en ser fuerte para los demás que nunca te he visto con uno en las manos.

Vera lo aceptó. Llevaba sus iniciales y olía como él, como su casa, como aquellos meses de convalecencia que habían pasado juntos y estaban llegando a su fin.

—Y escribe —le pidió Rory—. Aunque solo sea una frase para saber que estás bien. Yo haré lo mismo. E iré a despedirte a la estación, si me lo permites.

—Por supuesto.

Lo vio salir cuando la agitación de las enfermeras que se levantaban le indicó que había llegado la hora. Y no quería nada más que correr detrás de él y abrazarlo, solo abrazarlo y sentirlo cerca, como la noche anterior, pero se vio incapaz de levantarse de la silla.

Era mejor persona que ella, siempre lo había sido. Lo único de lo que carecía era de su fortaleza.

XVII

Fue esa misma fortaleza, unida a la incorregible terquedad, la que empujó a Vera a irrumpir en el despacho del doctor Andrews sin pedir permiso. No se disculpó cuando él se volvió, sorprendido; su padre le había enseñado a no ser amable si no quería serlo, si no iba a recibir algo a cambio y en ese momento no tenía nada que perder.

—No puede darle el alta a Rory.

El doctor Andrews dejó a un lado los informes médicos que estaba estudiando. Se levantó y dio un par de pasos hacia ella. Cuando habló, lo hizo con el tono calmado que utilizaba al enseñar cómo se trabajaba en el quirófano.

—Lo siento, hermana Johnson, pero no encuentro motivos para no darle el alta a un hombre joven y fuerte que está recuperado.

—No está recuperado.

El doctor Andrews suspiró. De nuevo, con la parsimonia propia de las clases teóricas, repuso:

—Lo que tiene se llama fatiga de combate. Mejora cuando está en el frente y empeora cuando vuelve a casa. Si tuviese que negarle el alta a todos los hombres como él, no creo que quedara ninguno que llevar a Europa. —Entornó la mirada—. Comprendo su preocupación, pero en tiempos de emergencia nacional...

—Se lo pido de rodillas —lo interrumpió Vera.

Habría dicho que el doctor Andrews le sonreía, pero no había calidez en la mueca que le torcía la boca.

—No sea niña.

—¡Niña! Ayer mismo me decía que me casase si no quería ir al frente. Estoy preparada y en perfectas condiciones físicas, pero Rory ya lo ha sacrificado todo y ahora necesita descansar.

El doctor Andrews tomó aire para replicar, pero Vera no se lo permitió. Sabía lo que iba a decirle, y hasta el día anterior habría estado de acuerdo con él. Nunca había comprendido a los hombres que podían combatir y buscaban la manera de no hacerlo, y nunca había antepuesto sus propios sentimientos a lo que consideraba que era el deber moral de todos en los tiempos que corrían, pero en ese momento era distinto.

—No echaré de menos trabajar con usted cuando esté en el frente —masculló.

Al cerrar la puerta se dio cuenta de que habría roto todas las reglas por Rory pero no por ella misma. El señor Keller podía ofrecerle una acreditación al día siguiente y ella no movería los hilos para aceptarla. Había dado su palabra el día que ingresó en el Cuerpo de Enfermería y su palabra era sagrada. Esa era su gran tragedia.

El jinete rojo

Junio - octubre de 1944

¿Devorará la espada para siempre?
¿No sabes que el final será amargo?

2 Samuel 2,26

Todos los ejércitos tienen objetos prescindibles [...]
Los hombres son los más prescindibles de todos.

Robert Leckie

El manuscrito

I

Junio de 1944

Vera Johnson no era una persona sentimental. Cuando su abuela le hablaba de la tierra verde y frondosa de Galloway dejaba que su imaginación fluyese libre y se impregnase de aquellas imágenes hermosas, pero nunca lograba relacionarlas con ella misma. Al poner un pie en Escocia para completar los cuatro meses de entrenamiento militar, sin embargo, se dio cuenta enseguida de que había algo en aquel país que clamaba por ella.

Le gustaba el olor a musgo y vegetación mojada de las mañanas, cuando la mayoría de las compañeras se quejaban del dolor de huesos que traía consigo la humedad; el frío no la asustaba ni tampoco las nevadas y el hielo, cuando los hubo. Ante todo, admiraba y veneraba a los escoceses, con ese acento impenetrable, esa sinceridad incorregible que resultaba grosera a muchas de sus compañeras y ese humor que podía calentarse como el hierro un segundo para tornarse intolerablemente tierno al siguiente.

Comprendía, al fin, por qué Escocia le había gustado tanto a Rory. Por las noches, cuando se tumbaba en la cama, agotada y con los músculos entumecidos, pensaba que si en Edimburgo existiese, aunque fuese a menor escala, parte de la agitación que tanto la enamoraba de Londres, no le importaría mudarse allí para siempre, en una casita pequeña donde ella pudiese escribir mientras Rory leía.

En el entrenamiento militar descubrió también que era la digna hija del capitán Johnson. La mayoría de sus compañeras apretaban los dientes y consentían las fatigas porque eran el medio que las conduciría allá donde más las necesitaban; Vera, en cambio, prefería aquellas jornadas intensas, aquellas órdenes claras y concisas, que el aluvión de pacientes cuyos rostros y heridas contaban mil historias del frente y por los que muchas veces no podían hacer nada. Le gustaba sentirse útil y sentir que ayudaba al avance de la guerra, pero detestaba la enfermería y todo lo que implicaba. Al fin podía admitir aquello que nadie, excepto Persie, sospechaba.

Querido Rory:

¿Sabías que aquí nos llaman «Ladies Guerrillas»? Nos hemos despojado de nuestras capas y nuestras cofias, y ahora nos paseamos por Peebles en uniforme de campaña, botas de regimiento y casco de estaño. Jugamos al fútbol y al hockey con los niños cuando tenemos tiempo libre, que es casi nunca, y yo sobre todo lo dedico a escribir. Tenías razón, como en muchas otras cosas: Escocia es una tierra bellísima, aunque, como he dicho, no nos queda tiempo ni para apreciar su belleza.

El toque de diana es indolente. Marchamos por las colinas, que, por un instante, se tiñen de rosa con la luz del amanecer. Nos enseñan cómo trepar y descender las escaleras de cuerda de los barcos, cómo saltar de un barco a otro, cómo trepar barricadas de alambre de púas y defensa personal.

Papá estaría orgulloso de mí, siempre dice que, si hubiese nacido varón, estaría liderando ejércitos. Siempre quiso esto para D. B., pero él era demasiado noble y demasiado sensible, y yo soy una mujer. Si no fuese por los tiempos que nos ha tocado vivir, jamás habría visto a una hija suya con un rango militar. No sé si lo considera una maldición.

Pienso en ti constantemente y espero que estés bien.

Un millón de besos,

V. R. J.

P. D.: Supongo que ahora que soy teniente puedo mangonearos a Bram y a ti como me apetezca.

Querida Vera:

No creo que en todos los años que hace que nos conocemos hayas necesitado un rango militar para disponer de Bram y de mí como te plazca.

Aquí las cosas están muy bien, muy tranquilas. Yo también pienso en ti a todas horas. Mantente a salvo, ¿vale? Recuerda tu instrucción militar cuando estés ahí fuera y no te confíes jamás. No dejes que el miedo, el ruido y la urgencia te distraigan; las cosas son más sencillas en el campo de batalla de lo que parece a primera vista y siempre es mejor carta actuar según te han entrenado que perder el tiempo y la cordura pensando demasiado en lo que vas a hacer y cómo. Tu cuerpo sabrá cómo actuar.

Ante todo, estoy orgulloso de ti y espero que podamos vernos pronto. El otro día Bram pudo escaparse y vino a visitarme a la base. Está muy bien, ha leído tu carta y me ha pedido que te diga que no cree que nadie mayor de seis años haya utilizado la expresión «un millón de besos» hasta ahora. Yo le dije que eres capaz de batirte en duelo con cualquiera que dé una opinión no solicitada sobre tu manera de escribir.

¡En fin! Odio tener que darle la razón a Bram, así que permite que me despida con...

Un millón de besos,

R. S. G.

Vera releyó la carta de Rory hasta que se le quedó grabado, como a fuego, el trazo exacto de cada frase, de cada letra. Acababan de comunicarles que las trasladarían a Dover al día siguiente y que no podían escribir a casa para contarlo, de modo que la fecha de su destino debía de acercarse. No conocían el momento ni el lugar, pero los dedos ya les cosquilleaban a causa de la expectación.

Le escribió al señor Keller, eso sí. Antes de irse a Escocia le había comunicado que la habían destinado a instrucción militar y que pronto se embarcaría hacia al frente como él le había dicho a ella que sucedería. «Y seguiré escribiendo, como yo le aseguré a usted que haría —había siseado—. Y le mandaré lo que escriba y si a usted le gusta puede publicarlo».

Por una vez, el señor Keller se había quedado desarmado y sin una respuesta que ofrecerle. En ese momento Vera le escribía una misiva muy corta para recordarle lo que habían dispuesto.

Estimado señor Keller:

Imagino que, con los tiempos que corren, las oficinas del *Telegraph* estarán sumidas en su bullicio particular y con segundo plato para quien quiera repetir. Cualquiera que siga los avances de la guerra y no le asuste interpretarlos sabrá que dentro de poco ese bullicio no hará más que crecer. Se acerca la hora más urgente y, como llevo repitiéndole los últimos cuatro años, quiero contribuir a ella con mis palabras.

Permítame que le diga que peca de anticuado, que no es el único y que ya no me importa. Si alguna vez le mando algo que considere bueno, le pido por favor que lo publique firmado por V. R. Johnson. Cuando éramos pequeños, D. B. y yo siempre firmábamos nuestras cartas como D. B. y V. R., pero solo a él le quedaron las siglas y ya no respondió nunca más a su nombre. Es hora de que yo recupere ese *nom de plume* que he dejado aparcado por un tiempo.

¡A su salud!

Con cariño y expectación,

V. R. Johnson

No releyó la carta al terminar en busca de errores o frases flojas, como acostumbraba. En su lugar, y tras comprobar que todavía le quedaba aceite a la lámpara, sacó otro folio y le escribió a Allie Dale, algo que no había hecho en meses.

Viejo compañero:

¿Te acuerdas de lo enfadado que estabas cuando me mandaste aquella primera carta al hospital? Entonces se la di a leer a mi amigo Bram Drachman y, te aseguro, habrías disfrutado de la variedad y la originalidad de los improperios que te dirigió. Es un hombre que tiene un dominio de la palabra y de la lengua que no pudieron enseñarte ni a ti en el *Daily Express* ni a mí en la Universidad de Londres.

Llevo años leyendo, con envidia y sordidez, todos los artículos que escribes desde el frente. Creo que pronto podremos tratarnos de igual a igual, aunque, como siempre, yo he escogido el camino más difícil, que, por otro lado, me ha dado a cambio un rango militar bastante admirable, en mi humilde opinión. Supongo que, de estar aquí conmigo, tendrías algo que decir de los católicos y el sufrimiento, y te habrías reído de lo lindo de mi «agnosticismo de boquilla» (palabras tuyas, no mías).

Espero que podamos vernos pronto, ahora que puedo mirarte cara a cara.

Todavía con envidia y sordidez,

Teniente Vera Ruth Johnson

II

Ninguna armada en la historia sería como aquella. Miles de barcos aliados se aproximarían a las pacíficas costas de Normandía, cubrirían las aguas de gris antes de bañarlas del rojo de la sangre, el bautizo necesario para el día más importante de la guerra. Iban a atacar la yugular del Tercer Reich; asegurar el éxito de la misión era de una urgencia absoluta.

El mayor peligro de un ataque anfibio es que el enemigo te empuje de nuevo a las aguas, y Francia era la joya de la corona, la tierra hermosa que los nazis estaban obligados a defender como a la propia Alemania; era una fortaleza impenetrable. Para evitar que el desembarco se convirtiese en una masacre, en una derrota humillante que borrase del mapa las victorias anteriores, era necesario planear el mayor engaño bélico desde el caballo de Troya.

3 de junio de 1944 (Día D-3)

Los compañeros que se quedaban en la base los despidieron bautizándolos con whisky.

—*In nomine Patris et Filii et Spiritus Sancti.* Que el Señor nuestro Dios os perdone los muchos pecados que sabemos que habéis cometido.

Rieron. Todos tenían los nervios quemados; sabían que,

como la tripulación del Avro Lancaster, podían recibir, con apenas unas horas de antelación, las órdenes de salir en una misión.

Uno de los hombres le dio una palmadita a Bram en la espalda.

—Si caéis en Francia, ¿seríais tan amables de traernos de vuelta unas cuantas cajas de champán?

Bram asintió.

—Y carmín y medias de seda para tu novia. Ya sabes lo que digo siempre: lo que es de uno es de todos.

—Eres un cerdo.

—Soy un príncipe.

Las palabras y las risas los empujaron al avión. En la absoluta confidencialidad de la guerra, no sabían con exactitud qué les deparaban los próximos días; caminaban únicamente con la seguridad de que, fuera lo que fuese, sería grande, un ataque de proporciones titánicas. En un conflicto con tantos frentes simultáneos y tantas operaciones paralelas resultaba imposible adivinar adónde destinarían a un amigo, pero Bram tenía la corazonada de que mandarían a Vera a aquella gran misión en ciernes. ¿Por qué habrían dado instrucción militar a enfermeras, si no, cuando no había sido necesario ni para la invasión de Sicilia? En cuanto a Rory, solo podía desear que se librase de esta, porque no iba a ser fácil ni estaría exenta de riesgos.

Salieron rumbo Wimereux, en el Paso de Calais. Sus playas, propicias para una invasión, eran de las más defendidas de Francia. Calais, debido a su cercanía con las islas británicas, resultaba el objetivo más obvio, y los alemanes llevaban años preparándose para un desembarco en sus costas. El Avro Lancaster debía bombardearla hasta reducirla a cenizas, debía convencer a los alemanes de que el ataque se aproximaba y sus instintos habían sido certeros: los aliados intentarían infiltrarse en la Francia ocupada por Calais.

Eran un caballo de Troya humano.

Las colinas blancas de Dover se erigían como fantasmas ante las Ladies Guerrillas. En su famosa canción, Vera Lynn habla de amor, risas y una paz eterna «cuando el mundo sea libre». Ese junio esa paz parecía imposible, digna de los cuentos que les contaban de niñas para que se durmieran, y no de su vida. Los aliados se preparaban para desembarcar en Normandía. En el este, el frente de Leningrado había alcanzado Estonia. Hablaban de cortarle la cabeza al basilisco, de sacrificios quemados. Pensaban en la paz también, pero nadie hablaba de ella.

Ahora que estaban inclinadas ante el precipicio, mirando al inframundo, las demás podían aceptar ese pensamiento humillante y deshonroso sobre el que Vera siempre había sido sincera: no querían perderse la batalla. El mundo sangraba y ardía frente a ellas, y, si no podían hacer nada para detener aquella destrucción, al menos se alegraban de poder ir y ver e inscribir sus nombres en el libro de la historia.

La tripulación del Avro Lancaster había sido afortunada, casi tocada por la mano de los dioses. De los ciento cuarenta pilotos que habían entrenado con Bram, solo otros dos y él mismo seguían con vida y a punto. A bordo de un bombardero, la cuestión no era «si» ibas a ser alcanzado sino «cuándo», y su roce con la muerte en Wilhelmshaven quedaba ya tan lejos que podría no haber existido nunca.

A Bram aquella misión no le daba buena espina. No le gustaba volar sobre Francia, y no era capaz de explicar por qué. Le causaba un sentimiento opresivo en el pecho; aunque Calais estaba mucho más cerca de casa que las ciudades alemanas que estaba acostumbrado a atacar, separada tan solo de las costas británicas por una delgada franja de agua, se sentía, más que nunca, atrapado en un tubo metálico que podría convertirse en su tumba.

Cuando el interior del Avro vibró como un animal herido que se estremece por el daño recibido, no sintió las respuestas nerviosas que su cuerpo le mandaba al cerebro. No se le aceleró el pulso ni tampoco le faltó la respiración; no le sudaron las palmas de las manos ni se le secó la boca. Durante los dos primeros tercios de una misión, la tensión se dispara; ahora que había llegado el momento, que sabía que los habían alcanzado y que el diagnóstico no era bueno, casi lo invadió el alivio. Se encontraban en la cola de la formación, uno de los lugares más peligrosos, en los que nadie quería encontrarse. ¿Qué podían esperar, excepto que su golpe de suerte se extinguiese enseguida, como una lámpara a la que se le acaba el aceite?

Ruido. Rojo. No se dio cuenta de que había bloqueado todo cuanto ocurría a su alrededor hasta que oyó que lo llamaban por su nombre. No, por su nombre no. Bob, Bob Stewart, la identidad con la que se vestía cada mañana y que no iba a salvarlo ahora. Sus compañeros no iban a permitir que el pánico los traicionase, ni siquiera entonces, bajo aquellas circunstancias.

El Avro se desplomaba y ninguno de los esfuerzos de Bram por estabilizarlo surtía efecto. Dio la orden de evacuar. Su voz sonaba como si procediera de ultratumba, como si no le perteneciese a él, ni a ningún ser humano.

Un único grito, gutural y casi ahogado, trepó desde el piso inferior.

—¡Roxburgh y Portsmouth están muertos! Carr está muy mal también. Soy Adley.

Bram tragó saliva. No había servicios de emergencia en el interior de un avión; no había personal médico, ni enfermeras, nada. Solo ellos y sus burdas nociones de primeros auxilios. No conseguiría llevar el Avro de vuelta a Gran Bretaña. Volando a trompicones en una lluvia de munición antiaérea, únicamente podía luchar por mantenerse en el aire el tiempo suficiente para que pudiesen escapar.

—¡Evacúa, Adley!

Se volvió hacia el sargento Eden. Con su ayuda, quizá podría atar a Carr a su propio cuerpo y saltar junto a él. Tenía el mapa de escape en la espalda, entre la chaqueta de piloto y la camisa del uniforme. La ruta los conduciría a un enlace de la Resistencia que los ayudaría a regresar a Inglaterra, pero si Carr estaba muy mal tal vez lograría convencer a algún campesino para que lo socorriera.

Blanco. Rojo.

Eden, pálido y ceroso, trataba en vano de contener la hemorragia de su pierna. La munición antiaérea le había rasgado la carne; la herida resultante bajaba desde el muslo hasta el gemelo. Bram se giró para tomar el cable telefónico y usarlo como torniquete. Al inclinarse junto a Eden, sin embargo, reparó en la sangre oscura que le teñía también la camisa del uniforme.

Los ojos ambarinos de Eden se volcaron sobre él.

—¿Puedes alcanzarme la pistola, Bob?

Bram dio un paso atrás, temblando.

—¿Bob? Bob, por favor.

Cogió aire con dificultad. Como si hubiese necesitado encontrar la respuesta correcta en el caos de su cerebro, dijo:

—¿Bram?

Obedeció.

Ya estaba abajo, pisando la sangre aún cálida de Roxburgh, Portsmouth y Carr, cuando oyó el disparo.

Estaba solo. A su alrededor no se oía ni un jadeo, ni una respiración. El silencio, roto por los ruidos agónicos del avión y los ataques antiaéreos le golpeó con toda su fuerza. Roxburgh, Carr y Eden estaban muertos. Adley había escapado, aunque no sabía en qué estado, ni qué se había encontrado al otro lado.

Mientras saltaba, oculto por el humo negro del Avro moribundo, sintió la supervivencia como unas manos frías alrededor del cuello. La munición alemana no lo alcanzó. Flotó y cayó en un mar de fuego y pólvora sin que nada lo dañase. Pensó en los cuentos de su infancia, en Dios y el diablo apostando por el alma de Job mientras vertían sobre él infinitas torturas.

Al caer en la tierra blanda de Calais, le dijo a ese dios que ocupaba un espacio cada vez más pequeño en su cabeza que tenía que pedirle perdón de rodillas, que no olvidaría fácilmente que lo hubiese cubierto con su mano mientras veía morir a sus hermanos de fatigas.

«Eres un dios indolente y caprichoso. No eres mejor que la Luftwaffe».

Aún con ese pensamiento en mente se quitó la estrella de David del cuello y la tiró entre la vegetación. Estaba en la Francia ocupada, le habían cortado la comunicación y no estaba seguro del lugar exacto en el que había aterrizado.

Buscó un refugio entre las sombras para consultar el mapa de seda que llevaba a la espalda. No había tenido la ocasión de orientarse cuando oyó unos pasos detrás de él. Voces. Francés, no alemán.

Puso los brazos en alto. Tal vez ese dios al que maldecía le había dado otra buena carta en la baraja.

—*Anglais!* —exclamó—. *Je suis anglais!*

III

6 de junio de 1944 (Día D)

Para ser leído a todas las tropas:

Ha llegado el momento de dar un golpe devastador al enemigo en la Europa Occidental. En el ataque intervendrán las fuerzas combinadas de mar, tierra y aire de todos los países aliados formando un gran equipo bajo la comandancia del general Eisenhower.

En la víspera de esta gran aventura envío mis mejores deseos a cada uno de los soldados del bando aliado.

Se nos ha concedido el honor de dar un golpe por la libertad, un golpe que quedará grabado en la historia. En los prósperos días venideros, los hombres hablarán con orgullo del trabajo que estamos a punto de realizar. Nuestra causa es grande y justa.

Recemos para que el poderoso Dios de la batalla acompañe a nuestros ejércitos y que su providencia nos ayude en el combate.

Quiero que todo soldado sepa que tengo plena confianza en la victoria de esta operación en la que estamos a punto de embarcarnos.

Caminemos con entusiasmo y corazones valerosos hacia la victoria.

Y, al entrar en la batalla, recordemos las palabras de un famoso soldado pronunciadas hace ya muchos años: «Él, que teme demasiado su destino o sus desiertos son demasiado pequeños, no se atreverá a dejarlo en manos de la suerte, debe ganarlo o perderlo todo».

Buena suerte a cada uno de vosotros. Buena caza en la Europa continental.

General Montgomery

En Lincolnshire, las tropas paracaidistas contenían la respiración mientras aguardaban noticias. La mayor cruzada de la historia reciente estaba en ciernes y, aunque no habían sido llamados para la primera oleada, sabían que de una noche a otra podían darles la orden. Un solo fallo, un minúsculo inconveniente en la maquinaria bien engrasada del general Montgomery, al que todos llamaban Monty, podría conducirlos a la Francia ocupada como apoyo.

Los «si» parecían inagotables. Si las fortificaciones alemanas eran más despiadadas..., si las tropas aliadas eran empujadas de nuevo a las aguas..., si el temible Muro Atlántico resultaba impenetrable...

A Rory le gustaba Monty. Era un líder parco y justo que no permitía que los sentimientos o las simpatías le nublasen el juicio. Estratega obseso, decían de él que, en su juventud, se había declarado a la muchacha de la que estaba enamorado dibujando sobre la arena los planes de invasión de la guerra venidera, puesto que Monty, al contrario que otros, no dudaba de que la paz sería efímera, una trampa ineludible que les tendía la historia. Por lo demás, no tenía reparos en destituir a oficiales que no rindiesen según lo acordado, ni tampoco en infligir a sus tropas un entrenamiento riguroso que, pensaba Rory, era esencial para la supervivencia.

Mientras leía la copia del saludo de Montgomery a las tropas, reparó en la agitación de sus compañeros. Se levantó casi por inercia, se acercó Frank y le dio un golpecito en el hombro.

—Dicen que el otro día derribaron a un bombardero de la RAF en el Paso de Calais —le comunicó su amigo.

Un pitido familiar parecido al que le afectaba tras una detonación le impidió seguir escuchando. Derribaban bombarderos de la RAF casi cada noche, pero la falta de sueño, unida a la incertidumbre de no saber cuándo saldrían, ya lo tenía al límite.

—¿Sabes qué avión?

—Un Avro Lancaster.

Se sentó y hundió la cabeza entre las rodillas. El Avro era el modelo más popular en 1944, causante de incontables ataques sobre Alemania y sobre Francia. Debía de haber decenas de Avros en el cielo en ese mismo instante, pero las raras corazonadas de Rory no atendían a lógica o a razones. Bram era su mejor amigo, lo conocía desde que eran niños y lo quería más que a un hermano, más que a sí mismo. Sabía que era su avión, lo sentía en los huesos como una enfermedad reumática, y se preguntó si Bram también habría notado algo, quizá una flecha que lo atravesaba, cuando él cayó herido en Sicilia.

10 de junio de 1944 (Día D+4)

En el Día D+4, las enfermeras de la Reina Alejandra subieron a bordo del Eagle III. En tiempos de paz, en aquel barco de vapor solo habían navegado turistas y miembros de la burguesía. En ese momento se abría paso a través del océano más henchido de muerte y promesas.

Era de noche y la lluvia intensa, más propia de las junglas del Pacífico que de Europa, lo cubría todo con su ruido infernal y envolvente. Vera pensó en Bruneval, en las atropelladas palabras de Rory al relatarles el gran viaje, su incursión sobre la nieve tiznados de negro, y también pensó en Bram, en todos los relatos de bombardeos nocturnos sobre Alemania que comenzaban bravucones y terminaban sombríos, como si el autor se hubiese olvidado por el camino de qué historia quería contar. Tragó saliva. A su alrededor, las compañeras rezaban o repetían en susurros lo aprendido durante la instrucción. Si miraba de reojo a Persie en su uniforme de campaña, y no se fijaba mucho en ella, tenía la sensación de que eran los ojos de Rory los que se clavaban sobre su rostro.

La señora Hopkins, la enfermera jefe del Queen Alexandra, había ido con ellas. Las organizaba, les daba unas últimas instrucciones, sacudía a las pocas que estaban dejándose vencer por el pánico. Debían saltar del Eagle III a la lancha de desembarco, un navío en forma de caja cuya boca se abriría con una rampa en la playa.

La lluvia no había amainado, pero sobre ella se alzaban con creciente intensidad los rugidos de la batalla. Vera se santiguó solo por hacer algo con las manos. La excitación de las órdenes le había impedido dormir bien por la noche.

El mareo producido por el vaivén de las olas las sumergió como en un sueño. Por primera vez, Vera se alegró de haber vivido el *Blitz*. En el grupo seleccionado para instrucción militar en Peebles había enfermeras de diversos lugares de la isla; no todas habían aprendido como ella a desligar su realidad de los ruidos de ultratumba de las detonaciones. Había sufrido un bombardeo; el St. Bart's casi se le había venido encima y había sobrevivido una noche entera con un hombre herido y una puerta rota como único cobijo. La guerra no podía darle miedo porque ya le había visto sus negras fauces. Ni siquiera la noche terrible de las bombas incendiarias había podido con ella, porque sus pensamientos estaban volcados en D. B. Ahora habría muchos D. B. a los que salvar. No, no podía estar asustada, no podía permitírselo.

La cubierta del Eagle III y la de la lancha de desembarco ya casi se tocaban. Saltó, como le habían enseñado, y los brazos fuertes de un marinero la cogieron.

Algunas no tuvieron tanta suerte. Las que se habían dejado llevar por el pánico y la indecisión habían saltado cuando la distancia entre los dos navíos era demasiado grande y las aguas se las habían tragado; Vera oyó el sonido de los cuerpos que se hundían. Otra, una de las mayores, no fue capaz de sujetarse con fuerza suficiente al marinero y también se desplomó en aquella nada negra y roja.

No podía mirar atrás; si lo hacía, estaba segura, se convertiría en una estatua de sal. Solo se atrevió a hacerlo de reojo, mientras se apartaba de las compañeras que se encogían para vomitar, y se calmó en cuanto vio a Persie entre la multitud.

Además de la expectación que bullía en su interior, la invadió de nuevo un pensamiento muy infantil que pertenecía a la Vera de 1940, y no a aquella cuya lancha se abría paso a través de la batalla: «Estúpido Rory. ¿Cómo quieres que cuide de la tonta de tu hermana en un sitio como este?».

Restos de metal y trozos de madera flotaban en la orilla; la playa, la arena todavía roja y negra, estaba cuajada de alambre de púas y estacas de madera. Aún conservaba el olor a metralla, con el que empezaban a familiarizarse, y a muerte, que todas ellas conocían a la perfección. Las bolsas de los cuerpos se amontonaban en las dunas devastadas. Junto al agua, hinchadas y blancas, flotaban unas cosas, un conjunto de cosas que no podían ser humanas, que no podían haberlo sido nunca. Llevaban la guerra marcada en los rostros inertes.

Vera luchaba por recordar cada detalle, por grabárselos en la mente como Allie Dale le había enseñado, para que luego, cuando se sentase a escribir, esas imágenes fluyesen libres. Al mismo tiempo, debía soltarlas enseguida, sabía que no podía quedarse allí, pues las órdenes eran claras: desembarcar y abandonar la playa cuanto antes. Ahí, más que en ningún otro lugar, era dos personas habitando un único cuerpo blando y vulnerable: la periodista y la enfermera.

IV

Afueras de Caen

Pasaron la primera noche en una trinchera con una ración de 24h* como único alimento. La batalla en los alrededores de Caen era fiera: el suelo temblaba a su espalda, estaban juntas como las cuentas de un rosario, y el rugido de la munición y las detonaciones se elevaba sobre cualquier cosa, la respiración, los pensamientos, hasta el ruido que emitían sus cuerpos al cambiar de postura, con un esfuerzo hercúleo, puesto que las botas de una tocaban el casco de la que estaba enfrente. En el cielo, negro como una gota de tinta china, se dibujaban las estelas blancas de los aviones y las tiras naranjas de los ataques antiaéreos.

Vera pensó en Bram. Quizá una de esas estelas le pertenecía a él; quizá sobrevolaba en aquellos momentos el mismo cielo que ella estudiaba, tal vez con la esperanza de aprender a leerlo. Esperaba, en cambio, que Rory no hubiese saltado sobre aquella tierra devastada. La carnicería ocurrida en los últimos días era patente en la sangre seca, en la arena chamuscada, en la devas-

* Nombre de la ración (que debía durar un día) que entregaba el ejército británico a las tropas: una lata con diez galletas; dos bloques de avena; té, azúcar y leche en polvo; un bloque de carne; una barrita de chocolate; caramelos; chicles; sal y papel higiénico.

tación que las rodeaba, como si Normandía no perteneciese ni a los humanos ni a sus dioses.

Para aprovechar ese instante de falsa calma, y porque quería plasmar sobre el papel todo lo ocurrido antes de que los recuerdos se diluyesen, sacó el bloc de notas y el lápiz. El sonido era suave, menos violento que el rasgar de la pluma, adormecido bajo los ruidos de la guerra. Persie, tumbada frente a Vera, entornó los ojos.

—Haz el favor de no dejar por escrito nada que pueda servirle al enemigo.

Vera forzó una sonrisa.

—No se lo enseñaré al enemigo. Duérmete.

—Duérmete tú. No quiero tener que cargar contigo mañana por todo el hospital.

Vera la ignoró. Sus susurros quedaron ahogados también por tanta destrucción, por la llovizna que había regresado y les mojaba la cara.

Día D+4

Los hombres soñaron con ser gigantes y desembarcaron en las costas de Normandía con un único objetivo: atacar la yugular del Tercer Reich. Nunca una cruzada había sido tan grande, ni una invasión tan desesperada. Del éxito de la operación dependía no solo la batalla que se desataría después y en la que hoy nos vemos enzarzados, sino también, sin duda, el cauce que tomará esta guerra que ya nos ocupa cinco años.

Al desembarcar la noche del Día D+4, siendo nosotras las primeras mujeres del ejército británico en pisar esta tierra torturada en la que a golpes se han escrito sueños de libertad, he visto en las playas mayor testimonio de la lucha que llevamos a cabo que en cuatro años de trabajo médico. Los cuerpos diezmados por las batallas de aquellos hombres a los que traté eran solo la antesala de lo que me esperaría en Normandía: habla más de la guerra un puñado de esta arena aún ensangrentada que cualquier discurso militar.

Un ruido la detuvo. Pasos. Uno de los dos guardias que vigilaban la trinchera crispó la espalda. Vera vio cómo se alejaba un par de metros, después oyó el sonido del disparo. Un mugido.

—¡Joder!

El muchacho, más joven que ellas pero con el fantasma de incontables fatigas en los ojos, regresó y se inclinó ante la trinchera.

—Creía que era un boche, pero he matado a una pobre vaca. —Estiró los labios—. Al menos tendremos rosbif para cenar mañana. No lo pruebo desde antes de la guerra.

Cárcel de Fresnes, Val-de-Marne

El interrogador empujó con dos dedos el papel en blanco a lo largo de la mesa. Bram lo miró y esperó.

—Escriba su nombre —le dijo, en un inglés burdo y tosco del que asomaba la entonación más seca del alemán.

Era un hombre relativamente joven, quizá un par de años mayor que Bram. Alto, delgado, pálido como un espectro. Los dientes posteriores, algo separados, arrojaban un toque de juventud a un rostro regio en el que dominaban los ángulos y las líneas rectas.

Mientras escribía, Bram dijo:

—Sargento Robert Stewart. Mis amigos me llaman Bob y supongo que usted, en confianza, puede hacerlo también. No había necesidad de obtener esta información por la fuerza. —Se señaló las magulladuras de la cara con la mano—. Se la habría dado gratis.

El interrogador no reaccionó a su insolencia. Lo observó con la mirada velada antes de apuntar:

—¿Alemán?

—Mi padre estudió Literatura Alemana en Oxford, más un semestre en Múnich. Tuvimos a antiguos compañeros suyos a la mesa hasta hace unos años, por exigencias de la guerra. Mi padre creyó que aprender alemán me sería útil, y no se equivocó, aunque él me imaginaba estudiando a Goethe y leyendo a Rilke, no enfrentándome a un interrogatorio policial.

La gran farsa. Había practicado tantas veces esa historia que la creía cierta; en su cabeza ese padre conocedor del legado literario alemán se parecía mucho al señor St. George, con su imponente altura, su bigote frondoso y sus impenetrables ojos azules.

El interrogador no cambió ni la postura ni la expresión.

—¿Número de serie?

Bram se lo dio. No tenía ningún reparo en desprenderse de eso, tampoco; no iba a poner a nadie en peligro.

—¿Cuál era su misión?

—Bombardear las vías de comunicación del Paso de Calais.

Trató de leer el rostro descarnado que tenía ante él, pero no pudo ver nada en aquella mirada apagada, en las arrugas como paréntesis alrededor de unos labios demasiado finos, de marcado arco de Cupido.

Un oficial de las SS. De haber podido elegir, Bram habría preferido estar frente a frente con un miembro de la Luftwaffe, un piloto, un aviador como él. La Luftwaffe y la RAF se comprendían aunque se odiasen; respetaban el valor y la maestría del otro de una manera directa y sencilla. No era un hombre cualquiera, aquel que se enfrentaba a los cielos sabiendo que el uniforme que portaba podría, en unas horas, convertirse en su mortaja.

Bram no sentía ni respeto ni admiración por las SS; no los consideraba similares a él, apenas si los creía humanos. Lo único que le infundía el hombre que tenía delante era un odio infinito y difuso.

—¿Qué trabajo desempeñaba en esa misión?

—Piloto, señor.

Casi escupió ese «señor».

—¿Dónde estaba estacionado?

—Inglaterra, señor.

El interrogador apretó los labios.

—¿En qué parte de Inglaterra?

Bram ladeó la cabeza.

—No lo recuerdo, señor.

Una bofetada. Primero oyó el ruido y después sintió un calor en la mejilla que lo abrasaba y la sangre cálida que volvía a brotarle de la nariz.

—¿En qué parte de Inglaterra?

Bram tomó aliento.

—No lo sé, señor.

El oficial cogió aire. Movió la mano, de modo que Bram se estiró, preparándose para el siguiente golpe. Lo que hizo a continuación, sin embargo, fue introducirla en el bolsillo del uniforme para sacar de él una pitillera. Mientras le ofrecía un cigarrillo, dijo:

—No va a contarme nada que no sepa, sargento Stewart. —Se lo encendió—. ¿Han arreglado ya la máquina de discos de la sala de oficiales? Su compañero no ha sido tan reacio a colaborar como usted.

Bram no permitió que la expresión lo delatase, no había indicación de que Adley hubiese sido capturado. Quizá lo habían visto descender y sabían que estaba allí, en algún lugar, o tal vez habían encontrado el esqueleto quemado del Avro y habían contado los restos que dormían en él para siempre.

Torció la boca.

—No sé cómo se las ha arreglado, si le soy sincero, puesto que todos mis hombres están muertos y, según tenía entendido, los muertos no hablan. —Estrechó los ojos—. Supongo que eso es lo que me mantiene con vida, ¿eh? Si solo quiere que le confirme lo que sabe, ya tendría una bala entre las cejas. Podría simular un accidente. Tantos pilotos caídos en combate... y mi avión ya está hecho cenizas, así que, ¿quién me echaría en falta?

El interrogador alzó una ceja oscura y poco poblada.

—¿No piensa en su familia, sargento Stewart? Cada minuto que transcurra sin que usted coopere será un minuto en el que no sepan que está con vida.

—Tienen más hijos.

—Sabe que si no puedo corroborar su historia tendré que ejecutarlo como espía, ¿no es así?

Bram inspiró. Se humedeció los labios, que todavía conservaban el sabor metálico de la sangre seca.

—Eso nos perjudicaría a los dos —repuso, en un siseo bajo—. Yo estaría muerto, y los espías muertos ya no pueden dar información útil a nadie.

Bram recibió un puñetazo que lo tiró de la silla.

V

Afueras de Caen (Día D+5)

A las diez en punto de la mañana, los camiones del ejército condujeron a las enfermeras de la Reina Alejandra a la zona en la que debían erigir el hospital de campaña, a medio camino entre la playa Sword, donde habían desembarcado sus tropas, y la ciudad de Caen, donde la batalla era fiera y sangrienta.

Sobre la tierra empantanada y reblandecida por la lluvia esperaban lo que parecía ser centenares de soldados. Cansados, barbudos y harapientos, daba la impresión de que aquellos hombres llevaban combatiendo en Normandía desde hacía años, no escasos días.

—Esto es peor que el Somme, peor que Ypres —dijo uno de los doctores que ayudaba a levantar las carpas del futuro hospital.

Vera tragó saliva. Si conocía algo, aunque fuese de segunda mano, era aquellas batallas. Había convivido con ellas y sus fantasmas desde que nació hasta que ingresó en el Cuerpo de Enfermería. A juzgar por el rostro acartonado y ojeroso, aunque aún joven, del médico, sus conocimientos también eran heredados, de bordes afilados como un puñal.

—Los americanos dirán que peor que Gettysburg —prosiguió—, pero todavía no he tenido la oportunidad de hablar con ninguno. —Se pasó la lengua por los dientes—. Se han llevado la peor parte de la carnicería. A los canadienses no les ha ido mucho mejor.

Los generadores zumbaban a lo lejos. Su ruido, bajo y constante, se confundía con el de los aviones que volaban sobre ellos. La mayoría eran aliados, aunque también sobrevolaron la zona algunos aeroplanos enemigos que las obligaron a abandonar el trabajo y buscar refugio en las trincheras recién excavadas. Todavía no habían tenido oportunidad de hacinarse en ellas cuando los aviones movieron las alas y pasaron de largo. Las cruces rojas pintadas sobre las carpas las habían salvado.

Persie escupió en la arena.

—Al menos eso los honra.

Vera chascó la lengua.

—No seas ridícula. No nos bombardean porque saben que también tratamos a los prisioneros alemanes.

Pensó en Rory, en el hospital de Sicilia, en el oficial italiano que se negó a disparar al ver compatriotas sobre las camillas ensangrentadas. Aquello era lealtad, no humanidad. Ese mismo sentimiento le permitía tratar tanto a los enemigos heridos como a los suyos, con la esperanza de que los alemanes actuasen en consecuencia si un aliado acababa en sus hospitales.

El doctor que la había ayudado a levantar la carpa no alzó la voz ni para apoyarla ni para corregirla. Se puso en pie y, con un gruñido ronco, dijo:

—Continuemos.

El agua burbujeaba en calderos enormes, las cocinas habían sido erigidas y las cajas desempaquetadas. A las cuatro de la tarde, las enfermeras no habían parado aún para comer ni para tomar aliento, cuando llegaron los primeros heridos.

Cuatrocientos hombres. Una legión. Nunca, ni en la noche fatídica del 29 de diciembre de 1940, había visto Vera tanta agitación, tantos cuerpos malheridos que gritaban pidiendo auxilio. La tierra parecía haberse abierto a sus pies y se inclinaba ante las puertas del infierno.

En algún lugar de la Europa ocupada (Día D+8)

El olor en el interior del vagón resultaba nauseabundo. Eran decenas, quizá centenares, encerrados en un cubículo destinado a los animales de granja y tan apretados que Bram no podía cambiar de postura sin que los compañeros a su lado hiciesen lo mismo. Nadie hablaba su idioma; todos eran miembros de la Resistencia y las nociones de francés de Bram no eran estelares, por lo que la comunicación no podía llegar muy lejos. Más dificultad aún suponía para él entablar conversación con los españoles cuyas familias habían emigrado a Francia la década anterior o que llevaban años luchando contra los fascistas; en vano habían pasado a su idioma natal al reparar en los rasgos oscuros de Bram y pensar que se trataba de un compatriota.

—*Anglais*, inglés. *Pas espagnol. Désolé.*

Había un cubo al fondo. Aferrándose a una noción terca de decencia, en un principio todos se habían negado a utilizarlo, pero las horas, que se convirtieron en días, habían desplomado cualquier reticencia y el hedor a orines, excrementos y sudor se les pegaba a la ropa y al pelo.

Desde su posición, contra la pared de madera del vagón, Bram alcanzó a mirar a través de una rendija estrecha y alargada que a duras penas permitía la entrada del oxígeno. Vegetación. Tierra. Dondequiera que los llevasen se encontraba al este de París.

Bram tragó saliva.

«No a Polonia», pensó, como una oración desesperada que no dirigió a nadie en particular.

Llevaba horas repasando mentalmente el panfleto «Deja ir a mi pueblo» de Victor Gollancz. Se aferró a cada frase, a cada promesa maquiavélica. La información podría salvarle, y necesitaba toda la posible.

En su pobre francés trató de explicar sus sospechas. Por la manera en que los hombres y las mujeres con quienes compartía vagón lo miraron, supuso que también habían llegado a sus oídos semejantes rumores.

El viaje era lento y tortuoso. Bram suponía que debían de estar utilizando las mismas vías de ferrocarril que suplían a los nazis. Puesto que los prisioneros de guerra y la mano de obra forzada no tenían prioridad, se detenían con frecuencia para dejar paso a trenes que transportaban mercancías más necesarias, que sí la tenían. Había pensado aprovechar una de aquellas ocasiones para saltar del vagón y huir, pero les habían advertido de que cada fuga les costaría la vida a cinco presos más, y Bram no podía justificar tamaña traición a un grupo de personas con las que compartía la lucha aunque no el idioma. Lo máximo a lo que se había atrevido, poco después de salir, cuando aún estaban en Francia, era a garabatear una nota en la que decía que lo habían tomado prisionero y que su tren se dirigía al este. Había puesto la dirección de sus padres por si un alma caritativa pudiera hacerles llegar aquella suerte de carta. Nadie se arriesgaría a tanto mientras el país siguiese ocupado, pero... tal vez... si los liberaban y alguien todavía conservaba el papel... De todas maneras, era preferible mantener esa diminuta esperanza a quedarse en el vagón comiéndose las costras de las heridas para acallar el hambre.

Se detuvieron y nadie reaccionó. No era la primera vez y habría muchas más. ¿Estaban ya en Polonia? Los entendidos, los que mejor sabían leer el terreno y convertir el tiempo transcurrido en kilómetros, decían que no. Por inercia, Bram se asomó al ventanuco. Veía campos de un verde frondoso y lo que le pareció una estación. No le dio tiempo a leer el nombre cuando alguien abrió las puertas desde fuera y chorros y chorros de luz le golpearon la cara, cegándolo.

Voces. Voces en alemán, algunas de acento espeso y otras no tanto, que los instaban a salir, y rápido. Cuando el tumulto de gente se abrió ante él, como el mar Rojo ante Moisés, vio que eran presos con la cabeza rasurada y uniforme a rayas los que los agrupaban en filas. Había soldados también, con uniforme impoluto y látigo en la mano, pero ninguno de ellos lo utilizaba. Más bien se entretenían (sí, esa era la palabra) observando la escena, como directores de orquesta astutos y calculadores.

Uno de los presos agarró a Bram con una mano huesuda, para colocarlo mejor. Eran hombres que no parecían hombres, sino más bien cuervos frioleros, una especie de pájaro o animal todavía no estudiada con detenimiento. Ojos enormes, febriles, en rostros desnudos de grasa, cuyos rasgos habían perdido la personalidad. Todos los presos eran iguales, una masa gris a la que le habían robado la humanidad y la dignidad.

—Aquí nadie enferma —le susurró uno, en un alemán macarrónico—. ¿De acuerdo? Nadie enferma.

Bram asintió. Sabía exactamente dónde se encontraba. Lo había leído todo al respecto y, a diferencia de los otros, él tenía un as en la manga. Era piloto de la RAF, un oficial del ejército enemigo. Aunque le habían quitado la placa de identificación en la cárcel, junto a todo lo demás, todavía poseía ciertos derechos, aún velaban por él los Convenios de Ginebra. Tendría que estar en un campo de prisioneros de guerra, no allí.

El edificio que se erigía ante él, detrás de la pared de humanos que se movían y jadeaban, era rojo, no muy alto, con una especie de torre de vigilancia que, no pudo evitar pensarlo, resultaba idónea para un francotirador. Al acercarse aún más, alcanzó a leer las palabras forjadas, al estilo Bauhaus, en la verja: *Jedem das seine*, «A cada uno lo suyo».

Lincolnshire

En el pub Light Dragoon de Lincolnshire, las tropas paracaidistas seguían los avances de sus compañeros sin casi atreverse a respirar hondo, no fuese a ser que la muerte se despertase ante semejante atrevimiento. Rory St. George, tan ávido de información como todos los demás, tomó el *Telegraph* del día y pasó las páginas sin apenas leerlas.

Frank, que bebía a su lado, bajó las cejas.

—No te imaginé siendo lector del *Telegraph*. Sabes que es un periódico conservador, ¿no?

Rory lo ignoró. Llevaba días esperando, en vano, recibir noticias de Bram. Tenía en su poder una carta de Vera, pero no era suficiente. Le quemaba ser el único que se había quedado en casa.

Continuó pasando páginas hasta dar con la que buscaba. «La guerra de una enfermera». Sonrió y le dio un codazo a Frank en las costillas.

—¡Lo ha logrado! —exclamó—. Mira, Frank, mi novia dijo que iba a escribir desde el frente aunque tuviese que embarcarse como enfermera para conseguirlo, y lo ha logrado. —Dio una palmada en la mesa—. ¡La siguiente ronda la pago yo!

> Normandía es una legión de hombres pálidos y cansados a los que la batalla escupe y arroja sobre nuestras camillas. Nuestros hospitales de campaña, tiendas de lona defendidas por la cruz roja, se encuentran a kilómetro y medio del frente. El ruido de las detonaciones nos acecha a todas horas; por la noche, la munición antiaérea ilumina el cielo de color naranja, como si los ángeles estuviesen fumando.
>
> No existe un lugar en el mundo más empantanado que estas costas. Los hombres llegan a nosotros repletos de fango y tierra mojada. En ocasiones solo somos capaces de determinar la gravedad de una herida cuando retiramos las vendas que los sanitarios, en primerísima línea de fuego, administran a los soldados caídos. A veces lo que vemos es una condena, pero nunca me he topado con un hombre cuyo ánimo decayese. El primer pensamiento de todos ellos es su compañero, volver con los suyos.

No había terminado el artículo cuando un sobre cayó sobre la mesa. El Dandy, que se sentaba en la silla frente a él, estiró los labios.

—Fui a recoger el mío y vi que tenías correo.

Frank lo silenció con un toquecito en el hombro.

—Calla, energúmeno. St. George nos estaba leyendo una cosa que su novia escribió desde Normandía para el periódico.

Pero Rory ya no tenía la vista fija en las palabras de Vera, sino en el sobre, en la letra redonda y cuidada de Mara Drachman, quien rara vez le escribía.

—¿Puedes terminar de leer por mí? —le preguntó a Frank con voz trémula, mientras le tendía el periódico.

Abrió el sobre con un dedo y sin preocuparse de no rasgar la carta que albergaba en su interior. Una única hoja de papel cayó sobre las palmas de sus manos abiertas.

Querido Rory:

Espero que estés bien, y en casa. Jamás se me habría ocurrido escribirle a un hombre que podría estar en el frente para darle malas noticias, pero eres el mejor amigo de Bram y creo que deberías saberlo.

Hace unos días recibimos aviso de que Bram se encuentra desaparecido en combate, presunto muerto. No puedo creerlo, ni siquiera ahora que lo he escrito. Temo que mis palabras suenen frías, pero no puedo creerlo, no puedo obligarme a creerlo. Este es un dolor que no pueden contener las palabras. Mi madre, loca por la incertidumbre, quería escribirle al médico de Manchester para reprocharle que le hubiera dado el alta cuando su salud podía haberlo dejado en casa durante el conflicto.

Ahora solo nos queda esperar. Conozco a mi hermano y sé que, si está vivo, se las arreglará para volver a casa con nosotros, y cuanto antes. Cada día sin recibir noticias suyas es una tortura.

Siento muchísimo el sufrimiento que te pueda causar esta carta. Nunca había dudado tanto antes de escribir una misiva, pero sé que Bram no me perdonaría si te ocultase la verdad. ¿Podrás escribirle a Vera por mí? Estoy segura de que le resultará más fácil encajarlo si se lo dices tú.

Rory, Bram te quiere como a un hermano. Cuando pensamos que habías caído en Sicilia, creí que él perdía la cabeza del dolor. Nunca lo había visto así, como si todas las luces del mundo se hubiesen apagado de golpe. Rezo para que vuelva pronto con nosotros, contra todo pronóstico, como tú lo hiciste.

Con cariño,

MARA

VI

Buchenwald

Al entrar, la marea de gente lo había conducido a las duchas, donde recibió con alivio, después de tantos días, el agua fría sobre la cara y el cuerpo. Tras la «desinfección» (el líquido blanco de olor nauseabundo, las cuchillas que rasuraron todo el vello y también el pelo que le cubría la cabeza) lo llevaron ante un preso cuyo cometido era, simplemente, registrarlo. El nombre lo primero, como siempre.

—Robert Stewart —dijo.

Aún se lo deletreó a aquel hombre que, según supo por la P que llevaba en el pecho, sobre el triángulo rojo y el amarillo que formaban una estrella de David, procedía de la lejana Polonia.

El triángulo que le correspondió a él, rojo y no invertido, designaba que se trataba de un prisionero de guerra, un *Sonderhäftling*, como aprendería más tarde, un prisionero especial. La E, de *Engländer*, lo identificaba como británico.

—¿Fecha de nacimiento?

—Tres de julio de mil novecientos dieciocho.

Eso era verdad; ahí no había necesidad de mentir.

Dentro de lo malo, el campo de Buchenwald se encontraba en Weimar, las tierras pacíficas y frondosas de Alemania desde las que Goethe un día compuso sus famosos poemas. En esos momentos era peor que el infierno en la tierra, un páramo gris en el que la lluvia fina como el calabobos parecía constante.

—¿Profesión?

—Piloto de la RAF.

—¿Alguna más?

«Según lo que diga, me destinarán a unos trabajos forzados u otros —pensó Bram—. No voy a colaborar con este régimen genocida, si puedo evitarlo».

—Piloto de la RAF —repitió, alto y claro.

El prisionero, sin embargo, insistió:

—¿Disculpe? ¿Podría repetir?

—Talabartero —accedió, masticando la palabra a regañadientes.

Recordaba la recomendación que le habían hecho al llegar: «Aquí nadie enferma». ¿A qué lugar había ido a parar?

Apuntaron su altura y su peso, el color del iris y del pelo, las marcas identificables de la piel. Le observaron los dientes y los ojos y dejaron por escrito que no había nada fuera de lo normal. Le preguntaron por su historial médico (de la fiebre reumática y del soplo del corazón prefirió no decir nada), por su dirección y por los nombres y señas de sus padres (otra ficción).

—¿Su religión?

—Católico romano —dijo Bram, pensando que había pasado el suficiente tiempo con Rory, Vera y D. B. para poder demostrarlo, de ser necesario.

Se sabía las oraciones, los cantos, conocía la prohibición de comer carne los viernes y el tiempo exacto que duraba el luto. Podía vestirse también ese traje, sin necesidad de practicar.

El preso escribió las iniciales R. K. (*Römisch Katholisch*) en la ficha.

Cuando terminaron, le entregaron un número de cinco cifras: 66278. Le recomendaron que se lo aprendiese de memoria, pues a partir de entonces solo respondería por él.

Ya no era Bram Drachman ni Robert Stewart. Toda su identidad, real o imaginada, se limitaba a esas cinco cifras que debía coserse al pecho, debajo del triángulo rojo con la E.

Afueras de Caen (Día D+10)

No existía ni un minuto para el descanso. Los heridos del hospital de campaña formaban una cadena interminable, un infierno que no tenía fin y que día a día se revelaba más hondo. El hombre que acababan de recibir era, lo supo por su uniforme, hecho jirones, canadiense. Mientras Vera le limpiaba las capas de lodo que se le adherían a la piel y a las vendas, un segundo hombre, este en pie y con una cámara fotográfica, susurró:

—Disculpe, trabajo para el *Picture Post*...

Vera chascó la lengua.

—No me importa, apártese.

Dios, ¿eran todos los corresponsales igual de molestos? Mientras arrojaba más agua tibia sobre el cuerpo del muchacho, pensó que ella habría sabido cuál era su lugar; habría tenido el tacto de no revolotear entre el personal médico que trabajaba para salvar vidas.

—Si pudiese sacar algunas instantáneas...

—Haga lo que deba, pero no me quite la luz.

El doctor Robillard, más huesudo y cetrino que la primera vez que lo había visto, cuando la ayudó a levantar la carpa bajo la cual trabajaban en ese momento, suspiró.

—La hermana Johnson tiene razón. Haga su trabajo pero no entorpezca el nuestro.

Cuando Vera logró al fin retirar aquellas vendas que no querían separarse de la piel, la extensión de las heridas quedó a la vista. El olor penetrante y dulzón de la carne que se pudría, las tripas que colgaban sobre la camilla de lienzo.

El doctor Robillard resopló.

—Dios mío, prepárenme un quirófano.

Las enfermeras eran el primer punto de contacto de los sanitarios con los heridos. Su cometido, excepto emergencias, no eran las operaciones quirúrgicas, sino estabilizar a los pacientes antes de llevarlos al hospital, localizado a cincuenta kilómetros del campo de batalla. Cada vez con más frecuencia, sin embargo, debían operar allí de urgencia. No había manera de que el soldado tumbado en la camilla pudiese resistir la hora de trayecto. Vera dudaba de que sobreviviera el tiempo necesario para que el doctor Robillard pudiera tratarlo.

Regresó del quirófano con las manos vacías y ensangrentadas. Como a lady Macbeth, le daba la impresión de que aquellas manchas rojas no la abandonaban, que las palmas no se le encendían de tanto frotarlas, sino porque la muerte la había tocado y ya no pensaba soltarla.

No tenía tiempo para sentir lástima. Escribió todo cuanto pudo recordar del soldado canadiense en su bloc de notas; cuando otro de los doctores, un reemplazo menos experimentado, le comunicó que no hacía falta, que ya se había registrado su muerte, lo ignoró. Escribió mientras caminaba y solo se guardó la libreta en el bolsillo al detenerse ante una camilla. De nuevo, el cuerpo se le doblaba, cansado de contener dos almas opuestas en su interior: la de la periodista que quería observarlo todo para después volcarlo sobre el papel y la de la enfermera que no ansiaba más que sumergirse en el trabajo y no pensar.

El hombre que tenía delante, un sanitario británico, había perdido una pierna al pisar una mina. En la herida granate que borboteaba vio a D. B. Siempre era lo mismo. En los rostros fatigados, carentes de color, que traían ante ella veía a D. B. o a Rory. Cuando sentía que las rodillas le fallaban, que no podía soportar aquel hedor a secreciones y enfermedad, que quería escribir en ese momento en que estaba en el frente, pensaba en las enfermeras que habían cuidado de Rory en Sicilia, incluso a punta de pistola. Sin ellas, jamás lo habría recuperado. Ella debía devolver el favor, no podía malgastar segundos valiosos lamentándose de su situación.

—Está como en shock —explicó el compañero que lo había evacuado al hospital de campaña—. Nos llamó para que socorriésemos a otros hombres y cuando nos acercamos a él siguió dándonos órdenes e indicándonos por dónde avanzar. Creo que no es consciente de lo que le ha sucedido.

El doctor Robillard, que apenas había tenido tiempo de lavarse las manos, asintió.

—¿Alguien le ha mirado a usted esa herida de la pierna?

—Es solo una herida superficial. Un trozo de metralla...

Robillard no le dejó continuar.

—No quiero que vuelva en dos días con esa pierna putrefacta. —Señaló a Vera con el mentón—. Hermana Johnson, límpiesela con Eusol y parafina líquida. Hermana St. George, este hombre puede continuar la ruta de evacuación.

El baile entre la vida y la muerte que no cesaba. Vera buscó una camilla para el paciente. Cuando la encontró y se dispuso a lavarle las heridas, reparó en que el reportero del *Picture Post* seguía allí, caminando de un lado a otro, como un animal desorientado, y silbó en su dirección.

—Sea útil y tráigame ese barreño de agua —le pidió.

Obedeció y cuando lo tuvo ante él (alto, desgarbado, con nariz ganchuda y penetrantes ojos grises), le preguntó:

—*Picture Post*, ¿sabe por casualidad si hay algún reportero del *Telegraph* por aquí cerca?

El hombre parpadeó. Se echó atrás, como sorprendido por la pregunta y la violencia seca con la que fue formulada.

—Sí, señorita..., hermana. Lo dejé siguiendo a las tropas hacia Caen.

—¿Recuerda su nombre?

Sonrió. Tenía una sonrisa amplia de dientes amarillentos por el abuso del café y los cigarrillos.

—Sí, Allie. Alistair Dale. ¿Lo conoce usted?

—Trabajamos juntos en el pasado. Si lo ve, ¿puede decirle que Vera Johnson está en el hospital de campaña número ochenta y ocho? No es necesario que venga, no me perdonaría arrancarlo de una historia interesante.

El reportero asintió con una sombra de aquella sonrisa todavía en los labios finos, resecos y sangrantes. Pero ya todos tenían los labios resecos y sangrantes. Vera, que tuvo que soportar las miradas escépticas de Persie cuando se metió el pintalabios en el macuto, ahora se veía obligada a compartirlo no por vanidad sino para hidratar la piel que se quebraba y las distraía con su dolor lacerante.

—¿Usted... usted era periodista?

La pregunta abofeteó a Vera. Notó que las mejillas, pálidas y hundidas tras los días de trabajo y las noches de escritura, se le encendían. Aquel calificativo que llevaba añadiendo a su propio nombre desde hacía años, que la acompañaba junto con la mano firme que se estrechaba, los párpados que bajaban y los hoyuelos que crecían junto a la sonrisa, cayó sobre ella en ese momento como la ropa de otra persona. Allí, con las manos ensangrentadas, el casco de hojalata, las botas militares y el uniforme de campaña, solo podía contar con las palabras que le burbujeaban por dentro y las notas garabateadas que le mandaba al señor Keller a diario.

—Sí —dijo, como una confesión o como un desafío.

Las cejas, rubias y poco pobladas, del hombre temblaron.

—Espere un minuto. ¿Es usted...? —rio. Un sonido casi insultante en aquel lugar, pero sí, todavía existía la risa—. Me dijeron que el *Telegraph* publicó un par de artículos firmados por una enfermera, pero imaginé que sería un engaño para vender periódicos y que el canalla de Allie estaría detrás.

En otros tiempos, quizá de regreso a casa, Vera habría dicho algo parecido a «Lo crea o no, he escrito algunos artículos firmados por Allie, pero de momento no ha sucedido a la inversa». Ahora, sin embargo, mientras vendaba la herida del paciente, solo sintió el corazón latiéndole en el pecho como un tambor.

—¿Han publicado los artículos?

La sonrisa creció en el rostro barbudo del reportero.

—Sí, señorita, al menos uno o dos. Es usted la comidilla de los corresponsales de guerra, no se crea. —Alzó la cámara—. ¿Puedo sacarle una foto?

Tragó saliva. Con una mano firme, que no había perdido el pulso pese a la sorpresa, se secó el sudor de la frente y se apartó los mechones sueltos que se le pegaban a los pómulos.

—Sí —jadeó—, pero sea rápido. Ya ve que tengo mucho trabajo.

Buchenwald (Día D+13)

En Buchenwald los días empezaban a las cinco de la mañana con el recuento en la plaza principal de los prisioneros, de pie, descalzos o con los poco prácticos zuecos, causantes de muchas heridas. Las horas se alargaban cuando, inevitablemente, los números no cuadraban debido a las fugas y a los fallecidos durante la noche. Las numerosas víctimas eran depositadas en la letrina, donde las recogían para incinerarlas en el crematorio. La letrina nunca estaba vacía.

Por casualidades de la vida, los recuentos eran también la ocasión idónea para arriesgarse a hablar con otros prisioneros.

Lo primero que Bram buscaba eran los triángulos en el pecho. Hasta aquella mañana, no había tenido la oportunidad de ver con sus propios ojos otro como el suyo: rojo, no invertido, con una E mayúscula en el centro. El preso que lo portaba estaba una fila detrás de él y le sostuvo la mirada un par de segundos. En un susurro rápido, aprovechando que el capo no miraba, este le preguntó:

—¿De dónde eres?

—De Londres. ¿Y tú?

—Harrogate. ¿Cómo es que estás aquí?

Bram tragó saliva, en parte para darse tiempo de seguir con los ojos el cuerpo robusto del capo y en parte para disfrutar del sonido de su propia lengua sin la obstrucción de un acento extranjero.

—Soy piloto de RAF. Bombardero. Derribaron nuestro avión sobre el Paso de Calais a principios de mes.

Aunque no se atrevió a girarse para mirarlo, por la manera en que respiraba supo que el compañero sonreía.

—¿De la RAF, en serio? Yo también, y también me derribaron sobre Francia. Llevo en esta pocilga ocho meses enteros. Soy Nicky, por cierto. Nicky Carlisle.

—Bob Stewart.

No le convenía revelar su verdadera identidad, ni siquiera con un compatriota que estaba tragando tanta mierda como él.

No sabía quién podía estar escuchándolos ni si comprendía suficientemente el inglés.

—¿En qué destacamento estás? —le preguntó Nicky.

—Cargando sacos de cemento —le respondió.

—Ya no.

—Podía ser peor.

—Y mejor.

Bram chascó la lengua.

—¿Qué eres, un capo infiltrado?

—No, hombre, no, pero soy un tipo con amigos y con un interés especial en salvarle el pellejo al primer compatriota que veo en meses. —Bajó la voz más aún—. Búscame a la hora de la cena y yo te buscaré a ti también.

VII

Caen (Día D+15)

A los pacientes alemanes los tenían apartados, en una sala separada del resto, casi como si su estancia en el hospital de Caen fuera un error o una situación temporal. Ese era solo uno de los motivos por los cuales Vera no disfrutaba de la arbitrariedad de las rotaciones (que la arrancaban del hospital de campaña, con sus trincheras y sus tiendas de lona) y la conducían a ese otro, situado a cincuenta kilómetros de la línea de fuego. Aunque en este tenía más oportunidades de trabajar en el quirófano, le gustaba el ambiente ajetreado y enérgico de las urgencias del primero, aquella batalla constante contra el reloj y aquel sentimiento de orgullo cuando eran ellos, y no la muerte, quienes salían victoriosos en el enfrentamiento.

Ese hospital, que habían improvisado en un castillo abandonado de Caen, le ofrecía, al menos, nuevas oportunidades para escribir. Desde él podía ver no solo aquello que los soldados veían, sino también la devastación con la que los lugareños vivían día a día. Aunque se habían arrojado octavillas en las que se anunciaba el bombardeo inminente y se instaba a la población civil a evacuar la ciudad, solo una fracción mínima había obedecido. Los bombarderos de la RAF («Quizá el avión de Bram», pensaba Vera) habían convertido la ciudad en cenizas, en un erial ruinoso cuyos huesos Vera podía leer a la perfección. Los esqueletos de las iglesias y los edificios, a fin de cuentas, podrían haber pertenecido a Londres o a Manchester; sus heridas eran las mismas, también las miradas desafiantes de los supervivientes.

Como en el hospital también trataban a los civiles, Vera desempolvó el rudimentario francés de sus años de instituto para entrevistarlos. Las respuestas que devolvían a sus preguntas (directas, siseantes, casi violentas) no distaban mucho de las que ella misma habría dado si alguien la hubiese interrogado sobre el *Blitz*. Había que resistir y lo hicieron. Ochocientos civiles murieron en las primeras cuarenta y ocho horas del ataque; con las calles devastadas y cubiertas de escombros, la prioridad era evacuar a los heridos al hospital de emergencia erigido en el convento del Bon Sauveur. Durante semanas, buscaron asilo de las bombas en los túneles medievales al sur de la ciudad al igual que los londinenses habían corrido a cobijarse en las estaciones de metro. El Palais des Ducs, la iglesia de Saint-Étienne y la estación de tren habían sido destruidos, pero entre las ruinas no anidaban los pájaros ni crecían las flores silvestres; eran los alemanes quienes se servían de ellas durante la batalla.

¿Qué diferencia había, pues? Para Vera, durante los meses tortuosos y dolorosísimos del *Blitz*, los aviones enemigos solo llovían muerte. Para los habitantes de Caen, los aviones de la RAF traían consigo la Parca, sí, pero también la promesa de la liberación. Enterraban a sus muertos y lloraban su extinción pero un ojo se mantenía fijo en el horizonte y en el final, cada vez más posible y cercano, de la ocupación. Podían albergar en su interior tanto el odio como el agradecimiento, mientras que dentro de Vera solo había cabida para lo primero. Burbujeaba.

Nada era más humillante que la obligación de tratar a los soldados alemanes como a cualquier otro paciente. En el hospital de emergencia muchas veces había pensado sin atreverse a verbalizarlo que, en caso de escasez, deberían reservar la morfina solo para los soldados aliados. Ahí, ni siquiera las reacciones apresuradas de las urgencias podían excusarla. Debía cuidar de ellos como de los demás y sin mayor resistencia que el silencio y la expresión seria en el rostro.

Algunos, los más jóvenes, agradecían estar en la presencia de una mujer que los atendiera después de tantos meses fuera de casa. Algunas compañeras veían su juventud primero y su uniforme después, pero no Vera. Se negaba a contestar cualquier pregunta que le hicieran que no tuviese que ver directamente con su estado de salud o su tratamiento, no reaccionaba a sus comentarios sobre Inglaterra y no se reía de sus chistes. Esa era la enfermera. La periodista que palpitaba dentro de ella sabía que a ningún reportero aliado se le permitiría un *vis-à-vis* con un prisionero de guerra.

Su padre hablaba de los boches como muchachos igual que ellos: educados, provenientes de una cultura rica, que habían acudido a la llamada de la patria pero que en el momento más desesperado actuaban para salvar a su compañero, y no guiados por una concepción infantil de gloria. Ese razonamiento, Vera pensaba, pertenecía a la anterior guerra. Había leído el panfleto «Deja ir a mi pueblo» que le había prestado Bram, había escuchado a los fanáticos de la Liga de Fascistas en los años de entreguerras. Aquello que el Reich representaba era intrínsecamente genocida.

—Ayuda pensar que son muchachos que están defendiendo su país —le había dicho, sin demasiado ánimo, Persie—. No tenían elección.

—La tenían —había respondido, con la fiereza ardiente de quien no quiere dar su brazo a torcer en un enfrentamiento.

—La cárcel o la muerte, sabe Dios.

—Es una elección, entonces. Difícil, pero una elección.

Aun así, la periodista, cada vez más debilitada, pese a las victorias, le ganó el pulso a la enfermera, al ser humano. El siguiente día que se vio en la planta de los prisioneros de guerra, mientras les limpiaba las heridas a los más jóvenes y dóciles, preguntó:

—¿Formaban ustedes parte de las Juventudes Hitlerianas?

Directa, al grano. Las semanas en Normandía y la proximidad a aquellos hombres la habían endurecido.

Los soldados se miraron unos a otros y luego a la mujer que hasta ese momento no les había dirigido ni un «buenas noches» ni se había disculpado si, debido a la ubicación de sus heridas, les hacía daño al cambiarlos de postura.

Uno de ellos, el que mejor inglés hablaba, les tradujo la pregunta a los demás. Después, respondió:

—Todo el mundo forma parte de las Juventudes.

—¿Y qué hacen allí?

—Entrenamiento militar, boxeo, natación, esgrima...

Asintió. Sentía los ojos de halcón de la enfermera jefe en la nuca, a su espalda. Cuando oyó que sus pasos se alejaban, se humedeció los labios y preguntó:

—¿Tiene usted vecinos judíos?

Silencio. Los demás crisparon la espalda ante aquella última palabra que no necesitaba traducción. El intérprete tragó saliva. Sus carnosos labios temblaron en una media sonrisa.

—No hay judíos en Alemania.

—Pero los había.

—Se fueron.

—¿Adónde?

Su interlocutor se encogió de hombros.

—A la tierra de sus ancestros, supongo. ¿Por qué? ¿Es usted judía?

Ella apretó los dientes y arqueó una ceja.

—Sí —mintió—. Soy judía. Una judía está curando tus heridas.

Las pupilas del intérprete se sacudieron. Le escupió en la cara.

—Cerda.

Los demás se sentaron en sus respectivas camillas. Gritaron «*Heil Hitler!*» y Vera no fue consciente de lo que hacía hasta que se vio arrojándole el cubo de agua al intérprete.

—*Arschloch* —le dijo, uno de los insultos que Bram le había enseñado y que ella todavía recordaba.

No le dio tiempo a escuchar la respuesta. La enfermera jefe ya tiraba de ella hacia el pasillo mientras el doctor a cargo de la sala, que también se apellidaba Johnson, se acercaba a los alemanes.

—Sois prisioneros de guerra del ejército británico y mis enfermeras son oficiales de ese ejército —les dijo—. La Cruz Roja nos obliga a trataros, pero no a aceptar abusos. En lo que os concierne, este hospital es tierra británica.

Vera no tuvo ocasión de seguir observando la escena, pues la señora Hopkins cerró la puerta tras ellas y la empujó contra la pared.

—No va a volver a tratar a los prisioneros de guerra, hermana Johnson —aseveró.

Vera no fue capaz de leer el tono inerte de la voz. No supo si la estaba castigando o si, por el contrario, pretendía hacerle un favor.

—Bien.

La señora Hopkins inspiró.

—Tenemos que pensar que, si nuestros hombres acabasen en uno de sus hospitales, sus enfermeras los tratarían como a los demás.

—Pero no sabemos si es verdad.

Los labios de la señora Hopkins, tintados de aquel inconfundible carmín granate, se estiraron en una sonrisa.

—Entonces tendremos que ser más humanos que un nazi. No debería resultarnos difícil.

Buchenwald (Día D+30)

Nicky Carlisle era un hombre al que siempre le quedaba, al menos, una carta en la baraja, por desesperada que la situación fuera. Lo llamaban el Conde debido a su procedencia aristocrática. Hablaba inglés y francés, y los largos meses que llevaba en Buchenwald le habían permitido aprender un par de palabras útiles en ruso. El alemán solo lo chapurreaba mal, y lo usaba más que nada para los negocios.

—Hace semanas que solo llegan presos húngaros —le explicó a Bram—. Algunos hablan el alemán bastante bien.

—Sí, ocuparon su país en marzo.

—Eso dicen. Llámame raro, pero a mí Hungría ya me apestaba a nazi desde el principio.

—Parece ser que Horthy estaba negociando un tratado de paz con los aliados.

—A los alemanes la derrota les está mordiendo los talones.

Era Nicky quien había transferido a Bram al bloque 46, el de los experimentos de tifus, donde él trabajaba como enfermero, y se las ingenió para hacerlo pasar por celador. Actos de solidaridad como ese, le dijo, salvaban incontables vidas en Buchenwald.

Estaban en el peor lugar del mundo, pero eran afortunados. En el cruel sistema de castas del *lager*, los prisioneros aliados eran tratados mucho mejor que los comunistas e infinitamente mejor que los judíos. Las raciones que les daban eran espartanas (el café poco cargado del temprano amanecer y la sopa aguada que se servía a las once y en la cena, en este caso acompañada de un cuarto de pan), pero más generosas que aquellas que recibían los presos que portaban la estrella amarilla. Bram seguía el consejo de Nicky de colocarse al final de la cola, sin importar el hambre que tuviese, para obtener la porción más espesa. Gracias a los contactos de Nicky en la resistencia clandestina del campo, a veces, recibían patatas cocidas o alguna salchicha, lo que el político francés que trabajaba en las cocinas podía arriesgarse a robar para el grupo.

—Las amistades son esenciales en este tugurio —le aseguró Nicky—. ¿Cómo crees, si no, que he sobrevivido ocho meses en el *lager*?

Según sus cálculos, los judíos tenían una esperanza de vida de unos tres meses «dependiendo del destacamento al que los asignen y de las palizas que reciban», ambas cosas sujetas a la más cruda arbitrariedad.

A veces, Nicky, aprovechándose de su puesto, se las arreglaba para meter a algún adolescente judío en el barracón haciéndolo pasar por paciente, pero resultaba arriesgado. La comunicación era un problema y los judíos rara vez mantenían contacto con los políticos; los destinaban a destacamentos separados y también les asignaban barracones aparte.

«Tenemos que ayudarnos unos a otros, pero también proteger nuestro propio pellejo. —Así era como lo había resumido Nicky—. Es esencial mantener alta la moral».

Siguiendo ese mismo precepto, cada día, tras la cena y el aseo (filas de grifos al aire libre de los que salía un agua gélida, pero si uno descuidaba la higiene enseguida se le amontonaban los problemas), el grupito de resistencia se reunía en el barracón a jugar a las cartas que Bram había improvisado. Eran conscientes del castigo que les aguardaba si los alemanes descubrían semejante «acto de desafío», pero lo ignoraban. Era preferible, pensaban, mantener intacta la humanidad.

Entre partida y partida hablaban, sobre todo de casa. De casa y de libertad, ambos conceptos ajenos e improbables en aquel lugar. Nicky conocía al sargento Eden de vista, pues, en sus propias palabras, «Todas las familias ricas de Inglaterra o tienen relación o tienen parentesco». Se quedó callado al oír hablar de su muerte, pero no permitió que la noticia lo ensombreciera. Ya se había acostumbrado, después de tanto tiempo, a las pérdidas constantes.

—Si Adley no estaba en Fresnes y tampoco lo hemos visto aquí es que fue a dar con un miembro honrado de la Resistencia, y no con una rata soplona como te pasó a ti —le dijo a Bram.

—No sé, el interrogador de la cárcel sabía muchas cosas —terció Bram—. Me preocupa que se hubiese dejado amedrentar y...

No quiso terminar la frase. No existía una palabra adecuada para hacerlo, de modo que se limitó a imitar una soga con las manos.

El político francés con el que estaban jugando estiró los labios.

—Cuando mi padre se enteró de que estaba en el sindicato de estudiantes me dijo que los que empiezan pronto acaban muy alto. —E hizo el mismo gesto que Bram.

Nicky Carlisle chascó la lengua.

—Los alemanes consiguen copias de las revistas de la RAF y obtienen todo tipo de información de ellas. También se han dado cuenta de que las tarjetas con las que fichábamos en la cantina diferían dependiendo de la base a la que pertenecíamos. —Inspiró—. A mí también me hicieron creer que los míos me habían traicionado. Canallas, me gustaría ver dónde acaban cuando termine esta puñetera guerra.

—Sea donde sea, yo me pondré en primera fila para la ejecución —aseveró Bram.

Nicky le dirigió una sonrisa cansada. Cuando estuvieron solos, le entregó una cajetilla de cigarrillos soviéticos Mahorka.

—Que no te la vean —siseó—. Es la moneda de cambio del *lager*. Si quieres comida, favores..., casi todo se puede comprar con tabaco. —Bajó la voz—. Hablas buen alemán, ¿no es así?

—No se te escapa una.

—Aquí es necesario. —Le hizo un gesto para que se acercase más a él—. Hace tiempo que estoy pensando que debería conseguir la manera de establecer contacto con la Luftwaffe. Un compañero de la resistencia trabaja en la oficina de correos del campo y puede conseguirlo, pero sin un buen intérprete sería demasiado arriesgado. Ahora estás aquí. Si les explicas nuestra situación, podrán conseguir que nos manden a un campo de prisioneros de guerra con mejores condiciones. A fin de cuentas, a ellos tampoco les beneficia que se sepa que tienen pilotos de la RAF en un *lager*, ¿no? Podría complicarles las cosas si son ellos los que caen prisioneros.

Bram tragó saliva. Miró a un lado y a otro en busca de oídos indiscretos en la penumbra del barracón. No logró encontrarlos y accedió.

—Haz lo que tengas que hacer. De todos modos, aquí estamos viviendo en tiempo robado. ¿Qué es lo que dice el franchute? Que la única salida de Buchenwald es «por la chimenea», ¿no?

Nicky apretó los labios.

—Para nosotros será diferente.

VIII

1 de agosto de 1944

Querido Rory:

Tras tantos días de incertidumbre, en los que la fe amenazaba con decaer, al fin hemos dado con una noticia que, por lo menos, nos permite reavivar la esperanza, aunque ya no sé si eso es algo bueno o malo. Acabamos de recibir carta del sargento Adley interesándose por el paradero de Bram. Recientemente ha regresado a Inglaterra tras haber pasado todo este tiempo escondido en Francia por miembros de la Resistencia. Dice que Bram no resultó herido cuando su avión fue alcanzado y que él mismo fue quien dio la orden de evacuar.

Conociendo a mi hermano como creo que lo hago, sé que debió de hacer todo lo posible por volver a casa, que no debió de quedarse en un avión que estaba condenado; conoce esos aviones como la palma de su mano, él no se empeñaría en «hundirse con el barco», como suele decirse.

Rory, tú conoces a Bram mejor que nadie, ¿crees que puede haber esperanza? ¿Crees que es posible que esté escondido en Francia y que pronto regresará con nosotros?

Espero que estés bien, y en casa.

Saludos y besos,

Mara

Querida Mara:

Sí, creo que la carta del sargento Adley es una buenísima noticia. Yo, por lo menos, siento que puedo respirar hondo después de tantos días.

Bram es un superviviente nato, y si yo pude regresar de Sicilia y (más o menos) de una pieza, él volverá de Francia también. Sabemos que no resultó herido cuando el avión fue alcanzado y que con toda probabilidad lo evacuó no mucho después que el sargento Adley. Por lo tanto, existen dos posibilidades: si somos afortunados, ahora se encuentra efectivamente bajo el cobijo de la Resistencia y no tardará en volver a casa; en el peor de los casos, habrá sido traicionado y capturado como prisionero de guerra. El tiempo lo dirá. No tendremos que esperar mucho; en cuanto se calmen las cosas del todo en Francia, si no regresa significará que se encuentra en un campo de prisioneros de guerra, donde las condiciones no son las mejores, pero lo mantendrán con vida hasta el final del conflicto.

Debemos confiar.

Sobre mí, no puedo contar gran cosa, pero estoy muy bien, así que no tenéis que preocuparos.

Un abrazo,

R. S. G.

Mordió la punta de la estilográfica antes de doblar la carta y guardarla en el sobre. No quería que la mente y, sobre todo, las manos lo traicionasen. A las dos posibilidades que había relatado se les unían muchas más, ninguna especialmente esperanzadora a sus ojos. Sabía, por ejemplo, que una de las vías de escape de la Resistencia era cruzar España hasta Gibraltar. Confiaban en los republicanos españoles en la clandestinidad, de los que se decía que tenían cojones y no les preocupaba arriesgar la vida infiltrando a los pilotos británicos en trenes de provincias hasta llegar al peñón. Pero España, aunque no beligerante, era aliada de Alemania. En los meses previos a la invasión de Sicilia, la inteligencia británica había tirado a las costas gaditanas un cadáver disfrazado de oficial que llevaba planes para la invasión de Cerdeña, porque sabían que la policía española les comunicaría a las autoridades del Reich lo que habían encontrado y así los ingleses atacarían Sicilia por sorpresa. Si traicionaban a los pilotos..., si algún español simpatizante del régimen sospechaba de ellos o de su aspecto...

Sobre el tipo de personas con las que Bram podía haberse encontrado tras aterrizar en Francia, Rory prefería no pensar. Mucho menos aún sobre los riesgos de saltar de un avión, que él tan bien conocía: las velas romanas, el terreno desigual y repleto de peligros...

Para que la angustia no lo torturase, y puesto que una noticia, cualquiera, era mejor que aquella oscuridad en la que llevaba días sumido, sacó otra hoja de papel de carta y escribió a Vera. Todavía no le había contado nada sobre Bram. Había preferido esperar a saber algo más para no contagiarle esa incertidumbre terminal que lo acechaba y lo consumía por dentro.

Queridísima Vera:

Tengo que empezar diciéndote que he leído tus últimos artículos en el *Telegraph* y son ex-ce-len-tes. Se los he dado a leer también a los muchachos (traducción: he comprado ejemplares del diario para todos) y coinciden conmigo: esto es exactamente lo que la gente en casa quiere leer. Solo los que estamos en el meollo, y los verdaderamente enterados como tú, seguimos las noticias de la guerra con una obsesión casi demencial, punto por punto, dispuestos a mover los alfileres del mapa. Los demás, sin embargo, están sedientos aun sin saberlo de artículos como los que has escrito: la voz de los civiles franceses, y la desesperación ante el ataque con la que nos sentimos identificados quienes también hemos sido bombardeados. La entrevista a los prisioneros de guerra alemanes es crucial. Ganar la guerra será solo el primer paso; cuando llegue la paz, que ahora parece tan lejana pero que (no me cabe duda) está a las puertas, debemos asegurarnos de que no exista la posibilidad de que haya otro Reich.

No puedo esperar a leer lo siguiente que escribas, aunque te adelanto que la lata en la que guardo tus artículos se está quedando sin espacio.

Dicho esto, tengo que darte malas noticias, aunque veo un rayo de esperanza. El avión de Bram fue derribado sobre el Paso de Calais un par de días antes del desembarco en Normandía. Hasta ahora no habíamos recibido más información y yo no quería darte una noticia a medias, por lo que me tragué la angustia (espero que me perdones). Sin embargo, acabamos de recibir carta del sargento Adley, que estaba en el avión con él. Nos comunica que Bram no resultó herido y que dio la orden de evacuación, por lo que cabe esperar que saltó del Avro no mucho después que el propio Adley. Si ahora está escondido por la Resistencia, en un campo de prisioneros de guerra o si la vida y la guerra le han deparado otro destino no lo sabemos...

Recuerda que yo volví. Os dieron noticia de que estaba muerto y, aun así, regresé. Bram, que es mejor que yo, regresará también. Siempre encuentra una salida, y esta vez no será diferente.

Rezo y rezo por él y por ti, para que sigas manteniéndote a salvo.

Con cariño (y un millón de besos),

Tu R. S. G.

SS Amsterdam (Día D+61)

Pertenecían al mar y a las olas y no a la tierra. Tras meses de hospital en hospital, la arbitrariedad de las rotaciones había conducido a Vera y a Persie al SS Amsterdam. El navío, antiguamente un barco de pasajeros, había sido requisado por la Marina al principio de la guerra y fue el que el Día D transportó al Segundo Batallón de Rangers de Estados Unidos a Pointe du Hoc; a principios de agosto ya había sido convertido en un barco hospital que llevaba a Inglaterra a los heridos evacuados en la playa Juno.

Vera, que había vivido toda su vida frente a las aguas, no se acostumbraba a la vida en alta mar. Los ruidos naturales del navío, que años atrás le habrían recordado a los domingos tranquilos tumbada en la cama escuchando las bocinas de los barcos en el muelle, la transportaban ahora a las sirenas del *Blitz*. Alejarse de la batalla para acercarse a una casa a la que aún no podía volver la hacía sentir inquieta, era como si no existiese un lugar en el mundo al cual perteneciesen sus pisadas. Con los pacientes estabilizados, revivía el trajín de los turnos de noche en el St. Bart's y para huir del aburrimiento, escribía. El rasgar tan característico de la pluma contra el papel la acercaba a Rory.

Era una mañana tranquila, acababa de amanecer sobre las costas francesas, pero la sala en la que descansaban los pacientes que habían sufrido amputaciones, que no recibía la luz del sol, parecía sumergida en una penumbra perpetua. La bombilla del techo titiló y Vera apartó el lápiz para releer el último párrafo que acababa de escribir.

Una explosión. La sintió primero en los pies y en la mano que tenía apoyada en la mesita. El barco se despertó; de pronto cobró vida, como un golem que lo devoraba todo. Vera sintió el impacto de la caída en las rodillas, y el golpe que le dio en el pómulo el paciente que, arrojado de la camilla, se desplomó sobre ella.

Todo volvió de inmediato. El suelo frío del St. Bart's. La sensación helada en el pecho, en los huesos del pecho, durante aquella larga noche en que Stevens y ella quedaron atrapados fuera del refugio. El ruido de la pierna del teniente cuando ella le recolocó el hueso quebrado. El fuego de las bombas incendiarias en la noche del 29 de diciembre, que teñía las paredes del hospital de un naranja mortífero. La cara de D. B., blanca y consumida contra la almohada de la camilla, y el miedo que la había paralizado y le había impedido correr hacia él.

Todo regresó, sin pedir permiso. El peso de aquellos recuerdos le oprimía el pecho y le impedía respirar. Temblaba.

—Levanta.

Escuchó la voz de Persie, ahogada entre los gritos y la alarma de emergencia, primero; después notó la mano firme que la agarraba del uniforme y tiraba de ella hacia arriba, y por último se vio cara a cara con aquellos ojos de un azul infinito.

—Tenemos mucho trabajo por delante —terció Persie, que ya se agachaba para auxiliar al paciente.

Vera se arrodilló ante ella. Entre las dos lograron reincorporar al hombre, que había perdido una pierna en la batalla. El barco estaba escorándose y no tenían sillas de ruedas ni medios suficientes para evacuar a la borda a tantos pacientes inmovilizados.

Vera intercambió una mirada con Persie. La señora Hopkins, que iba de acá para allá dando órdenes y calmando al personal y a los pacientes que habían entrado en pánico, se acercó a ellas. Las ayudó a devolver al soldado herido a su camilla.

—Una mina o un torpedo —dijo la mujer, más para sí misma que para sus enfermeras—. En lo que nos concierne a nosotros, da lo mismo. Poneos el chaleco salvavidas y subid a buscar a todos los celadores que encontréis, mientras tanto, yo estabilizaré a los pacientes.

Agua. Les llegaba a las rodillas al subir las escaleras, unida al ángulo en el que se escoraba el barco, lo que convertía sus esfuerzos en una tortuosa odisea. El médico, que ascendía a la vez que ellas, las miró con ojos enormes.

—Hermanas, hay que evacuar el barco enseguida —les dijo.

Era joven, no mucho mayor que ellas. Por contraste, el pelo, negrísimo, le otorgaba cierto cariz verdoso a la piel, ya cerosa.

—Hemos dejado a veinte pacientes abajo —le explicó Vera—. Están inmovilizados.

El doctor sacudió la cabeza.

—El barco está condenado. La explosión ha destruido la popa por babor, y por estribor se está propagando el incendio.

Las agarró de los codos con manos gélidas, eran nudosas, como si pertenecieran a un anciano o a alguien que había vivido muchas vidas. Al sostenerle la mirada, Vera se percató de que la suya era opaca, inerte, con la misma expresión ausente que le había visto a Rory muchas mañanas.

—Ya están bajando los botes salvavidas —les dijo—. Deben evacuar enseguida, ¿de acuerdo?

Persie tragó saliva. Intentó intercambiar una mirada con

Vera, pero esta no se lo permitió. Sabía lo que le diría y no quería ni contemplar esa posibilidad.

—¿Y los pacientes? —siseó Persie—. No pueden evacuar el barco por su propio pie y...

—El barco está condenado —repitió el doctor, y su voz sonó lejana, como si ya se encontrasen en lo más hondo del océano.

—Pero..., señor..., no podemos...

El médico subió un escalón más mientras hurgaba en los bolsillos del uniforme y sacó unos viales de morfina. Los observó durante un instante, trémulo, y luego los depositó con cuidado en las palmas extendidas de Persie.

—Suministre una dosis de cien a cada paciente, si es rápida, y suba inmediatamente a la borda. —La observó, primero de pasada y después con más detenimiento, como si pudiese leerla—. Es una orden.

Persie ya estaba bajando cuando asintió, queda. Vera vio la mano blanquísima y temblorosa del médico ante ella, pero no la tomó. No podía regresar a casa y encontrarse con Rory sin ella. Estaba dispuesta a nadar en las inmensidades del océano, caminar sobre el agua, lo que fuese, pero no a dejar atrás a Persie.

Descendió.

IX

Buchenwald (Día D+61)

En el *lager*, el tiempo era el más indolente y caprichoso de los dioses. Un mes era el intervalo preciso para que un barracón se llenase y ante la llegada masiva de judíos húngaros se organizaban transportes a subcampos de los que Bram y Nicky se libraron por la suerte, también indolente y caprichosa.

Un mes podía marcar la diferencia entre un aspecto más o menos saludable y la degradación absoluta; solo en un *lager* podían encontrarse cuerpos consumidos hasta el hueso, y aunque su posición comparativamente privilegiada los mantenía más sanos que la mayoría, Bram era capaz de calcular el transcurso del tiempo en el aspecto de su compañero. Las mejillas, aún levemente redondeadas cuando lo conoció, ahora se hundían; los pómulos sobresalían y enmarcaban unos ojos demasiado redondos y claros, como dos canicas. Sus propias piernas, antaño de músculos fuertes y duros, ahora eran blandas al tacto, como el queso cremoso, y repletas de unas pieles que colgaban, resecas.

Un mes fue el tiempo requerido para completar la operación. En cuanto Nicky le comunicó sus planes, Bram tradujo un mensaje para la Luftwaffe en el cual se explicaba su situación irregular y las posibles consecuencias negativas que podría tener para ellos si llegaba a oídos de la RAF. Aunque resultaba arriesgado, logró esconder lo que hacía entre el trabajo administrativo del sanatorio que tantas horas le ocupaba. Los nazis lo dejaban todo escrito, y Bram lo utilizaba a su favor.

Tuvieron que esperar el momento preciso para que el compañero que se encargaba del correo pudiese mandar el mensaje de la manera más segura posible. Una vez recibieron su confirmación, comenzaron los días grises y lentos, que se les pegaban al cuerpo como una enfermedad contagiosa. La suya había sido una estratagema desesperada y sin garantías. Nada les aseguraba que pudiesen confiar en la Luftwaffe. Eran pilotos, como ellos, y se enfrentaban a los mismos riesgos, pero no dejaban de ser alemanes fieles al Reich. Si les pasaban el mensaje a los guardias del *lager*, el castigo sería ejemplar. Tanto Nicky como Bram habían recibido palizas, como todos, en la misma medida que el resto, y Bram en particular había tenido que aprender a mantener la boca cerrada. Aquellos golpes, que en ocasiones los dejaban tan maltrechos que salir del catre a las cinco suponía un esfuerzo hercúleo, serían un juego de niños comparado con lo que les ocurriría si descubrían su plan.

A los que intentaban escapar los ahorcaban en la plaza principal del campo, la misma en la que tenían lugar los recuentos diarios. Tras la ejecución, a los cadáveres los sentaban en unas sillas de madera, a la vista de todos, y les colgaban un cartel que rezaba *Hurrah! Ich bin wieder da!** Como represalia, y para aniquilar las tentaciones de otra fuga en los demás, las SS seleccionaban al azar a diez prisioneros inocentes y los ejecutaban.

Con el parsimonioso transcurrir de los días, aumentaban también la neurosis y la paranoia, ambas peligrosas en el *lager*.

—¿Estás seguro de que podemos confiar en el franchute? —le preguntaba Bram a Nicky sin cesar, casi obsesivamente.

Y Nicky, que hasta la guerra había sido un «caballero de medios independientes», que jamás se habría codeado con nadie que rozase siquiera las ideas políticas de la red comunista clandestina, siempre escupía al suelo y asentía.

* ¡Hurra! ¡Estoy aquí otra vez!

—Le confiaría mi propia vida —le decía.

—Lo estás haciendo.

—Sé cosas sobre él que no le convendría que se supiesen, y carece de la seguridad que le otorga un uniforme, incluso aquí. Nos salvamos el pellejo el uno al otro.

El día tan esperado llegó envuelto en llamas. Hacía semanas que los bombardeos aliados sobre el *lager* eran constantes. Los prisioneros, que carecían de refugios, se agazapaban como podían en los barracones o en cualquier lugar que sirviese de cobertura; apretaban los dientes y se sabían entre la vida y la muerte mientras, en su fuero interno, celebraban la liberación cada vez más próxima que aquellas bombas prometían. Al finalizar el ataque, la responsabilidad de encargarse de los destrozos, si los había, recaía en Nicky y en Bram.

—Los vuestros han iniciado el incendio —les decían los guardias—, y vosotros vais a apagarlo.

No tenían derecho a regresar al barracón hasta que el trabajo hubiese terminado. Pretendían que volviesen a colocar piedra sobre piedra, que lo dejasen todo tal y como estaba, como si la RAF no hubiese volado por encima de ellos. Dormirían a la intemperie, sobre la tierra arenosa, con solo el uniforme de preso como abrigo y sin importar que lloviese durante la noche.

El segundo día, con los huesos aún ateridos por el rocío del amanecer, vislumbraron las figuras de unos hombres que se acercaban a ellos. Los uniformes azul marino, que tanto Bram como Nicky conocían a la perfección, parecían traer consigo las promesas de un futuro mejor.

Mantuvieron la calma, conscientes de que un error, un solo error, en Buchenwald podía costarle la vida a un hombre. Continuaron el trabajo, tenían las palmas de las manos agrietadas y ensangrentadas, y solo se detuvieron cuando las sombras de los dos oficiales de la Luftwaffe cayeron sobre ellos. Estudiaron el triángulo rojo que portaban en las camisas del uniforme, que se habían desabrochado, desafiando todo riesgo. Uno de ellos, el más alto, dio un paso más.

—¿Son ustedes ingleses? —les preguntó.

Bram se incorporó para hablar con ellos.

—Así es. Sargento de vuelo Robert Stewart —dijo, y señalando hacia atrás, en dirección a Nicky, con la cabeza, añadió—: Él es el sargento de vuelo Nicholas Carlisle.

—*Feldwebel* Hans Müller y *Feldwebel* Friedrich Schulz. —Lo miró de arriba abajo con sus ojos estrechos, del más frío de los grises—. Habla bien alemán.

—Mi padre es catedrático de Literatura Alemana en la Universidad de Oxford, y pasó algún tiempo en Múnich, antes de la guerra.

El *Feldwebel* Müller asintió y le indicó a Bram con un movimiento de la mano que no deseaba que continuase.

—Hemos recibido su mensaje —le aseguró—, pero ¿cómo podemos saber que no son espías?

Bram tragó saliva.

—Puedo darle el número de serie de mi avión, la ruta que siguió el día que fue derribado y la misión que debíamos realizar. Los nombres de los compañeros que volaban conmigo, también. Le contaré todo lo que desee saber que no ponga en riesgo la vida de un compañero.

Müller intercambió una mirada gélida con Schulz. Este, más bajo y también más ancho de hombros, con una fina capa de pelo casi blanco sobre la cabeza en forma de pera invertida, le explicó a Bram que habían accedido al *lager* con la excusa de inspeccionar los daños causados por el bombardeo.

—De ser cierta su historia —prosiguió—, su situación es francamente irregular.

—Por eso nos hemos arriesgado a ponernos en contacto con ustedes —dijo Bram—. A los dos nos capturaron en Francia; fuimos interrogados por las SS, no por sus compañeros, y fueron ellos también los que nos quitaron las chapas de identificación. Según parece, pueden conseguirse por cincuenta francos en cualquier esquina maloliente de París, así que no probaban gran cosa. Una irregularidad, como usted dice.

Sentía los ojos de Nicky en la nuca ardiente. Hablaba, pero era la voz de su amigo la que lo guiaba; cada palabra que pronunciaba había sido planeada y practicada con antelación. Solo tenían una oportunidad de hacerse oír, y debían saber aprovecharla. Las posibles consecuencias de un fallo caían sobre ellos como una espada.

—Saben que nos amparan los Convenios de Ginebra —agregó—. Son esos convenios los que dictaminan los derechos de los prisioneros de guerra, derechos que mi país respeta como yo respeto el trabajo de ustedes. Allá arriba estamos nosotros solos, ¿no? Nos hemos visto las caras muchas veces y creo que, sí, puede haber un respeto y hasta una admiración mutua me atrevería a decir. Por eso les pido su ayuda de la misma manera que, confío, yo habría ayudado también a un oficial de la Luftwaffe que se encontrase en una situación similar a la nuestra.

Müller lo observó pero Bram no pudo leer nada en aquella mirada pétrea e intransigente. Dio un paso atrás para quedar a la misma altura que Schulz, ante el cual se inclinó para susurrarle algo al oído. Nicky, detrás de Bram, inspiró.

—*Bitte* —susurró—. Por favor.

Schulz le sostuvo la mirada durante un momento fugaz. Después, una vez Müller se hubo reincorporado, se volvió hacia Bram.

—Haremos las investigaciones pertinentes. Si su historia resulta ser cierta, moveremos los hilos necesarios para su traslado a un campo de prisioneros de guerra.

Bram inspiró.

—Gracias.

Schulz estiró los labios y sacudió la cabeza como si ese agradecimiento lo abofeteara o lo ofendiese en lo más profundo.

—Sargento Stewart, sargento Carlisle... —los despidió.

—*Feldwebel* Schulz, *Feldwebel* Müller... ha sido un placer. Les deseo cielos amables.

La cuenta atrás volvía a comenzar.

SS Amsterdam (Día D+61)

Agua. Estaba en todas partes, cubriendo cada rincón del lugar que había sido su casa. La promesa del regreso al hogar para muchos hombres se estaba convirtiendo en su tumba, e iban a dejarla con marcas de uñas en las paredes. La ruptura era dolorosa.

Trabajaban a contrarreloj, enzarzadas en una carrera contra el mar, al que poco le importaban las vidas humanas. Debían sedar a los pacientes inmovilizados para que la muerte, al llevárselos, fuese amable con ellos. Vera ya no se sentía ni como una enfermera ni como una periodista; era la Parca personificada, y eso no había manera de contenerlo con meras palabras.

La inundación ya rebosaba; abrazaba las patas de las camillas y subía, trepaba, hasta alcanzar la cintura de las enfermeras. Cada paso resultaba imposible, requería de una fuerza sobrehumana. Veinte pacientes. Una dosis de cien para cada uno de ellos, jeringuilla a jeringuilla. El sonido, cada vez más ahogado, de la alarma de emergencia guiaba sus pasos.

—Vamos, vamos —las animaba la señora Hopkins, que les había quitado parte de la morfina para ayudarlas a llevar a cabo el cometido—. Debemos evacuar antes de que sea demasiado tarde. No desesperen ahora, vamos.

Los segundos pasaban, lastimeros. Aquellos hombres que Vera había entrevistado pronto no serían más que nombres, historias, despojados de todo cuanto los había hecho humanos.

—Váyanse ya —les dijo uno de ellos, un teniente de bigote frondoso y ojos grisáceos con el que Persie había jugado a las cartas—. No nos carguen en la conciencia el peso de sus muertes.

Continuaron en silencio hasta que administraron todas las dosis. Llegado el momento, y sin ceremonia alguna, sin una despedida, solo movidas por la urgencia, corrieron escaleras arriba. El agua ya les alcanzaba el pecho. Cada movimiento requería premeditación, debían ayudarse de la fuerza bruta al agarrarse al pasamanos para catapultarse hacia delante.

Las manos de la señora Hopkins, de dedos largos y finos, les acariciaban los huesos de la espalda.

—Venga, venga. Piensen en sus padres, en sus novios.

Vera, que se había desprendido de la chaqueta del uniforme (un peso engorroso e inútil), forzó una risita. No quería pensar en Rory porque eso significaba pensar en Persie, en la necesidad de mantenerla a salvo, pese a todo, en aquel barco que el mar reclamaba sin pedir permiso y les era cada vez más hostil.

—No creo que exista un hombre que esté a la altura de Persie St. George —dijo Vera con absoluto convencimiento—. Debería, por lo menos, ser capaz de ganarle al póker, y eso es imposible.

—Bram Drachman lo intentó.

—Bram Drachman es el santo patrón de las metas demasiado altas. —Se mordió el labio inferior; la escalada le estaba robando el aliento—. Dios, me pregunto cómo estará, no me escribe ni una carta.

—¿Sabe escribir? —dijo Persie con la voz teñida de alarma—. Primera noticia.

Vera no le contestó porque no quería gastar fuerzas innecesariamente. Tenía la frente perlada de un sudor frío que bajaba hasta la nuca y la espalda. La ropa y las extremidades, cada vez más pesadas, resultaba casi imposible moverlas. La visión se le nublaba, de manera que tenía la sensación de caminar en un sueño, las voces que le llegaban desde arriba como seres queridos que trataban de despertarla.

Persie, que iba tras ella, la empujó con las manos.

—Vamos, Johnson, no me decepciones. Creía que estabas acostumbrada a nadar en los muelles.

—Ese es tu hermano —jadeó.

Tragó saliva. Un paso más. Tenía que salir para escribir sobre aquello. Escribir, aunque no quisiese. Escribir sobre el cuchillo que la atravesaba no para arrancárselo, sino para que la hemorragia tuviese sentido.

Si ella no plasmaba sobre el papel las vidas perdidas, ¿quién lo haría? Aquellos hombres, que ahora dormían para no despertar, aún estaban frescos en su memoria y en cuanto a las palabras, fluirían cuando volviese a tener papel y lápiz en las manos.

Escribir para conservar. Escribir para salvarse.

Un paso más. Luz. Una mano fuerte tiraba de ella hacia arriba y luego se extendía hacia Persie y la señora Hopkins.

—Ya están aquí, menos mal —dijo el celador cuyo rostro,

tras un parpadeo, quedó definido en el campo visual de Vera—. Vengan conmigo, corran. Todavía quedan botes.

—¿Cuántos pacientes han sido evacuados? —le preguntó la señora Hopkins.

El hombre, bastante joven, de pelo muy corto que se le confundía con el moreno de la piel, torció el gesto.

—Alrededor de doscientos.

Vera inspiró. Había trescientos catorce a bordo, y ellas apenas habían dejado a veinte condenados abajo.

La enfermera jefe, atormentada por esos mismos pensamientos, asintió. No se había detenido a observar los destrozos a su alrededor ni la bajada, casi a trompicones, de los botes. Los ojos, estrechos y sesgados, estaban fijos en los del hombre.

—Todavía hay tiempo de salvar a algunos más —dijo, y se dio la vuelta.

Persie contuvo la respiración.

—¡Espere!

Se giró para ir tras ella, pero Vera, poseída por una fuerza que creía perdida, la agarró del brazo. La habría sujetado del pelo, de la ropa, de lo que fuese. No la dejaría atrás mientras le quedase aire en los pulmones. Todos los entrenamientos que había hecho, los ejercicios que el teniente Stevens le había enseñado, parecían culminar en ese momento preciso: no había trabajado tanto para llegar al frente y escribir, sino para arrancar a Persie de las garras de la muerte.

—¡Suéltame! —chilló, tratando de zafarse—. Tengo que...

—¡No!

Tiró de ella, aunque se resistía, aunque era más alta, con los hombros anchos que el rugby no le había otorgado a Rory, pues eran pura genética. La arrastró a pesar de que Persie la golpeaba en los brazos y en el pecho, con la visión cada vez más borrosa, los oídos pitándole hasta ensordecerla.

El celador que las había ayudado aprovechó el movimiento para agarrar a Persie por debajo de las axilas y subírsela a hombros; la tiró sobre el bote como un peso muerto y luego extendió la mano hacia Vera.

—¡Salte, rápido, salte!

El sudor frío que la empapaba le impedía aferrarse a aquella mano con seguridad. El hombre, cuya respiración ya era agitada, presa de un pánico muy humano, tiró de ella de modo que su cuerpo cayó sobre todos los demás.

Sintió un latigazo de dolor que bajaba desde las costillas a la espalda y le cortaba la respiración. Y notó las manos de Persie que, frías, la sostenían para sentarla.

Entre la telilla que le cubría los ojos vio al celador, que saltaba. Su cuerpo, compacto y bronceado, chocó contra el bote con un ruido sordo y luego cayó al agua.

Vera ahogó un grito. Persie, a su lado, cerró los ojos y escondió la cara en su pecho para no ver. Vera no fue capaz de apartar la mirada. El infierno se abría ante ellas y gritaba su nombre. Mientras se alejaban, remando en aquel mar henchido de dolor y de muerte, la silueta inclinada del SS Amsterdam se iba haciendo más pequeña en el horizonte hasta desaparecer.

X

Buchenwald (Día D+63)

La esperanza en el *lager* era efímera y, con frecuencia, letal. La visita de los *Feldwebel* de la Luftwaffe había sido positiva; Bram y Nicky casi podían beber su recuerdo, cargado de promesas, como un jugo dulce sin pensar que también el olor del campo estaba henchido de la dulzura pútrida de la muerte y el deterioro.

Según lo acordado, regresaron al barracón cuando los guardias hubieron dado el visto bueno al trabajo realizado. Con toda probabilidad los habían visto hablar con los oficiales de la Luftwaffe, por ese motivo Bram no había querido dar aquel paso, pero no hubo represalias visibles pese a la insensatez que suponía. Nada en sus rostros, pálidos y alargados, indicaba rabia o enfado.

A la mañana siguiente llegó a Buchenwald otro cargamento de judíos húngaros. Los números que se otorgaban a los recién llegados ya se acercaban peligrosamente a las seis cifras. Al caer la noche, los nombres de Nicky y de Bram estaban inscritos en la lista de traslados.

La escapatoria era improbable. De intentarla, lo habrían pagado caro; el castigo sería, sin lugar a dudas, peor que lo que su nuevo destino pudiese depararles, fuera lo que fuese. Aquellas listas eran revisadas a conciencia, cada preso contado antes de ser arrojado al vagón de mercancías. Dos hombres menos llamarían la atención enseguida. No había más pilotos ingleses en Buchenwald, que Nicky supiese, y conocía a todo el mundo, o eso parecía. Su ausencia no pasaría desapercibida.

Hablaron de su casa esa noche, con el propósito de obligarse a no pensar que podrían no volver a ella.

—Fiestas cada fin de semana —decía Nicky, en voz muy baja y amodorrada—. Así conocí a Eden, de vista. Se empeñó en bailar con mi prima Alice.

—Pues si tu prima Alice se parece a ti, Eden no tenía tan buen gusto como merecía.

Nicky rio (incluso allí era posible) y le propinó una patada en el tobillo. El espacio en el catre, que compartían cuatro, era tan reducido que, cuando Nicky se movía, Bram debía hacerlo también.

—Recuérdame que te invite a una de esas fiestas de sociedad, cuando volvamos. Comunista y del East End. Mi padre me cortará el grifo.

—Con lo que nos den por haber sobrevivido a esto ya no te hará falta.

—Tendré que vivir de la fama que me otorgue mi historia de supervivencia —bromeó Nicky—. Sería deshonroso empezar a trabajar a los veinticuatro años.

—Eres un crío. Entonces... ¿Alice está bien?

—Muy bien, pero a ti te dejo cortejar a su hermana Flora. Es muy rubia, muy guapa, y con unas tetas..., joder, qué tetas.

Bram se tapó la boca para ahogar una risotada.

—Ya veo que eso que dicen sobre la aristocracia y la endogamia es verdad.

—¿Tú no tienes a nadie que puedas presentarme? ¿Una hermana?

—Casada y con un niño.

—¿Amigas?

—Tengo una que se parece a Vivien Leigh, pero llegas tarde. Está prácticamente comprometida.

—¿Su novio está en el servicio?

—Paracaidista.

Nicky ladeó la cabeza.

—Lástima. Esos tipos están locos. De todas maneras, siempre me gustó más Olivia de Havilland que Vivien Leigh.

—No tienes criterio...

La caída de la noche, acompañada de la lluvia fina tan típica de Buchenwald, empapó sus palabras y se las llevó. A la mañana siguiente, tras el recuento, los hacinaron en un tren muy parecido al que había conducido a Bram al campo desde la cárcel de Fresnes. Tocaban a más prisioneros por vagón aún, pero ya sabían a lo que se enfrentaban. Para el viaje les habían dado una salchicha y un mendrugo de pan, que devoraron enseguida debido a la imposibilidad de guardarlos y al riesgo de que, entre el tumulto, alguien se los robara.

El hambre es animal y primitiva.

Hablaron de todo y de nada. Por turnos, apoyaban la cabeza en el hombro del otro para engañar al sueño. Cuando llegaron, tras un trayecto lento e insoportablemente caluroso de medio día, los recibió una estación de tren provinciana, muy pequeña, casi oculta por la frondosa vegetación de Weimar, tierra de poetas que ahora se vestía de muerte.

Según las indicaciones de los guardias, que Bram le tradujo a Nicky, tenían por delante veinte o veinticinco minutos de caminata por el pueblo de Zeitz hasta llegar al subcampo Wille, su nuevo hogar.

Se trataba, a todas luces, de una localidad pequeña, sencilla, cuya estampa Bram podría haber encontrado en una postal de la Alemania rural o en una guía de viajes en la que abundasen los destinos pintorescos y pacíficos. Mientras avanzaban, flanqueados por los guardias con sus látigos, algunos vecinos se asomaban a las ventanas, los ojos entre curiosos, asustados o (sí, sin duda) asqueados. Los observaban no como quien observa a otro ser humano, sino como quien es testigo de una plaga que acecha su hogar y contra la cual no pueden hacer nada.

Bram les sostuvo la mirada hasta que fueron ellos quienes desaparecieron entre las sombras. De no haberle perjudicado, les habría gritado: «Soy alemán como vosotros. Conozco vuestras obras literarias y puedo cantar vuestras canciones. La sangre que corre por mis venas es como la vuestra, aunque no queráis admitirlo, y tendréis que cargar con esta mirada hasta el fin de vuestros días».

SS Lady Connaught (Día D+64)

Todavía sentía las costillas entumecidas tras el hundimiento del SS Amsterdam. Si cerraba los ojos o permanecía más tiempo del debido en silencio, le retumbaban en los oídos los gritos cada vez más ahogados que provenían del barco condenado. Aun así, había querido regresar al trabajo enseguida. El trabajo, el único lugar donde los pensamientos que la atormentaban por las noches no podían alcanzarla. Por terquedad, insistió también en que la destinasen de nuevo a un barco hospital que cruzase el canal de la Mancha para evacuar a los pacientes como el Amsterdam había hecho.

Echarse de nuevo a la mar no exorcizó los sueños que la acechaban, que la acercaban más, sin quererlo, a Rory; la hacían sentir valiente y eso le bastaba.

Trabajaba sin descanso, iba de una camilla a otra, solo se detenía para comer cuando las fuerzas le flaqueaban o para garabatear algo en el bloc de notas que ya solo ella era capaz de descifrar. Se esmeraba en recordar cada cara, cada nombre, y nunca había sentido con tanta intensidad el privilegio de haber conocido a aquellos hombres a los que trataba. Jamás en su vida volvería a estar rodeada de tanto talento, de tanta calidad humana. Era el infierno, sí, pero era afortunada de vivir en él.

—Vera, hay un hombre que pregunta por ti —le dijo una de las enfermeras más jóvenes.

Le hablaba de la manera que ya todos se dirigían a las compañeras que habían sobrevivido a la pérdida del Amsterdam: con la cautela de quien se enfrenta cara a cara a un espectro, a un alma que ha salido a rastras del inframundo. La señora Hopkins se había hundido con el barco, y junto a ella las almas de al menos cien pacientes.

Todas las supervivientes estaban vestidas de muerte.

Vera arrugó la frente.

—¿Un hombre? ¿Qué hombre?

Había corrido al encuentro del primer paciente con boina granate que había visto en el hospital de campaña. Cuando este le aseguró que solo un grupo muy pequeño de paracaidistas británicos había descendido en Normandía y que la compañía de Rory no se hallaba en sus filas, Vera sintió que podía respirar hondo. La posibilidad de que Bram se encontrase en el hospital era también muy pequeña. ¿Y quién iba a preguntar por ella en un lugar como aquel? Quizá el doctor Robillard o el doctor Johnson estaban a bordo y la recordaban...

—Dice que te conoce de antes, de casa —insistió la compañera—. Al parecer, lleva semanas preguntando por ti.

Las cejas de Vera temblaron, pero no tenía tiempo que perder. Siguió a la enfermera como un ciego que ya no responde a promesas vacías, y cuando se detuvo ante ella estaba, después de tanto tiempo, el rostro redondo, juvenil e incorregiblemente socarrón de Allie Dale.

—¡Estás viva! —exclamó, y extendió los brazos para que ella lo abrazase.

Más que nada Vera lo hizo para no iniciar un ataque verbal; aun así, el contacto humano la estremeció.

Le explicó todo lo concerniente al hundimiento del SS Amsterdam, la rotura de las dos costillas, todo lo que se había perdido en los últimos años. Allie estiró los labios, casi arrepintiéndose del saludo, pero Vera no tenía paciencia para lamerse las heridas.

—Veo que te han herido —dijo.

Allie se encogió de hombros.

—Un mortero que detonó demasiado cerca de mí me destrozó un poco el brazo. Parece que ya no le seré útil al ejército, pero no te preocupes, Johnson, encontraré otra manera de obtener una acreditación; me he ganado cierta reputación a pulso. —Arqueó una ceja—. Me preocupan más otros asuntos. En primer lugar, la guerra está durando demasiado cuando una chica como tú tiene un aspecto tan deplorable.

Vera puso los ojos en blanco.

—No abundaban los rulos ni el carmín en la trinchera. ¿Para eso preguntabas por mí? Tengo mucho trabajo.

—De eso quería hablarte —insistió él y, por si acaso, la tomó de la mano—. Uno de los momentos complicados en la vida de un maestro es cuando tiene que admitir que su alumno, aunque sea por una vez, le ha superado.

Vera tragó saliva. Sus ojos, fijos en el rostro de Allie, buscaban en vano un deje de burla.

—Tus artículos para el *Telegraph* —aclaró el hombre—. Como siempre dijiste que harías, te embarcaste como enfermera y escribiste sobre ello. Hijita, no solo nos has demostrado a todos que sabes mantener tu palabra, sino que además has realizado un trabajo excelente.

—No me mientas.

—Nunca lo he hecho. Te he amonestado cuando has pecado de inocencia y también cuando se te notaba en el estilo que adoras escucharte a ti misma. No sé qué tipo de correcciones te han hecho en la redacción y, sinceramente, me parece irrelevante; has entregado un trabajo de primera categoría y me quito el sombrero ante ti.

Las comisuras de Vera, después de tanto tiempo, se elevaron en una sonrisa suave.

—Apuesto a que ahora te arrepientes de no haberme dado la acreditación, ¿eh?

Allie ladeó la cabeza.

—No soy un hombre que se arrepienta con facilidad. ¿Para qué llorar por el pasado? Puedo conseguirte una acreditación ahora mismo.

Vera le soltó la mano. Podría haberla alzado para abofetearlo, pero estaba demasiado cansada y el precio que hubiera tenido que pagar por atacar a un paciente habría sido demasiado alto.

—¡Ah, ya sabía que estabas metiéndote conmigo! Si Dios fuese justo, esa metralla te habría dado en la cabeza.

Allie, que se llevó una mano al pecho, contrajo el rostro.

—Tu falta de fe en mí es enternecedora, pero hablo en serio, te lo puedo demostrar. ¿Te suena de algo el nombre de Barbara Szabó?

Vera desvió la mirada. No tenía tiempo para aquellos galimatías, pero la promesa que parecía esconderse tras ellos era tan tentadora...

—Fotorreportaje.

—¡Bingo! La revista *Vogue*, sabe Dios por qué, ha decidido que quizá sus lectoras tienen más interés en la guerra que en los volantes y en las costuras. La han contratado como fotógrafa para cubrir el desembarco y la broma les ha salido tan bien que quieren publicar artículos largos sobre el avance de nuestras tropas. Naturalmente, di tu nombre.

Vera sonrió.

—No.

—Sí. Sé reconocer el talento en cuanto lo veo y, entre nosotros, esto es algo que también me beneficia a mí. Me estás quitando todo el protagonismo en el *Telegraph*. Si me descuido, cuando acabe la guerra estarás ocupando mi despacho y eso es algo que lamentaría mucho, aunque lo merecieses. Le he cogido cariño a mi sillón verde, qué le vamos a hacer. ¿Qué me dices?

—Pues...

La afirmación ya estaba ahí, en la punta de la lengua, hasta que el vaivén del barco y los gritos de dolor de los pacientes la devolvieron de golpe a la realidad. La fuerza del impacto despertó el dolor de las heridas.

—No puedo —dijo.

—¿Cómo que no puedes? Creía que esto era lo que llevabas esperando tanto tiempo. Has trabajado para conseguirlo y...

—Y mi culo le pertenece al ejército —repuso, en voz baja—. No puedo aceptar otro empleo sin enfrentarme a un tribunal militar —suspiró—. Lamento tener que seguir robándote el protagonismo. Me ha gustado verte de nuevo, pero tengo mucho trabajo.

Oyó que Allie la llamaba mientras ella se alejaba, pero lo ignoró. Las espinas que tenía clavadas le quemaban.

Comprendió muy bien qué había poseído al teniente Stevens cuando, tras conocer la extensión de sus heridas, arrojó la taza que tenía en las manos al suelo. Ella también sentía que le habían arrancado un órgano importante, una extremidad tan necesaria como las piernas que la sostenían, y sin anestesia. Habría sido capaz de romper cualquier objeto frágil que estuviese a su alcance, los huesos de Allie, la tela de su propio uniforme, todo.

Su rabia era animal e infantil; no atendía a lógica, mucho menos a razones. Odiaba frotarse las manos hasta que la piel se le agrietaba y aun así sentir que la sangre derramada por sus compatriotas no la abandonaba. Odiaba dormirse con los alaridos de los moribundos reverberando en sus oídos, y ver los rostros de D. B. y de Rory en cuantos pacientes tenía a su cargo. Lo había sacrificado todo por ir al frente y lo único que había recibido a cambio eran los artículos que escribía robándole horas a un sueño cada vez más escaso.

Su cansancio podría haber ocupado generaciones y su duelo no tenía consuelo.

XI

KL Wille (Día D+67)

Wille era, en muchos sentidos, un campo de concentración provinciano, apartado y casi podría decirse que relegado. No había barracones como en Buchenwald, sino tiendas de campaña en las que se apilaban las literas, perpetuamente cubiertas de una suerte de arenisca molesta que, junto con la paja, se les metía bajo la ropa o, peor, en las heridas aún abiertas. Era agosto y el frío todavía no les molestaba, pero el otoño parecía acercarse a pasos agigantados y a Bram cada vez le tentaba más la idea de comprarle un jersey agujereado y harapiento a un preso que lo vendía por el módico precio de una cena. Nicky, que en ocasiones normales se lo habría desaconsejado recordándole lo importante que era para la autoestima mantener el estómago lleno, no tuvo ánimos de decirle nada. Se culpaba de su suerte.

—Seguro que los transportes están planeados desde hace días —le decía Bram—. Ten ánimo, ya has visto la de traslados que hay a la semana. Era cuestión de tiempo. Al menos seguimos juntos.

Nicky negaba con la cabeza y suspiraba.

—Han debido de olerse lo que planeábamos. Hijos de puta miserables. No deberíamos estar aquí.

—No te hagas mala sangre por ello. Lo importante es sobrevivir, y lo haremos.

Debían empezar desde el principio: infiltrarse de nuevo en la célula de resistencia del campo, cultivar una red de contactos útiles, ingeniárselas para ir a parar a un destacamento que les permitiese, al menos, conservar algo la salud.

De momento, trabajaban de sol a sol en la fábrica Brabag. Cada día los capataces y los guardias los acompañaban, pues no estaba en el interior del campo, sino en la ciudad. Aunque las caminatas ofrecían nulas posibilidades de escape, al menos le permitían a Bram estudiar el terreno. Si no podían soñar con un rescate a manos de la Luftwaffe, tendrían que tomar la suerte en sus manos. Con las cabezas rapadas y los rostros famélicos resultaría difícil pasar desapercibidos, aunque lograsen burlar a los capos y a los alemanes. Pero, sabiendo él alemán... y habiendo cavilado previamente sobre las posibles vías de escape...

—Es para nuestra autoestima —le prometía a Nicky—. Muy pronto estaremos de vuelta en casa, te lo aseguro.

Lincolnshire (Día D+67)

Rory St. George era un hombre de moral firme que nunca olvidaba a una persona que se hubiese comportado mal con alguien a quien quería. Por eso, cuando se percató de que Alistair Dale estaba en la barra del Light Dragoon, deseó que no lo viese ni se le ocurriese ir a saludarlo. Ni siquiera pensó qué podía estar haciendo en Bourne, donde los paracaidistas permanecían estacionados a la espera de recibir nuevas órdenes.

Rory se volvió hacia sus compañeros. Frank y el Dandy estaban iniciando a los nuevos, contándoles historias de su servicio en Sicilia y en el norte de África, que Rory ya había escuchado en más de una ocasión. Cuando el Dandy le pasó el brazo por detrás de la espalda y les dijo a los muchachos que, si sobrevivía, se hallaban ante el próximo gran poeta de guerra, a Rory no le importó seguirle el juego.

Así era como funcionaba, esa era la fórmula mágica. En el Light Dragoon y el resto de los pubs que frecuentaban, entre las rondas y la música era todo bravuconería, carcajadas y bromas cada vez más pesadas.

De regreso en la base, en la soledad oscura de las luces apagadas, los fantasmas que arrastraban Frank y el Dandy eran tan pesados como los suyos, y también a ellos los tiraban de los talones como si quisieran que la tierra se los tragase.

—Calma, calma —decía el Dandy golpeando la mesa con su mano grande y delgada—. St. George, catedrático en Literatura, ilumínanos.

Rory se humedeció los labios y no le corrigió el título que no le pertenecía. Con una sonrisa suave, recitó de memoria:

—Ustedes no verán batallas como estas. Cómo las sombras volaban las banderas, y tras el humo el fuego brillaba. Sonaban sables, perdigones aullaban, la mano combatiente de luchar cansada. Y los cañones no pasaban por la pila de cuerpos ensangrentada. *

Los soldados de reemplazo se miraban unos a otros y asentían. Uno de ellos, tras darle el último sorbo a su bebida, repuso:

—¿Has escrito eso?

—No, es un poema de Lérmontov.

Otro de los muchachos, aún más joven y descarnado, arrugó la nariz.

—¿Quién es ese? ¿Combatió en Argelia?

Rory estalló en una carcajada. No le dio tiempo a pensar la respuesta antes de que una bandeja de cervezas se posase en la mesa. Tras ella, el rostro redondo y juvenil de Alistair Dale le sonreía.

—¿Puedo invitar esta ronda a unos compañeros de fatigas? —les preguntó—. Disculpad que carezca de uniforme. Acaban de darme de baja con honores; recibí la misma instrucción de infantería que vosotros. ¿No es eso lo que dicen? ¿Que los paracaidistas sois infantería con alas?

—*Munición* con alas —lo corrigió el Dandy.

Rory entornó la mirada y le devolvió la cerveza que acababa de ponerle delante.

* *Borodino*, poema de Mijaíl Lérmontov sobre la batalla homónima.

—No, gracias.

Alistair Dale rio. Frank, que estaba sentado a su lado, tomó el vaso que Rory acababa de rechazar.

—¿Qué te ha hecho este infeliz? ¿Quitarte la novia? —Se encogió de hombros—. Pues no me importa, a mí no me ha hecho nada. A tu salud, camarada...

—Dale. Soy corresponsal de guerra del *Telegraph*. Y no, no creo que quisiese quitarle la novia a tu compañero, me daría más problemas de los...

Rory no lo dejó seguir. Torció el gesto.

—Eres un capullo.

—Y tú un caballero. Me he llevado muchos golpes por comentarios semejantes, pero apuesto a que has considerado, correctamente, que responder con los puños a un hombre mayor y en peores condiciones físicas supondría un abuso.

La apreciación era certera. Como Rory no quería darle la satisfacción de saber que había dado en el clavo, cogió la pitillera que había dejado sobre la mesa y se levantó.

—Asumo el riesgo de formularte una pregunta estúpida: ¿te acuerdas de mí? —le preguntó el hombre.

Rory lo miró por encima del hombro.

—Sí, eres el cabrón que le pagaba a Vera un sueldo de secretaria para que le escribiese todos sus artículos.

Dale soltó una risotada sonora.

—Soy el cabrón que la contrató, pero no tengo ánimos de hablar de periodismo con un... ¿cómo dijo tu compañero? ¿Futuro gran poeta de guerra?

Rory puso los ojos en blanco. Aunque oyó los pasos de Alistair detrás de él, no se volvió hasta que estuvieron en la calle.

—¿Qué quieres?

El hombre prendió una cerilla delante él, pero Rory lo ignoró. Mientras se peleaba con la llama que el viento quería apagar, Dale repuso:

—Vengo con una proposición. ¿Podrías tolerar la vida matrimonial?

Rory frunció el cejo.

—No sabía que tenías esas inclinaciones, y creía que ya estabas casado.

Alistair le dirigió una sonrisa sardónica.

—No me atrevería a mancillar un corazón tan noble con mis cuantiosos pecados, mucho menos cuando ese corazón ya tiene dueña. Coincidimos en el barco que me trajo de vuelta a la patria, por cierto. Está muy bien, gracias a Dios, y te manda saludos.

Rory se detuvo. El interés repentino lo empujó a inclinarse ante su interlocutor.

—¿Has visto a Vera? ¿Está bien de verdad?

—¡Ah! Veo que mi presencia ya no te resulta tan intolerable. Sí, está perfecta. Supongo que te has enterado de la lamentable pérdida del barco hospital y tanto tu hermana como Vera estaban allí, pero por suerte las dos están bien. Supongo que los despachos oficiales mencionarán a la teniente Johnson.

Las cejas de Rory temblaron.

—¿Qué?

—«La teniente Johnson, demostrando un valor inusual al salvarle la vida a una compañera, blablablá...». La compañera sería tu hermana, que al parecer estaba dispuesta a hundirse con el barco pero, como he dicho, las dos están bien, así que no hace falta angustiarse por ello.

Se acuclilló ante Rory, que con el golpe de la noticia se había sentado en el bordillo.

—Tengo la posibilidad de ofrecerle un trabajo de corresponsal a tu novia, trabajo que, por desgracia, tendrá que rechazar si no quiere acabar frente a un tribunal militar por deserción. Según tengo entendido, el Cuerpo de Enfermería solo prescindirá de sus servicios cuando se acabe la emergencia nacional o en caso de matrimonio.

Al pronunciar esas palabras, gesticuló vagamente en dirección a Rory, que le dio una calada larga al cigarrillo.

—¿*Qué* trabajo?, porque, discúlpame, pero, por lo que sé, tu reputación ofreciendo empleo no es exactamente brillante.

Alistair irrumpió en una carcajada gloriosa.

—Un buen trabajo de corresponsal de guerra para la revista *Vogue*. Han leído lo que le han publicado y les gusta, y, créeme, ninguna suscriptora de *Vogue* querría leer algo firmado por mí. La revista ha mandado a una corresponsal, una buena amiga mía, a Normandía y han quedado tan satisfechos de la experiencia que pretenden contratar a otra para que cubra la guerra en Europa.

Rory le dio otra calada al cigarrillo. Le temblaban las manos, pero Alistair tuvo la decencia de no hacer ningún comentario al respecto.

—Tendré que hablar con su padre.

Una nueva risotada de Dale, esta vez más grande que la anterior.

—No creo que esta sea una boda con recepción y listas de invitados. Tal y como están las cosas, lo más probable es que tengas que casarte en cuanto Vera regrese a Inglaterra, antes de que la manden a la siguiente misión. A ella o a ti. No creo que os tengan aquí solo bebiendo y deleitando los ojos de las muchachas, por muy buena planta que tengáis.

—Me gusta hacer las cosas bien.

—No me atrevería a dudarlo. ¿Cuánto tiempo llevas saliendo con la señorita Johnson?

—Cosa de un año.

—¿Solo?, habría jurado que hacía más. En fin, ¿quieres pedir su mano cuando no has pedido permiso para nada de lo que estoy seguro habéis estado haciendo juntos durante este año?

Rory lo fulminó con la mirada y Dale volvió a reír.

—Veo que no te gusto un pelo, lo que es una pena, porque tú a mí me caes bien. Nunca me habían importado un bledo los caballeros hasta que te conocí; eres un hombre de honor y tienes un carácter que admiro. Y veo que haces buena pareja con Vera. No permitiría que se fuese con cualquiera; le he cogido bastante cariño, aunque no me creas.

Rory tragó saliva.

—Me casaré con ella por amor, no por obligación, pero más te vale cumplir tu palabra.

Dale se llevó una mano al pecho.

—También puedo ser un hombre de honor cuando una ocasión como esta lo requiere. —Se sentó a su lado—. Dime una cosa, hijo, ¿de qué están hechos tus paracaídas?

Una sonrisa débil se deslizó por los labios de Rory.

—De seda.

—Ah. Si pagas lo suficiente a una modista puedes conseguir un vestido, y rápido. Considéralo un regalo de bodas.

Southampton (Día D+67)

Al bajar del barco en el puerto de Southampton, Vera se esperaba muchas cosas (entre ellas, la promesa de una cama blanda y un merecido permiso), pero no tener frente a ella de nuevo el rostro sonriente y casi burlón de Allie Dale.

La aguardaba apoyado en un vehículo que Vera dudaba que le perteneciese. Cuando la saludó, alzando los brazos, ella torció el gesto.

—¡Ah, debería haberme quedado en Normandía!

—Lo habrías lamentado —le aseguró él, abrazándola—. La fiera de mi niña particular. —Le guiñó el ojo a Persie, que los miraba sin animarse a acercarse—. Y no crea que me olvido de usted, hermana St. George. ¿Cuánto tiempo tienen de permiso?

—Tres días —le respondió Persie, antes de que Vera pudiera recomendarle que mantuviese la boca cerrada.

La sonrisa de Allie, con los dientes separados y los hoyuelos marcados, creció.

—Más que suficiente para ir de visita a Lincolnshire, entonces. Tenemos boda.

Vera, que ya ponía los ojos en blanco, lo despachó con un movimiento impaciente de la mano.

—Tú y tus fábulas. Debería habérmelo supuesto.

Como respuesta, Allie le pellizcó la mejilla como solía hacer, a sabiendas de que ella lo odiaba, en la oficina, cuando caía en una de sus bromas.

—He de decir que eres, con diferencia, la novia más malhumorada que he visto jamás.

Vera arrugó la frente.

—¿Pero qué tonterías dices?

—Te prometí que te conseguiría una acreditación y lo hice. Tengo mis trucos y he logrado dar con la solución a todos tus problemas. ¿No es cierto que el matrimonio pone fin al servicio de las enfermeras de la Reina Alejandra?

Persie, que se cambiaba el petate de hombro, no se entretuvo en contener la risotada.

—¿Qué? ¿Le estás pidiendo matrimonio?

Allie se llevó una mano al corazón.

—Mi esposa no lo entendería. Me permite muchas cosas, pobre ángel, pero insiste en ser la única mujer en mi cama, que es algo que puedo respetar. ¿Qué pasa? ¿Un par de meses en el frente han logrado que Vera Johnson se olvide del hombre que la espera en casa?

Vera dio un paso atrás.

—¿Qué sandeces estás diciendo?

—Tengo en el maletero un vestido hecho de seda de paracaídas y al paracaidista al que le pertenecía tan delicada tela esperando en Lincolnshire. —Le tiró del pelo—. Como ves, parece que Vera Johnson, una vez más, ha conseguido lo que se le ha metido entre ceja y ceja: una acreditación como corresponsal de guerra y casarse con el hombre al que ama. ¿Podemos partir ya? Me temo que al novio le han otorgado únicamente el permiso de un día: suficiente para ponerle a la novia un anillo en el dedo y disfrutar juntos de la noche de bodas.

La frase tuvo en ella el efecto de una bofetada. Se quedó callada, quieta, los ojos fijos en las uñas de la mano izquierda y no en su interlocutor. Había escrito ante muchas camas de hospital; en los efímeros descansos entre una operación y la siguiente, también. Había ayunado para no malgastar los escasos minutos libres y se había humillado ante el señor Keller y la redacción de *Vogue* por la más mínima esperanza de un encargo que pudiese conducirla a una acreditación. En esos momentos en los que esta casi estaba ya en sus manos, se encontraba incapaz de ponerle un nombre al sentimiento que la consumía y que le adormecía los músculos.

Alivio, quizá, el orgullo del que no podía desprenderse ni siquiera entonces y la vergüenza de que se le hubiese ocurrido la idea a Allie y no a ella.

Sonrió, aunque los labios le cosquilleaban y ya no los sentía, y le pasó las manos por detrás del cuello a su antiguo jefe.

—¡Ay, Allie!

El hombre la apartó, movimiento que encadenó con el de abrir la puerta del coche.

—No me seas zalamera. Jamás había visto a una mujer más vanidosa que tú —dijo, y la risa le impidió a Vera discernir si bromeaba o no—. No envidio al hombre que está esperando para casarse contigo, pero nunca había conocido a uno como él, y no creo que vuelva a hacerlo.

El trayecto, que por lo general duraba cuatro horas, les tomó casi seis. Aun arriesgándose a sufrir uno de los comentarios de Allie, Vera aprovechó para conciliar el sueño, porque no quería aparecer demacrada y ojerosa. Cuando llegaron al lugar acordado, Rory y Frank ya estaban esperando, con los cigarrillos encendidos y los uniformes, con la inconfundible boina granate, impolutos.

—Dios, por fin —bufó Frank, que se inclinó junto a la ventanilla del conductor mientras este aparcaba—. El juez está impaciente. Si no nos hubiese visto el uniforme, apuesto a que habríamos tenido que abrir la cartera para que nos recibiese —dijo y luego, dirigiéndose a Persie—: ¿Y tú qué, princesa? ¿Quieres que la boda sea doble?

Persie no tuvo tiempo de contestarle. Rory le estaba abriendo la puerta a Vera; la cogió en brazos antes de que ella pudiese salir, y estremecido por su abrazo dijo:

—¿Te he hecho daño?, Allie me contó lo del barco. ¿Estáis bien las dos?

Vera le sonrió. Rory había ganado peso desde la última vez que lo vio; estaba fuerte y bronceado, igual que aquel día en la cafetería frente al St. Bart's, como si el tiempo hubiese borrado aquellos meses terribles que les habían caído encima.

—Sí, muy bien. Solo me rompí dos costillas.

Rory la dejó en el suelo con cuidado y la acarició.

—Fuiste al frente y volviste con una herida de guerra. No es poca cosa —dijo, y se inclinó ante ella para susurrarle al oído—: Le he mandado una carta a tu padre.

—¿Y qué te ha dicho?

—No me ha contestado, pero tampoco ha venido hasta aquí para colgarme, así que me doy por satisfecho. —Estiró los labios—. Tendremos una boda como Dios manda cuando se acabe la guerra. En una iglesia, con nuestras familias, con Bram y los de la universidad, con todas las personas a las que siempre has querido mandar a hacer puñetas...

—La principal ya está aquí, pero me habría gustado ver también la cara de Keller. ¡Y Bram! El muy canalla no me ha escrito ni una carta.

Una arruga se dibujó en la frente ancha de Rory.

—¿No recibiste la mía?

Vera tragó saliva. Se la había guardado en el bolsillo justo antes de embarcar en el SS Amsterdam. No había tenido la oportunidad de leerla antes del ataque, y cuando la buscó tras el rescate comprendió apenada que debía de haberse hundido con el buque. No había tenido el cuidado de guardarla en la lata metálica de tabaco, puesto que los artículos que había escrito ya ocupaban todo el espacio libre.

—¿Qué...? —Leyó la expresión de Rory—. No. No, Ror...

—Está vivo —la interrumpió, mientras la agarraba de los brazos para atraerla más hacia sí—. Derribaron su avión en el Paso de Calais, pero el sargento Adley, que consiguió escapar, nos aseguró que no resultó herido. Creemos que está escondido con la Resistencia o que es prisionero de guerra.

Sintió que todo su cuerpo se deshinchaba y se volvía ligero. Si Rory no hubiera seguido aguantándola, estaba segura, se habría caído al suelo y se habría convertido en parte de él. Conocía a Rory mejor que nadie: podía completar sus pensamientos, incluso aquellos que no se atrevía a verbalizar.

Allie, que ya había salido del coche, suspiró. Tras un instante de duda, pasó la mano por detrás de la espalda de Vera.

—Sé que es un momento difícil, pero el tiempo escasea y aún tienes que cambiarte. ¿Por qué...?

—Has tenido cuatro años para darle una acreditación —lo interrumpió Rory—, puedes esperar cuatro minutos ahora, ¿no? Dile al juez que ya vamos, por favor.

Se agachó para besarle la frente a Vera, todavía no la había soltado.

—Estará bien —le susurró—. Si yo volví de la muerte, él también lo hará. Siempre tiene un as en la manga.

El vestido era de cuello en pico y mangas largas y abullonadas. El corpiño, ajustado, se pegaba con facilidad a las líneas de su cuerpo, por lo que asumió que el encargado de darle las medidas a la modista había sido Allie, ya que había perdido peso desde la última vez que Rory la había visto. La cola era larga y, al arrastrarla, la luz que caía sobre ella hacía que la seda de paracaídas casi brillase dorada.

Nunca había pensado en casarse con Rory. Lo quería entero, en cuerpo y alma, y nunca le había importado cómo conseguirlo. Se había pasado muchas noches en vela ideando planes para conseguir una acreditación de corresponsal, pero el sueño de tener a Rory, inalcanzable, siempre resultaba difuso.

En ese momento en el que estaba a punto de convertirse en una realidad, le retumbaban las palabras del señor St. George en el oído: «Todo sueños y ni una pizca de sentido común».

¡Y Bram! Necesitaba a Bram a su lado, más que nunca, y ni siquiera sabía qué había sido de él. La incertidumbre quemaba.

Se le saltaron las lágrimas en el momento preciso en el que Allie, que ya había llamado con el puño dos veces para apurarla, abrió la puerta. Rio, tras ver su reflejo lloroso en el espejo.

—No me puedo creer lo que ven mis ojos —dijo, mientras caminaba hacia ella—. Todas las novias lloran en su boda, pero no me lo esperaba de ti. A ver si va a resultar que tienes un corazón de mujer.

Vera no se dignó a responder a la impertinencia. Ante su silencio, Allie agregó:

—Las lágrimas te sientan bien. Te resaltan el color de los ojos, y Dios sabe que esas mejillas necesitaban algo de rubor.

Vera lo empujó. Los zapatos que llevaba, préstamo de la señora Dale, le quedaban pequeños y le hacían daño.

—Eres un canalla.

—Un capullo y un cabrón, me llamó tu futuro marido. Por ese orden.

—Apuesto a que te lo merecías. Rory solo se metió en una pelea en una ocasión, y porque un borracho en un bar nos faltó al respeto a Bram y a mí.

Había sido antes de la enfermedad de Bram. Vera no recordaba el insulto preciso, tras una acalorada discusión política en la que Rory no participó, pero sí que este dejó el periódico que estaba leyendo sobre la mesa, se levantó y dijo:

—Discúlpeme.

Acto seguido, le había propinado un puñetazo con todas sus fuerzas al borracho, motivo por el cual los echaron a los tres del establecimiento.

Vera se mordió el labio inferior.

—Esto ha sido idea tuya —le soltó a Allie—. ¿Qué dijo Rory cuando se lo propusiste?

Allie irrumpió en una sonora carcajada.

—¡Eres una presumida! ¿Quieres que te describa con detalle lo enamorado que está ese pobre ángel de ti?

Vera no le sostuvo la mirada.

—No quiero que piense que solo me caso con él por una acreditación.

Allie arqueó una ceja.

—¿Solo te casas con él por una acreditación?

—No, claro que no —espetó.

Habría sido capaz de pegarle por el atrevimiento, si la seda del vestido no fuese tan resbaladiza y no debiese tener cuidado con sus movimientos para no caerse.

—Entonces aquí solo veo una transacción favorable para ambas partes. Tú quieres una acreditación y él piensa que estarás más segura con una que en un hospital de campaña. Que además de eso os queráis solo facilita las cosas.

Vera entornó los ojos.

—Eres odioso.

—No, solo llamo a las cosas por su nombre. Anda, no lo hagas esperar más. Y agárrate fuerte a mí; sería una pena que te tropezases con la seda del vestido y te cayeses.

Frank decía que, en las bodas, siempre parecía que la novia no fuese a llegar jamás. Eran las mismas palabras que le había dirigido al Dandy, que también se había casado con su novia durante un permiso. La póliza de vida de los paracaidistas, «por lo que pudiese pasar», era bastante elevada y los tres preferían hacer bromas al respecto que permitir que los oprimiese ese pensamiento lacerante.

De todos los sueños que había tenido, Vera era el único que no se había roto al despertarse. El matrimonio le traía sin cuidado; solo quería vivir con ella, para siempre, y encontrar en las bromas y en las miradas cómplices una parcela en la que el pasado pudiese sobrevivir. Pertenecían a una civilización ya muerta, la de antes de la guerra, que solo regresaba, espectral, en su compañía. Lo único que le quemaba era la ausencia de Bram. Bram, que les habría tomado el pelo a los dos. Bram, que habría sonreído junto a Rory cuando Vera se tropezó con la seda del vestido y tuvo que agarrarse al brazo de Allie para no caerse.

Por comodidad, se había cortado el pelo a la altura de la nuca antes de embarcar. En los últimos meses le había crecido hasta acariciar los hombros, el mismo largo que tenía en la fiesta de cumpleaños de Rory. Aquel día ya lejano el vestido de tirantes, de seda añil, hacía recaer la atención sobre la línea del cuello y las clavículas delicadas. En contraste, la tela del paracaídas la hacía brillar, como si caminase envuelta en la luz del atardecer. Los ojos, contra los rizos negros, parecían enormes, más azules y rasgados que nunca.

Demasiada felicidad, que solo el espacio vacío con la forma de Bram Drachman amenazaba con romper.

La ceremonia fue corta y sencilla. Sin rituales de ningún tipo, más que el intercambio de los anillos, con una única testigo y dos improvisados padrinos de boda.

Cuando, al fin, Vera pudo besar a Rory, no tuvo la impresión de que nada hubiese cambiado. Era su esposa, sí, pero habitaba el mismo cuerpo que en los años de la universidad, solo que ahora ella llevaba su nombre, y él el de ella.

St. George-Johnson. Más largo que la ceremonia que los había unido y tan sofisticado como la seda que había visto tantos combates y en ese momento se abrazaba a sus caderas.

St. George-Johnson. Una promesa que la hacía pensar en casas revueltas y en el sonido combinado de su máquina de escribir y de las páginas de los libros de Rory al girar.

St. George-Johnson. Solo dispondrían de una noche juntos. Por el momento les parecía suficiente.

XII

Lincolnshire (Día D+68)

La voz de Rory, serena y pausada, llegó a ella como un hilo que seguir para salir del laberinto del sueño. La rodeaba con los brazos (Rory no solía abrazarla cuando dormían) y le besaba la frente, perlada de sudor. Entre beso y beso, le decía, con infinita ternura:

—Está bien, está bien. Estoy aquí. Estás a salvo. Estás a salvo conmigo.

Vera lo miró. Al ver que estaba despierta, Rory le acarició la espalda y dijo:

—Tenías una pesadilla.

Vera asintió. Le hundió más la cabeza en el pecho, hasta escuchar el eco de los latidos de su corazón.

—Sí, es siempre el mismo sueño.

—¿Te acuerdas?

Él nunca recordaba los suyos, cuando eran malos. Vera no sabía si eso era una bendición o una trampa ineludible.

—Sí, estoy otra vez en aquel barco y tengo que volver atrás por la estúpida de tu hermana.

Rory rio contra sus mejillas. Seguía acariciándola y mirándola, como si tuviese que obligarse a creer que estaban juntos y compartían la misma cama, aunque solo fuese durante un instante efímero. Su mujer. Ahora se pertenecían el uno al otro.

—Es horrible —prosiguió Vera—. Tengo que correr por los botes salvavidas una y otra vez, y oigo a los pacientes golpeando las ventanas..., esto último no pasó de verdad, pero siempre aparece con mucha claridad en el sueño.

Rory le apartó el pelo, sudado y enredado, de la cara.

—A veces, días después, yo me acuerdo de un sueño y en él pasan cosas que no ocurrieron en la realidad —dijo, y le dio otro beso en la frente—. Pero ya nada puede hacerte daño. Estás a salvo, a salvo y conmigo.

Ella movió la cabeza y se acurrucó más contra su cuerpo. Cerró los ojos.

—No me sueltes cuando me quede dormida —le pidió.

—No lo haré, te lo prometo.

—No vas a hacerme daño.

—No.

Sus deseos eran muy infantiles. Quería todo lo que había soñado hasta entonces, a la vez, hasta empacharse. Ansiaba regresar al frente que la atormentaba cuando dormía; regresar y escribir sobre ello, dar testimonio, rescatar aquellos años agonizantes en los que vivían para que nadie se atreviese a olvidarlos jamás. Habría salido corriendo si Allie Dale hubiese llamado a su puerta y le hubiese dicho que partían enseguida. Al mismo tiempo, quería dormir todas las noches así, enredada en Rory, como si formasen parte de un mismo cuerpo, sintiendo su aliento cálido en la cara.

A la mañana siguiente se despertó con el olor de Rory impregnado en la piel, en el pelo. Era suyo; le pertenecía, y ella le pertenecía a él. Sonrió contra su hombro, y él abrió un ojo y le devolvió la sonrisa.

—¿Tienes hambre? —le preguntó—. No tengo que volver a la base hasta la tarde; podemos pedir que nos suban el desayuno a la habitación. A lo mejor hasta tenemos suerte y hay café de verdad.

Vera se estiró. Aún disponían de unas horas que desde aquella cama de hotel le parecían eternas. Quería tocarlo hasta que el recuerdo de su piel quedase impreso como a fuego en las yemas, de modo que pudiese volver a él siempre que quisiera durante las semanas o meses que estuviesen separados. Quería repetir todo lo que habían hecho en los meses de convalecencia, en la casita junto al Queen Alexandra que Bram les había conseguido; volver a vivir aquello en aquel espacio tan reducido, aquella mañana que se les escapaba entre los dedos.

—Me da igual, siempre y cuando pueda quedarme en la cama con mi marido.

Rory rio ante esa palabra como un niño al que descubren gastando una broma o jugando.

—Tendremos una boda como Dios manda, te lo prometo —le repitió.

Vera arqueó una ceja. Notaba el pie de Rory, frío, acariciándole la pierna.

—¿Qué pasa? ¿No te ha gustado nuestra boda?

—Claro que sí. ¿No quieres la tarta y la recepción de todos los invitados que nuestros padres se puedan permitir?

Vera sonrió y se hundió más bajo las mantas que la cubrían.

—Sí, supongo que sí.

Rory hacía amago de descolgar el teléfono cuando oyeron un golpe en la puerta. Primero lo ignoraron, pero al oírlo de nuevo Rory se reincorporó y buscó a tientas los pantalones del uniforme. Abrió la puerta con lentitud, cuidándose de ocultar la habitación con su cuerpo. El rostro sonriente de Allie Dale lo saludaba desde el pasillo.

—Supongo que tu mujer no está decente para recibir visitas —le dijo, antes de que Rory pudiese reaccionar.

Vera resopló desde la cama. De no haber estado su marido en medio, habría arrojado un zapato o, mejor aún, la lamparita de noche a la cara de Allie.

Al oírla, el hombre rio.

—Lamento de veras interrumpir vuestra primera mañana juntos, pero el trabajo es el trabajo. —Alzó la voz para que ella pudiera oír sus palabras con claridad—. ¡Sesión informativa en la cafetería, princesa! Barbara Szabó quiere conocerte, sobre todo teniendo en cuenta que tú vas a ser sus palabras y ella tus ojos. Debéis funcionar como un tándem ahí afuera. Y ambos debemos enseñarte un par de cosas antes de arrojarte a la fosa de los leones. —Se volvió hacia Rory de nuevo—. Estás invitado a desayunar con nosotros hasta que el deber nos impida seguir disfrutando de tu compañía.

Rory le dirigió una sonrisa sardónica.

—Muy amable.

Si Allie había notado la acritud en su voz, fingió muy bien. Alzó la bolsa de papel que sostenía entre las manos, en la cual Rory aún no había reparado, y se la entregó.

—Supongo que no te habías dado cuenta de que tu mujer no tiene otra ropa que ponerse que un uniforme que ya no le pertenece y debe devolver al ejército, ¿eh? La señorita Szabó ha sido tan amable de encontrarle algo en el mercado negro. Espero que le vaya bien, suelo acertar las tallas de las mujeres.

Rory sacudió la cabeza y le arrancó la bolsa de las manos.

—Eres un canalla —le dijo, más en broma que en serio.

Allie no se sintió ofendido.

—Al que le rezarás todos los días de tu vida. Hala, venga. Os esperamos abajo en media hora.

Vera no habría escogido el amarillo para una primera reunión de trabajo, mucho menos si lo que pretendía era causar una buena impresión, pero a lo encontrado en el mercado negro pocas pegas se le podían poner y, lamentablemente, aquel traje le sentaba como un guante.

—Allie está en lo cierto, tiene buen ojo para las tallas de mujer —le dijo Rory, entre risas, mientras bajaban las escaleras.

—¡Ese sátiro! Me apiado de su mujer.

Rory le sonrió y le tendió la mano para ayudarla a bajar el último escalón. Así era Rory St. George, un caballero del East End de Londres, y la vida de casado no iba a cambiarle los modales que llevaba veintiséis años cultivando.

—¿Quieres mi boina?

—¡Amarillo y granate!

—¿Es eso un no?

Vera no le dijo nada, pero se la quitó de la cabeza, se la puso y dejó que Rory se la colocara bien, con la insignia del Pegaso perfectamente brillante y visible.

Al llegar a la cafetería del hotel, Vera vio en Barbara Szabó, de inmediato, todos los atributos que la convertían en una gran amiga de Allie. Incluso sentada era maravillosamente alta, más que el admirable metro setenta de Vera. Facciones angulosas en un rostro que no delataba la edad —su dueña podría tener tanto treinta y cinco como cuarenta y cinco años—; pelo rizado, por los hombros, de un tono indeterminado entre el castaño y el caoba; labios, finos y pintados de rojo oscuro, que contrastaban con la palidez grisácea de los ojos. Vera la reconoció enseguida, incluso antes de extender la mano hacia ella para saludarla: era la reportera de *Vogue* a la que había asaltado en la cafetería el día que fue a buscar empleo. Conocía su nombre y también su rostro, y ahora podía unirlos.

Si Barbara Szabó también recordó aquel día fatídico, tuvo la amabilidad de no hacerlo notar.

—¿Esta es la Lady Guerrilla que me prometiste, Allie? —dijo con voz sedosa como la miel y un tono grave que no dejaba lugar a bromas.

Allie se encogió de hombros. Con ese mismo movimiento, les indicó a los recién llegados que tomasen asiento frente a ellos.

—Leíste sus artículos y también te resultaron excelentes. Opinión que, si no recuerdo mal, compartió la señora Withers. ¿O señorita? Me temo que no estoy al tanto ni de sus pecados ni de sus malas decisiones.

Vera hizo acopio de toda su fuerza de voluntad para no sonreír ante aquel comentario. Audrey Withers, la ya histórica directora editorial de *Vogue*, no solo la había leído sino que además la consideraba una buena periodista.

Los ojos gris verdoso de Barbara Szabó no se separaban de ella.

—Pareces joven —le dijo y, antes de que Vera pudiese responder, agregó—: Y no es un cumplido. Si hubiese ido a tu boda y te hubiese visto de blanco te habría pedido una estampita, como a una niña de comunión.

Vera arqueó una ceja. Sintió la cálida mano de Rory que se aferraba a la suya por debajo de la mesa.

—Cumplí veintiséis en mayo —repuso.

—Te habría echado veintidós, a lo sumo.

Vera forzó una sonrisa gélida.

—Bueno, supongo que es una suerte que mis lectores no tengan que preocuparse por mi cara, puesto que no van a verla.

Barbara la señaló con el cuchillo de la mantequilla.

—Ah, ahí te equivocas. Le he pedido a Allie una copia de vuestra foto de bodas, para *Vogue*. Una enfermera que se casa con un paracaidista (enfundada en su propio paracaídas, ni más ni menos) y comienza una nueva vida como reportera en una de las revistas mensuales más codiciadas del país. Es una buena historia. Ya tengo un titular: «De Lady Guerrilla a señora St. George, la flamante nueva reportera de *Vogue*».

—St. George-Johnson —la corrigieron los recién casados al unísono.

Ni Allie ni Barbara pudieron contener la risita.

—Es un poco largo, ¿no?

—Mejor, así la gente se detendrá en él cuando lo diga en voz alta —siseó Vera—. Además, voy a mantener mi *nom de plume* en lo profesional. V.R. Johnson me ha dado suerte en Normandía y pretendo que me siga acompañando en lo que me quede de carrera.

—Retrataste bien su personalidad —dijo Barbara, mirando a Allie—. ¿Qué vas a hacer en el frente con esa carita, Vera St. George-Johnson?

Las aletas de la nariz de Vera temblaron.

—Lo mismo que he hecho con uniforme de enfermera, solo que vestiré el de reportera que me proporcionéis vosotros.

—¿Crees que mucha gente en el ejército va a estar dispuesta a hablar contigo, si parece que acabas de salir de la universidad? ¿O que los otros corresponsales van a ser amables contigo?

—Te sorprendería lo que envejece el aspecto de una mujer cuando tiene la cara cubierta de tierra y de barro —repuso Vera.

Rory, que todavía tenía los dedos entrelazados con los de ella, irrumpió en una carcajada que Allie, a regañadientes, coreó.

Animada, Vera elevó las comisuras en una sonrisa lenta, ponzoñosa y muy, muy afilada.

—¿Cuántos meses de entrenamiento militar tienes tú, si me permites la intromisión?

Barbara Szabó mordió el mango del tenedor.

—Me temo que ninguno.

—Yo cuatro. Hasta ayer, mi rango era el de capitán.

—¡Capitán! —exclamó Allie—. Creía que eras teniente.

—Me dieron un ascenso en el frente. Suele pasar cuando casi te matan mientras estás cumpliendo con tu deber. —Entornó los ojos hacia Barbara—. Creo que todo irá bien.

Barbara le sostuvo la mirada. Poco a poco la expresión de su rostro se relajó, se dulcificó, y luego se contrajo en una risotada vampírica.

—Capitán, ¿eh? ¿Cuál es tu rango, muchacho?

—Sargento —respondió Rory.

—Me preocupaba por ella y debería haberlo hecho por ti. Me parece que Allie te ha arrojado a la fosa de los leones, ¿eh? —Le tendió la mano por segunda vez a Vera—. Bienvenida a bordo, capitán. Siento los modales, pero eso es como intentar convertirse al judaísmo: tengo que tratar de convencerte de lo contrario para saber que vas a serio. Será un placer trabajar contigo.

Arnhem

I

Septiembre de 1944

El desayuno de los paracaidistas el día de su incursión en Holanda consistió en abadejo ahumado, gran parte del cual, Rory observó con horror, inundaba ahora el suelo del avión. Montgomery les había prometido una batalla fácil: tomarían un puente y luego el siguiente, un juego de niños. Monty, que a sus ojos parecía el de las mil victorias. Monty, el que se había enfrentado al «zorro del desierto» y había pedido repetir. Esa era la historia al menos que los veteranos contaban a los reemplazos que se incorporaban a filas recién salidos del entrenamiento, con los uniformes aún impolutos, como de colegiales.

Aquellos que no solo habían visto el norte de África sino también Sicilia eran demasiado cautelosos para confiar en promesas de aterrizajes limpios y una captura rápida y sin contratiempos de los puentes. No decían nada, con las miradas bastaba, y en los ojos enormes y opacos del Dandy y Frank, Rory veía también los de Plumón, y los ojos ciegos de tantas batallas combatidas y las heridas que habían traído consigo.

En los reemplazos encontraba, en cambio, a Billy Boy. En el ventanuco desde el cual podía ver el cielo atravesado por las estelas de los aviones, como cortes que chorreaban una sangre blanca, reconocía a Bram. Desde que había abrazado a Vera en el momento de la despedida, sentía sus manos vacías, como si buscasen en vano algo que no iban a encontrar. Podría estar allí mismo, a punto de pisar la misma tierra sobre la que él, si el dios de la guerra lo acompañaba, caería.

Se llevó la cadenita de oro a los labios y rezó, aunque no sabía por qué. Luchaba contra su propio estómago para no dejar también los restos del desayuno sobre el suelo en el que estaban sentados. Era demasiado joven y el tiempo de vuelo antes de efectuar el gran salto se le antojaba larguísimo.

Para olvidar que estaba en el interior de un avión, Vera fijó la vista en el bloc de notas que apoyaba sobre sus rodillas dobladas. Aquella era la primera vez. Había bromeado con Bram en muchas ocasiones acerca de colarse en la base y hacer una escapadita con él, pero todos los vuelos nocturnos de Bram eran sobre Francia o sobre Alemania, y, sus bromas, no más que chiquilladas. Pensó, de manera un tanto infantil, que volar en el pequeño avión de la BBC, en el que los habían admitido gracias a los tejemanejes de Allie, no distaría demasiado de navegar en un barco de guerra, por eso el mareo la había sorprendido, y mientras escribía se alegraba de haber seguido los pasos de Barbara Szabó y haber desayunado tan solo un zumo de dudosa procedencia y una taza de café de campaña.

Miró por la ventana. El cielo de Bélgica, país que atravesaban, estaba iluminado en naranja. Nuevamente pensó en Normandía, en aquel cielo también agujereado, como si los ángeles fumasen. Mientras lo describía cerró los ojos en un intento desesperado por mantener el estómago a raya.

Allie, sentado frente a ella, le propinó una patada en los tobillos.

—Supongo que tu Rory te lo habrá contado todo sobre saltar en paracaídas de un avión, ¿no?

Vera arrugó la nariz.

—¿Qué?

La sonrisa de Allie resultaba tan familiar como nauseabunda, en aquellos momentos. Si no hubiese habido más corresponsales en el avión y el mareo no convirtiese cualquier movimiento brusco en arriesgado, habría podido golpearlo.

—¿Cómo crees, si no, que vamos a salir de este cacharro?

Barbara intercambió una mirada con él y rio.

—¿Cómo dices, St. George-Johnson? ¿No te han enseñado tan valiosa lección en tus cuatro meses de entrenamiento militar?

Vera se mordió las mejillas, la lucha contra su propio cuerpo era cada vez más evidente.

—Que os jodan a los dos —dijo.

Barbara y Allie se miraron de nuevo e irrumpieron en dos carcajadas gemelas. Vera pensó que, en diez años, Bram y ella tendrían el mismo aspecto. *Bram*. Quería pensar que Rory estaba en lo cierto, que volvería de lo desconocido de la manera exacta en que él lo había hecho, o se desmoronaría.

Apretó los párpados de nuevo. Volvería. Rory y él le lamerían las heridas. Vivirían en el mismo barrio toda la vida. Rory y ella consentirían a sus hijos, porque sabía que Bram probablemente tendría unos cuantos, mientras que ella estaba dispuesta a hacer cualquier cosa para evitar un embarazo. Irían a los partidos de fútbol cada domingo, aun cuando Bram era el único que realmente disfrutaba del «noble deporte»; animarían a los Spurs de Tottenham solo para tenerlo contento o, por el contrario, se volverían hinchas de su archienemigo, el Arsenal, solo para molestarlo.

Allie le propinó otra patada.

—Al fin captas una de mis bromas.

Vera abrió los ojos para mirarlo.

—No son muy sesudas, que digamos.

—Como el hombre que las hace, supongo. —Le sonrió—. No te preocupes, *ma petite*, ya encontraremos otra manera de llegar a Holanda.

Vera abrió la boca para responderle, pero lo único que salió de ella, y que tuvo la fortuna de echar a un lado, fueron los restos del café de campaña.

Allie silbó y vitoreó.

—¡Tiró al blanco, capitán! No te angusties: todos nos hemos encontrado donde tú estás ahora.

La simbiosis amistosa entre Bram y Nicky seguía su curso. Funcionaban no ya como dos cuerpos independientes sino como uno solo, uno supliendo las faltas del otro, arrancando al otro de las garras de la muerte y el abandono. La supervivencia, para ambos, era un trabajo conjunto, una tarea que no verían completada si no era juntos.

Si Bram le salvaba el pellejo a Nicky en el trabajo, donde las consecuencias de su anterior vida ociosa resultaban evidentes, este lo salvaba también a aquel con su ingenio y la experiencia adquirida en los largos meses en Buchenwald. El traslado a Wille lo había golpeado pero no había conseguido noquearlo; tras los necesarios días de duelo por sí mismo y por el futuro que ya había imaginado, regresó a lo que mejor se le daba: establecer contactos en el campo.

Un par de semanas intercambiando cigarrillos y vivencias con los políticos que había observado en el destacamento y en el recuento, y de los cuales había decidido fiarse, bastaron. Uno de ellos, un holandés que dominaba el inglés y cuyo alemán era bastante bueno, había conseguido, gracias a sus estudios previos y al buen comportamiento, un trabajo codiciable como enfermero en el *revier* del *lager*. Estaba dispuesto a velar por ellos y conseguirles el mismo puesto, pero no sería sencillo. Debían morir primero: entrar en el *revier* como enfermos infecciosos, algo bastante común en Wille, y fallecer sobre el papel. Él les entregaría una nueva identidad, que los despojaría además de su nacionalidad sospechosa.

Bram escuchó el plan que Nicky le exponía una y otra vez, pero no lo convencía. Masticaba el mendrugo de pan que había guardado de la cena del día anterior, pero este no bastaba; el agujero cada vez más vacío en su interior demandaba más, hasta la locura. Habría sido capaz de comerse la arena y también la hierba, si no lo hubiese considerado un acto de degradación imperdonable.

En la jerga del campo existía una palabra que designaba a

aquellos prisioneros que se abandonaban: *Muselmänner*, musulmanes, debido a la manera en que los cuerpos se inclinaban hacia delante y hacia atrás en los recuentos, como los mahometanos cuando rezaban. Para sobrevivir resultaba esencial no convertirse en uno de ellos.

—No sé, Conde. Lo primero que me dijeron al llegar a Buchenwald es que uno no debe enfermarse.

Nicky sacudió la cabeza. Los ojos, febriles, parecían más enormes que nunca, como luceros mortíferos.

—Confía en mí. Yo también te conseguí un hueco en el barracón de los del tifus y no pasó nada, ¿no?

—Sí, como celador. No sé, me da mala espina. Nos jugamos demasiado. Y hasta ahora nuestra nacionalidad era la única carta con la que jugábamos.

—No puedes mirar al pasado, Bob. Ahora sospechan de nosotros. Si nos dan la identidad de un muerto, quizá sea más fácil. Tú puedes pasar por alemán sin problemas, yo podría dar el pego como francés. El trabajo nos está desgastando. Escuchas las noticias del avance de la guerra tanto como yo. ¿Cuántos meses nos quedan aquí? Huir aprovechando la caminata a la fábrica es un suicidio...

Bram le dio una calada al último cigarrillo Mahorka que le quedaba. Había decidido quedárselo, como un acto de autoestima, en lugar de intercambiarlo por algo más útil. El tabaco, a fin de cuentas, también engañaba al hambre.

Un temblor recorrió el rostro huesudo, pero aún sonrosado, de Nicky.

—¿Qué me dices? No lo haré sin ti.

Otra calada, esta más ansiosa que la anterior. Las amistades de antes de la guerra ya no importaban; volvería a ellas cuando estuviera libre, pero de momento solo existía Nicky. Nicky, que lo había rescatado de la muerte tantas veces. Nicky, que todavía no conocía su nombre real.

Asintió, casi sin creerse lo que hacía y bajó la voz hasta convertirla en un susurro tan quedo que su amigo tuvo que inclinarse ante él para oírlo.

—Iré a donde tu vayas. Pero antes deja que te cuente una historia...

Era la suya, la más importante; su propio acto de creación. Ahora solo dependían de ellos mismos. Empezarían una nueva vida, bajo otros nombres y otras identidades. Solo podían pedir a los dioses en los que no podían creer, no allí, que fuesen más amables que los anteriores.

Oosterbeek

El descenso sobre Oosterbeek había sido sencillo, según lo planeado. No hubo en él ni una pizca de la confusión ni los errores que cometieron en Sicilia (hombres ahogados, otros que cayeron sobre fortines italianos, las tropas desperdigadas por la isla como niños perdidos). La oposición que encontraron también fue mínima y hubo pocas bajas entre los paracaidistas.

Para los reemplazos, era la confirmación que necesitaban. Monty no se había equivocado. Holanda sería amable con ellos, y ellos, como agradecimiento, la liberarían.

Los veteranos como Rory estaban inquietos en aquella calma inicial. Sentían a los alemanes sobre sus cabezas, como un cuervo que anuncia la muerte, y pensaban sin atreverse a verbalizarlo que se quedarían más tranquilos tras haberse enzarzado en una férrea pelea. Si sobrevivían, sabrían que la suerte estaba de su lado.

Avanzaron con cautela por las calles pintorescas y pacíficas de la ciudad. De las casas, limpias, formando una hilera perfecta, salían holandeses con banderas y lazos naranjas. Iban al encuentro de sus liberadores con los brazos extendidos. Algunos incluso los invitaban a sus casas y les ofrecían una taza de té.

—¿Americanos? —les preguntaron tras estudiar los uniformes y observar que no llevaban el casco de hojalata característico del ejército británico.

Los paracaidistas se miraron unos a otros y rieron.

—¡Americanos! —repitió un reemplazo aún bastante joven,

de mirada clarísima y unas mejillas redondeadas que siempre se encendían—. No, señora, somos británicos. Paracaidistas británicos.

—Es que el casco que ustedes llevan…

—¿Ha intentado alguna vez saltar de un avión con un trozo de hojalata encima? —terció Rory sonriendo.

No había tenido la ocasión de conocer y hablar con muchos civiles en Sicilia. Los holandeses, en cambio, no los miraban como destructores, portadores de muerte, sino como los libertadores que traían con ellos la esperanza que no habían perdido en cuatro años de ocupación. ¿Cuánto quedaría en pie de aquel barrio pacífico una vez concluyese la batalla?

Los niños también salían a su encuentro, algunos con timidez; otros, dispuestos a abrazar y tocar a las tropas que pasaban por delante de sus casas. En ellos, los cuatro años bajo el yugo nazi se evidenciaban más que en los adultos, que podían esconder mejor el hambre bajo las capas de ropa y, en el caso de las mujeres, bajo el maquillaje que insistían en llevar en actitud desafiante. Con el calor de finales de verano, las piernas sobresalían como alambres de los pantalones cortos y de las faldas, como las patas frágiles de una especie de pájaro aún por descubrir. Los ojos eran grandísimos, febriles, y las sonrisas también destacaban en aquellos rostros consumidos casi hasta el hueso.

En casa se quejaban a menudo del racionamiento, Rory el primero; en cambio ahora veía sin duda alguna que pese a su mala suerte habían sido afortunados.

Aprovechando la calma, que sabía que no podía durar, se agachó ante una niña que se acercaba y le entregó su tableta de chocolate, lo único verdaderamente comestible de su ración (las galletas, pese a su nombre evocador, resultaban una especie de ladrillos planos que solo se podían masticar y digerir tras empaparlas de agua de la cantimplora).

Los ojos oscuros de la niña brillaron. El pelo, en contraste, era muy rubio, casi blanco («Como el de Persie», pensó Rory), rizado en las puntas.

—*Chocolade!* —exclamó.

Rory le sonrió.

—Sí, para ti.

No sabía cómo decirlo en neerlandés y tampoco recordaba ninguna frase útil del manual que les habían entregado en la base. De todos modos, el gesto y la expresión de su rostro resultaban inconfundibles.

La niña tomó la tableta entre las manos (también huesudas, imposible encontrar en ellas ni un ápice de las redondeces de la infancia) y se puso de puntillas para darle un beso en la mejilla.

Mientras corría de vuelta a casa con el botín firmemente sujeto en un puño, el Dandy silbó a otro de los niños que se habían asomado a curiosear y le lanzó su tableta.

—Algo menos que cargar —dijo, y ayudó a Rory a reincorporarse.

El teniente Tucker-Jones, un hombre cómicamente alto, de ojos hundidos y una nariz larga quemada por el sol, los miró y preguntó:

—¿Tienes hijos, St. George?

Rory alzó las cejas.

—¿Yo?, no. Ni siquiera sé si quiero, después de todo esto...

El hombre asintió. Confiaba tanto en la fe de Monty que se había guardado una pelota de fútbol desinflada en el macuto con la esperanza de jugar un partido después de tomar los puentes. De momento, parecía que todo seguía su curso según lo previsto.

—Los tiempos cambiarán. —Señaló las manos de Rory con un golpe de cabeza—. Veo que eres un hombre casado.

—Sí, va a hacer un mes.

Ante su respuesta, el reemplazo de mejillas sonrosadas a quien la confusión de los holandeses había ofendido, frunció el cejo.

—¡Un mes! Sabías que ibas a venir aquí, ¿y te casaste? ¿Es que metiste a una chica en problemas?

—Dios, no.

—¿Entonces por qué te casaste?

Frank, que caminaba junto a ellos, le hizo un gesto a Rory antes de volverse hacia el muchacho. Con una sonrisa, terció:

—Para que le quede una buena pensión a su esposa, si le pasa algo. Las novias suelen irse con las manos vacías.

Rory rio. Las bromas eran lo único que les quedaba. Si se gastaban las suficientes, quizá, serían capaces de ahuyentar a la muerte.

El reemplazo desvió la mirada, sus ojos eran enormes.

—¡Dios!, tienes razón. Yo también debería haberme casado —suspiró—. Pensar en nuestras chicas... esperándonos en casa...

Rory ladeó la cabeza.

—Mi mujer no me está esperando en casa.

El reemplazo bajó las cejas.

—¿Dónde está, entonces?

—Probablemente no muy lejos de aquí. Es corresponsal de guerra.

—¡Dios! —La arruga entre las cejas, castañas y pobladas, creció—. Esta es tu luna de miel.

Rory no fue capaz de contener la risita. Parecía casi sacrílega, en un lugar como aquel.

—Sí, supongo que sí.

—Dios.

No tuvo tiempo de pensar una respuesta. Al ruido de sus botas contra el pavimento y los saludos de los holandeses, que todavía salían de sus casas y los aclamaban, se les unió otro. Primero una vibración suave, casi imperceptible, que crispó las espaldas de los veteranos. Después, el rugido inconfundible de los motores de las motocicletas alemanas.

Los paracaidistas abrieron fuego y las conversaciones quedaron consumidas, machacadas, como si jamás hubiesen existido. Los civiles, que segundos atrás agitaban las banderas naranjas y exclamaban «Dios salve al rey», corrieron de nuevo al interior de sus casas.

La batalla, al fin, llamaba a sus puertas.

Conseguir la acreditación, se estaba percatando, había resultado bastante sencillo. Si Vera había creído que con ella podría moverse con libertad por Arnhem, la realidad la golpeaba con fuerza. El ejército británico, reacio a que le acompañasen mujeres, solo aceptaba la presencia de Allie. Barbara y Vera podrían probar suerte con los americanos, para quienes la presencia femenina no resultaría ni novedosa ni ofensiva.

Vera chascó la lengua. No había renunciado a su rango ni a su uniforme para ir de convoy militar en convoy militar hasta que alguien dejase de ver en su condición de mujer un obstáculo; mucho peor era la opción de escribir desde un hotel, un panorama que, a sus ojos, no difería mucho de hacerlo desde Londres.

—Señor —le espetó al capitán que quería devolverlas al convoy que las había conducido hasta sus filas—, no puedo cambiar mi sexo. Tengo una acreditación y tengo experiencia en el frente. No escribiré desde la comodidad del cuartel general cuando la acción está sucediendo ahí fuera.

El capitán, mayor que ella, de cabello ralo y profundas ojeras en una cabeza abombada, resopló.

—Nadie quiere ver morir a una mujer, señorita.

—Entonces no me dejaré matar. Y es señora. —Alzó la mano para que le viese la alianza—. Mi marido está con Frost.

El hombre estrechó los ojos.

—Entonces quizá el teniente coronel Frost quiera tenerla entre sus filas. Si no le importa...

Le indicó con un gesto que regresase al convoy. Vera apretó los labios y no se movió.

—Señor, discúlpeme, pero esto es ridículo. Tengo entrenamiento militar. —Emitió un ruidito explosivo por la nariz—. Más que sus reemplazos. ¿Cuántas semanas dura el entrenamiento básico? ¿Seis? Yo estuve cuatro meses preparándome en Escocia. Le guste o no, hasta hace unas semanas mi rango era el mismo que el suyo.

El hombre arqueó una ceja e intercambió una mirada con Allie en busca de indicios de que aquello no era más que una broma, pero Allie solo escudriñaba a Vera y asentía.

—La señora St. George tiene razón —dijo, omitiendo deliberadamente el Johnson para molestarla—. Tuve que arrancarla de las garras del Cuerpo de la Reina Alejandra para que se viniese a cubrir la guerra conmigo.

—Estuve con el primer grupo de mujeres que desembarcaron en Normandía —prosiguió Vera—. Me pasé dos meses en el hospital de campaña y casi me hundo con el SS Amsterdam cuando lo atacaron. Ya me he enfrentado a todo lo que pueda ver aquí, robando además horas al sueño para poder escribir.

El capitán suspiró. Observó a Allie de nuevo, pero este no le devolvió la mirada. Los ojos, de un verde terroso, se posaron después en Vera, la estudió con cuidado, como si la midiera mentalmente, y volvió a resoplar.

—¡Ah, haga lo que quiera! No seré yo quien escriba a su marido si acaba con una bala alemana entre las cejas. Confío en que sepa utilizar una cámara fotográfica.

Vera frunció el cejo.

—¿Señor?

—Puedo aceptar a una mujer en mis filas, pero no a más de una. —Señaló al conductor del convoy con un dedo hinchado y sudoroso, y añadió—: Pitt, lleve a la señorita Szabó de vuelta al hotel.

Un par de palabras bastaron. Barbara, con una risita agria y escéptica, sacudió la cabeza y le entregó su cámara a Vera.

—Un solo arañazo y no habrá suficiente tierra en Holanda para que huyas de mí —mascculló con voz gélida.

El convoy desapareció entre una nube de tierra y arenisca. Mientras seguían a las tropas, Allie tuvo cuidado de chocarse con Vera al caminar. Cuando ella se volvió, le entregó su cajetilla de cigarrillos.

—Enhorabuena, princesa, hoy te has convertido en una reportera con todas las de la ley.

Vera bajó las cejas.

—¿Qué quieres decir?

—Tirar a una compañera a la fosa de los leones para salirte con la tuya es el bautizo de fuego por el que todos debemos pasar.

Un chasquido de lengua y Vera puso los ojos en blanco.

—Eres detestable.

—Soy sincero. Te molesta la verdad y no que sea yo quien te la cuente. —Sonrió—. Eres solo una niña. ¿No crees que Barbara también te habría vendido por mucho menos?

II

KL Wille

Llegaron al *revier* ayudados por dos compañeros con quienes no compartieron sus planes y que no sospecharon nada de lo que se proponían. Las infecciones eran habituales en Wille, especialmente tras semanas de trabajo, durante las cuales las heridas se agrietaban y todo tipo de piedrecillas entraban en ellas. En Weimar septiembre ya no podía considerarse verano. Aunque todavía no había refrescado, como Bram temía, las lluvias eran constantes. Debido al terreno embarrado, eran muchos los que ya no se molestaban en quitarse los zuecos, cuyas suelas se deformaban por el uso hasta que su dueño se tambaleaba en ellos como un funambulista.

Un preso que no reconocieron fue a recogerlos a la puerta del *revier*, donde los antiguos compañeros de barracón los habían dejado. No reaccionaron ante el desconocido; siguieron el plan tal y como lo habían expuesto con el holandés. Dijeron que tenían las rodillas heridas y que el dolor les impedía continuar con su trabajo en el destacamento. Al subirse el pantalón como les indicaron, las rodillas estaban rojas e hinchadas, así era como las tenían todos. Aquel dolor, también real, que habían aguantado sin quejarse y que jamás los habría conducido al *revier* salvo que hubiesen llegado al extremo de la inmovilidad, en ese momento podía suponer su única salvación.

El preso asintió y llamó con gestos a un compañero. Entre los dos subieron a Nicky a una camilla, que metieron en el interior de la tienda de campaña, y luego hicieron lo mismo con Bram. Los dos amigos intercambiaron una mirada mientras el médico, un francés cuyo número de preso estaba compuesto por unas elegantes y admirables cuatro cifras, los observaba.

La iluminación era escasa, y el olor a pus y a enfermedad, casi intolerable, incluso para hombres como Nicky y Bram, que llevaban meses en el *lager*. Los presos, en su mayoría judíos, con bastante peor aspecto que ellos dos, se amontonaban de manera patética sobre camillas improvisadas.

El corazón de Bram latió con fuerza, del holandés no había ni rastro.

«Dios, ¿qué hemos hecho?», pensó.

—Voy a tener que hacerte unos cortes en la rodilla —le dijo el médico, en alemán, con un acento espeso como la miel—. ¿Me comprendes?

—Sí, hablo bien el alemán. —Tragó saliva—. ¿Es necesario?

El doctor, que ya hundía el dedo sobre la piel blanda que le cubría los huesos, como queriendo delimitar la extensión del edema, se encogió de hombros.

—Hay que darle una vía de escape al pus que tienes dentro.

Bram resopló. Se había percatado del estado de su pierna, naturalmente, y lo había usado a su favor, pero nunca había sospechado que pudiese tratarse de un problema real que tuviera repercusiones en su salud.

Intentó intercambiar una mirada con Nicky, a quien todavía observaban, pero este parecía buscar aún a su amigo.

Se humedeció los labios.

—Haga lo que tenga que hacer.

—Me temo que no tenemos anestesia…

Bram apretó los dientes. Nicky recordaría aquella noche todos los días de su vida.

—No guardaba muchas esperanzas de que la tuvieran.

El doctor no prolongó su sufrimiento. Alzó el bisturí y, con un par de movimientos rápidos, le hizo dos cortes en forma de aspa en la rodilla. Bram gritó, no pudo evitarlo. Había sentido dolor otras veces, el desbridamiento de las quemaduras de las manos sin ir más lejos, pero aquel había sido tan desgarrador, tan inesperado, que el cuerpo reaccionó antes de que la mente pudiese detenerlo.

Un enfermero llegó hasta ellos, quizá alertado por sus gritos. Bram vio la sombra de su cuerpo que se cernía sobre él, pero no alzó la cara para mirarlo. Tenía bastante interés en aquella herida abierta que el médico apretaba hasta que de ella fue saliendo gradualmente un líquido espeso, amarillento, cuyo olor dulzón no distaba mucho de aquel que tanto había ofendido a Bram al entrar en el *revier*.

—¿Qué le pasa a este hombre? —preguntó con el acento más suave, más germánico, sin llegar a los sonidos naturales de un nativo.

—Infección de la rodilla. Con suerte podremos drenar todo el pus.

—¿El otro...?

—Seguramente igual.

—Tengo un sitio para ellos. ¿Los inscribo en el libro de admisiones?

—Por favor.

El enfermero se inclinó para apuntar en la libreta el número que Bram llevaba cosido al pecho. Este no lo miró, seguía absorto en aquel líquido que no paraba de supurar y que se pegaba a las vendas que el médico le colocaba en la pierna.

—¿Su nombre? —preguntó el enfermero—. Lo necesito para el registro.

—Robert Stewart —dijo él, casi sin pensar.

Cuando se volvió hacia el preso para deletreárselo, reconoció aquellos ojos pálidos y aquellos rasgos alargados, como de perro de caza inteligente, que había visto antes en compañía de Nicky. Era el contacto holandés.

Se olvidó de la pierna y de la herida, que todavía escocía y demandaba su atención.

—Intentaré no hacerle daño —le dijo el enfermero—. Si me permite..., le llevaré a su cama enseguida.

¡Cama! La palabra sonaba prometedora, tan irreal en un sitio como aquel que se figuró que el holandés había usado una palabra inexacta, quizá por contagio de su propio idioma, tan parecido al alemán que a veces tendía trampas.

Mientras lo levantaba, teniendo cuidado de no tocarle la rodilla, Bram percibió, con una alegría casi maliciosa, que el médico francés le estaba realizando a Nicky el mismo procedimiento que a él.

—Dios salve al rey, ¿eh? —bromeó, en voz muy baja, de modo que los alaridos de su amigo pudiesen reprimirla.

La esperanza era escasa, y la bebían como aguamiel.

Oosterbeek

El enfrentamiento había sido crudo, una auténtica carnicería que les había demostrado con creces que iban a tener que luchar y sangrar por cada centímetro de tierra que quisiesen liberar. Era como si cada paso que daban no los acercara al puente que debían capturar, sino al corazón de Berlín.

Tras dejar atrás a los muertos, con los paracaídas como sudario y el casco y la chapa como identificación, continuaron en dirección al puente. Intentaban no pensar en las horas transcurridas para poder seguir aferrándose a la idea de que una victoria rápida y sin contratiempos era lo que tenían enfrente.

Ya no bromeaban. Los reemplazos, con ojos enormes, respiraban cada vez con más agitación. El teniente mencionaba de vez en cuando la pelota desinflada que aún guardaba en el macuto y las promesas que esta traía consigo.

—Parece que mi mujer todavía no va a recibir una pensión —le dijo Rory al reemplazo de mejillas sonrosadas.

El muchacho no sonrió. Miraba al frente, el cuerpo se le estremecía con cada ruido. Tras un instante de silencio, susurró, casi para sí mismo:

—El día treinta es mi cumpleaños. Diecinueve.

Rory estiró los labios. Hurgó en los bolsillos para sacar de ellos una cajetilla de tabaco y se la entregó.

—Feliz cumpleaños, Baby Face.

El muchacho tomó el tabaco, indeciso.

—De aquí al treinta ya habremos capturado los puentes, ¿no?

—Sí, pero quién sabe dónde estaremos nosotros. —Sonrió—. Los pitillos te hacen más falta a ti que a mí...

El pie del puente. Siguiendo las órdenes de sus superiores, los cabos y los sargentos de la compañía fueron llamando de puerta en puerta; debían requisar las casas para habilitarlas como refugio y base de operaciones. Los vecinos, que les abrían pletóricos, abrazándolos y dándoles las gracias, bajaban las cejas y protestaban cuando los paracaidistas les explicaban que debían cederles sus casas.

—Tienen que buscar refugio en otro sitio —explicaba Rory al matrimonio de mediana edad que tenía ante él—, lo más lejos posible del puente. Esta zona pronto dejará de ser segura.

Por las quejas, en una mezcla de inglés macarrónico y neerlandés, supuso que habían comprendido el mensaje. Pese a ello, Frank, que iba con él, se lo repitió en alemán, una lengua más cercana a la suya.

El marido, de frondoso bigote entrecano y cara de morsa, se llevó las manos a la sien. Aquellos mismos dedos, regordetes y húmedos, se habían aferrado a Rory hacía unos minutos, como si quisiese comprobar que era real, físico, y que traía con él la tan ansiada liberación.

—Pero... pero...

—Lo siento mucho, pero es necesario —dijo Rory. Quitó del mueble de la entrada los retratos familiares y se los entregó—. Tienen diez minutos. —Alzó ambas palmas para ilustrárselo—. Cojan los objetos de valor y pónganse a salvo.

La mujer, cuyo rostro de rasgos redondeados mostraba signos de envejecimiento prematuro, se mordió el labio inferior, luego los separó, como preparándose para añadir algo más, pero acabó por resignarse y encogerse de hombros. Subió escaleras arriba, acompañada por su marido, que observó con espanto cómo Rory, Frank y el padre Saliger, el capellán de la compañía, transformaban su casa impoluta para la batalla.

Frank arrancó las persianas y las rompió mientras Rory convertía las cortinas, con bordados de flores a punto de cruz, en jirones. Debían deshacerse de cualquier objeto inflamable que pudiese causar un incendio fatal, llegado el momento. Tras recibir las indicaciones de Rory, el padre Saliger levantó el paragüero de la entrada y rompió con él todas las ventanas. De esa manera, los trozos de cristal no herirían a ningún paracaidista durante el ataque.

El capellán rio, pletórico. Era algo mayor que Rory, aunque con su rostro redondo y pecoso parecía más joven. En ese momento, mientras destrozaba la casa, tenía el aspecto de un niño al que pillan por primera vez en una travesura.

—Nunca había hecho nada malo en mi vida —explicó, con irreprochable sencillez.

Los dos paracaidistas intercambiaron una mirada, incapaces de contener la risita.

—No disfrute demasiado, padre —le recomendó Frank—, que enseguida se acostumbrará y acabará yendo al infierno. Yo no quiero hacerme cargo de su alma, ¿eh?

—Me recuerda usted a un amigo de Londres —le dijo Rory, que creaba una barricada con los muebles del salón—. Era diácono de la Santísima Trinidad de Bermondsey.

—¿Era?

—Murió durante el *Blitz*.

El capellán bajó la cabeza, el fantasma de aquella sonrisa se le congeló en el rostro.

—Lo lamento. ¿Cómo se llamaba?

—D. B. D. B. Johnson. —Las cejas le temblaron al reparar, por primera vez, en un detalle que había ignorado—. Ahora sería mi cuñado. Me casé con su hermana el mes pasado.

El padre Saliger sacudió la cabeza con mucha pena.

—Dios lo tenga en su gloria. Por D. B. —dijo, y alzó el paragüero de nuevo para romper la ventana del fondo.

Al ruido de los cristales rotos se le unió otro, más suave: el de la anciana, madre de uno de los miembros del matrimonio, que ahogaba un grito desde el pie de la escalera. Con certeza había oído los sonidos de la destrucción que los soldados estaban llevando a cabo, y quería ver con sus propios ojos en qué había quedado reducido su hogar en escasos minutos.

Dijo algo, Rory no supo si era una queja o no. Frank, que lo comprendió, se volvió hacia él y le tradujo:

—Pregunta si puede quedarse. Fue enfermera en la anterior guerra y dice que podría sernos de ayuda, que su difunto marido construyó esta casa y no está dispuesta a abandonarla.

Rory apretó los párpados.

—Ni hablar —masculló—. Dile que tienen que irse, y rápido. —Se mordió las mejillas—. Y pídele perdón otra vez por lo de la casa. Si se espanta ahora, no quiero pensar cómo reaccionará cuando puedan regresar...

—Si hay casa alguna a la que regresar.

Rory chascó la lengua.

—Díselo. Si es necesario, la sacas a la fuerza. No quiero cargar con la muerte de una pobre mujer toda la vida.

Puesto que no podía quitarse de encima el sentimiento de culpa, introdujo la mano en el bolsillo y sacó la segunda tableta de chocolate. Habían tomado las raciones de tres días y, visto lo visto, Rory no llegaría a catar aquel dulce que, en Inglaterra, ya solo los miembros de las Fuerzas Armadas y los afortunados vecinos de Slough, la ciudad donde se fabricaban las barritas Mars, consumían.

—Por las molestias —se justificó.

Era un día terrible para estar en el mundo.

Caía la noche en Arnhem. Los soldados repetían aquella máxima del ejército alemán, contra el que los veteranos ya se habían visto las caras en más de una ocasión: «La noche no es amiga de ningún hombre». Vera los ignoró. La madrugada y ella habían sido compañeras en incontables ocasiones: en el St. Bart's primero y en el frente de Normandía después, cuando engañaba al sueño para escribir un par de frases más; en la casita alquilada de Rory, cuando jugaban a descubrirse el uno al otro; en el refugio antiaéreo, donde con cada atardecer le siseaban a la muerte: «Por aquí hoy no pasarás».

No la asustaba la oscuridad ni lo que esta pudiese traer consigo. Como dos soldados más, Allie y ella compartían trinchera. Se turnaban para descansar, pero ninguno de los dos tenía ganas de reposar la cabeza, había demasiado que ver, demasiado que escribir. Si aquellos hombres valientes en cuyas filas se encontraban arriesgaban la vida, lo mínimo que ellos podían hacer era dar testimonio de su coraje infinito.

«Uno podría ver a estos hombres y pensar que no conocen el miedo», escribió Vera. Los ruidos de la batalla ahogaban el sonido de las teclas de la máquina de escribir que había comprado con su sueldo de enfermera de combate, puesto que no había tenido tiempo de pedirle a su padre que le mandase la suya por correo. «Solo quien haya compartido trinchera y raciones militares con ellos sabrá la verdad: son hombres que conocen el miedo íntimamente y le estrechan la mano con firmeza, pues es el miedo el que tiembla ante ellos».

Allie, sentado junto a ella, maldecía por lo bajo cada detonación. Tenía un cigarrillo apretado entre los dientes; estaba apagado, no solo para que la llama no revelase su posición, sino también porque no malgastaba un cigarrillo a no ser que le resultase estrictamente necesario. El tabaco, por lo general, lo utilizaba como moneda de cambio, y Vera, siguiendo su ejemplo, había empezado a hacer lo mismo. Un pitillo de calidad podía ganarse la confianza de un soldado que, a cambio, respondería a todas las preguntas que los corresponsales tuvieran para él. Y Vera, que debido a su sexo y su edad tenía desventaja, debía jugar con todas las cartas a su alcance.

En un momento de calma, y previa autorización, se atrevió a salir de la trinchera. En la hierba, azul cobalto a la luz de la luna, los cuerpos de los paracaidistas caídos brillaban casi plateados, cubiertos con la misma seda blanca con la que le habían confeccionado su vestido de boda. Sobre ellos, los cascos y las chapas de identificación se ocultaban bajo las flores que los civiles habían cortado de sus jardines para rendirles un último homenaje.

Puesto que estaba demasiado oscuro para leer las chapas y prender el mechero habría resultado un acto de temeridad imperdonable, Vera se agachó para destapar el rostro de uno de aquellos hombres. La mano ya acariciaba la tela resbaladiza cuando oyó, detrás de ella, la voz grave de Allie, por una vez despojada de toda juventud y jovialidad:

—No hagas algo de lo que vayas a arrepentirte toda la vida.

Vera cogió aire. No se había dado cuenta de que estaba temblando hasta que se fijó en la mano, tan blanca como la seda que sujetaba.

—Tengo que saberlo.

Se dispuso a levantar la tela, pero Allie se lo impidió agarrándole con fuerza el brazo.

—Lo hago yo por ti. Prometo no mentirte.

Un instante de duda. Allie, que con esa seriedad aparentaba, al fin, sus treinta y seis años, insistió:

—Si uno de estos hombres es tu marido, vas a querer recordarlo en vuestra noche de bodas y no muerto en un campo de Holanda.

Vera apreció su franqueza, que no hubiese ignorado la espada que pendía sobre ellos, sino que la hubiese tomado entre las manos sin miedo a cortarse. Asintió. Mientras se reincorporaba, susurró:

—Pero no me mientas.

—No me atrevería, no podría. Te lo juro por lo más sagrado.

Otro asentimiento corto. Todo su cuerpo se estremecía ante la incertidumbre.

—Mide metro ochenta y tres.

Allie parpadeó.

—¿Cómo dices?

—Que no tienes que destaparlos a todos, solo a los más altos.

Allie estiró los labios. Dio un golpe seco de cabeza.

—Bien. Ve tranquila.

No tuvo ánimo de regresar a la trinchera sola. Se quedó agachada a un lado, y sacó el bloc de notas para evitar pensar. Veía a Allie pasar de un cuerpo a otro, hacer la señal de la cruz antes de abandonarlos; sabía que, si se detenía y regresaba con ella antes de terminar la tarea, serían malas noticias.

Una imagen más llamó poderosamente su atención. Un civil holandés, de impoluto traje chaqueta, se paraba también ante cada uno de los cuerpos y se quitaba el sombrero ante ellos. Por lo chapliniana, la escena casi la despojó de su nerviosismo. Lo observó como quien observa algo ajeno e inalcanzable, como una película en el cine, y por eso se sorprendió cuando, al reparar en ella, el hombre le sonrió.

—¿Es usted periodista, señorita? —le preguntó, en voz baja.

Vera se reincorporó para tenderle la mano, que él aceptó.

—Sí. Y es señora, no señorita.

—Discúlpeme. ¿Su marido es también periodista?

—No, es paracaidista.

El hombre, ya casi anciano, se detuvo en aquella palabra. Parecía cavilar, traducirla para sus adentros. Con sumo cuidado señaló con un gesto los sudarios de seda blanca a sus espaldas.

—¿Es...?

—No lo sé.

Movió la cabeza afirmativamente, como si se hiciese cargo de la situación.

—Dios lo ampare y lo proteja.

Vera le sonrió.

—Gracias.

A lo lejos, vio acercarse la figura baja y musculosa de Allie Dale. Distraída con la conversación, había perdido la cuenta de los hombres cuya identidad había comprobado, e intentaba leer desesperadamente su expresión. Allie, que debió de reparar en la palidez cetrina de Vera, negó con un gesto.

—De momento podemos respirar.

III

KL Wille

El 20 de septiembre de 1944, los sargentos de vuelo Robert Stewart y Nicholas Carlisle murieron a causa de sus heridas y debido a la falta de medicamentos contra la infección, según registró el libro del *revier*. El mismo día, Helmut Albrecht y Louis Fournier, prisioneros políticos oriundos de Alemania y Francia, respectivamente, volvían a la vida. En lo más oscuro de la noche se cambiaron los uniformes; a partir de ese momento eran trabajadores de la enfermería, un puesto respetable y codiciado. Nadie dudaría de su cojera, pues ya todos presentaban pequeñas heridas y discapacidades.

Las tarjetas de identificación de Bram y de Nicky se tacharon con un lápiz rojo, el mismo con el que dibujaron una cruz patada que daba testimonio de sus muertes. Sus números de preso los recibirían otros hombres y los guardias ya no preguntarían por ellos, pues habían desaparecido de lo terrenal por causas naturales.

La muerte, en un sentido simbólico, los había hecho libres.

Permaneciendo en el *revier* no solo se escapaban del trabajo en la fábrica Brabag, que desgastaba a los hombres hasta su consunción más absoluta, sino que además estaban en contacto constante con la célula de resistencia del *lager*. Los franceses, los polacos, los holandeses, los soviéticos, los españoles..., todos tenían un deseo común, cuya llama los mantenía vivos y cuerdos: la vida tras la guerra. Todos ansiaban volver a casa, pisar de nuevo las calles que habían dejado atrás y besar a las mujeres que los esperaban.

La mayoría escuchaban las conversaciones sobre fugas con la misma actitud con la que, en tiempos de paz, habrían escuchado a un hombre que juega religiosamente a la lotería con la certeza de que algún día le tocaría el primer premio. Su actitud era de espera. Si conservaban la paciencia, su recompensa sería la liberación.

Cambiaban tabaco por noticias de la guerra. Los aliados estaban en Holanda y por primera vez en mucho tiempo, pues recrearse con los recuerdos del hogar era doloroso, Bram pensó en Rory. Si vivía, estaba tan solo a una frontera de distancia.

Los soviéticos avanzaban por el este; los británicos y los americanos, por el oeste. La Resistencia de la Europa ocupada seguía al pie del cañón. Debían mantener la moral alta. La libertad los esperaba.

Oosterbeek

Era el infierno. Rory se arrepentía de todas las veces que había utilizado esa palabra para describir algo. En ese momento en que le veía las fauces, supo que no volvería a cometer el mismo error. Era el infierno. No. Era el comienzo del infierno. Tendrían que arrebatar a la fuerza cada centímetro de tierra que bañarían con su sangre. Al frente solo les aguardaba la muerte o la promesa de una batalla que se alargaría hasta la eternidad.

Ya no creían en las esperanzas de Monty de una captura sencilla y una victoria rápida. Por sensatez, ya no creían siquiera que pudiesen volver a Inglaterra.

La casa que habían tomado estaba en llamas. A pesar de todas las medidas de precaución, el fuego, que formaba parte de la naturaleza y actuaba sin tener consideración por los hombres, lo dominaba todo. El humo, espeso y negro, los cubría, les hacía lagrimear y les nublaba la vista, pero ya no había nada que mereciese la pena ver y, desde luego, una mejor visibilidad no les salvaría la vida.

Estaban atrapados. Su única salida era por la parte trasera, donde sabían que los alemanes los aguardaban, gatos pacientes en torno a la trampa que le habían puesto al ratón. El capitán Williams reunió a doce de sus hombres y les pidió que fijasen sus bayonetas para cargar contra el enemigo.

Rory hizo la señal de la cruz y luego aprovechó el mismo movimiento para ajustar el arma como le habían ordenado. El humo, unido al calor intenso de las llamas, lo mareaba. Se alegraba. Solo sabía una cosa: no quería conservar plenas facultades en ese momento.

Corrieron al encuentro de los alemanes. Bramaron «*Whoa Mahomet*», el grito de guerra que habían adoptado en África. Los hombres que aguardaban en el jardín, sorprendidos por el ataque, apenas tuvieron tiempo de replegarse. Rory sintió cómo su bayoneta se clavaba en un cuerpo, oyó el ruido característico y nauseabundo de la carne al ser atravesada y la sangre que brotaba. Se alegró también de que la escasa visibilidad le impidiese fijar los ojos en el rostro del hombre que agonizaba a sus pies.

Solo había dos tipos de alemanes en Holanda: los muy jóvenes, ávidos de sangre y de pelea, pero inexpertos, y los soldados viejos, expertos en el arte de la guerra pero ya físicamente cansados de combatir.

No se detuvieron. Detenerse era la muerte. Sin mirar atrás, siguieron adelante y bajaron en dirección al puente en busca de refugio bajo él.

Una silueta inconfundible que parecía provenir del gehena. Un tanque Tiger, causante de incontables bajas en todas las batallas. Los paracaidistas contuvieron el aliento, pero la figura permaneció ante ellos, mansa e inerte.

El tanque, noqueado, había sido abandonado por los alemanes. El dios de la guerra se había apiadado de ellos, les había concedido, al menos, una jornada más.

Pasaron la noche escondidos al cobijo del puente. Oían sobre ellos a las patrullas alemanas que buscaban supervivientes. Respiraban tan silenciosamente como pudieron y durmieron por turnos, cada segundo era eterno, germen de mil peligros.

No, ya no pensaban que volverían a casa.

Hotel Hartenstein

Tras cuatro días siguiendo las tropas, y debido a la situación cada vez más crítica y desesperada, evacuaron a los corresponsales de guerra al hotel Hartenstein de Oosterbeek, el improvisado cuartel general del ejército británico. A causa del terreno, la vegetación, una mala preparación y, ante todo, la mala suerte, la comunicación en las tropas oscilaba entre imposible y dificultosa.

Los paracaidistas estaban atrapados en el puente que debían defender, los alemanes los superaban en número, a razón de cuatro hombres por cada británico, y tanto el agua como la munición escaseaban. Por los problemas con la radio no se conocía la cifra exacta de bajas, pero todos tenían la constancia de que sería altísima.

Era una hecatombe, un baño de sangre. Las promesas de una victoria fácil y rápida se ahogaban en aquella hemorragia incontenible, terminal.

Vera fumaba un cigarrillo tras otro; escribía sin descanso y solo se permitía dormir cuando le flaqueaban las fuerzas. Aun así, el suyo era un sueño corto, delirante, el sueño de los borrachos, de los enfermos mentales, de los condenados a muerte. Le daba la sensación de que de un momento a otro escribiría la noticia de la muerte de su marido.

Oyó el sonido familiar de una botella de vino al descorcharse. Lo habían estado guardando para la victoria, pero en ese momento Vera era testigo de cómo Allie Dale se servía una copa. La rabia burbujeaba en su interior, podría haberle lanzado la máquina de escribir a la cabeza, si ese artilugio, que había sobrevivido a cuatro días de batalla, no fuese más valioso que el cráneo de su mentor.

—Disculpa, ¿tenemos mucho que celebrar? —siseó, gélida.

Allie, que no se inmutó al percibir el odio en su voz, no bebió la copa como ella esperaba, sino que la colocó delante de ella.

—Pretendo emborracharte —explicó, sin tapujos ni vergüenza—. Ninguna mujer debería escribir sobria sobre el final de la vida que conocía. Pase lo que pase a partir de ahora, estamos contemplando el fin de una civilización. Aunque esta batalla nos sea favorable no podremos volver a ser los que éramos antes del diecisiete de septiembre.

Vera apartó el vino de un manotazo.

—No, gracias.

Cogió aire y se secó el sudor de la cara con las manos antes de seguir aporreando las teclas. Ese era el verbo más preciso para expresar lo que hacía. No había arte ni talento ni mesura en el acto de escribir, solo un ansia insaciable, una desesperación que quemaba y dolía.

—No soy una esposa esperando recibir noticias de su marido —masculló. Toda ella temblaba—. Soy una reportera como todos los demás, que tiene mucho trabajo por delante. Así que si no vienes con más reservas de papel, sigue a lo tuyo y yo seguiré a lo mío.

El oxígeno, estaba segura, escaseaba. Clavaba las uñas en la vida que conocía y que amaba, pese a la guerra, pero no era capaz de mantenerla a su lado. No sabía si Rory y Bram seguían con vida. La posibilidad de ser la única del grupo que se mantuviera en pie la aterrorizaba, pero no estaba dispuesta a ponerle un nombre a ese sentimiento lacerante que parecía reavivar antiguas heridas. Le dolía la nariz, le dolían las costillas, le dolía la cabeza de tanto pensar. Las palabras que escribía se convertían en una soga alrededor del cuello.

Barbara Szabó, que en unas horas se había olvidado de su traición, de que la detestaba y de que se arrepentía del día en que había accedido a darle empleo, se arrodilló ante ella.

—Más vale que bebas el vino que te ha servido Allie —le dijo, sin un ápice de emoción en la voz—, porque aquí tampoco tenemos agua. Tomar alcohol es mejor que morirse de sed.

Para ilustrar su afirmación, le dio un sorbo largo a la botella abierta.

Ya no habría victorias que celebrar.

IV

Oosterbeek

El día siguiente no trajo consigo la salvación, sino la continuación del horror que los inundaba. Toda Holanda parecía henchida de muerte. Las reservas, tanto de raciones como de munición, escaseaban. No tenían agua. Ojerosos, barbudos y harapientos, era como si los paracaidistas hubieran muerto ya y siguieran combatiendo porque no eran conscientes de su condición. Sus vidas eran a la vez demasiado largas y demasiado cortas.

Sin embargo, amaban a los holandeses. Amaban y admiraban a aquel pueblo que resistía y que, ignorando todo riesgo, se ponía en peligro para tenderles una mano auxiliadora. Seguían al pie del cañón no ya por cumplir las órdenes, por odio hacia los nazis o para ver pronto el fin de la guerra, sino para liberar, después de cuatro años de espera, a aquellas personas que eran todo coraje y desafío. Si sobrevivían, jamás volverían a conocer a seres humanos como aquellos. No eran producto de un país o de una cultura, sino de una ocupación opresiva que, si no se rendían, quizá jamás volvería a repetirse.

Por eso luchaban. Por eso, debían obligarse a recordar, no permitían que el espíritu escuchase a la carne y se abandonase.

Incluso los niños tenían, en su interior, el fuego de mil generaciones. Sin que el miedo pudiese tocarlos, se infiltraban en las posiciones alemanas y robaban manzanas, verdura, té, vino francés y cigarrillos húngaros para los británicos. Los más atrevidos incluso se escondían las armas de los muertos en la ropa y las entregaban con la sonrisa de un pícaro conocedor de sus muchos crímenes y pecados.

Los paracaidistas, famélicos y cansados, se metían los suministros en la boca. Antes de tragar, sin embargo, amonestaban a los muchachos por su imprudencia.

—Volved a casa —les pedía Rory, y solo se detenía para que Frank lo repitiese en alemán.

Quizá alguna de las dos lenguas hiciese mella en los ángeles ladronzuelos que tenían ante sí, mugrientos y escuálidos pero con tanto coraje como cualquier miembro de la Resistencia.

—Lucianus —le dijo al cabecilla, ya lo conocía por su nombre—. ¿Ves esta pistola que me has dado? Te juro que con ella te dejo cojo de por vida si vuelves a cruzar la tierra de nadie, ¿me entiendes? Vete a tu casa.

Frank, una vez más, lo repitió en alemán. El chiquillo se limitó a sonreír, orgulloso y atrevido. Tenía el pelo muy rubio, como el de Persie y el de la niña del chocolate, y una nariz bulbosa que le recordaba a la de Vera justo después de la rotura del tabique durante el *Blitz*. Constantemente evocaba recuerdos de su casa en cuanto lo rodeaba, y todos ellos lo atormentaban.

Estaba fatigado y sediento. Baby Face había caído junto con la mayoría de los reemplazos. Su propio cuerpo se le antojaba demasiado pesado y sensible; incluso el contacto de la tela del uniforme le lastimaba la piel.

Hotel Hartenstein

Nadie, ni en el ejército ni entre los corresponsales, se atrevía a moverse ni a dormir. Conscientes de que nadie podía alcanzar a los paracaidistas apostados en los puentes, los reporteros escribían con la convicción de estar dando testimonio de la destrucción gradual de aquellas tropas que el propio Churchill había ideado cuatro años atrás, cuando la paz parecía imposible y todos se lamían aún unas heridas que respondían al nombre de Dunkerque.

En la locura de aquellas horas, Vera se permitía el pecado mortal de desperdiciar papel en frases de poca calidad que acabarían en la basura. Escribía para no pensar, para mantenerse cuerda y, en los escasos segundos de inactividad, le rezaba a D. B. porque él era el único santo en el que creía.

Oosterbeek

Las horas transcurrían agonizantes. Sin refuerzos y con los suministros a punto de agotarse, los paracaidistas británicos a duras penas podían seguir defendiendo los puentes. La fruta y las verduras que los niños les habían robado a los alemanes, debido al calor y a la falta de refrigeración, estaban podridas y habían causado una epidemia de diarrea entre las tropas.

Ya no existían los días; todos ellos se derretían en uno solo, largo como el pétalo de una flor venenosa.

En cada ocasión que se le presentaba, Rory abría la lata de tabaco y observaba las fotografías de Vera y de Bram. No sabía dónde estaban, aunque podía imaginárselo, y esa imaginación de la que en otros tiempos se sentía orgulloso, le hacía mucho daño. No sabía si seguían con vida o no. La incertidumbre ardía y lo asfixiaba.

De pronto, una figura conocida emergió entre el perpetuo humo gris de la munición que dificultaba la visibilidad de los paracaidistas. Rory chascó la lengua.

—Puto niño —masculló como para sí mismo.

Luego, en voz más alta, lanzó un grito angustiado que le dejó la garganta en carne viva:

—¡Lucianus, sal de ahí! ¡Vete! ¡Vete!

Ya todos gritaban lo mismo, en inglés y en alemán, en todos los idiomas que conocían y en aquellos que apenas habían empezado a aprender. Repetían sin orden ni concierto las expresiones neerlandesas que habían leído en el manual con la esperanza de que el picarillo rubio los oyese.

El niño, que no conocía el miedo ni el peligro, se limitó a alzar las cajetillas de munición que les había arrebatado a los alemanes. Tenía una sonrisa triunfal en el rostro que, a pesar del hambre, era aún redondo y jovial.

—¡Vete! ¡Vete!

El fuego cruzado lo alcanzó en mitad de la sonrisa.

—¡NO! —chilló Rory.

Frank, a unos metros de él, bramó:

—¡Hijos de puta!

No sabía (no podía saber) si el tiro de gracia había sido de los alemanes o suyo, pero la incertidumbre no aniquiló el odio. Volvió a pronunciar el improperio en alemán. Lo acompañó de otras palabras que Rory no conocía pero que le había oído a Bram muchas veces, y todas ellas eran terribles.

Ya no eran hombres. Eran lo que quedaba cuando se despoja al ser humano de todo aquello que lo diferencia de la bestia.

Y la batalla continuaba.

KL Wille

Si su nuevo trabajo como enfermeros bajo falsas identidades les había salvado unas vidas que oficialmente ya no existían, Bram y Nicky en ese momento se arriesgaban a diario. Se servían de su privilegio para arrancar de la muerte, aunque fuese temporalmente, a los prisioneros más vulnerables del *lager*. Era una ruleta rusa en la que tenían todas las de perder, de modo que debían ser sensatos. Aun así, repetían hasta la locura la misma técnica que les había permitido a ellos seguir en el mundo de los vivos: hacían malabares entre los pacientes que perdían y los que llegaban; les cambiaban la identidad a los adolescentes judíos cuyas papeletas estaban ya quemadas, con la esperanza de darles, a cambio, un par de semanas más de vida.

Húngaros, en su mayoría, los más numerosos desde hacía meses. Aunque la anterior alianza de su país con el Reich los había mantenido a salvo, tras la ocupación, el exterminio de su pueblo había brillado por su rapidez y eficacia. Por fortuna, muchos habían aprendido en el instituto, y por obligación, la lengua alemana. Bram podía comunicarse con ellos y eso facilitaba las cosas.

Cualquier paso en falso, por mínimo que fuese, significaba una única cosa: la aniquilación.

Y el peligro que corrían eran aún mayor, para Nicky y para él, con cada operación realizada con éxito. ¿No se daban cuenta? Sí, por supuesto que sí. Pero ¿cuál era la alternativa? La mayor parte de los días no se sentían seres humanos; eran humo, no muy distinto del de los crematorios (no, no existían los crematorios en Wille, era un campo demasiado pequeño), pero un humo que aún latía.

No podían quedarse de brazos cruzados ante tanto tormento. Los planes de fuga aún eran cuentos de hadas, fábulas que se susurraban al oído para ayudarse a dormir..., analgésicos y nada más.

Oosterbeek

Aprovechando un momento de calma en el ataque, Rory se inclinó junto a Frank y le susurró:

—Cúbreme las espaldas.

No esperó a recibir respuesta ni mucho menos la aprobación de un superior. Eran muertos en vida y ya nada de lo que hiciesen podría ser causa de reproche alguno. Se arrastró a lo largo del puente, atravesando capas y capas de un humo fino que le humedecía los ojos y le impedía respirar con normalidad, hasta alcanzar el cuerpo ya frío y rígido de Lucianus.

Lo llevó consigo a la posición británica. La lluvia de artillería enemiga caía a su alrededor, le rasgaba la ropa y le hacía toser, pero ni una bala le rozó la carne. El dios de la guerra parecía disfrutar de su existencia y de su dolor, como Yahvé al apostar sobre la fe de Job con Satanás.

Al regresar con los suyos, cerró los ojos inertes del pícaro con una mano, con la otra alcanzó su propio paracaídas, que utilizó a modo de sudario. No rezó porque no recordaba ninguna oración y no se dio cuenta de que lloraba hasta que oyó los sonidos, más propios de un animal que de un humano, que emitía su cuerpo. No era pena ni luto, pues ambos eran sentimientos demasiado complejos para que él, en su estado, pudiese sentirlos; su llanto era de los niños que, aunque agotados, no son capaces de conciliar el sueño.

Con sus dedos largos y finos, el Dandy le acarició la crispada espalda y lo apartó mientras murmuraba palabras que Rory tardó un par de segundos en descifrar.

—Ya pasó, amigo. Ya pasó.

Rory se sorbió los mocos. El Dandy se separó de él; mantuvo la distancia prudencial en la que tanto hincapié les habían hecho durante los años de instrucción, que ya parecían tan lejanos como la antigua Mesopotamia.

—¿Mejor? —le preguntó.

Rory asintió en silencio.

—Sí. Esta misión me da mala espina, eso es todo.

El Dandy estiró los labios.

—Ya somos dos. —Se pasó la lengua por los dientes—. Alégrate. Pronto estarás en la cama con tu mujer, ya lo verás.

Rory lo despachó con un gesto.

—No estoy de humor —le advirtió—. Dios, ¿cuándo van a venir esos refuerzos?

—No van a venir —le recordó el Dandy—. Las comunicaciones son intermitentes. Seguramente ni sepan dónde estamos.

—Dios.

—No pienses en eso. Piensa en tu mujer y...

—Cállate. No debería haberme casado con ella.

—Venga ya.

—Es verdad. —Lo miró—. Si no lo hubiese hecho, ella no estaría aquí. —Inspiró—. Si le pasase algo, sería culpa m...

No pudo continuar. El llanto había hecho mella en él una vez más.

Los veintiséis años eran o demasiados o muy pocos, en Oosterbeek.

Hotel Hartenstein

A las cinco de la madrugada, los oficiales del ejército y los corresponsales de guerra congregados en el cuartel general interceptaron, como por un designio divino, un único mensaje de los paracaidistas en los puentes:

«Nos hemos quedado sin munición. Dios salve al rey».

Allie, sentado a su lado y, al mismo tiempo, a kilómetros de distancia, abrazó a Vera por detrás; le dijo unas palabras que ella no pudo descifrar, quizá pertenecían a otro idioma, uno ya extinto y desconocido.

Sin preocuparse por las formas ni por la terca vergüenza, se dobló sobre sí misma y vomitó. Al reincorporarse, tomó la copa de vino que Barbara Szabó le tendía.

Si había una victoria, no sería dulce.

V

Oosterbeek

Sin suministros, sin refuerzos, sedientos, hambrientos y al borde de la extenuación, la resistencia era lo único que mantenía en pie a los paracaidistas.

Las detonaciones del enemigo, al otro lado del puente, se confundían hasta formar una sola, un ataque largo como un día sin pan, que no tenía fin, que los mataba una y otra vez pero siempre los acababa devolviendo a la vida.

En la confusión de un alto el fuego que los había pillado por sorpresa, un soldado alemán cruzó el puente portando una bandera blanca.

—Caballeros, su situación es desesperada —les aseguró con un inglés teñido del acento espeso de su lengua materna—. Si se rinden, les prometemos que los trataremos de manera humana según lo acordado por los Convenios de Ginebra.

Los paracaidistas resistieron. Aunque habían agotado la munición, ni habían recibido la orden de rendirse ni estaban dispuestos a retirarse de su puesto. Si una evacuación no era posible, abandonarían el puente de la única forma concebible: con los pies por delante.

Uno de los reemplazos que, contra todo pronóstico, había permanecido con vida durante todo ese tiempo tragó aire antes de hablar.

—El cabrón ha sido valiente —susurró—. Eso lo tenemos que admitir.

Rory entornó la mirada.

—Un nazi valiente sigue siendo un nazi.

El muchacho lo miró. Durante un segundo, pareció preguntarse si el sargento St. George, como los demás veteranos, se estaba permitiendo el placer de tomarles el pelo a los novatos en medio de aquella destrucción, pero la expresión de Rory no cambió.

—No sabes si es un nazi. Puede ser solo un chico como nosotros.

—Es un chico con una alternativa: pudo haberse negado a servir y sufrir las consecuencias. Así que o es un nazi o no es tan valiente como aseguras.

Se hallaban rodeados. Los alemanes destruían los edificios que habían tomado y los intentos por restablecer la comunicación en mitad de la lluvia de artillería eran desesperados. Cuando al fin lo consiguieron, la respuesta de la comandancia fue la más difícil de asumir: no habría refuerzos. Estaban solos.

La playa

Cinco días después de la caída de las posiciones británicas en los puentes, y tras varios intentos fallidos de rescatar a los paracaidistas supervivientes, se puso en marcha un último plan. A las diez de la noche, bajo la tormenta y el fuego alemán, los hombres del cuerpo de ingenieros se subieron a pequeñas embarcaciones en las que esperaban cruzar el río para evacuar a los soldados del teniente coronel Frost.

En la playa, las horas jamás habían pasado tan despacio. Vera, Allie y Barbara observaban las aguas, negras como la tinta. Los mensajes les llegaban ahogados y entrecortados.

Se creía que una de las barcas había sido derribada, pero la escasa visibilidad, debido a la lluvia, impidió confirmarlo. Vera se mordió las uñas hasta hacerse sangre.

Por culpa del tiempo, del tamaño de las barcas y de la resistencia alemana, el rescate se desarrollaba a cuentagotas. Como cada embarcación tenía únicamente la capacidad de rescatar a un puñado de soldados, los tortuosos viajes eran continuos. A Vera, apostada en la orilla, con el bloc de notas como un apéndice, una extensión de su propio cuerpo, todos los rostros de los supervivientes le parecían iguales, ninguno pertenecía a Rory.

Habría podido identificar su sombra en la oscuridad, guiada por el olfato, como los animales. Algo en la arena y en el agua, pensaba, cambiaría para anunciarle que había llegado, como en el hospital tras casi perderlo en Sicilia. Pero sus manos seguían vacías.

Las horas pasaban, letales. Aunque no se atrevían a verbalizarlo, los corresponsales sabían, tan bien como los oficiales del ejército, que con el amanecer la operación tendría que detenerse. La luz del sol, imparcial, revelaría sus posiciones a un enemigo que los odiaba y quería aniquilarlos. No luchaban contra los alemanes, en las aguas, sino con el tiempo, que era mucho más despiadado.

Oosterbeek

En la barca número cuatro, Rory tomó la mano que Frank le tendía para ayudarlo a subir. El cuerpo, lacerado y aterido, se le antojaba una molestia constante; se habría despojado de él con gusto, de haber sido posible. Se habría convertido en espíritu, espíritu y nada más, así los peligros del mundo no podrían dañarlo.

Estaba tan cansado que temía quedarse dormido con el vaivén de las olas, a pesar de los fogonazos del ataque enemigo. A Frank le había pasado lo mismo en el puente, había alcanzado tal nivel de extenuación que se había desmayado, simple y llanamente, en mitad de un ataque. Rory y el Dandy, que lo habían dado por muerto, lo echaron a un lado, junto a los caídos amontonados, y horas después se asustaron al ver que el difunto se dirigía caminando hacia ellos.

Pero todo eso ya era el pasado, ya no existía si no quería volver a él. Regresaban a casa.

El Dandy, sentado frente a él, le propinó un golpecito en la pierna.

—¿Sabes qué, Rory? Estaba convencido de que eras hombre muerto, en Sicilia. —Ladeó la cabeza—. Creo que no te habías dado cuenta de lo mucho que estabas sangrando ni de lo blanco que te habías puesto. Cuando logré que te evacuasen pensé que lo estaba haciendo por mí, para no verte morir, como a Billy, porque eras un caso perdido.

Sonrió. En la oscuridad de la noche, los dientes, pequeños, con los colmillos torcidos y más prominentes que el resto, parecían perlas.

—Me alegro de que te hayas salvado de la muerte dos veces —le dijo—. Eres un afortunado.

Frank, barbudo y ojeroso, el cabello cayendo en rizos enredados sobre una frente prematuramente envejecida, irrumpió en una carcajada floja.

—Lucky St. George, recuérdame que te compre una cajetilla de Lucky Strike cuando estemos en casa.

Bromeaban para no pensar. Diezmados y abandonados, eran muchos menos hombres de los que habían descendido sobre Holanda hacía ocho días. De la vieja guardia, aquellos que habían combatido en Bruneval, África y Sicilia, ya solo quedaban ellos tres. No había sido una victoria, los puentes habían caído y la tierra sangrante que en ese momento dejaban atrás, tumba improvisada de incontables compañeros, solo daba testimonio de una derrota absoluta.

Rory todavía observaba la orilla, cada vez más estrecha en la lejanía, cuando el bote vibró bajo sus pies. No les dio tiempo a reaccionar, la embarcación volcó y los arrojó a las aguas tempestuosas.

Rory conocía el agua. Había nadado demasiadas veces en los muelles del Támesis para confiar en ella. Sabía que la lucha contra la corriente, en la que sus compañeros estaban enzarzados, resultaría inútil. Trató de gritarles que no gastasen las pocas fuerzas que les quedaban, pero el rugido de las olas y la munición ahogó sus palabras.

Flotó de espaldas, amortiguado por el abrigo abierto, y deseó que el mar fuese con él más amable que la tierra.

La playa

El cielo estaba aún oscuro, prometedor, pero en el tono algo más pálido que rodeaba el horizonte a Vera le parecía leer la llegada inexorable del amanecer. No quería mirar al reloj. No quería contar las barcas que habían regresado y los hombres que iban en ellas. Dio un trémulo paso adelante y casi le sorprendió que su propio cuerpo siguiera obedeciendo las órdenes que le daba.

—No puedo continuar esperando —masculló, masticando cada palabra hasta que estas ya no podían dañarla.

Le pareció que Allie extendía el brazo para tocarla y detenerla, pero su tacto fue el de un fantasma, incorpóreo, incapaz de mantenerla a su lado.

Con la misma fiereza con la que había convencido al capitán de que le permitiese escribir en sus filas, se acercó al teniente del cuerpo de ingenieros que estaba organizando la barca a punto para lanzarse a la mar.

—¿Hay sitio para alguien más? No supondrá demasiado peso extra.

El hombre, de rasgos alargados que se acartonaban por el cansancio, sacudió la cabeza.

—Los alemanes están atacando las embarcaciones —le aseguró—. Ya hemos sufrido un par de bajas. Cualquier trabajo que espere hacer a bordo, puede hacerlo…

Vera lo interrumpió. No tenían tiempo, las horas eran cazadores despiadados.

—Podré escribir una crónica más fidedigna del rescate desde dentro. Y, discúlpeme, pero la posibilidad de ser alcanzados no me asusta. Si hunden la embarcación, será la segunda vez que me ocurre.

El hombre parpadeó. El tiempo era también escaso para él. Debía rescatar a cuantos hombres pudiesen antes de que la luz los traicionase.

—Era enfermera antes de que me diesen la acreditación —agregó Vera—. Estaba en el SS Amsterdam cuando lo hundieron al salir de la playa Juno. Salvamos a doscientos hombres en ocho minutos.

El teniente resopló. El tiempo era ya una soga al cuello.

—Haga lo que quiera, pero no moleste. No soy responsable de su vida.

Subió antes de que pudiese cambiar de opinión.

El agua

Una sombra pálida en el horizonte. Podría ser la salvación o pertenecer a las bengalas que los alemanes encendían para descubrir las posiciones británicas en el río. Haciendo acopio de un esfuerzo hercúleo extendió una mano.

—Aquí —musitó, pero la voz le fallaba, era un hililllo quebrado y adormecido—. Aquí. Estoy aquí. Por favor.

Calor. Contacto humano. Otra mano agarraba la suya con fuerza, una segunda tiró de él hacia arriba con dificultad. El abrigo y el peso del uniforme empapado querían devolverlo al mar, al que quizá ya pertenecía, pero los hombres del cuerpo de ingenieros no desistieron. Entre tres, lo alzaron y lo tiraron de espaldas al interior de la barca.

Decenas de sombras se cernieron sobre él.

—Dios, ¿está vivo? —preguntó una voz, que le llegaba lejana e inconexa, como si no existiese siquiera.

En respuesta, Rory se dobló sobre sí mismo y tosió. Escupía agua. Se volvía más y más humano con cada temblor que le recorría el cuerpo, magullado y crispado.

—Abrazadlo —ordenó una segunda voz, más grave, autoritaria y añeja—. Que entre en calor.

Se acuclilló ante él. Cuando Rory, con dificultad, logró fijar la vista, vio un rostro consumido, de rasgos fuertes, coronado por un halo de pelo plateado que contrastaba con la firmeza juvenil de la piel.

Una mano nudosa le acarició la frente empapada.

—Ya se ha acabado, muchacho —le aseguró con voz ahora suave como la miel—. Vuelves a casa.

Rory cerró los ojos. Existir en el mundo dolía. Era el único de la vieja guardia que seguía en pie.

La barca

Aunque la lluvia intensa convertía el papel en una pulpa gris, Vera escribía, quería que las palabras se le grabasen a fuego en la cabeza. Así era como trabajaba en Normandía, ¿acaso se le había olvidado? Sangraba sobre el papel porque no había vendas capaces de contener la hemorragia terminal que la estaba matando.

Avanzaban a trompicones. Las bengalas alemanas, que podrían desvelar su posición, eran, junto con los restos de las llamas del ataque de la mañana, las únicas luces que les servían de guía en la oscuridad.

Conscientes de que el tiempo era escaso, recogieron a cuantos hombres pudieron sin que peligrara la estabilidad de la embarcación: treinta y cinco desconocidos harapientos, ojerosos y con barba de varios días. Vera trató de descubrir en aquellos rostros cansados los rasgos de alguno de los muchachos que conoció en Manchester, pero sus esfuerzos fueron en vano. Apartó la vista del papel, se sacó la tableta de chocolate, que conservaba desde hacía días, y la repartió entre ellos.

—¿Sabe alguno de ustedes si el sargento St. George se ha salvado?

Los paracaidistas se miraron entre sí. Un nombre, un único nombre, entre la marea de los compañeros vivos y los que ya descansaban para siempre en la tierra ardiente que habían dejado atrás.

—Rory St. George —insistió Vera—. Alto y rubio, de Londres,

que combatió en África y en Sicilia. Estaba con el capitán Williams.

Un muchacho moreno, de nariz romana y labios carnosos y resecos, asintió.

—Creo que los hombres de Williams fueron de los primeros en ser evacuados.

Vera tragó saliva. No se había separado de la orilla hasta subir a la embarcación en la que se encontraba. Había visto salir los primeros botes, casi vacíos, y regresar rebosantes de paracaidistas lastimados por el combate que besaban la arena de la playa al sentirla bajo los pies. Rory no se encontraba entre ellos, estaba convencida de ello.

—Podría equivocarme —agregó el soldado, ante su silencio y su palidez—. Es difícil llevar la cuenta de quiénes se evacuaron. ¿Es un amigo suyo el sargento St. George?

—Es mi marido —musitó, y la palabra sonaba inadecuada, demasiado grande para que aquella nave tan frágil pudiese contenerla.

Ignoró la mirada del paracaidista y todo lo que significaba. Con una mano temblorosa alzó el bloc de notas, cuyo papel reblandecido se rompía ante el contacto con el lápiz; resultaba inútil y molesto, pero era lo único que tenía.

—Escribo para *Vogue* —sentenció, con toda la templanza que fue capaz de convocar—. ¿Le importaría que le haga algunas preguntas? Por favor, diga que no si prefiere descansar. Ha sobrevivido a lo imposible.

El muchacho negó con la cabeza, tenía una sonrisa suave, culpable, en los labios. Sobrevivir era doloroso.

—No se preocupe. Pregúnteme lo que quiera. Mi novia es lectora de la revista y le gustará ver mi nombre escrito en ella.

VI

La playa. La oscuridad. La tierra y el salitre golpeándole la cara. El cielo, negro como la tinta al salir, estaba en ese momento teñido de un violeta cada vez más pálido. Contaban el tiempo en los tonos de añil de las sombras que reptaban y los abandonaban. La luz era, a la vez, el cuchillo y la herida. Sabían que, con el amanecer, tendrían que abortar la misión.

El primer paso de Vera en la arena fue vago. Acostumbrada al movimiento incesante y violento de la pequeña embarcación, que había regresado a la playa con treinta y cinco supervivientes, la estabilidad repentina la abrumó. Se pasó una mano húmeda por la cara dejando que la lluvia limpiase la gravilla oscura que le cubría las mejillas.

Los ecos de las conversaciones entre los paracaidistas, la respiración agitada de los corresponsales, el ruido como de cuchillas de patín contra el hielo que emitían las barcas que abandonaban la playa.

Todo a su alrededor era negro, rojo y blanco.

Dio un paso más hacia la embarcación que se preparaba para volver a echarse al río. El cielo era en ese momento lavanda, su bloc de notas se había convertido en una pulpa gris en el bolsillo del pantalón y no podía rendirse. Si se quedaba en la orilla con el resto de los corresponsales, la angustia le clavaría las garras desde dentro, abriéndose paso hasta las entrañas.

Separó los labios, las palabras se le formaban en la garganta, le acariciaban la parte de atrás de los dientes. Una voz. Una voz conocida en la cacofonía de paracaidistas que preguntaban por sus compañeros, que maldecían a los nazis, que daban gracias por estar vivos al tiempo que debatían sobre cuándo volverían al frente. La batalla podía escupirlos, pero ellos siempre volvían. Esa era su valentía, su nobleza y su maldición.

La voz era apenas un susurro en la confusión de gritos y órdenes, pero la espalda de Vera se tensó al reconocerla. La habría descubierto de cualquier manera, bajo cualquier circunstancia. La cadencia y el tono le eran familiares, la acompañaban desde hacía años como un padrenuestro que no se cansaba de repetir.

—¿Podría darme un vaso de agua, señorita? Y... ¿tiene alguna de ustedes, por casualidad, un número de *Vogue*?

Jadeante, pero completamente suya. La misma voz que oyó en los muelles de Surrey, en los pasillos de la Universidad de Londres, en su mesa favorita del John Bull Arch y del aeródromo de Manchester. Rory. Su Rory.

Se volvió, como en un sueño.

—¿Ror?

La oscuridad se movía. Capas y capas de negro, rojo y blanco a cámara lenta. El viento y la lluvia arrojando puñados y puñados de arenisca oscura. En mitad del caos, los ojos enormes y febriles de Rory sobre ella. Rory, pálido y ojeroso tras cinco días de resistencia desesperada sin munición, contando los segundos en el sueño robado y en los sorbos cada vez más escasos de la cantimplora. Se quedó quieto, mirándola, como si tratara de razonar consigo mismo, de delimitar si la mujer que tenía ante él era real o un espejismo causado por el agotamiento y la sed.

Vera corrió hacia él, loca, casi chocándose con la marea de cuerpos que iba y venía, se salvaba y se arriesgaba para rescatar a otros muchachos valientes al otro lado del río. Le dio la impresión de que sus manos tocaban algunos de esos cuerpos, que los apartaban para abrirse paso, pero no lograba ser consciente de lo que hacía. No fue capaz de sentir que existía realmente hasta que abrazó a Rory. Estaba algo más delgado de lo que lo recordaba, pero su carne y sus músculos eran tan duros, tan sólidos como siempre. Era de verdad. Estaba ahí, con ella, su empapado uniforme se le pegaba a la piel. Rory suspiró, se permitió respirar hondo por primera vez en días, escondió la cara en el cuello de Vera y apoyó el mentón en su hombro. Era tan alto, y parecía perder la consistencia necesaria para ser humano al inclinarse sobre ella.

—Estoy bien, Vera —logró susurrar—. Estoy bien.

Vera tenía tantas cosas que decirle que era incapaz de hilarlas todas en una frase coherente. Siempre había podido contar con las palabras, incluso en los momentos más desesperados, pero en ese instante la abandonaban, pálidas y asustadas. Lo besó en las mejillas, en los labios y en el cuello. En todos los lugares posibles, como si ese fuese también un acto de creación.

—Descanse un poco, sargento.

Al separarse después de recibir la orden velada de la enfermera que ayudaba a Rory a tumbarse en la camilla, todo el cuerpo de Vera tembló. Por un segundo delirante le pareció que Rory desaparecería entre la neblina, que sus manos estaban vacías y jamás volvería a tocarlo, a acariciarlo. Pero Rory seguía allí, tan real como hacía un momento, recostado en la camilla mientras recobraba el aliento, con las manos enrojecidas y ateridas aferrándose al vaso de agua.

La enfermera se acercó a Vera. Era más o menos de su edad, rubia, con los dientes grandes y blanquísimos en la penumbra y una constelación de pecas sobre el puente recto de la nariz. Podría haber sido Persie si a Persie le hubiesen robado algo de su fuego. Allá, en casa, podrían haber sido amigas, pero estaban en el peor lugar del mundo.

—Usted también debería descansar —le dijo.

Vera sacudió la cabeza. Su próximo movimiento fue llevarse la mano al bolsillo para rescatar aquella pulpa gris e inerte en que se habían convertido las notas que tomó durante el rescate. Se la mostró a la muchacha, como si quisiera ilustrar su próxima aseveración.

—Tengo trabajo.

Allie esperó a la puerta del granero que hacía las veces de hospital hasta que el doctor, más joven que él y más desaliñado, cansado tras los días interminables de trabajo y muerte, salió de él.

—Me gustaría interesarme por el sargento St. George, si es posible.

El médico asintió y se llevó una mano, ya desnuda, a los ojos.

—Está bien, descansando.

—¿Puedo pasar a verle?

El joven doctor bajó la mano, lo observó, como si quisiera deducir sus intenciones con ese pequeño movimiento, pero estaba demasiado fatigado para el esfuerzo.

—No permitiré que moleste con preguntas a ese hombre —dijo.

Allie le mostró las palmas.

—No se lo pregunto como periodista. El sargento St. George es mi amigo y me gustaría verlo.

Como única respuesta, el doctor se apartó y le abrió la puerta. Allie ya estaba entrando cuando el médico agregó:

—Sea paciente con él, hágame ese favor.

Lo encontró tumbado en la cama. Debido a la quietud del cuerpo, en un primer vistazo pensó que estaba dormido. Solo al acercarse despacio y tomar la silla que había frente a él reparó en que los ojos, de un azul luminoso en la penumbra, estaban abiertos.

Puesto que Rory no reaccionó a su presencia, dudó de qué decir, o cómo saludarlo. Mientras lo pensaba, una de las enfermeras se inclinó ante él y le preguntó en voz muy baja:

—¿Es usted Bram?

—¿Cómo dice?

—Lleva preguntando por él desde que lo acostamos. A lo mejor es uno de los muchachos de su regimiento que…

Allie negó con la cabeza. También susurrando, aunque no estaba seguro de que Rory pudiese oírlos, repuso:

—No, es su amigo de la infancia. Lleva desaparecido en combate desde junio —suspiró—. No se preocupe, señorita. Yo me hago cargo del sargento.

En cuanto la mujer se alejó, Allie desechó la silla y se arrodilló en el suelo para quedar a la misma altura que Rory. El muchacho miró en su dirección pero no fijó los ojos en él, sino como si fuese invisible y pudiese ver más allá de su cuerpo.

—Sé que no soy la visita que esperabas. —Intentó cogerle la mano, pero Rory la apartó—. Tu mujer está terminando el trabajo y tiene muchas ganas de verte, pero si prefieres estar solo puedo excusarte ante ella.

Rory no contestó. Seguía atravesándolo con la mirada, como si él no existiese, como si no estuviese allí. Se estremecía, tenía la piel de gallina y el vello erizado.

Allie chascó los dedos ante sus ojos. Las cejas de Rory temblaron.

—Te pregunto si quieres ver a Vera —insistió—. Vera, tu mujer, ¿quieres que te la traiga?

—¿Vera? ¿Está bien?

Allie le sonrió.

—Sí, muy bien. Está terminando el trabajo. ¿Quieres que la llame?

Rory tragó saliva.

—Más tarde. —Se humedeció los labios—. Necesito... ¿Puedes pedirle a la enfermera...?

Allie observó que sus mejillas se encendían, percibió vergüenza y angustia en aquellos ojos que habían estado apagados y muertos hacía tan solo un par de segundos. Había visto a muchos hombres como él en los cuatro años que llevaba escribiendo sobre la guerra; hombres brillantes, inteligentes, de un talento inusual y casi milagroso, los más prometedores de su generación, que se consumían en vida ante los horrores y la crueldad de la guerra. Muchas veces, incluso, había temido convertirse en uno de ellos. Había visto demasiado, había sido testigo de incontables barbaries, y lo único que lo salvaba era un detalle: aunque las ocasiones en que casi había perdido la vida habían sido muchas, todas ellas habían sido debidas a las condiciones y las casualidades del campo de batalla; nadie los había apuntado directamente, ni a él ni a su máquina de escribir.

Con cuidado levantó la manta que tapaba a Rory. Al descubrir lo que buscaba, suspiró y la volvió a bajar.

—No te preocupes, amigo —le dijo, y lo ayudó a levantarse.

Dale gesticuló hacia la enfermera. Y, sin alzar apenas la voz, le pidió:

—¿Puede cambiar las sábanas del sargento St. George, por favor? Y tráigame una muda, si es tan amable. —Se volvió hacia el muchacho, al que todavía sujetaba con fuerza—. Ven conmigo, hijo. No creas que no somos muchos los que hemos estado antes en tu situación, y por mucho menos de lo que has vivido tú. —Estiró los labios—. Sé que lo último que quieres ahora es volver a pasar por agua, pero seré rápido.

Rory era todo palidez y quietud cuando Vera entró en el granero. Se había destapado y se le notaba frío al tacto, y, aunque el movimiento suave del pecho, que subía y bajaba, lo delataba, una oleada de pánico invadió a Vera.

Se puso de rodillas ante él y le cogió la mano que le colgaba de la camilla. Estaba despierto pero no la miraba. Tenía la misma expresión ausente e inerte de las mañanas tras una noche tranquila, cuando las pesadillas anidaban en él y se negaban a salir.

Trató de taparlo con la manta, pero él la detuvo colocándole la otra mano sobre el brazo.

—No —dijo.

—Estás helado. —Le frotó el brazo, como queriendo ilustrar su afirmación—. Tienes que entrar en calor.

Rory trató de zafarse de ella.

—No, Vera, por favor.

Él era todo cejas temblorosas y dientes que castañeteaban, y ella estaba tan cansada. La noche, el frío, la falta de sueño y el miedo que llevaba horas reprimiendo hacían mella, le arqueaban los huesos, como tirando de ella hacia abajo.

De una manera simple y casi egoísta, quería acostarse junto a su marido, abrazarlo y no soltarlo hasta que la obligasen a hacerlo. Quería tocarlo, contar cada una de sus vértebras, cada una de sus costillas, comprobar que él era real, tangible, que las aguas se lo habían devuelto entero.

Y él debió de leer todo aquello en su rostro, porque, muy despacio, se apartó para hacerle un hueco a su derecha.

Vera acarició aquel cuerpo atravesado por escalofríos que en ese momento se estremecía ante el contacto humano. Un siglo atrás se creía en la existencia de ciertos tipos de cáncer tan malignos que incluso el más mínimo roce podía agravarlos y sumir al paciente en un dolor insoportable; eran conocidos con la expresión *noli me tangere*, del latín «no me toques», las palabras que el resucitado le dijo a María Magdalena tras volver de la muerte.

Rory parecía no pertenecer del todo a este mundo, quizá por eso temblaba ante las caricias inevitablemente humanas de Vera.

—Lo siento —le dijo a su mujer—. No sé si voy a saber volver esta vez.

Vera le pasó un dedo por la nariz, por los labios. Quería despertar cada centímetro de aquel cuerpo que adoraba.

—Yo te buscaré y te traeré de vuelta, como Orfeo a Eurídice, pero no miraré atrás.

Cuando Rory dejó de resistirse y, ya más tranquilo, se acercó a ella buscando el calor corporal, Vera lo abrazó. Le repitió, en voz muy baja, todo lo que él le había dicho en su noche de bodas, cuando era ella quien se despertaba agitada tras soñar que volvía al barco que se hundía.

—Está bien, está bien..., estoy aquí. Estás a salvo. Ya se ha acabado. Estás a salvo conmigo.

Rory apoyó la cabeza en su pecho. Vera sintió las lágrimas ardientes, silenciosas, que le empapaban el uniforme; no era llanto, sino una reacción cansada y resignada.

—Intenta dormir —le susurró Vera—. No me harás daño.

Rory asintió y cerró los ojos. Solo cambió de postura para rodearla con los brazos.

Y ella rezó, con desesperación animal, para que una buena mañana acompañase a una noche terrible, como ya estaban acostumbrados.

VII

Aún la abrazaba cuando los despertaron. La carne ya estaba templada; volvía lentamente a la vida. Un capitán de pelo canoso y mandíbula fuerte se inclinaba hacia ellos. En el granero, vagamente iluminado por la luz de la mañana, los supervivientes se despedían del sueño; se miraban las manos, extendidas ante ellos, como si no pudiesen creer que eran reales. Se habían salvado. La vida que creían perdida los esperaba.

—Siento tener que arrancarlo de los brazos de su mujer —le dijo el capitán a Rory, que abría los ojos—, pero tenemos que irnos.

La pareja se reincorporó. Todavía se tocaban, trataban de alargar el abrazo, de obligar a la piel de cada uno a recordar la textura exacta de la piel amada.

—Siento tener que quitarle a su marido ahora que lo ha recuperado —insistió el capitán mirando a Vera, y no a Rory—, pero no se preocupe. Volvemos a casa a descansar.

Vera asintió. Rory, despierto de golpe por la promesa que aquella frase encerraba, se inclinó hacia ella y la besó en la mejilla. Al terminar no se apartó de inmediato, se mantuvo a su lado un par de segundos más, inspirando aquel olor familiar del que pronto tendría que despedirse de nuevo.

—Cuídate, por favor —le susurró al oído.

Vera le devolvió el beso.

—No tienes que preocuparte por mí. Estaré bien.

El capitán les sonrió. Cuando Rory se levantó, le dijo:

—¿Se encuentra mejor, sargento?

—Sí, señor. Gracias.

—Debe de ser el hombre de este granero que mejor ha dormido, ¿eh? El resto tenemos que esperar a llegar a casa para abrazar a nuestras mujeres.

Rory esbozó una sonrisa cansada.

—Me casé bien, señor. Me casé con un capitán del Cuerpo de la Reina Alejandra.

El hombre dio un golpe de cabeza. Tenía los ojos, estrechos y tan grises como el pelo, fijos en Vera, que también se había puesto en pie.

—Me quito el sombrero, señora. Permítame que le diga algo que probablemente ya sabe: usted también se ha casado muy bien. No se quedarán en Arnhem, ¿no?

Vera separó los labios, pero no fue su voz, sino la de Allie Dale, que esperaba en el umbral de la puerta, la que se alzó.

—Nos evacúan a la Eindhoven liberada —explicó—. Nos quedaremos allí hasta recibir nuevas órdenes.

Tras recibir esa información, Rory le dio a Vera un último abrazo. Hundió la cara en su hombro para olerla una vez más, y al reincorporarse le dio un beso en el cuello.

—No te preocupes, muchacho —le dijo Allie—. Cuidaré de tu mujer como si fuese mi hija. Ve a casa tranquilo, te lo has ganado con creces.

Rory asintió, su nariz todavía acariciaba la mejilla de Vera. Sin soltarla, susurró:

—Voy a descansar. Cuando vuelvas a verme estaré mucho mejor, te lo prometo. —Un beso más—. Solo me da rabia que ya no escribas para el *Telegraph*, porque ese periódico lo venden todos los días, mientras que ahora voy a tener que esperar un mes entero para saber de ti.

Vera le sonrió.

—Dile a mi abuela que te mande los números en los que yo escriba. La revista no se vende en los quioscos, y desde la guerra no han abierto nuevas suscripciones. Ahora hay que esperar a que alguien se muera para heredar su suscripción.

Rory le apretó las manos con una ternura infinita.

—Eso haré. Nos vemos pronto.

Se separó de ella. Sus manos quedaron vacías de nuevo.

Eindhoven

La Eindhoven liberada. Con los aliados ganando terreno metro a metro bajo la férrea resistencia alemana, la destrucción resultaba casi apocalíptica. Centenares de civiles muertos cubrían las baldosas sanguinolentas de las calles; los supervivientes, tras las fatigas del combate y la escasez de alimentos, eran todo piel y huesos, un pálido recuerdo de los cuerpos que habían habitado antes de la guerra.

La Resistencia holandesa mantenía los ánimos altos, pese a todo. Aunque Arnhem había supuesto una derrota, una serie de ciudades, incluida la suya, habían sido liberadas. El simple hecho de saber que ya no estaban solos en la defensa de su propio territorio era suficiente.

Vera admiraba el coraje y la lealtad de aquellas personas. Bloc de notas en mano, y con el tabaco húngaro que Rory le había entregado, que ella había tenido que dejar secar al sol para devolverlo a la vida como moneda de cambio, entrevistaba a las mujeres de la Resistencia. Las respuestas eran secas, cortas; hablaban con la misma franqueza casi burda que los soldados y los veteranos de guerra.

Algunas eran ancianas, tenían la piel cuarteada por los años vividos, que habían hecho mella en sus cuerpos pero no en sus espíritus; otras, mujeres de mediana edad, esposas, madres, trabajadoras; algunas, más jóvenes que Vera, con la mirada endurecida, cuyos rasgos delataban su edad verdadera a pesar de la delgadez.

Habían tenido que resistir y lo hicieron. Lo mismo falsificaban documentos y cartillas de racionamiento para los vecinos judíos y los compañeros que se encontraban en busca y captura, que ponían bombas en las vías de tren. Cuando la guerra llamó a sus puertas, empuñaron las armas como todos los demás.

—Todos éramos esenciales —siseó una de las adolescentes—. A mí y a unas compañeras de clase nos reclutaron como mensajeras porque éramos demasiado jóvenes para que los alemanes nos destinasen a trabajos forzados y, por nuestro aspecto, era menos probable que sospechasen de nosotras y nos hiciesen bajar de la bicicleta. Yo distribuía el periódico de la Resistencia. Un día, los alemanes me pararon en un control y me preguntaron qué llevaba en las bolsas. «Patatas», les dije. Efectivamente llevaba unas cuantas para camuflar las octavillas que debía distribuir. Por suerte, ninguno metió la mano en el saco para verificar si decía la verdad...

Vera escribía a medida que las mujeres hablaban. Los hombres las observaban sin mediar palabra. Sabía que sospechaban de ella. Por sus compañeras tenían constancia de que una mujer podía ser tan hábil en el campo de batalla como un hombre, pero ella era inglesa. Había sufrido el *Blitz*, había estado en las playas de Normandía y en la tierra quemada de Arnhem. Pero ¿cómo comparar todo aquello con los cuatro años de ocupación genocida que a ellos les curvaban los huesos?

No tenía tiempo ni energías para intentar hacerse valer. Las semanas en Holanda y el ejemplo que le daba Allie le habían demostrado algo: si un escritor tenía coraje, encontraría las historias allí donde sus pies pisasen. No tendría que pedir permiso ni, mucho menos, arrancárselas a sus dueños.

Había una conmoción en la plaza y Vera, que se había despedido de las partisanas, se acercó a mirar. La patética procesión que desfilaba entre los edificios consumidos, que a lo lejos parecían cerillas apagadas, estaba formada en su totalidad por mujeres. Algunas tenían la cabeza rapada, signo inequívoco del crimen cometido; a otras, los miembros de la Resistencia las apartaban del grupo. Con una mano les agarraban la melena, que un segundo compañero cortaba con ayuda de unas tijeras grandes de jardinero y luego, con unas más pequeñas, eliminaban el pelo que les quedaba en la cabeza, hasta que era lo suficientemente corto, apenas una sombra de color sobre la piel blanca, para después aplicarles crema de afeitar en el cráneo y rasurarlo por completo.

El acto se realizaba en cuestión de escasos minutos, y carecía de la brutalidad y el jolgorio que Vera había visto en Francia, en escenas similares. Allí, a la Resistencia no le importaba si las cabezas de las mujeres sangraban por los cortes demasiado apurados. Si alguna lloraba o se quejaba, los transeúntes le escupían y le recordaban, con todas las palabras a su disposición, lo que era.

Los holandeses, en cambio, eran comedidos hasta para castigar a los colaboracionistas. Las mujeres, también: se mantenían impasibles, miraban al frente y no permitían siquiera que los ojos se les humedeciesen, era como si aceptasen las consecuencias de sus pecados.

Aun así, Allie sacudió la cabeza y chascó la lengua.

—Dios mío.

Vera lo miró de reojo.

—¿Lo sientes por ellas? ¿Crees que ellas lo sentían cuando se metían en la cama de un nazi?

Allie emitió un sonido seco por la nariz y las señaló.

—¿Crees que todas son colaboracionistas? Apuesto a que muchas hicieron lo que hicieron para alimentar a sus familias.

—Quizá eso lo explica, pero no lo excusa.

—No seas injusta.

Vera estrechó los ojos.

—No les debo justicia alguna. Han cometido un crimen y ahora deben atenerse a las consecuencias.

—Si no lo hubiesen hecho, quizá no habrían podido salvar la vida.

Vera no dio su brazo a torcer. Había hablado con nazis y curado sus heridas; por culpa de sus delirios genocidas, miles de personas como los Drachman, con la única diferencia de que habían tenido el infortunio de nacer en un país bajo otra bandera, habían sido aniquiladas.

—Al menos habrían podido respetar esa vida.

Barbara, que escribía a su lado, emitió una carcajada baja y grave.

—Mira que eres remilgada. Esas mujeres vendieron su cuerpo y su dignidad a cambio de seguridad, tú te vendiste entera para conseguir una acreditación.

Vera se volvió hacia ella, despacio. Tenía la ceja alzada, los labios apretados.

—Dime, Barbara, ¿a qué te refieres?

—Todos sabemos por qué te casaste y no te juzgamos por ello.

La rabia de Vera era líquida, podría haber quemado imperios enteros con ella.

—Para empezar, no me casé con un nazi. Y lo hice porque lo habría hecho igualmente al acabarse la guerra, así que, ¿qué importa? —Entornó la mirada—. Vuelve a hablar de mi marido y será la última vez que tengas boca. No se me van a caer los anillos por pegarle a otra mujer.

Barbara emitió un ruidito explosivo por la nariz.

—Eres una niña. ¿Crees que los nazis necesitaban pedir permiso para tomar lo que quisieran? Si me lo permitiese la censura, podría escribir sobre más de un soldado británico que se llevó la virginidad de una mujer como trofeo de guerra. No creo que los nazis puedan presumir de una moral mucho más brillante.

Vera no le respondió. Mordía la punta del cigarrillo húngaro, el último que le quedaba, a falta de una píldora más amarga. La guerra era la ladrona definitiva; robaba, ajena a los hombres y a sus temores. A ella la culpaba de la muerte de D. B. y del laberinto en el que se había sumergido la mente de Rory y del cual, empezaba a asumir, quizá nunca aprendería a salir.

Pero no podía dar más concesiones a los nazis. Sabía demasiado. Había leído demasiado. Había guardado *shivá** junto a los Drachman por su familia en Alemania, a los que creían muertos. Había escuchado incontables historias de los civiles

* Periodo de luto de siete días en la religión judía.

franceses y holandeses, pero los silencios eran lo más doloroso de todo. El espacio, cada vez más vacío, más descarado, que dejaba atrás la extinción de una comunidad, de una cultura milenaria que agonizaba ante sus ojos.

Le dio una calada al cigarrillo. Le ardió en la garganta.

No era una buena persona y estaba demasiado cansada para torturarse por ello. Sus circunstancias la habían endurecido.

—A algunas les robaron la dignidad, vale —concedió—, pero no me pidas que respete a las que tomaron una decisión, por difícil que esta fuese.

Evitaba mirar a aquellas mujeres que podrían conocer su idioma, pero sentía el peso de sus ojos sobre ella. La que tenía más cerca, cuya cabeza rasurada no ocultaba su juventud, llevaba una alianza en la mano. Vera se preguntó, aunque no quería, si se la quitaba antes de meterse en la cama de un alemán o si con su cuerpo pagaba la seguridad de su marido.

—Deja de ser una decisión en el momento en el que juegas con el pan de tus hijos —terció Allie, que también fumaba de manera voraz, poco elegante.

—También pasaban hambre los que denunciaban a los judíos escondidos para recibir cuarenta florines a cambio —le recordó Vera, pero el hombre no quiso escucharla.

La despachó con un movimiento impaciente de mano, el mismo que se les dirige a los niños que se niegan a dar el brazo a torcer.

—Vi a los fascistas haciéndoles lo mismo a las mujeres republicanas en España —dijo, en cambio—. Y mucho habría de equivocarme si los primeros en coger las tijeras aquí no resultasen ser los propios colaboracionistas que quieren esconderse y salvar el pellejo.

Vera no dijo nada. Temblaba, toda ella, y no le asustaba que el cigarrillo que se consumía amenazase con quemarle las falanges. Era la enormidad de su propio odio la que la paralizaba.

Los ojos de la mujer humillada, del color de la miel, ardían como hornos. Conocían la supervivencia, como los de Vera, pero estaba desnuda de todo honor y toda gloria. Vera comprendió el escepticismo de los miembros de la Resistencia que se negaban a hablar con ella. La ocupación le era algo ajeno; podría pasarse la vida hablando con sus víctimas y nunca llegaría a entender su yugo. Hablaban idiomas muy distintos, intraducibles.

El jinete pálido

1945 - 1947

> Soy alguien que no murió cuando debía.
>
> Anne Carson

> Creo en la escritura.
> En nada más; solo en la escritura.
>
> Imre Kertész

Olvido

I

KL Wille

Los presos del *revier* de Wille celebraron la llegada del nuevo año brindando con el vino que Jean-Luc, uno de los miembros de la Resistencia francesa, había logrado adquirir a buen precio. Los adolescentes judíos a los que prodigaban cuidados apenas podían creer su nueva situación; el *revier*, que podría haber sido su condena, se había convertido en un campo completamente distinto del que llevaban meses sufriendo. Seguía siendo el infierno, sí, y un solo desliz o un mísero giro de su suerte podía traducirse en palizas o la muerte, pero se respiraba más libertad en aquellas camillas que en los destacamentos o en las literas. Los convalecientes, además, se libraban del recuento, de las horas en pie que se alargaban cuando los números no cuadraban y durante las cuales siempre había alguien que no era capaz de sostener más su propio cuerpo y moría de extenuación.

Siempre que podía, Bram trataba de compartir con ellos las raciones extra que conseguía. Les hablaba en alemán, puesto que el yidis, la lengua de los judíos que sus padres dominaban, él apenas lo chapurreaba. No había muchos húngaros que lo prefiriesen, de todos modos; los de las grandes ciudades no solían hablarlo, como le ocurría a él. Aquellos niños de Budapest, por completo asimilados, que habían recibido la educación nacionalista propia de un régimen autocrático, no pertenecían a nadie.

Su sangre judía los había arrastrado al *lager*, pero ellos, que no practicaban la religión, eran incapaces de unirse a los rezos de los judíos ortodoxos, que los juzgaban por su desconocimiento del yidis y del hebreo. Eran demasiado jóvenes para pertenecer a algún grupo político o de resistencia, por lo que tampoco podían formar piña allí. Eran hijos sin padre que no conseguían encontrar ningún consuelo en su situación, por eso, Bram se apiadaba de ellos y les prestaba más atención que a los demás.

Sabía, por ejemplo, que el fútbol era también un noble deporte en Hungría; él les hablaba de los Spurs de Tottenham y del Arsenal, y ellos del Ferencváros y del Kispest.

Ese enero, sin embargo, las conversaciones eran distintas. Por una vez, la atención de Bram estaba muy lejos de los adolescentes de los que se hacía cargo; la había volcado por completo en Nicky y los miembros de la Resistencia en el campo.

—Dicen que los rusos ya están en Polonia —susurró el Español, un universitario parisino cuyos padres, republicanos, habían cruzado la frontera en 1938.

—Los aliados están a las puertas —agregó el Holandés—. Se están preparando transportes diarios a Buchenwald. Seguramente el campo se liquidará de manera progresiva; quieren que, cuando las tropas lleguen, lo encuentren vacío.

Bram asintió.

—Wille está muy cerca de la ciudad, es difícil esconderlo, pero el complejo de Buchenwald es inmenso. No van a poder hacinarnos a todos en el campo principal.

El Holandés tragó saliva.

—Supongo que se irá trasladando a los presos de campo en campo a medida que los aliados vayan avanzando.

—El contingente de los rusos va a acabar alcanzando al de los británicos y los americanos —terció Nicky—. Si los nazis quieren ocultar sus crímenes, no pueden dejar rastro de estos campos. Y eso incluye a los prisioneros.

El Español masticó la punta de su último cigarrillo Mahorka. Era preferible a seguir aguantando el hambre.

Bajó la voz.

—Estás pensando lo mismo que yo, ¿no? Van a acabar ejecutándonos a todos. La derrota alemana es inevitable, si no inminente.

Bram resopló. Las ejecuciones, salvo intentos de fuga, no eran cotidianas en Wille. Buchenwald y sus subcampos eran *arbeitslager*, campos de trabajo, no *vernichtungslager*, campos de exterminio como los de Polonia. Aunque la esperanza de vida en Buchenwald era corta, eso se debía a las condiciones del campo, no a su razón de ser. No había cámaras de gas en Buchenwald; los crematorios se utilizaban únicamente para deshacerse de los muertos, y los campos pequeños como Wille carecían de ellos.

—Tenemos que poner en marcha la fuga —susurró Nicky.

Bram se humedeció los labios.

—¿Y los niños?

—Es demasiado arriesgado. Hemos hecho lo que hemos podido por ellos. Ahora cada cual debe salvarse a sí mismo.

Era el momento preciso, no habría otro mejor. Habían quemado todas las cartas, aquella era la única oportunidad de supervivencia que tenían. Para burlar a los nazis, se designó que la fuga ocurriese en etapas encadenadas. Si el primer grupo tenía éxito, el segundo se prepararía para la gran evasión, aprovechando la confusión de los guardias. Nicky, el cerebro del plan, se incorporaría al primer grupo, mientras que Bram formaría parte del siguiente.

—Has sido el primero en llegar y debes ser el primero en marcharte también —le aseguró Bram cuando su amigo trató de protestar.

—No es así como solía suceder en las fiestas.

—Camarada, ni esto es una fiesta ni los nazis son nuestros anfitriones. Como siempre, te adelantas a mí y yo me limito a seguir tus pasos. Pronto volveremos a pasear por las calles de Inglaterra.

Nicky le dio un beso en la mejilla.

—Podría casarme contigo, si fueses una mujer.

—Y yo aceptaría, pero solo por tu dinero.

II

Bastogne

El frío en Bélgica era intenso. Se introducía en el cuerpo como un fantasma y clavaba sus garras sin consideración alguna por la persona a la que acechaba. Para mantenerlo a raya, al igual que a la nieve, los corresponsales se ponían una capa de ropa sobre otra, la mayoría robadas a los muertos que ya no las necesitarían. Con frecuencia bebían el whisky, que, por lo general, se reservaba a los heridos, con el pretexto de que, de no hacerlo, serían ellos quienes acabarían en el hospital. El calorcito de otro ser humano solo lo buscaban en la trinchera, donde semejante acto de temeridad no suponía un riesgo para la vida.

En Bastogne parecía que había tantos reporteros como soldados. Los corresponsales, que el mes anterior habían elegido la ciudad como área de descanso, habían asistido al asedio casi por sorpresa. Como las mujeres eran minoría en el grupo, corrían más riesgos adrede. Cuando oían motores sobre sus cabezas y los hombres corrían a ponerse bajo cubierto, solo Vera y Barbara se mantenían al pie del cañón y contaban aviones.

—Los conoces todos, St. George —bromeaba su compañera.

Vera asintió.

—Mi mejor amigo es bombardero, pilotaba un Avro.

El uso del tiempo verbal no pasó desapercibido.

—¿Pilotaba? ¿Está de permiso o ha caído herido?

—Ni lo uno ni lo otro. —Cogió aire—. No sé dónde está. Muerto o prisionero, no lo sé. No recibimos noticias suyas desde junio.

Vera, a quien nada le causaba tanto rechazo, tanta repugnancia, como que alguien sintiese pena por ella, agradeció la reacción comedida de Barbara. No contrajo las cejas por un dolor que no sentía, pues ella a Bram no lo conocía de nada, ni tampoco la miró como quien observa a un niño que se ha perdido tras soltar la mano de su padre. Se limitó a asentir y a ofrecerle un trago más de whisky. Llevaban seis años en guerra. Si se detuviera a llorar por todos los muertos y desaparecidos de la patria, su llanto no cesaría jamás.

Vera no tuvo ocasión de quedarse a admirar su dureza. Las detonaciones, cada vez más cercanas, hacían temblar las paredes de piedra del hotel que habían tomado como base de operaciones. La alarma que anunciaba los ataques aéreos se abrió paso por las habitaciones vacías como si fuera el dueño de la casa.

Barbara resopló.

—Se acaba la fiesta. ¿Cuántos de los hombres crees que habrán perdido ya el control sobre sus funciones corporales?

El refugio improvisado se encontraba en los túneles subterráneos que los alemanes habían utilizado durante la batalla. Abandonados desde hacía días, los corresponsales se jactaban de haberlos «capturado» y bautizado con el perfume que uno de ellos había traído de Francia.

Durante el ataque aéreo, el sonido conjunto de las máquinas de escribir ahogaba todo lo demás. Se apretaban unos contra otros para mantener el calor, una tarea casi imposible allá abajo, donde la temperatura descendía varios grados bajo cero y el vaho de las respiraciones nublaba la vista.

—Correo —le dijo Allie a Vera, y le tendió el sobre que había recogido antes de evacuar el hotel.

Tomó enseguida la misiva, cuya letra cursiva y apretada, casi imposible de descifrar para los no iniciados, reconoció de inmediato. Rory.

Rompió el sobre, un jirón de papel cayó triste sobre sus rodillas alzadas, y desdobló la carta. Tras leer el primer párrafo sintió que se hundía más en el suelo, que se había abierto para tragársela, para arrastrarla al inframundo. La mano que sostenía la carta cayó, lánguida, sobre las piernas de Allie.

El hombre se volvió hacia ella con una ceja alzada.

—¿Malas noticias? —le preguntó.

Ella le tendió el papel con los ojos fijos en un punto indeterminado del refugio. Mientras Allie se peleaba con la caligrafía de Rory, y sin mirarlo ni cambiar de postura, ella se lo tradujo:

—Mi padre está muerto.

Había necesitado permanecer unos segundos en silencio con la verdad. Exteriorizarla le daba miedo; le parecía que su voz la convertiría en realidad, que si no pronunciaba aquellas palabras el capitán estaría en casa, esperándola, cuando volviese. No había considerado la posibilidad de que el secreto la ahogase por dentro, que le arañase los pulmones y la garganta hasta que el dolor la dominase.

Las manos de Allie cayeron, él aprovechó el movimiento para abrazarla por detrás, pero ella se apartó. Estaba luchando por no llorar y el contacto humano, estaba segura, la derrumbaría. No podía permitírselo. Se hallaba muy lejos de casa y no existía consuelo para su dolor.

Allie no desistió. La rodeó con los brazos, que eran más blandos y más cortos que los de Rory, y no se inmutó cuando ella le golpeó en las costillas. La apretó más fuerte, hasta que Vera olió el aroma del whisky y los cigarrillos, que se le pegaba a la ropa, y sintió la mejilla rugosa, con barba de varios días, en la cara.

—Quieta, quieta —le repetía—. Llevas tanto tiempo intentando ser fuerte que no percibes cuándo ha llegado el momento de romperte.

Como ella no contestó, tras indicar a los demás con un gesto que los dejasen solos, agregó:

—Ahora ya puedes llorar.

Vera negó con la cabeza. La última vez que se había permitido desmoronarse, cuando creía que Rory había caído en Sicilia, a duras penas logró salir a la superficie. Fue Bram quien la arrancó a la fuerza del pozo y ahora que Bram no estaba no permitiría que nadie ocupase su lugar. Bram. Cada día que pasaba, la convicción de que no volvería a verlo se afianzaba más en su cabeza.

Una convulsión le recorrió el cuerpo. Allie, que la identificó enseguida, la soltó y le apartó el pelo de la cara para que el vómito no se lo mojase.

—Ya, ya —le susurraba y le acariciaba la espalda, que se crispaba.

Cuando Vera se palpó los bolsillos del uniforme en busca del pañuelo, Allie le tendió uno de los suyos.

—No hay necesidad de manchar el pañuelo de tu marido —le dijo, sin duda había reparado en las iniciales bordadas en la tela blanca—. Si no puedes llorar, yo lo haré por ti. Tu padre me caía bien, la muerte debería haber aguardado al menos dos décadas más a ir a buscarlo. —Le apoyó la cabeza contra su hombro—. Si me permites una apreciación, tengo la confianza de que a él le habrá consolado al menos irse de la misma manera que su hijo.

Tras años de calma, ahora que tenían la derrota en los talones, los alemanes habían vuelto a bombardear la capital británica. Los ataques, diurnos, tenían como objetivo los grandes cúmulos de población. Los muelles, como en el *Blitz*, habían sido de los primeros en ser atacados.

A Vera le costaba creer que su padre, que había sobrevivido a las peores batallas de la Gran Guerra y había vuelto para contarlo, que había soportado con los dientes apretados y sin sufrir ni un rasguño los meses de ataques aéreos continuos, hubiese perdido la carrera contra la Parca en ese momento en que la victoria parecía tan cercana.

Su padre se había ganado una paz más amable que el breve periodo de entreguerras; sin embargo, su única recompensa había sido la aniquilación más absoluta.

Allie, que le acariciaba el brazo con una mano, le susurró:

—Quizá D. B. lo necesitaba más que tú. Ahora se hacen compañía el uno al otro.

Vera se estremeció.

—D. B. está muerto. Ni siente ni padece ni necesita nada ni a nadie.

Allie no se detuvo. Estiraba los labios y, sin alzar la voz, como si el ruido pudiese romper algo muy frágil que se ocultaba en los túneles abandonados, prosiguió:

—Tendrás que perdonarme mis creencias infantiles. Me las enseñaron de pequeño y, por mucho que me he empeñado en ello a lo largo de los años, nunca conseguí abrazar el agnosticismo. —Le dio un beso en la sien—. No estás sola, Vera. Tienes a tu marido, que te adora, a tu abuela, que ha sobrevivido, y me tienes a mí, que te aprecio como a una hermana o una hija. Y, si queda algo de justicia en el mundo, pronto acabará todo esto y vuestro amigo el piloto se reunirá con vosotros.

No quería hablar de Bram, le resultaba demasiado doloroso. Con un movimiento lánguido, le señaló a Allie la carta, que él todavía sostenía entre dos dedos. Se la entregó para que siguiese leyendo y en ningún momento cesó el contacto humano.

> Vera, a tu padre lo quería más que al mío propio y lo admiraba como a muy pocas personas. Con él se va uno de los últimos grandes señores que lo son no por su apellido ni por su fortuna, sino por la calidad de su carácter. Poseía tu fuerza y tu valentía, pero también esa magia que todos percibíamos en D. B., mediante la cual era capaz de reconocer enseguida a las personas que más necesitaban que se les tendiese una mano.
>
> Puedo asegurar que sin su ayuda no habría sido capaz de salir jamás del pozo en el que me sumí tras Bruneval. Por primera vez una persona de la generación de nuestros padres me habló de hombre a hombre, me comprendió sin juzgarme, y yo le estaré agradecido toda la vida por ello.
>
> Venía a visitarme al sanatorio constantemente, sin duda más que mi propio padre, y cuando me traía los números de *Vogue* para que los leyera, todas las páginas estaban impolutas excepto aquellas que contenían tus artículos, las había leído y releído tantas veces que me llegaban gastadas y arrugadas; en las zonas

oscuras de las fotografías de Barbara, se pueden ver incluso las huellas de sus dedos al sostener el papel.

En una de sus visitas me dijo que siempre había deseado que un hijo alcanzase el rango de capitán, como él, y que, contra todo pronóstico, ese hijo acabaste siendo tú. Te admiraba, no de una manera paternalista sino como dos iguales pueden reconocerse mutuamente el talento.

El funeral ha tenido lugar en la iglesia de la Santísima Trinidad, con honores militares. Puesto que ha transcurrido el tiempo suficiente desde la muerte de D. B., descansa junto a tu hermano, y, como él, dudo que quisiese o necesitase flores, por lo que he hecho un donativo a su antiguo regimiento en su honor.

Sé que nada puede paliar la pérdida. Las palabras nunca se me han dado tan bien como a ti; te mando un abrazo enorme y espero que lo sientas en la carne y en los huesos. Cuando vuelvas seremos felices, te lo prometo, y no nos faltará de nada. Te quiero muchísimo y eres mi persona favorita en el mundo.

Como buenas noticias, la confirmación de que tu abuela está bien y a salvo en casa de mis padres. La residencia de los Drachman también ha sufrido grandes daños y ahora viven con los suegros de Mara. El único que ha resultado herido de gravedad es el señor Drachman, que tiene una lesión en la cabeza y pregunta por Bram a todas horas. El pequeñín solo se ha lastimado un poco el brazo, Mara dice que ni llora. Como todos los niños de Londres, se ha acostumbrado a los aviones y ya no le dan miedo las bombas. Está muy grande y aún tiene el pelo bastante rubio, como dice la señora Drachman que lo tenía Bram antes de que se le oscureciese con la edad. Ya conoce bastantes palabras, entre ellas los nombres de los principales modelos de bombardero.

Pronto volveremos a estar los tres juntos, como en la universidad. Tendremos que buscar un nuevo pub en el que destrozar nuestro buen nombre, ya que los antiguos han caído en combate, pero viviremos en el mismo barrio y escucharemos las mismas canciones, y los jovenzuelos nos mirarán y nos reprocharán que actuemos como adolescentes cuando ya acariciamos la treintena. ¿En qué momento crecimos tanto? Volverán los tiempos dorados, ya hemos perdido demasiadas cosas por el camino y nos merecemos descansar.

Te quiero, te quiero, te quiero.

Un millón de besos,

Tu Rory St. George-Johnson

III

KL Wille

El plan no tenía fisuras. El cabecilla del primer grupo de evasión, un comunista holandés, hablaba perfecto alemán. Tenían un mapa. Antes de acceder a su puesto de privilegio en la enfermería, todos habían abandonado el campo en dirección a la fábrica Brabag y, como Bram, habían tenido cuidado de estudiar bien las calles que los rodeaban y que tenían prohibidas, como si solo existiesen en un plano que el universo les tenía vetado.

Bram bautizó a los miembros del primer grupo con el agua no potable de Wille, de la misma manera que los compañeros de la RAF lo habían bautizado a él antes de volar en dirección a Calais. Los viejos conocidos de su vida anterior, ¿cuántos de ellos seguirían en pie, medio año después? Apretó los ojos. No se permitiría pensar en ellos hasta que saliese del *lager*.

La larga espera. Los que tenían algún tipo de fe, aunque fuera en la humanidad, rezaban por que los camaradas lo consiguiesen; deseaban tanto la libertad de estos como la suya propia, que la de aquellos facilitaría. La fuga se efectuó al caer la noche, durante aquella hora de ajetreo tras el reparto de la cena y antes de meterse en el catre, que muchos aprovechaban para asearse tras apurar la sopa.

A Bram, ni el hambre le permitió disfrutar del líquido templado ese día. A fin de no hacer nada de manera distinta para no levantar sospechas, esperó, como siempre, al final de la cola, pero la sopa, demasiado espesa, se le pegaba a las paredes de la garganta y le provocaba una falsa sensación de asfixia.

El tiempo era un enemigo peligroso. Para no pensar en él, pero tampoco distraerse y cometer ningún error, contaron los chistes de siempre, que ya se sabían de memoria.

—Come menos, Jean-Luc, así los alemanes tendrán menos jabón.

—Nos encontraremos en la estantería del baño, entonces.

Los mismos chistes sobre los mismos rumores que los presos llevaban años repitiendo y que eran imprescindibles para mantener la cordura.

—¿Te acuerdas de Feldmann, aquel paciente que se convirtió en humo la semana pasada? Cuando llegó al cielo y vio a Jesucristo se llevó las manos a la cabeza. «Vamos a ver, ¿qué hace aquí este judío sin estrella amarilla y sin número de identificación?». Los compañeros de barracón con los que se había reencontrado tuvieron que explicarle la situación: «Pero, hombre, ¿no ves que es el hijo del dueño?».

Jean-Luc y el Español rieron. Nunca volvería a tener un público tan agradecido como en el campo de concentración. Nunca iba a tener a nadie, ni siquiera a Rory y a Vera, con quien hacer chistes sobre el destino que los alemanes le tenían reservado. Nadie comprendería nada. Nadie había estado allí. Nadie sabría lo que era el hambre a largo plazo, que puede empujarte a meterte cualquier sustancia masticable y digerible en la boca con tal de llenar ese agujero vacío. Nadie entendería lo que es vivir minuto a minuto y acostarse con la certeza de que, si la suerte dejaba de sonreírte, el siguiente podría ser tu último amanecer. Nadie más habría tenido que llevar la cuenta de la degradación rápida de su propio cuerpo ni se habría obligado a olvidar los nombres de los camaradas caídos porque eran demasiados y, si los contaba, pronto llegaría a una conclusión inevitable: un día estaría muerto como ellos. Nadie más hablaría su idioma; no sabrían lo que era un *Muselmann* ni tampoco qué significaba convertirse en humo. Siempre estaría separado de los demás y nadie se reiría de sus chistes.

Las risas, flojas, quedaron ahogadas bajo el caos que se había desatado en el *lager*. Silbatos. Ladridos de perro. Voces atronadoras que bramaban en alemán. Cuando oyó los disparos, Bram apretó los párpados.

Si querían vivir, no debían reaccionar. Debían hacer las camas, siguiendo las órdenes exactas de los alemanes. Apuntar los nombres en el registro. Ser buenos presos.

La agitación y la culpa crecían. Sabían que su crimen había sido descubierto y los nazis asesinarían a diez prisioneros inocentes, elegidos al azar en el próximo recuento.

Bram no pensó en eso tampoco, y cuando vio a dos compañeros que cargaban a un preso a hombros descubrió, no supo si con horror o esperanza, que el rostro pálido que tenía delante era el de Nicky.

Se acercó a ellos como solía hacerlo para recibir a cualquier paciente, sin más prisa ni menos, concentrándose para que ni la expresión del rostro ni el timbre de la voz lo delatasen.

Tiraron a Nicky sobre la camilla que Bram había preparado. Tenía los ojos cerrados y le habían vendado la pierna con el pañuelo que los presos utilizaban para calzarse los zuecos de madera.

—El Holandés lo ha logrado —susurró uno de los compañeros, en voz baja—. Alexey y Max están muertos. Nicky también.

Ante aquella última apreciación, el difunto abrió y cerró los ojos. Bram asintió comprendiendo.

—Hay que aprovechar la confusión —dijo el Español.

El plan siguió su curso como lo habían ideado, pero sin Bram. Alguien debía quedarse y otorgarle una nueva identidad a Nicky. Debido a la sospechosa herida, un balazo en la pierna, no podían confiar en que camaradas menos preparados llevasen a cabo la misión. Y él, Bram, era más nuevo en el campo, estaba más fuerte, tenía más posibilidades de sobrevivir que los demás.

Desde la camilla, Nicky (ahora Jacques Donnefort, preso político belga) lo miraba como un padre que amonesta a su hijo tras haber recibido una mala calificación.

—Ahora podrías ser libre —le susurró.

—O amanecer ahorcado por los alemanes, quién sabe. —Estiró los labios—. Me salvaste la vida una vez, ¿no? Si hay algo que tienes que saber de mí es que soy un hombre que siempre devuelve los favores. Descansa.

Le vendaron la pierna. El médico francés, que no hizo preguntas, le pidió a Bram que escribiese en el registro que Jacques Donnefort había ingresado en el *revier* con una infección en el fémur causada por un accidente de trabajo.

Manchester

Tras Arnhem, los paracaidistas supervivientes fueron relegados de sus obligaciones. Habían visto demasiado, habían hecho un viaje de ida y vuelta a los pozos ardientes del infierno y se habían ganado con creces el descanso.

En el sanatorio, en el que le suministraban amital sódico para combatir los estragos del shock de las trincheras, tenía que volver a descubrir quién era Rory St. George-Johnson, veintisiete años de edad, londinense, especialista en Literatura Rusa, el mejor amigo de Bram Drachman y de Vera Johnson, con la cual se había casado. Leía sus viejos libros y también los nuevos que Mara le compraba (no en los puestos de Sicilian Avenue, pues estos habían sido destruidos durante el *Blitz*). Escuchaba los discos de antes y se sorprendía al darse cuenta de que se había olvidado de la letra de las canciones. La mayor parte del tiempo tenía la sensación de estar sentado en una cafetería con una vieja amistad de juventud, para llegar a la conclusión de que ya no tenían nada en común y sus conversaciones le aburrían.

Había recuperado su vida y no sabía qué hacer con ella. Lo único que lo ligaba a la guerra era la preocupación por Vera, cuyos artículos devoraba con un hambre casi animal, y por Bram. Cuando creía que sus esperanzas de volver a verlo se habían extinguido por completo, Mara fue a visitarlo con un papelito amarillento. Del puño y letra de Bram (habría reconocido aquella caligrafía cuidada y redondeada en cualquier parte), estaba fechado en junio, cuando Francia estaba todavía ocupada. Algún alma caritativa debía de haber mandado por correo el mensaje tras la liberación, para que el cartero fuese a entregarlo y se encontrase con la casa vacía. Un vecino, por fortuna, lo había interceptado y se lo había hecho llegar a los Drachman a la dirección de los suegros en Maida Vale, en la otra punta de la ciudad.

Av. derr. P. Calais —> cárcel de Fresnes, París

En la actualidad me encuentro en un tren de mercancías que se dirige al este. 60 camaradas (franceses + españoles) más en mi vagón, sin agua y sin asientos. Suponemos nos destinan a otra cárcel o a trabajos forzados.

Svp envoyer à l'attention de Marton Drachman, 34 Surrey Quays SE16 7RW Londres

Las abreviaturas y el burdo francés dificultaban un tanto la comprensión, pero Rory captó la esencia de lo que pretendía comunicar su amigo. El Avro, como sabían, había sido derribado sobre el Paso de Calais. Tras la evacuación debieron de traicionarlo, puesto que había ido a parar a una cárcel parisina.

Rory casi sonrió.

—A los nazis les conviene mantenerlo con vida, y sano —le explicó a Mara—. Deben cumplir los Convenios de Ginebra.

Mara se mordió el labio inferior.

—¿Tú crees? Ya han pasado siete meses.

—Sí, lo creo. Bram es un tipo duro. Cuando acabe la guerra y liberen a los prisioneros volveremos a tenerlo con nosotros.

Escribió inmediatamente a Vera para comunicarle las noticias. Los médicos habían temido que, tras la muerte del señor Johnson, Rory diese pasos atrás en su recuperación, pero había sucedido lo contrario. Estaba solo: los antiguos compañeros de la compañía habían muerto, los Drachman lo necesitaban más a él que él a ellos y sus puntos de apoyo se hallaban ahora a una carta de distancia. Más que nunca, debía sacarse a sí mismo del pozo.

IV

Kassel

En marzo de 1945, los aliados occidentales invadieron Alemania. El Reich, que iba a durar mil años, agonizaba ante ellos; de entre todas las muertes, la suya era violenta, patética y sangrienta. Las ciudades, defendidas hasta el último hombre y la última bala, eran ya sepulcros blanqueados cuando los corresponsales llegaban a ellos. Las bombas de los aliados las habían reducido a cenizas y las tropas luchaban entre los escombros, de casa en casa, de tejado en tejado, de desván en desván.

Los periodistas seguían a las tropas, escribían desde las trincheras y reposaban la cabeza allí donde los soldados también lo hacían, con los cascos como almohada. Las oportunidades eran un clavo ardiente en la mano; todos querían cubrir la gran noticia, dar testimonio de cómo la Alemania imperial de Hitler se había apagado, tras un último fogonazo, ante ellos. Los riesgos que corrían eran grandes; la vida escaseaba y querían beberle todo el jugo.

En el interior de la iglesia de San Martín, a Vera le daba la impresión de estar paseándose por las calles de Pompeya. Los fragmentos del cristal tintado crujían bajo sus botas; las estatuas de los santos, diezmadas, parecían haberse arrancado los oídos y los ojos a propósito, a fin de no oír ni ver el último aliento de una generación aniquilada.

Tras dar otro paso, la reportera tuvo que detenerse, pues había golpeado sin querer la mano, ya rígida y cubierta del polvillo blanquecino de los escombros, de un soldado alemán muerto. Un adolescente, no mucho mayor que los muchachitos a los que les pagaban unos chelines en el *Telegraph* por llevar las pesadas bolsas de correo a la oficina. Apenas pudo identificarlo como un ser humano. Los alemanes, que se le antojaban indestructibles en 1940, en ese momento palidecían con cada derrota. Ya solo quedaban niños y ancianos para defender los sueños triunfales del Führer.

Cuando Barbara alzó la cámara y le sacó una fotografía a aquella mano inerte que se alzaba hacia el techo destrozado, Vera no dijo nada. Lo que habían inmortalizado no era una persona, sino una reliquia de una civilización que dentro de poco dejaría de existir.

Y se alegraba. No podía verbalizarlo, pero un sentimiento pegajoso, cercano a la felicidad, se le instaló en el pecho. Pisó aquel cuerpo frío al avanzar, e imaginó, de una manera casi infantil, que le daba la última estacada al motivo por el cual su padre y D. B. ya no existían.

Intentó calcular cuántas bombas habían caído sobre ella en el refugio, durante el *Blitz*. Había sobrevivido a todas ellas, cuando otros mejores que ella no habían tenido la oportunidad, y en ese momento estaba en pie para ser testigo de la muerte del Reich.

El ataque llegó desde detrás del órgano. Vera y Barbara se tiraron al suelo e improvisaron una barricada con los bancos de madera, tras la cual se parapetaron. La iglesia reverberaba con las detonaciones. Una única ametralladora alemana, a juzgar por el ruido, situada en el campanario. Las respuestas, más numerosas, provenían de los aliados, desde la calle.

Vera sacó su bloc de notas y escribió; el rasgar del lápiz sobre el papel era ahogado por la sinfonía de disparos y de los escombros que caían. En el espacio entre su cuerpo y el de Barbara flotaba un polvillo que dificultaba la visión y que, a la luz del atardecer, parecía brillar, casi dorado.

Pensó que, si sobrevivían a eso también, Allie las increparía por su imprudencia primero y por haber conseguido una exclusiva desde la boca del lobo después.

Parecieron horas, pero el ataque duró apenas unos cuantos minutos. Lo siguió un instante de silencio. Las reporteras, conscientes de que los aliados querrían verificar que habían acabado con el francotirador, se mantuvieron quietas en el improvisado refugio, esperando.

Pasos. El alemán, herido, descendió por las escaleras hasta llegar a la nave central de la iglesia. Vera lo vio tambalearse, con el arma todavía en la mano. Un breve contacto visual, los ojos pálidos del soldado sobre ella. Contuvo la respiración. En sus últimos momentos, acabar con la vida de dos mujeres aliadas podría suponer una victoria.

Cayó de rodillas. Solo eso. El cuerpo, enjuto, saludable a pesar del envejecimiento del rostro, se desplomó con un ruido sordo.

Esperaron. Hubo una serie de tiros en la calle, que no obtuvieron respuesta. Cuando los soldados estadounidenses entraron en la iglesia para reconocer la situación, Barbara ya estaba arrodillada ante el soldado muerto para saquearlo. Alzó la hebilla del cinturón, con una esvástica en el centro, para que Vera la viese.

—Un trofeo de guerra —dijo—. Voy a hacerme un broche con ella cuando vuelva a casa.

Al salir a la calle, entre las ruinas, Vera vio a dos mujeres alemanas arrodilladas ante el cadáver, aún sonrosado, de un soldado adolescente. En cuanto repararon en que Barbara llevaba la cámara colgada del cuello, le taparon la cara con el casco. Después, tomando las piedras de los edificios destruidos y las ramas de un árbol que las bombas habían arrancado de raíz, procedieron a cubrirle el cuerpo también. Mientras lo hacían, uno de los soldados estadounidenses, que por lo general hacía de intérprete a los corresponsales, les gritaba cosas que Vera no comprendía pero cuyo significado, debido al tono atronador de la voz, imaginaba.

En el bloc de notas, sucio de pólvora, escribió una única cita de Shakespeare: «La infamia que me enseñéis ejecutaré, y mal habrá de irme para que no mejore la instrucción recibida».*

Manchester

A principios de abril, a dos semanas de que le dieran el alta, Rory recibió una visita inesperada en el sanatorio. Lo sorprendió en mitad de una siesta en el jardín, donde trataba de aprovechar los primeros rayos de sol de la primavera que, aunque con lentitud, se aproximaba. Se despertó al percibir que alguien lo miraba. Abrió los ojos y lo que vio lo asombró: después de tanto tiempo, tenía ante él los rasgos felinos y el porte elegante del teniente Stevens.

Lo saludó por su nombre, y el visitante le sonrió.

—No estaba seguro de que te acordaras de mí, solo coincidimos muy brevemente.

—En el funeral de D. B., claro que me acuerdo.

Con un gesto le indicó que tomase asiento a su lado en una de las hamacas del jardín. El sanatorio, un antiguo hospital de tuberculosos, había sido requisado por el ejército al principio de la guerra. Rory lo prefería así, le gustaba que todos los pacientes fuesen también soldados que habían ido allí a descansar, ganar peso y recuperarse de las cicatrices psicológicas que les había dejado el frente, a menudo de manera permanente.

Todavía no sabía si se acostumbraría a la vida civil cuando acabase la guerra y se consolaba al pensar que al menos sus personas más queridas en el mundo habían participado en el combate tanto como él y lo comprenderían y podrían hablar sin tapujos.

—Vera mencionó en una carta que estabas aquí y pensé que podría venir a visitarte. En primer lugar, para felicitarte por tu boda y, en segundo lugar, para charlar un poco. —Bajó la voz—.

* Monólogo de Shylock, *El mercader de Venecia.*

La vida es bastante aburrida desde que me han destinado a la administración. También te traigo esto, quizá te interese.

Del maletín que había llevado consigo sacó una pequeña pero admirable colección de números nuevos de *Vogue*; algunos Rory ya los tenía en su poder, pero otros, más recientes, no había sido capaz de conseguirlos aún.

Le sonrió ampliamente.

—Muchas gracias, por supuesto que me interesan.

Stevens se encogió de hombros.

—La suscripción de mi exprometida la mandan a la casa en la que vivíamos juntos. Antes le enviaba los números a su nueva dirección, pero desde que Vera es corresponsal los he estado requisando.

Rory alzó el *Vogue* más reciente antes de abrirlo y buscar las páginas de la guerra.

—Gracias —insistió—. El capitán Johnson solía traerme la suscripción de Vera, pero... —suspiró—. Bueno, no quiero molestar a la abuela con esto, tendrá peores problemas en la cabeza, la pobre.

Stevens estiró los labios.

—Me enteré de su muerte y la lamenté mucho. No tuve la suerte de conocer al señor Johnson, pero aprecio a Vera y siento que haya perdido a su hermano primero y luego a su padre. —Resopló—. Es injusto, las bombas parecen cebarse con una sola familia y ni rozar a los vecinos de al lado. Mis padres sobrevivieron a los ataques de Manchester, por suerte, pero a mis tíos, que vivían al final de la calle, se les metió una bomba en el salón y..., en fin.

—Lo lamento.

—Nos ha tocado vivir unos tiempos desastrosos —masculló Stevens, y le ofreció un cigarrillo, que Rory aceptó—. Espero que los tuyos estén bien.

Asintió y, al darle una calada al pitillo, tuvo cuidado de que el humo no tocase la revista y pudiese dañarla.

—Sí, mi padre no para de darle vueltas a los destrozos que las bombas han producido en la cocina, como si esa fuese la gran tragedia de Londres. Apuesto a que en el fondo se alegra, así tiene una excusa para no venir a visitarme. Se avergüenza de mí.

Stevens se quedó serio. Fumaba con calma y mesura, de la misma manera que los entendidos disfrutaban del café, cuando aún había, a sorbos cortos. Al darle un toquecito para deshacerse de la ceniza, repuso:

—Discúlpame, Rory, pero me parece que tu padre es un perfecto gilipollas.

Rory irrumpió en una carcajada sonora. Risas como esa eran tan escasas, tan poco frecuentes en el sanatorio, que el ruido casi lo asustó.

—No te disculpes, lo es.

—Mi padre se avergüenza de que tuvieran que evacuarnos de Dunkerque. Deberías oírlo pronunciar la palabra: Dunkeeerque, como si se le atragantase en la garganta. Que el único combate que yo haya vivido fuese una de nuestras mayores derrotas ya era bastante, ¿pero que encima vuelva lisiado? Eso es deshonroso.

Rory arqueó una ceja.

—Tu padre también me parece un perfecto gilipollas, permíteme que te lo diga.

—Y todavía no te he hablado de mi madre. La escandaliza de una manera horrorosa que yo esté de mal humor y que no quiera ir a una cita con la hija de sabe Dios qué amiga a la que probablemente no le ha dicho nada de mis heridas de guerra. Seguramente piensa que la mujer no se dará cuenta de que tengo una pierna prostética hasta que me desnude ante ella en la noche de bodas. Me da la impresión de que cree que no estoy capacitado para vivir solo.

—Es como mi madre —le aseguró Rory—. Cuando viene a visitarme no me habla a mí, sino que habla a mi alrededor, como si yo hubiese perdido todas mis facultades mentales en Holanda.

Stevens sacudió la cabeza.

—Son como niños —opinó—. No se enteran de nada. En unos meses estarán disfrutando de la paz que nosotros ganamos a costa de nuestra juventud y nuestra salud, y seguirán sin entender nada de nada.

Rory no tuvo la oportunidad de añadir nada más a su apreciación. Stevens ya señalaba la página abierta de *Vogue* que él tenía sobre la rodilla.

—Esa es una gran fotografía.

Era Vera, ataviada en el uniforme militar de los corresponsales y apoyada en un todoterreno del ejército de Estados Unidos. Acompañaba a un artículo sobre la batalla de Alsacia, el último bastión del Reich en Francia. Escribía sobre los soldados de la Francia libre, que, enfundados en sus abrigos claros, emergían de entre la nieve con una rabia bíblica; al contrario que las tropas estadounidenses, ellos luchaban, morían y sangraban por su propio territorio, por la patria que les había dado la vida y que debían arrancar de las garras de los invasores.

—Cuando me contó lo que se proponía —prosiguió Stevens—, pensé que, si había una mujer capaz de conseguirlo, era ella, pero aun así no lo lograría. Me alegra ver que me había equivocado.

—Yo siempre supe que lo lograría, de un modo u otro. Tiene el talento y el coraje suficientes para encontrar una salida aun cuando ya no quede ninguna.

Stevens dio un golpe de cabeza y se sacó otro cigarrillo de la pitillera, que le entregó a Rory.

—Por las mujeres valientes y los maridos que las esperan en casa —dijo—. Que sus años sean largos y sus guerras más amables que esta.

V

Kassel

Kassel cayó el 4 de abril. Con ella se abrían las puertas de Berlín. La bandera americana, con las barras y estrellas, ondeaba desde el ayuntamiento, cuyas paredes de piedra daban testimonio de la batalla que había arrasado la ciudad.

En la villa donde el alcalde se había refugiado, los destrozos del exterior contrastaban con la magnificencia pacífica del interior. El papel floreado de las paredes permanecía impoluto hasta que Allie se agachó y lo rompió para meterse un jirón en el macuto; todos querían un souvenir tétrico de aquel imperio que hacía las últimas exhalaciones agonizantes. En las paredes había cuadros de paisajes bucólicos. Las ventanas estaban abiertas, como para dejar que corriese la brisa de principios de primavera.

En el despacho yacían los cuerpos sin vida del alcalde, su mujer y su hija adolescente. La imagen golpeó a Vera por su belleza. Los cadáveres no mostraban signos de sufrimiento alguno, parecía que estuviesen dormidos. El alcalde, sentado al escritorio, tenía la cabeza enterrada entre las manos; a Vera le dio la sensación de que se despertaría de la modorra de la tarde cuando extendió el brazo para robar la estilográfica que descansaba junto a él.

La mujer estaba recostada en el sillón de cuero, frente a él, un brazo caía lánguido hasta acariciar la alfombra de hilo granate.

Tenía el pelo recogido en un moño tirante del que no se escapaba un solo mechón, y el rostro, sin una arruga, mantenía una expresión de calma.

La hija adolescente, tumbada en el sofá contra la pared, era la única que mantenía los ojos, ya vidriosos, abiertos. Las piernas estaban cruzadas de manera recatada, y Vera no pudo evitar fijarse en que llevaba medias, una prenda que estaba racionada en Gran Bretaña desde hacía años; llevaba los labios pintados, y las manos se aferraban a la medallita de oro que le pendía del cuello.

Los tres habían ingerido una cápsula de cianuro antes de que los aliados tomasen la ciudad.

Después de que Barbara les sacase una fotografía para la revista, Vera se arrodilló ante la muchacha e, ignorando aquellos ojos ya ciegos, le quitó primero los zapatos y luego las medias, que se guardó en el macuto. No tenía intención alguna de ponérselas; el suyo había sido un hurto deshonroso, una revancha. No podía dejar de pensar en los civiles holandeses, en los que el hambre había hecho mella hasta casi consumirlos; los ciudadanos alemanes que habían visto con el avance de las tropas, en cambio, estaban sanos y bien alimentados. La idea de que aquella joven, incluso en la muerte, se quedase con esa prenda que representaba la paz para tantas mujeres se le antojaba grotesca.

Nadie le dijo nada. Todos tenían sus trofeos de guerra, y ¿qué diferencia había entre aquellas medias de seda y la insignia del partido que el alcalde llevaba en la solapa de la chaqueta, que Allie obtuvo al cortar con el cuchillo la tela que la rodeaba?

—En unas semanas estaremos bebiendo el whisky de Hitler —les aseguró Barbara.

Nadie le contestó.

El 8 de abril, entre las ruinas de una Alemania devastada, tropas americanas interceptaron un mensaje en código: «A los aliados. Al ejército del general Patton. Este es el campo de concentración de Buchenwald. SOS. Solicitamos ayuda. Quieren evacuarnos. Las SS quieren destruirnos».

El breve comunicado se difundió en ruso, en alemán y en inglés.

Hubo un instante de silencio para asimilar la noticia. El Ejército Rojo había liberado Auschwitz-Birkenau en enero; Allie había desechado enseguida las atroces imágenes como «propaganda soviética», debido a la severidad de los crímenes de los que daban testimonio. A medida que las tropas aliadas avanzaban, y más y más campos eran descubiertos y liberados, tuvo que admitir con espanto que se había equivocado.

El horror, el horror, el horror. No parecía quedar humanidad en el mundo.

Una única respuesta en medio de las tinieblas de la muerte: «Campo de concentración Buchenwald, resiste. Vamos en vuestra ayuda».

¿Para quién iba a terminar aquella guerra, y quién sería capaz de celebrar su fin? Solo aquellos que permanecían en casa y que no le habían visto las fauces negras al combate serían capaces de tragar el vino de la victoria.

KL Wille

Los aliados estaban a las puertas. A diario, partían trenes en dirección al campo principal de Buchenwald. Evacuaban a los prisioneros para tapar sus crímenes. Cuando las bombas aliadas reventaron las vías, los presos, consumidos hasta el hueso tras meses en el *lager*, fueron obligados a hacer parte del viaje a pie.

Las órdenes eran aniquilar el campo. Los presos demasiado enfermos o cansados para ser evacuados serían ejecutados.

Bram tiró de Nicky para levantarlo de la cama. La falta de medicamentos en el *revier*, sumada a la debilidad que el hambre y la fatiga habían traído consigo, habían impedido que la herida de la pierna se curase como debía. El dolor era constante y las infecciones, frecuentes. Cada vez que le subía la fiebre, Bram se preparaba para lo peor, él tendría otro nombre y otro rostro que olvidar, pero la Parca no parecía querer catar la carne cada vez más escasa de Nicky, y este, de alguna manera, resistía.

En ese momento en que el final parecía tan cercano, Bram no permitiría que su amigo no se beneficiase de todas las oportunidades que se les presentaban.

—Tienes que levantarte —le dijo.

Al ver que Nicky no le obedecía, tiró con todas sus fuerzas de la camisa de preso y lo alzó. Al contacto con el suelo, la pierna herida se torció y el muchacho cayó al embarrado suelo y gritó.

—Tienes que caminar —insistió Bram.

Nicky intentó retener las lágrimas en vano.

—No puedo.

—Claro que puedes.

Lo agarró del brazo para reincorporarlo, pero Nicky volvió a chillar.

—Suéltame. ¡Suéltame! ¡Cabrón!

En vano intentaba golpear con el puño el pecho y el vientre de Bram, pero este, que estaba más fuerte, lo esquivaba sin problemas.

—No puedes quedarte aquí. Los alemanes van a liquidar el campo. Tenemos más posibilidades de sobrevivir si lo evacuamos.

Tiró del cuerpo descarnado y cubierto de costras de Nicky, quien se había abandonado por completo. La mayor parte de los días tenía que arrastrarlo hasta los grifos, de la misma penosa manera en que lo hacía en ese momento, y frotarle la piel con el agua helada mientras Nicky lo insultaba y protestaba.

Tras un último esfuerzo, el compañero, incapaz de poner la pierna recta y de cargar peso sobre ella, se dejó caer de espaldas. Bram, que ya jadeaba, cubierto de sudor, no se lo impidió.

—Idiota, no voy a dejar que me maten por ti —le dijo.

Nicky tosió.

—No te he pedido que lo hagas. Nos hemos salvado la vida el uno al otro, ya no me debes nada.

Bram lo observó por un instante, las lágrimas le brotaban de los ojos por la compasión que sentía. Después, con un movimiento rápido, le abofeteó en la mejilla con todas sus fuerzas. Habría podido chillarle también, como le había chillado a Rory en el pub, de no haber agotado sus escasas energías en aquel único golpe.

Nicky no reaccionó. Alzó la vista, pero no para mirar a Bram, sino a Liev, un compañero soviético que se acercaba a ellos, con piel cerosa y ojos ardientes.

—Acabo de interceptar un mensaje dirigido a la administración —le dijo a Bram, en su alemán hosco—. La Gestapo va a enviar explosivos para destruir el campo con los prisioneros dentro.

Al oír la noticia, Bram se arrodilló para volver a levantar a Nicky. Liev le puso una mano en el brazo y se lo impidió.

—Así no puede ir a ninguna parte. Si lo intenta y se cae, los alemanes le dispararán y dejarán el cuerpo en una cuneta.

Hablaba de la manera directa y seca del campo. No parecía importarle que Nicky, el sujeto de la conversación, pudiese escucharlos y comprenderlos.

—Lo ayudaremos entre los compañeros.

—Entonces os dispararán a todos y os tirarán a una fosa común.

—No podemos dejarlo.

Liev tragó saliva y dio un paso más hacia Bram para susurrarle al oído, en voz muy baja:

—Estamos reuniendo armas para levantarnos contra los guardias y liberar el campo por nuestra cuenta.

—Será arriesgado.

—Ya no tenemos nada que perder, nos quitaron la vida cuando nos encerraron aquí y ahora solo podemos ganarla.

Bram no dijo nada. Entre los dos cogieron a Nicky, que todavía se quejaba, y lo acostaron de nuevo en la camilla. Bram lo tapó y le colocó en la cabeza el gorro de preso, que se le había caído durante el forcejeo.

Ya se estaba girando para seguir a Liev cuando Nicky estiró el brazo y lo agarró de la muñeca.

—No te quedes —le pidió.

La voz era débil, pero la orden clara. Bram se volvió para mirarlo a los ojos.

—Todavía estás fuerte. Tienes más posibilidades si te unes a una de esas marchas. Puedes resistir.

Bram se arrodilló ante él y le apretó la mano.

—No voy a dejarte.

—¿Es que no quieres volver a casa? ¡A casa! Ya lo has oído: van a liquidar el campo con nosotros dentro. Y míranos: estamos consumidos. Los guardias sofocarán el alzamiento de la misma manera que dieron caza a los que intentaron huir. Ya cargo con la muerte de los compañeros y de los inocentes a los que ejecutaron las SS como represalia; no me hagas cargar con la tuya también.

Bram sacudió la cabeza.

—No voy a dejarte —repitió.

—Por favor. Al menos uno de los dos tiene que intentarlo. —Forzó una sonrisa—. Aguantaré. Puede que hasta pegue un par de tiros.

Bram inspiró.

—No podrías disparar ni a un gato.

Nicky lo ignoró.

—Nos veremos cuando acabe la guerra, nos escribiremos cuando lleguemos a casa para dar noticia de que lo hemos conseguido. —Se mordió el labio inferior—. ¿Me harías un favor?

—Lo que sea.

—Si no me pongo en contacto contigo tres meses después de la capitulación, ¿le escribirás a mi madre por mí? Es mi ángel. Nunca conocí a mujer más buena, y yo me aproveché tanto de ella..., la pobre se sentaba junto a mi cama cada vez que volvía a casa borracho. ¡Y cómo sufría! No fingía para excusarme ante mi padre; pensaba de veras que estaba enfermo. Se imaginaba que tenía algún tipo de cáncer terminal o una dolencia estomacal gravísima... —La boca se le curvó en una mueca triste—. Me llevó a una infinidad de médicos y ninguno de ellos tuvo el valor de contarle la verdad. Mi ángel, mi ángel.

—Volverás con ella —le prometió Bram—. Y esta vez le darás motivos más honorables de que preocuparse.

Nicky sonrió débilmente de nuevo, se llevó la mano de Bram a los labios y la besó.

—Nos vemos pronto, camarada.

—Buena suerte, Nicky.

VI

El tren

Los gritos. El vagón maloliente. Los alaridos de los enfermos, cada vez más bajos, hasta desaparecer. Los estómagos que rugían hasta que, como niños desprovistos de cariño, se calmaban al no conseguir reclamar atención. Los cuerpos, atravesados por mil fatigas, que buscaban, sin encontrarla, una postura más cómoda. Era una historia antiquísima. Era una historia que todos los que estaban allí conocían.

Bram intercambió una mirada con el adolescente que tenía a su lado; le sonrió, pese a todo. Le había salvado la vida en el *revier* y ahora esperaba hacerlo por segunda vez. Tenía un agujero con la forma de Nicky en el pecho; se estaba preparando para soportar una defunción que todavía no había sucedido y no podía tolerar la idea de más pérdidas.

Rory. Por primera vez en meses se permitió pensar en él. Había pasado más de medio año desde la última vez que lo había visto. ¿Cuántas batallas...? Su amigo, cuyo rostro podía ver con total claridad en la penumbra del vagón sin apenas esfuerzo, cuyo tacto recordaba hasta en los más mínimos detalles, podía estar muerto desde hacía meses. Todo cuanto lo caracterizaba y él amaba podía haber sido aniquilado mientras él se esforzaba por sobrevivir.

Apretó los párpados. No. Allí la muerte ya ocupaba un lugar

demasiado grande, como si fuera el invitado de honor en un banquete, no le prodigaría más atenciones.

Con un movimiento seco, el tren se detuvo. Se oían las alarmas aéreas, las bombas detonaban cada vez más cerca, pero esos eran sonidos habituales en Wille y los presos, desde el tren camino a Terezin, tardaron un par de segundos en saber qué pasaba.

Los guardias, que se habían apeado, bramaban. Un humo muy ligero, gris pálido, se filtraba por las rendijas del vagón. El adolescente húngaro, más alto que Bram, en cuyo cráneo rapado nacía una pelusa de cabellos rojos, se puso de puntillas para mirar.

—La ciudad está en llamas —dijo.

Entre todos, con la fuerza bruta de medio centenar de personas que ya no tienen nada que perder, lograron abrir la puerta del vagón de carga. La sorpresa les permitió dar los primeros pasos delirantes; la valentía y la terquedad, los siguientes. Corrieron en dirección al bosque, cuerpos lastimados sorteando las balas de los guardias y los ataques de los vecinos que, al reconocer los uniformes a rayas, arremetían contra ellos.

En mitad de la carrera, Bram logró desprenderse de la camisa. Llevaba debajo un jersey que había comprado por el módico precio de una cajetilla de cigarrillos Mahorka; aunque se hubiese quedado con el pecho al descubierto no le habría importado: tanto si moría como si vivía, ya no sería un número. No respondería más a aquellas cinco cifras diabólicas.

Se detuvo al cobijo de un árbol para recuperar el aliento. Al reincorporarse, reparó en un niño alemán que lo observaba con ojos ardientes y oscuros. Se abalanzó sobre él antes de que los labios, entreabiertos, pudiesen lanzar un grito que revelase su posición. Le tapó la boca y la nariz con ambas manos, y, para que no se moviese, le clavó una rodilla en el pecho y la otra en el vientre.

Estaba dejando de habitar el cuerpo del preso para volver al del hombre, al del soldado. Recordó que también a Rory lo conoció durante una carrera. Acababa de robar una bolsa de caramelos en el cine Rialto y el hijo de la tendera, el chico rubio de rizos enmarañados en el que ya se había fijado otras veces, corrió tras él hasta alcanzarlo. Cuando lo detuvo y vio su botín, casi pareció decepcionado.

—Eres idiota —le dijo—. Deberías haber robado una chocolatina Cadbury y no esa birria.

—¿Por qué me lo dices? ¿No eres el hijo de la mujer de las golosinas?

—¿Y? —Hinchó el pecho, casi orgulloso—. No soy el hijo del patrón.

Solo por eso le cayó bien. Al día siguiente, el hurto fue mayor. Al siguiente, todavía más, ya había adoptado al hijo de la tendera o, más bien, el hijo de la tendera le había obligado a adoptarlo. Aceptó la invitación de Bram de ir a su casa a merendar una vez y esas meriendas se alargaron hasta la eternidad, hasta su madre empezó a marcar con lápiz en el marco de la puerta los centímetros que crecía Rory, año a año, junto a los suyos.

El niño alemán se había quedado muy quieto, ya no respiraba. Bram se levantó, le apartó las manos de la cara y con ese mismo movimiento se secó el sudor de la frente. Lo registró hasta encontrar lo que buscaba, el cuchillo de las Juventudes Hitlerianas. Antes de alejarse y dejar atrás ese cuerpo que ya no pertenecía al mundo, le bajó los párpados con la mano. Un último acto de humanidad que no sabía a quién beneficiaba.

Era libre. Todavía oía los alaridos de los guardias, los silbidos de las balas y los pasos de los compañeros que huían, pero era libre, aunque solo fuese por un instante efímero.

KL Wille

El sonido ominoso de la sirena de emergencia atravesó la oscuridad. Una única voz, repugnante y nerviosa, bramó:

—¡Judíos, salid a la plaza principal! ¡Judíos, salid a la plaza principal para el recuento!

Uno de los niños del *revier*, demasiado enfermo para escaparse junto a Bram, hizo amago de salir de la cama. Con un esfuerzo hercúleo, Nicky le puso las manos encima y lo detuvo.

—Los alemanes quieren dispararos a todos —le dijo con los dientes apretados. Y dirigiendo la mirada a los demás añadió—: Quedaos donde estáis. Quedaos quietos donde estáis y no pasará nada.

Un resplandor rojo aniquiló la penumbra de la noche, una llama parpadeante, que a modo de grito de guerra precedió al ruido de las botas, el chasquido de las armas y el rugido de los cañonazos.

Desde el altavoz, aquella misma voz ya nerviosa retumbó.

—*An alle SS-Angehörigen! Das lager ist sofort zu verlassen!**

Cristales que se rompían. Detonaciones lejanas. Gritos que parecían proceder del mismísimo infierno.

David dando caza a Goliat. Judit con la cabeza de Holofernes. Los Macabeos levantándose en armas ante el imperio seléucida.

Nicky cerró los ojos. En la oscuridad, buscó la mano del niño para sentir de nuevo el contacto de otro ser humano entre tanta devastación.

Buchenwald

«Esto es Buchenwald», escribió. «Esto» eran los huesos secados por el sol que se elevaban hacia él y formaban una montaña más alta que Vera. Los cuerpos de los prisioneros que los guardias habían tratado de quemar con cal a toda prisa y cuyos ojos, vacíos, se alzaban sin ver nada; las bocas, inertes, se abrían sin decir nada ni recibir alimento.

El campo había sido liberado hacía cinco días. No. Los presos, que habían tomado las armas, se habían liberado a sí

* ¡A todos los miembros de las SS! ¡El *lager* debe abandonarse inmediatamente!

mismos y luego salieron al encuentro de los americanos con los que se habían comunicado por radio. Cuando las tropas estadounidenses entraron, se encontraron las verjas abiertas esperándolos.

—Hemos intentado limpiar un poco el campo —les explicó el soldado americano que los llevaba hasta allí desde el hotel, en un todoterreno.

Allie, que nunca desaprovechaba la ocasión de irrumpir con un comentario sardónico, boqueó como un pez. Aquel páramo que se extendía ante ellos, aquellos esqueletos que deberían estar muertos pero caminaban, aquel hedor que obligó a Barbara a contener la respiración, no podía pertenecer a la Tierra que habitaban.

Hades. Gehena. Jahannam. Infierno.

Jamás existirían palabras para definirlo. Jamás debería existir otro lugar como aquel en la historia.

Los reporteros se movían despacio, como temiendo perturbar la paz de un camposanto. Los presos los miraban no con la curiosidad con que un hombre observa a otro hombre, sino como si pudiesen ver a través de ellos.

Cuando Allie se sacó una chocolatina del bolsillo, Vera se la escondió antes de que alguien la viese.

—A estos hombres llevan meses matándolos de hambre —le explicó—. Sus estómagos no pueden digerir alimentos demasiado pesados, enfermarán si comen demasiado y demasiado rápido.

Para evitar la propagación de una epidemia, tampoco se les permitía salir del *lager*. Se habían liberado a sí mismos tras innumerables tormentos, y en ese momento los aliados con los que llevaban meses soñando volvían a cerrar las verjas de Buchenwald ante ellos.

Esa era su gran tragedia, la injusticia humana que los atravesaba como una lanza.

Cuando Barbara alzaba la cámara para sacar fotografías, no reaccionaban. Los que comprendían el inglés, o el francés, idioma que Vera había aprendido en el instituto, contestaban a sus preguntas de manera desapasionada y casi mecánica. Eran libres, pero los compañeros seguían muriendo a centenares en la enfermería, demasiado débiles para resistir incluso el día esperado.

En el crematorio, los huesos de las últimas víctimas yacían junto al polvillo blanquecino que una vez había pertenecido a un ser humano.

Hades. Gehena. Jahannam.

Eran testigos de un genocidio a gran escala, de una maquinaria monstruosa en la metrópolis de la muerte, y jamás podrían sacudirse la culpa de haber cerrado los ojos a la barbarie durante años. Ese era su gran pecado, y no había absolución.

VII

KL Wille

Wille era un campo de concentración pequeño, casi provinciano, que se encontraba a unas horas de trayecto de Buchenwald. En su recorrido, el todoterreno pasó por delante de la fábrica Brabag, o de sus ruinas, para ser más exactos. El intérprete, un antiguo prisionero al que acababan de liberar, les explicó que la producción había cesado a finales de marzo, después de que la fábrica hubiese sido alcanzada por las bombas aliadas. Un gran número de presos, desprovistos de un refugio, murieron allí mismo y sus cuerpos fueron arrojados sin gloria en la misma fosa en la que tiraban los desechos inorgánicos.

Menos de dos semanas después, los estaban liberando. Así era la cruel arbitrariedad de la historia.

Vera le preguntó al intérprete, un político checo, si aquel era el camino que tomaban los presos al desplazarse desde el *lager* a la fábrica.

—Sí, señora.

Observó las casas, típicas de la zona, pintadas en colores suaves, que flanqueaban la carretera. Al oír el sonido de las ruedas del vehículo, los vecinos cerraban la puerta y corrían las cortinas.

—¿Y los alemanes que viven aquí?

—Donde los ve usted.

—Tenían perfecta visibilidad sobre ustedes, entonces. Los veían ir al trabajo cada mañana y regresar cada noche, ¿no es así?

—Así es, sí.

—¿Y no hacían nada?

—Apartarse.

Al llegar a Wille, las notables diferencias con el campo principal, a cuyo complejo pertenecía, la azotaron. Era este un *lager* muy pobre, casi olvidado. Durante el invierno, los propios presos habían construido unos barracones de piedra para reemplazar las tiendas de campaña, poco apropiadas para el viento y la lluvia constantes de Weimar. El *revier*, una suerte de enfermería del campo, era una estructura similar. Cuando Vera se acercó para entrar en él, el soldado americano que lo custodiaba le informó de que tuviese cuidado, pues las epidemias de sarna y tifus habían arrasado el campo y muchos de aquellos hombres eran contagiosos.

—Era enfermera antes de venir aquí —le explicó, y casi le sonó como una mentira, incapaz de identificar aquella vida de un pasado no tan lejano como suya—. Serví dos meses en Normandía en el Cuerpo de la Reina Alejandra.

El soldado sonrió levemente y asintió como hacían todos cuando su antiguo cuerpo, en el que Persie seguía trabajando, era mentado.

—Será usted la primera enfermera de verdad que esos hombres habrán visto en mucho tiempo —terció.

—¿No tenían personal médico en el campo?

—Usted verá. El doctor era veterinario en su vida de antes. La mayoría de los enfermeros y los celadores eran presos sin preparación alguna.

El olor dulzón típico de Buchenwald la golpeó. No existía manera humana de acostumbrarse a él; el cuerpo se doblaba en arcadas al identificar el hedor de la muerte, la enfermedad y la putrefacción. Por dignidad, no permitió que el rostro la delatase, y no se cubrió la nariz ni la boca con un pañuelo, como otros, Barbara entre ellos, hacían.

Pasó de camilla en camilla y los seres tumbados en ellas la observaban; aquellos ojos gigantescos y febriles no podían ser humanos. La piel, de un tono gris pálido que solo podía encontrarse en los *lagers*, era dura como el cuero, a menudo cubierta de las llagas y abscesos producidos por la sarna, y, prematuramente envejecida, se pegaba casi con terquedad a los huesos afilados. Todas las caras eran la misma; el hambre las había consumido hasta desdibujar los rasgos personales. Ya no importaba si eran judíos o cristianos, franceses o húngaros, eslavos o germánicos. Todos eran criaturas de ojos enormes, dientes demasiado grandes para que la mandíbula pudiera contenerlos, mejillas hundidas y pómulos salientes. Cuando Vera lograba comunicarse con ellos y les preguntaba su nombre, la mayoría respondía citando de memoria un largo número en alemán, el mismo que llevaban cosido a la ropa.

Tras la huida de los guardias, los presos capaces de levantarse por su propio pie habían saqueado todo lo que aquellos habían dejado atrás y se habían despojado de sus antiguos uniformes a rayas. Pero los convalecientes del *revier*, que estaban demasiado débiles o enfermos para caminar sin ayuda, seguían vestidos igual, como si nada hubiese pasado.

—No, su número no, su nombre —les decía, y se lo repetía también en alemán, en las pocas palabras útiles que se había obligado a aprender.

Ellos eran las primeras personas de fuera del campo que veían en meses, algunos incluso en años. Lo mínimo que podía hacer Vera era ofrecerles esa conexión humana, proveerlos de la atención que el mundo debería haberles brindado antes, cuando la obsesión era ganar la guerra y el pecado cerrar los ojos ante todo lo que no fuera la batalla.

Al escribir aquellos nombres extranjeros y mostrárselos a sus dueños, rara vez la corregían. El acto de leer letra por letra habría requerido una fuerza titánica, y en aquellos momentos un nombre valía tan poco...

Cuando después les preguntaba por su edad, trataba de no mostrar sorpresa si, inevitablemente, el anciano con el que hablaba resultaba ser más joven que ella.

—Dieciséis.

—Diecisiete.

—Dieciocho.

—Veinte.

Algunos de los que respondían que tenían dieciséis años, tras darse cuenta de que Vera solo quería hablar, que les traía comida y ropa, suspiraban y añadían:

—En realidad, quince.

—En realidad, catorce.

El más joven, un judío de Hungría, tenía trece años. Al llegar a Auschwitz, la primera parada de la mayoría de ellos, les habían recomendado que, si los aparentaban, dijesen que tenían dieciséis. Los dieciséis significaban que podían trabajar, y poder trabajar marcaba la diferencia entre ir a la cámara de gas enseguida o poder vivir, aunque solo fuese unos días más.

Buena parte de los judíos, supo Vera, procedían de Hungría. El país, que fue ocupado en marzo del año anterior, mientras ella se entrenaba en Escocia, había sido el último en colaborar con el genocidio sistemático de los nazis. Los judíos de otros países, que habían sido deportados con anterioridad, simplemente habían muerto; su esperanza de vida, incluso en los campos de trabajo, no de exterminio, era así de corta. La mayoría de los que quedaban habían permanecido escondidos y, tras ser traicionados o descubiertos de manera fortuita, los habían metido en los últimos trenes con destino al infierno.

Horror tras horror. Sus voces parecían provenir de un pasado muy lejano. Hablaban con la fuerza de generaciones, y sus dolores eran múltiples. Para ellos, la masacre histórica que casi los había aniquilado era algo rutinario; no había nada más desgarrador que la naturalidad con que se expresaban, y la manera en que sacudían la cabeza, incrédulos, ante la ignorancia de Vera.

No tenía que introducir el dedo en la herida para obtener las respuestas que necesitaba, la información que el artículo que pretendía escribir (el más difícil, que por su naturaleza quedaría incompleto) requería. Con el cuestionario que el ejército de Estados Unidos había redactado para aprobar la solicitud de liberación de los presos bastaba.

—¿Dónde te detuvieron?

—En Budapest —respondió el niño.

Pertenecía al grupo de muchachos que habían mentido sobre su edad; los quince años los había cumplido durante su cautiverio. Su educación privilegiada en un internado de la capital le permitía hablar con fluidez el alemán y con suficiente soltura el inglés, el idioma con el que Vera se comunicaba con él.

—¿Cómo ocurrió? ¿Recibiste una citación?

El niño casi sonrió. Tenía los ojos más verdes que Vera había visto jamás, sin mezcla alguna de marrón, del tono exacto de las olivas y el musgo.

—No, fue mucho más fácil. Solo tuve que bajarme del autobús.

—¿Quiénes te hicieron bajar? ¿Los alemanes?

Le dirigió otra vez aquella sonrisa tan parca, que le recordaba a la de Allie en el *Telegraph*. Era una mueca paternalista, de alguien que está cansado de repetir hasta la saciedad una historia muy sencilla a una persona que persiste en no comprenderlo.

—No, la guardia montada húngara.

—¿Ellos te hicieron bajar del autobús?

—Sí, claro.

—¿Y qué pasó después?

—Nada. Me llevaron a Auschwitz —respondió con la sencillez de un adolescente cuyo profesor le pregunta qué ha hecho durante las vacaciones de verano.

Vera pasó a la siguiente pregunta del cuestionario.

—¿Conoces el motivo de tu detención?

El niño se encogió de hombros.

—Ser judío, supongo.

El paciente de la camilla contigua, algo mayor que él (aunque las edades específicas se convertían en una sola en Buchenwald), tenía una historia distinta. La sutil diferencia entre la adolescencia y la mayoría de edad, en su país, lo cambiaba todo.

Aquel hombre, de veintitrés años, también de Budapest pero de un estrato social más humilde, respondía a las preguntas en su idioma cantarín, y el niño, sin queja alguna, hacía las veces de traductor.

—¿Dónde me detuvieron? En Ucrania. ¿El nombre de la ciudad? Korolevo, en húngaro, Királyháza.

Vera frunció el cejo.

—¿En Ucrania? ¿Y qué hacía allí?

El preso reaccionó ante su pregunta con la misma incredulidad que el niño.

—Trabajos forzados, claro.

—¿En un campo como este?

El hombre esbozó una leve sonrisa.

—No, no, con el Ejército Real Húngaro. Como no nos permitían portar los colores nacionales, a los judíos nos destinaban a trabajos forzados en lugar de llamarnos a filas.

—¿Y qué hacían ustedes en Ucrania?

—Desactivar minas, reparar vías de tren, cavar trincheras…, recibí la notificación en el cuarenta y dos, justo a tiempo de servir en Rusia, en Vorónezh y en el Don. Después nos destinaron a Ucrania, y allí, a los supervivientes del batallón disciplinario nos deportaron a Auschwitz. Nos dijeron que iban a relegarnos de nuestras obligaciones, pero aunque nos hubiesen contado la verdad nos habría dado igual. Preferíamos a mil alemanes antes que a un solo húngaro. ¿Ve estas cicatrices en mi brazo? Me las hizo mi sargento en el Don. En una ocasión, otro sargento húngaro prendió fuego al hospital de campaña de los judíos porque no quería hacerse cargo de su traslado cuando nos replegásemos. Sí, incluso con los alemanes íbamos a estar mejor.

Vera levantó la vista del papel en el que anotaba, casi a vuelapluma, todo cuanto el hombre le relataba.

—¿Sigue pensando lo mismo?

—En parte.

—¿En parte?

—Es menos humillante cuando el que quiere matarte no es un compatriota.

Había nacido en 1921, tres años después que Vera. A tiempo de recibir la educación nacionalista que le inculcó el orgullo por la patria, con su idioma poético, desligado de todos los demás, su historia rica y sus enormes contribuciones a las ciencias y a las artes.

Al cumplir la mayoría de edad, esa misma patria a la que amaba, con la que se identificaba más que con los rezos en un idioma que desconocía, lo escupió y lo rechazó por su sangre. Los mismos que le hablaron de Atila y del terror que causaban sus flechas lo habían enviado al exterminio por pertenecer a la estirpe de David.

Horrores que no cesaban. Vera podría pasarse la vida escribiendo sobre ellos sin llegar a comprenderlos, sin lograr más que arañar la grotesca superficie. Era el trabajo de toda una vida, y siempre permanecería incompleto; había voces que no podría rescatar de lo más profundo del olvido.

Los alemanes tenían una palabra para hablar de ello: *vernichtung*, convertirse en nada.

Para evitar el riesgo de propagar una epidemia, los presos debían permanecer en el campo. Cada día, el número de pacientes con tifus, sarna y tuberculosis aumentaba. No había nada más penoso, más injusto, que el inexorable avance de las enfermedades. Aquellos hombres, que habían vivido para ver el día de su liberación, no morían debido a la falta de medicamentos o de cuidados, sino a la debilidad que meses o años de inanición y trabajos forzados les había acarreado.

Cuando Barbara le dijo que se dirigían a Berlín, que iban a cubrir la inevitable derrota alemana y beber las reservas privadas de whisky de Hitler, Vera pidió permiso para quedarse.

—En Berlín nos espera la noticia que todos los reporteros del mundo quieren cubrir —le recordó Barbara.

Vera encendió un cigarrillo. Fumaba sin cesar, casi obsesivamente, con un ansia que no había experimentado desde Arnhem.

—Lo sé. Mira, solo tienes que fotografiar el momento y contarme *grosso modo* lo que está pasando. Yo lo convertiré en un artículo digno de ser leído. —Miró a Allie, que permanecía en silencio—. No sería la primera vez.

El hombre no dio señas de haberse ofendido ante el comentario. Se limpió las gafas de sol con la manga de la chaqueta y, sin alzar la vista, dirigiéndose a Barbara repuso:

—Me parece que podrás acabar con las existencias del whisky de Hitler tú sola, porque yo también me quedo.

Vera chascó la lengua. Estaban en la casa del alcalde de Zeitz, que el ejército había requisado para su propio uso, y todo se le hacía monstruoso. El papel pintado que cubría las paredes. Los rosales bien cuidados de la entrada. Las habitaciones bien equipadas, de camas cómodas que invitaban al descanso. Los libros en las estanterías y las manoseadas partituras ante el piano.

Tanta cotidianidad dañaba.

—No tienes que seguirme como un perro —le dijo a Allie.

El hombre no reaccionó a su acusación.

—Nada más lejos de mi intención, pero tengo por costumbre no faltar a mi palabra cuando se la doy a un hombre al que respeto, y le dije a tu marido que iba a cuidar de ti como de una hija. Me niego a escribirle que sobreviviste a las balas y a las bombas pero que una tuberculosis contraída en un campo de concentración, cuando lo peor ya había pasado, acabó contigo.

—Estos hombres necesitan nuestra ayuda, la misma que deberíamos haberles brindado hace años.

—No te lo niego, pero lo que no voy a permitir es que te consumas ofreciéndosela. Tu sufrimiento no va a borrar los tormentos por los que han pasado.

Vera no discutió con él. Estaba demasiado cansada y, de todos modos, habría resultado inútil. Allie y ella eran iguales en un aspecto: ninguno de los dos desistía hasta conseguir aquello que se habían propuesto. No les importaba mentir, engañar o recurrir a mil y una trampas para ello: el fin, a sus ojos, siempre justificaba los medios.

Pese a las protestas de Allie, Vera trabajaba día y noche. Ante la incapacidad de quedarse de brazos cruzados sabiendo que podía ayudar, se apoyaba en la instrucción ya relegada que recibió en el St. Bart's para tratar a aquellos hombres cuyas vidas pendían de un hilo cada vez más débil.

La enfermedad no la asustaba. Acudía al francés y al poco

alemán que había aprendido de Bram para comunicarse con los presos, para devolverles la dignidad y poner por escrito sus historias. El mundo querría saberlo todo acerca de sus tormentos, pero antes de nada había que rescatar su condición humana: quiénes eran, a pesar del *lager*, y qué iban a hacer a partir del momento en que pudieran seguir adelante con sus vidas maltrechas.

Algunos, los adolescentes, solo habían conocido el conflicto. Esas eran las entrevistas más difíciles de realizar. Atormentada por las historias y sin el cuerpo de Rory junto al que descansar, Vera apenas lograba dormir un par de horas por la noche. Después se levantaba y continuaba con el trabajo.

Entre la cacofonía de susurros y rezos en idiomas desconocidos escuchó, débil pero perfectamente clara, una única oración en inglés.

—Santa María, madre de Dios...

Siguió la cadencia de la voz, el tono conocido que, en aquel lugar, casi le arrancó las lágrimas. Al llegar al dueño de aquella plegaria, se encontró a un preso como todos los demás: unos ojos enormes y hundidos; una frente ancha, repleta de magulladuras y perlada de sudor; unos labios resecos que casi parecían rizarse ante la enormidad animal de los dientes. La letra de su uniforme lo identificaba como belga, pero a aquellas alturas, cuando ya eran libres, se ponían cualquier prenda que pudieran encontrar con la que tratar de vencer el invierno eterno que vivía dentro de ellos.

Vera se arrodilló ante él.

—Disculpe, ¿es usted inglés?

El hombre parpadeó. Su lengua materna, que quizá no había oído en años, lo desarmó. Tras coger aliento, de manera tortuosa, susurró:

—Conde Nicholas Carlisle, señorita... —reparó en la alianza de Vera y se corrigió—. Señora. O, bueno, lo que queda de él.

Vera le sonrió. Para levantarle el ánimo le hizo una reverencia.

—Siempre quise hacerlo —le confesó—, pero no se acostumbre. Ha de saber que soy laborista.

Una sonrisa débil, cansada, testimonio de interminables torturas, acompañó su respuesta.

—En peores plazas he toreado, señora...

—St. George-Johnson. Vera. Llámeme Vera.

—Nicky —dijo—. Disculpe mis modales, pero no quisiera contagiarla. Tengo tuberculosis.

—No importa —mintió—, la pasé de niña.

Le ofreció la mano, que el conde Nicholas Carlisle observó como si jamás hubiese tenido la oportunidad de enfrentarse a algo semejante. Ante su silencio, Vera repuso:

—Usted es el primer aristócrata que conozco.

La misma sonrisa débil y pálida de antes. Nicky, con un gesto vago, tomó la mano que ella le tendía y se la acercó a los labios sin llegar a besarla.

—Y usted es la primera mujer que veo en años —le respondió, y la soltó enseguida—. ¿Qué hace una mujer británica en Wille? ¿Es de la Cruz Roja?

—Soy corresponsal de guerra.

—¿No debería estar cerca de donde se combate, entonces? Imagino que ahora Berlín será una fiesta. Aquí todas las noticias ya son viejas.

—Me formé como enfermera antes de recibir la acreditación.

No quiso entrar en más detalles, él tampoco se los pidió. Tomó un paño, lo humedeció en agua fría y con sumo cuidado lo pasó por la frente de Nicky.

—¿Y usted? ¿Cómo llegó hasta aquí?

Nicky tragó saliva. Había cerrado los ojos ante el contacto humano, como si tanta ternura le resultase insoportable.

—Era piloto de la RAF. A finales del cuarenta y tres derribaron mi avión...

Continuó hablando, pero su voz, grave y melódica, se perdió en la sinfonía de gritos, conversaciones y llantos del *revier*.

Vera vio ante ella, como un espejismo, la carta que le había escrito Rory y que, de tanto leerla y releerla, se había aprendido de memoria. La nota que Bram había garabateado desde el tren que lo había arrancado de Fresnes destino a solo Dios sabía dónde. Los cabos sueltos, puntos en un mapa diabólico, que en ese momento, al fin, cobraban sentido.

Cuando Nicky se detuvo para coger aire, Vera le preguntó, con un ansia canina:

—¿Hay más británicos en Buchenwald?

Nicky entornó la mirada. Tenía los ojos muy redondos y muy azules, como canicas.

—En los dos años que llevo aquí solo he coincidido con unos cuantos. No sé si hay más en otros campos...

—¿Más pilotos?

El hombre asintió, en silencio. Ya estaba separando los labios, resecos y ensangrentados, cuando ella insistió:

—¿Conoce usted a un hombre que se llama Bram Drachman? Es bombardero. Le perdimos la pista en junio, cuando derribaron su avión, pero sabemos que fue hecho prisionero. ¿Cree que podría estar en un lugar como este?

Las cejas claras de Nicky, que se confundían con la piel cerosa, temblaron.

—Quizá. ¿Cómo ha dicho que se llamaba?

—Bram Drachman.

Vera buceó en sus recuerdos para encontrar su nueva identidad. Aquel nombre al que dirigía las cartas que le mandaba, en ese instante, con el pánico, se le escapaba.

El hospital de la RAF. Las quemaduras de las manos. La sonrisa luminosa, que siempre parecía esconder una broma oculta a los demás.

—¡Robert! —exclamó—. Robert Stewart, de la RAF. ¿Lo conoce usted?

Las cejas que hasta ese momento se sacudían se alzaron al reconocer el nombre.

—¿Bob? ¿Bob Stewart, de Londres?

—Sí, de los muelles de Surrey. —Se levantó. La fuerza del nombre casi la arrancó del suelo—. ¿Está aquí? —Esbozó una leve sonrisa—. ¿Bram? ¡Bram!

Giró sobre sí misma. En aquellos rostros fatigados y grises buscaba un par de ojos sesgados y oscurísimos que pudiese reconocer, el fantasma de una sonrisa pícara y astuta, unas manos fuertes, más pequeñas que las de Rory pero igual de sólidas, con heridas en los dedos porque se arrancaba los padrastros cuando estaba nervioso. ¿Y qué más podría perturbar a Bram Drachman? Vera no permitiría que le pasase nada. Rory y ella cuidarían de él, y él, como siempre, encontraría algún motivo para reírse de los dos.

Su aspecto andrajoso no le pasaría desapercibido. Se lo haría saber, y con energía. Le recordaría que Hitler estaba a punto de caer, ¿acaso no quería vestir sus mejores galas para ser testigo de su caída?

Dio un paso adelante.

—¡Bram!

Quiso dar otro paso, pero Nicky la agarró del brazo y se lo impidió.

—No está aquí.

Vera se volvió. La violencia de su propio movimiento le hizo perder el equilibrio. Habría podido abofetearlo, no por nada que hubiese hecho, sino por conocer la verdad. Aquello a lo que antes rezaba, en ese momento lo aborrecía. Habría deseado que fuese tangible para tomarle el cuello entre las manos y aniquilarlo.

—Pero me ha dicho que lo conoce —repuso con un hilillo de voz, como una niña negociando con sus padres un castigo del que no puede librarse—. ¿Por qué no se quedaron juntos?

Nicky tomó aliento. La verdad pesaba.

—Tuvo que irse a otro sitio. Antes de abandonar el campo... los alemanes querían volarlo por los aires con nosotros dentro. Sabíamos que en cualquier sitio estaríamos más seguros que aquí, y Bob está más fuerte que yo. Sano. Decidió unirse a una de las marchas que organizaron los guardias.

Las pupilas de Vera se sacudieron.

—¿Marchas?

La palabra no tenía ningún significado concreto; tenía miles, todos horribles. Podía pertenecer a otro idioma, o no tener nada que ver con las lenguas de los hombres.

—A otros campos —le explicó Nicky—. A medida que los aliados se acercaban, los alemanes nos evacuaban..., era una cacería, ¿sabe? Como el gato que le pisa los talones al ratón, y el ratón, aunque sabe que está condenado, sigue huyendo.

—¿Y dónde está Bram ahora?

Nicky tragó saliva. Se recostó, con un esfuerzo que no tenía cabida en su maltrecho cuerpo, y la observó con más detenimiento a la luz de la vela.

—No lo sé.

—¿Cómo que no lo sabe? —le reprochó.

Vera se alejaba con pavor. La realidad la quemaba.

Nicky sacudió la cabeza. Tenía los ojos vidriosos por la fiebre y la culpa.

—A algunos los mandaron al campo principal, como de vuelta al remitente. Otros acabaron en Terezin, en Bergen-Belsen... y, conociendo a Bob, hay que considerar la posibilidad de una fuga...

Una serie más de pasos, locos, sin sentido, sin destino. También sus propios pensamientos clamaban en un centenar de voces distintas, cada una en un idioma distinto.

Sintió de nuevo, como si estuviese allí, el olor de la playa de Arnhem. El cielo, negrísimo, se volvía violeta a cada metro que avanzaban. Las aguas atravesadas por la munición parecían haberse tragado a Rory. Al igual que él, también Bram debía volver con ella. Lo vería, como a Rory, en mitad de la confusión de otros cuerpos y lo reconocería enseguida. Lo llamaría por su nombre.

—Tengo que ir a buscarlo —susurró.

Si no lo dijo en voz alta, lo pensó, y ese pensamiento se perdió junto con todos los demás.

Se miró las manos, pequeñas, en constante temblor. Le resultaron grotescas. Permitían que aquello que deseaba sostener se le deslizase entre los dedos. Incluso en el sueño, cuando regresaba al SS Amsterdam, buscaba desesperada algo que había perdido y no podía recibir consuelo porque ya no existía.

Necesitaba a Rory. A Rory, cuyo cuerpo tocaba para asegurarse de que era real, que lo había recuperado y no volverían a quitárselo. Los kilómetros que los separaban la asfixiaban. Estaba sola. Sentía la ausencia de Bram como una herida en el pecho, como una mordedura, como una amputación. Le habían arrancado de cuajo una parte de sí misma y no sabía dónde debía comenzar a buscarla.

Llamó de nuevo a Bram, en voz alta, consciente de que no estaba allí para escucharla.

VIII

Reitzenhain

Cada rincón de Alemania era una página blanca y destrozada de un libro desechado y olvidado, quizá rescatado de unas llamas que deberían haberlo consumido. Vera tenía la certeza de que, en cuanto se apease del vehículo del ejército, el simple acto de poner los pies en la tierra reseca, agonizante, le revelaría la verdad. Conocía a Bram muy bien, desde que eran niños, podría coger su mano en la oscuridad y solo con el tacto sabría que era suya, como si lo leyese en braille; podría reconocerlo en cualquier lugar aunque fuera sorda o ciega, incluso desprovista de todos los sentidos. Tenía una fe inamovible en que su cuerpo sabría decirle si Bram se había encontrado alguna vez en el lugar exacto en el que ella se hallaba.

Estaba vacía. No sentía nada. Nada que le indicase que los pasos que daba, decisivos, los había dado también su amigo un par de semanas atrás, en circunstancias mucho peores. Nada que la tomase de los hombros y le susurrase al oído que fuese a buscarlo a cualquier otro lugar.

Según había podido averiguar tras días corriendo de un lugar a otro, preguntando a los presos y a los soldados libertadores, Wille había sido evacuado la noche del 13 al 14 de abril. Los prisioneros que gozaban de buena salud fueron trasladados en tren a Terezin, en Chequia. Durante un bombardeo aliado, el convoy se detuvo a la altura de Reitzenhain y tanto los guardias como los ciudadanos arremetieron a balazos contra aquellos presos que aprovecharon el contratiempo para escapar. Esa era la historia, desnuda, los datos fríos, desprovistos de humanidad.

La mañana de principios de mayo era clarísima y algo fresca. El día había amanecido con la terquedad de la primavera que se despierta a regañadientes, como negándose a ser arrancada del sueño.

Un par de pasos más. El oficial que la acompañaba le daba instrucciones, tal vez, o le explicaba todo lo concerniente a la situación que en ese momento se desplegaba ante sus ojos. Los ciudadanos de Reitzenhain, sacados a punta de pistola de sus casas, obligados a dar digna sepultura a los centenares y centenares de víctimas de su propia indiferencia. Algunos habían acudido a la nueva fosa común charlando y riendo, como niños de primaria en una excursión escolar; otros lloraban con amargura, casi con angustia. Los soldados del ejército de Estados Unidos les sacaban el terror de golpe a base de gritos.

Nada de todo aquello causaba efecto alguno en Vera. Aceleró el paso y la voz del oficial se desvaneció entre el crujido de las hojas bajo el viento. La tierra se abría ante ella, escupiendo lo que parecía magma seco tras la erupción de un volcán. Las imágenes que tenía delante podrían haber pertenecido a un libro de texto, la representación gráfica de los momentos inmediatamente posteriores a la destrucción de Pompeya.

Horror, horror, horror.

Lo que a lo lejos parecían meros sacos vacíos de arena resultaron ser personas. Cuerpos, algunos desnudos, otros todavía con los uniformes andrajosos del campo de concentración con el número desgastado, pero aún legible, cosido al pecho. Eran como carcasas humanas, o maniquíes; había que conjurar toda lógica para reconocerlos como los hombres que habían sido una vez. Hacía tiempo que el infinito que había en su interior había sido aniquilado, sin vuelta atrás.

Vera tomó aire y dio un paso más, vacilante. Se refugió en el bloc de notas, en las frases escritas casi a vuelapluma, mientras estudiaba los rostros de aquellos cuerpos consumidos en busca del puente de una nariz o del arco de unos labios que le resultasen familiares. Las manos le temblaban, espolvoreaban tinta sobre el papel. Al no haber descubierto las facciones de Bram en aquellas expresiones congeladas podía, por el momento, seguir respirando, pero la incertidumbre y las preguntas afiladas eran una soga quc sc lc anudaba al cucllo.

Dos hombres, a unos metros de ella, levantaron uno de los cadáveres y lo tiraron sobre una pila de ellos. Como si no importase. Como si fuese un muñeco, algo que siempre había permanecido inerte y muy alejado de ellos.

Vera chascó la lengua.

—¿Queréis tener cuidado? ¡Es un ser humano, por Dios santo! —Después se apartó el pelo de la cara y masculló lo suficientemente alto uno de los insultos que había aprendido de Bram—: *Arschloch*. Malditas bestias.

Esa misma palabra, repetida tantas veces entre risas en el ático de Surrey Docks, mientras fingía leer uno de los diccionarios de latín o de ruso de Rory, o en el café Kardomah, ante la taza humeante de un café cada vez más aguado.

Fantasmas. El Londres que recordaba y trataba de conservar en ámbar, en el que Rory, Bram y ella habían existido, hacía años que había desaparecido.

Se concentró en el papel, en el rasgar elegante y seguro de la pluma, en tantos y tantos rostros desconocidos, pertenecientes a áticos que aún recordaban del eco de las risas, a cafeterías con huecos vacíos del tamaño exacto de una persona.

Una muchacha lloró junto a ella, sus hombros ascendían y descendían con un ansia insaciable, y echó a un lado la pala con la que estaba cavando. Sin que supiese por qué, esas lágrimas molestaron a Vera de una manera especial, la enervaron más, y más intensamente, que la indiferencia de los otros dos hombres.

Solo por ella, Vera concitó todas sus nociones de alemán. Quería que la entendiese, quería que escuchase cada palabra que tenía reservada para ella.

—¿Por qué lloras? —Chascó los dedos frente al rostro lloroso, y luego señaló con ellos las casas al otro lado de las vías de tren—. Tu casa. —Otro movimiento seco, en dirección opuesta—. El *lager*. Sabías. Sabías qué pasaba.

En Wille, los prisioneros como Bram y como Nicky salían a diario del campo; los conducían, a través de las calles pacíficas de Zeitz, hasta la fábrica en la que trabajaban de sol a sol y en la que muchos de ellos perecían. Sus cuerpos eran desechados junto a los materiales defectuosos de la construcción.

Los habitantes del lugar, todos ellos, eran conscientes de los horrores, y observaban impasibles lo que sucedía. No eran monstruos. Su humanidad, bella y terrorífica, asqueaba a Vera hasta el tuétano.

Tenía en su armario un vestido con el mismo estampado de flores que el que llevaba la muchacha que sollozaba frente a ella; su pelo, dorado y brillante, estaba recogido como Vera había hecho tantas veces en el hospital para mantener la melena oculta bajo la cofia. Quizá le gustaba la misma música; quizá, como Vera, prefería Beethoven a Chopin y los ojos se le llenaban de lágrimas al escuchar las óperas de Verdi. Quizá les leía versos de Rilke a sus hermanos antes de dormir, o reía con sus amigas entre susurros y confesiones, y a la mañana siguiente se despertaba molesta porque aquellos hombres harapientos y torturados que caminaban en dirección a la fábrica le destrozaban la imagen de una mañana perfecta de verano.

La humanidad era una daga que hablaba con una voz cargada de dientes.

—¡Deja de llorar! —chilló—. No mereces llorar. ¡Mira a estos hombres a la cara! ¡Míralos bien! Tenéis suerte de que no os echemos a la fosa con ellos. —Se estremeció—. Espero que hagáis las paces con vuestro dios, porque vais a tener que vivir el resto de vuestras vidas sabiendo que jamás os podréis quitar las manchas de sangre de las manos.

Había pasado al inglés al escupir estas últimas palabras, a una mezcla desesperada, atropellada e ininteligible de inglés y un alemán macarrónico. No le importó. Ya nada le importaba, excepto encontrar a Bram, salvo llevar el registro de todas aquellas vidas cortadas de raíz. Un acto de violencia tras otro.

Aún temblando, subió al montículo de tierra y se acercó al fotógrafo norteamericano que no separaba los ojos del visor de la cámara. Las imágenes, quizá, perdían parte del poder de torturarlo al procesarlas a través de un objeto inerte. Quizá de esa manera podía convencerse de que no eran reales.

—¿Podrás ceder los derechos de alguna foto a *British Vogue*? —le preguntó Vera, con los ojos todavía fijos en aquellos cuerpos, buscando...—. O, si tienes otra cámara, no me importaría hacerme cargo de ella.

El hombre quitó los ojos del visor para mirarla. Tras años en el frente, la mención de *Vogue* ya no venía acompañada de risitas y miradas escépticas. Entre las ruinas del *Blitz*, Audrey Withers aseguró que «había *Vogue* después de todo». Desde entonces, habían publicado instantáneas de Normandía y de Arnhem y de la liberación de Buchenwald; no se habían intimidado ante tanta crudeza.

—¿Crees que pasarán la censura?

—Me aseguraré de ello. En unas semanas, la gente estará en su casa celebrando la victoria. No quiero que el recuerdo de esto se pierda.

El hombre asintió y continuó con su trabajo sin más explicación. Las palabras tenían garras, se resistían a salir.

—Que salgan alemanes, también —le pidió Vera—. Que se vea que se parecen a nosotros, que le rezan al mismo Dios, que escuchan la misma música y leen los mismos libros..., y que son testigos indiferentes del mayor genocidio de nuestra generación.

Otro asentimiento, este más corto y vago que el anterior, el clic de la cámara, el ruido arenoso de la tierra que se levantaba. Vera podía separar todas estas cosas, examinarlas capa a capa, y nada cambiaba. No le daba la sensación de habitar su propio cuerpo.

Horas más tarde, la fosa común estaba ya cubierta. Tampoco la tierra, reseca y gris, parecía acordarse de los hombres que descansaban bajo ella, ante los cuales se susurraron plegarias inertes. Uno de los soldados norteamericanos, un muchacho de New Jersey, musitó las palabras del *kaddish*, la oración que los judíos rezan a los muertos.

La cadencia del hebreo, extraña para Vera, la conmovió más que la familiaridad del réquiem. Si seguía existiendo un Dios, Vera no podía dirigirse a él en un idioma comprensible para ella, con palabras cargadas de significado.

Hubo un instante de calma mientras los norteamericanos recogían el equipo y Vera lo aprovechó para sentarse en un banco de la estación a fin de recuperar fuerzas. En Alemania la primavera trae consigo días largos y pálidos. El cielo se extendía sobre ella níveo, una extensión completamente blanca en la que ya no se adivinaban las estelas de los aviones. Releyó las notas que había tomado, le resultaban tan extrañas que le costaba recordar que había sido su mano la que había trazado cada una de aquellas letras sobre el papel. Empezó a editar el artículo de memoria. Siempre había sido así: procesaba la vida a través de la escritura y no a la inversa, incluso allí, entre los tormentos y la degradación humana, era una escritora primero y una persona después.

A lo lejos, una radio anunciaba que las banderas soviéticas ondeaban en el Reichstag en ese momento. Tras dos semanas de combate, la batalla de Berlín había llegado a su fin. La capitulación. La victoria. La paz.

Vera no sintió nada. No se produjo ningún cambio significativo ni dentro ni fuera de ella. Notaba las astillas del banco clavándosele en los muslos, el fresco del atardecer que le golpeaba la cara como una bofetada, el dolor familiar del callo del dedo corazón que le agarrotó la mano.

El combate había llegado a su fin, pero no para ella. Podía abandonar el frente, dejar atrás las ruinas de su generación y regresar a casa, pero la guerra siempre se quedaría con ella.

IX

Buscó en todos los lugares, habló con los prisioneros, con las fuerzas libertadoras, habría preguntado a los guardias, si le hubiesen concedido una conferencia privada con los pocos que habían sido apresados tras su humillante huida.

No contaba los días; las horas se derretían hasta conformar una única jornada, larga y pálida como un parásito. Sin importar las averiguaciones que hiciese ni los avances que lograse, sus pasos siempre se detenían en un punto específico en el tiempo que había llegado a aborrecer. En la noche del 13 al 14 de abril, el rastro de Bram se perdía para siempre. El campo principal de Buchenwald había sido liberado dos días antes.

Le daba la sensación de que, si hubiese extendido las manos, casi habría podido tocarlo. Quizá sus caminos se habían cruzado sin saberlo. Tal vez, si los subcampos hubiesen sido descubiertos antes..., dos días habrían sido suficientes para cambiarlo todo. La proximidad quemaba.

Allie la obligó a comer. La bajó en brazos al comedor de la villa que habían arrebatado a la fuerza a sus dueños y puso ante ella platos cuyo olor ya le causaba náuseas.

—Tu marido se va a asustar cuando te vea —le dijo, y volvió a ponerle delante el plato de estofado que ella había apartado.

El dulzor putrefacto de Buchenwald la había penetrado. Se levaba las manos casi obsesivamente, hasta que la piel de los dedos, reseca, se le agrietaba y le causaba una picazón insoportable.

En su búsqueda, se había ofrecido voluntaria incluso para anotar las marcas en la piel que pudiesen identificar a los cadáveres de Reitzenhain que los alemanes habían cubierto de cal, que había deformado sus rostros. Buscaba una señal. Bram tenía junto al pecho izquierdo un lunar que no había visto en ninguno de aquellos cuerpos castigados. Habría sido capaz de reconocer sus manos al instante, también.

Cuando cerraba los ojos, todas esas imágenes volvían a ella, la acechaban.

—No puedo —le dijo a Allie.

—Me da igual. Serás la primera adulta, pero no la primera persona, a la que haga comer a la fuerza. Si el pelo no te delatase, se diría que a ti también te he sacado del campo de concentración.

Suspiró, golpeado por la severidad de sus propias palabras. Ya todos se comunicaban de esa manera: directos, secos, sin contemplaciones. Buchenwald les había arrancado de cuajo la ternura.

Bajó la voz.

—Piensa en tu marido y come. Que no se disguste más de la cuenta cuando vuelvas a casa.

Vera hipó. Fue un sonido involuntario, una derrota del espíritu ante la carne. Rory. Lo quería con ella, enseguida, de la manera ilógica y desesperada de los niños. No podría dormir tranquila si no era con él a su lado; necesitaba tocarlo, abrazarlo, escuchar el tono tranquilo y pacífico de su voz.

Todavía no le había escrito para contarle lo que había averiguado de Bram. No sabía cómo hacerlo. El miedo a perderlo, a que no fuera capaz de encajar otro golpe más, el más doloroso de todos, la paralizaba.

Allie le tomó la mano y la ayudó a clavar el tenedor en la carne.

—Si quieres volver a casa, puedo conseguirte una plaza en el próximo barco.

Vera negó con la cabeza. Cuando Allie le acercó el tenedor a la cara, ella abrió la boca con un esfuerzo hercúleo y tragó, sin apenas masticar.

—Tengo que encontrar a Bram.

—Puedo continuar el trabajo por ti.

Vera volvió a negar. Aunque la comida ya se había templado, la sentía bajar ardiente por la garganta.

—No sé cómo contarle a Rory… —Le tembló la voz—. Quiere muchísimo a Bram, más que a un hermano. No sabes cómo son mis suegros. Bram y los suyos son su familia y… —Se mordió las mejillas, hasta hacerse daño—. Acaban de darle el alta, no puedo perderlo a él también.

Allie estiró los labios. Desde aquella distancia, bajo aquella luz, el paso de los años en su aspecto era notable: los pelillos plateados que brillaban entre los rizos castaños, las arrugas nuevas alrededor de los labios y los ojos, la piel flácida de las cejas, que le otorgaba a la mirada un aspecto cansado.

Tenía a una niña en casa a la que apenas había visto en los últimos cinco años. Cuando volviese, sería un extraño para ella.

—¿Quieres que vaya a casa y hable con él?

Vera rechazó su proposición.

—No, tengo que hacerlo yo, tengo que ser valiente y hacerlo yo. Sus heridas son las mías también.

Allie le apretó la mano. No la obligó a seguir comiendo, simplemente la tocó y la acarició hasta que su piel, fría y húmeda, entró en calor.

—Has sido valiente mucho tiempo —le dijo—. Y tu marido también. Os habéis ganado el acto egoísta de romperos y llorar. ¿Por qué no volvemos a Inglaterra por un par de semanas? Le daremos juntos las noticias a Rory.

X

Rory fue a buscarlos a la estación. Su físico había cambiado desde la última vez que lo había visto en Arnhem, hacía siete meses. Había recuperado el color en las mejillas, afeitadas y más carnosas. Los ojos, cuya mirada ya no se perdía en la distancia, no los enmarcaban las ojeras, sino las primeras arruguitas típicas del fin de la veintena.

Trató de que la expresión del rostro no lo delatase, pero al abrazarla la apretó con fuerza contra su cuerpo. Sus dedos acariciaron la espalda crispada de Vera con cuidado, con una reverencia casi religiosa. Hundió la nariz en su pelo.

—Te he echado de menos lo indecible —susurró—. ¿Cómo te encuentras?

La miró con más detenimiento. Vera quiso responder, disipar aquella preocupación que fruncía el cejo de Rory, pero las rodillas y las palabras le fallaron. Olía como siempre, a esa mezcla exacta de lavanda, jabón Yardley y cigarrillos Black Cat. Los brazos, que la rodeaban, también eran como los recordaba, hasta en sus más mínimos detalles. Había vuelto a casa, en el sentido más puro de la palabra, pero tener las manos vacías dolía.

Vera lloró contra el pecho de Rory de una manera primaria, casi animal, como hizo tras la muerte de D. B. Temblaba, y ni siquiera las caricias lograban hacerla entrar en calor. El suyo era un llanto de agotamiento, de impotencia, que no podía ser apaciguado.

—Está bien, estoy aquí. —Rory le besó los pómulos ardientes—. Estás en casa, estás en casa conmigo.

No se dio cuenta de que la había cogido en brazos hasta que la depositó en uno de los bancos de madera de la estación. No la soltó; se sentó a su lado y miró a Allie en busca de respuestas, pero encontró muchas más en la expresión turbada de Vera. Había sido siempre así, desde la universidad; sus almas, que quizá ya habían estado juntas desde la misma Creación, sabían reconocerse.

—¿Has tenido noticias de Bram? —le preguntó con voz suave.

—En Buchenwald conocí a un hombre que estuvo preso con él —susurró. Sus propias palabras se le antojaron pegajosas, extrañas, provenientes de algún lugar desconocido.

Las pupilas de Rory se sacudieron en el centro del iris.

—¿Buchenwald?

El color que Vera había percibido en él de inmediato (las mejillas sonrosadas, el bronceado en la frente y los pómulos) desapareció.

—¿Está...? —tanteó. Tenía la respiración agitada.

Vera había visto a muchos hombres tan altos como Rory desplomarse al perder el conocimiento y se estaba preparando para oír el sonido atronador que emitiría su cuerpo al caer contra el suelo, pero Allie, con los nudillos blanquecinos del esfuerzo, le sostenía los hombros.

—No lo sabemos —dijo—. Le perdimos la pista tras la evacuación del campo.

Apretó los párpados. Cuando Vera se volvió hacia él, había adoptado una postura muy similar a la del propio Bram al recibir el telegrama equivocado que comunicaba la muerte de Rory: la espalda arqueada, un codo sobre la rodilla y una mano tapándole la cara; la otra, que no se había movido, todavía abrazaba a Vera.

Allie lo acarició.

—Está bien, muchacho —le dijo—. Suéltalo todo.

Rory, con el cuerpo en constante temblor, sacudió la cabeza. Aunque Vera no podía verle el rostro, sí oía el llanto, quedo, incesante, como el de un animal herido. En el verano de 1943, cuando creían que lo habían perdido, Bram dijo que estaban huérfanos; sin quererlo, había definido a la perfección el sentimiento que invadía en ese momento a sus amigos ante su incierta pero cada vez más probable muerte. Estaban huérfanos. De los tres, Bram siempre había ido dos pasos por delante; poseía unos conocimientos que ellos dos ignoraban. Estaba mejor preparado para la vida y más dispuesto a disfrutarla, a beberla hasta el tuétano, y esa misma vida que él veneraba lo había recompensado con el olvido.

Vera necesitaba creer en Dios, porque su rabia era bíblica.

Con un esfuerzo que no era humano, que no podía pertenecerle, Rory se irguió para recuperar el aliento. Tenía el rostro enrojecido; los ojos brillantes y ardientes.

—¿Cómo... cómo es ese lugar? Buchenwald.

—Horrible —siseó Vera, que se estremeció al pronunciar esa palabra inexacta.

Dicha en voz alta, sonaba infantil, eufemística, banal. No había palabras para definir a Buchenwald.

Rory asintió. Suspiró.

—¿Y este hombre...? ¿Creéis que hay alguna esperanza de que Bram esté...?

Allie no le dejó continuar.

—Siempre hay una esperanza. Muchos de esos presos apenas están empezando el camino a casa.

—Iré con vosotros, entonces, si me lo permitís. El ejército me ha dado de baja con honores. Ahora me pertenezco a mí mismo.

Allie estiró los labios. Las manos, que seguían sobre los hombros de Rory, descendieron a las rodillas.

—Claro, muchacho. Hablabas ruso, ¿no?

—Sí.

—Serás útil ahí afuera, entonces. Te conseguiré un permiso aunque tenga que pedírselo al propio Stalin.

XI

Consiguieron una copia del registro de Terezin, el destino del tren que se apeó en Reitzenhain, del 13 de abril. Repasaron cada línea con el dedo, todas aquellas vidas reducidas a un nombre con apellidos y a un número diabólico. Bram no figuraba en ella, ni tampoco Robert Stewart ni Helmut Albrecht, las falsas identidades que había adoptado para salvar el pellejo. Se había esfumado, como si nunca hubiese existido. Ni siquiera la tierra alemana, la de sus ancestros, daba testimonio de que sus pies la hubiesen hollado.

Se paseaban por Buchenwald, cada vez más vacío puesto que los presos, a medida se recuperaban, iban recibiendo el permiso del ejército de Estados Unidos para regresar a sus hogares. Rory y Vera recorrían cada recoveco y no desviaban la mirada ante el horror; Bram había estado ahí. Bram había estado ahí, y sus caminos casi se habían cruzado.

Con los presos Rory era amable, paciente y cariñoso. Les hablaba en su tono bajo y calmado, que parecía rizarse ante aquel idioma que Vera solo había oído de sus labios en un par de ocasiones en situaciones muy distintas: bajo la influencia del alcohol, acompañado de las risas de Bram. Ahora estaban en el peor lugar del mundo y al volver a la villa requisada, tras ducharse, se metía en la cama con Vera y la abrazaba con fuerza, un náufrago que vuelve, aunque solo fuese por unos segundos, a la superficie.

El 14 de agosto, tras una de las batallas más sangrientas del conflicto y la masacre causada por las dos bombas nucleares, el Imperio japonés anunció su rendición. Dos semanas más tarde, todas las radios del mundo anunciaron, tras seis años de hemorragia, el fin de la guerra. Ni Vera ni Rory sintieron nada.

Era de noche y estaban sentados en la amplia terraza de la villa, desde la cual podían observar las Perseidas. Aquel espectáculo del cielo, que se producía todos los veranos, les recordó la milagrosa aurora boreal del vigésimo cumpleaños de Rory; el cielo se había abierto para sangrar, y hombres más cautos que ellos habían sabido leer en aquellas llamas de luz la tragedia que estaba a punto de acaecer.

Rory suspiró y dio una larga calada al último cigarrillo antes de entregárselo a Vera.

—Está muerto —dijo, simplemente.

No habían encontrado ninguno de sus nombres en las listas y tampoco habían dado con un prisionero que pudiese dar testimonio de su final, pero Rory lo sabía; lo sentía en la piel y en los huesos.

Vera lo miró. Rory tenía los ojos, ardientes, clavados en el firmamento y no en ella. Se mordía el labio inferior para cortar de raíz el llanto.

—Han pasado cuatro meses desde la liberación —insistió—. Ya habría vuelto a casa. O habría escrito, de no haber podido regresar aún.

En la oscuridad, los cuentos de niños para conciliar el sueño se evaporaban y desaparecían. Bram no había sufrido una herida en la cabeza que le hubiese borrado la memoria; no iba de campo de refugiados en campo de refugiados hasta que le concediesen el honor de regresar a su hogar. Ya no existía, y la tierra blanda no había querido registrar su nombre. De haber llegado a julio, ya tendría veintisiete años, como ellos.

Vera se apretó los párpados para aniquilar las lágrimas. Cuando los abrió, Rory estaba doblado sobre sí mismo, la frente sobre las rodillas alzadas, llorando. Quiso abrazarlo, pero él le indicó con un gesto que no lo tocara. Quería quedarse a solas con su dolor un instante más.

Vera le dio otra calada al cigarrillo. Había logrado cuanto se había propuesto y el destino que antes anhelaba ahora se desplegaba ante ella como una trampa. De haber podido elegir, habría vivido su vida al revés, restando años en lugar de sumarlos. Daría pasos atrás, de Arnhem a su boda, de Normandía a Escocia; volvería al hospital y a D. B., a la universidad, a la fiesta de Rory, a los años de instituto en los que prestó atención, por primera vez, a las conversaciones y las risas que le llegaban desde la casa de los vecinos, de las cuales quería, desesperadamente, formar parte.

Tras un último hipido, Rory se reincorporó y pasó un brazo por detrás de la espalda de Vera para atraerla hacia su pecho. En el interior de la villa, los soldados norteamericanos y los corresponsales celebraban con alcohol requisado y música swing la victoria sobre las fuerzas del Eje. La fiesta, de la que Vera y Rory no formaban parte, era un fantasma que les pellizcaba el hombro. Bajo la lluvia de estrellas, sus vidas parecían más pequeñas que nunca, y su tragedia, efímera en la infinidad de la historia.

Dachau

Agosto de 1947

Vera estudió el rostro del acusado, Josías de Waldeck-Pyrmont, bajo la luz intensa del tribunal militar de Dachau. Aunque la mayoría de las víctimas de Buchenwald eran soviéticas, tras largas negociaciones, se concedió a los norteamericanos el honor de llevar a juicio, por crímenes contra la humanidad, a treinta y uno de los hombres que habían orquestado la barbarie del *lager*.

El acusado era un hombre alto, enjuto, mortalmente pálido. El rostro, alargado, carecía de la consistencia necesaria para pertenecer a un ser humano. Estaba seco, la piel tersa abrazaba unos huesos de apariencia fina, pero en ella no podía leerse el hambre ni el sufrimiento; su expresión era elegante, y la mirada, orgullosa. Cuando un antiguo preso, que todavía arrastraba una cojera, dijo que los cerdos en los establos de las SS «recibían más y mejor alimento que los prisioneros», casi sonrió.

Vera intercambió una mirada con Rory, sentado en el banco de los intérpretes. Portaba, como sus compañeros, auriculares en los oídos y tenía la barbilla apoyada en el puño cerrado. Tardó un par de segundos en reparar en su mujer, que apartaba los ojos de la máquina de escribir para observarlo. Le sostuvo la mirada un par de segundos y luego, tras tragar saliva, casi con asco, se volvió de nuevo hacia el acusado.

Hacía dos años y cuatro meses que Buchenwald había sido

liberado y todavía seguían buscando a Bram. Se sentaban a las mesas de todos los supervivientes que conocían y los quemaban a preguntas, sin importarles el daño que estas pudiesen causarles. Al visitar Londres, se instalaban en las oficinas de la biblioteca Wiener, que documentaba los crímenes de los nazis desde antes del fin de la guerra. Escribían numerosas cartas al Servicio de Localización Internacional, encargado de investigar los destinos finales de las víctimas de la persecución nazi, y todas ellas obtenían la misma respuesta: los pasos de Bram Drachman se perdían tras la liberación de Wille.

El suyo era un trabajo que duraría toda la vida, incontenible, inagotable. Pasarían los años buscando algo que, irremediablemente, se les escaparía de entre los dedos como humo.

El empleo que tenían, cubrir los juicios de Núremberg y los procesos militares de Dachau, les aportaba cierto alivio analgésico. Querían ver lo hondo que podían introducir el dedo en la herida, cuánto podían soportar antes de que les flaqueasen las fuerzas, cómo de profundo era su dolor en realidad. Los veredictos suponían una victoria pírrica que bebían como vino añejo. Los perpetradores pagaban sus crímenes con la horca, pero los muertos no se levantaban de sus tumbas. Algunos, como Bram (ya lo habían asumido, aunque se revolvían inquietos cada vez que sonaba el teléfono o les llegaba una carta), ni siquiera tenían un lugar en el que reposar.

Un nuevo testigo, rubio, bien vestido, que caminaba ayudándose de un bastón, subió al estrado.

—¿Podría, por favor, decir su nombre?

El testigo bebió el agua que le ofrecían antes de contestar.

—Conde Nicholas Carlisle.

—¿Cuántos años tiene, señor Carlisle?

—Veintisiete.

—¿Su nacionalidad y su profesión?

—Británica. Caballero de medios independientes.

—¿Durante la guerra?

—Sargento de vuelo en la RAF.

—¿Fue usted prisionero de Buchenwald?

Otro sorbo al vaso de agua. Se mordió el labio inferior.

—Sí.

—¿Durante qué periodo de tiempo?

—Desde noviembre de 1943 hasta su liberación, en abril de 1945.

—¿Por qué motivo fue retenido en el campo de concentración de Buchenwald?

Nicky cogió aire. Los dedos, de uñas cuidadas, tamborilearon sobre la mesa. Si no lo hubiese visto en más ocasiones, Vera habría sido incapaz de reconocer en aquel caballero el hombre febril y consumido al que había atendido en el *revier* de Wille.

—Como he dicho, era sargento de vuelo durante la guerra. Bombardero. Mi avión fue derribado sobre Francia en otoño del cuarenta y tres, y, tras ser arrestado por las SS, que actuaron en contra de los Convenios de Ginebra, acabé en el campo principal de Buchenwald primero y en el subcampo Wille más tarde.

—¿Había, según su conocimiento, más pilotos aliados en Buchenwald?

—Sí.

—¿Conoció usted a alguno?

—Sí, señor, el sargento de vuelo Robert Stewart, también conocido como Abraham Drachman. Británico y bombardero de la RAF, como yo.

—¿Durante qué periodo de tiempo coincidió usted en el campo con el sargento de vuelo Stewart?

Nicky se humedeció los labios. Rory, que había cambiado de postura, se tapaba la boca con las manos.

—Desde junio de 1944 hasta su participación en una de las marchas de evacuación en abril de 1945, unos días antes de la liberación del campo.

—¿Ha recibido usted noticias del sargento de vuelo Stewart desde entonces?

Nicky inspiró. Las manos de Vera temblaban sobre la máquina de escribir y no hizo ningún esfuerzo por ocultarlo.

—No, señor. Ni yo ni su familia.

—¿Tiene una idea aproximada del destino del sargento de vuelo Stewart?

Las aletas de la nariz de Nicky temblaron. Arqueó una ceja clara y poco poblada.

—No, señor. Quizá alguno de los acusados sea tan amable de esclarecer nuestras dudas. Lo último que sabemos del sargento Stewart es que lo evacuaron en un tren con dirección a Terezin, pero no llegó a su destino. —Se aclaró la garganta; todo él temblaba—. Sabemos que el tren se detuvo en Reitzenhain, a consecuencia de un bombardeo aliado, y que a los prisioneros que intentaron escapar los fusilaron. Quizá alguno de los acusados sea capaz de localizar en un mapa las fosas comunes, que cubrieron de cal para que los cuerpos no fuesen identificados, donde los enterraron.

Rory se quitó los auriculares, se frotó los ojos con los puños y se sumió en un suspiro cansado. Vera siguió escribiendo para no pensar.

Rory prendió un cigarrillo en el descanso. Tenía los párpados enrojecidos y los dedos casi en carne viva, consumidos hasta las uñas, pero forzó una sonrisa al ver a Vera caminando hacia él. La abrazó y ella se apoyó en su pecho. No se dijeron nada porque hacía tiempo que no necesitaban palabras para comunicarse; su lenguaje era otro, hijo de miradas furtivas, de abrazos como aquel y de unas manos que se buscaban hasta encontrarse.

Cruzaron la calle hasta la cafetería. El calor, asfixiante, les resultaba insoportable.

Se sentaron en la terraza y pidieron tres cafés solos y un zumo de naranja.

—Deje espacio en una de las tazas de café, por favor —pidió Rory.

La camarera asintió.

—¿Quiere que le traiga una jarra de leche?

—No, gracias. Y la cuenta, por favor.

La mujer no hizo preguntas. Sabía que eran periodistas y que estaban cubriendo los juicios, y no hizo preguntas. Alemania era un país silencioso desde hacía años. Nadie había sido nazi y nadie había tenido constancia de la existencia de los campos de concentración; la patria también los había castigado y en ese momento buscaban asimismo la clemencia de los antiguos enemigos.

Mientras hablaban de todo y de nada, Vera vertió el zumo en la taza de café frente a la silla vacía, como Bram solía hacer, ignorando las bromas que le caían encima a causa de su brebaje. Siempre ocurría de aquella manera. Siempre había una silla vacía, allá donde fueran. Cuando debatían de política, les faltaba un tercero en discordia. Las anécdotas que recordaban de manera inexacta ya no podría acabar de contarlas nadie por ellos.

Era una tarde luminosa, clarísima, perfecta para avistar aves. Mientras Vera bebía, Rory se llevó las manos a los labios y, tras colocarlas de la forma adecuada, imitó el piar melódico de los pájaros, como Plumón le había enseñado. Habían pasado años, pero todavía no lo había olvidado. Tampoco muchas otras cosas. Ambos eran portadores de conocimientos que ya no tenían valor alguno en el mundo.

La guerra había acabado, pero no para ellos. Anidaba en su interior, silenciosa. A veces, cuando reían en el teatro o cuando se despertaban abrazados, ocupaba un espacio muy pequeño. Otras veces los arrancaba de cuajo del sueño y demandaba su atención; era un dios celoso.

Detestaban las conversaciones inocuas y las fiestas los aburrían. Preferían la compañía de Persie, que continuaba sirviendo en el Cuerpo de la Reina Alejandra, porque ella los comprendía íntimamente; Allie y el teniente Stevens siempre tenían un asiento en su mesa, pues sus heridas eran las mismas. No hacía falta introducir el dedo en la llaga para comprobarlo; la materia prima que los conformaba, desde hacía dos años, era idéntica.

—Creo que voy a escribir un libro —dijo Vera, tras depositar la taza sobre la mesa—. Quiero reunir todos mis artículos de la guerra y publicarlos, aunque nadie quiera leer nada sobre el conflicto.

Rory arqueó una ceja.

—Yo sí. Yo quiero leerlo.

Rory era su musa y su primer lector, la persona que se imaginaba inclinada ante la lámpara y con su artículo entre las manos.

—¿Tienes ya el título? —le preguntó.

—Todavía no, pero me gustaría dedicárselo a Bram. Durante la guerra, le pagó una copa a Cecil Beaton, el fotógrafo de *Vogue*, en mi nombre. Cuando Allie le habló de mí a Barbara, Cecil se acordó y también me recomendó.

Una sonrisa suave.

—No lo sabía.

—Yo tampoco. Barbara me lo contó hace un par de semanas.

Era una historia antiquísima. Los muertos, por un instante muy breve, salían del olvido y añadían una página al libro abierto. Habría otras guerras, pero ninguna como la suya. Habría otras guerras y todas llamarían a Vera; hablaban el mismo idioma y se entendían en lo más sagrado. Les pondría nombre y apellidos. Arrojaría luz sobre los nombres que habrían sido olvidados, sobre las voces aniquiladas. Se sentaría a la máquina de escribir, dentro de muchos años, cuando ya tuviese la espalda arqueada bajo el peso de las décadas, y a la luz de la lámpara de aceite pensaría que, quizá, había merecido la pena.

El duelo que Rory y ella compartían era el más amargo de sus pequeñas, tranquilas vidas. Una pérdida interminable. Una hemorragia que no tenía cura. Habían clavado las uñas en las páginas de la historia y no había sido suficiente. Despojados de todo lo demás, solo les quedaban las palabras.

«Al principio había tres pequeñas vidas, insignificantes en la marea de los años...».

Nota de la autora

En un golpe de gracia, acabé esta novela sobre la Segunda Guerra Mundial el 8 de mayo de 2024, 79.º aniversario de la paz en Europa. En muchos sentidos, es una obra inacabada, debido a su envergadura. Es un trabajo que me ha ocupado años, desde que en 2013 comencé a entrevistar a veteranos de guerra y a sus familias.

Tras años de documentación acabé con un archivo considerable. Tenía constancia de la existencia de los cuerpos femeninos auxiliares, de las aviadoras soviéticas, de las partisanas, de las enfermeras de combate, pero ¿dónde estaban las escritoras? Uno siempre rema hacia su propia casa, supongo. Aunque fue una mujer la primera en dar la noticia de la guerra en Europa (Clare Hollingworth para el *Telegraph*, motivo por el que elegí este diario como eje central en la novela), la contribución de las corresponsales ha quedado mayormente olvidada en las páginas de la historia. Si se menciona a Martha Gellhorn la gente piensa en su complicada relación con Ernest Hemingway, y no en que fue la primera reportera en llegar a Normandía para cubrir la noticia; como por su condición de mujer no le dieron la acreditación, desembarcó en Francia como polizona en un barco de la Cruz Roja. La mayoría de las personas no saben, tampoco, que durante los años de la guerra *Vogue* publicó artículos largos y fotografías desde el centro de la acción y tenía corresponsales en Europa y en el Pacífico.

Aunque Vera Johnson es un personaje puramente ficticio, su carrera está inspirada en estas pioneras del periodismo de guerra: las ya mentadas Clare Hollingworth y Martha Gellhorn; Lee Miller, a cuyas fotografías para *Vogue* hace referencia la novela (la liberación de Buchenwald; el suicidio del alcalde de Kassel y su familia, que en la realidad ocurrió en Leipzig); Virginia Cowles; Helen Kirkpatrick.

Muchos de los sucesos narrados en esta novela ocurrieron realmente; con la excepción de Kassel, que por motivos argumentales es una amalgama de varios acontecimientos sucedidos durante la lucha por Alemania, las escenas bélicas siguen los diarios escritos por las compañías (disponibles para consulta en los National Archives) o testimonios de los supervivientes, sujetos a la volatilidad inevitable de la memoria.

El accidente de Bram sobre Wilhelmshaven ocurrió realmente en la noche del 10 al 11 de enero de 1942 y según lo narrado en la novela. Los pilotos reales, el sargento de vuelo Charles Lorne Bray y el sargento Douglas Wilberforce Spooner, de veintidós y veinticinco años, respectivamente, recibieron Medallas de Vuelo Distinguido por evacuar a sus compañeros y salvar el Wellington en el que volaban.

Asimismo, las vivencias de Nicky y Bram en el *lager* están directamente inspiradas en los pilotos aliados que fueron enviados a Buchenwald, un grupo más numeroso que logró con éxito el plan de ponerse en contacto con la Luftwaffe y ser trasladados a un campo de prisioneros de guerra; solo dos de ellos, que se tenga constancia, murieron en Buchenwald: el oficial de vuelo Philip D. Hemmens, de veinte años, a causa de una infección en la sangre debido a las condiciones del campo, y el teniente primero Levitt C. Beck Jr., de veinticuatro años, de neumonía e inanición.

Las acciones llevadas a cabo por la resistencia de Buchenwald siguen lo recogido en los documentos históricos que se conservan en los Archivos Arolsen y en *The Buchenwald Report*, escrito por antiguos presos (muchos de ellos miembros de la resistencia) en los años inmediatamente posteriores a la liberación del campo. Detalles específicos de su intento de salvar a los adolescentes judíos pueden encontrarse en los libros escritos por dos de estos niños: *Noche*, de Elie Wiesel, y *Sin destino*, de Imre Kertész.

La tragedia de Reitzenhain ocurrió realmente durante la evacuación de Wille. Los documentos escritos de los intentos fallidos de identificar a las víctimas están disponibles para consulta en los Archivos Arolsen.

El interrogatorio a Nicky durante los procesos de Dachau es una amalgama de los que se les hizo a diversos testigos supervivientes de Buchenwald. Las transcripciones íntegras del juicio están disponibles para su consulta en los Archivos Arolsen.

Las experiencias de Vera en Normandía y de Rory en Arnhem siguen lo narrado por diversos testigos. La tragedia del SS Amsterdam ha sido relatada de acuerdo con los testimonios de los supervivientes, y el destino final de la señora Hopkins está inspirado en las dos enfermeras del Cuerpo de la Reina Alejandra que dieron la vida por intentar salvar al mayor número posible de pacientes en los ocho minutos que el buque resistió antes de hundirse: Dorothy Field, de treinta y dos años, y Mollie Evershed, de veintisiete.

La reacción de los civiles holandeses ante las tropas libertadoras se ha narrado tal como pasó; el incidente del caballero que se quitó el sombrero ante los paracaidistas muertos ocurrió realmente. Los niños holandeses se infiltraban, sin miedo alguno, en las posiciones alemanas para robar suministros para los aliados, pero la muerte de Lucianus está inspirada en otro suceso lamentable: el de una niña que, al ver a los británicos, salió corriendo de casa pidiendo chocolate y acabó cayendo víctima del fuego cruzado.

Durante el proceso de escritura de esta novela tuve la oportunidad de redescubrir, tras siete años llamándome londinense, la ciudad en la que vivo. Los muelles de Surrey, que recibieron la primera bomba del *Blitz* tanto en la realidad como en la ficción, fueron mi hogar durante casi tres años y todavía tienen un lugar muy especial en mi corazón; ha sido un honor que se convirtieran también en el hogar de Vera y de los Drachman.

Hace años que atravieso Sicilian Avenue para ir al trabajo y hasta que empecé a escribir esta novela no conocí su historia: la callejuela ahora olvidada fue, en sus mejores años, destino fijo de los amantes de los libros de viejo. El 29 de diciembre de 1940, durante el ataque con bombas incendiarias, sufrió daños incalculables.

La catedral de San Pablo es para mí, como para Vera, un faro que observar para no perderme, y no fueron pocas las palabras que escribí en las terrazas de la plaza Paternoster.

Además de seguir los pasos de mis personajes por mi ciudad, tuve la oportunidad y el privilegio de visitar Catania y Arnhem en busca de Rory, que es, a mis ojos, el personaje más elusivo del trío.

El trabajo de toda una vida, como he dicho. Un trabajo que, por su naturaleza, ha de quedar inacabado, incompleto. Las sombras alrededor del destino final de Bram han sido deliberadas, una rotura premeditada del acuerdo tácito entre el escritor y el lector. En los tres años que llevo digitalizando documentos para los Archivos Arolsen me he encontrado con muchas víctimas presuntas del Holocausto cuyos destinos finales todavía se desconocen hoy, casi ochenta años después de que acabara la guerra. Se estima que la cifra de estos «desaparecidos» asciende al millón. Un millón de pequeñas vidas, con un infinito incalculable en su interior, que por la cruel arbitrariedad de la historia han quedado olvidadas.

Todas las historias de guerra son historias de fantasmas. Y todas las historias de guerra deben quedar, por su naturaleza, inconclusas. Espero haberle hecho justicia a esta.

A. T. Y.

Londres, mayo de 2024

Agradecimientos

Si tuviese que mencionar a todas las personas que me han acompañado en el camino y han mostrado una maravillosa amabilidad conmigo, me vería obligada a entretener al lector con una lista tan larga como la novela que acaba de leer.

En honor a todos los señores Keller del mundo, seré breve.

A todos aquellos que compartieron sus historias conmigo, en especial a G. C., por su crudeza; a D. S., cuyas cartas de condolencia son un espejo de las del señor Johnson; a E. F. B., por ser el primero; a H. F., por los correos largos y detallados; a J. K. y a I. H., por hablar de sus pérdidas conmigo.

Al personal de los siguientes museos e instituciones, por su atención: el Imperial War Museum, los National Archives, la Biblioteca Británica, el Museo del Ejército Británico, el Museo de la RAF, el Museo Storico dello Sbarco in Sicilia, el Museo Hartenstein, el Museo de la Resistencia de Ámsterdam, los Archivos Arolsen, los Archivos NARA, ParaData.

A mi abuelo Jesús, por ser el primero en poner literatura rusa en mis manos. A mi abuela y a mi tía Carmen, por sus historias. A mi madre, que sabe resistir.

A Tanu, que estaba allí cuando recibí la noticia de que alguien más leería esta novela. A Swamini, por celebrarlo conmigo. A Alex, por enseñarme, después de tantos años, el verdadero espíritu londinense. A Iván, el primero al que le hablé de mis entrevistas con veteranos de guerra. Al señor Buchan, por ser el primero en creer en mí en lo profesional y por hablar conmigo de la guerra.

A mi agente, Isabel, al equipo de Penguin Random House, por creer en esta historia, y a todos los que habéis seguido de cerca su concepción. Este triunfo, esta vida tan pequeña, también es vuestro.

A los que sacrificaron su juventud y su talento por generaciones que aún no existían. A todos los Bram Drachman del mundo, que sus memorias sean una revolución.

Cronología parcial

1938

30 de septiembre	Acuerdos de Múnich
15 de octubre	Ocupación de los Sudetes

1939

15-16 de marzo	Invasión de Checoslovaquia
1 de abril	Fin de la Guerra Civil en España
23 de agosto	Pacto de no agresión entre Alemania y la Unión Soviética
3 de septiembre	Gran Bretaña, Francia, Australia y Nueva Zelanda declaran la guerra a Alemania

1940

8 de enero	Comienza el racionamiento en Gran Bretaña
10 de mayo	Invasión de Holanda, Bélgica y Luxemburgo
26 de mayo-4 de junio	Batalla de Dunkerque
21 de junio	Comienza la instrucción de tropas paracaidistas en Gran Bretaña

10 de julio- 31 de octubre	Batalla de Inglaterra
7 de septiembre	Comienzo del *Blitz*
29-30 de diciembre	Bombardeo masivo de Londres

1941

11 de mayo	Fin del *Blitz*
22 de junio	Alemania ataca la Unión Soviética
31 de julio	Göring insta a Heydrich a preparar la «solución final»
20 de agosto	Comienza el sitio de Leningrado
7 de diciembre	Ataque japonés a Pearl Harbor
8 de diciembre	Estados Unidos y Gran Bretaña declaran la guerra a Japón
11 de diciembre	Alemania declara la guerra a Estados Unidos

1942

27-28 de febrero	Incursión en Bruneval
30 de junio	Rommel alcanza El Alamein
7 de agosto	Montgomery asume el comando del Octavo Ejército en el norte de África
13 de septiembre	Comienza la batalla de Stalingrado
1 de noviembre	Los aliados rompen las líneas defensivas del Eje en El Alamein

1943

23 de enero	Montgomery toma Trípoli
2 de febrero	Los alemanes se rinden en Stalingrado
7 de mayo	Los aliados toman Túnez
9-10 de julio	Los aliados desembarcan en Sicilia
13-16 de julio	Batalla por el puente de Primosole
25-26 de julio	Arresto de Mussolini; caída del gobierno fascista italiano

12-17 de agosto	Los alemanes abandonan Sicilia
8 de septiembre	Rendición de Italia
11-12 de septiembre	Alemania toma Roma y rescata a Mussolini
23 de septiembre	Mussolini restablece el gobierno fascista
1 de octubre	Los aliados entran en Nápoles
13 de octubre	Italia le declara la guerra a Alemania

1944

19 de marzo	Ocupación de Hungría
5 de junio	Los aliados entran en Roma
6 de junio	Desembarco de Normandía
6 de junio-30 de agosto	Batalla de Normandía
9 de julio	Tropas británicas y canadienses toman Caen
7 de agosto	Hundimiento del SS Amsterdam
25 de agosto	Liberación de París
17-26 de septiembre	Batalla de Arnhem
18 de septiembre	Liberación de Eindhoven
20 de noviembre	Comienza la batalla de Alsacia
16-27 de diciembre	Batalla de las Ardenas
29 de diciembre	Comienza el sitio de Budapest

1945

1-17 de enero	Los alemanes abandonan las Ardenas
27 de enero	El Ejército Rojo libera Auschwitz
13 de febrero	Fin del sitio de Budapest
19 de marzo	Fin de la batalla de Alsacia
23-27 de marzo	Los aliados cruzan el Rin
1-4 de abril	Batalla de Kassel
6-11 de abril	Las SS evacuan parcialmente Buchenwald; los presos se rebelan
11 de abril	El ejército de Estados Unidos libera Buchenwald

13-14 de abril	Evacuación del subcampo Wille
21 de abril	Los soviéticos entran en Berlín
28 de abril	Mussolini es capturado y colgado por partisanos italianos
30 de abril	Hitler se suicida en su búnker
5 de mayo	Liberación de Holanda
8 de mayo	Victoria en Europa
6 de agosto	La primera bomba atómica es arrojada sobre Hiroshima
9 de agosto	La segunda bomba atómica es arrojada sobre Nagasaki
14 de agosto	Rendición del Imperio japonés
2 de septiembre	Victoria en el Pacífico
24 de octubre	Nacen las Naciones Unidas
Noviembre	Comienzan los juicios de Núremberg y los procesos de Dachau

Índice